中外文论

CHINESE JOURNAL OF LITERARY THEORIES.

2018年第1期

名誉主编 ■ 钱中文
主　编 ■ 高建平　　执行主编 ■ 丁国旗

主办
中国中外文艺理论学会

中国社会科学出版社

图书在版编目（CIP）数据

中外文论．2018年．第1期/高建平，丁国旗主编．—北京：中国社会科学出版社，2018.12
　ISBN 978-7-5203-3570-6

　Ⅰ.①中… Ⅱ.①高… ②丁… Ⅲ.①文学理论—世界—文集 Ⅳ.①I0-53

中国版本图书馆CIP数据核字（2018）第260621号

出 版 人	赵剑英
责任编辑	郭晓鸿
特约编辑	许洪亮
责任校对	季　静
责任印制	戴　宽

出　　版	中国社会科学出版社
社　　址	北京鼓楼西大街甲158号
邮　　编	100720
网　　址	http://www.csspw.cn
发 行 部	010－84083685
门 市 部	010－84029450
经　　销	新华书店及其他书店
印　　刷	北京明恒达印务有限公司
装　　订	廊坊市广阳区广增装订厂
版　　次	2018年12月第1版
印　　次	2018年12月第1次印刷
开　　本	787×1092　1/16
印　　张	20
插　　页	2
字　　数	415千字
定　　价	89.00元

凡购买中国社会科学出版社图书，如有质量问题请与本社营销中心联系调换
电话：010－84083683
版权所有　侵权必究

编委会

（以姓名字母排序）

曹顺庆	党圣元	丁国旗	高建平	高　楠
胡亚敏	蒋述卓	金元浦	李春青	李西建
刘方喜	钱中文	陶东风	王　宁	王先霈
王岳川	徐　岱	许　明	姚文放	曾繁仁
周启超	周　宪	朱立元		

目　录

特约专栏·文学符号叙述学专题

主持人语：为什么符号学是文科的数学 ………………………… 赵毅衡（3）
苔藓作为象征：一个美学传统的生成 …………………………… 彭　佳（5）
身份历险：解读《哈克贝利·费恩历险记》的成长主题 ………… 陈文斌（27）
跨越空间的"追寻"：论托马斯·品钦《拍卖第四十九批》 ……… 石访访（35）
陀思妥耶夫斯基小说的解释旋涡 ………………………………… 杨利亭（42）
传记电影的首尾叙事及其价值探析 ……………………………… 周尚琴（49）

中国文论研究

诗歌写作从何处开始 ……………………………………………… 何光顺（61）
融合汇通与传承创新
　　——顾祖钊中国诗学思想述评 ……………………………… 赵诗华（71）
论国外汉学研究意识形态之去留
　　——以康开丽对中国戏剧的接受为例 ……………………… 薛　武（81）
论中国流行音乐诞生的社会文化因素 …………………………… 王　韡（90）

古代文论研究

童庆炳与中华古代文论研究 ……………………………………… 江　飞（99）
从南唐二陵的文化遗存看南唐美学观 …………………… 钟名诚　唐晓雯（111）
袁枚"性灵说"之"尚情"美学精神及其生成轨迹 ………… 李天道　唐君红（132）
文之生成与天地三才的诗性追问
　　——评刘朝谦《经学与文艺理论》 ……………………… 李　军　郑　莉（147）

西方文论研究

布朗肖与马拉美文学语言观的异同 ·················· 陈 镭（155）
法国古典主义与德国民族文学的建立 ·················· 王淑娇（163）
接受美学的问答逻辑：文学研究新范式
　　——以尧斯的《约伯的问题及其遥远的回答》为例 ·········· 陈丹丹（172）
荷尔德林的神学观
　　——以《面包与葡萄酒》为例 ·················· 赵佳玲（179）
文学通则：一种科学研究纲领的本质 ·················· 武淑冉（189）
生活机器：机器盛行时代的人生意象 ·················· 张公善（197）

作品品读

《山海经》美学精神与中国当下电视剧创新 ················ 彭松乔（213）
从《离婚律师》看都市题材电视剧的叙事策略 ········ 曾耀农　张梦闪（222）
论梅瑞狄斯小说《利己主义者》中的婚恋伦理观 ············ 谢小琴（234）

译文选刊

亚里士多德《诗学》：关于西方戏剧理论的奠基
　　两个讲座（上） ············ ［美］诺埃尔·卡罗尔 著　倪　胜译（247）
亚里士多德《诗学》：关于西方戏剧理论的奠基
　　两个讲座（下） ············ ［美］诺埃尔·卡罗尔 著　倪　胜译（263）
审美与政治的伦理转向 ············ ［法］雅克·朗西埃 著　郝二涛 译（277）
布尔迪厄与"识字教育" ······ ［加］莫尼卡·赫勒 著　李文敏译　李　楠校（291）

附　　录

附录一　中国中外文艺理论学会历届会议 ·················· （309）
附录二　《中外文论》来稿须知及稿件体例 ·················· （312）

特约专栏·文学符号叙述学专题

主持人语：为什么符号学是文科的数学

赵毅衡*

(四川大学符号学-传媒学研究所，成都，646000)

标题这个问题，经常有人问起，我一直没有机会给予书面回答。这次《中外文论》推出一批符号叙述学论文，倒迫使我不得不回答这个问题了。

从历史源头说起，古人与今人一样，面临着如何从实践中抽象出规律，以指导进一步的实践这个难题。商代智慧的中国人，在占卜时发明了"算子"，这是最早的数学，也是最早的符号；周人的思维更为系统，发明了《易》，即变化的符号，这是全世界第一个解释世界的符号体系——数学体系。因此，数与符号原本就是合一。无怪乎莱布尼兹看到八卦图激动不已，并由此奠定了今日计算机的二进位制数学方法。

如果我们不只是做历史考古，我们可以说，数学与符号学都是形式学，它们抽取了事物关系的根本性质，而暂时搁置了具体性。形式就是一般项的普遍品质，它具有广度，而特殊项的内容深度，在形式中被暂时"悬搁"，但随时可以启用，如影随形。因此，一般认为是"内容"的东西，一旦普遍化，就表现为形式。皮尔斯说，数学是最纯粹和最典型的形式科学，原因在于数学是"得出必然结论的科学"。数学显示哪些形式特征是等腰三角形成立的必要条件，可以派生出什么关系，而暂时不去考虑某具体事物（一片银杏叶子，一条大河入海口）如何成为等腰三角形。形式论，例如普罗普的"故事功能论"，把故事情节这种明显属于内容的东西一般化了，是同样的道理。

符号学让人想起数学，更直观的原因，是它们作为方法论的高度有效性。数学服务于各种应用的需要，很可能最早是丈量与收税的需要，现在则是宇宙学与量子力学的先行；符号学是人类自古至今追求意义得出的规律，不用符号，没有任何意义可以得到表达、传播、解释。文学与艺术，表达意义最为丰富，就不可能摆脱符号表意的规律。

---

* 赵毅衡，四川大学符号学-传媒学研究所所长。

就看现在这组文章吧：彭佳的论文讨论到一个很少有人注意到，却是我们的文化传统中一个坚实的象征：苔藓。哪怕它作为物，是一种过于卑微的存在，但由于意义能力，成为中国的美学传统；周尚琴讨论传记电影，就不得不讨论虚实相生，但是此文把这个老问题落实在文本中"锚固点"的位置安排上；陈文斌讨论马克·吐温小说，找出哈克贝利·费恩不得不数次变换"身份"，身份是社会与个人的特殊连接形式，而青少年的成长在身份更替中实现；石访访讨论品钦小说中的地理穿越，发现其中出现了典型后现代的异质空间关系；杨利亭讨论陀思妥耶夫斯基小说的人物形象，找到了"元语言"这把理解的钥匙，然后发现元语言构成因素之间会产生冲突，甚至出现"旋涡"，这才构成了人的复杂性。

应当说，这些论文讨论的题目，完全可以直接讨论内容，实际上我们见到的绝大多数文艺评论，也都直接分析内容。评论内容有必要吗？当然必要，因为文学艺术这种人类活动，靠的是直观、领悟、想象，甚至依靠模糊，而不是符号学的逻辑推理。符号学只是认为人的意义活动，有一定的规律可循，找出规律才是理论的任务。文艺论文不是"读后感"，理论家不只是一个能说会道的读者。正如彭佳的论文不满足于"重新发现"苔藓。苔藓作为一种特殊的符号，象征中国人的心灵与自然的紧密关系，可以被看成中国传统生态意识的缩影。

那么符号学就是方法论吗？不仅仅是，正如数学不只是方法论。毕达哥拉斯说"万物皆数"，并没有说"万物可数"。符号学作为意义学，是从哲学上揭示人的存在之根本维度：动物大部分时间都在觅食，而作为万物之灵的人，大部分时间都在寻找意义。意义是意识与世界之连接，是人存在的根本品格，而意义任何环节的实现，正如上面已经说过的，必须经过符号。这一辑论文，或许能让我们信服：符号学是一种"人论"。

苔藓作为象征：一个美学传统的生成

彭 佳*

（四川大学符号学-传媒学研究所，成都，646000）

摘 要：苔藓是中国文学与艺术中的独特象征，其命名就是描述性的、具有美学意味的；而作为文学象征，它的意义更是多维的，不仅自身有着独立的符号意义，更是和其他具有美学和伦理意涵之物共构为图景，从而进行持续的意义生产，形成了独立的美学传统。这种传统在山水画以"点苔"提喻山色植被之手法中可得见，在园林盆景艺术的"养苔法"中也有表现。苔藓作为象征，不仅营造了丰富的文学和艺术意义，还对文化作用下的、实际的生态自然环境产生了深远的影响。

关键词：苔藓；意义；象征；共构意象

在中国的传统文学与艺术中，苔藓作为独特的象征，蕴含着丰富的美学和伦理意义。在中国和日本的园林、盆景艺术中，有专门的"养苔法"，以营造青苔满地的苍翠古静之视觉效果。在山水画中，"点苔法"已然成为专门的笔法，笔触达到十数种之多，倪瓒、赵孟頫、王蒙、石涛等名家，或是对点苔的笔法有所创新贡献，或是有相关专论，而"点苔"本身亦是山水画中用以指代山木林立之景象的重要象征方式。关于苔藓的诗词文赋，以及小说戏曲中对苔藓这一文学意象的建构，更是不胜枚举。然而，令人惊异的是，在当代的学术研究中，无论是中国学者，还是西方汉学家，对于中国文化这一独有的美学意象，却鲜有人加以考察。尽管不少研究中国园林艺术的学者，对园林设计中以苔造景的手法有所提及，却只是一带而过，未能有专论，[①]更遑论将苔藓作为中国文学和艺术整体系统中的独特意象来加以深入研究，这不能不说是一个

---

* 彭佳，四川大学符号学-传媒学研究所副研究员。基金项目：国家重大社科基金"当今中国文化现状与发展的符号学研究"（13 & ZD123）的阶段性成果。

① Maggie Keswick, Alison Hardie, *The Chinese Garden*: *History*, *Art and Architecture*, Cambridge, Massachusetts, Harvard University Press, 2003.

缺憾。清代汪宪编撰《苔谱》六卷，此书是以文化角度考察苔藓这一事物的集大成者，从苔藓的数十种别名，至古代医学、文学作品及山水画中对苔藓的各种描述，都进行了详细的罗列，但也仅限于现象罗列，缺乏有深度的分析或评点。

在苔藓的文学性研究方面独具慧眼的是李剑锋，他的"苔藓三论"别开生面，系统地考察了古典诗歌、辞赋和小说对苔藓的描写，较为全面地列举了苔藓作为文学描写对象被呈现出来的样态。① 然而，稍显不足的是，这一系列论著只是对苔藓的文学意象进行了介绍和分类，却没有从这一美学象征的生成过程入手，去深层次地透视它在中国文化艺术中的生态观，或者说在生态符号体系中起到的作用。笔者在《文化周围世界建构的符号：以中国文化中的苔藓为例》（Signs Constructed by Cultural Umwelt: Taking Moss in Chinese Culture as an Example）一文中，从生态符号学的角度，对自然物如何在文化的模塑（Modelling）中被建构为符号的过程进行了讨论，并以苔藓这一象征的生成过程为例，对此加以说明。② 在生态符号学视角对苔藓的研究中，此文应当是首开先河。本文是对此文的进一步研究，将从符号的命名（naming）与符号—物的性质、文学再现和图像生成之多重维度出发，来讨论苔藓作为一个象征是如何被建构，并持续地被建构为中国美学中的重要传统。

一 苔藓的命名及分类

关于中文对自然万物的命名（naming）之讨论，中国符号学者中最早从生命符号学（biosemiotics）关注这一问题的是张汉良，他在《中国书写中对动物的命名》（Naming Animals in Chinese Writing）一文中，引著名符号学家西比奥克（Thomas A. Sebeok）之语，说明命名是动物符号学的第一阶段，它是一种逻辑和符号学上的必然性，调节着自然与文化之间的关系。③ 西比奥克的这一描述，精妙地道破了语言对文化之周围世界（umwelt）形成的决定关系：文化如何映现和建构自然，在很大程度上是由语言的构成方式决定的。西方生物学的知识体系以严密分割、科学解剖的方式来对自然加以命名和分类，所建构出来的自然秩序鲜明，条分缕析，是应然之理。中文的语言与分类方式，多为描述式而非解剖式的，所映现出的自然世界是整体式、浑成

---

① 李剑锋：《富有情趣与灵魂的苔藓诗——苔藓与中国文学（上）》，《名作欣赏》2011年第34期，第17—21页；李剑锋：《展露风神与品性的苔藓赋——苔藓与中国文学（中）》，《名作欣赏》2012年第1期，第19—23页；李剑锋：《叙事表意与塑造形象的苔藓小说——苔藓与中国文学（下）》，《名作欣赏》2012年第4期，第23—26页。

② 详见笔者在2016年7月4日至8日于布拉格举行的第16届生命符号学会议上宣读的论文"Signs Constructed by Cultural Umwelt: Taking Moss in Chinese Culture as an Example"。

③ Han-liang Chang, "Naming Animals in Chinese Writing", in Han-liang Chang, Signs and Discourse: Dimensions of Comparative Poetics, Shanghai: Fudan University, 2013, p. 205. 该文首发在 Sign Systems Studies, No. 1, 2003, pp. 9-23, 后收入张汉良的英文个人文集。

式的，这也表现在"苔藓"这一符号的构造上。

符号学认为，命名和分类始终是相互连接的：命名意味着对事物划定范畴，建立主权，限定其归属。格莱威尔斯（Jane Gravells）认为，符号的第一个层面就是命名，而命名必然伴随着范畴化（categorisation），伴随着比较、区分、指示、抽象和判定。① 语言作为模塑系统，是文化元思维的表现，因此，如何命名与分类，以何种形式或者因何种属性对物进行比较、区分、抽象等，与文化观照自然、观照世界的方式密切相关。就如钱德勒所指出的，只有天真的写实主义才会认为语言只是外部世界透明地映现对象的镜子。② 事实上，语言绝非完全透明，也不是客观中立之镜，它对外部世界起到的是一种"折射"效果：经过语言的过滤，物的名称符号能够侧重显示出对象的某些特性。

"苔藓"一词的命名即是如此。"苔藓"的英文名为moss，该词源于印欧语系，在中古英语为mos，而"mos"一词的词义有三："一是沼泽；二是湿地；三是苔藓"，这三者都与"湿润之地"相关，表现出对苔藓生长之地理环境的侧重。在植物学的分类中，与藻类、地钱类植物同属于苔藓植物门（bryophyte），按《牛津高阶英汉双解词典》的解释："苔藓是一种小型无花绿色植物，无真根，生长在湿润之地的植物层或角落，通过茎囊释放的孢子进行繁殖。"其外观属性、生长和繁殖方式及环境，都被界定得十分清晰，是西方解剖式、类别化科学语言的典型。而现今的汉语工具书《新华字典》《汉语大字典》等，对"苔藓"词条的解释也与《牛津高阶英汉双解词典》类似，盖国门洞开、西学东渐以来，自然科学的研究完全是以西方知识体系及其语言为基础的，科学研究需要明晰性、逻辑与类别关系清楚，使用这种语言来描述生物学的对象，是自然而然的结果。

然而，与自然科学技术之进步性形成鲜明对比的是，文学、艺术、语言学等人文学科的高下难以简单地一言以蔽之，它们之间更多的只是不同，而难分优劣。言语体现的，是整个语言体系的思维方式，其文化与美学意涵更是与整个文学艺术传统的发展休戚相关，互为镜像。"苔藓"一词，从草木类，按其字形构成，"苔"字原为"箈"，《说文解字》云："水青衣也"，其意象为铺展覆盖水面之青色水草；而"藓"字最早出现在西晋时期崔豹的三卷本《古今注》中，其意象为"鲜活、鲜绿之草"。"苔藓"的俗称"青苔""绿苔""绿藓"等都是描述性的文字，以突出其青苍碧绿之特质。《苔谱》中所列出的"苔藓"之别名皆为描述性，如着重于其舒展铺地之形态的"石衣""石发"，兼顾其青绿色泽的"绿衣""绿衣元宝"，以及误将苔藓与地钱混淆的称谓"绿钱"，和误将苔藓与被子植物混淆的称谓"积雪草"，都承载着对这种植物或多

---

① Jane Gravells, *Semiotics and Verbal Texts: How the News Media Construct a Crisis*, Basingstoke: Palgrave Macmillan, 2017, pp. 112—120.

② Daniel Chandler ed., *Semiotics: The Basics*, London & NewYork: Routledge, 2002, p. 228.

或少的美感想象和寓意：或是以发、以衣装、以钱币、元宝为喻，或是带着对绿草积雪之色彩形态的描述——而雪之晶莹意象，清冽剔透与青苍碧绿的色泽对比，以及绿草傲霜雪的文学象征意味，为"积雪草"一词平添了不少意味。"苔藓"之名，首先就是描述的、想象的、美学意味的。

由于古代的自然科学不发达，对"苔藓"的分类自然不如当代生物学那样严格和细致；除了以形态色彩对其进行描述之外，对植物的细分往往是根据其生长的地理环境来区分的。《御定佩文斋广群芳谱》云："苔衣之类有五：在水曰陟釐，在石曰石濡，在瓦曰屋游，在墙曰垣衣，在地曰地衣。其蒙翠而长数寸者亦有五：在石曰乌韭，在屋曰瓦松，在墙曰土马鬃，在山曰卷柏，在水曰藫。"按照当代生物学知识，这其中有不少混淆之处。李剑锋就指出："像圆藓、绿钱、乌韭、垣衣、土马鬃等指的是苔藓，其他还有蕨类（陟釐）、地衣（石濡）、瓦松、卷柏等，但古人往往把它们统归于'苔'。"① 如此划分，固然不具有太多科学性，但这种因形态相似而进行比附的做法，却是我国古代植物学和文学颇为相通之处。杨炯《有所思》之"不掩嚬红缕，无论数绿钱。相思明月夜，昭递白云天"；萧绎《草名诗》之"初控游龙马，仍移卷柏舟。中江离思切，蓬鬓不堪秋"，皆是写相思之句。它们与闺怨诗中的苔藓共同构成深具美感的意象群，当然有着文化规约的作用，但其形态上的相近性，恐怕也是重要原因。

命名能够突显出物的某种属性，而文化的分类却能够赋予物以属性：很多时候，对象看似是以物的属性出现的，但实际上却是规约符号。中国传统医学认为，自然万物作为药材都有四性五味，即寒、热、温、凉四性，酸、苦、甘、辛、咸五味。受五行思想的影响，中医认为，四性之间是可以相互转化，相克相生的。《本草纲目》云："柔苔寒，干苔热。"寒热之性，即文化赋予苔藓的符号属性。因此，在古代的医学文献中，有不少关于苔藓入药，医治寒热之症的记载。《本草纲目》就认为，井中之苔性寒，对热症有效："废井中多生苔萍，及砖土间多生杂草莱。蓝既解毒，在井中者尤佳，非别一物也"，因此可治"漆疮、热疮、水肿"，而船底苔也可用于医治"鼻洪、吐血、淋疾"，因"水之精气，渍船板木中，累见风日，久则变为青色，盖因太阳晒之，中感阴阳之气。故服之能分阴阳，去邪热，调脏腑。物之气味所宜也"。《先醒斋医学广笔记》云："治胃火上攻牙痛，马蔺头叶，并放水沟内青苔，捣烂丝绵裹之，左痛塞左耳，右亦然。"《景岳全书》认为墙头苔藓可止鼻血，《普济方》认为苔藓可治漆疮，《证治准绳》认为苔藓可通淤血、治丹毒，都是将其视为凉性、寒性之物，用以医治热毒。然而，所谓寒热，并非物本来的属性，而是符号化的特征，因此，苔藓入药治各种肿毒不通，在更多的时候，起到的作用恐怕是符号引起的心理作用。

关于中医学"发明"自然物之属性的符号过程，国内学者已有论及。林栋等人在《中医学与符号哲学》一文中指出，两气、五行、经络、脉象都是有体系的符号语言，

---

① 李剑锋：《富有情趣与灵魂的苔藓诗——苔藓与中国文学（上）》，《名作欣赏》2011 年第 34 期，第 17 页。

而寒热、正邪、气血等医学思想,其实是以中国哲学为基础的符号表达。① 如此看来,将物以四性分类,就是一个典型的符号化过程:物在这一符号体系中,经过一整套语言的转化,成了具有某种特性的符号。苔藓因其生于湿润之地的缘由,被认为是寒性、凉性之"物",可以与作为热性之"物"的肿毒中和,两个符号的属性相互调和、平衡,按照中医寒热四性相克的元语言,产生心理性的符号效果。按照西方现代医学的观点,肿毒多为细菌感染,需要另一套医学符号来进行医治。本文无意对中西医学加以褒贬,而旨在指出一个事实:所谓医学的科学治疗性,只能验证药物的实验效果;对于医学符号和医理体系对患者产生的心理效果,却难以靠实验证明,而需要对符号认知机制的分析才能完成。认知中的任何物都是符号-物的混合,在它以"物"之面貌出现时,往往呈现的却是文化规约符号的特征。苔藓作为药材而被分类、被赋予"寒性""凉性",即是如此;并且,由于"寒性""凉性"在阴阳二气中与阴气相对应,这和苔藓在文化中作为阴性的存在,也是具有对应性的。这种阴性的存在,在作为文学象征的苔藓上,表现得尤为鲜明。

二 苔藓作为文学象征:符号意义的多维性

汪宪在《苔谱》卷二《总叙苔》的开篇写道:"苔生于地之阴湿处,阴湿气所生也。初生其处渐青成晕,斑斑点点,久则堆积渐厚如尘埃。然又天久,则微有叶根,又能傍绿树木,阶砌砖,瓦柱础而上。"苔藓为"阴湿气所生",如前文所言,是一种阴性的存在。其出身微末,形貌并不起眼,初生时如晕如斑,久则如尘埃。与奇花名卉不同,苔藓尽管低微平凡,生命力却似乎强大到使其具有自生性:虽无人照料,日久却能生出假根,依傍树木建筑渐渐长成。在对苔藓的这段总论中,汪宪使用的系列词语,"阴湿处""成晕""斑斑点点""尘埃""微""傍",都带有低暗、微小之意,苔藓所生处,是阴暗污垢之地,而苔藓本身的外形也并不引人注目:当它以陪衬性的文学意象出现时,所烘托渲染的,亦是自叹自伤之情,这在宫怨诗中表现得相当鲜明。

苔藓首次在文学艺术类文献中出现时,其完全不成为一个意象,而仅仅在故事的叙述中被一笔带过。最早可见的文献是扬雄的《琴清英》,讲述尹伯奇自投江中,悲歌以忆父母的故事:"尹吉甫子伯奇至孝,后母谮之,自投江中。衣苔带藻,忽梦见水仙赐其美药,思惟养亲,扬声悲歌。船人闻之而学之。吉甫闻船人之声,疑似伯奇,援琴作《子安之操》。"此处提到的苔藓,乃古人认为的"水苔",更类似于水藻,并无太多寓意。如李剑锋所考证的,苔藓第一次作为有象征意味的符号在文学中出现,乃是在陆机的《婕妤怨》中②:"婕妤去辞宠,淹留终不见。寄情在玉阶,托意唯团扇。春

---

① 林栋、崔岚、王永丽:《中医学与符号哲学》,《医学与哲学》2010年第12期,第16—17、67页。
② 李剑锋:《富有情趣与灵魂的苔藓诗——苔藓与中国文学(上)》,《名作欣赏》2011年第34期,第18页。

苔暗阶除，秋草芜高殿。黄昏履綦绝，愁来空雨面。"玉阶与团扇，是古代宫怨诗中的常见意象；而春苔蔓生于宫阶，是君王不至、门可罗雀的婉转表达：苔藓的苍绿色已经盖过了玉阶本来的晶莹之色，暗示被冷落的时间之长，从而强化了婕妤的伤怀之情。

尽管春苔作为文学意象首次出现时，表达的是伤怀之意，但是，由于"春"的文学意味往往是活泼盎然的，尽管有《别赋》"或春苔兮始生，乍秋风兮暂起。是以行子肠断，百感凄恻"之名句在前，更多时候，"春苔"却是以幽趣宁静的深春之意象出现。刘长卿《留题李明府霅溪水堂》之"云峰向高枕，渔钓入前轩。晚竹疏帘影，春苔双履痕"，齐己《谢王秀才见示诗卷》之"道院春苔径，僧楼夏竹林。天如爱才子，何虑未知音"，宋之问《太平公主山池赋》之"秋叶飞兮散红树，春苔生兮覆绿泉"，钱起《题温处士山居》之"谁知白云外，别有绿萝春。苔绕溪边径，花深洞里人"，如此种种，皆是将春苔视为园林山水之幽意象征。李中的《春苔》一诗云："春霖催得锁烟浓，竹院莎斋径小通。谁爱落花风味处，莫愁门巷衬残红。"春苔成了解春愁之趣物，诗人一反伤春之语，勾勒出竹苔相互掩映的青翠可爱，别有意味。

与"春苔"之意象相对应的是"秋苔"：按蒂莫·马伦（Timo Maran）对自然书写进行生态符号学考察时提出的观点，"秋苔"可被视为一个"生态符号"（ecological sign），季节的指示符。的确如此，苔色变暗转黄，指向了文学描写中的秋之降临：许彦伯《班婕妤怨》之"窗暗网罗白，阶秋苔藓黄"，李沇《秋霖歌》之"叶破苔黄未休滴，腻光透长狂莎色"，白居易《赠内》之"漠漠暗苔新雨地，微微凉露欲秋天"，苔色的转变预示着秋之到来或秋意加深。在马伦看来，这种能够明确预示季节或时间变化的自然符号，其指示性（indexicality）非常明显：它指向的是季节的变化，与对象之间是邻近关系，而非替代关系。① 秋苔即是如此：它指向的是秋季的来临，在整个文本中，它所突出的是季节转换带来的气象与景物变化；而且，由于中国文学中"秋"之意象的凄清悲意，它还指向伤感嗟叹之情绪，催动着哀伤感情的生发。

描写过春苔之幽趣的齐己赋《秋苔》："独怜苍翠文，长与寂寥存。鹤静窥秋片，僧闲踏冷痕。月明疏竹径，雨歇败莎根。别有深宫里，兼花锁断魂。"秋苔之清冷寂寥之意象，与春苔之清新古趣殊为不同。李商隐《端居》之"远书归梦两悠悠，只有空床敌素秋。阶下青苔与红树，雨中寥落月中愁"，石珝《杂诗》之"帝子不可见，青鸟非良媒。中夜耿深忧，泪落秋生苔"，陈宜甫《过华清宫和温庭筠二十二韵》之"渭水昨如烟，骊山树已秋。苔荒老姥店，草满夕阳楼"，皆为伤怀之语。"秋苔"兴发的幽愁暗恨，成了中国古代文学中特有的景象。而苔藓携带的古寂意味，也使得诗人常借其表达凭吊古人之意，因此，"宾阶绿钱满，客位紫苔生。谁当九原上，郁郁望佳城"这样的沉郁萧索之句，在古诗中亦俯拾皆是，并不鲜见。

---

① 详见 Timo Maran 在 2016 年 7 月 4 日至 8 日于布拉格举行的第 16 届生命符号学会议上宣读的论文 "A Typological Approach to Environmental Signs With an Emphasis on Their Underdeterminancy"。

苔藓总是作为文本图景的一部分而出现，从而卷携着其他符号的意义，因其总是以"外应物象"（objective correlative）的形式被表达出来，如艾略特所说的："艺术能够表达情感的唯一方式就是找到'外应物象'，换言之，就是作为某种情感准则的一系列对象、一种情形、连续的事件；当人们遭遇此种必将抵达感知经验的外部事实时，立刻就会引发这种情绪。"① 王勃在《青苔赋》中写道，"嗟乎！苔之生于林塘也，为幽客之赏；苔之生于轩庭也，为居人之怨。"此句清晰地揭示出苔藓作为"外应物象"，是需要文本语境的。贯休有诗云："翠窦烟岩画不成，桂香瀑沫杂芳馨。拨霞扫雪和云母，掘石移松得茯苓。好鸟似花窥玉磬，嫩苔如水没金瓶。从他人笑从他笑，地覆天翻也只宁。"这是将苔藓置于山景闲居之中，与山石、瀑布、青松、花鸟相映。姚合的"古苔寒更翠，修竹静无邻"，齐己的《秋苔》中有"月明疏竹径"之句，苔与竹共同构成审美意象，从而与象征着空心、有节的"岁寒三友"之一的竹子一起成为君子的象征。

《红楼梦》中写到潇湘馆时，数次提到"竹影参差，苔痕浓淡"，"两边翠竹夹路，土地上苍苔布满"的景致，以喻黛玉之高洁；杜甫《将别巫峡，赠南卿兄瀼西果园四十亩》以"苔竹素所好，萍蓬无定居"喻君子之清贫自适，柳宗元《晨诣超师院读禅经》以"道人庭宇静，苔色连深竹"形容超然出世之精神，倪瓒《对酒》"虚亭映苔竹，聊此息跻攀。坐久日已夕，春鸟声关关"之闲适自若，苔竹的意象携带着清逸隽永的文学意味。这样的共构意象不仅在文学中比比皆是，在绘画艺术和园林盆景中更为常见，下文将会详述。

从苔竹之共构意象能够看到，苔藓在和竹子共同形成"外应物象"时，其象征意味发生了明显的转变，不再停留于宫怨伤怀之情，而是从阴性的存在向阳性滑动，其意义变得健朗、超然、通达。这固然与"外应物象"的另一要素，即竹子的象征意义有关；但苔藓本身作为独立的文学对象时，表意也产生了变化，这一因素不可忽视。这一独立美学传统的开启是在南北朝时期，以沈约《咏青苔诗》和江淹《青苔赋》的出现为标志。由于两部作品诞生的具体年代已不可考，难以以时间先后论，在此，将其作为并置的意象加以讨论。

沈约《咏青苔诗》云：

> 缘阶已漠漠，泛水复绵绵。微根如欲断，轻丝似更联。长风隐细草，深堂没绮钱。萦郁无人赠，葳蕤徒可怜。

江淹《青苔赋》云：

---

① J. A. Cuddon ed., *Dictionary of Literary Terms* (Fifth ed. ition). Malden & Oxford: Blackwell Publishing, 2013, p. 647.

嗟青苔之依依兮，无色类而可方。必居闲而就寂，似幽意而深伤。故其处石，则松栝交阴，泉雨长注。横涧俯视，崩壁仰顾。悲凹险兮，唯流水而驰骛。遂能崎屈上生，斑驳下布。异人贵其贞精，道士悦其迥趣。咀松屑以高想，奉丹经而永慕。若其在水则镜带湖沼，锦币池林。春塘秀色，阳鸟好音。青郊未谢兮，白日照路。贯（《初学记》作贲）千里兮绿草深，乃生水而摇荡。遂出波而沈淫，假青条兮总翠，借黄花兮舒金。游梁之客，徒马疲而不能去；兔园之女，虽蚕饥而不自禁。至于修台广庑，幽阁间楹，流黄乏织，琴瑟且鸣。户牖秘兮不可见，履袜动兮觉人声。乃芜阶翠地，绕壁点墙。春禽悲兮兰茎紫，秋虫砎兮蕙实黄。昼遥遥而不暮，夜永永以空长。零露下兮在梧楸，有美一人兮歔以伤。若乃崩隍十仞，毁冢万年，当其志力雄俟。才图骄坚，锦衣被地，鞍马耀天，淇上相送，江南采莲，妖童出郑，美女生燕，而顿死艳气于一旦，埋玉玦于穷泉。寂兮如何！苔积网罗。视青藤之杳杳，痛百代兮恨多。故其所诣必感，所感必哀。哀以情起，感以怨来。魂虑断绝，情念徘徊者也。彼木兰与豫章，既中绳而获天。及薜荔与蘼芜，又怀芬而见表。至哉青苔之无用，吾孰知其多少？

就文本容量观之，辞赋长而铺陈多，其意象比五言诗之意象反复重叠，是自然之理。《咏青苔诗》以叠字"漠漠""绵绵"形容苔藓在地和在水的匍匐绵延之态，其音乐性的美感和意象上的鲜明性非常突出，正如《文心雕龙》所言，"参差沃若，两字穷形，并以少胜多，情貌无遗矣也"。而"微根""欲断""轻丝""细草""绮钱""萦郁""葳蕤""可怜"等语言符号在文本组合轴上共同出现，为苔藓建构出柔弱蔓生、青翠可爱却无人爱赏的寂寞之态。

然而，文本作为整体的意义单元，其重要的特征就在于，它不仅仅是符号的意义叠加，而且会生产出新的意义。构成文本之符号，在其完整的结构机理之下，可以产生出不同意味，正如巴尔特（Roland Barthes，也译作罗兰·巴特——编者）所说的："按部就班的评论有其必要是因为它将重新开启文本的多重入口，它不会将文本过度地结构化，它不会赋予文本一种由论文论证而来的额外的结构，因而使文本封闭：它给文本打上星号（'it stars the text'），而不是将文本加以组合（assembling）。"① 蔡秀枝在论及"打上星号"的说法时注解道："巴特此处说明的用字遣词（'c'est etoiler le texte au lieu de le ramasser'在这里'etoiler'除开'打星号'之外，也可以做'打散、粉碎'来解。所以将文本打上星号在另一个层次上而言，亦可以说是将文本给片段/片段化了）则另外强调了这个打星号的策略的第二的功能：这些星号（标示暗码）的出现的一个重要的目的就是要显示一个完整的文本组织机理，是如何在片段、逐个的暗码中运作联结以成就意义的完整，但是藉由打星号找暗码的策略，巴尔特将可以同时

---

① Roland Barthes, *S/Z*, trans. by Richard Miller. Oxford: Basil Blackwell, 1990, p. 13.

反其道而行,在指出语言符号的意义指涉与联结功能的同时,也可以将这个完整的、'自然化'的语言意义建构神话给重新分化、零散化,还原其意义组装过程中的接合、裂缝、矛盾与冲突,而非联结、组合,甚至组织化、结构化这样的建构神话的自然性。"[1]而"打上星号"的重要策略之一,就是将文本的符码(code)分为诠释的(hermeneutic)、义素的(seme)、象征的(symbolic)、情节性的(proairetic)和"文化,指涉的"(cultural,referential),从而对文本的意义进行重新解读。

巴尔特的符号学透视,是为了解构文本的神话性;但是,符码分类的视野,可以运用于对任何文本的深度阅读。以此检视《咏青苔诗》,其深层意义得以浮现出来。该诗的诠释符码,在诗歌的题目已然浮现,即"咏青苔"。青苔乃是寻常无奇之物,何以咏之?诗末的"可怜"二字可作解,这是文本给出的诠释性答案,是一个"意图定点",引导文本接收者的解释向此处伸展。在诗歌中流动的各种形容青苔柔弱蔓生、青翠可爱之态的词语,如前文所提到的"漠漠""绵绵""微根""欲断""轻丝""细草""绮钱""萦郁""葳蕤"等,是文本中的"义素"符码,它强化着青苔的形态意象,为表现其"可怜"之姿进行语意铺陈。而诗歌基本的结构象征,在文本的潜层中微光若现的"象征"符码,在开篇的"缘阶"二字中羚羊挂角般一闪而过。上文已经提到,第一次作为有象征意味的符号在文学中出现,乃是陆机的《婕妤怨》,其中有"寄情在玉阶""春苔暗阶除"之句。该诗的表意是以这个潜藏的象征为前提展开的:苔藓的青苍柔弱之态由此笼罩上了更深刻的寂寞之意。

这也涉及文本的"文化指涉"符码,《咏青苔诗》伴随文本之所在:著名的《玉阶怨》,前有谢朓之"夕殿下珠帘,流萤飞复息。长夜缝罗衣,思君此何极",后有李白之"玉阶生白露,夜久浸罗袜。却下水晶帘,玲珑望秋月",道尽宫怨相思之情。尽管从时间上而言,《玉阶怨》在《婕妤怨》《咏青苔诗》之后,[2]但它已经形成强大的文学意象,在文本的接收者对《咏青苔诗》进行逆向解读时,很难不受到《玉阶怨》的影响,从而展开想象。可以说,在某种意义上《玉阶怨》是《咏青苔诗》的元文本。

而文本的"情节性"符码,在于原本隐身的叙述者的突然现身:"萦郁无人赠,葳蕤徒可怜";深感苔藓之青翠可爱的叙述者,代其立言并抒发感慨:无论是青苔意欲自赠知音,或是叙述者想以其赠人,都难以找到同赏者,故而只能叹其可怜可爱。然而,正是叙述者的这一现身,给予了诗歌新的意义推动力:苔藓并非无人欣赏,叙述者本身就是它的观赏者和赞美者!诗歌的另一重意义由此展开:苔藓是值得有特别审美能力的人观照和欣赏的,它的美学价值受到了肯定。苔藓作为单独的对象,它的意义和审美价值出现了很大程度的提升,从而以鲜明的形象呈现在人们的美学视域中。

---

[1] 蔡秀枝:《巴特〈S/Z〉中的转向与阅读策略》,(台湾)《中外文学》2003年第9期,第46页。
[2] 关于伴随文本及先后文本的概念,详见赵毅衡《符号学原理与推演》,南京大学出版社2011年版,第141—146页。赵毅衡曾举《金瓶梅》和《红楼梦》为例,来说明《红楼梦》这一出现在《金瓶梅》之后的文本对《金瓶梅》的"影响",从而说明文本的"逆时间"解读影响是普遍现象。

在《青苔赋》中，苔藓作为象征，其负载的意义对立展开，由阴性存在向阳性存在的滑动则更为明显。第一组对立：闲与寂。"闲"是苔藓为人所赏，志趣高洁之态：石上苔"能崎屈上生，斑驳下布"，使人"咀松屑以高想，奉丹经而永慕"，水苔"镜带湖沼，锦币池林"，令人"徒马疲而不能去"，"虽蚕饥而不自禁"，而苔藓形态舒展，自成美景趣致。"寂"是苔藓蔓生之处，人迹少至之景象：苔藓遍布之屋宇"昼遥遥而不暮，夜永永以空长。零露下兮在梧楸，有美一人兮歔以伤"，而英雄征战之旷野荒冢"寂兮如何！苔积网罗。视青蘼之杳杳，痛百代兮恨多"。苔藓与其观者之意象的直接对比，使得文本的语义出现了对立和不统一：这种义素上游动的不统一性，看似造成了文本意义的分裂，但在古诗这种意义结构稳定的体裁中，通过转化，事实上能够更加进一步深化文本的象征意味。苔藓之闲适自若能够为人所赏，在于赏者之志趣与常人迥异，故此，其"杳杳"空积、少人探访，也不足为怪：它的美与趣，本就是有识之士方能慧眼有加之特质；而苔藓的乏人问津，正是它的可贵之处所在。

第二组对立："无用"与"有用"。这一组对立存在于苔藓与其他植物的比较中："彼木兰与豫章，既中绳而获天。及薜荔与蘼芜，又怀芬而见表"，相形之下，苔藓之无用"至哉"。然而，深合道家与禅意之美学的，正是苔藓的"无用之用"：正因为苔藓能够"居闲而就寂"，"乃芊阶翠地，绕壁点墙"，甘为陪衬，恬淡自安，才有"异人贵其贞精，道士悦其迥趣"。江淹在《构象台》中写道："曰上妙兮道之精，道之精兮俗为名。……苔藓生兮绕石户，莲花舒兮绣池梁。伊日月之寂寂，无人音与马迹。耽禅情于云径，守息心于端石。"苔藓俨然是道心、禅意、超然俗世之外的象征，这在禅诗中表现得尤为突出。栖白《寻山僧真胜上人不遇》之"松下禅栖所，苔滋径莫分"，孟浩然《寻香山湛上人》之"松泉多逸响，苔壁饶古意"，贯休《湖头别墅三首》之"桑柘参桐竹，阴阴一径苔。更无他事出，只有衲僧来"，如此种种，不胜枚举。连深受中国文化影响的高丽，其古七律诗中都有"石逶崎岖苔锦斑，锦苔行尽入禅关。地应碧落不多远，僧与白云相对闲"之语，由此可见，《青苔赋》在意象对立中建立的青苔"无用之用"的美学意义，其影响之深远。在《青苔赋》中，对苔藓的消极描述总是能够和对其的肯定、赞美相互缠绕，就像里法台尔所说的，诗歌中的"核心语"（hypogram）总是有着变体，在这些对立的变体之意义碰撞中，各种隐喻和象征应运而生，它们共同指向了诗歌最核心意义的生产。① 而《青苔赋》的核心意义，就在于它确立了一个美学和伦理传统：将鲜有人欣赏的青苔，作为超然高洁的精神象征加以赞美和书写。

这一美学和伦理传统的确立，使苔藓的象征意义具有了多维性：一方面，苔藓蔓生之地作为无人问津的符号，意味着寂寞与幽怨，故而成为宫怨、闺怨及士人郁郁不

---

① ［美］里法台尔：《描写性诗歌的诠释》，赵毅衡编选《符号学文学论文集》，百花文艺出版社 2004 年版，第 362 页。

得志的情感表达载体;另一方面,苔藓又意味着甘于清贫寂寞、超脱于世俗的高洁精神,是君子隐逸之心的象征。这种意义上的对立共生,使得苔藓的文学形象富有张力,格外丰富。尤其是其积极象征意义的生成,极大地促进了苔藓作为独立的美学和文学对象被观照、书写和再现。如李剑锋指出的,咏苔的诗歌和辞赋数量众多,在中国文学中已经成为独特的景观。不只如此,如前文所言,它与其他景物共构艺术意象的情形也比比皆是。苔与竹的共构自不待言:从生态符号学的角度而言,竹荫之地湿润少阳,适合苔藓生长,是生态学意义上的植物共生群落圈;而它们作为君子之象征的美学与伦理意义,更是交织生发,形成了比单个象征更为丰富有力的文本。

与此类似的,是松与苔的意象共构:两者同为君子之象征,因此在文学艺术创作中经常共同构成景象。吴都文"谈空幽隐入烟萝,路合松苔岁月多。问道无门明五教,进斋何处爱三诃"之句,以松与苔喻禅道之心;刘崧"中峰九叠开芙蓉,春云盘盘上高松。苔径未逢秋雨展,石楼似听霜晨钟"之句,则以松和苔的景象勾勒山水之意;岑参之"竹径厚苍苔,松门盘紫萝",更是将松、竹、苔三者的意象并置,描画出禅修高士隐逸于林泉,与世无争的清净之态。这样的意象共构,不仅在文学中十分鲜明,在艺术创作中也相当突出:不管在山水画还是园林盆景艺术中,皆是如此。

三 中国传统艺术中的苔藓:山色植被之提喻

提喻作为重要的符号修辞格,其喻体和喻旨之间的关系是以局部代整体。赵毅衡认为,几乎所有图像都是提喻,因为图像并不能给出景象之全貌,即使是现实主义的艺术和写实性的纪录影片也是如此。[①] 山水画不可能穷尽山水之全部细节观相,园林盆景艺术也是造景于方寸之间,其提喻的性质不言而喻。本文特别对苔藓作为修辞符号的提喻性质加以讨论,是因为它在山水画和园林盆景艺术中,是整体青苍山色、是芳草树木遍生的象征。

园林盆景艺术是传统的植物载体艺术,将富于文化与美学意味的植物山石移入居所,再造自然,以实现人与自然的交互相融,是古人持之以求的生活理想与生态想象。在对自然的再造中,寓繁于简、以点带面地建造植物群落景象,既是中国美学写意传神之精神所在,亦是囿于空间格局之必须手段。然而,在当代生态学视域下的园林艺术研究者,却对植物之"物格"与"人格"的比附颇有微词,认为"花木一经披上隐喻的外衣,竟因此有了高下贵贱之别"。[②] 吴明益在评论刘大任对园林建造中植物之"道德中立"视角时提出,这是一种更为宏大的生态观:"在园林之外,人类或者也应

---

① 胡易容、赵毅衡编:《符号学—传媒学词典》,南京大学出版社 2012 年版,第 194 页。
② 王盛弘:《植物的隐喻——刘大任〈园林内外〉的主知性格》,(台湾)《新地文学》2008 年第 1 期,第 67 页。

反省生态殖民与生态改造,让人造园林能与自然对话,生物各安其位。"① 此种观点,深受西方生态批评之去人类中心化思想的影响,对于反思生态圈的整体生存与繁殖权益,当然不无裨益;但是,正如生态符号学研究所指出的,每一种生命体的意义世界,都是以自我的生命图示为中心建构而成的,正因如此,"周围世界"(umwelt)在英译中才有"主体世界"(subjective world)和"自我世界"(self-world)的译法:生态圈作为生命符号活动相互连接的网络,是不同生命体之意义世界相互调适和融合的结果。在生态符号学的研究中,已经开始出现对全然去人类主体化的生态培育观的反思,例如,库尔等人就对爱沙尼亚的树植草坪进行过考察,他们指出,人类对树植草坪的维护和管理促进了这一自然文本中的物种的丰富性,使其成为一个更为平衡和具有可持续性的生态系统。② 因此,完全抛开人在再造自然过程中的主体性,或者说强行剥离附着于植物之上的象征意义,这种"去语境化"(decontextulized)的做法,在园林盆景艺术的创造中不仅不可取,实际上也是无法达成的。

事实上,由于中国文化对自然界的映现方式,是强调心灵的直观体验和情感浸润的,文学家和艺术家对景物的取象,是建立在对自然界的长期观察、见微知著上。潘富俊曾写道:"许多诗人对植物的生态、生理性状了解深刻,适切地引述植物于诗句中,如岑参的《白雪歌送武判官归京》:'北风卷地白草折,胡天八月即飞雪。忽如一夜春风来,千树万树梨花开。'大部分的草类凋枯时成黄褐色,称为'枯黄',只有白草枯萎时全株白色,所以名为白草。本诗用秋枯的白草和春天成片果园的梨花形容飞雪的颜色和意境,也只有熟悉这两种植物形态特征的诗人,才能写出这样的诗句。"③ 不仅如此,艺术家们对植物生长的生态环境也极其熟悉,因此在园林盆景的植造中才有竹与苔、松与苔的组合。这固然是由于这些植物的美学与伦理意涵相辅相成,交织共生;从生态学而言,它们本身也属于同一生物群落,苔藓的培植,有利于地表的蓄水;在自然界中,苔藓层中的微生物和昆虫形成的生物关系,与有机物分解和植物生长之间的良性循环,有利于生态圈的稳定和多样性。将其培植于园林之中,对于人造的植物群落生态也不无益处。现代园林研究发现,苔藓受病虫害侵扰的可能性较小,对于污染极为敏感,是优良的环保绿化植物。④ 由此可见,苔藓与其他植物在园林盆景中的搭配培植,是古人在长期实践中积累的生态智慧的结果。杜牧的诗句可作为这种生态关系的趣解:"青苔满阶砌,白鸟故迟留。"白鸟之迟留,从文学隐喻的意义而言,自然是对青苔之苍翠景观的流连;就生态学而言,又何尝不是在苔藓蔓生的草木层中

---

① 吴明益:《造心景,抑或安天命?论刘大任〈园林内外〉中的园林观与书写特质》,(台湾)《台湾文学学报》2009年第9期,第199页。
② Kalevi Kull, Toomas Kukk & Aleksei Lotman, "When Cultures Supports Biodiversity: The Case of Wooded Meadow", in Nils Bubandt, Kalevi Kull, Andreas Roepstorff eds., *Imagining Nature: Practices of Cosmology and Identity*, Aarhus: Aarhus University Press, 2003, pp. 76-96.
③ 潘富俊:《草木缘情:中国古典文学中的植物世界》,商务印书馆2016年版,第32页。
④ 庄强、周瑞玲:《苔藓植物的生态功能及其在园林中的应用》,《林业科技开发》2006年第3期,第94页。

觅食之行为呢？苔藓之于生态环境的益处，在此得一写照。

中国文学艺术不仅关注奇花异卉，对青苍碧意之物亦甚为着意，多将其作为气节心志之寄托。松、竹、梅、菊四君子，其动人之处皆不在于鲜妍轻盈之形态，而在其苍翠劲爽的傲霜之姿。① 苔藓长于低污之处，却能舒卷而生，保持青翠之姿，这是它获得艺术家青睐的重要原因。杨炯《青苔赋》有云："苔之为物也贱，苔之为德也深。夫其为让也，每违燥而居湿；其为谦也，常背阳而即阴。……有达人卷舒之意，君子行藏之心。"苔藓成了君子之品质的象征。在园林盆景中，有着特殊的"养苔法"，用以培植绿苔。《苔谱》记载的生苔法为："欲上生苔，以荚泥、马粪和匀涂润湿处，不久即生。"现代盆景培植则有快速上苔法、接种法、自然上苔法等多种方式。② 在园林和盆景艺术中，摆建而成的山石满铺青苔的景象，象征着想象中的山水青葱苍翠、草木丰泽的全貌，而苔藓在此处是山色葱茏、满山草木的提喻。

在中国山水画艺术中，更是有以"点苔"喻植被丰泽之象的传统，即在石头、地面、枝干、树根旁等，加上细点，作为苔藓、杂草，或在峰峦上加细点，作为远树之象征。如段炼所言，山水画的能指与所指之间的关系是非任意性的，③"点苔"之"苔"能成为山林草木的象征，既是因为其画法上的形象相似，亦是源于苔藓的美学与伦理意味。苔藓之美及其作为高洁精神的象征意义，已然在文学中成为强大的传统；而中国书画与诗词艺术的相通性，以"点苔法"的发展强化和丰富了这一传统。

唐志契《绘事微言》有云："画不点苔，山无生气。昔人谓：'苔痕为美人簪花'，信不可缺者。又谓：'画山容易，点苔难'，如何得轻言之？盖近处石上之苔，细生丛木，或杂草丛生。至于高处大山上之苔，则松邪柏邪，则未可知，岂有长在突处不坚牢之理。乃近有作画者率意点擢，不顾其当否，倘以识者观之，皆浮寄如鸟鼠之粪堆积状耳，哪得有生气。夫生气者，必点点由石缝中出，或浓或淡，或浓淡相间，有一点不可多一点不可少之妙，天然妆就，不失之密，不失之疏，岂易事哉。"可见，"点苔"在山水画中相当重要，是画山水之妙法。山石轮廓画成后，其形过于光滑单一，山势层次的丰富度不够，就需要用"点苔"（见图1）来增加物象的神采。沈颢在《画麈》里说"古多有不用苔者，恐覆山脉之巧，障皴法之"，是以无衬有，以否定态反说"点苔"技艺必须得法，才有其后"山石点苔，水泉索线，常法也。叔明之渴苔，仲圭之攒苔"之语。苔点的疏密、浓淡、大小、虚实、远近、干湿，是艺术家调整画面结构和明暗，表现环境之苍枯润泽，季候、心境之萧索与和煦的重要方式。郑绩在《梦幻居画学简明》中说，点苔得法，能够"助山之苍茫""显墨之精彩"，在山水画中的重要性可见一斑。

---

① 潘富俊：《草木缘情：中国古典文学中的植物世界》，商务印书馆2016年版，第139—146页。
② 江玉珍：《浅析苔藓的山水盆景景观营造》，《现代园艺》2012年第1期，第42页。
③ Duan Lian, "A Semiotic Study of Chinese Landscape Painting",《符号与传媒》2016年第1期，第86—105页。

点苔手法众多,历代山水画名家都自成一格,如倪瓒之横苔(见图2),赵孟頫之立苔,米家父子之大小米点,等等。石涛更是对点苔的具体手法和运用得宜与否进行了理论上的概括:"古人写树叶苔色,有深墨浓墨,成分字、个字、一字、品字、幺字,以致攒三聚五,梧叶、松叶、柏叶、柳叶等垂头,斜头诸叶,而形容树木山色,风神态度,吾则不然。点有风、雪、雨、晴四时得宜点,有反、正、阴、阳衬贴点,有夹水、夹墨一气混杂点,有含苞藻丝缨络连牵点,有空空阔阔干燥没味点,有有墨无墨飞白如烟点,有如焦似漆邋遢透明点,更有两点未肯向学人道破,有没天没地当头劈面点,有千岩万壑明净无一点。噫!法无定相,气概成章耳。"点苔法作为山水画手法,并无定相,而是意蕴随心,因气而生,与画者之人格紧紧相连。段炼论及山水画的符号学意蕴时曾指出,山水画的物象选择是将自然物人格化,不仅如此,其表现手法也是人格之符号化,[①] 诚哉斯言!

图1 (明)沈周《山溪客话图轴》,纸本浅设色,纵82.5厘米,横32厘米,江苏无锡市博物馆藏,该图以山头密攒之苔点,表现山头植被繁茂之势。

---

① 段炼:《视觉文化与视觉艺术符号学:艺术史研究的新视角》,四川大学出版社2015年版,第64—65页。

图 2 （元）倪瓒《幽涧寒松图》，纸本墨笔，纵 59.7 厘米，横 50.4 厘米。北京故宫博物院藏，该图以干湿之不同笔墨勾勒侧峰形态，在近处的岩石上以焦墨作横点，凸显出苔石高低向背之势。

  本文无意进入对山水画之专业笔法的分析讨论，而是想以"点苔法"说明苔藓作为一个美学传统，在中国艺术中的重要意义：尽管苔藓仅是自然中形态最为微小平常之物，却因其被赋予的特殊美学和伦理意义，而成为一种象征，成为精神与理想之寄托。苔藓从寄寓伤情幽意之物，转变为怡然自乐的君子象征，并和其他的景物一道共构为文学和艺术之图景。此种图景，在园林艺术和山水画艺术中，亦得到了再现：竹石盆景中的青苔，松竹图中苔藓斑驳的山石，都是对这种共构意象的不断重建。如赵毅衡指出的，象征之所以为象征，可以是个人的创建；但象征要成为文化的、社群的，必须依靠不断的复用，意义才能累积形成。[①] 苔藓的象征意义在不断的复用中越来越丰富，表现形式也更为多样，成了强大的美学传统；这样的传统，在当今的文学和艺术创作中，仍然相当鲜活。

---

① 赵毅衡：《符号学原理与推演》，南京大学出版社 2011 年版，第 203 页。

四 现当代文学与艺术中的苔藓：符号形式的转变

在中国传统文化与现代性相遇的过程中，苔藓作为一个传统的美学符号，并未销声匿迹，而是以新的形式出现在现当代文学和艺术创作中。就如洛特曼所说的，文本不会消亡，它可能以另外的形式在文化中被重新激活，① 在当代文学中，苔藓虽然甚少以独立的歌咏对象的形式出现，但作为诗歌的铺陈意象和文学隐喻，它的象征意义得到了留存和发展。

前文已经提到，苔藓蔓生于孤冢古迹之中，给人以岁月苍凉的凭吊伤情之感，因此古人多有沉郁萧索之句。在现代诗人构筑的意象图景中，苔藓往往作为繁华意象的反面，在诗句的对立语意中缓缓展开。卞之琳的《倦》，就以系列的微小之物，铺陈出喧闹与沉寂的景象对比，以反衬心境的落寞疲倦："忙碌的蚂蚁上树，/蜗牛寂寞的僵死在窗槛上/看厌了，看厌了；/知了，知了只叫人睡觉。蟋蟀不知春秋，/可怜虫亦可以休矣！/华梦的开始吗？烟蒂头/在绿苔地上冒一下蓝烟吧？"在知了的喧闹声中，绿苔地上的烟蒂静默地熄灭，青烟随之消散；暮色四合中暗光不再，即便入梦，梦境亦沉沉无味；层层的意象重叠，题目之"倦"字这一核心语的意义由此浮出。

在翟永明的《随黄公望游富春山——幽致叹何穷》中，苔藓亦是作为现代繁忙生活之反面出现的；而同它一起出现的，还有传统中的"共构意象"：竹。诗的开篇首句："从容地在心中种千竿修竹/从容地在体内洒一瓶净水/从容地变成一只缓缓行动的蜗牛/从容地把心变成一只茶杯/从来没有生过、何来死？"竹之隐逸超脱，衬托出诗人勘破生死之求。在诗歌徐徐展开的意象中，枯坐苍山、闲落棋子、物我相忘的老人，和枯坐网吧、自我消解、猝然离世的青年，寄情山水的老者对死生之超然，和现代人的苍白病弱，形成了强烈的对比，似乎建立起了某种积极意义。然而，在猝死者最后的模糊意识中，这种对古人诗意生活的眺望被猝不及防地打断："最后时刻/冠状动脉像暗红花朵怒放/瘦骨铮铮作响排山倒海的淤血/钻进一颗狂狷之心/浓墨淡墨/青苔碎苔/死灰铁灰/点状网状/不过意思而已。"墨与苔藓代表的禅意生活，与数据化的灰暗网上生活，最后都殊途同归，走向无法拒绝的死亡："一口呼吸转向我/叙述者索要那些签名/你不能怀疑我的疑虑/我要去的地方/它不能跟随昨晚/我将手指向那个美好/它完全拒绝随风飘逝/拒绝成为我的一部分/拒绝像生命一样结束/像人本质上/无法选择生死。"死亡之不可逃避，如沉沉黑影般下垂，消极的语意席卷而来。然而，在这样的破碎与消解中，仍然有美好坚固不散，"拒绝像生命一样结束"，诗歌在不断的破除之中，坚持着意义的建立。

---

① Juri, M. Lotman, *Mind of the Universe*: *A Semiotic Theory of Culture*. Translated by Ann Shukman, introduction by Umberto Eco. Bloomington and Indianapolis: Indian University Press, 1990.

张枣的《何人斯》，是对《小雅·何人斯》的现代回应，其意象与表达在现代与古典的张力间，被烘托得分外强烈；而苔藓作为宫怨诗中的常见符号，在此处的出现意义鲜明而顺理成章："究竟那是什么人？在外面的声音/只可能在外面。你的心地幽深莫测/青苔的井边有棵铁树，进了门/为何你不来找我，只是溜向/悬满干鱼的木梁下，我们曾经/一同结网，你钟爱过跟水波说话的我/你此刻追踪的是什么？/为何对我如此暴虐。"苔藓所蕴含的幽怨自伤之意，在诗人急切的追问中，和其他词语交织生产出强烈的情感浓度，成就了一个响亮的开篇。同是表达离情伤怀，苔藓的意象在席慕蓉的《鸢尾花》中却变得柔和伤感了许多，带着更多无可奈何的依依之情："所有的记忆离我并不很远/就在我们曾经同行过的苔痕映照静寂的林间/可是有一种不能确知的心情即使是/寻找到了适当的字句也逐渐无法再驾驭/到了最后我之于你/一如深紫色的鸢尾花之于这个春季/终究仍要互相背弃。"苔藓所承载的幽怨之意，宁静而自敛，正是哀而不伤之句。

在现代诗人中，郑愁予可能是最着意于苔藓意象的一位。在《贝勒维尔》一诗中，哀叹着"你航期误了，贝勒维尔！太耽于春深的港湾了，贝勒维尔！"的诗人以"贝勒维尔呀，哎，贝勒维尔：/帆上的补缀已破了……/舵上的青苔已厚了……"，以喻时光空掷中急切的归乡之心。《最后的春闱》作为以现代诗形式延续闺怨主题的作品，对苔藓这一象征的运用乃是水到渠成："毕竟是别离的日子，空的酒杯/或已倾出来日的宿题，啊，书生/你第一笔触的轻墨将润出什么？/是青青的苔色？那卷上，抑是迢迢的功名？"青青苔色所寄寓的相思与幽怨之意，在此已跃然纸上：这种已然成为象征的词语引发的情感，不着一语，而意透纸背。而在《望乡人：记诗人于右任陵》一诗中，苔藓的凭吊怀念之意，以及对超然精神生活的向往，表达得相当清晰："松涛涌满八加拉谷/苍苔爬上小筑黄昏/如一袭僧衣那么披著/醒时一灯一卷一茶盏/睡时枕下芬芳的泥土。"可以说，在以现代诗的形式重写古诗题材与意境上，郑愁予是非常杰出的代表。

不仅是诗人以新的表达形式重写着苔藓的意义，在文学的其他领域，这样的意义生产也在持续。袁凌描写底层生活的非虚构作品，以《青苔不会消失》为题，重复并发展了苔藓的隐喻意义："苔之为物也贱"，生于微末脏污之地，却能顽强地活出青翠之姿。在微如苔藓的小人物之生活中，有争夺与阴暗，亦有温暖和善意，他们如青苔般坚韧地生存着，不会就此消失。在安勇的短篇小说《青苔》中，游走于经济稳定的有妇之夫老秦和精神有问题、身体却年轻美好的小顾之间的中年女人莫丽雅，在湿滑的爱情游戏中，使小顾走向了生命之覆灭——当小顾踩着湖边的青苔去为情人摘取荷花时，他低微的生命和爱情必然会滑入深渊。在这里，除了青苔这一符号生于微末的特质得到了强调，它作为物的湿滑特质也被象征化了，成了欲望之危险暗滑的隐喻。

当代山水画在墨色和笔法上都有不少革新，尤以张大千、刘海粟、谢稚柳等人的泼墨泼彩画为代表。林木在《20世纪中国画研究》中如此评论张大千的"泼墨"法："其法是在纸上或绢上稍定大体位置，后执碗往上泼色、墨水，或趁湿而破，或稍干再泼,或浓破淡,或淡破浓,或色破墨,或墨破色,或色与色破,墨与墨破,或大碗狂泼,或小流浇注,或再加渲染而取柔和,或以笔导引以正轮廓,色与墨在水分高度饱和中互渗互透,形成一片迷离朦胧的神幻境界。"① 而在对墨色泼洒出之大写意加以补缀、使之成为层次丰富的形象这一过程中,点苔的细腻笔法颇有妙趣。苔点与青墨山色的互相映衬,能够进一步饱满画面,突显植被之丰泽(图3)。

图3 张大千《爱痕湖》(局部),1968年作,绢本泼彩,宽76.2厘米,长264.2厘米。该图在泼墨后用淡墨、淡彩勾勒轮廓,并以点苔法表现环湖诸山的草木山势。

相较于张大千的作品,刘海粟的泼彩画受西方印象主义影响更深,更讲究笔势的力度,色彩运用更加鲜明,富有视觉冲击力。在其"随意赋彩"的挥洒之下,刘海粟常以重苔、密苔手法,配合表现山色之奇丽,达到色彩高华之视觉效果(图4)。

图4 刘海粟《黄山天都莲花峰》(局部),1988年作,纸本设色,宽118厘米,长110厘米,常州市刘海粟艺术馆藏。

---

① 林木:《20世纪中国国画研究》,广西美术出版社2000年版,第64页。

相较于张大千与刘海粟泼墨泼彩画作的气势磅礴,谢稚柳的画作着意于表现清新俊逸之意境,用色较为清浅,气韵空灵。特别值得一提的,是其在泼墨画中常用彩苔手法,来表现植物的明丽色彩(图5)。

图5 谢稚柳《夏山图》,设色纸本,宽57厘米,长95厘米。该图以彩色淡墨作短皴及苔点,表现草木繁茂之姿。

在当代画家运用泼墨、泼彩之大写意手法,对山水画创作进行创新的过程中,点苔的笔法作为对水墨之不定形图案的补缀方式之一,与彩墨铺展相配合,在挥洒间见细腻笔触,铺叠出画面的丰富层次,延续和发展了将苔点作为山色植被之提喻的表意方式。而在当代的园林设计中,尤其是在近年来兴起的微景观设计中,苔藓经常被用于对绿地之象征的营造,苔藓微景观甚至演变成独立的盆栽种类,非常受年轻人的喜爱。

所谓苔藓微景观,就是将苔藓作为主要的造景元素营造的新型桌面盆栽,除微缩山石之外,常搭配各种玩偶摆件,而种植的器皿除传统陶器、瓷器之外,多用透明的玻璃器皿,造型新颖多样。种植在玻璃和陶瓷瓶中的苔藓微景观,也被称为苔藓生态瓶,是近十年来在国内兴起的新式盆景。[①] 苔藓微景观所选取的苔藓类植物以水苔、白

---

① 王蒙、陈盼晓:《浅析室内设计中微景观生态空间设计——以苔藓微景观生态瓶为例》,《艺术科技》2015年第11期,第216页。

苔、凤尾藓、大灰藓等为主，主要用其营造芳草遍布的植被效果；并配以形态优美的蕨类植物和文竹、罗汉松等，以及各种色泽鲜艳、造型趣致的卡通人物或动物配件，建造出清新可爱的"自然"空间。和传统的盆景艺术不同的是，苔藓微景观除了追求山水禅意之外，还深受动漫文化的影响，力求赋予景观空间生动活泼的童趣色彩（图6、图7）。

图6　盆植式苔藓微景观
资料来源：https：//www.duitang.com/blog/？id=540167461。

图7　苔藓微景观生态瓶，以宫崎骏的动漫创作《龙猫》之卡通造型作为配件
资料来源：https：//www.duitang.com/blog/？id=246691078。

特别值得一提的是，苔藓在中国和日本园林盆景中的运用，已经对西方的设计师和艺术家发生了影响。波兰的卡多斯卡（Katarzyna Kadulska）就曾探讨过如何在技术层面运用苔藓培植的绿墙作为街头艺术，进行城市空间的打造。① 英国的生态艺术家加福斯（Anna Garforth）也以苔藓为符号载体，创造了一系列壁画式的涂鸦作品，并逐步将苔藓运用到其他的艺术形式中去（图8、图9）。2011年，她的作品在中国香港展出，西方的苔藓艺术作品得以在苔藓艺术的原乡落地。

图8　加福斯倡议的"涂鸦艺术保护珍稀动物"运动

图9　加福斯《领地漫步》，2017年

---

①　[波兰]卡多斯卡（Katarzyna Kadulska）：《利用苔藓作为街道艺术连接不同类型的文化传统元素的可能性，以波兰和中国为例》，湖南农业大学硕士学位论文，2016年。

根据卡多斯卡的观察，中国的景观设计大量地运用苔藓作为绿植，这和西方的居所设计要将苔藓这一湿滑脏污之物清除或忽略在外的做法大为不同。① 对苔藓的描绘和欣赏，是重要的中国美学传统，这不仅在文学与艺术中创造了深具美感的各种意象，并且，在实际中，苔藓得到大量培植，它们在植物群落的生态圈中起到了重要作用。这是文化符号活动影响到实际生态和生命符号活动的佳例，它也证明：脱离主体来谈论生态，可能是科学式生态研究的实验之法，却并非文化生态研究应有的面向和维度。

---

① ［波兰］卡多斯卡（Katarzyna Kadulska）：《利用苔藓作为街道艺术连接不同类型的文化传统元素的可能性，以波兰和中国为例》，湖南农业大学硕士学位论文，2016年。

身份历险：解读《哈克贝利·费恩历险记》的成长主题

陈文斌*

(四川大学文学与新闻学院，成都，610064)

摘　要：本文从三个角度解读《哈克贝利·费恩历险记》中的身份问题。哈克通过伪造死亡逃离原有身份，成长历险过程中不断游移身份。国王和公爵通过伪装身份获取现实利益，但哈克却从中习得了社会化过程中身份伪装的手段，同时又保留了善良的本性。在与杰姆的共同游历中，作为引路人的杰姆不断影响哈克对于种族身份的认知，最终使得哈克摆脱社会成规的束缚，洞悉了人性的美好。这三个角度解读了哈克成长过程中对于身份的多方面理解，最终走向成熟。

关键词：《哈克贝利·费恩历险记》；身份；种族；成长小说

从体裁和主题看，《哈克贝利·费恩历险记》体现了多类小说的传统。以第一人称叙述，哈克的流浪经历贯穿了整部小说，"小说的空间，因主人公足迹所到之处很多，都依靠主人公这条线索串联起来"[1]。这部分符合了流浪汉小说的特质。再者，小说开篇的通告："本作者奉兵工署长 G.G. 指示，特发布如下命令：如有人企图从本书记叙中发现写作动机，将对之提起公诉；如有人企图从中发现道德寓意，将处以流刑；如有人企图从中发现情节结构，将予以枪决。"这一游戏性的文字又具有先锋小说的特征。更为重要的是，整个漫游经历促成了哈克的成长，这同时又接续了德国修养小说的传统。

"修养小说（Bildungsroman）是德语文学中的一种特殊小说类型"，[2]国内学术界对于 Bildungsroman 的翻译有"修养小说""成长小说""教育小说""成长发展小说""成

---

* 陈文斌，四川大学文学与新闻学院符号学-传媒学研究所成员，研究方向为比较文学、主体符号学。
[1] 龚翰熊：《欧洲小说史》，四川大学出版社 1997 年版，第 29 页。
[2] 谷裕：《德国修养小说研究》，北京大学出版社 2013 年版，第 18 页。

长教育小说"等，这种翻译的不统一实质上是因为 Bildungsroman 这个概念本身的多义性，很难用一个确定的中文词语涵盖其中所蕴含的全部内涵。从词源上追溯，Bildungsroman 是由 Bildung 和 Roman 两个词复合而成，Bildung 一词"含有人格塑造、成长发展和教育的思想，任何单独的翻译和释义都不免偏于一隅"。① 在英文和法文的释义中也同样存在着多个解释的现象，如英美文献中就有 "education novel"、"adolescent novel" 或 "novel of formation" 等多个译法。

在中文语境下，"成长小说"的译法更为通行。作为主人公的哈克是一个未成年人，在远离家庭，与外界接触的过程中，哈克经受了象征意义上的成人仪式，整个历险就是主体成长发展的过程，在不同的事件中经受磨难，在死亡与复生的受难象征中获得了对于世界与自我的新认知。

一　游移的身份

个体身份的确认最初来自父母，而哈克确认身份的危机就在于父母的缺位。在汤姆·索亚帮第一次入会宣誓中，有人提出泄露秘密者的家属应该处死，而哈克因为没有家里人面临着被集体剔除的危机："他们商量了一阵，打算把我除名，因为每个哥们都必须有家属或者别的什么人可以处死，不然，对其他人不公道。"② 危机的解除是哈克将收养他的华珍小姐作为可以处死的对象，哈克的身份确认仰赖于一个没有血缘关系的他者，这也就昭示了哈克身份确认的危机。

这种身份认同危机的根源在于哈克成长过程中父母位置的缺场。母亲早逝，父亲沉迷于酒精，应当给予身份确认的两大支柱同时离场，这就促成了哈克本身对于现实环境的陌生感和排斥感。而父亲的再次出场导致了哈克处境的又一次变化，华珍小姐的教化抑制了他自由的天性，但社会规训必然地会给予他一个明确的身份；而另一方面，父亲的挟持将哈克再次置于脱离规训的离散状态，远离规训从而回归天性，但远离现实社会又造成了哈克的精神危机。个体的成长总需要与现实碰撞，在生活中积累经验从而更好地明确自我，而父亲的囚禁阻碍了成长主体与外界的联系，从而丧失了成长所需的历练环境。"他（父亲）出门的时间越来越多，一出门就把我锁在屋里。有一回，他把我锁在屋里，三天不回来。我无聊的要命。……我害怕起来，打定主意要想个办法离开那地方。"③ 逃离囚禁的潜在动因是为了摆脱精神上的无聊空虚状态，父亲的出现并没有填补哈克成长过程中所要的精神给养，因此，哈克的逃离是试图通过与外界联系从而追寻存在的意义。

---

① 谷裕：《德国修养小说研究》，北京大学出版社2013年版，第1页。
② [美] 马克·吐温：《哈克贝利·费恩历险记》，成时译，人民文学出版社1989年版，第14页。
③ 同上书，第30页。

接受华珍小姐的规训是通过抑制自由天性来获取稳定身份，暂时性地屈服父亲虽然满足了自由天性，但不得不面临无意义的空虚。哈克迈上远离故土的历险实际上是为了同时兼顾自由天性和确认身份的双重需求，已有的这两条路径不能够同时调和两者。整个历险将在这两个维度上同时经受考验，自由天性不得不受制于现实环境和他者的阻碍，身份的确认不得不在变动游移中逐渐清晰。

华珍小姐抑制了哈克的自然天性，父亲将哈克与诸种社会身份相隔离，两者从不同方面限制了哈克的自然成长。因此，哈克为了摆脱这些限制制造了自己被谋杀的假象，从而向现实昭示自己过去的死亡，整个历险将以不同的新身份在现实中游移。"从仪式的意义上考察，这实际上是成人仪式的第一阶段——分离仪式。"[1] 因为按照范根纳普对于成年仪式的划分，处于分离阶段的个体"离开了他们以前在社会结构中所占据的固定位置，或离开某种文化的状态"[2]。哈克正是通过"分离仪式"与过去的身份和地位割裂，但割裂之后又无法立刻获取新的身份确认，因而整个历险就不得不随时变换身份以适应环境需要，这样就处于成年仪式的第二阶段，即过渡阶段，"处于一种'模棱两可'的状态中，既不具有原来状态的基本特征，也不具有未来状态的基本特征"[3]。这种身份的模糊是成长的必经过程，在经受考验之后将最终走向"聚合阶段"，将主体自身安放在一个稳定的位置上，明确自己的行为和道德取向。值得注意的是，分离本身也造成了积极的影响。

从分离的原因看，"分离是青春期的内在要求。外在与内在的动力共同结合，催促青少年走入人间，去过一种比在狭小的家中更为广阔而神秘的生活"[4]。在家庭规训中，成长主体必然要接受已有成人世界规则的教化："当初在寡妇家里，天天洗脸梳头，就着盘子吃饭，在床上睡觉，早晨按时起床，老和书本打交道。"[5] 这种文明的生活方式将秩序内化于成长主体之中，这种生活方式的习得依赖于文明社会的共识。哈克伪装死亡的逃离将自己投掷到更为复杂的自然之中，生存能力的考验相较于生活方式的规训更为严峻。与家的保护相分离，沿路的漂流将自己放置在陌生的世界之中，从而能够更加体悟自然对于个体改造的力量，以及个人处于无力状态的渺小。

就分离的效果看，与家庭的分离将成长主体抛掷到不可控的自然力中，这种危机集中体现在第15章的雾夜漂流，置身于划子之上的哈克完全丧失了控制局面的能力，只能听任自然所施加的力量："一过滩尾，我就箭也似的射进茫茫白雾之中，不知道自

---

[1] 张德明：《〈哈克贝利·芬历险记〉与成人仪式》，《浙江大学学报》（人文社会科学版）1999年第4期，第93页。

[2] 郭法奇：《原始社会的"成年礼"仪式及其对学校教育的影响》，《华东师范大学学报》（教育科学版）2007年第3期，第7页。

[3] 同上。

[4] 徐丹：《倾空的器皿——成年仪式与欧美文学中的成长主题》，生活·读书·新知三联书店2013年版，第28页。

[5] 马克·吐温：《哈克贝利·费恩历险记》，成时译，人民文学出版社1989年版，第29页。

己在朝哪个方向走，简直跟一个死人差不多。"① 自然的力量随时可以将一个个体摧毁，在整个听任自然抉择的死亡漂流中，哈克始终处于生死边缘。

在河与岸的二元对立中，"前者象征着自由，而后者象征着对自由的束缚"②。哈克在河上的漫游经历释放了对于自由天性的渴望，而一旦回到岸上就不得不面对成人世界的威胁，岸上的历险向哈克展露了现实世界的复杂和危险。葛伦裘福德和谢伯逊两家的世仇，国王与公爵的虚伪欺骗，被骗者之间的狭隘默契，惩处罪人的肉体酷刑……这一切都向哈克展现了家庭规训之外的现实险恶，也正是在参与具体事件的过程中，哈克洞悉了成人世界的种种善恶美丑，也正是在一个又一个危机中脱身，提升了哈克适应现实的生存能力。

哈克通过不断变换身份有效地规避了各种危险。名字与身份相对应，哈克每次为新身份编造的故事一方面刻意与哈克这一身份相分离，另一方面由于新身份与真实自我相分离又时常被遗忘，暂时建构的身份处于一种不稳定的游移状态。第一次上岸打探消息，哈克伪装成女孩，声称自己叫萨拉·威廉姆斯，然而在之后的盘问下又称自己叫曼丽·威廉姆斯。被轮船撞翻落水上岸后，在葛伦裘福德面前声称自己叫乔奇·杰克逊，随后一觉醒来又忘了自己叫什么。不断的身份变动虽然能够暂时满足环境的需要，但临时建构的身份却总是被遗忘，这是向成人过渡的必然阶段，个体社会化需要不断地建构临时身份，哈克的不成熟在于临时建构没有深入自我内核，自我无法稳定不同的身份。身份的不断转换容易造成身份识别的危机，"确认角色身份需要经由身份转变至身份识别的双重验证"。③ 至小说的结尾，哈克与过往的身份重新联系，重新被他人识别出来，从而明确了自己真实的身份。经历过不同临时身份转换的哈克又回到了身份的起点，但身份的回归并不是过往的简单重复，经受转变的身份意识重新确认了自己的存在，由此获得了对于自我身份的确切认知。

二　伪装的身份

哈克的历险同样是一场关于身份的历险，每一次身份的伪装都是为了解决现实的困境。为了应对不同的他者，只有合适的身份才能保证与他者进行有效接触，"人一旦面对他人表达意义，或对他人表达的符号进行解释，就不得不把自己演展为某一种相应的身份。"④ 这种身份的伪装需要借助一系列的"修辞"能力，转换性别身份，哈克伪装成小姑娘是为了掩盖自身男性特征，保证自己不被发现才能打探对岸的动静；伪

---

① [美] 马克·吐温：《哈克贝利·费恩历险记》，成时译，人民文学出版社 1989 年版，第 86 页。
② 石颖：《〈哈克贝利·费恩历险记〉中的原型及象征手法的运用》，《湖南社会科学》2012 年第 5 期，第 6 页。
③ Freeburg, V. O., *Disguise Plots in Elizabethan Drama*, New York: Columbia University Press, 1915, p. 2.
④ 赵毅衡：《符号学》，南京大学出版社 2012 年版，第 341 页。

装成受难者,将自己置身事外,编造呼苟小姐遇难的故事是为了拯救瓦尔特·司各特号上的匪徒;在国王和公爵的挟制下伪装成随从,这是受环境所迫,但哈克并没有同流合污,而是为了保护曼丽·吉恩一家偷藏遗产;假扮汤姆·索亚也是为了拯救杰姆。每一次的伪装既具有现实目的又没有损害到他人的利益,借助于有效的故事杜撰构建了自己的身份来源,伪装本身成为一种生存方式。

而与之相对照的是另一种身份的伪装,伪装本身成为一种谋生的手段。国王和公爵的身份就是这类伪装,伪装本身是为了让哈克和杰姆服侍,两人的身份攀比足于混乱的历史常识,身份伪装的闹剧从而具有了反讽的意味。在演出的海报上谎称:"誉满全球的悲剧演员,伦敦德鲁瑞巷剧院的小大卫·加利克与伦敦匹凯台利布丁巷白教堂皇家干草场戏院及皇家大陆剧院的老爱德蒙·凯恩演出莎士比亚戏剧中著名的折子(戏)《罗密欧与朱丽叶》中的阳台情话一场!!!"① 冗长的头衔完全是虚张声势,实际目的无非骗取钱财。每次变换地点都要重新更换称谓,身份的伪装成为主动掩盖过去丑恶行为的手段。

伪装身份所导致的戏剧化情节集中体现在遗产争夺中,国王和公爵伪装成死者彼得的兄弟哈凡和威廉,这场伪装身份的表演一直延续了扮演角色应有的特征。国王"从头到尾学着英国人的腔调,学得还挺像",而公爵称自己"在戏台上扮过又聋又哑的角色。②"在与众人见面寒暄时,"公爵则做着各种手势,嘴里不停地'咕—咕—咕—咕',活像一个还不会说话的娃娃"③。这种成熟的伪装,时刻牢记着自己扮演的角色,即使在面对质疑时也能坚持自己的角色扮演。在真假对峙过程中,国王始终坚持伪装的身份,而不像哈克一样可能随时遗忘自己的临时身份。再被问及彼得的胸膛刺了什么这类具体细节时,国王仍旧死撑着说那是"一支又小又细的蓝剑"④。

两类不同的伪装身份具有本质差异,同时进行角色扮演,哈克始终保持着善良的天性。哈克之前的伪装始终处于一种模糊的状态,临时地建构总是带来短暂的记忆。在与国王和公爵共同进行的角色扮演中,哈克见识到了彻底的身份伪装,这种伪装立足于一系列事实的堆积,需要时刻牢记自己的身份特征,即使在危急时刻仍旧将伪装进行到底。如果将"显性或直接的伪装称之为物理(physical)伪装而将隐性的伪装归为心理(psychological)伪装",⑤ 哈克之前无法调和两种伪装之间的配合,但国王与公爵的伪装建立在强大的心理伪装基础上,从而使得外在的物理伪装能够瞒过众人。虽然国王和公爵的伪装具有功利性的邪恶目的,但手段本身却也构成了哈克成长过程中学习的一部分。在伪装成汤姆·索亚之后,哈克始终保持了伪装身份的统一性,成长

---

① [美]马克·吐温:《哈克贝利·费恩历险记》,成时译,人民文学出版社1989年版,第153页。
② 同上书,第165页。
③ 同上书,第168页。
④ 同上书,第203页。
⑤ 曾绛:《伪装:叙事、身份与人格的易变——以莎士比亚戏剧为例》,《外语教学》2014年第5期,第90页。

的过程并非总是经受真善美的洗礼,在假恶丑的对照下,成长主体也需要从中获取新的认知。哈克自己的伪装只是暂时性的,成人世界的身份伪装总是需要稳定的自我进行有效调控,虽然目的本身存在差异,但是手段本身却是共通的,哈克与过去身份分离之后必然需要建构新的身份,在面对复杂外界的过程中,伪装身份就成了一种生存的技能,哈克从国王与公爵身上汲取了手段的合理性,同时又保持了目的的纯良,促成了自己的成长。

伪装身份的第三种状态体现在杰姆身上,身为逃跑的黑奴,杰姆时刻担心自己被逮捕,因此伪装身份变成了不得已而为之的行为。哈克的伪装是为了与过去身份相分离,国王与公爵的伪装是为了谋取现实利益。而杰姆的伪装虽然也具有目的性,即不被逮捕,希望重获自由,但是伪装本身并不由自己来控制,而是借助并仰赖于他者的帮忙,从而使得杰姆的伪装丧失了独立自主性,这在一定程度上也暗示了当时黑人和白人对于自我身份掌控的不同状态。

杰姆为了逃避追捕最初采取藏匿的方式,即不与外界接触,从而通过身份的空白来掩盖自己的黑奴身份。但随着整个游历的进行,杰姆不得不面对时不时出现的他者,这样伪装身份就成了必然。杰姆的第一次有效伪装来自公爵的操作,公爵"把李尔王的行头——一件印花幕布做的长袍,一套白马鬃做的假发和胡子——给杰姆穿戴好,然后用化妆油彩把杰姆的脸、手、耳朵、脖子全涂成厚厚的暗浊的蓝色,像是淹死了九天才从水里捞上来的"[①]。并写了一个告示将杰姆定位为有病的阿拉伯人,杰姆的身份成为被操作的对象,伪装本身成为他人意志的投射。

摆脱国王与公爵之后,哈克被视为逃跑的黑奴遭到囚禁,哈克和汤姆的拯救成为一场孩童的闹剧,而哈克则始终配合着他们的拯救计划。杰姆在整个计划中再次充当了被操作的对象,将自己伪装成一个具有英雄特质的囚徒,诸如刻纹章、挖洞、与蜘蛛亲热等,这一系列行为不过是为了满足汤姆的幻想。反观现实,杰姆随时可以逃走,但他却屈从于白人少爷的指令,伪装成一个无力的囚徒。而实际上,他能够抬起床,"从床脚下脱出链子",[②] 如果汤姆弄来一条响尾蛇,他"会一头撞穿那木垛墙逃出去"[③]。具有逃脱的能力而甘愿放弃,被动地伪装身份而不抗拒,这种伪装身份的被动性恰恰折射出当时大部分黑奴思想观念的局限,在种族意识的钳制下抑制住自我的真实意志。

三 种族身份

哈克的漫游既然是一场关于身份的历险,身份本身将成为分析整部小说的关键。与过往身份的分离促使哈克踏上了寻找身份的旅程,在一系列事件中,哈克学会了伪

---

① [美]马克·吐温:《哈克贝利·费恩历险记》,成时译,人民文学出版社1989年版,第161页。
② 同上书,第262页。
③ 同上书,第263页。

装身份来适应现实环境的需要,但对于身份本身的有意识思考主要是通过与杰姆的交往来表现。杰姆虽然是一个身份被动者,但其善良的天性启悟了哈克对于种族身份的反思,并超出了当时的意识形态桎梏,完成了真正意义上的自我意识提升。

《哈克贝利·费恩历险记》触及了当时南方社会的种族问题,受当时观念的束缚,"在美国社会结构中,非洲裔的'黑人性'与主流的'白人性'相比,前者属于受支配的边缘范畴。"① 这种共识深入当时的美国国民性中,但就哈克的成长而言,他对于种族身份的态度有一个蜕变的过程。第一次冲突体现在事物认知方式上,哈克谈及法国人说话和他们不一样后,结论是"他们说话,你一句也听不懂——一个字也听不懂"②。而杰姆则认为这不可能,两人推论的思维不在一个逻辑上。哈克由猫、牛说话和我们天然不一样推导到法国人也能和"我们"说话不一样,逻辑基础是能指与所指之间的任意性。而杰姆由猫和牛非人,法国人和"我们"是人的现实推导到法国人该说人话,逻辑基础局限在物种归类的常识上,这种思维惯性催生了一种自我中心主义,从而无法认知到语言的差异性。形成这种状况的原因包括教化程度的不同,但本质上透露出了杰姆作为黑奴认知能力的低下,因此哈克最后不得不感叹:"我明白了这是白费口舌——你没法教一个黑奴讲道理。"③ 哈克将杰姆置于自己的对立面,而且将自己的白人身份凌驾于黑奴之上。

认知的推进和转折发生在雾夜漂流的生死危机之后,哈克谎称杰姆做梦来捉弄他,而当杰姆悟出事实真相后,流露出被欺骗后的真实情感。

> 我一边照管木排,一边叫你,乏得布(不)行了,当时我的醒(心)都碎啦,云(因)为你走散(失)啦。我自己,还有这木杯(排),会不会出事,我都布园益(不愿意)去想啦。我醒来一看,你并并(平平)安安回来啦,不由得直荡(淌)眼泪,我满醒(心)感谢,恨不得跪下来亲亲你的脚。可你,你想的史(是)怎样撒谎,作弄我劳(老)杰姆。那些东西史(是)垃圾,那种往奔(朋)友脑袋上泼脏水,叫他们丢人现眼的,也是垃圾。④

在杰姆眼中,哈克是可信赖的朋友,而哈克的谎言戳伤了朋友的心,在漫游过程中建立起来的友谊催生了哈克对于黑奴杰姆新的情感。"我觉得自己多么卑鄙,我恨不得吻他的脚,求他收回他的话。"⑤ 在友谊可能破裂的危机下,哈克超越了当时白人与

---

① 王晓路:《种族/族性》,《外国文学》2002 年第 6 期,第 5 页。
② [美] 马克·吐温:《哈克贝利·费恩历险记》,成时译,人民文学出版社 1989 年版,第 84 页。
③ 同上书,第 85 页。
④ 同上书,第 90—91 页。
⑤ 同上书,第 91 页。

黑人之间的种族界限，"鼓起勇气，走去向一个黑奴低声下气地告罪"①。认知能力的差距被磨平，建基于真诚认错的道歉提升了哈克对于自己行为责任的担当，也正是立足于这样的转变，在面对抓捕黑奴者时，哈克谎称杰姆是个白人，谎言本身捍卫了杰姆的自由。

　　哈克对杰姆态度的转变伴随着整个历险展开，从认知能力的鄙夷，到友谊的建立，再到深入人性的体认，哈克实现了对于杰姆认知的蜕变。在第23章中，杰姆与哈克谈及了自己误打女儿小伊丽莎白的故事，哈克陷入了深深的自责和内疚之中。与哈克不同，杰姆的逃离是为了家庭，杰姆的思念催生了他的眼泪，亲情作为人性共通点突破了种族的界限，哈克也在杰姆的故事中体悟到了人性中最脆弱和深厚的一面。种族差异立足的肤色不过是权力运作的结果，只有突破这种遮蔽才能感受到人类作为共同体的本质真相。杰姆作为哈克成长过程中的引路人改变了哈克对于种族身份的认知，这种认知突破了社会规训中强调的固有身份等级差异，哈克在指引之后深切体悟到了表面差异背后的共通人性，从而实现了认知上的成熟。

四　结语

　　个体的成长必然要面对身份转换的问题，在象征意义的成年仪式中，哈克选择了假死告别以往身份，伴随着过渡阶段身份的游移，哈克选择了不断转换身份来满足自我的暂时需要。这种身份的转换依赖于物理与心理两个层面的伪装，哈克伪装的不成熟带来了身份的遗忘，从国王与公爵的伪装中，哈克习得了伪装身份的手段。与此同时，杰姆的被迫伪装也折射出了黑奴的身份窘迫。但作为哈克历险过程中的引路人，杰姆展现了人性的善良与美好，进而影响了哈克对于种族身份的认知，最终让哈克突破当时社会意识形态的桎梏，实现了人性的健康成长。

　　《哈克贝利·费恩历险记》可以看作一场关于身份的历险，其中触及了对于身份问题的多方面思考，从文本分析中我们可以窥探到作者表现个体成长过程中身份转换的良苦用心，对于成人社会身份伪装的敏感洞悉，也流露了作者对种族身份的超越性反思，正是以身份问题为切入点，在一个新的侧面打开了对于这部小说的另类解读。

---

　　①　[美] 马克·吐温：《哈克贝利·费恩历险记》，成时译，人民文学出版社1989年版，第91页。

跨越空间的"追寻":论托马斯·品钦《拍卖第四十九批》

石访访*

(四川大学文学与新闻学院,成都,610064)

摘 要:《拍卖第四十九批》作为美国后现代作家托马斯·品钦的代表作,在继承文学传统的"追寻"模式与后现代文本"不确定性"特征的同时,对空间进行了独特的展示。主人公俄狄帕在一个失去确定意义的世界中的"追寻",实际上是一种从权力空间向异质空间的跨越性追寻,在这种追寻的过程中,社会的明晰与隐晦被洞察,个体也由此获得生存于世的真实方式。

关键词:《拍卖第四十九批》;托马斯·品钦;追寻;权力;异质空间

《拍卖第四十九批》(*The Crying of Lot 49*)是托马斯·品钦的第二部长篇小说,并被视为"最佳的认识品钦的书",其以复杂的追寻主题而著称于世。以往对这部小说的研究,多集中于文本的语言游戏、叙事迷宫等后现代文本的典型特征,以及主人公俄狄帕追寻行为的"无效性""不确定性",或者贯穿于品钦文学叙述中的热力学知识与信息理论的"熵"。实际上,在文本碎片式的叙述之中,同样还隐藏着一种清晰的空间对立:《拍卖第四十九批》所描述的晚期资本主义大工厂、学校、企业等构成一种由权力运作的社会主导性空间;而异质性的酒吧、剧院、贫民窟以及贯穿于整部小说的神秘的"特里斯特罗王国",则构成一种典型"异质空间",两种空间在文本中彼此对立,却经由俄狄帕的行为轨迹而联系在一起。

主人公俄狄帕(Oedipa)的追寻是小说著名的缘由,同时也是学界研究的集中点,作为俄狄浦斯(Oedipus)的阴性形式,这一女性个体的追寻既是对文学传统"追寻"模式的继承,同时又提出了挑战——主体性别的转化,以及传统"英雄"与后现代"凡人"的对立。而文本通过对空间的描述,使得这种继承与转变在形式之上具有更加

---

* 石访访,四川大学文学与新闻学院符号学-传媒学研究所成员,研究方向为比较文学。

深刻的社会意义,彼此对立的双重空间,特别是以"特里斯特罗王国"为代表的异质空间,使得俄狄帕的追寻折射出深刻的社会现实景观,并由此引向对个体生存方式的思考。

一 权力运作的社会主导空间

《拍卖第四十九批》的叙事始于加利福尼亚州房地产巨头"皮尔斯"的遗嘱。主人公俄狄帕作为一个庸常的家庭妇女,突然被任命为昔日情人皮尔斯的遗嘱执行人,负责厘清和分配遗产的工作,具体而言,即"详尽地了解账本业务,完成遗嘱验证,收取欠款,清查遗产,估算地产,决定什么该清算什么该保留,偿付索赔款,结清税金,分配遗产……"①盘根错节的遗产与清查工作,对于一个从未执行过遗嘱的家庭妇女而言,明显太过复杂。然而,俄狄帕正是在这一遗产整理的过程中,深入窥视了资本主义的经济空间。

皮尔斯留下的遗产,为俄狄帕展现出一个由权力支配和运作的社会主导性空间。小说中皮尔斯拥有大量股份的美国飞机制造业巨头"悠游弹"(YOYODYNE)公司是这种空间的代表,文本在俄狄帕开车前往圣纳西索去整理遗产的途中,即对这一公司的外部形态作出描绘:"她的左边出现了散布成长长的一片的宽大的粉红色建筑,围着它们的是一道数英里长、顶部装着带刺铁丝网、时而有座警卫岗亭的围墙。"②当俄狄帕作为皮尔斯的遗嘱执行人,前往"悠游弹"公司参加股东会议时,公司员工斯坦利·科特克斯更是向俄狄帕说明:每一个工程师在起初与悠游弹公司签约时就把任何可能做成功的发明专利权也签掉了。"这就把真正有创造力的工程师扼杀了","联合作业,它实际上是一个逃避责任的方法。它是整个社会缺乏胆量的一个症状"③。以俄狄帕整理遗产为线索,通过对工厂外部形态的描绘与内部人员的自叙,文本展现了以"悠游弹"公司为代表的资本主义经济空间:外部形态上以带刺的铁丝网、警卫岗亭对工厂内部人员进行实时的控制与监视,而内在意识方面,则以联合作业压制个体的创造力与独特性,把人塑造成一种"固定位置的螺丝钉"的角色。

福柯在《不同空间的正文与上下文》中指出,现代的空间散落成基地(site),取代了中世纪的定位空间与17世纪的延伸性空间,并认为"空间是任何公共生活形式的基础,是权力运作的基础"④。作为资本主义工厂代表的"悠游弹"公司,正是一种典型的、"基地"特性的经济空间,它展现了资本主义如何运用资本与权力来控制社会的结构,以及个体的行为和意识。此外,与"悠游弹"公司位置相邻的亦有煤渣砖结构

---

① [美]托马斯·品钦:《拍卖第四十九批》,叶华年译,译林出版社2014年版,第11页。
② 同上书,第16页。
③ 同上书,第73页。
④ 转引自包亚明主编《后现代性与地理学的政治》,上海教育出版社2001年版,第13—14页。

的办公用品计算经销商、密封剂制造商行、瓶装液化气厂、紧固件厂等企业,以及与皮尔斯有关的范戈索环礁湖住区、过滤嘴公司等,这些公司以彼此独立而又互相联合的形式,组织成了一个庞大的、占据社会主导地位的晚期资本主义经济空间与权力空间。过滤嘴公司声称的"最佳品种的骨炭",实际上是高速公路公司在修路时拆毁墓地所得的人骨,而范戈索环礁湖底供游客探险的骨架,则是从皮耶塔湖打捞出的昔日美德对战中牺牲士兵的真人骨架。

这些在文本中密集呈现的资本主义经济空间,呈现了在晚期资本主义社会中经济运行的现实境况。资本主义工厂占据了具象的地理空间,并以此作为权力运作的基础,在这种情况下,空间不再是单纯的"容器",而成为一种力量,一种协助资本主义运作权力、主导社会运行以及控制个体行为的力量。

权力运作空间,不仅体现在经济层面,学校则是另一种典型。俄狄帕在清理遗产的过程中对昔日的校园生活进行了回忆,呈现出一个在权力运作下被"扭曲"的象牙塔:学校"把年轻的俄狄帕变成一个怪人,不再适合游行和静坐,而只是一个在詹姆斯一世时期的文本里追踪怪词的高手"①。以意识形态的力量对个体进行思想和行为的控制,文字"游戏"取代思考与行动,个体的创造力与活力被遏制在进入社会以前。

此外,美国的官方邮递是另一则权力的寓言:根据法洛皮恩编写的美国私人邮递史,国会先后在1845年、1847年、1851年和1855年通过法案,镇压私营企业,迫使私人邮路走向溃败。1861年,联邦政府又对残存的私人邮路采取了"强有力的取缔措施"。通过邮政改革运动,美国联邦政府强力地镇压了独立的私营邮递路线,使之全部破产,从而实行信息传递的垄断控制。这种由权力运作的空间在社会中占据主导地位,它既是资本主义发展的产物,也是协助资本主义运作社会的力量,工厂、校园、企业等空间结合形成高压密集的规训统治网络,对生活于其中的个体进行大规模的控制与压抑。

菲利普·韦格纳曾指出:"空间本身既是一种产物,是由不同范围的社会进程与人类干预形成的,又是一种力量,它要反过来影响、指引和限定人类在世界上的行为与方式的各种可能性。"② 小说《拍卖第四十九批》中所呈现出的权力空间,正是作为资本主义社会历史进程的产物,同时又是资本主义控制人的思想行为与生存状况的力量,这种由权力进行运作的社会主导空间,对生活于其中的个体无疑具有控制、压制甚至是异化的作用,文中的俄狄帕太太及其丈夫马乔、精神病医生希拉里乌斯皆是身处这种权力空间中被压抑的典型。

---

① [美]托马斯·品钦:《拍卖第四十九批》,叶华年译,译林出版社2014年版,第91页。
② [美]菲利普·韦格纳:《空间批评:批评的地理、空间、场所与文本性》,朱利安·沃尔弗雷斯编:《21世纪批评导论》,爱丁堡大学出版社2002年版。

二 异质空间:"另一个美国"

通过俄狄帕对皮尔斯遗产的清查工作,小说呈现出一个由权力运作的、晚期资本主义社会的主导空间,这个空间压抑并监控着生存其间的个体。然而,皮尔斯遗产的意义不止于此,主人公俄狄帕称,她一直试图厘清遗产并赋予其"秩序",却没想到"这遗产竟然是美国"。在一个资本权力运作的"美国"之外,小说以皮尔斯遗产中的"赝品邮票"为线索,呈现出另一个完全不同的"美国",即作为异质空间而存在的"特里斯特罗王国"。

《拍卖第四十九批》中的"特里斯特罗王国"是神秘的、异质的,完全不同于在资本主义社会中占据主导地位的权力空间,甚至直至小说结束,这一"王国"也没有获得准确的判定,从而使其具有了真实与虚构的双重色彩。"特里斯特罗王国"以装有弱音器的邮递喇叭为标志,使用 W. A. S. T. E. 的邮递系统,并且刻意使用与美国政府官方邮票相似但又进行过嘲弄性改动的"赝品邮票"。这种"赝品邮票"作为皮尔斯遗产的一部分是指向"特里斯特罗王国"的重要线索,同时也揭示出特里斯特罗对社会主流空间的倒转。

小说中所提及的"哥伦布航海大发现"邮票中获悉这一消息的三个朝臣的脸被微妙地改变,以表示不可控制的惊骇;邮票"惠斯勒的母亲"其左下角的鲜花被捕蝇草、颠茄、美国毒漆以及另一些有毒的植物所取代;1947 年为纪念使私人信使走向终结的"邮政大改革"而发行的"邮票一百年"中官方快马邮递的骑手的头被夸张地扭曲变形;邮票"自由女神像"中女神脸上有一个隐约的、恐吓性的微笑;"快马邮递"邮票中故意错印的 U. S. Potsage。①

这些原本为纪念美国的历史成就、文化身份以及社会进程所发行的邮票被刻意地扭曲,或者更准确的说,是从"受害者"的角度对这些历史上"伟大的"、值得纪念的社会事件进行了重新的解读。新大陆的发现、母亲节、邮政改革以及自由女神象征着的"美国梦",现在都被"赝品邮票"从另一个角度进行重述,从而实现了对由权力运作的、美国主导空间的文化逻辑与历史叙事的嘲弄,它呈现出资本主义进程中不同于主流空间叙事的殖民的、压迫的、血腥的和暴力的一面。也正因如此,使用"赝品邮票"进行邮件传递的"特里斯特罗王国"无疑是一种对权力空间进行倒转与再现的、与之完全不同的异质空间。

"异质空间"(Heterotopias)这一概念由福柯在《不同空间的正文与上下文》中提出:

---

① [美] 托马斯·品钦:《拍卖第四十九批》,叶华年译,译林出版社 2014 年版,第 154 页。

可能在每一文化、文明中,也存在着另一种真实空间——他们确实存在,并形成社会的真正基础——它们是那些对立基地,是一种有效制定的虚构地点,通过对立基地,真实基地与所有可在文化中找到的不同的真实基地,被同时的再现、对立与倒转。这类地点在所有地点之外,纵然如此,却仍然可以指出它们在现实中的位置。①

因此,异质空间作为社会真实基地的再现、对立与倒转,所呈现的往往是有别于社会主流空间的、另类的、偏离规范的、被遗忘和忽视的内容。对官方叙事与主流文化逻辑进行刻意嘲弄的"特里斯特罗王国",正是一种典型的异质空间,它通过使用刻意改动过的"赝品邮票"维持着私营的邮递系统,并以此揭露出官方叙事中被遮蔽与隐藏的事实,从而对抗社会主流空间对个体的监控与压抑。

俄狄帕也正是以"赝品邮票"为线索,对"特里斯特罗王国"展开的追寻,在整个追寻的过程中,俄狄帕发现大量与"特里斯特罗王国"相联系的异质性空间:只为同性恋开放的"希腊之家"酒吧,"无政府主义组织者"活跃的墨西哥廉价饭馆,嬉皮少年所在的回声宫旅馆,充满弱音喇叭邮递符号的黑人居住区、唐人街、贫民窟。这些异质空间以及生活于其间的主体,形成一种对社会主流空间的抵制与对立,他们刻意不使用美国的官方邮递,而选择"特里斯特罗王国"的邮递系统进行通信。

因此,作为异质空间的"特里斯特罗王国"在倒转社会主流空间的同时,也作为媒介连接起大量其他的、边缘化、异质性的空间,从而形成一个与主流空间相对立的异质空间网。这种虚幻与真实共存的异质网络,"是一个精心计划的从这个共和国的生活及其系统的退出,无论是出于仇恨,出于对他们选举权的漠视,出于漏洞或单纯的无知而拒绝给予他们任何其他权益,这个退出是他们自己的、非公开的、私人的行为。既然他们无法撤退到真空中去,那么就需要一个隔离的、沉默的、不被怀疑的世界"②。而这个隔离的、沉默的异质空间网,正是在退出社会主导空间的同时,对其进行了的对立、倒转与抵制。

三 跨越空间:社会批判与个体关怀

在文本中,无论是以"悠游弹"公司为代表的社会主导空间,还是以"特里斯特罗王国"为代表的异质空间,实际上都是通过俄狄帕的追寻行为而得以呈现。俄狄帕这一人物形象,在小说初始时,仅是一个刚参加完家用品推销聚会的家庭妇女,一个"每天过着雷同复制的日子"、被禁锢于"塔"中的女性形象,如同文中所暗示的格林

---

① 转引自包亚明主编《后现代性与地理学的政治》,上海教育出版社2001年版,第21—22页。
② [美]托马斯·品钦:《拍卖第四十九批》,叶华年译,译林出版社2014年版,第109页。

童话中被禁锢的长发姑娘拉庞泽尔。然而，当俄狄帕被任命为皮尔斯的遗嘱执行人，前往圣纳西索整理遗产事务，深入洞察自身生存其间的资本主义社会及其背后复杂的权力运作，进而对隐藏的"特里斯特罗王国"展开追寻时，她便彻底走出了禁锢个体生命的孤塔。

换言之，俄狄帕的追寻，可以视为一个原本身处于权力空间而被压抑的个体、一个被禁锢与异化的女性，对于"异质空间"的探索与追寻。通过这种跨越两种彼此对立的空间的追寻过程，原本"虚幻"的异质空间正如福柯所言，会像一面镜子，其异质性将反衬出个体原本所处的社会主导空间的弊端与晦暗，并促使追寻主体对主流空间展开质疑、批判，甚至是颠覆。更重要的是，这面"镜子"将映照出俄狄帕这个追寻主体的自身，使她"再度开始凝视自己"，重新认识自我，重塑个体身份，从而走出权力压抑下的禁锢之塔，在充满"不确定性"的世界中再度找到个体的生存位置。

俄狄帕（Oedipa），作为俄狄浦斯（Oedipus）的阴性形式，其对立与呼应在名称中直观地显现。相较于后者在古代社会解开斯芬克斯之谜，以及对自我、人生、命运与世界清晰而执着的探究，俄狄帕在充满"不确定性"的现代社会，对神秘而异质的"特里斯特罗王国"的追寻，则显现出个体在现代社会的生存特质以及转变的可能：压抑、庸常、萎缩的个体因为一份意外的遗嘱而展开对一个地下王国的追寻，这种跨越空间的追寻以及异质空间的存在本身，即指向对社会主导空间的批判与对个体生存方式的关怀。

"追寻"既是对晚期资本主义经济工业同一性、文化殖民的官方叙事、信息垄断控制的控诉，同时又为被压抑的个体指出一种生存方式，即让永不停息的追寻，成为生活的常态。在俄狄帕追寻的过程中，她所发现的每一条线索都指向另一条线索，永远无法得到确定性意义而又不曾停下的追寻，正是使她走出禁锢孤塔的唯一方式。正如小说中皮尔斯所言的"保持弹跳，这是全部的秘密所在"，这也是俄狄帕身处于社会空间的唯一生存方式。在文本中俄狄帕有一段坦言："她发现所谓特里斯特罗，背后只有一个目的，就是：终结她在塔里与世隔绝的生活，她的周围不断有真相在被揭示。"真实而被隐匿的社会面貌在个体的追寻中不断显现，"合一而合理"的文化逻辑与社会结构被"对立与冲突"划开"裂隙"，原本被遮蔽的历史借此得以显露。

此外，俄狄帕跨越空间的追寻，也为个体提供了一种将权力空间与异质空间对立而视的机会，打破空间的界限与壁垒，探寻异质空间的差异性、批判性与颠覆性，以获得审视社会与文化逻辑的多重视角，从而帮助个体在混乱而破碎的后现代社会得以真实的生存。在这个意义上，品钦所描写的"追寻"，不再是简单地继承文学传统中的追寻主题，或者表现后现代文本形式的不确定性特征，而是通过追寻，呈现出空间的对立与倒转，进而传达作者对于现代个体生存方式的思考：在空间的叙述中，传统的追寻主题显现出现代的面貌与特质：即深刻地批判晚期资本主义社会集约式生产压抑人性、文化逻辑霸权控制思想，个体被禁锢于权力之塔，湮没在后现代社会的庸常之中。而不曾停止的追寻，则是个体摆脱这一切的可能方式。

《拍卖第四十九批》的独特之处，也正在于其所实现的主流与异质、中心与边缘的对立与对话，以及由此展现出的人类历史进程与文化叙事在"合一"的表象下真实存在的分裂、冲突与暴力。品钦并非直接"摧毁历史的优雅殿堂，质问因果关联的历史真实性问题"[1]，而是通过书写现实重压下"非英雄"的常人及其"无意义"的追寻，呈现出空间的对立与社会主流逻辑的裂缝，从而指出权力结构的控制、弱势群体的被压迫、后现代社会的混乱与虚无，以及个体生存其间的孤独与试图抗争的努力，常人永不停息地追寻本身就是"抵抗的姿态"。这种批判性与人文关怀的共存，也正是品钦及其小说，在众多后现代作家与文本中的特殊之处。

---

[1] Harris, Michael. "Pynchon's Postcoloniality". *Thomas Pynchon: Reading from the Margins*. Ed. Niran Abbas. London: Associated UP, 2003, pp. 199−214.

陀思妥耶夫斯基小说的解释旋涡

杨利亭[*]

(四川大学文学与新闻学院,成都,610064)

摘　要:当单个符码难以完成意义阐释的使命时,符码才会呼唤元语言。符码只有集合成多变的语义序列——元语言,才能进入意义解释的界域。在解释陀思妥耶夫斯基小说的过程中,解释者由于运用了不同的元语言集合来解读同一文本对象,而且这些不同的元语言集合发生在同一次解释中,这时就出现了多种解读意义并存且无法取消任何一方的悖谬局面——解释旋涡。可以说,解释旋涡的存在,是陀思妥耶夫斯基小说的多元意义阐释不尽的重要原因。

关键词:陀思妥耶夫斯基;符码;元语言;解释旋涡;意识形态

　　从符号学的研究视角出发,有利于对陀思妥耶夫斯基小说的表意丰富性特点及其表意丰富的生成原因进行深入探讨。"符号学早期脱胎于语言学,最初的应用也只局限于文学理论和语言学,而现在符号学的研究辐射得更加广泛",[①]因此,运用符号学来重新思考陀思妥耶夫斯基的小说,不仅是可行的,而且是必要的。需要说明的是,为了行文和论述的方便,笔者将引用几个符号学或意义学的术语:"符码""元语言""元语言集合""解释旋涡"。此外,在对陀思妥耶夫斯基小说的探讨中,笔者主要聚焦于以下两个对象文本:《罪与罚》和《群魔》,尤其以分析《群魔》中的斯塔夫罗金和基里洛夫两个人物的思想及形象为核心。本文无意于对陀思妥耶夫斯基多个浑厚而博大的宗教文化思想、哲学思想等维度进行宏观探索,而是聚焦于仍有待探索的点:善恶伦理观与信仰的关联、善恶伦理观与理性的关联;人道主义与虚无主义是否具有异质同构性,以及探讨不同意义阐释背后的意识形态。

---

[*] 杨利亭,四川大学文学与新闻学院符号学-传媒学研究所成员。
[①] 陆健泽:《2014年中国符号学年度发展报告》,《符号与传媒》2015年第1期,第174页。

一 陀思妥耶夫斯基小说的过度阐释

截至目前,国内关于陀思妥耶夫斯基小说的研究,主要集中在以下几个研究维度。宗教信仰、救赎和再生主题,如理性与信仰的角逐,总以皈依信仰而告终;苦难、受难主题,如索尼娅形象的塑造;技巧手法或诗学风格分析,如叙述手法、"多声部"特征、戏剧化和"狂欢化"场景;社会学、犯罪学角度,分析人物的犯罪动机,如虚无主义思想和对自杀现象的探讨;心理学和精神分析的视角,如弑父主题,精神分裂、幻想症、双重或多重人格;从俄罗斯民族文化视点切入,探讨俄罗斯民族性格、俄罗斯传统文化对人们思想及行为的影响;女性形象分析,探讨俄罗斯文化中的"大地情结"和圣母形象;哲学角度,存在主义、基督教存在主义等;联系作家日记及相关传记研究,从陀思妥耶夫斯基的相关传记来探讨其思想和艺术风格。互文性解读,如分析库切的《彼得堡的大师》与《群魔》的互文性特征,列昂尼德·茨普金在《巴登夏日》一书中对陀思妥耶夫斯基形象的文学性探讨与陀思妥耶夫斯基小说的关系。

此外,欧美学者对陀思妥耶夫斯基的研究也取得了显著的成就。较早从陀思妥耶夫斯基著作中窥见存在主义问题的是德国的斯蒂芬·茨威格,他认为陀思妥耶夫斯基"叙述的是思想而不是事件、是讨论哲学问题而不是描述细节"[1]。自20世纪80年代以来,欧美学者对陀思妥耶夫斯基与俄国文化的关系开始强烈重视。其中具有代表性的著作有,玛琳娜·科斯塔列夫斯基的《陀思妥耶夫斯基与索罗维约夫:完整视域中的艺术》,主要探究了俄国文学与哲学如何彼此成就;克纳普的《根除惯性:陀思妥耶夫斯基与形而上学》,运用惯性理论探讨了陀思妥耶夫斯基小说中所蕴含的科学思想对文学创作的深刻影响;伊琳娜·帕佩尔诺的《陀思妥耶夫斯基论作为文化机制的俄国自杀问题》,探讨了自杀的形而上意义和世俗性认知及其背后的俄国文化机制的深层背景;穆拉夫的《神圣的傻瓜:陀思妥耶夫斯基小说与文化批评的诸种诗学》探讨了东正教文化中的"圣愚现象"对陀氏创作的影响。此外,还有从诗学特色、比较研究、叙述学和语义学等角度对陀思妥耶夫斯基著作进行探究的学术著作。实际上,很多研究方法和视角都适合对陀思妥耶夫斯基的小说进行释读,这也是笔者想要探讨的原因。显然,这将涉及对符号学或意义学中的符码、元语言和阐释旋涡等术语的引入和运用。

符码,在叙述学中又叫情节素或情节单元,是具有时间和意义向度的语义单位。但是限于本文从符号学视角出发,思考陀思妥耶夫斯基小说的阐释机理,因此,仍以符码称之。赵毅衡认为符码的传达依赖于对其进行编码和解码。[2] 细致说来,编码是从

---

[1] [美]克纳普:《根除惯性——陀思妥耶夫斯基与形而上学》,季广茂译,吉林人民出版社2003年版,第14页。

[2] 赵毅衡:《符号学:原理与推演》,南京大学出版社2011年版,第224页。

修辞角度即作者或信息发送者一方来理解，解码从认知角度即读者或接收者一方来认识。同时，编码又可以分为两类：强编码和弱编码。强编码意义明确且固定，多属于科技和数理等实用领域；弱编码意义变动大，解释的语义范围广，多应用于文学或艺术领域。可以说，相比于强编码，弱编码给予了解释者很大的主导权。对此，赵毅衡认为，"在文化/艺术性符号活动中，'适量的解码'无法成立，因为没有判断标准"①。陈飞认为，"赵毅衡在这个问题上，似乎略去了对语境的关注。艾柯的看法值得注意，他认为语境具有选择功能，因此在某些场合下可以消除歧义而到达解释"②。可见，完全符合文本的阐释只是一种理想，但是，任何阐释都应是极力靠近文本原始意义的努力。

当单个符码无法完成意义阐释的使命时，符码就会呼唤元语言（"元语言是解释符号意义的符码集合"③，）只有符码的集合序列——元语言，才能使文本进入系统的意义释读。元语言的意义在于，"讨论解释的规律，往往用元语言这个术语，而非称为'符码问题'"④。可以说，只要有解释，就有元语言，就有对元语言的组合和调动。元语言组合的临时性特点，决定了任何一种解释都是解释——即使这阐释有可能已经与文本的原始意义南辕北辙，但是只要能够自圆其说，在自己限定的语义域里不出现逻辑矛盾，也可以自行成立。举例来说，美国学者马尔科姆·琼斯在其《巴赫金之后的陀思妥耶夫斯基——陀思妥耶夫斯基幻想现实主义解读》一书中，从女性主义角度对《卡拉马佐夫兄弟》中的卡捷琳娜和《群魔》中的莉莎这两个女性形象进行了解读，马尔科姆琼斯认为卡捷琳娜有着强烈的反抗父权意识，而莉莎是借由献身于斯塔夫罗金来认同自己的女性身份。

元语言集合是变动不居的，会随着解释语境的变化而变化。很多阅读陀思妥耶夫斯基小说的人都会不由得惊叹，为什么每一次阅读都有不同的感受，每一次阅读都有新的意义产生？显然，这是元语言集合在发挥作用，每一次阅读都会调动起（与以往）不同的元语言，它们临时组合成新的元语言序列。可见，元语言是意义实现和存在的前提。在这种情况下，没有本体性存在的独立文本，只有因解释而存在的文本实在。当然，陀思妥耶夫斯基的小说文本也不例外。

面对陀思妥耶夫斯基的小说，不同的解释主体有着不同的价值立场和判别标准。根据不同的元语言集合，拉斯柯尔尼科夫可以被解读为一个杀人犯、精神分裂者、人道主义者、新型知识分子、宗教信仰皈依者、虚无主义者、拿破仑崇拜者、超人……但是，这些不同层次的元语言集合之间不构成冲突，因为阐释的出发点不同。那么，同层次的元语言冲突是怎样的呢？

---

① 赵毅衡：《符号学：原理与推演》，南京大学出版社2011年版，第225页。
② 陈飞：《沈从文小说的解释旋涡》，《湖南工程学院学报》2016年第4期，第1—2页。
③ 赵毅衡：《哲学符号学：意义世界的形成》，四川大学出版社2017年版，第312页。
④ 赵毅衡：《符号学：原理与推演》，南京大学出版社2011年版，第227页。

二 陀思妥耶夫斯基小说的解释旋涡与意义多元性

如果在解释者的一次性解释中，同时出现了两个或多个意义相左又无法取消的情况——元语言集合的双义或多义共存悖论，这时，解释旋涡就出现了。陀思妥耶夫斯基小说的解释旋涡特点十分明显，他笔下很多主要人物的痛苦，就在于其思想和行动的极度复杂性。同时，对于文本外的读者来说，也很难用已有的理论观点去定义和理解陀思妥耶夫斯基式人物的心理和行为的复杂性。

陀思妥耶夫斯基笔下的人物具有俄罗斯精神的双重性，一是为了实现自己的有限自由，不惜利用强权践踏或剥夺他人的生命尊严；二是为了实现自身的伦理自由又拒绝利用强权，[①] 以免阻碍道德完善和精神自由。赖茵哈德·劳特认为，"这是一种想同时兼有两种自由——有限自由和伦理自由的怪诞意图"[②]。传统文学伦理观认为，恶与丑相伴而行，恶无法赋予美以形式，因为恶只能引起人身上的色情美感。但是，陀思妥耶夫斯基打破了这个魔咒，邪恶也会以美的形式出现，即使这美没有本体性的实在作支撑——斯塔夫罗金形象的塑造。陀思妥耶夫斯基并没有秉持非黑即白的善恶二元观来塑造人物，他认为"人是一个谜"，对于他来说，简单地定义人是对人的内在丰富性的削减。

陀思妥耶夫斯基毕生都在致力于探讨"发现人身上的人"。陀思妥耶夫斯基曾表达过以下类似的观点，斯塔夫罗金这个人物是从陀思妥耶夫斯基内心里挖出来的，是俄国当时社会的一个典型，如果这个人物塑造得不成功，陀思妥耶夫斯基会觉得很失望。在1872年，陀思妥耶夫斯基写给 H. 柳比莫夫的信中也说道，斯塔夫罗金是"完整的社会典型，并非由于心甘情愿成为游手好闲者，而是丧失了同所有亲切事物的联系，主要是失去了信仰，由于忧愁而成为堕落的人，然而又是有良心的人，竭尽受难者的努力，以便更生，并重新开始信仰。这是同虚无主义者相并列的严肃的形象……这是不相信我们的信徒的信仰，并要求完满、完美的、按另一种方式信仰的人"[③]。可见，在陀思妥耶夫斯基看来，斯塔夫罗金并不完全是撒旦式的恶的化身，也不是虚无主义者，因为他比虚无主义者更严肃地对待信仰问题并为此饱受思想痛苦。斯塔夫罗金依然有着善的意识，即使他并没有付诸于善的亲身实践，但他曾暗示了沙托夫本人有被以彼得为首的"五人小组"杀害的可能，他的自白书虽然狂妄自大，但是我们依然能够看出他坦诚得近乎赤裸的、痛苦不安的灵魂——尤其是马特廖莎之死对他的思想冲击——斯塔夫罗金自杀的最直接因素。斯塔夫罗金依然有感触美的意识，关于画卷

---

① [德] 赖茵哈德·劳特：《陀思妥耶夫斯基哲学——系统论述》，沈真等译，东方出版社1996年版，第181页。
② 同上。
③ 彭克巽：《陀思妥耶夫斯基小说艺术研究》，北京大学出版社2006年版，第282页。

"黄金时代"的幻化入梦、成为他的梦境现实,他还是会被美好的事物所触动,情不自禁地流下幸福的眼泪。同样,《罪与罚》中的斯维德里加依洛夫也不是不谙善恶的极端卑劣之徒,他也可以从索尼娅身上发现善与信仰的极致之美。面对索尼娅,他并不是毫无怜悯之心,否则,他也不会在自杀前,拿出钱财接济索尼娅一家。因此只能说,斯塔夫罗金和斯维德里加依洛夫是同时兼具善与恶两种品格的人,只是占主导的恶掩盖了脆弱的善。

陀思妥耶夫斯基的小说在同层次元语言冲突即解释旋涡的释读中,对立于格式塔式心理学认知方式(一旦我们看到凸出的方块,就不可能看到凹入的方块)。在陀思妥耶夫斯基笔下的同一个人身上,可以看到善与恶、高贵与卑贱。这就是为什么阅读拉斯科尔尼科夫、伊凡、基里洛夫和斯塔夫罗金的思想痛苦和愁肠百结式的展露,我们会感到惊心动魄、热血沸腾,甚至会在不经意间潸然泪下的主要原因。即使明知道,拉斯科尔尼科夫犯了杀人罪,伊凡怀疑上帝创造的世界,基里洛夫与无耻之徒彼得合作,斯塔夫罗金反基督,读者也会暂时悬置这些否定性的极端消极因素,去倾听人物内心最深处的人性言说。所以说,伟大的经典之作都会揭示对永恒人性的不懈追求,陀思妥耶夫斯基的小说尤其如此。

陀思妥耶夫斯基的虚无主义者身上有一种不可否认的弥赛亚情结。人物的虚无主义思想并不是尼采式虚无意义上的"最高价值的自行贬值"。陀思妥耶夫斯基式虚无主义者充分反映了,俄罗斯的虚无主义更关乎现实人生、社会改造,关乎宗教信仰和终极关怀,以及对其深入的求索和永恒的追问。因此,笔者认为,那些将陀思妥耶夫斯基笔下的虚无主义者斯塔夫罗金、基里洛夫统统归于彼得式(或涅恰耶夫式)虚无主义和极端的恶或恶的帮凶的善恶二分式的伦理判断,是不全面的,也是不公正的。值得肯定的是,有学者将《群魔》中的基里洛夫的思想追求和歌德的《浮士德》相对照,认为歌德已经预示了虚无的影响力:"幻想的恐怖,同是庸人自苦/地狱的火焰在那狭隘的路口环绕/你去打通他吧,打通这条出路:/放胆地迈步前进,前进/不怕有什么危险,冲进虚无。"基里洛夫也说过类似的话,但更具有自我牺牲的济世情怀,"我将开启,我将终结,我将打开门,我要拯救苍生,只有这一点才能拯救芸芸众生并使下一代脱胎换骨……"①

基里洛夫在某种程度上有着弥赛亚式的博爱和自我牺牲精神。对于沙托夫的求助(妻子即将分娩,自己去请助产婆,请求基里洛夫暂时看护),他毫不迟疑;基里洛夫自杀不是因为拒绝、否定生活的意义,相反,他热爱生活,对此世的生活与真理,他笃信不疑。他把人之存在的意义锚定在此岸世界,真诚地"赞许普遍存在的每个瞬

---

① [俄]陀思妥耶夫斯基:《群魔》,南江译,人民文学出版社2009年版,第697页。

间"。① 基里洛夫的自杀意在破解死亡的恐惧：人之所以信仰上帝，是因为上帝是畏死之痛，正是这不可超越、无法克服的恐惧与痛苦，将人拉入了上帝的怀抱、使人否定此岸的幸福与自由。加缪在《西西弗斯的神话》中对基里洛夫的自杀意义进行了存在主义哲学式的阐释，认为跟西西弗斯一样，基里洛夫也是反抗荒诞的英雄。同样，在读者思考基里洛夫时，会发现他的思想是矛盾的：一方面他觉得神是必要的，且必须存在，另一方面他知道自己（作为人神）并不存在，也无法存在。②

总之，在陀思妥耶夫斯基的小说中，解释旋涡更多体现在人物既善又恶，既虚无飘荡又兼备人道情怀，恶与美兼备（此处指美的表象，而非伦理上的恶即丑）。

三 解释旋涡与意识形态

陀思妥耶夫斯基小说中的解释旋涡，并不只是叙述表达上的悖反意义共存，也即，解释旋涡不只与内文本修辞有关，更重要的是，它还与文本所处的社会文化语境有密切关联。这个社会文化语境就是意识形态。

对于意识形态的定义有几十种之多，然而，比较符合对解释旋涡的生成机制进行解读的意识形态，当属赵毅衡的定义：从文化概念（"社会相关表意的总集合"）推衍出文化与意识形态的关联，进而为意识形态定义："意识形态就是文化的元语言，它的主要任务是文化意义活动的评价体系。"③ 显然，赵毅衡是从文化层面上定义意识形态，这恰好符合了本文从陀思妥耶夫斯基小说文本的解读中，发掘背后的意识形态，也即，从分析具体文学文本到文本解释的文化语境。类似于罗兰·巴尔特所认为的，"意识形态是内含系统的所指形式"④。

从不同的元语言集合出发可以得出不同的阐释结论。陀思妥耶夫斯基小说可以被多样化阐释的原因，可以从意识形态角度来思考，在某种程度上，每一种解释之所以都有其合理存在的价值，是因为意识形态"能对动机不明的态度、观念或感觉做出符合逻辑或伦理的解释"⑤。比如：从美学角度出发，研究陀思妥耶夫斯基的小说风格或艺术技巧，就不会关注善恶伦理观的取向；从宗教信仰角度出发，探讨陀思妥耶夫斯基宗教观或上帝观的人，就不会关注其叙述程式的老套和拖沓；从存在主义哲学层面探讨陀思妥耶夫斯基人物思想，就不会过于关注具体的时代场景；从心理学——精神分析角度出发，探讨陀思妥耶夫斯基人物的潜意识、分裂人格和变态心理，就不会拘

---

① ［德］赖茵哈德·劳特：《陀思妥耶夫斯基哲学——系统论述》，沈真等译，东方出版社1996年版，第214页。

② 傅佩荣：《荒谬之外——加缪思想研究》，东方出版社2013年版，第163页。

③ 赵毅衡：《符号学：原理与推演》，南京大学出版社2011年版，第242页。

④ 赵毅衡：《哲学符号学：意义世界的形成》，四川大学出版社2016年版，第314页。

⑤ 同上书，第316页。

泥于文本自身，而是对作家的创作心理进行深入挖掘……总之，价值立场不同，所处的社会文化语境不同，意义阐释的维度和归趋也不同。正如基里洛夫自杀是反果为因的主动选择，笔者对陀思妥耶夫斯基小说的解释旋涡式探索也是反果为因——造成这样多元解读陀思妥耶夫斯基小说的深层原因：是作者或叙述者对文学文本弱编码，是解释的语义域自行放宽，是解释主体操纵的元语言及元语言集合的排列方式不同。

实际上，笔者认为，陀思妥耶夫斯基已经超越了所处时代的善恶伦理二元论的局限，他毕生致力于探讨人、人性、人的存在境况，"发现人身上的人"。对于陀思妥耶夫斯基笔下的人物的思想探究，绝不能仅仅以简单的善恶二分式思维去判断，他们是多元立体的，是思想上始终在激烈搏斗的动态的人。因此，从解释旋涡的理论角度出发，可以更好地理解和认识陀思妥耶夫斯基的宗教思想立场和价值取向。以符号学中的解释旋涡来解读陀思妥耶夫斯基小说，既是符号学检验自身应用领域的需要，也是其与已有文学文化资源（文学经典）的相遇，是表达和完善自我的需要。

传记电影的首尾叙事及其价值探析

周尚琴*

(四川大学文学与新闻学院,成都,610064)

摘 要：传记电影具有真实性和虚构性的双重品质,这种双重风格渗透到发送者—符号信息—接收者的传播过程中,在电影的片头和片尾的叙事框架尤为明晰。发送者坐实探虚背后是片面再现和他者目光的意图,电影首尾坐实探虚的编码包括片头锚固＋片尾锚固、片头解构＋片尾锚固、片头锚固＋片尾解构三种首尾叙事方式,从而使接收者形成解释旋涡。最后接收者通过解码实现符号文本的解释意义,从认知和情感两条通道完成对传记电影的接受,发送者的意图意义得以实现,最终实现传记电影首尾叙事框架的价值。

关键词：传记电影；叙事框架；坐实探虚；认知；情感

"传记电影"(biographical film)亦称"传记片"(biopic, bio-pic, bio/pic),卡斯滕对传记电影下的定义为："传记电影描绘过去或现在的一个历史人物的生命。"[1]近年来在国内上映的《血战钢锯岭》《摔跤吧！爸爸》《冈仁波齐》《重归·狼群》《我的诗篇》《七十七天》等都属此类影片的范畴,这些影片的底本是曾经发生在现实世界中的真实事件,以真实的人物、确定的时间地点指涉现实。然而从真实事件底本到传记电影述本的转化过程中,文本发送者的主观选择和片面再现必然使述本造成一定程度的虚构性,损失底本的真实性,真实与虚构的相辅相成规定传记电影为坐实探虚的双重编码文本。

---

* 周尚琴,四川大学文学与新闻学院博士研究生,主要从事艺术哲学、艺术符号学研究。

[1] George, F. Custen, *Bio/Pic: How Hollywood Constructed Public History*, New Brunswick, N. J.: Rutgers University Press, 1992, p. 5.

目前学界对传记电影的研究基本已达成共识，即传记电影按照导演介入的程度可分为经典模式和后现代叙事实验，前者引导观众在虚构叙事中认同演员即是历史中的真实人物，并在华语电影中居于主流；后者凸显导演主体性，代表影片如《阮玲玉》。①"虚"与"实"是传记电影中经常被论及的一组关系，严前海从肉身符码的编排、② 张英进从叙事主体和客体的关系出发，③ 重在探究传记电影的人物形象是如何在镜头语言中被建构、解构以及重构。

此外，接收者对传记电影的真假判断往往基于影片开头和结尾的语图符号叙事，如果说电影院的屏幕是区隔现实世界与艺术世界的第一层框架，那么电影的片头和片尾就形成演员等同于历史人物的第二层框架。借用荷兰理论家米柯·鲍尔的"框架"和"话语间性"理论，我们可以说电影的片头和片尾是一种参照框架。片头叙事使我们参照框架对文本进行装框解读，当具解构功能的参照框架在片尾出现，又迫使我们换框进行解读。"根据'我'与'你'的互动，每个读者或观画者都可以引入各自不同的参照框架。……装框是一个连续的符号活动，若无装框，任何文化活动都不可能进行。试图废除装框行为的努力是无效的，而让读者选择他们的画框则富有意义。"④

二度框架可以建构真实，也可以解构真实，关键就在具体的语言文字和移动图像的叙事。本文将从叙述学的理论视野出发，围绕传记电影开头和结尾的语图叙事框架，考察"坐实探虚"的双重品质如何在发送者（意图意义）—符号信息（文本意义）—接收者（解释意义）三个环节发挥作用，构建符号文本的编码、发送及解码。

一　坐实探虚的意图意义

传记电影的拍摄方式大概可分为"自拍自演"和"自拍他演"两类，前者的导演和主要演员合一，后者则不同。作为发送者的导演，主观选择和片面再现背后"他者目光对自我呈现的建构"意图是传记电影坐实探虚的主要动力源。

首先，相对于底本，作为述本的电影是对底本事件的主观选择和片面再现，这主要发生在拍摄前期的定位和拍摄后期的剪辑。"底本是述本作为符号组合形成过程中，在聚合轴上操作的痕迹：一切未入选，未用入述本的材料，包括内容材料（组成情节的事件）以及形式材料（组成述本的各种构造因素）都存留在聚合之中。"⑤ 选择主要

---

① 张英进:《传记电影的叙事主体与客体：多层次生命写作的选择》,《文艺研究》2017年第2期，第85—93页。
② 严前海:《传记电影与肉身存在》,《文艺研究》2011年第6期，第34—41页。
③ 张英进:《传记电影的叙事主体与客体：多层次生命写作的选择》,《文艺研究》2017年第2期，第85—93页。
④ [荷]米柯·鲍尔:《解读艺术的符号学方法》,褚素红、段炼译,《美术观察》2013年第10期，第121—128页。
⑤ 赵毅衡:《广义叙述学》,四川大学出版社2013年版，第129—130页。

针对作者也即导演而言,一般来说一部影片从前期拍摄到后期制作,导演的意图具有决定性影响,"思维把经验事件材料,转换成文本再现,再转换成虚构文本,这中间不是机械的操作,而是经过认知学的过程,把符合心理模式的细节加以组接,构成一个有意义的符号文本……组块能力并不是显眼存在的,而是人的文化训练形成的模式化认知"①。

其次,在拍摄之中,"他者目光对自我呈现的建构"的心理机制决定虚构性的不可避免。"一部新闻片或纪录片,由于故意,或者由于事故,会遭到很大的改动,这种改动可与文章的改动相比拟,有时甚至更大。它也可能包含真正伪造的镜头,同时它的画面与声带也可能完全损坏走样。"② 除去天灾人祸的客观原因、宣传和商业的特殊目的,即使在正常条件下,新纪录电影也难以达到纯客观的呈现,背后心理机制是"他者目光对自我呈现的建构"。戈夫曼在《日常生活中的自我呈现》中将剧场作为日常生活的隐喻,自我在观众的观看下兼有表演者和角色、人性化自我与社会化自我的双重身份,"作为人,我们也许只是被反复无常的情绪和变幻莫测的精力所驱使的动物。但是,作为一个社会角色,在观众面前表演,我们必须保持相对稳定的状态"③。并且,这种相对稳定状态的主要原因来自个体"使他的自我深深陷入某一特定角色,机构,群体的认同之中,深陷于这样一种自我概念中"④。可见他者目光对自我角色的建构无处不在。在传记电影中,摄影机镜头犹如他人目光,在镜头目光的凝视下,人物会陷入某种身份的限制,开始无意识的自我表演。"自拍自演"类的自我呈现,会有自我美化的倾向,如《重归·狼群》中主角展现的真善美;"自拍他演"类的演员表演会受制于对现实人物既有评价的限定(当然刻意翻案的情况另当别论),如《冈仁波齐》中虔诚的朝拜者。

因而在这种心理机制的影响下,述本必然会经过变形和加工,成为虚构和纪实的双重编码文本。"客观事件的取材和合理的戏剧虚构都是真实事件片需要顾及的地方,这就像两个不能触碰的底线,在一定程度上对影片创作提出了更高的要求。"⑤ 发送者的意图意义和接收者的解释意义都是以符号信息的文本意义为中介和桥梁的,下面主要对开头和结尾的两种语图叙事框架展开论述。

二 首尾符号叙事的三种框架

文本是发送者和接收者之间的桥梁,从形式和内容上对文本进行控制,就是对文本意义的生产进行控制。美国分析美学家诺埃尔·卡罗尔将各种艺术中的再现形

---

① 赵毅衡:《广义叙述学》,四川大学出版社2013年版,第73页。
② [法]乔治·萨杜尔:《世界电影史·绪论》,徐昭、胡承伟译,中国电影出版社1995年版,第23页。
③ [美]欧文·戈夫曼:《日常生活中的自我呈现》,冯钢译,北京大学出版社2016年版,第45页。
④ 同上书,第207页。
⑤ 季晓宇:《论真实事件改编的电影类型》,《电影评介》2012年第17期,第10—12页。

式归纳为四种，即无条件再现、词语再现、有条件的具体再现、有条件的类再现。暂且不论这种归纳方法是否存在一定的合理性，卡罗尔将艺术作品的不同归结为再现方式的不同却颇有见地："我们不能说每一种艺术形式使用的再现方式，别的艺术形式也在使用。那些艺术不同，是因为它们在其可能用到的不同类型的再现方法上，具有比例性的侧重。"① 电影是一门借助语言文字、移动影像、音乐声响等媒介进行编码和再现的综合艺术，"由一系列的移动图像组成，移动图像由被称为'帧'的无数连续的静止图像构成，并投射在放映机的屏幕前"②。图像和语象在电影中存在锚固、解构等关系。

（一）作为再现体的图像与语象

赵毅衡先生在《重访新批评》中对 image 一词做了细致划分，以莎士比亚《麦克白》为例区分了两类 image：一种是情景和人物形象，可称之为宏观形象；另一类是语言水平上的"细胞级语言形象"，包括描述、比喻、象征，并且这两类形象常常被人混同使用。③ 另外，韦勒克和沃伦在心理学和美学层面上使用的 image 被翻译为"意象"：在心理学中，"意象"一词表示有关过去的感受或知觉上的经验在心中的重现或回忆，而这种重现或回忆未必一定是视觉上的。④ 可见，此处的意象是意识中的象，是感觉的残留，可理解为"心象"，包括视觉意象、听觉意象、嗅觉意象、味觉意象等，不同于中国文学理论中的"意象"概念。为此，新批评学者放弃 image 采用 icon。"维姆萨特指出这术语是用各种材料来表示一种多少分享它所指称的对象的性质或外形特性的符号，因此他称文学作品的 icon 为 verbal icon。"⑤ 中文翻译为语言形象，简称语象，以区别于作为图像和意象的 image。

然而，为何此处用语象而不是语像呢？借用美国符号学家皮尔斯的理论来加以辨析。在皮尔斯看来符号由再现体—对象—解释项组成，根据再现体与对象的不同关系，可将再现体分为具有像似特征的像似符（icon）、指示特征的指示符（index）、文化规约特征的规约符（symbol），其中"图像"（image）、"图表"（diagram）、"比喻"（metaphors）构成三种亚像似符。语言是规约符，语言形象则不是，语象类似于图像，再现所指对象，与对象具有程度不同的像似性关系，因而是像似符的一种，只不过皮尔斯没有详细列举出来。为了更加直观，用图1简单表示几者的关系。

---

① [美]诺埃尔·卡罗尔：《艺术哲学：当代分析美学导论》，南京大学出版社2015年版，第63页。
② Noel Carroll, *The philosophy of Motion Pictures*, Blackwell Publishing, 2008, p. 80.
③ 赵毅衡：《重访新批评》，四川出版集团2013年版，第107—108页。
④ [美]勒内·韦勒克、奥斯汀·沃伦：《文学理论》，刘向愚、邢培明、陈圣生等译，文化艺术出版社2010年版，第206页。
⑤ 赵毅衡：《重访新批评》，四川出版集团2013年版，第110页。

$$\text{像似符(icon)} \begin{cases} \text{图像(image):人物、场景} \\ \text{语象(verbal):描述、比喻、象征} \\ \text{图表(diagram):公式} \\ \text{比喻(metaphor):转喻、提喻、隐喻} \end{cases} \rightarrow \text{意象}$$

图 1　像似符与图像、语象、图表比喻的关系

由上可见图像和语象二者存在一定的家族相似性,简单的对立或等同都不可取。首先二者都可被视为一种亚像似符,具有像似性的再现功能,这在中文语境中体现为"图像"之"像"与"语象"之"象"的联系,前者意为比照人物做成的图形,同于肖像、画像、雕像,后者用作名词性词素时表示形状样子,如"形象""心象"。其次二者都具有可感的物理属性,被接收者接受后,进而在心理层面唤起抽象的"意象"。

不同之处有二。一方面在于二者再现的媒介不同,也即语、图异质。由于语言文字的抽象性和线条色彩的具象性,语象不具备图像的直观形象性,因而对形象的确定性弱于图像,反之,由于语言文字具有规约符的约定俗成属性,图像的意义生成原则则更为主观,因而语象意义的确定性相对高于图像。在此需指出的是语言同时具有概念隐喻的诗性维度,因而意义具有多元化特征,图像尤其是宗教图像多数已成为意义固定的象征,从这个角度来说,语象意义的确定性并非总是高于图像。

另一方面是立义方式,也即再现方式的不同。"立义"是现象学的术语,即意义被意识给予的过程,感觉材料—立义—立义对象构成意识三分结构。立义就是意识对感觉材料的给予方式,同时也是立义对象的显现方式,"通过立义,一堆死的材料被激活,成为面对意识而立的对象,一个客体"①。立义中最重要的立义形式指的是一个意义以何种方式被给予,包括感知型、感觉型、想象型、符号型以及混合型等多种方式。语象和图像不同的立义方式,发生于感知—接收—接受—解释的符号化过程中的感知环节,即感觉和知觉的过程中。身体作为感知场,面对抽象的语象和具象的图像,对前者的感知方式偏符号型,对后者的感知方式偏感觉型。

(二) 三种首尾符号叙事的框架

对于纪实与虚构双重编码的新纪实电影,首尾叙述框架中的语象主要为影片标题、片尾文字,图像主要为片尾的人物、场景等,二者是发送者传达意图的媒介和接受者进行解释的依据。在《形象修辞学》一文中,罗兰·巴尔特指出语言在摄影和广告中具有停泊/锚固功能,并且认为锚固功能是图像和语象都具有的功能,除此以外二者对意义还有解构功能。"锚固功能,在于停止图像必然的多意性所产生的'意义的浮动链条',同时指出'好的读解层次',指出在图像可能要求的多种解释中更倾向于哪一

---

① 倪梁康:《意识的向度——以胡塞尔为轴心的现象学问题研究》,北京大学出版社 2007 年版,第 126 页。

种。"① 解构功能主要出现在后现代文化中，如达利名画《这不是一支烟斗》中语象"这不是一支烟斗"对图像烟斗的解构。在锚固和解构的框架下，传记电影首尾叙述框架中的语象与图像的具体关系包括片头语象锚固＋片尾语象锚固＋片尾图像锚固、片头语象解构＋片尾语象锚固＋片尾图像锚固两种形式。

1. 片头锚固＋片尾锚固

影片名和片头说明文字影响观众观看电影的期待，这两种语象可被看作文本自携元语言，用以锚固或解构图像的真实性。"Hacksaw Ridge"的标题之后就紧跟副标题"A True Story"，强有力的元语言将真实记录的意图前推到观众眼前，构建观众观看纪录片而非故事片的期待心理。影片最后引用的原型人物图像、战后授奖视频及他们回顾战争的说明文字呼应标题，加强"这是一个真实故事"的意图，显示了经验世界对叙述世界的印证，再次证明文本所叙述的故事不是假的。当此片在国内上映时，由于标题移译为带有好莱坞大片色彩的《血战钢锯岭》，它的纪实性就遭到破坏。

2. 片头解构＋片尾锚固

《摔跤吧！爸爸》原名印地语"Dangal"，意为"拳击比赛"，有字面义和喻义，相比之下中文名的翻译风格改动很大，甚至因为富有动画片的意味而被人诟病。直至真实人物的图像及真实事件的说明性文字在片尾大量出现，片名带来的虚构意味才得以消解，纪实性发生翻转，进而提醒观者这的确是由印度真实故事改编的。

3. 片头锚固＋片尾解构

《七十七天》以细腻的手法再现现实世界中独自穿越羌塘无人区的真实事件，片尾语象虽然再现了这一真实，但是被剪掉的拍摄片花随着字幕的出现，无疑破坏了整体想要营造的纪实框架，将虚构的色彩加重。

后面这两种组合呈现出的虚构叙述与实在叙述的对立，使接收者产生一定的解释矛盾。这种情况下，传记电影的体裁规定发送者的态度是"诚信"，接收者态度为"愿接受"，纪实中夹杂虚构的风格使得文本品质兼具"可信或不可信"，传记电影的传播过程有两条平行线索：

（1）诚意正解型：诚信意图→可信文本→愿意接受

（2）反讽超越型：诚信意图→不可信文本→愿意接受

"当一个文本落在虚构与纪实之间，'非此非彼，亦此亦彼'，亦即是成为文化符号学中所谓'中项'的情况，或是区隔被有意忽视以至于很难确定纪实/虚构归属时，叙述往往被视为纪实，而不是视为虚构。"② 因为相对于纪实叙述为非标出项，虚构叙述为标出项，如同高/矮、多/少、重/轻等二元对立范畴，人们对纪实性/虚构性的追求一旦落入真/假的范畴，非标出性的正项必将夺取大部分的话语权，可信文本压倒不可

---

① ［法］玛蒂娜·乔丽：《图像分析》，怀宇译，天津人民出版社 2012 年版，第 119 页。
② 赵毅衡：《广义叙述学》，四川大学出版社 2013 年版，第 87 页。

信文本，这是由人们偏向正向假设的认知心理在起作用，因此"认知和理解大致是很多非虚构的根本目的"①。

三 对于接收者的认知和情感价值

传记电影的文本特征决定接收者在进行接收时首先实现认知的心理价值。其次，认知、情感、行为、事件之间有着紧密的联系，接收者形成的解释意义将引发相应的情感，使观者产生情感共鸣。

（一）认知价值：不同框架下的解释旋涡

装框和换框行为实则是接受者对同一文本之中"话语间性"的处理，借助这种类似于巴赫金复调理论的互文性，接收者在同是锚固功能的文本中获得"解释协同"，反之则获得"解释反讽"或"解释旋涡"②。然而对确定性的追求是认知主体永恒不变的行为，接收者的解释反讽或解释旋涡该如何转化为解释协同？

认知主体对同一文本中的语象和图像的符号化过程包括感知—接收—接受—解释四个阶段，其中感知环节尤为重要，决定着后续的环节。"感知既包括自下而上也包括自上而下的处理过程。影响我们正常感知的，不仅仅是刺激的基本细节的提取、集成和分析，还有那些引发知觉定势的环境与期待。"③ 现象学的立义可以看作自下而上的处理过程，由早期注意阶段（提取和处理感受器接收到的感官信息）—聚焦注意阶段（使观察者在知觉上把早期注意阶段发现的不同基本元素组合成为复杂的整体对象）组成。相反，自上而下的处理过程中，知觉首先受制于周围环境、过去经验、知觉定势、常识和知识、心理期待等的影响，其中，知觉定式在需要大量学习并且需要实践的文字阅读中可以得到极大证明。日常生活中我们面对无处不在的图文文本刺激，总是急于第一时间去阅读文字再观看画面，心理学家也用斯特鲁普效应证明了"词语的含义与要命名字体颜色的正确反应相竞争，因此产生了反应冲突和竞争"④。

可见，由于人类长期形成的解码习惯以及自上而下的感知习惯，对意义的获取及对真假的判断更依赖于语言文字。"一些图像被判定为'真实的'或是'虚假的'，并

---

① ［美］肯达尔·L. 沃尔顿：《扮假做真的模仿》，赵新宇、陆扬、费小平译，商务印书馆2013年版，第121页。

② 面对两种意义并存于同一文本的局面，解释者的处理方式共有三种：协同、反讽、旋涡。"如果两个（或两个以上）解释，方向相同，此时解释协同，双义都保留在解释中，因为它们产生合一意义。"反讽解释是"当双义之间有矛盾对立，我们才有一个意义，压倒另一个意义，但并不如面对'含混'的辨义那样完全取消另一个意义，只能留作背景，让双义在对抗中变得更加生动。""在同一个主体的同一次解释中，文本出现互相冲突的意义，它们无法协同参与解释，又无法以一者为主另一个意义臣服形成反讽，此时它们就可能形成一个解释旋涡。此时文本元语言（例如诗句的文字风格）与语境元语言（此文本的文学史地位）、主观元语言（解释者的文学修养）直接冲突，使解释无所适从。"参见赵毅衡《哲学符号学》，四川大学出版社2017年版，第206—210页。

③ ［美］哈维·理查德·施夫曼：《感觉与知觉》，李乐山等译，西安交通大学出版社2014年版，第202页。

④ 同上书，第201页。

不在于它所再现的东西,而在于它再现的东西对我们所说的内容或所写的内容。如果我们接受对图像的评述与图像之间的关系是真实的,那么,我们就判定图像是真实的;如果我们不接受这种关系,那么图像就是虚假的。"①

因此文字的元语言特性更显著,对接收者的认知定式影响更明显。在得不到协同的解释旋涡中,接收者会倾向于根据传记电影的语象来判断真假。语象如同紧箍咒不离左右,召唤观众对纪实性的认同,至于有真实人物出镜的图像,若没有相应的文字做说明,也无法具有说服力。在对语象的优先解读中,接收者的解释旋涡将最终恢复平衡,得以转化为解释协同。

获得解释协同的过程也是接收者认知方式转变的过程。接收者在走出影院时不会如观看一部虚构影片那样如梦方醒,如释重负地说一声"幸好不是真的"。新纪实电影在放大经验世界的灰暗、暧昧、肮脏或美好后,必然会影响受众观看这个世界的方式。

(二)情感价值:真实事件的类似情感

"虚构悖论"是美学中的一个重要命题,指的是艺术作品中被虚构的故事引起的人类真实情感反应的现象。在《当代美学的11个问题》中,彭锋列举了幻觉主义(认为文学艺术作品中的虚构人物和事件是真的)、事实主义(认为虚构的人物和事件所隐含的意义是真的)、虚构主义(知道那些人物和事件是虚构的,而且知道我们自己的感情也是虚构的或假装的)作为解释虚构悖论的若干方法和存在的漏洞,最终指出:虚构的对象引起类似的情感反应的关键在于,我们在用集中意识意识到它是真的同时,始终能够用辅助意识意识到它是假的,从而产生一种半真半假的效果,产生一种类似情感。② 那么传记电影的故事和虚构电影的故事,对人引发的情感反应有无区别?

首先集中意识和辅助意识这两种意识整合方式对传记电影同样适用:"我把我指着的手指称作辅助性的东西,或者工具性的东西,它通过指向处于我们注意中心的对象而起作用。而且我认为这里有两种不同的意识。我们附带地意识到指着的手指和集中地意识到手指指着的对象。通过认出手指将我们指过去的方向和通过跟从这个方向,我们确立了两种意识之间的整合关系。"③ 由于传记电影在语象和图像的几种组合中进行纪实和虚构的双重编码,因而接收者的集中意识意识到符号文本是真的,辅助意识意识到现实中发生的事件也是真的。两种意识共同加深了影片的真实感,使观众浸没在由真实而引发的情感和气氛中。赵毅衡认为虚构作品中"'真实性'的产生,最主要原因是道德情感的强大力量,它会如橡皮样擦抹掉虚构框架区隔,把一切还原成'真实'。此时,读者觉得自己生活在真实的经验之中,感同身受,任何明显的区隔标记,任何风格形态的差异标记,甚至任何情节的怪诞,任何不现实的媒介,只要能'感动'

---

① [法]玛蒂娜·乔丽:《图像分析》,怀宇译,天津人民出版社2012年版,第128页。
② 彭锋:《回归——当代美学的11个问题》,北京大学出版社2009年版,第196页。
③ [英]迈克尔·波兰尼:《社会、经济与哲学——波兰尼文选》,彭峰、贺立平、徐陶等译,商务印书馆2006年版,第352页。

接收者，区隔都能被擦抹掉，变成经验事实。无论何种区隔内的叙述文本，其底线的'纪实'品格，为这种认知接收心理效果提供了基础"①。传记电影相较虚构电影而言，文本真实性的程度更高，道德情感的力量更强，因而对接收者的感染程度更深。

此时接收者是作为分享者还是旁观者的身份对文本进行接受呢？朱光潜主张分享者的介入式接受，卡罗尔主张旁观者的分离式接受。传记电影的高度真实性，使得接收者身临其境浸没其中成为内部参与者，有意无意的虚构痕迹又使接收者跳出文本成为外部观察者，并且参与者的比例高于观察者。然而身临其境或感同身受的参与方式究竟不如亲身体验真实度高，与虚构叙述的情感反应一样，新纪实电影也存在接收者情感反应的不对称现象。"我们所感到的情感与人物所感到的不同。在我们的感受和人物的感受之间不存在对称——这就是仿真理论将预示的。更恰当地说，至少在大量平常情况下存在着不对称。在这些情况下，仿真似乎并不是这些观众恰当的反应模式。"②

因而，传记电影达不到绝对真实，只能实现部分真实。在似与不似之间，留给接收者一定想象空间。更重要的是，由于对经验世界的指涉，接收者在感知—接收—接受—解释的过程中，所产生的情感压力因为来源于真实而不会随着电影的结束而消解。尽管"真实生活中的 A 引起了 B 反应，那么，在正常情况下，作为 A 的再现的 A^1 不可能引起 B 反应，因为 A^1 毕竟不是 A。作为 A 的再现的 A^1 只能引起一种与 B 类似的反应 B^1"。③ 但是，传记电影的纪实性品质使得其所引起的情感反应 B^1 与真实生活引起的 B 高度类似。因而，当恐惧、怜悯、愤怒等情感反应指向对象时，接收者不会因为这是电影而松一口气，只会因为这是真实发生过的事而获得情感压力，进而在新闻式的悲剧前庆幸自己不是亲历者，在传奇式的故事前遗憾自己不能亲历。这是传记电影所实现的情感价值。

四 结语

作为以真实事件为底本改编的传记电影述本，具有双重编码的同时也具有两重身份，一重是电影的商业属性，一重是传记电影的人文属性。在眼球经济当道的当下，如何根据自身定位抓住目标观众的注意力成为众多电影需要考虑的因素，除了大牌导演、明星阵容等常被用作宣传的噱头以外，电影本身的卖点也很重要，青春、怀旧、奇幻、悬疑、真实等标签都成为吸睛的卖点。电影标题作为发送者与接收者沟通的纽带不仅需要传达意图意义，还要部分地承载打动接收者的任务。于是《血战钢锯岭》《摔跤吧！爸爸》等翻译名不在意是否忠实于原名，只在意是否具有冲击力，《重归·

---

① 赵毅衡：《广义叙述学》，四川大学出版社 2013 年版，第 85—86 页。
② [美] 诺埃尔·卡罗尔：《超越美学》，李媛媛译，商务印书馆 2006 年版，第 500 页。
③ 彭锋：《回归——当代美学的 11 个问题》，北京大学出版社 2009 年版，第 193 页。

狼群》《我的诗篇》《生门》极力营造一种蕴含诗意富有想象的语象。片头和片尾共建的语图叙述框架，使接收者与文本的认知和情感关系中，获取对经验世界的观看方式。传记电影是现实世界之上的可能世界、经验世界之上的叙述世界，在坐实探虚的双重编码里，获得对人物和事件的认同和反思。如同历史的视觉化再现，如微尘般浮于尘世的生命从中得以昭显，而这正是传记电影的生命价值所在。

中国文论研究

中國文明史

诗歌写作从何处开始

何光顺[*]

(广东外语外贸大学外国文学文化研究中心,广州,510006)

当我们问:诗歌写作从何处开始?普通的读者往往会非常焦急地等待一个纯技巧的把握,一个从物理上可以量度的空间起始点,或者一个可以用来作为典范文本的模仿之作,或者问具体从哪个作家开始学习?然而,这一切都可能让我们误入歧途,真正的伟大的写作,并不是首先从形式技巧进入的,而是从心灵开始,从天地万物之道开始,从作者所能回应的这个世界的良知处开始。这个写作的开端,早就在古往今来的先知和智者的言说里被不断诉说,然而,太多的作者或读者却充耳不闻。

一 良知:诗歌的第一起点

当我们谈到诗歌写作时,我们首先一定要荡开普通作者和读者关于诗歌的刻板印象,一定要避开那种诗歌就只关乎格律、声韵和修辞的技法的偏好,古人云"作诗必此诗,定知非诗人",我们一定要从一个更宽阔的视野来看待诗歌,应当容纳这个世界的一切人们对于诗歌发出的尖锐批评。你可以选择接受某些批评,但你不能不听这些批评。柏拉图骂诗人是骗子,孔子批评"郑声之乱雅乐",普通民众批评诗人太过清高,不食人间烟火,这些都不是完全没有道理的。从这个角度来说,诗歌写作首先应从良知开始。

良知,是一个伟大诗人写作的最初起点。苏格拉底的一生,他并没有怎么写诗,孔

---

[*] 何光顺,笔名蜀山牧人,文学博士,广州市青年作家协会理事,中国文艺评论家协会会员,广东外语外贸大学中文学院教授,外国文学文化研究中心兼职研究员、硕士生导师。主要从事中国哲学研究、儒道思想比较研究、中西诗学比较研究、中国诗歌批评。在《哲学研究》等刊物发表论文30余篇,代表著作为《玄响寻踪——魏晋玄言诗研究》。

子的一生也没有写诗，但他们为这个世界奠定了良知哲学，这种良知哲学，就是伦理学。曾经在神话时代和古典时代为大众所喜爱的神话和诗歌，是在未经反思的自然状态下生成的，在孔子和柏拉图那里，首次迎来了哲学和伦理学的尖锐批评。苏格拉底明确提出了"知识即美德""认识你自己"，孔子明确提出了"朝闻道，夕死可矣""见贤思齐焉，见不贤而内自省矣""吾十有五而志于学"，一个严厉的诗歌尺度到来，那些不关乎德行的写作和知识是没有意义的，甚至是有害的，没有生命的向内省察与内在自我生命意识的唤醒，那种只是表现为行动上的善，也是不足为道的，诗歌必须呼唤和响应人的内在良知。

沿着这条道路，欧洲的诗歌写作从其感官写作进入灵性写作的时代，呼唤人的自我意识的反省与悔罪，正视自己的软弱、卑微和恶行，永远向着上帝的高度去升华自己的灵魂，成为诗歌写作的良知的起点。在中国的诗歌写作中，"原道""征圣""宗经"的三重维度被明确提出，"究天人之际，通古今之变，成一家之言"，"为天地立心，为生民立命，为往圣继绝学，为万世开太平"，便成为伟大诗人的写作理想和目标。

当我们说，诗人为世界立法，这里的诗人就不是普通的一般技巧意义上的诗人，而是那种具有崇高的精神力量并将其精神力量融入合适的艺术形式中的伟大诗人。当然，我们在诗歌史的画卷上可以列出很多坐标，屈原、曹植、陶渊明、李白、杜甫、王维、苏轼、陆游、曹雪芹等，当然，还有很多我们没有列出的。在西方诗歌史的画卷上，我们也可以列出荷马、但丁、莎士比亚、歌德、普希金、艾略特、荷尔德林、策兰等。我们列出这些诗人，并不表示，我们就一定能达到他们的高度，但他们的"为文之用心"却是我们首先应该把握的。在这里，可能会有人说，我的列出是矛盾的，我既标举批评荷马的苏格拉底和柏拉图，提倡他们所建立的批评诗人卑劣的良知哲学标准，却又同时标举被他们批评的对象荷马。这确实是一个老问题，这就涉及诗与哲的争执。

我们一定要清楚，两个伟大灵魂的争吵，有时是无法以对错来判断的，因为每一个作者和个体都是根据他们自己的生存体验来写作，他都不是在进行无限的全体性写作，他只能进行有限的写作，只要他在用一种精神力量将个体生命和族群生命带向崇高和卓越，他就是值得称道的，但这值得称道并不表示他们就是没有缺点的，另一个严厉的批评者批评的是他的缺陷，但我们却不能否定这个批评者所未能看到的被批评者的另外的优长。荷马在铸造希腊民族的民族性格和英雄品格方面，是有着卓越功勋的，这需要被我们看到，但当历史进入城邦时代以后，荷马的着眼于群体的民族性格和英雄品格的塑造，就显得太外在了，它必须被超越，于是就有了苏格拉底和柏拉图从内在良知的角度去确立人之为人的理性和良知，要重新为一个民族奠定其所以为文明民族的个体化基础。

观念层面的超越是艰难的，人类往往要经历数百年和数千年而后前进一小步。诗歌与哲学争执的身体和灵魂孰高孰低的话题永远没有答案，然而，在当今这个时代，我们已经进入对个体的自然生命和灵性生命的同等重视的角度，笔者在自己长篇哲学抒情诗《身体、性爱和灵魂》里就深入了这个问题的核心，只单看题目，就会把很多人骇住，在开篇，笔者直接开启了这三者的纠缠：

> 身体在旋转
> 房间在颤栗
> 在你颤动的身体里
> 我看到了灵魂的喘息

在这开头一节，笔者并没有特别指明，但读者都清楚，这实际是在写一个让人害羞和胆怯的话题"性爱"，这节隐含着一个将沉重的物化的身体与轻盈的向上的灵魂打通的一个写作策略与环节。如果没有性爱，身体和灵魂就将被分隔在鸿沟的两岸。注意，是性爱，既不只是性，也不只是爱，而是性爱，有性无爱，人就是动物，有爱无性，就失去了身体。随后，笔者进入了历史之中，去追寻哲学和诗歌所发生的争执：

> 柏拉图说，身体囚禁灵魂。
> 哦，在你的喘息里，
> 我听到他荒谬的错误，
> 是那高傲的哲学驱逐诗人的错误！

苏格拉底、柏拉图都是伟大的，他们用良知哲学和美德伦理学，纠正了古希腊悲剧和史诗太过侧重于身体的感官世界和欲望追求，为沉沦和堕落的世界确立了理念的绝对标准。基督教神学诗学，直接将这个理念落实为圣父、圣子和圣灵的三位一体。然而，当人类在灵魂的路上奔逸绝尘之时，一种同样重要的自然生命维度就被压制得近于窒息，于是，同样着眼于尊重人的自然生命的良知哲学的维度，柏拉图的"身体囚禁灵魂"的说法必须被反转，诗歌不再是对荷马的简单回归，不是对古代自然写作的重复，而是在理解了身体和灵魂关系后的再次解放。在这里，笔者没有像一般的下半身写作那样去简单地渲染"性"或者"生殖器"，而是借张爱玲的说法，为男女两性的自然之爱正名：

> 张爱玲说，抵达女人心灵的，是她的阴道，
> 哦，在你狂野的放荡里，
> 我触碰到了真理

是诗人在迷狂中洞见的真理!

这不再是对柏拉图的简单否定,或者说是对于自然之爱的粗暴推崇,而是觉察了自然生命最高的迷狂,就是两性身体结合的狂野。这种结合,如果没有心灵的相契,就不是真正的结合,它不是两具身体的简单的力量美学,而是身体力量和灵魂力量在共同的旋律中的高度应和,这恰好也呼应了柏拉图所说的诗人在迷狂中代神说话的最高诗人的理念。

在这首诗篇的前面的章节中,笔者言说了生命的本己的良知见证,这种良知有时是唤向被压抑的自然生命的,有时又是唤向被损毁的灵性生命的,没有说只有唤向哪个地方,才一定是指向良知的。这里可以借助东荡子的《宣读你内心那最后一页》来予以论说:

> 该降临的会如期到来
> 花朵充分开放,种子落泥生根
> 多少颜色,都陶醉其中,你不必退缩
> 你追逐过,和我阿斯加同样的青春
>
> 写在纸上的,必从心里流出
> 放在心上的,请在睡眠时取下
> 一个人的一生将在他人那里重现
> 你呀,和我阿斯加走进了同一片树林
>
> 趁河边的树叶还没有闪亮
> 洪水还没有袭击我阿斯加的村庄
> 宣读你内心那最后一页
> 失败者举起酒杯,和胜利的喜悦一样

这无疑是一首重要而卓越的诗篇,这是一首纯粹的灵魂之诗,诉说诗人注重内心的宣读,已经读到了心灵之书的末章,这里具有一种神圣的意味,让人似乎感觉读到了《圣经》末章的《启示录》,很多秘密的封印在这里已被完全打开。在诗篇中,诗人塑造的"阿斯加"的形象,就如曾经道成肉身为人类受难、死亡、复活的耶稣基督一样纯洁,在最后审判的日子,一切将会被重新挪动位置,曾经在尘世中荣耀的会被颠倒,曾经在尘世中失败的终将获得真正的胜利。诗歌从开篇到终端洋溢着一种喜悦,"该降临的会如期到来",最后的日子已经来到,真正的灵性生命之花和种子将获得新生,在最后的战斗中,"你不必退缩",这其实也是诗人的自诉,这里诗中被叙述的"你"和作为叙述主体的"我",还有一个被命名的形象"阿斯加"实际是三位一体的,相当于圣父、圣子、圣灵的同在。"和我阿斯加同样的青春"就是神圣力量的永在,这是神圣之书写,纸上的文字是从圣灵那里流溢而出,尘世的东西必须在如婴儿一样的睡眠中被抛掷。圣父、圣子、圣灵的三位一体的世间行走,在第二节被清楚显现,"你呀,和我阿斯加走进了同一片树林",你就是我,我就是阿斯加。树林,可以是这个人间世界的隐喻,在最后的殉道之前,我要告诉你,心灵圣书的封印打开后的终极秘密;"洪水"可以是灭世的洪水,既可以是来自天上的,也可以是人间的浊浪滔滔;阿斯加的村庄,就像"挪亚方舟",它并不会毁灭,"我"就在那里,洪水灭世前的闪电还没有照亮树叶的时候,我要告诉虔诚的敬畏上帝的义人,你并不是人间的失败者,你内心那最后一页,就宣告了你在来世的胜利。举起酒杯吧,这是基督的血,这是圣灵之水,他向门徒举起了酒杯,宣告了未来,恺撒的权力,并不能战胜上帝的独生子,他以他的牺牲宣告了纯洁的信道者的光辉的未来。"失败者举起酒杯,和胜利的喜悦一样",东荡子的诗篇最终指向了这个堕落的时代的少数圣者,他们向世人见证了倾听福音中的无上喜悦。生命的良知写作,就是诗歌的源头活水,就是诗人真正的粮食。

二 意象:诗歌的道成肉身的展开

良知,是诗歌之道,是将诗人带向伟大的最初起点和最高存在,然而,这良知,还必得有过程化的具体展开,那就是诗歌必得依赖意象,意象就是诗歌最重要的肉身。当代诗人有太多人不重视意象,当一说到意象时,他们只能想到古典的"明月""浮云""朝露""春江""春水""游子",他们会觉得意象写作已经过时了。实际上,这是一种极错误的想法,古典时代的意象在新时代的语境中,可以被赋予新义,当代诗人眼中所见的生活的事物、情景可以在他的心灵和言辞的重现中被创造为这个新的时代的意象。诗歌由意象和意象群落生成的诗境,就是诗人将这个世界投射在他的心灵的湖面的倒影予以重构,以构建出属于他自己的独特的精神居所。

我们在上文看到的东荡子的诗篇中,他并不是枯燥地诉说真理和启示,而是借助花朵、种子、树林、树叶、洪水、酒杯的意象群落共同筑建了最后的如期到来时刻的某种生存图像,而阿斯加和阿斯加的村庄,则是诗人**构**建的象征着抒情主体的纯洁的精神象征和圣地居所。我们再以东荡子的《一片树叶离去》为例:

  土地丰厚,自有它的主宰
  牲畜有自己的胃,早已降临生活
  他是一个不婚的人,生来就已为敌
  站在陌生的门前

> 明天在前进,他依然陌生
> 摸着的那么遥远,遥远的却在召唤
> 仿佛晴空垂首,一片树叶离去
> 也会带走一个囚徒

这首诗也是很多人不能够读懂的,然而,即使不懂,也会被这首诗的奇特而新颖的意象瞬间吸引。这里有很多单个意象,但也有一个整体意象,这里我们只说由单个意象构建的整体意象。全诗写的是在肥美的、牲畜成群的原野上,一个不婚者站在陌生的门前等待着来自远方的召唤;这个不婚者,你完全可以把他想象为具有孤独灵魂的诗人,也可以同样把他想象为忏悔了罪的亚当,还可以是殉道的基督,可以是屈原,可以是庄子,可以是人间的任何一个精神守望者。在这辽阔的世界,这位诗人和这位圣者,并不能找到和他同行的人,这里的"不婚",读者一定不要简单理解为尘世的婚姻,而是具有中国古典时代同样以婚姻比喻知音遇合的含义。这实际是在写纯洁者不与任何的世俗力量结盟。他所站的"陌生的门前",也就不是一般意义的门,而是一扇弃绝俗世诱惑的通向真理和信仰的门,尽管人间的时光在流逝,他却永远不能为世人所熟悉,他只为遥远的呼唤而应答,他在这个世界为囚,却在来世坐在上帝的右边,当树叶飘落的时候,就是囚徒解放的日子。

又如在笔者的《身体、性爱和灵魂》这首诗中,当笔者在引出了真理在何处出场之后,转向了对于人类在身体中寻找和迷失的书写,这里就借助了意象:

> 当你的衣衫褪尽,
> 我穿越了北方上空层层的雾霾,
> 看到了南方希望之地的丰产的泉源,
> 哦,你的身体永远是散发着腾腾热气的热带雨林啊
>
> 所有人都爱你,
> 然而,他们不知道,
> 在你的丛林地带,
> 只有睿智的探险者,才不会迷失启明星的方向

这里的意象选择极具现代性,既有古典化的意味,又有现代生活的印记。这里的意象写作不是直奔女性身体的直观展示,而是在新鲜的比拟中又将视线荡开:衣衫褪尽,这里写"我穿越了北方上空层层的雾霾",就象征着对于掩盖在自然生命之上的太多的异化观念,这些异化的和错误的观念必须被穿越;在这种穿越之中,我们发现了生命本身的丰产,那健康的自然的身体,就是"散发着腾腾热气的热带雨林";然而,

"身体"并不绝然就是完美的,它有危险的"丛林地带",必须是睿智的探险者,才不会迷失方向。在接下来的写作中,笔者追溯了人类几千年来在身体的深层处的迷失,以明示这种探险的艰难;写到了作为"丰产的果园"的身体,在几千年中的哭泣,被视作"蛇的欺骗和毒液",在这里,通过蛇的意象,接续起了伊甸园的古蛇和中国民间传说中的白蛇;写到了孙行者和贾宝玉的反抗,这都是原始的自然力量和本真的身体的突破和抗争,那自然的性和那神圣的爱成为自然的身体和纯洁的灵魂的结合,得以在一个新的纪元中被升华。

在意象运用的写作中,笔者的另一首诗《落叶和手机》可以作为典型案例:

落叶,古典精神的遗留物
被陈放在一个名叫大地的博物馆里
参观者行色匆匆,踩踏你的尸体
没有人回想起你曾有过的世界精神

你泛黄的颜色,
诉说着你曾经过的历史沧桑,
你就是躺在大地上的记述人类灵魂的圣经
远古的神明就曾跟随着你一起降落凡尘

当冰冷的水泥钢筋毁灭大地时,
你的尸体已无处存放,你真的死了
你不再成为浸入泥土的带着圣灵气息的神圣之书,
而只是成为神圣的摹本被拍成了世界图像

每个人低头急速走过,或抬头看你,
他们都其实并不能读懂你的精神,
他们的手机咔咔响,或者摄下你在枝头的残喘,
或者拍下你在风中的舞姿,抑或你在大地上的安息

当他们欣赏着你固化成为他们手机里的图片
那不过是千万个被重复制作的你而又非你,
你的绝对的本质只在上帝那里才能被知晓
基督早已被杀死,你不会有再度复活的希望!

在这首诗中,作为古典意象的典型"落叶",已然失去了其在古典时代的那种唯美

的意境。在一个线性时间序列上快速前进的现代世界，一切都被拉平，一切都被粉碎和被重新组装成机器链条上的流水线生产。落叶，作为"古典精神的遗留物"，只是被陈放在一个叫"大地"的博物馆里。来参观古典世界的人，并不是真的来看它，这些参观者踩踏过落叶的尸体，而早就遗忘了落叶曾经承载的那个古典时代的世界精神。落叶，在冰冷的水泥钢筋毁灭大地时，它的尸体已无处存放，它不再携带着人类的生命气息。大家注意到，这里写的落叶，和东荡子写的落叶截然不同。东荡子笔下的落叶，携带着圣灵的气息，它飘落，一个囚徒就被解放。而在笔者的这首诗中，落叶真正陷入了死亡。这里的现代意象"手机"成为一个转折点，每个人匆忙地用手机复制自然世界的美丽和飘飞的落叶，它被网络传媒迅速复制成千万个摹本，它的绝对本质和圣灵气息，早就被消灭。落叶和手机两个意象，构建了古典世界和现代世界的激烈的紧张和冲突，诗歌在这里对于一个伟大的民族精神传统的没落给予了一个挽歌式的绝唱。这是无限感伤中的呼唤，呼唤当代中国必须重新回归其伟大的传统，必须理解一种古典世界的真正精神；这里与其说是没有希望，不如说是在呼唤希望。这就是巧妙的意象写作，一切无尽的意蕴都包含在意象之中，它感动人心，形象、立体而隽永，在古典意境的消失中重新唤回一种诗歌的精神传统。

三 语言：诗歌的陌生化表达

语言或者说词语的陌生化表达，是诗歌写作非常严格的尺度，某种程度上也同时涉及诗歌的修辞技巧。诗歌最基本的元素词语或者说语言，必须是新鲜的，是清除了陈词滥调的。它不同于绘画和音乐的空间展示和旋律展示，当然，诗歌会汲取绘画的空间经验和音乐的节奏旋律，但从根本上说来，语词或者说语言修辞，构成了诗歌的最基本要素。在语言上，我们诗歌写作的一个基本经验，应该是指向当下和未来的，就是用现代语言表达现代的体验，甚至可能是超越于现代的未来语言来表达最新鲜的体验，乃至对未来的预言家式和巫师式的神秘预测。因此，古典的语言、常规的语言以及古典的文体，都需要逐渐被突破、超越甚至是完全摒弃。

在语言的陌生化和语言修辞技巧上，当代诗人梦亦非尤其重视语言的修辞技术，他甚至将语言技巧的突破看作诗歌最重要的决定性元素，他很遗憾很多诗人朋友误将真诚的写作视为诗歌写作。梦亦非把诗歌写作变成了文学技巧或语词技巧的训练场，他寻求诗歌写作的技术突破和诗艺探索，甚至在汉语写作中大量引入字母和数字，构建一个符号的迷宫。在阅读梦亦非的诗歌时，你会体验到一种新异的语言修辞所带来的享受，我们试以他的《空：时间与神》的第一部分《三月：遗址之花》来做分析：

神啊,你为什么站在远处
——《圣经·诗篇》

黔南

月光大地,斜对东南弃置的铜镜
玄黑,沉重,荒凉满面
内在之影越过月海边沿

群山在缓慢的涌动中升起、潮湿
仿佛从磐石中寻找水分
譬如幼枝、小兽、梦中换羽的鸟儿
月潮助长了荣耀的法则

那露水的祭台上,馨香低迷
是否,神不会留下痕迹
三月是神之火,藏在言辞之间

"时光的法轮常转啊,天上地下
呈现出它愈加繁华的季节"——

黔南的天空下是洗濯的古铜,镜像中
最后有谁前世的迷醉,来生却寂灭
"雨水弯曲,流向万物的欲念"
青草举着火焰,照亮了满溢的田野

  这是一首长诗,梦亦非可以说是这个时代的语言大师,他的语词创造不仅仅是个别词汇的新颖,而是整体语言给人带来全新的感觉;他的写作完全超越了抒情化的内在写作和叙事化的外在写作的分野,他诗歌词语的新异组合所带来的诗境的奇崛和深邃,是难以言表的,这完全得益于他的狂热的语词训练。在开篇,诗人引用了《圣经·诗篇》的话:"神啊,你为什么站在远处",这几乎是梦亦非诗歌语言的绝世脱俗和诗境的深奇幽邃的绝佳写照。作者很少运用形容词来做太多的修饰,而直接采用简洁的句子,以名词和动词组合为主,力求消除赘语。"月光大地,斜对东南弃置的铜镜",将人唤入贵州南边三月的土地,这块土地"玄黑,沉重,荒凉满面",很多神秘的语词意象次第展开,难以索解,如"内在之影越过月海边沿",他似乎在写神圣的幽灵,或者说圣灵在这片土地上穿越和寻找,"譬如幼枝、小兽、梦中换羽的鸟儿/月潮助长了荣耀的法则",诗人在写这片土地上的月光下的新生。他所写的词语和意象,别的诗人也并不是没有用过,但诗人通过这些词语的重新组合,让整首诗产生了完全陌生化的效果。诗人随后写"露水的祭台""三月是神之火""黔南的天空下是洗濯的古铜":这片土地被神意笼罩。而最重要的是诗人用完全新异的语词写出了这片土地的古老和神秘;"神不会留下痕迹""藏在言辞之间",一切是那么含蓄,诗人根本无法说出。最后,诗人写到这片土地孕育着的春天的新生之力:

  青草举着火焰,照亮了满溢的田野

  三月的青草,它健旺地生长,就像火焰燃烧,雨水满溢的田野,都被它的火光照亮。虽然,诗中写"神不会留下痕迹",然而最后,诗人却借助言辞将神的奇迹与隐秘显现,这样,我们就理解了"三月是神之火"的言说。笔者未曾看到有诗人这样比喻春天的力量,梦亦非用他奇迹般的语言进行了全新的创造,于是,当诗人说"神之火,藏在言辞之间"时,他就用言辞将神之火在世间点燃,他就完成了诗人的使命与天职。梦亦非的诗歌语言技巧可以分析的太多,我们这里无法全部展开,但还要提到的是他对语言结构的注重。全诗都是5节,第一节3句,第二节4句,第三节3句,第四节2句,第五节4句,形成了独特的34324的梦亦非式结构。这种结构在整齐中又富于变化,可谓独到的诗艺安排。

融合汇通与传承创新
——顾祖钊中国诗学思想述评

赵诗华*

(上海师范大学人文传播学院,上海,200234)

摘　要:新时期以来中国文艺理论的发展经历了由"内转"到"外转"的拓展,顾祖钊积极参与了文艺理论界关于新理性主义、古代文论的现代转换和中国式文化诗学三大议题的讨论,他始终坚持"中西融合、古今汇通"的治学路径,矢志开拓,传承创新,先后提出了"艺术至境论""三元文学观"、文学"气韵生动的生命形式论""意蕴层次批评法"等系列富有创见的诗学观念,推进了中国诗学体系的建构和文艺理论的发展,而坚持"民族文化"本位基础上的"融合汇通"是其学术探索的基调,新时代重新认识和评价他的诗学思想及其理论建构之路对我们推进中国文艺理论和诗学的发展有着方法论上的积极意义。

关键词:顾祖钊;融合汇通;传承创新;诗学思想

新时期以来,顾祖钊伴随着中国文艺理论界提出的三大议题"新理性主义""古代文论的现代转换"和"中国式文化诗学",采用"融合中西"和"汇通古今"的方法推进中国诗学体系的建构,自成一家,独具特色,其提出的"艺术至境论"和"三元文学观念"在文艺理论界产生了重要影响,"中国文化诗学的建构"是他近十年思考的结晶。当下,回顾和重新认识顾先生以坚定的文化自信,在坚持民族主体意识的基础上实现的"中西融合"的理论创新之路,对于我们在新时代推进中国文艺理论的发展有着积极的现实意义和启示作用。

---

* 赵诗华(1981—),上海师范大学人文传播学院博士生,黄山学院人文传播学院讲师,主要研究方向为中国美学、艺术学理论。基金项目:本文为安徽高校人文社科研究项目阶段成果,项目编号:SKHS2016B08;黄山学院工艺美术传统技艺研究中心成果,项目编号:kypt201816。

一 "艺术至境"理想和三元文学观念的建构

"艺术至境"的探寻。艺术的至境形态及审美理想是人类永远探寻的目标,古今中外无数哲人及文艺研究者和实践者无不将其视为自己追寻的目标,或诉之于形而上的诗学探索,或诉之于形而下的艺术实践,即使在步入 21 世纪的当下,人们尚未摆脱"理论终结""艺术终结""文学终结"的余悸,面对信息技术和人工智能对人的精神生活的介入,我们依然保存着对"艺术至境"的向往之心。20 世纪 80—90 年代,当文学摆脱现实主义文论的"一统独大"时,人们开始重新续接文学内在规律的探讨,文艺美学范畴诸如"典型""意境"成为大家关注的焦点。较早将二者视为文艺美学范畴的是新古典主义的倡导者周来祥,他指出:"中国古典美学和艺术中的意境与西方古典美学和艺术中的典型,犹如双峰对峙,各有风采。"①可见,他超越了 50 年代李泽厚关于"意境和典型"的论述,将二者剥离开来,给予应有的地位,而不是"这两个概念是并且还是相互渗透、可以交换的概念;正如小说、戏剧也有'意境'一样,诗、画里也可以出现典型环境典型性格……它们同是'典型化'具体表现的领域……它们所把握和反映的是生活现象的集中、概括、提炼了的某种本质深远的真实"②。李泽厚认识到典型和意境作为中西文艺审美范畴的区别,然而最后拖上了一个似乎以典型统摄意境的"反映论尾巴",这种现象在 50 年代的学术研究中并非特例,正如古风后来总结说这是"左倾化""意境"研究的惯性使然。③到了新时期,文艺研究现状得到了改观,但是典型、意境的认识和讨论在曲折中前进,有时二者还陷入了非此即彼的境地,有的高举现实主义典型论大旗,将意境置于文艺典型论附属的位置,随着西方现代文艺作品的"内转",加之先锋小说创作的繁荣,有人将西方现代派小说的人物形象归于"典型"行列,使典型成为无所不能的"万金油"。与此相对,"意境派"提出意境是艺术的最高审美范畴,他们认为典型是意境的一部分,意象也是意境的一部分,意境是文艺作品的最高审美范畴。陷典型与意境于相互纠缠和边界模糊的境地。有感于此,顾祖钊结合中国古典意象的研究,开始重新思考"典型""意境""意象"三者的关系,他发出"艺术至境中到底有几种基本形态,主管这个艺术天国的美神到底有几位"的呐喊,④带着五四学人"中西融合"的理论眼光,跳出非此即彼的狭隘视域,坚持历史唯物主义和辩证唯物主义立场,吸收中西哲学合理的思想资源,开启艺术至境三元形态的建构之路。他说:"理论的地球应该是圆的。我们在以坦诚的胸襟引进西方文论之后,还应当超越西方文论。在肯定它科学的部分之后,还应当以更高的,全人类的视

---

① 周来祥:《论中国古典美学》,山东文艺出版社 1987 年版,第 224 页。
② 李泽厚:《门外集》,长江文艺出版社 1957 年版,第 143 页。
③ 古风:《意境探微》,百花洲文艺出版社 2001 年版,第 13—14 页。
④ 顾祖钊:《艺术至境论》,百花文艺出版社 1999 年版,第 10 页。

角去驾驭它,剔除其片面的、非科学的部分;同时,也要认真地对待中国古典文艺理论的遗产,发掘它带有世界价值的建树,促进东西方文论的真正融合。"①

"艺术至境"的钩沉与重塑。既然艺术至境并非典型所能概括净尽,也非意境所能完全描述,那么人类"艺术至境"的天国究竟如何呢?在中外文艺发展考察中,顾祖钊认为"典型、意象、意境都是中外艺术史提供的艺术现象和理论形态,轻视了哪一方面都是不完整的艺术理论"②。他采纳历史"还原法",走进古今中外文艺和哲学美学元典,上下求索,内外探寻,以历史的眼光逐步拂去意象、意境和典型上的尘封,寻找艺术至境的历史面相。在对中外古今"意象"理论的钩沉与耙梳中,顺着"意象"的历史演变,从《周易》、王充、王弼、刘勰、王昌龄、司空图、李东阳、王廷相、叶燮、章学诚等先贤的论述,从"表意之象"到"内心意象"再到"泛化意象"的梳理,他逐一梳理出中国古代意象的发展脉络;同时他还从西方的"心理意象"到现代派艺术"象征意象"和"浪漫意象"的辨析,从德国古典美学审美意象到现代意象派诗人和象征主义诗人,再到文化符号学派关于意象的分类,他探寻着西方意象的发展来路。在中西意象观念的比较和透视中,他探索出人类关于艺术至境意象的密码,逐渐探寻出意象的本质和审美特征及其分类。顾祖钊本着"中西汇通、以中正西"的原则,以华夏文化元典《周易》所揭示的"表意之象"作为主干,吸收了西方现代派艺术"象征意象"尤其是德国古典美学有关"审美意象"元素,将意象分为"象征意象"和"浪漫意象",并归摄于意象型艺术。这种正本清源的清理工作在保存了华夏意象文化主体的同时也吸收了西方意象理论中的合理元素,清理了意象泛化无边的理论越界,推动了意象理论在中国当代的发展;对"意境"的清理,顾祖钊本着华夏诗性文化的特质,剥离其与境界、禅境及意象的纠缠,恢复其作为华夏审美文化的本真,凸显其作为民族诗性文化的审美理想性。从意境的"渊流""称谓及其内涵的变迁"出发,结合中国古代审美文化发展的脉络辨析其本义的变化及表现,并结合当代文艺发展需要对其内涵给予澄清,逐渐恢复意境作为华夏诗学至境的本质特征和审美追求,一扫意境意义含混的局面,揭示了"意境"理论"情景交融"的表现特征、"虚实相生"的结构特征及"韵味无穷"的审美特征,并予以精练的描述:"意境就是情景交融、虚实相生的能诱发和开拓出丰富想象的审美空间。它是由形象和想象中的形象共同构成的艺术形象整体。"③ 意境的清理重塑了华夏"诗性国度"的至境理想,廓清了附着其上的含混歧义,将其视为华夏抒情文艺的核心范畴,具有重要的文化意义;而"典型"概念源于西方模仿文艺传统,作为西方艺术至境形态由来已久,但不能否认中国叙事文学的存在。顾祖钊通过回顾明清小说发展以及近代"典型"概念传入的发展线索,结

---

① 顾祖钊:《艺术至境论》,百花文艺出版社 1999 年版,第 14 页。
② 同上书,第 37 页。
③ 同上书,第 179 页。

合文艺发展实际,坚持马克思历史唯物主义,进行中国"典型论"的理论建构,他结合历史的演进详细地阐述了中西典型由"类型化"到"个性化","平面化"到"立体化"及"崇高化"到"凡俗化"的发展规律,深刻揭示了典型这一艺术至境形态的诗性特征,突出其作为现实主义文艺至境的审美特性:"典型虽然属于最富于社会历史内涵的形象类型,但毕竟是一种审美形态。……倘若我们从审美的视角去观照典型,便可以把它界定为显示特征的、富于魅力的性格,它是人类创造的艺术至境的基本形态之一"。① 这样,不仅如童庆炳所说"把残缺不全的艺术至境格局补全了",而且每位"美神"都有清晰而崭新的理论画像。

华夏三元文学观念的揭示。将"意象、意境、典型"作为艺术至境的"三美神"并非无中生有或主观臆测,它是顾祖钊在中外文艺发展现象的考察中得出的规律性认识。艺术至境的三种形态同时密切地联系着诗学的三种本质,即文学具有的"言情、言理、言史"三种诗学本质观。他在《诗魂三魄论——对诗的本质的综合思考》一文中说:"抒情性、哲理性、历史性,是诗的本质,对此,古今中外既有共识,也有各持一端的分歧异见。事实上,它们各为一个侧面,共同构成诗的一魂三魄。"② 在《华夏原始文化与三元文学观念》中他对此做了充分且令人信服的论证,结合个人对中国文化和古典美学精神的参悟,他认为华夏原始文化经历了一个由"原始艺术阶段"到"巫术文化阶段"的过程,而"巫术文化阶段"最大的特征就是"诗乐舞"一体。脱胎于"原始巫术文化"母体的文学便带有了"诗言志"、"史诗混同"和"诗缘情"的本性。结合考古发现以及对先秦文艺的考辨,顾从华夏文化的源头《周易》出发,利用文化诗学的眼光,追根溯源,逐一考察,得出华夏诗学具有"言理、言情、言史"的三元本质系统。他分析了中国古代文艺不同时期呈现的,或以哲理表达为主,或以抒情为主,或以言史为主(具体到某一创作个体,则往往以某一类型为主或几者兼具)的现象,这种从文学历史演变的史实进行的归纳和总结,从动态的角度梳理出华夏三元文学观念无疑是令人振奋的,其主要意义有四:一是打破了当下理性思维制导学科研究固守一隅的一元论偏见,恢复了文学研究"诗与史"相统一的传统,为推进中国文化诗学研究的深入做了很好的示范;二是从文化源头探索文学观念的发生及其流变,结合文艺发展史实呈现了文艺"言理、言情、言史"的动态发展规律,实现了历史和逻辑的统一,揭示了"三元"文学观念的真理性;三是吸收道家哲学层次论,坚持了文艺的一元(广义的历史哲学本质观)、二元与三元(即多元)相统一的文学系统本质论,与那些一味沉醉于后现代主义文艺多元论而毫无历史感的理论相比,这是更为科学和合理的;四是这种"一元"和"多元"相统一的文学本质观既是对西方后现代非理性多元论合理因素的吸纳,也是中国哲学智慧对西方非理性文学理论的改造与超越。

---

① 顾祖钊:《艺术至境论》,百花文艺出版社1999年版,第260页。
② 顾祖钊:《诗魂三魄论——对诗的本质的综合思考》,《文学评论》1998年第2期,第39页。

就艺术至境形态存在的哲学基础来看，它并非无本之木、无水之源，顾祖钊对其进行了"哲学探源"。德国古典哲学是西方哲学发展的高峰，它将人的内在心理结构归为"知情意"三个方面，这与清代叶燮提出的"曰理、曰事、曰情"，"足以穷尽万有之变态"①的观念，有内在一致性，这正是文学三元和艺术至境三元产生的哲学根源，所以黑格尔从人类艺术发展的历史中也只能归纳出"象征型艺术、古典型艺术及浪漫型艺术"三个类型，而不会有第四种。因此，顾祖钊说："在艺术至境的天国里，每种艺术至境形态，都是人类最高审美理想的体现，都与人类某种审美需要相联系，都是为满足人类某一方面的审美需要而存在的。如果说人类创造意象是为了驰骋理想，启迪思维；创造典型是为了再现生活，认识生活的话；那么人类创造意境这种艺术至境形态，主要是为了抒发情怀。"②

　　从中外文学现象和哲学美学理论的巡礼中，顾祖钊在中西文艺理论融合的基础上实现了人类艺术至境形态的理想建构：意象、意境和典型的三元并置开拓了艺术理想境界，三者之间既相区别又相关联，共同支撑着人类的艺术大厦。这种从历史现象到历史规律的探寻和归纳，不能不说是一种发人深省的重要发现，实现了艺术至境三元形态和三元文学观念的对接，言之成理，自成一家，令人耳目一新。正如童庆炳曾言："顾祖钊引经据典，以其不凡的才情和深厚的学术功力……从而把典型与意境二元的艺术至境格局，改造为更符合艺术事实的典型、意境、意象三元艺术至境的完美结构。……这不能不说是新时期文学理论研究的一项重要的收获。"③

二　从"气韵生动的生命形式"到"意蕴层次批评法"

　　气韵生动的生命形式论。倘若说，艺术至境三元论和文学三元观念是对文艺的至高理想及文学的多元本质的归纳，那么气韵生动的生命形式论则是顾祖钊在激活中国传统"生命哲学"的基础上对西方"生命形式"理论的改造和革新，是一种综合中西方有关文艺作品"生命形式"的"整体特征"论。"由于气韵生动的理论……它所关注的不是生命的一般表现，如苏珊·朗格所关注的运动、节奏、韵律等等外部形式，而是文学和艺术对生命形式的特殊要求。这种特殊要求可以概括为传神性、特征性、理想性和魅力性四个方面。"④将文艺作品看作一个具有生命形式的东西，而不是一个"任人宰割"的对象，这对恢复文艺作为人的精神理想和审美载体的主体地位具有重要的理论意义。文艺不仅仅是现实主义对现实生活的反映，也不只是形式主义依存的文本分析和语义分析，它强调的是文艺结构本身所涵盖的生命形式及其内在规定，它实

---

① 郭绍虞主编：《中国历代文论选》第三册，上海古籍出版社1988年版，第346页。
② 顾祖钊：《艺术至境论》，百花文艺出版社1999年版，第19页。
③ 同上书，第7页。
④ 王宁主编：《文学理论前沿·第十一辑》，清华大学出版社2014年版，第8页。

际上关注的是文艺对人的生命精神、内在灵魂、生命理想和人格魅力的传达和表现。这种对作品"气韵生动的生命形式"的认识,跳出了传统文论根深蒂固的内容与形式二元对立的认识"惯性",同时又打破了西方科学理性主义对文艺做"解剖式"结构分析的藩篱,侧重对文艺作品予以独立性、整体性观照,其中蕴含对活泼的生命、性灵、气韵与肌质的美学观照,为中国古代文论大面积参与现代文论建设提供了广阔而美好的前景。

文学意蕴层次批评法。顾祖钊在融合中西生命形式论的基础上所提出的"气韵生动的生命形式"论,不仅激活了中国古典文艺既有的生命美学观,还为我们进一步理解和把握中国文艺的生命形式特点提供了有效视角。与此相关,为尊重文学文本的有机性和完整性、适应文学艺术生命形式的特殊性,顾祖钊提出了"意蕴层次批评法",强调在尊重文艺作品的生命特征的基础上,通过"立体式""层次性"的方式对文艺作品做较为全面的解读,以此纠正传统"主题式""单一性"的以偏概全式的文艺批评方法,"它将文本的言、象、意看作一个不可分的生命系统,又将它的意蕴层次看作是一个由表及里的、逐层深入的、有机的意义系统,从此不再作片面的宰割式评论,而要作整体性把握"①。文艺文本之所以被视作一个生命形式,是因其自身有着"诗意逻辑"的规定性,"诗意逻辑是遵循着艺术想象的统一性在审美理想的制导下运行的",不同于日常生活和科学逻辑,它建立于作品表达中的"体验的真实",它追求的是生命形式的表现,"即赋予艺术对象(万物)以生命形式……诗意逻辑以生命形式为追求,这样就可以形成高度有机性和整体性的文本……诗意逻辑对生命形式的追求,不仅体现在整体层面的有机性上,而且从字音和意义单元开始,就注意发挥'语象'的构型功能,造成生命的质感,去构筑意群层面上的形象体系……诗意逻辑并不以'构型'为满足,而是要设法表达生命的活力和魅力,也就是说,诗意逻辑的运行,必须尽力地去实现气韵生动的美学要求。……诗意逻辑所构造的生命形式,是个性化的生命形式"②。可见,"意蕴层次批评法"遵循的是文学的"诗意逻辑",而"诗意逻辑"是文本生命形式创造的内在规定,那么,尊重文本"气韵生动的生命形式"便成了文艺批评的应有之义,符合文艺的自身规律。这与固守政治批评、道德批评、心理批评等"一元"论批评以及脱离历史理性、沉湎于解构主义风潮的批评,无疑是一种较为科学和可行的文艺批评方法,更符合华夏诗性文化传统和哲学传统。

文学批评的三大原则。新时期以来,随着思想的解放和文艺创作的发展,文艺批评虽然脱离了"政治标准"评析的桎梏,开始关注文艺自身的规律,但文艺自身的批评规范尚未形成,在后现代思想和文艺的文化转向上,批评界企图用"思想性、艺术性"和"真善美"等"大词"对文艺进行裁决,此种方式往往导致实际操作中,面对

---

① 顾祖钊:《论文学意蕴层次批评方法》,《文艺理论研究》2008年第5期,第89页。
② 顾祖钊:《论文学语言的诗意逻辑》,《文艺理论研究》2006年第1期,第51—53页。

具体的文艺作品,由于概念和内涵的模糊造成一时难以驾驭的窘境,造成文艺批评出现随机性和随意性,致使作为人类高级精神劳动表现的文艺成了"任人打扮的小姑娘"。有感于此,顾祖钊在尊重文艺自身"诗意逻辑"和"生命形式"的基础上,坚持历史唯物主义和辩证法,总结分析西方后工业文明中文艺发展的弊端以及当下我国大众文化发展中存在的问题,提出了文学批评的"历史理性、人文关怀、审美升华"三大原则,为文艺批评提供了一个较为可靠的"参考标准",为新时代推进文艺批评的健康发展提供了有益的参照尺度。

三 "新理性主义"视域下的中国文化诗学建构

2016年《中国文化诗学的建构》的出版是顾祖钊近十年思考中国诗学建构的结晶,标志着其关于中国诗学体系建构达到了一个新的高度。我们知道,"文化诗学"是童庆炳、刘庆璋祖钊等在20世纪90年代针对社会物质文化与精神文化发展失衡、"文化热"兴起导致的文化批评泛化及文艺人文精神堕失而倡导的一种关注文学自身文化属性、审美属性和人文精神的新方法。实际上,顾祖钊"艺术至境论"的构建就已蕴含了文化诗学建构的品质,如其从历史的梳理和钩沉中揭示的三元艺术至境形态,就是文化诗学眼光的运用。当然,"三元文学观念"的提出更是这一方法的具体实践,而《中国文化诗学的建构》应该是其诗学思想体系在文化分野中的深入和升华。

"新理性主义"哲学基础上的文化诗学建构。新理性精神是钱中文面对社会发展和文学理论发展现实提出来的诗学观念。顾祖钊认为新理性精神对建构新人文精神的方向是可贵的,但是还应当将其扩容为世界观和哲学方法论。他以中国道家哲学智慧为框架,吸收列宁关于在不同层次上认识真理的思想以及西方非理性主义哲学的某些合理因素,并加以改造、整合为较为全面的"新理性主义",使"新理性主义"的内涵得到了更为清晰的界定,"表现为新理性主义的态度(或曰立场)、新理性主义的方法和新理性主义精神(即人文精神)三个方面"[①]。为推进新理性精神的深化,顾祖钊坚持综合超越的理论立场,反对对西方后现代主义、解构主义理论、苏联文论以及中国古代文论思想资源一味采取简单肯定和简单否定的非理性态度,倡导一种立足当下"汇通古今、融合中西"的综合超越立场,而这正是建构文化诗学的前提,也是克服近代以来我们面对中西方文化碰撞,实现古今思想资源传承与汇通的难题!顾祖钊知难而进,他从元理论和哲学层面列举了"辩证唯物主义一元论和后现代主义多元论""传统认识论真理观与不可知论、极端的相对主义、虚无主义""西方马克思主义美学与传统

---

① 顾祖钊:《中国文化诗学的建构》,安徽大学出版社2016年版,第254页。

马克思主义美学"① 等十个方面存在的问题。在问题清单面前,他充分发挥道家宇宙生成论及其整体性、层次性、综合性和超越性的长处,利用它形上与形下、辩证思维与审美体验相统一的特点,力求建构一个纳万汇于我而不失其本——中国特色,熔古今中外于一炉而不丧其神——坚持和发展马克思主义哲学基础上综合创新的文化诗学,这种发展之路不仅能够克服旧理性主义的缺陷,同时还可以吸收20世纪西方哲学的合理因素,为中国文化诗学的建构打下坚实的哲学基础。

"大文化"意义上的诗学建构。"文化诗学"总体上倡导一种"大文化"视角观照文学研究的方法,也是"新理性主义"(人文精神)积极介入社会现实的体现,而对"大文化的视角"及"文化的价值取向"辨析是文化诗学建构的另一重要难题。顾祖钊在充分肯定"文化人类学转向"的合理性基础上,采纳开放的文化视角,结合马克思主义社会结构理论上的"大文化"观念,即将文化置于以经济基础与上层建筑的矛盾运动为架构的动态关系中来把握;同时强调物质文化、制度文化和精神文化整体的有机性,将"社会心理"、"文学思潮"和民族的"集体无意识"作为"文化历史语境"的重要内容来考察,区别它与以往文艺学中的"时代背景、时代精神";首次申明了文学的审美文化性质,并提出了审美重塑、文化焦虑等一系列范畴,从而划清了中国文化诗学与旧文艺学的根本区别。为保证文化视角在文学艺术中发挥正能量,顾祖钊总结新时期以来文艺发展的经验,对文化的价值取向标准进行了研究和归纳:"即现代性和民族性的标准,人道的和人性的标准,科学的和健康的标准以及历史的和审美的相统一标准。"② 因此,文化诗学具体运用的价值取向便得到了进一步的明确,使其历史属性、审美属性、人文属性及科学的文化属性得到了清晰的界定,为文化诗学的具体实践和文艺创作与批评的具体实施提供了"路标"。

自觉"民族身份"意识的诗学建构。顾祖钊历来倡导在"民族身份"意识自觉基础上的文化创构和理论研究,而"民族身份"是西方文化研究确立的核心原则,对中华文化的研究自然也要坚守和强化"民族身份"这一立场。朱立元曾在思考中国"古代文论现代转换"时强调"以时代发展的视野来看,更重要的是,自改革开放迄今,我国社会主义市场经济已发展到一个新阶段。在目前经济全球化迅猛推进,社会文化整体加快现代转型的大背景下,在信息化网络化和多媒体时代人们的生存、生活方式发生巨变的情况下,强调传承和弘扬中华优秀传统文化,接续民族文化传统的精神命脉,就显得比过去更为重要和紧迫了"③。朱立元对续接民族文化传统以推进中华文化建设的主张可以说与顾祖钊不谋而合,可见强化"民族身份"意识上的文化创新是老一辈学者的共同价值取向,而顾祖钊不仅是这种取向的倡导者,而且是以民族身份意

---

① 顾祖钊:《中国文化诗学的建构》,安徽大学出版社2016年版,第257—258页。
② 同上书,第175页。
③ 朱立元:《关于中国古代文论现代转换的再思考》,《中国社会科学》2015年第4期,第154页。

识推进中国文化诗学建构的"实干家"。与那些引进西方文化研究而在中国生搬硬套的学者不同,他在中国"文化诗学"建构之始,首先就认真区分了中西文化诗学的不同,明确指出中国"文化诗学"在哲学基础与目的论、文化观念与文化结构、历史观念与语境观念、学术态度与政治身份等八大方面同西方文化诗学的区别。例如,在文化观念上主张区分审美文化与非审美文化,在文化结构的理解上主张在历时性与共时性统一中来考察文化,而西方文化诗学却企图仅在共时性上考察文化,在历史观念上坚守历史唯物主义是第一原理,而西方新历史主义却认为历史与文学一样是一种虚构。还有,正如美国学者路易斯·孟酬士(Louis Montrose)评价美国的"新历史主义"是"一个取悦于美国人对新事物的商品崇拜的术语",他们追求的是"社会的主宰通货——金钱和声誉!"① 这样的政治身份和学术立场,就与中国学者相去甚远了。顾祖钊将自己的新著定名为"中国文化诗学",明显是自觉民族身份意识的使然,这也是他一贯的学术态度和立场,比如上述顾祖钊以民族文化主体意识来整合西方及转换古今文论资源中的合理因素为我所用;采纳中西融合的方法建构三元"艺术至境"和"三元文学观念";利用道家的宇宙生成论和生命层次论整合西方文艺的"生命形式"论;在西方文化诗学理论启发下进而创造和建构"中国式文化诗学";等等。在他看来,自觉的"民族身份"意识并不影响对人类优秀文化成果的吸收,因为"中国文化诗学"的建构,还有着马克思的"世界文学"观念的理论支撑。他还以海纳百川的方式吸收了西方文化诗学和巴赫金历史诗学的思想,汲取了西方古今文化人类学的精华,同时还吸收20世纪西方马克思主义、文化研究、解构主义哲学和后现代主义、后殖民主义等理论的合理成分来为我所用。顾祖钊这样综合超越的学术眼光、理性辩证地对待外来资源的学术态度更值得尊敬和佩服,而这种能将自觉的"民族身份"和海纳百川的学术态度融为一体的做法,也是新理性主义精神的体现。

四 结语

自新时期以来,顾祖钊几十年如一日,一直立足于中国文化本位,站在文艺理论的前沿思考着中国文艺理论发展的"三大议题",积极探索中国诗学理想的建构,从"艺术至境论"到"三元文学观念",从文艺"气韵生动的生命形式"到文学的"意蕴层次批评法",从"古代文论的现代转换"到"中西文论融合的尝试和实践"再到"中国文化诗学的建构",他的每一步思考都凝结着其个人关于复兴中华文化的拳拳之心,如其十多年前在完成《华夏原始文化与三元文学观念》和《中西文论融合的尝试——兼及中国古代文论的现代转换研究》时动情地写道:"……我们还希望,华夏文化和智

---

① 张京媛主编:《新历史主义与文学批评》,北京大学出版社1997年版,"前言"第3页及格林布莱特:《通向文化诗学》,中国社会科学出版社1993年版,第14—15页。

慧所具有的世界意义，应当从我们现代人手中开始放出光华！"① "我想，我们的这本著作，也想为中华文化、为中国古代文艺理论争一口气，希望它能在中国、新加坡和世界其他地方拥有更多的读者，得到更多的反响和回声。"② 我们深知，当下的中国经济和社会发展取得了举世瞩目的成就，社会的主要任务已不再是日益增长的物质文化需要同落后的生产力的矛盾，更不是民族的独立和解放，社会的主要矛盾已转变为人民日益增长的美好生活需要和不平衡不充分的发展之间的矛盾。"美好生活的需要"已不仅仅为物质生活需要，而是对美好精神生活的期待，因此文化的发展、思想的创新是促进这一理想实现的一个重要支撑，党的十九大报告强调："文化自信是一个国家、一个民族发展中更基本、更深沉、更持久的力量。……我们必须在理论上跟上时代，不断认识规律，不断推进理论创新、实践创新、制度创新、文化创新以及其他各方面创新。"③ 这既是党中央在新时代发出的殷切号召，也是对新时期以来历史经验的一种总结。对照这个精神，顾祖钊坚持文化自信，在文艺学现代化之路上运用"汇通古今、融合中西"的治学方法在中国诗学建构中默默耕耘了30余年，其充满文化自信的理论创新及其研究成果，已走进大学文艺学课堂20余年，已为中国文艺学界所见。他的这种披荆斩棘、矢志开拓的求索精神，他的不拘一格、综合创新的超越精神，特别是他立足民族文化本位、不失自我的文化创造情怀值得我们青年学子关注和研究，对我们在新时代条件下推进中国诗学的发展和中华文化的复兴无疑是有着积极意义的。

---

① 顾祖钊：《华夏原始文化与三元文学观念》，北京大学出版社2005年版，第352页。
② 顾祖钊、郭淑云：《中西文论融合的尝试——兼及中国古代文论的现代转换研究》，人民文学出版社2005年版，第651—652页。
③ 习近平：《决胜全面建成小康社会，夺取新时代中国特色社会主义伟大胜利——在中国共产党第十九次全国代表大会上的报告》，《人民日报》2017年10月28日，第1版。

论国外汉学研究意识形态之去留
——以康开丽对中国戏剧的接受为例

薛 武[*]

(扬州大学外国语学院，扬州，225009)

摘 要：有关中国知识的生产，似乎一直有着深深的意识形态烙印，和东方主义、后殖民主义、西方主义和汉学主义纠缠不清。通过分析康开丽对中国戏剧的相关接受，可以看出西方学者研究中国的一贯心态，有意无意地总是有着西方中心主义的心态，意识形态一直妨碍着有关中国知识生产的客观性和公正性。问题的核心似乎成了研究中意识形态的去留，这也是众多学者争执的焦点所在。不过，似乎这样的争执不会有什么结果，因为意识形态已经成了世界所有国家社会的大背景，去除意识形态是不可能的。那么，更好的出路不是意识形态的去留，而是承认自己可能存在的意识形态问题，尽量规避意识形态的影响，深入研究对象的本体研究，发出研究对象自己的声音。

关键词：意识形态；东方主义；汉学主义；康开丽；戏剧接受

2004 年，美国学者康开丽出版了著作《意味深长的他者：中国戏剧舞台上的美国人形象》(Significant Other: Staging the American in China)。该书是她的博士学位论文，出于她多年在中国戏剧界摸爬滚打的经验，是第一手资料的结晶。该书出版以后，在中国并未引起多大重视，迄今为止，在中国公开发表论此书的论文只有两篇：其一为吴戈的《辨异与认同：跨文化对话中的中美戏剧交流》；其二为吾文泉的《当代中国话剧中的美国人形象》。两篇论文都对书中康开丽的观点提出质疑，吾文泉笔调温和，相对客观地评价了康开丽和她的成就，不过，依然觉得"康开丽从后殖民主义心态出发，用'西方主义的想象者'形容中国戏剧，虚构一个东方想象中的西方形象，难

---

[*] 薛武(1976—)，扬州大学文学院在读博士；扬州大学外国语学院讲师，主要从事英语文学和中国现当代文学研究。本文受 2016 年江苏省高校哲社项目"孟京辉戏剧的接受研究"(2016SJB750007)和 2017 年国家青年骨干教师出国研修项目(〔2017〕3150，学号 201709300004)资助。

免失之偏颇,分析戏剧演出和文本时难免牵强,力图自圆其说时也难免顾此失彼。关键是,在这样的研究前提和视野下,中美戏剧的文化交流就难以实现了"①。理解和融合才是正途;吴戈则对康开丽极为不满,认为"她孜孜不倦地从中国当代涉及美国题材的戏剧演出中去挖掘,甚至刻意凸显意识形态问题,站在美国政府意识形态保卫者的立场上,而不是以一个戏剧研究者,甚至也不是站在一个纯粹文化学者的立场上来描述当代中国戏剧"②。

但是,该著作在国外学者眼中却不是这个样子的。美国宾州大学的 Alexander C. Y. Huang 以其为"开山之作",③ 可以"激发相关领域的进一步研究";④ 尽管觉得该书并非没有缺陷,英国哥伦比亚大学的 Mingfang Zheng 还是认为该书是"一部杰作,研究全面,无缝衔接,论证得当",⑤ 是"中国戏剧专业本科生和研究生的必读书目"⑥。

同样一本著作,为什么中西方学者的接受会如此不同?不同的接受说明了什么问题?如何解决这些问题?这些问题不解决,就不可能有完全客观公正的中国知识生产。所有问题都和东方主义、后殖民主义、西方主义和汉学主义等有着剪不断理还乱的关系,本文试图以康开丽对中国戏剧的接受和国内外对康开丽观点的接受为焦点,结合东方主义、后殖民主义、西方主义和汉学主义的对话,研究中国戏剧客观公正的国外接受的可能性所在。

一 康开丽有没有资格研究中国戏剧?

在回答康开丽如何接受中国戏剧之前,先得回答另外一个问题:康开丽何许人也?她有没有资格研究中国戏剧?

首先,在美国学者中,康开丽应该是对中国以及中国戏剧相当熟悉的一位。从学习经历来看,她曾经在中国的四所大学或者研究机构学习过,包括北京大学(1985年春)、复旦大学(1990—1991)、上海戏剧学院(1991年秋)和中央戏剧学院(1995—1996);从她的研究主题来看,她出版的著作都和中国戏剧有关,包括《"我爱×××"以及其他戏剧》,有关孟京辉戏剧(*I Love XXX and Other Plays*)、《水流云在:英若诚自传》(*Voices Carry: Behind Bars and Backstage during China's Revolution and Reform*)和《意味深长的他者:中国戏剧舞台上的美国人形象》;她在主流期刊发表的

---

① 吾文泉:《当代中国话剧中的美国人形象》,《世界文学评论》2010年第1期,第274页。
② 吴戈:《辨异与认同:跨文化对话中的中美戏剧交流》,《戏剧》2006年第2期,第26页。
③ Alexander, C. Y. Huang, "Significant Other: Staging the American in China (review)", *China Review International*, Vol. 14, No. 2, Fall, 2007, p. 404.
④ Ibid., p. 410.
⑤ Mingfang Zheng, "Significant Other: Staging the American in China by Claire Conceison", *Reviews The China Journal*, No. 55, January 2006, p. 223.
⑥ Ibid., p. 225.

论文也大多和中国文化和戏剧有关,由于本文篇幅有限,就不一一列举了;从她研究合作的对象来看,她先后和高行健、英若诚、喻荣军和孟京辉合作过,翻译、介绍并且执导上演过这些中国戏剧家的戏剧作品。综上所述,不难看出,康开丽熟悉中国戏剧,对现状有着比较清醒的认识,正如她自己所说,中国和美国戏剧界存在着严重的信息不对称,"中国艺术家和学者熟知美国戏剧史和美国文化,而美国的同行对中国的戏剧史和文化则知之甚少,远远少于中国艺术家和学者对美国的了解"。她觉得"非中国人依然没有花时间去深入了解中国的历史、社会和文化,他们看到只是本国主流媒体,而这些主流媒体传递的信息常常是扭曲的,只会误导他们"①。

其次,康开丽在学术上算得上相当勤勉。学界都有共识,不管在中国,还是在美国,大学里工作的学者都面临着"publish or perish"(出版或者消亡)的威胁,没有相当的学术成就,是很难在名校立足的。在美国,她能在哥伦比亚大学、杜克大学、麻省理工学院乃至哈佛大学站稳脚跟;在中国,她成为上海戏剧学院的东方学者杰出教授。同时,她还是众多戏剧杂志的编审,在戏剧学术团体中身居要职。这样看来,在学术层面,她也应该够格对中国戏剧进行相关研究。

最后,在具体研究中(《意味深长的他者:中国戏剧舞台上的美国人形象》),也能看出康开丽学术的认真细致,戏剧研究者该做到的都做到了,甚至还做到了其他戏剧研究者所做不到的。从她的著作中,可以看出她仔细阅读了剧本,亲自观看了戏剧,参加了戏剧演后座谈会,采访了编剧、导演、演员乃至舞美人员,关注有关戏剧报道,甚至也没有错过普通观众的反映。同时,她自身还集戏剧研究者、戏剧导演和运动员为一体,这让她更能从内行眼光出发研究中国戏剧。

那么,问题是,为什么她对中国戏剧的接受会引起中国学者的反感?

二 康开丽中国戏剧研究的问题何在

笔者以为,她最大的问题就是顾明栋教授指出的几个无意识,其中包括认识论无意识、方法论无意识、文化无意识、政治无意识等,这些无意识在她意料不到的情况下贯穿于研究的始终,造成了她有关中国戏剧研究的最大问题。其中,最能刺激中国学者神经的便是政治无意识了,也即意识形态无意识,它和其他无意识一起造成了有关中国戏剧知识生产和制造的问题。

顾明栋教授在他的《汉学主义》中详细讲解了中西学者在进行有关中国历史、文学、文化、社会等研究时产生的各种误读和扭曲,而误读和扭曲的根本原因在于研究者背后的种种无意识的存在,这样,学者们有时不知不觉地生产了很有问题的中国知识。这些无意识如阴风苦雨,无处不在,深入骨髓,直抵灵魂,委实令人不寒而栗。

---

① "Claire Conceison", http://chinafocus.us/2015/08/13/claire-conceison.

在顾明栋看来，西方学者有关中国的研究"体现了西方在接触中国时所做的努力，以使他们对令人迷惑的中国文化的见解具有意义，并遏制中国问题相互冲突的复杂性，确保西方文化的优越地位。其概念的核心是西方习惯地从西方角度，用西方的价值观去观察、建构，以及赋予中国文化以意义。这一核心决定了该概念范畴中具有一定固有的存在，即拒绝或者不愿意从中国自身的角度去研究中国"①。通过对黑格尔思想的仔细耙梳，顾明栋发现了一些核心特征，这些特征西方学者在进行中国研究时有意无意或多或少都有所体现："（1）对中国文明的探索应该有一个认识论的思想体系作为武器，以此指导调查实践。就他而言，这个认识论的思想体系的基础就是自由的精神。（2）调查者在对中国材料的调查中必须具有一种批判精神，这种批判精神应建立在西方文化优越论之上。（3）调查者在对中国进行研究时需要有一定的眼光和视角，其来源应为西方知识和概念性的目的论。（4）关于中国的知识形成过程中的每个方面都需要根据西方的理念和标准来评估。这种认识论方法论已经成为西方对中国及其他非西方国家的认识形成过程中一个明确的思想体系。"② 这些特征很多时候并不是存在于西方学者有意的言行之中，而是在研究中无意识地呈现的，这些无意识存在是西方学者进行相关中国研究的最大问题。

作为一个美国学者，尽管康开丽自己很想客观公正地进行中国戏剧研究，但是，各种问题都很明显。在文化政治层面，她始终忘不了作为一个西方人在中国应该有的优越身份。先看看她著作的题目，开头的两个词是"Significant Other"。"Other"一般译为"他者"，熟悉后殖民理论的人不难理解这个词的内涵，西方人习惯于将东方或者非洲"他者化"，这些"他者"要么是具有异国情调，美妙非凡，天使一样的存在；要么粗鄙不堪，野蛮笨拙，或者阴险邪恶，恶魔一样。总之，"他者"是非人存在，"在社会层面，基于阶级、种族、种群、性别或宗教的群体内的'他者化'会将该群体区别于其他群体，以此将希望奴役或征服的其他群体排除在外。在政治层面，西方人对非西方人及其文化的他者化是为了展示西方人与西方文化的优越性"③。

康开丽觉得在中国，自己受到了"殖民"，成为中国的"他者"，处于"注视"之下，备感屈辱。不过，和中国的阿Q一样，她要寻找平衡，觉得中国在近现代一直受到西方的欺凌，在这样的历史语境下，她这点耻辱也算不了什么。④ 她这样的话语颇有点库切《耻》里露西的语调，被三个黑人轮奸，然后怀孕，却认为自己还了历史的债。⑤ 当然，在正常人看来，没有到这种地步吧？！康开丽的话语是小题大做，颇为矫

---

① 顾明栋：《汉学主义》，商务印书馆2015年版，第106页。
② 同上书，第147页。
③ 同上书，第90页。
④ Claire Conceison, Significant Other: Staging the American in China, Honolulu: University of Hawaii Press, 2004, p. 4.
⑤ Coetzee, J. M. *Disgrace*. London: Random House, 2000, p. 158.

情,因为很少有中国人在观看外国人时会考虑这么多。有屈辱感的他者,在工作生活中,又处处享有中国政府和人民给她的特殊待遇,这既让她不适,又让她感觉到自己的优越身份,难怪她也觉得中国戏剧中的美国人形象是"Other",同时,也是"Significant Other"。① 当然,由于美国的经济、科技和文化等在世界上的强势地位,中国重视美国乃至美国人也很正常。但是,自己是否重要,不应该是自己宣扬和标榜的,而应该见于其他人的言语之中。康开丽公开宣扬美国人就应该是"Significant Other",这本身就有唯我至上的优越感,这种感觉在很大程度上会影响研究者进行相关研究的客观性。

其实,西方很多学者也意识到自己和他者的问题,希利斯·米勒认为,解读文学作品时,首先得摒弃自己的种种先入之见,抛却自己的各种偏见,浸入(作为他者的)文学作品之中。② 在《文学的特质》里,阿垂孜则是更全面地讨论了"他者"这个概念。他清楚"他者"概念部分兴起于殖民和后殖民研究,但他认为"他者"概念不该局限于"殖民势力眼里的殖民地",而应该是"任何遇到的实体",主要表现为"外界对自身的冲击"。阿垂孜认为,有德之人就应该"对他者负责","理解他者的需求,肯定他们,甚至为了他者可以牺牲自己的需求和满足"③。这些都告诉我们做研究时应该采取相对正确的态度,先入为主的研究,在某种程度上,都是强制性阐释。康开丽以一种高高在上的姿态来研究中国戏剧,不管下了多大功夫,其研究成果肯定是有问题的,有时,甚至会出现荒谬的言论,比如在她的著作中,她觉得中国派学生出国留学是一种殖民行为,④ 甚至和当年的帝国主义侵略相比,这就显得牵强附会、荒诞不经了。这在顾明栋看来,这既是文化无意识,又是族群中心主义的表现。

康开丽文化优越性的问题也在她的认识论和方法论层面有所体现,研究中国戏剧,应该立足于中国戏剧的传统和现在,研究戏剧本体的艺术,即便有理论视角,也应该是中西融合的跨文化理论视角或者中国戏剧理论视角,而不应该是作品开头的多达几十页的有关"东方主义""后殖民主义"和"西方主义"的论述⑤,最后又确定了多数学者都否认的"中国是后殖民主义"的结论⑥,整部作品洋溢的是"东方主义"气息。这样的认识论很成问题,也致使她的本来可以客观公正的戏剧研究蒙上了一层浓浓的"东方主义"阴影。康开丽在作品的理论开端论及了陈晓眉的"西方主义",但是她认为"西方主义"没有独立的话语,说的依然是"东方主义"话语,而且只是其中一个

---

① Claire Conceison, *Significant Other: Staging the American in China*, Honolulu: University of Hawaii Press, 2004, p. 5.
② Miller, J. H. *On Literature*, London: Routledge, 2002, p. 120.
③ Derek Attridge, *The Singularity of Literature*, London: Routledge, 2004, pp. 32, 124.
④ Claire Conceison, *Significant Other: Staging the American in China*, Honolulu: University of Hawaii Press, 2004, p. 37.
⑤ Ibid., p. 40—67.
⑥ Ibid., p. 14.

分支,同时,"西方主义"没有国际视野,只是中国政府和知识分子解决国内问题的策略和手段。① 康开丽信奉的还是萨义德的"东方主义",认定中国具有后殖民主义特征,"我坚持认为中国是后殖民的,尽管这样的说法显得复杂,也没有权威感,毕竟萨义德认为中国是类似的国家之一,在这些国家,需要重估国家的特殊性,平反那些过去被否定或者压抑的,这才是民族复兴的核心所在。需要努力重新赋予那些被奴役的、被殖民的、被剥夺精神归属的以合适的身份"。②

另外,康开丽的《意味深长的他者:中国戏剧舞台上的美国人形象》充斥着政治描写,这样的话语让人看出她强烈的政治意识,在这样的政治意识指导下,她必然会在研究中做出有偏见的判断。比如,谈到《推销员之死》以及其他戏剧作品,她总觉得本属正常的现实主义妆容有着诋毁、丑化美国人的倾向③;再比如在研究《大留洋》时,她非得追述编剧王培公和导演王贵的历史问题,呈现过去他们承受的政治迫害,因此《大留洋》里的种种,尽管刻画的是文化间的冲突,是美国社会的阴暗面,康开丽觉得刻画的更可能是中国的内斗,反映的是王培公和王贵对中国官方的不满④,符合陈晓眉的"西方主义"见解,即中国的知识分子利用西方形象抵制官方话语。⑤ 尽管戏剧难免会沾染政治气息,但是唯政治研究戏剧,那肯定是有问题的,这其实也是中国学者对康开丽作品最大的不满之处。

其实,研究中国时,不管是文学,还是文化或者艺术,西方学者的研究总会带上浓重的政治意味,这在很大程度上会遮蔽客观公正学术成果的涌现,这在顾明栋看来属于学术研究的政治无意识,"伊格尔顿、詹明信和其他理论家都令人信服地证明,一切批评都是政治批评,一切知识都有意识形态性"。然而,这是否意味着呼吁非政治性的中国知识生产就不切实际呢?笔者认为,恰恰因为政治影响的无所不在,知识生产的去政治化才显得如此重要。"在很大程度上,去汉学主义的成功取决于知识和学术的去政治化。"⑥ 因此,他极力宣扬学术研究的去政治化、去意识形态化,在一定程度上,这也是《汉学主义》一书的灵魂所在。

阅读康开丽的作品,能发现很多问题,这些问题的背后是康开丽的文化无意识、认识论、方法论无意识和政治无意识等,这些无意识的核心在于自我和他者的二元对立,非强以为自己优越于他者,以自我的认识论和方法论框架去硬套他者,这样的做法在西方已经存在了很多年,尽管有人意识到了这个问题,但是,仍然没有得到很好的解决。萨义德《东方主义》指出了西方的"东方主义化"问题,本身就有浓重的政

---

① Claire Conceison, *Significant Other*: *Staging the Americanin China*, Honolulu: University of Hawaii Press, 2004, p. 46.
② Ibid., p. 19—20.
③ Ibid., p. 27—32.
④ Ibid., p. 116.
⑤ Ibid., p. 46.
⑥ 顾明栋:《汉学主义》,商务印书馆 2015 年版,第 310 页。

治意味,仿若和西方宣战的檄文。顾明栋在《汉学主义》中反复强调学术研究的去政治化和去意识形态化,但是,该书出版后,争议不断。顾明栋的理想之路依然漫长,那么,为什么跨文化语境下的人文社科研究会有这么浓重的意识形态或者政治气息?为什么文化间的融合会那么难?

熟悉西方文论的人,都知道詹明信的《政治无意识》:"不具社会性和历史性的事物是不存在的,事实上……一切'归根结底'都是政治性"。① 一切话语都会有政治性,那样,去政治性几乎是不可能的事。这样,我们是不是也可以理解康开丽作品的政治意味,既然不可避免,那么,带着政治意味进行中国戏剧研究也属正常。不过,这样的中国知识生产却是顾明栋教授相当反感的,他认为"虽然没有绝对客观的知识,但有相对客观的知识,而且力求知识的客观性总是一种值得追求的目标"。②

三 康开丽问题的出路何在

说起西方人对中国的种种偏见和误解,从古到今,大有人在,就连我们自己耳熟能详的大学者们都不能幸免,包括黑格尔、孟德斯鸠等。黑格尔认为"中国人完全不讲道德。他们具有臭名远扬的欺骗,到处都是欺骗。朋友欺骗朋友,并且没人对他们的欺骗企图表示愤慨";③ 在《法的精神》中,孟德斯鸠指出"中国处于专制状态,其原则是恐惧"④。看了他们的具体言论,总会让国人不舒服,因为他们要么认为中国一直是个专制国家,和民主没有一点关系,要么认为中国人不够讲逻辑和理性,不能很好地表达自己,只能由西方人表达。

康开丽的偏见也算是一脉相承,她觉得自己是在挖掘中国被埋没的戏剧家,在众多西方人依然误读误解中国文化的今天,希望能为中国文化在欧美的传播尽一份力,从她那长长的、与中国相关科研成果列表便可见一斑。不过,由于西方一脉相承的偏见,造成她研究中始终存在成见,把西方标准强加于中国头上,不能顾及中国的具体实际,这让笔者想起中国驻联合国代表驳斥英美代表的话:"有关国家应当深刻反思,中东和叙利亚是怎样走到今天的局面的?不同国家又扮演了什么角色?哪些是光彩的、哪些是不光彩的?只把'人民'挂在口头上,是极其虚伪的。"⑤

---

① Fredric Jameson, *The Political Unconscious*: *Narrative as a Socially Symbolic Act*, Ithaca and New York: Cornell University Press, 1981, p. 20.
② 顾明栋:《汉学主义》,商务印书馆 2015 年版,第 311 页。
③ Georg, W. F. Hegel, *The Philosophy of History*, trans. by J. Sibee, New York: Wiley Book Co., 1944, p. 131.
④ Charles Montesquieu, *The Spirit of the Laws*, trans. and edited by Anne M. Cohler et al., Cambridge: Cambridge University Press, 1989, Book 3, p. 128.
⑤ 《怒怼欧美代表的中国大使,夫妻俩都是"名嘴"》,2017 年 3 月 4 日,http://news.ifeng.com/a/20170304/50752403_0.shtml。

康开丽觉得中国是老牌帝国，一直自大狂妄，以为自己是世界的中心，要天下各国朝拜，在政治和思想上殖民其他国家。① 这种说法一看就是在为西方列强在中国近现代的侵略行为辩护，这样的立场很有问题。不但如此，她还反复强调中国政府的专制，仿佛只有按照西方那样所谓民主的统治，才算是进入开明时代，全然不考虑中国的民主现实和西方的民主幻觉。

不过，现在的问题不是和康开丽针锋相对，辩论民主政治，笔者所指出的是康开丽的个人偏见，在某种程度上，甚至可以和自然科学的"误差"相比："误差"是不可避免的，"错误"是可以避免的。一些对中国的种种偏见已然沉积于西方学者的思想深处，就像顾明栋教授所说，存在于种种无意识之中，又在各种有关中国的知识中不断生成。

其实，很多理论家认为偏见不仅是不可避免的，而且还有助于原创成果的出产，这些理论家就包括伽达默尔和海德格尔等。伽达默尔觉得"诠释努力总是从他所称之为'偏见'的初始概念开始的，而这种偏见是理解的必须（需）条件"②；而在海德格尔对历史诠释学的探讨中，"偏见"是实现本体论目标的"理解的结构"，是前景或前理解的一种形式。③ 顾明栋则认为"学术不应强调政治和意识形态，而是要强调尽可能客观、公正、科学地生产知识和学术，并将此定为终极目标"④。笔者以为完全去除政治化很难，确实有点乌托邦之嫌。政治和意识形态仿佛空气，无处不在，如何脱离？哪有真空？当然，顾明栋也不是认为我们可以进行真空式的学术研究，他要求我们首先能够意识到问题所在，承认自己研究的政治或者意识形态偏见存在的可能，在这个大的前提下，再进行学术研究，至少可以相对客观地公正地出产学术成果。对于这个观点，笔者表示同意，意识到问题所在，相对客观进行学术研究，这个是可行的。

回到康开丽，她有没有意识到自己研究可能存在的问题？答案是有的，在著作中，我们可以看出她承认自己来自于原来侵略过中国的美国，也觉得自己的行为有点歇斯底里："当代美国白种女人在中国应该有被殖民感么？可这又怎能和法属阿尔及利亚非洲男人的被殖民感相比呢？我们觉得阿尔及利亚男人应该有耻辱感，可是，美国白种女人的耻辱感是不是有点敏感过度？太过天真？还是歇斯底里？"⑤

在研究中，她尽可能充分地收集资料，很多是第一手资料，有文本细读，有演出分析，有现场拜访，有历史回顾。为了收集客观真实材料，她也和编剧和导表演人员

---

① Claire Conceison, *Significant Other*: *Staging the American in China*, Honolulu: University of Hawaii Press, 2004, p. 22.

② Gadamer Hans-Georg, *Truth and Method*, Second Edition. New York: Continuum, 1999, p. 277.

③ Martin Heidegger, *Being and Time*, trans. by John Macquarrie & Edward Robinson, Southampton: Camelot Press Ltd., 1962, p. 312.

④ 顾明栋：《汉学主义》，商务印书馆 2015 年版，第 47 页。

⑤ Claire Conceison, *Significant Other*: *Staging the American in China*, Honolulu: University of Hawaii Press, 2004, p. 5.

接触、交流，倾听各种声音。在理论框架中，她更是提出了开放式的范式，一个"可操作的东方主义"阐释模式：（1）性质和功能上具有悖论性和张力，即矛盾的统一；（2）和东方主义等话语体系存在悖论关系，且一直处于对话状态；（3）开放式、变化性、主动性以及有着自我意识的暂时性。总之她试图让自己的研究四平八稳，永远有着生机和活力，可以很好阐释跨文化交际中的种种"矛盾的表征"和"矛盾的方法"[1]。应该说，她也是在尽力避免误读中国戏剧了。从康开丽立场出发，她已经尽力了，但是，在中国人看来，她的研究依然问题重重。这样的现象给我们的启示是什么？

在《汉学主义》一书的结尾，顾明栋提出了美好的设想："在中西研究领域，只要我们充分认识汉学主义的逻辑，并提防其在知识和学术中的出现，我们终将迎来一个'黄金时代'，那个时候，中国和其他文化的研究将是为了知识本身而研究；将不再受到殖民主义、西方中心主义、族群中心主义和其他任何政治意识心态使命的影响。人们将真正理解欣赏其他文化和传统，这将促进世界和平与和谐以及全球化的健康发展。"[2] 笔者以为，我们的文化成果真正走出去，完全客观公正地得到国外的接受和认可，不是那么简单的事，需要众多学者和文艺工作者付出时间和精力去共同努力。顾明栋教授的去政治化或去意识形态化研究，固然可行，但是，中西有关中国研究的"黄金时代"的到来，还有待时日。我们需要进一步努力，让国内外专家意识到顾明栋教授提出的种种无意识的存在，进而深入研究对象自身，尽可能摒弃偏见，接受研究对象的冲击，让研究对象做自己的主人，如陈军教授所说，按照材料自身的特点说话，那样，也许我们能够不断趋近客观公正的学术研究，"康开丽"也不会在研究中出现自己都不愿承认的诸多问题。

---

[1] Claire Conceison, *Significant Other: Staging the American in China*, Honolulu: University of Hawaii Press, 2004, p.79.

[2] 顾明栋：《汉学主义》，商务印书馆2015年版，第316页。

论中国流行音乐诞生的社会文化因素

王 韡*

(中国传媒大学,北京,100024)

摘 要:中国流行音乐诞生于1927年的上海,以歌曲《毛毛雨》的问世为标志,这是相关社会文化共同促成的结果。本文对促成中国流行音乐诞生的社会文化因素进行分析总结,指出其诞生主要由三个方面的内容促成——音乐教育的开展、音乐社团的建立、音乐传播媒介的多样化传播,并对这三个方面展开论述。

关键词:中国流行音乐;百代唱片;传播媒介;音乐社团

我们深知"真正意义上的流行音乐诞生于19世纪中后期的欧美地区,较之西方的古典音乐、中国的民族民间音乐相对较晚,迄今仅有100多年的历史"。[①] 而"1927年由黎锦晖创作、黎明晖演唱的歌曲《毛毛雨》的问世,标志着中国流行音乐的诞生,迄今已走过了近90年的历史,其已经发展成为中国社会受众人数最多、受众面最广的音乐文化形式"。[②] 当然,中国流行音乐的诞生是由多种社会文化因素促成的。有记载曾指出:"伴随着西方文化及各种思潮的传入,一种源于欧美的音乐文化形式——中国流行音乐诞生了。中国流行音乐也正式成为中国音乐文化中的重要形式之一,它的诞生与当时中国社会的政治、经济、文化等因素有着密不可分的关系。"[③] 具体来讲,其诞生主要由以下三个方面的因素促成。

---

* 王韡(1981—),音乐学博士,中国传媒大学艺术研究院助理研究员,中国音协流行音乐学会理事兼教育委员会副主任,中国音协音乐传播学会常务副秘书长,《音乐传播》期刊常务编辑,中国文艺评论家协会会员。本文系中国传媒大学2017年科研培育项目"流行音乐学学科设置的综合研究"(项目编号:CUC17B39)、中国传媒大学2016年科研培育项目"音乐传播学教学体系研究"(项目编号:CUC16A47)阶段性研究成果。

① 王韡:《流行音乐学学科设置论》,《高教发展与评估》2017年第3期,第94页。
② 王韡:《中国流行音乐演唱的社会学宏观考察——基于社会干预、社会效应与社会生产的视角》,《现代传播》(中国传媒大学学报)2016年第6期,第162页。
③ 王韡:《中国首位流行歌手黎明晖演唱风格的音乐学分析》,《文化艺术研究》2017年第2期,第43页。

一 音乐教育的开展

从 1901 年施行"新政"以来，音乐教育的开展及改革一直是政府的重要内容。随着"废科举、兴学堂"等改良措施的实施、新式学堂的设立，中国学校的普通音乐教育也逐渐兴起。"据 1916 年的不完全统计，我国各类普通学校的数量已将近 13 万所，在校的学生人数则将近 4000 万。"① "办新学、唱乐歌，求新声于异邦"，成为 20 世纪初期中国音乐教育的一个新特点。虽然当时中国政治动荡、经济萧条，但音乐教育事业并没有停滞。1922 年我国参照美国模式建立了音乐教育体制，主要追求音乐的美育作用。萧友梅等音乐家进行了一系列音乐教材的编写工作，为普及中小学音乐教育做出了重大的贡献。以蔡元培为代表的美育思想也深深渗透到音乐教育体系中。同时，专业音乐学校的创立也是红红火火，先后有北京音乐传习所（1910）、成都高等师范学校乐歌体育专修科（1915）、上海专科师范学校音乐科（1919）、北京女子高等师范学校音乐科（1920）、北京大学附设音乐传习所（1922）、私立上海美术专科学校音乐系（1923）、私立上海新华艺术专科学校音乐系（1925）、国立艺术专门学校音乐科（系）（1925）、国立中央大学教育学院音乐系（1926）、上海国立音乐院（1927）等的创立。这其中影响最大的就是上海国立音乐院，由蔡元培任院长，萧友梅任教务主任。这些专业学校的建立为我国培养了大批理论、声乐、器乐等方面的音乐才人，为音乐教育事业的发展奠定了基础。另外，以江西省教育厅成立的江西省推行音乐教育委员会为首的社会音乐教育机构也是如火如荼，这为直接提高社会大众的音乐文化素养贡献了力量。专业学校和教育机构的创立促进了音乐的普及，客观上为中国流行音乐的诞生提供了养料和孕育环境。

二 音乐社团的建立

五四运动以后，出现了一些音乐社团，例如：北京爱美乐社、北京大学音乐传习所、上海中华美育会、乐友会、乐艺社、国乐改进社、重庆音乐研究会、上海中华音乐会、上海大同乐会、上海国乐研究社、中华歌舞专门学校、明月歌剧社等。这些社团的成员相互研究乐学、切磋技艺、从事音乐创作和表演，丰富了大众的音乐文化生活，推动了大众音乐教育，普及了音乐文化知识。同时，也使百姓人人都有机会聆听音乐、参与音乐活动，提高了人们对音乐的兴趣，为流行音乐的诞生和发展奠定了丰富的群众基础。由黎锦晖 1927 年创办的中华歌舞专门学校，就培养了我国很多流行音乐方面的人才，尤其是流行歌手，像黎明晖、徐来、薛玲仙、王人美等都在其中。但

---

① 汪毓和：《中国近现代音乐史（第二次修订版）》，人民音乐出版社、华乐出版社 2002 年版，第 91 页。

由于当时特殊的政治环境，总是停停办办，而且不断重组。1928年，黎锦晖带领重组的中华歌舞团队去南洋访问，一路上在中国香港、泰国、新加坡、印度尼西亚等国家和地区演出，主要进行歌舞剧和流行歌曲的表演。1929年11月，黎锦晖组建明月歌剧社，1930年又来到北京并吸收了胡笳、张静姝、赵晓镜、张簧等人才加入自己的团体，同年8月开始在北京、天津、大连、沈阳、长春、哈尔滨巡回演出，反响热烈。同时，新华歌舞团、梅花歌舞团在当时也影响很大，这些社团也培养了大批的流行音乐词曲作家与歌星。

三 音乐传播媒介的多样化传播

流行音乐由于其自身的属性，"其与科技的进步紧密联系在一起，可以说它是现代科技与现代文化结合的产物"。[①] 音乐传播媒介的发展对其有着巨大的推动作用。此时的中国已经拥有了较为完备且发达的音乐传播媒介，可以说，这为中国流行音乐的诞生及发展提供了科技保障。

（一）简谱、五线谱等记谱法开始普及

在音乐传播中，乐谱是最早的传播媒介。所谓的乐谱就是用文字、数字等符号表示音乐创作中的速度、力度、音高、音值、音量甚至音色，以及演奏中的指法、演唱中的表情等，用来记录乐曲或者歌曲的一种技术手段。对于记谱法最早的起源可以追溯到唐代的燕乐减字谱，简谱普及之前我国大多使用的是工尺谱。简单地说，工尺谱是由"上、尺、工、凡、六、五、乙"来分别代表音符"do、rel、mi、fa、sol、la、si"，这是我国特有的记谱方式，在音乐史上有其进步性，但也有一定的弊端存在。随着新文化运动后中西音乐的频繁交流，以及大批中国留学生从国外回国，把国外音乐界采用的简谱和五线谱等新式记谱方式也带回我国。简谱顾名思义就是简洁、明了记谱的意思，尤其是单旋律的记写一目了然。对于调的改变，不用改变谱例中的音高，只把调号更改即可，学习起来也比较简单。20世纪初期，简谱促进了学堂乐歌的发展与传播。由沈心工1904年编撰的《学校唱歌集》就是中国最早的一本自编简谱歌曲集。另外，简谱在20世纪30年代的救亡运动中，也是音乐传播的主要媒介。尤其是在不发达、生活贫困的农村，当地没有广播电台、电影等传播媒介，人们都是通过对简谱的掌握而学唱了很多的救亡歌曲。同时，五线谱是国际音乐界通用的一种记谱方式。对于音的相对高度表达更为直观，多声部旋律的记写也更加彰显其优势所在。在当时的专业音乐学校，五线谱的使用是校方提倡的音乐记录方式。这时期培养的音乐家们都在使用五线谱的记谱方式进行音乐创作，基本摆脱了工尺谱的影响，这也跟教学的音乐教师有关。这些教师一般都是归国的留学生或者本身就是外国人，像萧友梅、

[①] 王韡：《流行音乐的文化特性》，《吉林艺术学院学报》2013年第3期，第6页。

黄自、梅百器等都提倡五线谱的记谱方式。

(二) 音乐刊物的出版与发行

专业音乐学校与社团的建立，促进了音乐刊物的出版与发行，一般学校和社团自身下设刊物。这其中，20 世纪 30—40 年代由上海国立音乐专科学校创办的刊物《乐艺》《音乐杂志》[①]影响较大，同时还有《戏剧与音乐》《中华口琴界》《音乐周刊》《音乐教育》等近 20 种，也有较大的受众。据中国艺术研究院音乐研究所资料室的查询，从新文化运动到新中国成立前我国发行刊物共计 133 种。[②]这些期刊的创办拓展了音乐传播的途径，让音乐家们有了阐述自己音乐理念、发表音乐言论、进行学术交流的场所，同时也促进了音乐文化的传播和发展。

(三) 唱片业的繁荣

20 世纪初期，手摇式的圆盘唱机和 78 转粗纹唱片传入我国并迅速流行开来。这种 78 转的唱片时长约为三分钟，与一首流行歌曲的时长基本吻合。由于受唱片存储时间的限制，当时的流行歌曲多是短小、明快的，听觉上给人以轻松的感受，这也迎合了当时人们的快餐式娱乐需求，其受众程度远远超过了传统民歌和戏曲音乐。当然，由于受储存时间上的限制，导致当时流行歌曲的音乐结构不可能像西方歌剧中的咏叹调那样复杂，常采用单二部或再现单三部的曲式，甚至更短的分节歌的形式。这也是典型的科技决定音乐形式的例子。

图 1　美国哥伦比亚箱式手摇留声机（78 转、三发条）

---

① 在中国近代音乐史上，出现过几种称为《音乐杂志》的刊物，除了上海国立音乐专科学校主办的外，还有国乐改进社、北京大学研究会等创办的。

② 此数据是根据中国艺术研究院音乐研究所资料室编的《中国音乐期刊篇目汇录（1906—1949）》一书中的目录计算查询得出。

1915年前后,商人乐浜生在上海徐家汇谨记桥家汇路1434号购地建厂,生产粗纹唱片,使用雄鸡商标。20世纪20年代初EMI公司收购法国的Pathe-Marconi唱片公司,1921年成立百代唱片公司,这也成为最早在中国成立的法资唱片公司。该公司成立前期多录制中国传统戏曲并广受大众的欢迎,随着公司实力的不断发展,引进了当时最为先进的录音设备。再加上其是外资企业,国民政府无权过多干涉,公司就有了很多制作生产上的自由。因此,又以大众的喜好为方向,盈利为目的,先后录制了一系列流行音乐作品。周璇、胡蝶、聂耳等一大批音乐人士都在此唱片公司进行过创作、制作或演唱录音等活动。另外,1917年上海虹口大连路上建立了一家中日合资的大中华唱片厂,以"双鹦鹉"作为商标,孙中山亲自命名并予以支持。1927年日方撤资,其成为完全国营的唱片公司。随后不久又建立了上海胜利唱片公司,这三家唱片公司是当时中国唱片业的龙头,上海成了中国唱片制造业的中心。

特别需要指出的是,百代唱片公司为了获取更多的唱片消费者,赚取更多的利润,邀请了当时著名的一线红歌星、作曲家、乐手们联合制作出版了一张名为《明星锦集》的唱片,在当时风靡一时,十分畅销。其中的歌星有:胡蝶、黎明晖、王人美、黎莉莉等,乐队的演奏人员除了聘请国内的著名乐手外,还邀请了一些白俄乐师。作曲和编曲主要为黎锦晖、陈歌辛等人,在音乐的录音、制作上也是非常精心。另外,很多唱片公司专门邀请作曲家根据歌星的嗓音条件、形象气质等对其量身制作,还不惜给予歌星、作曲家丰厚的报酬,百代公司曾给予红歌星周璇6%的唱片版税。"据中国唱片厂1964年登记的库存旧唱片目录统计,百代、丽歌、和声、高亭、胜利等唱片公司灌制的流行歌曲唱片,最多的是被称为金嗓子的歌手周璇,有150张以上,白虹约有125张,姚莉约有117张,龚秋霞约有67张,王人美约有62张,其他灌制唱片的歌星还有白光、李丽华、李丽莲、李香兰、欧阳飞莺、吴莺音、张露、黎莉莉、严华、梅熹等。"①

图2 早期百代公司唱片总目录

---

① 上海百年文化史编纂委员会:《上海百年文化史(第二卷 上)》,上海科学技术文献出版社2002年版,第772页。

（四）有声黑白电影的大规模放映

早在1896年，西洋影戏作为无声默片电影就在中国上海徐园的又一村放映。之后不久，上海成立了电影制作中心。1927年前后美国"华纳兄弟"首拍的有声黑白电影登陆上海，在上海的百星大戏院与虹口新中央大戏院试映。《中国电影史》有如下记载："1929年2月4日，上海的夏令配克电影院放映美国影片《飞行将军》，这是有声电影在中国的第一次正式公开放映。半年之后，上海各电影院先后改装有声放映设备，但内地中、小城市，仍然放映无声电影。尽管如此，中国电影界从1930年初开始，不顾重重困难，进行了第一批有声电影的尝试。"[①] 随着有声黑白电影在中国的公映，以及国人对电影技术的初步掌握，电影制作人与观众对电影中的音乐部分越来越重视。此时出现了一批专门为电影创作音乐的作曲家，任光、聂耳、贺绿汀、冼星海、吕骥、刘雪庵、黄贻钧等都创作了大量脍炙人口的电影音乐作品，这其中就有一大批的流行歌曲。"中国城市歌舞音乐（流行音乐）的发展，后来与中国电影音乐（特别是电影歌曲）的发展合为一体，成为中国娱乐性通俗音乐的主体。整个20世纪30—40年代，它们一直在城市市民文化生活中占有不小的影响。"[②] 此时的歌星纷纷进入电影界，为电影录制歌曲，如周璇等；同样，电影明星也步入歌坛，如赵丹、胡蝶等。歌坛和影坛融为一体，流行歌曲成了电影音乐中的重要组成部分。另外，此时期电影院开始大规模建造，尤其是20世纪30年代电影院的建造数量比20年代翻了一番还多。

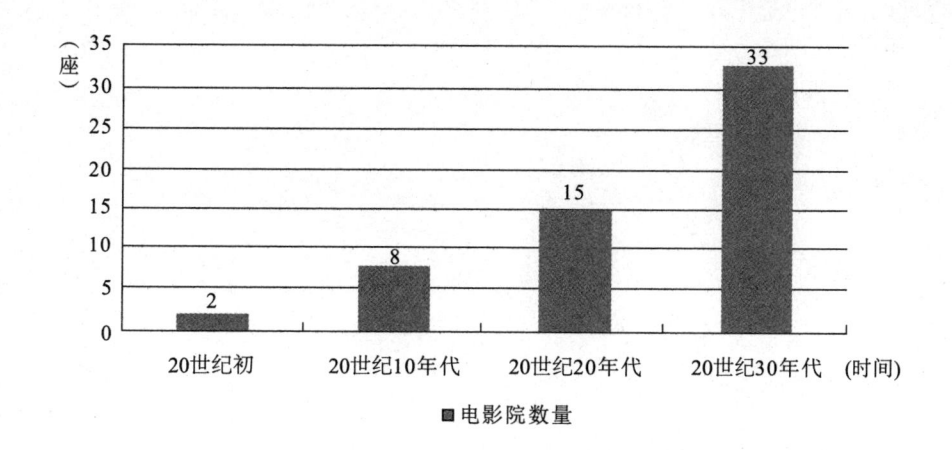

图3　20世纪前30年电影院建造数量

说明：此图是笔者根据屠诗聘主编的《上海市大观》一书中"1937年上海市年鉴"中的相关数据制作而成。

---

① 倪骏：《中国电影史》，中国电影出版社2004年版，第41页。
② 汪毓和：《音乐史论新选》，中国文联出版社1996年版，第190页。

最需要指出的是，促成中国流行音乐的诞生，还与中国流行音乐的诞生地——上海，有着特殊的大都市文化环境有关，如上海舞厅、酒吧、咖啡厅等娱乐文化的高度发达，中国无线广播电台的发展，外籍音乐家来华演出且传授技艺等因素有一定关系。可以说，多种错综复杂的社会文化因素促成了中国流行音乐的诞生，使其在中国大陆生根发芽，成为人们喜闻乐见的一种音乐文化形式。

古代文论研究

童庆炳与中华古代文论研究

江 飞*

(安庆师范大学,安庆,246011)

摘 要: 童庆炳是我国当代著名的文艺理论家。为了建构具有民族文化特性的中国现代文论,充分发掘"中国古代文论的现代意义",童庆炳在宏观上提出了"古今对话、中西对话"的总体观念,在中观上提出了历史优先原则、"互为主体"的对话原则和逻辑自洽原则的学术策略,在微观上提出了"获取真义、焕发新义"的方法和进入"历史文化语境"等研究路径,并付诸古代文论经典解读、《文心雕龙范畴》研究等具体实践。历经30余年的探索,最终形成了以"现代视野"为视域、以"现代阐释"为中心、以"现代转化"为目的、以"中西互证、古今沟通"为特色的中华古代文论系统研究思想,为中国传统文论的传承和创新做出了自己的独特贡献。传承是创新地传承,创新是传承地创新,童庆炳的中华古代文论研究成果和思想,同样是需要阐释和转化、值得传承和创新的宝贵遗产。

关键词: 童庆炳;中华古代文论;传承与创新;现代转化;现代阐释

童庆炳(1936—2015)是我国当代著名文艺理论家,在文学基本理论、文化诗学、文学文体学、中国古代美学、《文心雕龙》研究及文学理论教材建设等领域取得了杰出成就,为我国文艺学学科培养了一大批优秀人才。自1990年为《文史知识》杂志写"中国古代心理诗学"专栏文章开始,先后完成《现代学术视野中的中华古代文论》[①]

---

* 江飞,安庆师范大学文学院副教授,文学博士,复旦大学访问学者。主要从事中西比较诗学、美学和中国当代文学研究。本文系安徽省2016年高校优秀青年人才支持计划重点项目(gxyqZD2016203)的阶段性成果。

① 《现代学术视野中的中华古代文论》由北京出版社2002年初版,修订版书名为《中华古代文论的现代阐释》(中国人民大学出版社2010年版)。后收入《童庆炳文集》第九卷,童庆炳生前定名为《现代视野中的中华古代文论系统》。童庆炳用"中华古代文论"而不用"中国古代文论",意在强调中华古代文论是中华古老文化的一个组成部分,具有中华民族文化传统的鲜明特点,"民族性"是首要的,也是与"世界性"相关联的。

《中国古代心理诗学和美学》《文体和文体的创造》《中国古代文论的现代意义》《文心雕龙三十说》等学术专著,以及《中华古代文论研究的现代视野》《再论中华古代文论研究的现代视野》《三论中华古代文论研究的现代视野》《试论中国古代文论的价值根据》《获取真义与焕发新义——略谈中华古代文论研究的方法论问题》等一系列重要论文,这些研究凝结着童庆炳对中国古代文论全面、细致、深入的思考和创见,虽经历了从审美诗学到心理诗学、文体诗学、比较诗学再到文化诗学的不断转变和发展,但始终立足于中国立场和中国问题,始终认定中华古代文论是建设现代文论的重要资源之一,始终坚持走"中国古代文论的现代转化"之路。

为了建构具有民族文化特性的中国现代文论,充分发掘"中国古代文论的现代意义",童庆炳在宏观上提出了"古今对话、中西对话"的总体观念,在中观上提出了历史优先原则、"互为主体"的对话原则和逻辑自洽原则的学术策略,在微观上提出了"获取真义、焕发新义"的方法和进入"历史文化语境"等研究路径,并付诸古代文论经典解读、《文心雕龙范畴》研究等具体实践。历经30余年的探索,最终形成了以"现代视野"为视域、以"现代阐释"为中心、以"现代转化"为目的、以"中西互证、古今沟通"为特色的中华古代文论系统研究思想,为中国传统文论的传承和创新做出了自己的独特贡献。当然,童庆炳的中华古代文论研究成果和思想,同样是需要阐释和转化、值得传承和创新的宝贵遗产。

一 建设中华现代文论:古今对话,中西对话

回首20世纪以来中国文学理论的建设历程,可谓跌宕起伏、风云变幻,充满无数的坎坷曲折,弥漫着深沉的苦闷焦虑。这种苦闷焦虑在世纪之交爆发出来,主要表现为两种论说:一种是"失语"论,来自文艺学界内部,由曹顺庆率先提出,他认为,中国现当代文论长期处于表达、沟通和解读的"失语"状态,没有一套属于自己的独特话语系统,而仅仅是承袭了西方文论的话语系统,是一种严重的文化病态,因此主张要重建中国文论话语,首先要接上传统文化的血脉,然后结合当代文学实践,融汇吸收西方文论以及东方各民族文论之精华,从而重造出一套有自己血脉气韵而又富有当代气息的有效的话语系统。[①] 基于此,钱中文紧接着提出"中国古代文论的现代转换"这一命题,产生了广泛影响。另一种是"归于西方"论,来自古代文学研究界,以胡明和郭英德为代表,他们认为,中国古代文论与中国现代文论"其文化精神的内核时时处处冲突碰撞","后者我们已经将之归入西方即欧美文学理论在中国的延伸,它的基本要素与理论范畴来源于西方文学理论",从而认为文论建设要回归古典,所谓

---

① 曹顺庆:《文论失语症与文化病态》,《文艺争鸣》1996年第2期。

古代文论的现代转换仍然是"殖民地心态"。① 很显然，二者都对中国现代文学理论传统持否定的态度，但在如何建设中国文论、如何对待古代文论的问题上意见相左。针对这两种不同论说所指向的问题，尤其是针对后者所涉及的三个问题——"现代文论与古典文论是'宿命的对立面'吗""中国现代文学理论是'归入西方'的吗""中国古代文论的现代转化的'尝试'是'收工'和'失败'了吗"，童庆炳提出了明确的否定批评，并再三阐明了自己的主张。

在童庆炳看来，二者都暗暗赞同的"现代与传统之间的不可通约性"其实是片面之词。因为"现代性"的根本特征之一就在于它向古今中外开放，根据自己的需要容纳万物，"现代"精神的根本特性就在于其民族性、开放性、包容性、兼收并蓄性。现代与古典之间既对立又融合，现代文论既反叛古代文论，又吸收古代文论。而中国现代文论尽管借用了西方文论术语，但它植根于中国的现实和文学的实际，是归于中国的现代文论，而并非西方文论的延伸，不能不加分析就说"归于西方"。而关于"中国古代文论的现代转化"这一问题，童庆炳更是从传统观、文化价值等多个角度进行了反复深入的思考。在他看来，"中国古代文论的现代转化"不仅是必要的，也是可能的。主要原因在于以下几个方面。

其一，中华古代文论传统是中华文化传统的重要组成部分，而传统作为一个民族的"经历物"，是永远不会消失的，它不仅体现在"物"的方面，而且凝结于观念和制度中，并以无意识的状态深藏于人们的心里。② 就传统的连续性和独特性来看，中华文化传统是万万不能割裂的，中华古代文论传统同样如此。

其二，中华古代文论作为中华民族精神的一部分，有其自身的价值根据。童庆炳指出，"中国传统文论作为一种古代文化，并没有完全死去，也没有完全失去"，"中华古代文论所蕴含的普遍规律，把中国文学及其文论与世界的文学与文论紧紧地联系起来"，③ 换言之，中华古代文论仍有着许多民族性的精华和具有世界性的普遍成分，这正是其生命力所在。比如，儒家文论的价值在于"人的精神"，道家文论的价值在于"自然精神"，儒家文论和道家文论在中华古代文学艺术的发展中相互补充，相互为用，形成了中华民族古代文论的人与自然合一、物我合一、主客合一的价值根据。④ 自然与人相契合，这不仅是中华古代文论的价值根据，是古代生活和民族精神的显现，也同样是现代生活和民族精神的追求所在，与其更多地吸收以"理式""神权""科学"为核心价值的西方文论，不如更多地吸收并转化以"天人合一"为核心价值的中国古代文论。

其三，百余年中国现代文论建设的实践经验和成果业已表明，古代文论的现代转

---

① 胡明：《新世纪中国文学理论体系建构伦理与逻辑起点》，《中国文化研究》2002年春之卷。
② 童庆炳：《在历史与人文之间徘徊——童庆炳文学专题论集》，北京师范大学出版社2007年版，第338页。
③ 《童庆炳文集》第九卷导论，北京师范大学出版社2007年版，第1页。
④ 童庆炳：《在历史与人文之间徘徊——童庆炳文学专题论集》，北京师范大学出版社2007年版，第351页。

化是切实可行的。童庆炳明确说道:"一百年来,中国现代文论界总是不忘传统,总是把那些可以与封建意识形态剥离开来的民族性的文论精华,结合中国现代的文艺的实际,参照西方文论,加以继承和改造,使传统的文论焕发了生机,并获得了现代的视野。"① 他进而举出20世纪中国现代文论发展史上"继承和改造"的两方面事实加以佐证:一是许多著名文论家努力把中国古代文论转化到现代文论的话语中,成果丰硕。如王国维从古代文论中提炼出"境界"说、"出入"说,鲁迅提炼出"白描"说、"知人论世"说、"形神"说、"文人相轻"说,朱光潜提炼出"不即不离"说,钱钟书提炼出"诗可以怨"说、"穷而后工"说,王元化提炼出"心物交融"说、"杂而不越"说,等等,这些都已进入现代文论的话语之中。二是许多古代文论术语,经过现代精神的洗礼,直接融汇到现代的文论话语体系中,如"发愤著书""气势""含蓄""自然""本色""童心""意象""滋味""韵味""衬托""文如其人"等,这些古代文论的概念术语都已成为现代文论话语的重要组成部分。总之,"传统的范畴概念被注入现代的意义,成为现代文论体系中的一部分,充分说明中国古代文论与中国现代文论是有通约性的,也充分说明古代的文论观念经现代精神的'铸造',获得了现代视野,被纳入现代文论的结构和体系中"。②

由此,不难看出两点:第一,童庆炳与带有一定悲观色彩的"失语"论者和不自信的、保守的"归于西方"论者不同,他是自信而乐观的,也是通达而灵动的。他既赞成"现代与传统之间的可通约性",也肯定西方文论对中国现代文论建设所产生的积极作用,他反对固守,而主张通变,因此他说:"从'五四'新文学运动以来,我们的文学理论在批判意识勃兴的情况下,放弃中国古代以'诗教'为中心的文论话语,吸收改造外国的文论话语;同时也改造和继承了古代的话语,古代的'诗文评'文体也变成了逻辑推论的科学文体,从而形成了具有中国现代民族特色的、融会了古今中外的话语结构体系。"③ 第二,童庆炳对中华古代文论的思考不是孤立的、狭隘的、静止的、机械的,而是结构的、开放的、动态的、辩证的,还"传统"以历史性,还"现代"以开放性,并确立"现代"与"传统"之间的辩证关系,既廓清笼罩在古代文论研究上的迷雾,肯定其民族性和世界性,又确立"五四"以来中国现代文论新传统的价值,肯定其中国性和现代性。而且,这些思考都是建立在对中国现代文学理论已有实践成果的反思和总结基础之上的,是站得住脚的。

在一系列的考察之后,童庆炳得出结论:"建设中华现代文学理论的资源有四个方面:当下文学创作经验的总结;'五四'以来所建立起来的现代文学理论;中华古代文学理论;西方文论中具有真理性的成分。在四种资源上的创造性改造与融合,是建设

---

① 《童庆炳文集》第三卷,北京师范大学出版社2016年版,第417页。
② 同上书,第422页。
③ 同上书,第427页。

现代文论新形态的必由之路。"①也就是说，只有对古今中西这四种资源进行创造性改造与融合，建设新形态的中国现代文论才成为可能。当然，有人也主张为学术而学术的"不用之用"，即反对把"古为今用"作为研究古代文论研究目标，而把提高传统文化素养作为目标。②对此，童庆炳认为可以把"不用之用"与"古为今用"结合起来，既发挥中华古代文论提高传统文化素养的作用，又将其经过诠释而转化为具有现代意义的理论，"用"也是中华古代文论研究的题中应有之义。总之，要在古今中西基础上实现新变，"古今对话，中西对话"是必然选择。

需要指出的是，早在20世纪80年代，童庆炳就开始了"当代文艺学探索与思考"，作为亲身经历中华人民共和国成立以来文论发展三个时期——50年代的"学习苏联"时期，60、70年代的"反修批修"时期和80年代的改革开放时期——的文学理论研究者，他为"中国具有世界'第一多'的文学理论家却没有自己一套'话语'"而"感到异常的痛苦"，也因此在心中萌生了"建设"的意识，即建设一种具有自主性、开放性和弹性的新的文学理论体系，并强调建立新的文学理论体系的最重要的根据是"时代"，同时要"向多种多样的实践敞开大门，向古今中外一切合理的东西敞开大门，提出一切可能提出的问题，回答一切可能回答的问题"③。这可以说是其"对话"观念的雏形。随着时代的发展，"建设"的意识逐渐成为中国文论界的共识，在长期思考以及新近西方文论（尤其是巴赫金"对话"理论、"新历史主义"的"文本是历史的，历史是文本的"观念）的激发下，童庆炳终于在《中国当代文论建设：对话与整合》这篇重要文章中正式提出"古今对话，中西对话"的"对话"观：

> 多年以前我跟我的老师黄药眠教授讨论过这个问题。我们一致感到文论的建设要从"中西对话""古今对话"开始。我的基本思路是这样的：文学理论的真理性的内容并不存在于一家一派的手中，而存在于古今中外的各家各派的手中，存在于古今中外文学创作实践中。因此，我们要建设具有中国特点的当代形态的文学理论，就要走整合的路。在整合古今中外文论的基础上，建立一种与我们当代的创作实践相适应的，具有时代精神和民族特色的文论体系。而要整合古今中外，就要从"古今对话"和"中西对话"开始。值得注意的是这种对话不是简单的模拟，更不是简单模拟它们的相同方面。对话首先要确定对话的主体。"古""今""中""外"大致说来是四个主体。对四个主体自身的内容及其复杂性要有充分的了解和研究。④

---

① 童庆炳：《在历史与人文之间徘徊——童庆炳文学专题论集》，北京师范大学出版社2007年版，第344页。
② 参见罗宗强《古文论研究杂识》，《文艺研究》1999年第3期。
③ 童庆炳：《自主性·开放性·弹性》，首发于《当代文艺学探索与思考》，高等教育出版社1987年版。参见童庆炳《中国当代文学理论的经验、困局与出路》，北京师范大学出版社2015年版，第243页。
④ 童庆炳：《中国当代文论建设：对话与整合》，《文艺争鸣》1998年第1期。

笔者以为这段话在今天读来依然是非常有价值、有启发的。按童庆炳的阐述，所谓"古今对话"就是把马克思的发展的历史观运用于中国古代文论的研究，形成解释者与历史文本之间的双向对话。所谓"中西对话"就是中、西两个文化主体之间通过对话彼此沟通，互相借鉴，取长补短，共同"富裕"。在古今对话、中西对话基础上的"整合"，是建设中国当代形态的文学理论的必由之路。①童庆炳把这种"对话"观严格贯穿在自己的古代文论和中西比较诗学的研究当中，比如，其《中国古代心理诗学与美学》《中国古代文论的现代意义》、《现代学术视野中的中华古代文论》以及《文心雕龙三十说》等著作可称为"古今对话录"。古代文论研究专家陈良运先生曾评价《中国古代文论的现代意义》"将现代心理科学知识引进了古代文论研究领域，从人的心理层次观照、诠释某些观念范畴的生成、扩散、延伸与发展"，"令人耳目一新"，"找到了打开中国古代文论的一把钥匙"②。童庆炳与黄药眠共同主编的《中西比较诗学》（上、下册）和《文体与文体的创造》等可谓"中西对话录"，前者对中西文论的背景、范畴、影响等进行比较研究，至今仍是国内最完整的一部比较诗学的著作，后者则在梳理和比较古今中外关于文体理论的基础上提出了"体裁—语体—风格"三合一的"文体系统说"。

　　概括来说，笔者觉得童庆炳的这种"对话"观有这样几点值得注意。

　　其一，真理的普遍性和实践性，决定了建设中国当代文论必须要走"对话—整合—创新"之路，即通过"古今对话""中西对话"，整合古今中外文论，以马克思主义方法论为指导，联系中国当代创作实践，最终建立具有时代精神和民族特色的中国当代文论体系。当前社会似乎患上了一种"创新焦虑症"，文论建设领域也不例外。按童庆炳的意思，"所有的'创新'都不可能是凭空的创新，创新在大多数的情况下是'旧中之新'，而不可能是绝对的'新'"，③换言之，只有整合古今中外之"旧"（包括20世纪以来的中国现代文论传统），才能从中创造中华文论之新。

　　其二，童庆炳之所以提出"古今对话，中西对话"，意在用"对话"取代"对立"或"对抗"，用"对话主义"消解"全盘西化"的民族虚无主义和"固守传统"的极端民族主义，树立起中华古代文论研究、文艺学学科建设以及中华现代文论建设的总体观念。唯有正确处理古与今、中与外之间的关系，"在中、西、古、今四个主体间进行平等的对话，互通有无，互相补充，互构互动，互相发明"，④"古代文论的现代转化"或"西方文论的中国转化"的命题才有价值，才有可能，也才谈得上在五四文艺理论

---

① 《童庆炳文集》第八卷，北京师范大学出版社2016年版，第354—355页。
② 陈良运：《找到古代文论现代阐释的一把钥匙——从童庆炳〈中国古代文论的现代意义〉说》，《东疆学刊》2002年第3期。
③ 童庆炳：《中国当代文学理论的经验、困局与出路》，北京师范大学出版社2015年版，第255页。
④ 童庆炳：《代前言——我的新时期文学理论研究之旅》，《童庆炳文集》，北京师范大学出版社2016年版，第13页。

新传统的基础上"接着说",真正建设成熟的中华现代文论。这种观念既高屋建瓴,也脚踏实地。

其三,童庆炳的"对话"观表明他对人类一切真理性的成果都采取"拿来主义"的态度,既不崇洋媚外,也不盲目排外,既不妄自尊大,也不妄自菲薄,既不厚古薄今,也不厚今薄古,既强调主体性,也强调主体间性,既求同,也存异,因而具有兼容并包、综合汇通、异质共存、多元互动的特色。这与其向来反对走极端而主张走"中道"、反对"非此即彼"而主张"亦此亦彼"的思维密切相关,"亦此亦彼"的思维才是建设性的、现代性的思维。

二 实现"古代文论的现代转化":进入历史文化语境,进行现代阐释

承上所述,"古今对话,中西对话"是实现"古代文论的现代转化"的指导思想,是中国古代文论研究的总体观念。关键问题是,如何实现"对话"和"现代转化"呢?为此,童庆炳进一步提出要把中国古代文论放在现代学术视野中进行研究,并应遵循"三个原则"的学术策略,随后又开创了"中西互证、古今沟通"的阐释方法和进入"历史文化语境"、进行现代阐释的"双重路径"。

为什么要把中国古代文论放在现代学术视野中进行研究呢?在童庆炳看来有两个重要原因。一是研究的参照系发生了重大改变。世界文论的不断发展和更新,尤其是20世纪以来,西方现代文论的繁荣和中国百年来形成的现代形态的中国文论,要求我们必须以更新的现代学术视野来观照、考察、研究中国古代文论。二是20世纪的中华古代文论研究存在缺陷:历史的研究模式偏重梳理和阐释中国文论的历史流变和基本观点,这对保存中华古代文论有很大作用,但对如何使中华古代文论转化为现代形态的文论的有机组成部分则作用甚微;微观的研究模式偏重"把古代文论当作与现实的文论建设无关的对象,单纯解释字、词、句,只是作一些训诂的工作",这种微观研究是必要的,但将古代文论只当作一个死的东西来对待,没有从训诂进入真正研究的层次,即在揭示古代文论的民族特性的前提下探讨普遍规律;宏观的研究模式偏重于揭示中华古代文论的深层体系和共同规律,但严重存在着把古今或中外的概念、范畴加以简单对应、庸俗模拟、随意阐释的现象,甚至用西方文论的名词术语随意剪裁中国古代文论,消解了其自身的民族文化个性和特色。

基于此,童庆炳提出现代视野中的中华古代文论研究应采取的学术策略,即克服"两种倾向",坚持"三项原则"。克服的"两种倾向",一种是"返回本原",即完全还原古人的观点,一种是"过度诠释",即生硬地、勉强地以古人的观点来印证自己的观点,甚至不顾古人的原文原意,把古人的观点"现代化"。坚持的"三项原则",即历史优先原则、"互为主体"的对话原则、逻辑自洽原则。坚持"历史优先原则"就是把古代文论放回原本的历史文化语境中去考察,充分了解它借以产生的条件和基础,力

图揭示它原有的本真面目，诸如作者原意、与前代思想的承继关系、背景因素、现实针对性等，其目的在于通过这种不完全的"还原"，将其启动，从而变成可以被今人所理解的思想。坚持"互为主体"的对话原则就是坚持中国古代文论与西方文论两个主体互为参照系进行平等对话，彼此之间互补、互证和互释，其目的在于借助"他者"视角互相取长补短，揭示文学的共同规律。坚持"逻辑自洽原则"就是无论是形式逻辑还是辩证逻辑，无论是以西释中或以中释西，还是中西互释，对所论问题都必须做到"自圆其说"。三项原则的共同目的在于达到古今贯通，中西汇流，实现中国古代文论的现代转化，自然地加入中国现代的文论体系中去。陈良运先生对这"三项原则"深表赞同。可以说，克服"两种倾向"可以有效避免让古人穿上现代的衣服，避免今人将自己的意见强加于古人身上，避免用今天的逻辑推衍古代的逻辑；而"三项原则"确立了古代文论现代诠释的基本法则，即尊重历史，尊重自我和他者，尊重学理，视野开阔，目标明确：这对于今天的文学研究都是非常有借鉴意义的。

基于以上"古今对话，中西对话"的观念指导和古代文论研究的亲身实践，童庆炳在方法论上开创了一种"中西互证、古今沟通"的独特诠释方法，力图在中西、古今的比较中揭示古代文论的丰富内涵，发掘其现代价值，并使其进入现代学术话语系统，重获新价值和新功能。总体来看，这种方法始于他所策划主编的《中西比较诗学体系》，后在其最为满意的《中国古代心理诗学与美学》中不断发展，在《中国古代文论的现代意义》《现代学术视野中的中华古代文论》中进一步体现，最终在其呕心沥血而成的《文心雕龙三十说》中臻于完善。比如，他借鉴一系列西方现代心理学、美学观点与视角对中国古代文论的基本观点、范畴进行现代阐释，借用西方心理学的"物理境""心理场"来分析刘勰的"随物宛转、与心徘徊"，借用格式塔心理学的"格式塔质"阐释中国美学范畴"气、神、韵、境、味"的超越性，借用皮亚杰的发生认识论对叶燮"才、胆、识、力"的诗人心理架构进行探究；尤其是把李贽"童心说"与马斯洛"第二次天真"进行比较，最为陈良运先生称道，可谓"中西互证、古今沟通"的典范。

这种阐释新方法的运用，使童庆炳的古代文论研究取得了与众不同的收获。一是建立起一种跨学科研究模式，发掘出中国古代文论的现代价值和现代意义。童庆炳对"文化研究"抱有警惕，但对跨学科研究却十分肯定，在他看来，文学理论应与别的学科进行关联性研究，"加强学科关联性"是破解文学理论困局或危机的重要途径之一，因为文学的版图是辽阔的、丰富的、复杂的，仅仅从单一角度切入使得"文学就像泥鳅一样一次又一再次从人们手中滑走"，因此，"我们必须改变做法，把文学放置在人所具有的主体—客体系统、个人—社会系统所交织而成的认识网、价值论网、社会学网、心理学网中去考察，把单视角变成多视角和跨视角。点变成线，线又变成面，变成整体，这就为我们在文学的全部多样性的整体中来把握文学的问题提供了可能性"。这正如布迪厄在《实践与反思》中所言，"哪里突破了学科的藩篱，哪里就会取得科学的进展"①。二是对一些悬而未决的问题做了确切、新颖的阐释。比如,童庆炳在其重要论文《〈文心雕龙〉"物以情观"说》中认为,诗歌情感的发生是"情以物兴"(情感地"移出")和"物以情观"(情感地"移入")双向运动的过程,从"情以物兴"到"物以情观"是情观的兴起到情感评价的过程,是审美的完整过程。长期以来,许多古代文论研究者只关注"情以物兴"即"物感"说,而童庆炳则不落窠臼,通过对"物以情观"的深入发掘而提出"情观"说,圆满阐释了刘勰的文学创作中的情感运动理论,达到古今"发明"的境界。

很显然,童庆炳所采取的这种"中西互证、古今沟通"的比较研究诠释方法不是在中西、古今之间进行简单模拟或"添标签",而是"以深厚的学养为前提的,确切地说是建基于对中西文学理论的系统了解,特别是对文学独特审美规律的深入把握之上的。由于真正把握了文学独特的审美规律,因此当他面对某种古代文学观念、范畴时,才能广采博取,以现代概念予以阐释。共同或相近的文学审美规律构成了中西、古今文学理论之深层相通性,而这种审美规律的深刻理解就成为童庆炳这种比较研究方法所以可行、有效之前提"②。这种对"共同文学审美规律""深层相通性"的深入把握,是与其自觉继承王国维、宗白华、朱光潜、钱钟书等前人融合古今中西的经验密切相关的,也是与其历史化的文学理论观密切相关的。

长期以来,学院研究者们过分信赖哲学认识论,习惯于把文学理论当作一个充满着概念、范畴、判断、推理的逻辑结构系统,这是有道理的,但也使文学理论丧失了现实的、历史的根基。童庆炳非常反对这种"非历史化"的文学理论观,因为在他看来,文学理论是历史文化的产物,古今中外的文论都是在特定的不同的历史文化语境中产生的,因此一定要使理论历史化,即"重建历史文化语境"。所谓"重建历史文化语境"就是"发现历史发展或转型的规律,其中也包括大规律中的小规律。'历史文化语境'是要'把历史的内容还给历史'(恩格斯语),发现历史的必然的联系"③。根据这种历史主义观念和方法,童庆炳指出中华古代文论研究的"双重路径",即进入"历史文化语境",进行现代阐释。

其一,进入"历史文化语境",获取中华古代文论的真义。童庆炳认为,"历史主义的方法在中华古代文论的研究中不可缺失",④要将中华古代文论放回到原有的历史文化语境中去把握,在历史文化的联系中、在历史文化发展的规律中去理解文论家、文论文本、文论命题、文论范畴等。只有进入"历史文化语境"进行考察,充分考虑到"历史的关联""文化的关联""社会的关联",才能充分揭示和获取中华古代文

---

① [法]皮埃尔·布迪厄、华美德:《实践与反思:反思社会学导引》,李猛、李康译,中央编译出版社1998年版,第197页。
② 李春青:《中西互证古今沟通——谈童庆炳的中国古文论研究》,《文艺争鸣》1998年第1期。
③ 童庆炳:《中国当代文学理论的经验、困局与出路》,北京师范大学出版社2015年版,第299页。
④ 《童庆炳文集》第九卷,北京师范大学出版社2016年版,第434页。

论的真义,显然,这是与上述"历史优先"原则紧密勾连的。那么,何谓进入"历史文化语境"的考察?一方面,童庆炳对"历史文化语境"和"历史背景"做了细致区分。他指出,"历史背景"的描述只考虑特定时代的政治、经济等"外部"情境,只描述对象所在的朝代、时期、特定历史概况、历史事件的发生发展等,往往与特定的研究对象没有"关联",而"历史文化语境"的考察则要进入文学、文论本身的"内部"情境,即进入文论产生的具体的历史文化情境,以"历史关联性"为核心,做到四个"充分揭示":"充分揭示文论命题的提出与某个历史时代的联系,充分揭示是怎样的时代文化导致这些文论命题的产生,充分揭示文论作者的种种生活经历与这个时代文化的历史联系,充分揭示此文本与彼文本的历史关联。"[①] 另一方面,童庆炳阐明进入"历史文化语境"的困难和关键所在。困难在于今人无法回到历史现场获得本真的历史真实,因此,"重建"成为必然选择。所谓"重建"是指"根据历史的基本走势、大体框架、人物与事件的大体定位,甚至推倒有偏见的历史成案,将历史材料的砖瓦进行重新组合和构建,根据历史精神,整理出具有规律性的历史文化语境"[②]。

其二,进行现代阐释,焕发中华古代文论的新义。还原或揭示中华古代文论的真义,只是第一步,在此基础上焕发古文论的新义,使其服务于中国现代文论的建设,这是第二步。童庆炳郑重提出对中华古代文论进行"现代阐释"的必要性与可能性问题。他认为,要承继中华文化传统,包括要承继中华文论传统,就要对传统文化进行"诠释"(解释、阐释),尽管这种诠释有难度,但诠释是继承与革新中华古代文论的必由之路。童庆炳借用"新历史主义"的历史观("历史是具有文本性的,文本是具有历史性的")来表明,中华古代文论对于今人来说既是一种历史性的文本,又是文本性的历史,前者意味着要揭示文本的本质,就必须如上所述"进入历史文化语境";后者意味着今人可以用现代观念去解释不确定的历史文本,构设出新的历史、新的意义来。如何进行现代阐释呢?具体来说,一方面,中华古代文论的某些概念、范畴具有文艺的普适性,话语形态与现代汉语接近,因而经过浅层次的阐释就可以进入现代文论体系中;另一方面,中华古代文论的某些理论与西方的现代理论有相通、相似之处,因而用现代的、西方的理论来进行深度的现代阐释或中西比较,也能使中华古代文论焕发出青春的活力和新义,成为建设现代文论的一种资源。当然,童庆炳同时也指出,古今文化的差异造成了今人阐释的歧见纷呈,"诠释根本无法越过文本的障碍,要消除文本与诠释者之间的差异是十分困难的",因此"诠释只能是一种对话,文本有文本的信息,诠释者也有早已形成的'前理

---

① 《童庆炳文集》第九卷,北京师范大学出版社 2016 年版,第 435 页。
② 同上书,第 436 页。

解'，在承认这种差异的条件下交流对话，展开一个新的意义的世界"①。显然，这是要求"对话"必须贯彻到阐释者与对象文本的具体操作过程中，作为主体的阐释者必须要把对象文本也当作一个主体，平等对话，才可能获取真义，焕发新义。童庆炳对王国维"境界"说的历史文化语境的考察和现代的阐释，证明了"双重路径"是行得通的，这种"对话"精神是十分必要的。

坚持"双重路径"，意味着重建某种"伟大的历史感"和"时代感"，也意味着借鉴中华古代文论精神建设中华现代文论话语，有利于我们超越单纯的注释考证和纯粹的逻辑演绎而获得真义与价值，也有利于我们超越时代的制约，避免陷入"时代的误置"。其中，有两点笔者觉得尤其值得注意。一是童庆炳对"语境""历史文化语境"等相关问题越到后来越看重，因此，他对罗钢教授用"高度历史语境化"方法做王国维《人间词话》学案研究深表赞赏，②并把"深入历史语境"视为文学研究摆脱困局或危机的出路，更将其作为自己"文化诗学"的支点所在。③二是童庆炳始终主张和践行用西方现代理论来阐释、启动中华古代文论，来建设中华现代文论。他说，"中学是一家，西学是一家，两家应平等对话，'互相推助'，达到中西'化合'（王国维语）"④。在反思和重建当代中国文论的今天，童庆炳的这句话是非常值得我们深思的。

童庆炳几十年如一日地为"中国古代文论的现代转化"添砖加瓦，一步步地把心理诗学、文体诗学、比较诗学推进到文化诗学，一步步地建设起现代视野中的中华古代文论体系，《现代学术视野中的中华古代文论》就是这样的对中国古代文论进行体系化研究的标志性成果。在这本书里，童庆炳以一种文化诗学的研究路径和思维方式，先后探究了中华古代文论的"文化根基""民族文化个性""'天人合一'式的文学本原论""'胸有成竹'式的文学创作论""'文外之重旨'式的文学作品论""'知音'式的文学读者论""文学抒情论""文学叙事论""文学审美理想论""中华文学理论的通与变"，正如吴子林所总结的，"全书在当代的一种纵观全局的大视野下，通过对较为零散、杂乱、感性化的古代文论概念、范畴进行系统的历时性梳理，特别重视这些概念、范畴背后的古代文论的精神理念和话语方式的现代阐释，较为成功地建立起一个超越时间的共时性的、空间化的、较为完备的现代文学理论体系"⑤。其体系化研究的逻辑示意如图1所示：

---

① 童庆炳：《在历史与人文之间徘徊——童庆炳文学专题论集》，北京师范大学出版社2007年版，第342页。
② 童庆炳：《当前文学理论发展新趋势——以罗钢教授的王国维〈人间词话〉学案研究为例》，《中国当代文学理论的经验、困局与出路》，北京师范大学出版社2015年版，第311—312页。
③ 《童庆炳文集》第十卷，北京师范大学出版社2016年版，第159—170页。
④ 《童庆炳文集》第九卷，北京师范大学出版社2016年版，第440页。
⑤ 吴子林：《童庆炳评传》，黄山书社2016年版，第147页。

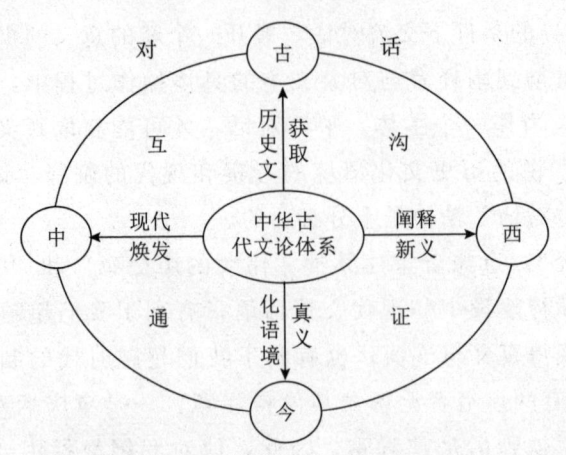

图 1 童庆炳中华古代文论研究体系示意

三 结语：创新地传承，传承地创新

  中国传统文论如何传承，怎样创新？童庆炳以自己的研究经历和丰硕成果生动地回答了这个问题，概括来说就是：创新地传承，传承地创新。传承中国传统文论，不是原封不动地继承，也不是单纯的考证和纯粹的逻辑演绎，而是立足于所在的时代和文学实践，以古今对话、中西对话的总体观念，以"中西互证、古今沟通"的比较方法，对中国传统文论进行现代阐释以焕发其新义，将其创造性地转化为现代文论，此之谓"创新地传承"。创新中国传统文论，不是以西方剪裁中国，也不是以现代曲解古代，而是尊重几千年的中国古典文论旧传统，尊重近百年来已经形成的融汇了古今中外的话语、融汇了王国维、宗白华、朱光潜、王元化等中国现代学者理论的中国现代文论新传统，进入中国传统文论的"历史文化语境"以获取其真义，在对传统（"旧传统"和"新传统"）的再度阐释中去创新，这才是有历史有渊源的创新，此之谓"传承地创新"。正如童庆炳非常欣赏的贺麟先生所说的，"从旧的里面去发现新的，这就叫做推陈出新。必定要旧中之新，有历史有渊源的新，才是真正的新。那种表面上五花八门，欺世骇俗，竞奇斗异的新，只是一时的时髦，并不是真正的新"[①]。传承和创新中国传统文论的目的，归根结底，在于建设一种具有中国特色又能为世界共享的中华现代文论。

  童庆炳曾说："一切理论创新都源于社会实践。只要我们在实践中，只要我们有自己独立的思考，那么新的理论就会源源不断被创造出来。"[②] 如今，童庆炳及其中华古代文论研究已成"历史存在物"，成为中国现代文论传统中的一部分了。那么，就让我们在新时代的实践中，以未来的向度启动传统，创造新的理论吧！

---

  ① 贺麟：《五伦观念的新检讨》，《文化与人生》，商务印书馆1988年版，第51页。
  ② 童庆炳：《文艺学创新：以20世纪中国现代传统为起点》，《童庆炳文集》第三卷，北京师范大学出版社2016年版，第423页。

从南唐二陵的文化遗存看南唐美学观

钟名诚　唐晓雯[*]

（南京晓庄学院文学院，南京，211171）

摘　要：南唐二陵作为南唐时期重要的文化遗存，蕴含丰富的美学观。从陵园的选址和布局可以看出其中所蕴含的风水美学观、宗教美学观和艺术美学观。而从地下墓葬的部分，则可看出南唐二陵在营造中表现出的天人合一、真美合一的生命美学观。由此可以看出南唐在偏安江南的地理环境和时代大环境的影响下所表现出的以"尚清"为主的美学追求，以及其美学观与唐宋美学观的承继关系。

关键词：南唐二陵；文化遗存；美学

引　言

美学作为一门综合性实践性很强的学科，其研究方法和角度是多元化的。而考古学的最终目的在于复原古人的生活，自然也包括精神层面上的审美追求。如何将美学与考古学的研究方法相结合，以美学的角度看出土文物，探寻这些物件背后蕴含的美学深意，伴随着近年来考古美学的兴起而成为一个新的命题。美学既然把美作为研究对象，而美又存在于生活的方方面面，自然也应该包括死亡的载体——墓葬。本文所讨论的南唐二陵，便是以南唐二陵的考古为载体，从文化遗存中探寻南唐时期的美学追求。

本文将从地上与地下两个大方向出发，从陵园选址的美学追求，到地下墓室营造中体现的美学意义，及出土文物中的审美理念，分别论述南唐二陵所体现的美学价值，将考古学与美学完美地结合起来。

---

[*]　钟名诚、唐晓雯，南京晓庄学院文学院。

一　南唐二陵陵园选址的美学追求

帝陵的建筑既包括地下墓葬部分，被称为"陵"；又包括地上祭祀建筑以及整体陵园的布局，即为"寝"。①"陵"与"寝"共同构成墓葬的整体，是不可分割的。但由于时间推移，地面上"寝"的部分往往会比地下"陵"的部分受到更多的损害，南唐二陵亦然。如今南唐二陵地面上仅存一些标示陵园范围的壕沟遗址和少量破损的神道石刻，甚至封土也仅剩低矮的圆形土墩。但我们仍可以从现存的建筑情况来对当时的选址、寝殿建造等进行一些推测，以分析其营建动机和其中蕴含的美学追求。

南唐二陵位于祖堂山，系牛首山分支。牛首山位于南京市江宁区，属宁镇丘陵西段南支，海拔 248 米，因南北双峰形似牛角而得名。祖堂山位于牛首山南，海拔 255.9 米。风水注重主次分明的秩序之美，此主次即为"龙脉"与"砂"的关系，山脉主山称"龙脉"，支脉称"砂"。"龙脉"承担着率领众山的责任，须有唯我独尊的气势，而"砂"则应与"龙脉"相迎合，二者糅以相合，若有水则更好，得水藏风聚气，共同拱卫"穴"，是为风水理论中的理想格局。②但由于南唐二陵地处南方丘陵地带，南京境内遍布连绵不断的低矮山丘，而无太多可当"龙脉"的高大山脉。是以南唐二陵虽有环抱之势，却无明显主次之分，亦不甚对称，少了几分宽阔宏大的气象之美。不过胜在山水环绕，看山察水，屈曲灵动，虽不算上上之"穴"，却也去之不远（图1）。

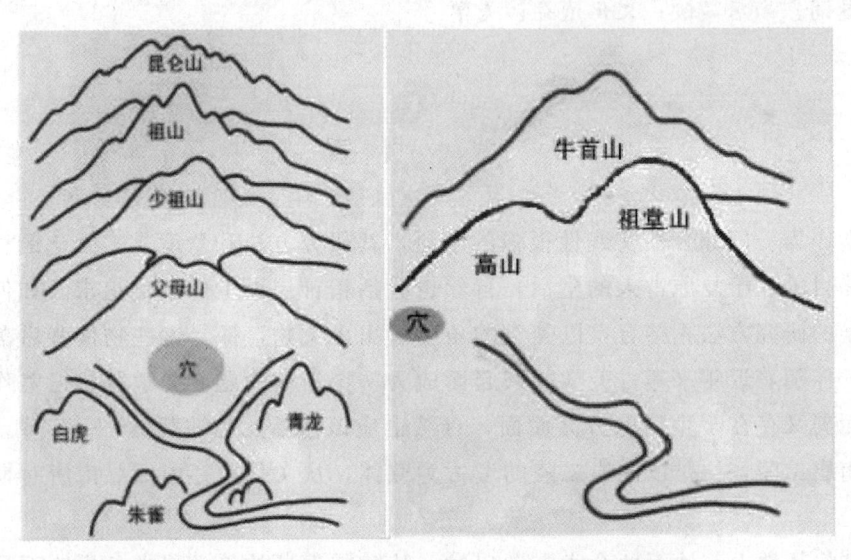

图 1　风水理论中的理想格局与南唐二陵的风水格局

---

① 杨宽：《中国古代陵寝制度史》，上海人民出版社 2008 年版，序言第 1 页。
② 肖冠兰：《风水理论中的美学原则及审美取向》，《室内设计》2012 年第 3 期，第 40、41 页。

南唐二陵分别为先主即烈祖李昇钦陵和元宗李璟顺陵。二陵位于高山南麓，相距50米。钦陵海拔65米，有高约5米，直径约30米的圆形土墩，是为封土，墓室即在土墩正下方。顺陵比钦陵低5米，系依山为坟，北面与西面均与高山相连，土墩形状不显著。[①] 陵园选址为何要选择这样一个位于城郊的十分偏僻的地方，理由与其背后的宗教、风水、意境等都有关系，而这恰恰也是选址这一行为的美学意义所在（图2）。

图2　南唐二陵俯瞰

说明：图片来自网络。

（一）陵园布局的"意境"美

《易传》中有这样的记载："子曰：'书不尽言，言不尽意。'然则圣人之意，其不可见乎？子曰：'圣人立象以尽意。'"[②] 王国维在《人间词话》中也曾说："文学之事，其内足以摅己，而外足以感人者，意与境二者而已。上焉者，意与境浑，其次以境胜，或以意胜，苟缺其一，不足以言文学。"虽然这些都是在讲文学创作的问题，但作为美学鉴赏方法，同样可以应用在南唐二陵的整体布局中。

中国古代美学鉴赏中讲究的这种"意境"美，其实就是人与物之间的共鸣。在很多考古发掘报告或者研究中对于南唐二陵的评价都是仿照了唐陵的建制，但是没有仿到唐陵中表现出来的大一统王朝的所谓盛唐气象。那么到底什么是盛唐气象？从唐太宗昭陵中一些显而易见的意象中，我们也许可以做出一些总结。唐太宗昭陵陵园是由著名的画家阎立德、阎立本兄弟俩设计的，是唐朝第一个"因山为陵"的陵寝，总面

[①]　南京博物院：《南唐二陵发掘报告》，南京出版社1957年版，第2页。
[②]　李学勤：《十三经注疏·周易正义》，北京师范大学出版社1999年版，第291页。

积 2 万余顷。地面建筑系仿唐长安城建制，陪葬墓数量众多且井然有序。① 昭陵不仅大，还巧妙地做到了与周围地形的融合，是为"天人合一"，所在的九嵕山主峰海拔 1888 米，体现了睥睨天下的帝王气象。所谓的盛唐气象，也就是这种大一统王朝强盛繁荣的表现。

而南唐二陵由于偏安一隅，又适逢乱世，虽然在陵园布局和细节营造上力求精致，但却少了那种大气磅礴的盛唐气象，稍显小家子气。从陵园选址来看，虽然也是在依山为陵，顺陵与山确实也融为一体了，但南方大部分为丘陵地区，没有高大的山脉，高山的海拔也同样不高，因而就在无形中失掉了那种高高在上的帝王之势。从陵园面积来看，已探测到的南唐二陵陵垣接近方形，周长约 895 米，② 与昭陵自然是没有办法比较的，甚至北宋巩义皇陵的陵园面积也达到了 25 平方千米。从这一点看，南唐二陵的陵园确实略显"小气"。从封土形状来看，自秦汉以来，帝陵封土多数以方形为贵，北宋同样继承了这个传统，但南唐二陵的封土形状却是圆形的土墩，高度也不甚明显。据南唐二陵考古发掘领队曾昭燏女士推测，南唐二陵的封土形状选择圆形，可能与当地地理环境和当时经济水平有关。③ 另外据当年参与考古发掘的蒋赞初考证，南唐二陵的神道石阙等地上建筑的建制比唐制要简单得多，甚至神道石刻都可能只选用了 5 种，与唐制规定的最少 8 种在种类和数量上都有差异。④ 这些差异也表明了南唐虽然极力模仿唐制，但由于经济条件和地理环境的差异，终究是没有模仿到那种大唐盛世的气象与精髓，虽有温婉灵动之美，却失之气象。

但南唐二陵有其独特的特性，即南唐二陵选址中的宗教因素，这点将在下文详细论述，而这种选址中的宗教因素，已然在一定程度上体现了南唐与唐相似的儒、佛、道三教并重的时代特色。在这样的时代特色下，南唐二陵选址于这个地方，更能体现禅宗美学的思想。南唐二陵背倚祖堂山，遥对云台山，其地理位置就算在今天的南京也是几近城市边缘的郊区，山路崎岖，村落人烟稀少，从公路入口往南唐二陵走一公里都未闻人声，唯有鸡犬相鸣。这样的地方，与皎然所称"意静神王"有异曲同工之妙，不自觉就会在一片寂静中感受到一种回归自然的悠远之意。在这个远离城市喧嚣之处，无论是近千年前的南唐，还是经济高度发展的当下，南唐二陵都始终保持了寂静，保持了山清水秀、阡陌交通的和谐生态自然之美。《楚辞》有云："夫美者，上下、内外、大小、远近皆无害焉，故曰美。"南唐二陵的美，既是儒家不断在追求的和谐之美，也是与自然融为一体的生态之美。

由此可见，虽然南唐二陵没有营造出唐陵一样的大意境，但是在其本身的意境营

---

① 张倩芸、周莉英、卫星宇：《浅析唐昭陵陵园形制中蕴含的中国古典美学思想》，《美与时代：城市版》2016 年第 1 期，第 63 页。
② 王志高：《试论南京祖堂山南唐陵园布局及相关问题》，《文物》2015 年第 3 期，第 48 页。
③ 南京博物院：《南唐二陵发掘报告》，南京出版社 1957 年版，第 40 页。
④ 周维林、夏仁琴：《南唐二陵史话》，南京出版社 2009 年版，序言第 6 页。

造上，流露出了江南水乡小家碧玉的特色之余，又表现出了自然和谐之美、生态之美，与唐代美学有着千丝万缕的关系。

（二）陵园选址与风水堪舆美学

风水在中国人的生活中有着非常大的影响，是中华民族历史悠久的一门玄学，比较学术性的说法称为堪舆。风水是一种相地之术，在选择住宅、墓地，以及这些地方的朝向、建设等方面，都有着极重要的作用。最早给风水下定义的是两晋时期的郭璞，他在《葬书》中说："葬者，乘生气也。气乘风则散，界水则止。古人聚之使不散，行之使有止，故谓之风水。风水之法，得水为上，藏风次之。"从中可以看出，风水的核心就是聚气，聚气的效果以有水为最上，能藏风的稍次。

根据这个原理，我们来分析南唐二陵的选址，如前面所说，二陵位于祖堂山分支高山南麓，相隔50米，这个相隔的50米，其实就是隔了一个山沟，顺陵更是依山而建。这样的地理位置，"藏风"自然是有了。那么到底有没有"得水"呢？在幽栖寺南麓恰好有一条小河，当年的水流量应当要比现在大，据推测疏通后能行小舟。① 背山面水，背佛教圣地，遥对云台山最高峰，确实是风水学上理想的一处"龙藏"之地。另外，已有的这些小河、古道，还能在陵墓修建时起到交通运输的作用，陆路水路皆通，实在是一处理想的阴宅。

在南京师范大学教授王志高的考校中，南唐陵园的选址很大程度上受到了风水师邹廷翊的影响，是这位风水师为中主李璟相中了这块地。具体的相地过程，据王志高猜测，应当与《地理新书》中的"五音姓利"法有关，配合"卧马雁行"葬法择址。② 据《十国春秋》记载："保大中，邹廷翊相皇陵于牛头山。"关于邹廷翊其人，现文献流传下来最多的也就是他为中主李璟择地这一举动，详细的个人资料一概皆无。王志高将南唐陵园布局状况与北宋成书的官方丧葬用书《地理新书》作比较，发现选址用的极有可能是"五音姓利"法。所谓"五音姓利"，简单来讲就是将人的姓氏分为宫商角徵羽五音，对应金木水火土阴阳五行，来择定阴宅，当然中间还有更多细致的讲究。虽然《地理新书》成书于北宋，但这本集当时风水堪舆大全的书，其中记载的风水堪舆方法很多都是前世流传下来的。"五音姓利"法在南唐陵园中的应用，也表明了《地理新书》的这一特点。"五音姓利"法最早出现于秦汉，也主要应用于秦汉，来源于阴阳五行学说，与阴阳五行相生相克一致，汉唐之际受到批判而式微，然宋陵营建与其他朝代迥异，从现在对宋陵的研究来看，是符合"五音姓利"法的。③ "五音姓利"法既来源于阴阳五行学说，服务于相生相克原则，足以说明南唐二陵在墓葬选址中着重追求的和谐之美，力求使墓葬与天地达到一种和谐统一的状态。

---

① 周维林、夏仁琴：《南唐二陵史话》，南京出版社2009年版，序言第3页。
② 王志高：《试论南京祖堂山南唐陵园布局及相关问题》，《文物》2015年第3期，第50—51页。
③ 何晓昕、罗隽：《中国风水史》，九州出版社2008年版，第127页。

此外，在各陵布局分布中，并没有使用常与"五音姓利"法搭配的"昭穆贯鱼"葬法，而是使用了"卧马雁行"葬法。从地形角度分析，如果既要选择藏风聚气的墓穴，又要择定符合"五音姓利"的陵园，那么在已划定的陵园范围内，确实只能顺应山脉走势斜行排列，作"卧马雁行"之势。另外，据《地理新书》卷一三《冢穴吉凶》中对"昭穆贯鱼"葬法的记载，认为"惟河南、河北、关中、陇内并用此法"，而"卧马雁行"葬法则"世常用之"，可以推测，"卧马雁行"葬法是当时比较流行、应用范围比较广的一种葬法。在这个问题上，南唐二陵虽没有采用常规的搭配，但却因地制宜采用了当时流行的葬法，既尊重了自然环境，又迎合了风水中的讲究，实现了人与自然的和谐之美（图3、图4）。

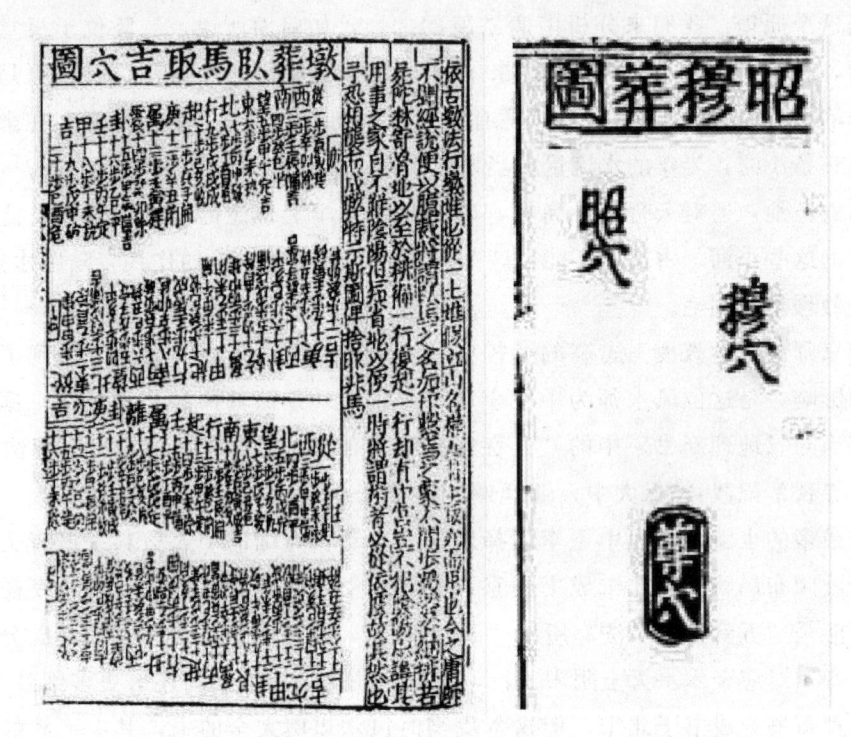

图3　《重校正地理新书》中的卧马葬法与昭穆葬法

风水堪舆之术在宋时分成了形派与理派两大流派，形派突出于重大环境的选择，包括地形、地势、地物等，使用因地制宜的方针，而理派重墓葬方位朝向布局，更是结合了天文学等，显得更为神秘。[①] 从南唐陵园的选址布局朝向来看，应当是趋向于形派，因而选择了这个小山小水汇聚的理想阴宅龙脉之地，因地制宜使用了"卧马雁行"葬法，又使用"五音姓利"法择地。南唐陵园布局的最终形成和其中风水因素重要性的凸显，也表明了风水堪舆在这一时期受到的重视以及发展，体现了南唐美学观的玄

---

① 何晓昕、罗隽：《中国风水史》，九州出版社2008年版，第130页。

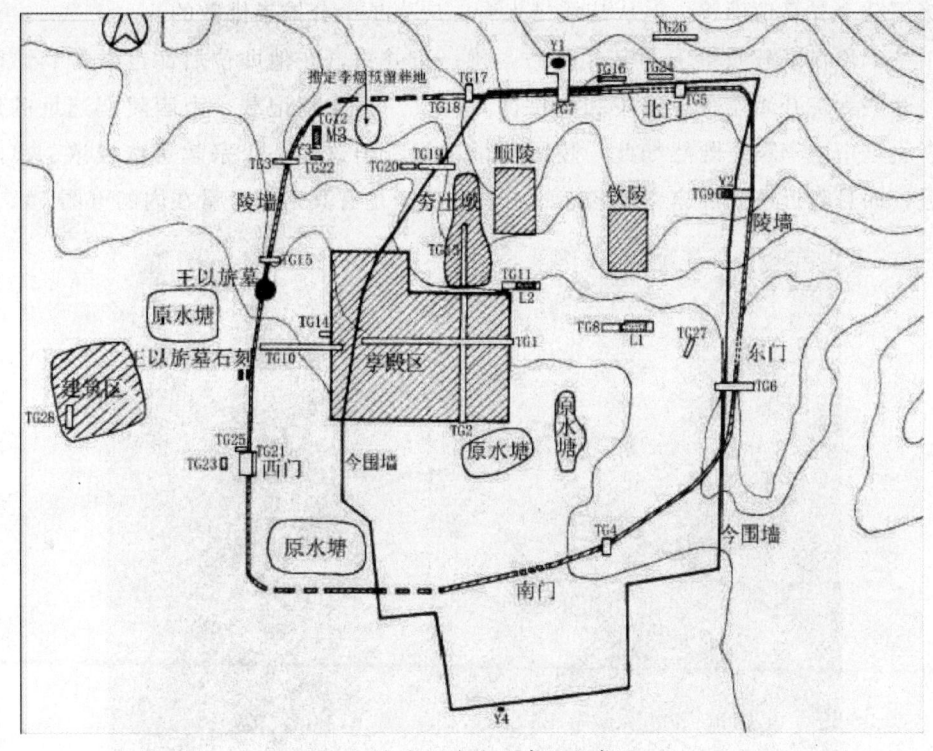

远和超越，以及时人对自然、世界形成之道的理解。

图4 南唐二陵陵区建筑分布图

图片引自：南唐二陵文物保护管理所《南京祖堂山南唐3号墓考古发掘的主要收获及认识》，《东南文化》2012年第1期，第42页。

（三）陵园选址与宗教美学

前面已提到南唐二陵的位置，详细说来是位于江苏省江宁县东善镇西北高山的南麓，其所在的山是祖堂山的一支，北距中华门22千米，东距幽栖寺1千米。祖堂山海拔258米，原名幽栖山。相传，唐太宗贞观十七年，即公元643年，有法融和尚来此修行，后来得到禅宗四祖道信和尚的传授，创立了牛头禅，又称牛头宗。法融和尚即是此一宗派的第一祖，故山名改为祖堂山，法融悟道传道的幽栖寺即为此宗的"祖堂"。陆游在《南唐书》中记载后主李煜在牛头山"造寺千余间，聚（僧）徒千人"即被认为是在今祖堂山幽栖寺一带。[①]

烈祖李昪自称唐皇族后人，不仅在大小制度上模仿唐制，在宗教信仰上也意欲仿唐，佛、道并重。在其未自立为王前，代为执掌金陵时，就已经开始大修佛寺，对荒废多年的幽栖寺"惜其胜慨，乃兴修焉"，[②] 而且在即位后也经常到这些寺院礼佛和游

---

① 周维林、夏仁琴：《南唐二陵史话》，南京出版社2009年版，序言第1页。
② 同上书，第9页。

览,甚至在金陵南郊(据推测在如今牛头山一带)"作行宫千间"。① 虽然现存史书中未有直接记载李昪笃信佛教,但从其举措来看,应当是十分推崇佛教的。

中主李璟在宗教政策上与其父一致,佛、道并重,在他即位后,也常常到访附近寺院,这些寺院开始兼有了谒陵和礼佛两重意义。据文献记载,南唐陵园选址的最终决策者就是中主李璟。既然如此,陵园选址在祖堂山这样一个宗教意味极浓、离幽栖寺极近,而且附近还有佛窟寺等名寺的位置,应当是有其宗教考量在内的(图5)。

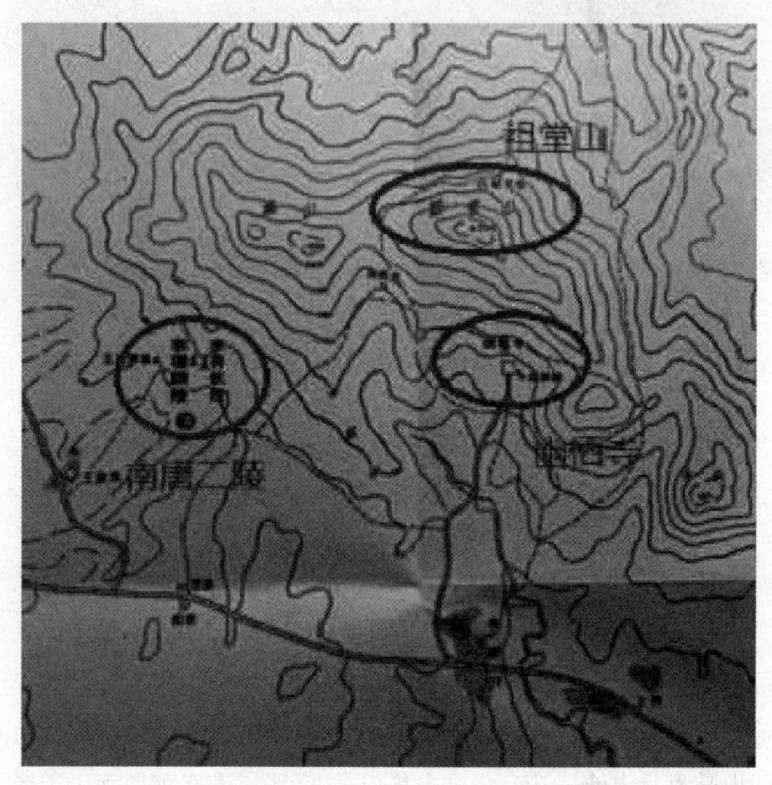

图5 二陵与祖堂山、幽栖寺位置示意图
图片引自:南京博物院《南唐二陵发掘报告》,南京出版社1957年版,图版1。

后主李煜更不必说,在他统治期间,抛弃了佛、道并重的宗教方针,开始专一信佛,大修佛寺,甚至达到了举国佞佛的地步。这既与社会风气相关,又源自当时时局混乱,李煜长于宫廷,目睹了许多人性丑恶之事而萌生的隐退念头。

由诸位皇帝的宗教美学追求和陵园与寺院的地理位置来看,我们可以推测,陵园的选址受到了当时社会日益盛行的崇佛审美理念影响,也为了配合后人谒陵的需要,因此选择了这样一处与佛教密切相关的地方。但这不意味着南唐二陵的营建中没有道教的因素。从前文所论述的南唐二陵地理位置与风水美学可知,南唐二陵的选址极有

---

① 周维林、夏仁琴:《南唐二陵史话》,南京出版社2009年版,序言第2页。

可能与道教"尚清"的美学观有关,追求人与自然之间的和谐关系,因而选在这样一个山清水秀的近郊之处。南唐时期宗教盛行源自于社会的动荡,人们无法改变苦难的现实,因而转求改变自身,忍受苦难,以得到来世的幸福或使自己变得淡然无求,由是宗教大行其道。统治者乐见其实,进而大力推广。南唐二陵的选址,巧妙地将礼佛与谒陵相结合,又实现了与自然的和谐统一,既表现了当时宗教的兴盛,也表现了儒家观念与宗教观念的融合——作为儒家"孝"的重要部分的谒陵和作为崇佛重要组成的礼佛、"尚清"而求"道"的审美追求,二者的结合恰恰表现了当时儒佛道三家相互融合、相互渗透的大趋势,体现了南唐美学精神的超越性和思维的综合性。

二 墓葬营造中的美学追求

对于南唐二陵的研究,最主要的应该集中于地下陵墓部分。在这一部分中,我们将就南唐二陵地下陵墓部分进行分析,从陵墓的建制、装饰、陪葬品等分析其中蕴含的美学观,包括表现出的宇宙观、生命美学观等审美追求。

二陵的建制基本相同,都是由前室、中室、后室组成,材料有砖、石两种。李昇钦陵有壁画石刻,包括装饰花纹、武士石刻、星象图等(图6)。二陵因曾被盗,出土文物较少,以陶俑为主,另有玉哀册、瓷器等。

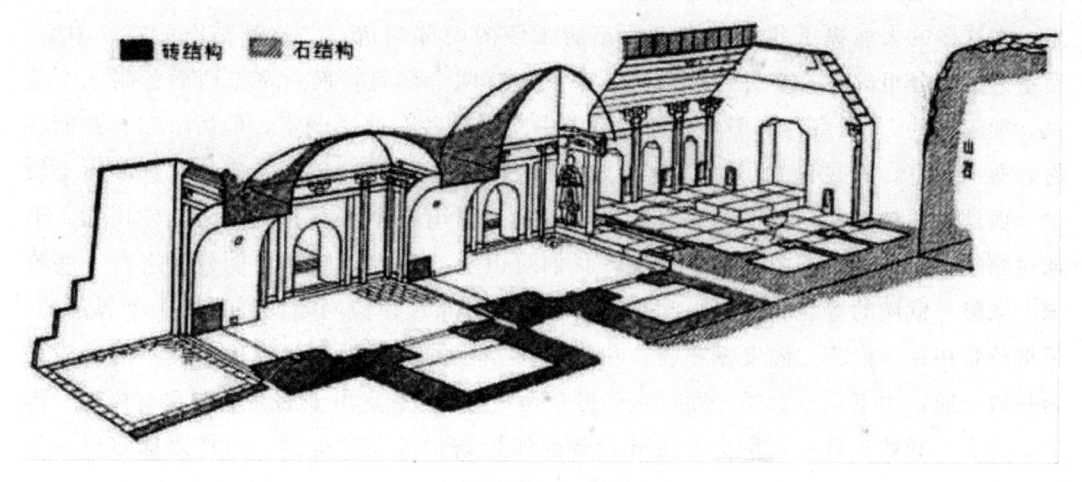

图6 李昇钦陵透视图

资料来源:南京博物院:《南唐二陵发掘报告》,南京出版社1957年版,第7页。

(一)"事死如事生"生命美学原则的体现

中国墓葬的历史可以追溯到旧石器时代,已发掘的遗址中,山顶洞人就已经开始了有意识的埋葬活动。埋葬活动体现了古人的生死观和社会的变迁,从凶死不能厚葬,到有钱人皆厚葬,再到出现帝王以后建立的一系列封建秩序;从竖式封闭式的墓葬,到横向宅第化的墓葬,墓葬的演变,是随着人们的生活而改变的。这种追问生命意义的过程,代表了古代墓葬概念中的"事死如事生"美学原则,体现了生命美学的内涵。

在古人的丧葬理念中,人死后是有灵魂的,而地下墓葬正是为了供灵魂活动而营造的。因此我们常常可以看到统治阶级在营造墓室时极尽奢华,试图将生前的富贵带到死后继续享用。秦始皇陵有规模巨大的兵马俑,以供秦始皇率领军队统一阴间;马王堆汉墓辛追的棺椁里放置了饭桌,上面摆满了饭菜,旁边还有女乐俑,① 以便辛追可以在死后一边吃饭一边欣赏乐舞表演;徐州楚王陵各室有完整的功能划分,厨房、便池、武库等一应俱全,也配备了相应的俑,而墓主所穿的玉衣头顶部的孔,也是为了供灵魂自由进出而特意预留的;唐懿德太子墓有长长的墓道,墓道上还有天井,仿照生前居住庭院而修建……这些墓葬的营造,清晰地表明了古人营造墓室的最终目的:模拟生前居室以供灵魂居住、活动。

潘知常在阐释生命美学时提到,审美活动是进入审美关系之后的人类生命活动,是人类生命活动的根本需要和对根本需要的满足,美学之为美学,就是研究进入审美关系的人类生命活动的意义与价值的美学。② 生命美学认为,人的审美活动是可以具有创造性的,建造的是一个"价值-意义"的框架。从这一角度来看,墓葬的出现,也正是由于人的审美活动。对于生死观的理解这一审美活动,使人们发挥主观能动性创造了墓葬这一精神产品。也可以表达为,不是人们在营建南唐二陵的过程中遵循了美的原则,而是南唐二陵本身就是满足人们的审美活动的需求而最终存在的。

在这样的大前提下我们来继续看南唐二陵的内部构造。二陵都是由前室、中室、后室三个部分组成的,李昇钦陵前室、中室各有两个侧室,而后室东西面各附三个侧室,加起来共 13 个室;李璟顺陵的前室、中室同样各有两个侧室,但后室东、西面各附有两个侧室,一共有 11 个室。棺床放置在后室。由于二陵曾经被盗,陪葬品出土较少,而且位置被打乱,根据现有资料很难确切推断出各个主室和侧室的准确用途,但通过顺陵中陶俑在淤泥中的埋藏情况,我们可以对三个主墓室的功能分区进行一些推测。顺陵与钦陵的葬制相同,因此顺陵中陶俑的分布规律应当是同样适用于李昇墓的。根据蒋赞初在《南唐二陵发掘报告》中对顺陵出土的陶俑分布规律的推测,前室应该是只放男俑,中室只放女俑,而后室则男女俑兼有。③ 前室出土的男俑造型有捧笏、持剑、持盾、戴幞头状帽双手交叠或分置胸前作持物状等几种造型,可推测前室应该等同于宫殿外朝,有外臣来朝,有宫廷侍卫,甚至有伶人。中室出土的女俑服饰、发髻、形态都各有不同,身份应该是内宫女子,中室即相当于宫殿内廷,后宫妃嫔与侍女所居之所。后室男女俑均有,有拱立状、持物状、舞蹈状等,结合棺床放置在后室这一

---

① 巫鸿:《黄泉下的美术》,生活·读书·新知三联书店 2010 年版,第 67—68 页。
② 潘知常:《重要的不是美学的问题,而是美学问题——关于生命美学的思考》,《学术月刊》2014 年第 9 期,第 6 页。
③ 南京博物院:《南唐二陵发掘报告》,南京出版社 1957 年版,第 60—61 页。

情况,后室应该是皇帝居所,所置陶俑以内官侍从伶人为主,为服侍皇帝而造。整个墓室基本具有当时宫殿的几个主要功能区,是一个名副其实的"地下宫殿"。而此"地下宫殿"的功能分区实际上也是在模仿真实宫殿的内外朝分区:前室为外朝,为官员议事之所;中室与后室为内廷,其中尤以皇帝所居的后室为重,主次分明,秩序井然。这样的排列分布体现了一种主次分明、均衡稳定的大气之美,恰到好处地展现了封建社会的秩序和皇家威严。

图 7 钦陵前室东壁复原图

资料来源:南京博物院:《南唐二陵发掘报告》,南京出版社 1957 年版,插页 2。

在南唐二陵墓室的营造中,最明显能体现"事死如事生"美学原则的就是仿木结构的建筑样式以及与宫廷装饰如出一辙的装饰画。南唐二陵均为仿木结构,每个主室四壁均砌出柱及立枋、阑额、柱头枋及橑檐枋等木构建筑的部件,配整块烧成的斗拱,[①] 上饰彩画,将墓室营造如木结构的宫殿一般,雕梁画栋,气势斐然。其中保存较为完好的是钦陵建筑彩画,其纹饰有柿蒂纹、牡丹纹、蕙草云纹等,均系比较常见的象征富贵的宫廷花卉。[②] 有学者研究对比发现,南唐二陵装饰彩画可能与当时的大画家徐熙有一定的关系,极有可能是以其绘画作品为粉本或摹本绘制的。[③] 徐熙的画在当时盛极一时,其人以野逸题材的山水田园画作闻名于世,但又同样擅画富贵吉祥的宫廷花卉。他的画常常作为南唐李主挂设之具,用来装饰厅堂,因此又被称为"铺殿花"和"装堂花"。既然徐熙的画作大量存在于南唐宫廷之中,在李主死后成为其地下宫殿"装堂花"的粉本也十分正常。而这也恰恰可以证明,南唐二陵正是仿照南唐宫廷而建。

---

① 南京博物院:《南唐二陵发掘报告》,南京出版社 1957 年版,第 7 页。
② 同上书,第 42 页。
③ 张跃进:《刍议徐熙与南唐二陵建筑彩画之关系》,《东南文化》1998 年第 2 期,第 66—67 页。

南唐二陵虽然是仿照唐制，但其中仿木结构墓室的营建和"装堂花"的应用，却并没有太多的体现出富丽堂皇的盛唐之气。从现存的纹样和复原图我们可以看到（图8），南唐二陵中的"装堂花"首先力求表现的即是"真"的美学观。"真"既是指纹饰在力求贴近物质现实，也在纹饰中表现出来的社会现实。唐代画家张彦远对"真画"的认定则是："夫用界笔直尺，界笔是死画也。守其神，专其一，是真画也。死画满壁，曷如圬墁，真画一划，见其生气。夫运思挥毫，自以为画，则愈失于画矣。运思挥毫，意不在画，故得于画矣。不滞于手，不凝于心，不知然而然，虽弯弧挺刃，直柱构梁则界笔直尺，岂得人于其间矣。"[①] 南唐二陵壁画采用先勾边再填色的作画顺序，大气而不失精致的纹饰，更多地体现出南唐偏安江南水乡的清雅之意，这是与当时的社会现实息息相关的。同时，其也展现了绘画技术在江南地区的发展和"装堂花"之"美"，既有魏晋隋唐强调的自然之美，又有宋元美学强调的淡逸之感，两个时期的文化在这里实现了一次完美的融合和承接。但若以张彦远的定义为标准的话，这样精雕细琢的美，未免失之堆砌，有"死画"之嫌。当然，墓葬作为特定的个体，并不能以之作为南唐绘画的最高标准，不过既然这是以"装堂花"为粉本画成，也在一定程度上表现了南唐的绘画水平。这说明南唐时期追求精细的美，与"真"相比，更倾向于"似"。

图 8　钦陵中的斗拱与装饰彩画实拍图

（二）微缩宇宙中天人合一的美学追求

天人合一的思想是中国古典美学的总体特征，是中国古典美学的内在精神和主导思想线索。其目的是从人与自然、个体与社会的一体圆融关系着眼，探索审美现象的

---

① （唐）张彦远：《历代名画记》，上海人民美术出版社1964年版，第35—36页。

根源、实质和含义。道家强调"天地与我并生，万物与我为一"的既自然又自由的境界，儒家为君主量身定做"君权神授"的思想，禅宗强调佛的俗世性。① 中国古典美学观始终割离不开人们对于自然与宇宙万事万物的思考，南唐美学亦然。而墓葬作为死亡的载体，在某种程度上而言，可以说是集人们对于死亡对于世界对于宇宙的理解于一体，既神秘又世俗。

南唐二陵也同样体现了这样的思想。钦陵与顺陵的后室，作为墓主最后长眠之处，将封建统治者的权威和对人与宇宙关系的思考融为一体，处处体现了"君权神授"的思想和"天人合一"的审美思想内核。

后室的顶上绘制了星象图，地上刻出河流之形，象征君主坐拥的江山。"天地玄黄，宇宙洪荒"，宇宙作为一个无所不包的概念，在秦始皇陵开始"以百川江河大海，机相灌输。上具天文，下具地理"，将宇宙的概念引入墓葬中以后，营造这样一种"上具天文，下具地理"的墓葬，成为贵族阶层的潮流。现存最早发现的星象图是西安交通大学壁画墓的墓顶壁画，绘有二十八星宿和四神图像。② 此后的星象图绘制继续发展着，越发精致和准确，有些星象图甚至会在其中加入四神图案、十二生肖图案乃至西方黄道十二宫，如宣化辽墓中的星象图就已经加入了西方的黄道十二宫。但无论是哪种星象图，其星宿位置都是相对准确的，且有一定的共通蓝本。南唐二陵中的星象图便是以唐开元年间的星象图为蓝本绘制，与浙江吴越国钱宽夫人水邱氏墓后室顶部星象图相似。③ 值得一提的是，虽然南唐二陵的星象图上没有画十二生肖，但墓室中一共设有 12 个壁龛，据推测即为放置十二生肖陶俑而设，这也是唐以来的传统之一。④

在南唐二陵后室的顶上，俱绘有星象图。东面叠涩上画朱红色的刚升起的旭日，相对的西壁上画淡蓝色的明月，此外还满布了各种星宿，室顶正中一片空白，也许象征的是天河。每颗星星都以朱红色线勾出轮廓，中填石青，呈淡蓝色。有的星宿以朱红色线钩连成星座。⑤ 这个角度站立的人是难以看清整幅图的，唯有躺在其中的人才能一览全貌。结合棺床位置可以知道，这幅画是为墓主人绘的。墓主人死后躺在棺床上，顶上是彩绘的天空，地下是雕刻出的江河，宛如回到了大自然中，既代表了儒家思想中的"君权神授"，又有道家"万物与我并生，天地与我为一"的审美意味，更有佛教"片刻即永恒"的悠远审美意境（图9）。

在墓葬中营造这样一个微缩的宇宙，除了体现上述所说的以外，还蕴含一定的理学美学价值。将外在的宇宙收到墓葬这一个小小的空间之中，内化为微缩的宇宙，与

---

① 朱立元：《美学》，高等教育出版社2006年版，第37—39页。
② 陕西省考古研究所、西安交通大学：《西安交通大学西汉壁画墓》，西安交通大学出版社1991年版，第6—13页。
③ 罗世平、廖旸：《古代壁画墓》，文物出版社2005年版，第139页。
④ 南京博物院：《南唐二陵发掘报告》，南京出版社1957年版，第65页。
⑤ 同上书，第29—30页。

宋时流行的禅宗思想相似——重视内在的心,不求与大自然合而为一,而是退回内心世界寻求解脱。墓葬这一方小小的天地同样是墓主人内心最后的栖居之所,他将所有认为美好的一切——权力、美人、财富,甚至象征神权的宇宙收到墓葬中,以求灵魂继续享乐,实际上也正是其内心生活的真实表现,是具有禅学意味的宋代美学观的体现。

此外,微缩在墓葬中的宇宙,也与中国古典美学观所谓"游"的理念息息相关。"游"作为文人士大夫阶层对于自身审美追求的表达,最早来自孔子的"游于艺"。这种追求精神完美、不断超越自己的"游"的观念,是所有文人士大夫所向往的最高精神境界。微缩在墓室中的宇宙除了有上述所言的与自然合一的审美追求,还寄托了墓主人对于广阔无垠、与宇宙同样未知的渴求能有机会探寻的完美的精神世界的向往之意。

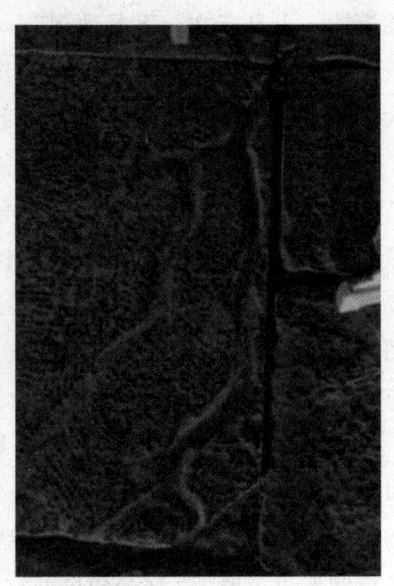

图9 钦陵"上具天文,下具地理"实拍图

(三)俗世与亡界沟通的生命美学精神

墓葬是独属于墓主人的地下世界,这个世界被深埋于地下,隔绝于人世,一旦封闭,就希望"千岁不发"。但即便是这样一个独立于人间的"亡界",也会有物件连接俗世,为灵魂架起自由来往的桥梁。这些东西也同样承载着古人对于生死的理解。

我们将陪葬品分为"明器"、"祭器"和"生器"三种。明器,是专门为了墓主人下葬而制造的,其特点是"貌而不实",通俗来说,就是看似实用但并不实用。从新石器时代龙山文化的蛋壳陶,到后来墓葬中频频出现的模型庭院模型牲畜以及俑,等等,都是明器。祭器,顾名思义,是祭祀所用的,如青铜器时代墓葬中常见的巨型青铜器,则多是为了祭祀而放入墓中,随着祭祀活动渐渐从地下移至地上,祭器在陪葬品中也慢慢减少。生器则是墓主人生前爱用的物品,在死后遵从他的意愿被带到墓室中。由于南唐二陵曾经被盗掘，出土的陪葬品中，主要是明器，其中又以陶俑和瓷器为主。

陶俑的种类有男女俑、动物俑和人首动物俑。男俑的身份有文臣、武卫、侍者、伶人等，女俑的身份有后宫妃嫔、内官、侍女等。动物俑主要是镇墓兽和家禽牲畜，人首动物俑则有了更多的神话色彩。根据徐萍芳在《唐宋墓葬中的"明器神煞"与"墓仪"制度》①中的研究，这些俑的数量、种类、象征意义，应该都有一套延续下来的制度。人俑的制度与唐宋的制度相近，较唐的制度简略又较宋的制度繁复。李昪钦陵中室北壁上刻出的武士俑，应该是镇墓俑"当圹"与"当野"，这也是与唐制相一致的。其他的如动物俑、人首动物俑、蒿里老人、镇殿将军等，都是符合成书于金元时期、受唐制影响的《大汉秘葬经》记载的。当我们认同隋唐美学是受佛道儒融合所影响的时候，就能清晰地从这些陪葬品中感受到这种大融合的趋势和其中所蕴含的美学意义。以明器陪葬，首先是对墓主人死后生活的一种照顾性措施。给他妃嫔、侍女，既能服侍他，又能让他在死后继续绵延子嗣；给他文武百官和侍卫，是给他一个统治阶层，让他死后仍然能成为一方霸主；给他伶人舞女，死后的娱乐性措施也都有了。而十二生肖俑和人首动物俑，则可能跟当时的丧葬习俗以及《山海经》有关，是一种带有神话色彩的现象。如仪鱼和墓龙（图10），二者常常与其他神怪俑摆放在一起，可能与镇墓俑有相同的性质，用于镇墓辟邪等。其形象则可能来自于道教的雷神。② 这些随葬品营造出来的"亡者之境"，则可以联系到禅宗美学的境界论。地下宫殿的亭台楼阁，美人伶人，都充分显示了文人的旖旎情思和浪漫色彩。从随葬品所代表的死亡观念的背后，我们可以看到儒佛道思想及其所代表的美学观的碰撞和融合。

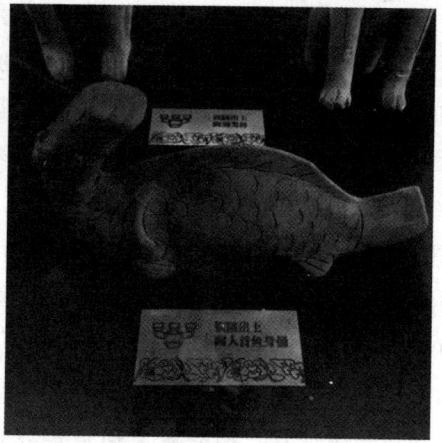

图10 "墓龙"和"仪鱼"实拍图

---

① 徐萍芳：《唐宋墓葬中的"明器神煞"与"墓仪"制度》，《考古》1963年第2期，第87—106页。
② 崔世平：《唐宋墓葬中所见"仪鱼"与葬俗传播》，《东南文化》2013年第4期，第81—86页。

另外，陶俑和瓷器的造型也蕴含了深刻的美学内涵。先从俑的造型看，俑的种类繁多，有些类型的俑甚至是第一次出现在世人面前，有着极高的考古价值。这样的考古价值主要体现在，作为现实主义的雕塑作品，这些陶俑虽然继承了唐代的风格，但在妆发服饰上是完完全全地模仿了南唐宫廷着装，而没有一味地沿袭唐风。雕刻技法上也与唐俑有着细微的差别，俑的妆发服饰因此而变得更加清晰精致。一些较突出的俑表情动作生动，且相互呼应，既深入地反映了各自人物的特色和形态，又体现了内外兼修表里如一的意境美。就连应当是狰狞恐怖的神话中才会出现的"仪鱼""墓龙"等俑，都融入了创作者的理解，变得平和亲切。但不能否认的是，这些陶俑受到当时南唐宫廷格式的束缚，并没有真正超越唐before已取得的艺术成就，一些俑的服饰表情雷同，缺乏个性，① 更多的俑丰腴有余而气势不足，夸张有余而生动不足，憨厚有余而灵气不足。这些问题让人不禁联想到南唐宫体词的风格，一样失之华丽堆砌而境界不足，如斯风格的形成，大概也与南唐偏安一隅国富力不强，以及乱世中享乐主义审美风格的盛行有关。

瓷器方面，南唐二陵出土的主要有青瓷和白瓷，数量很少，但由于南唐陶瓷业资料的缺失，这些瓷器对于研究南唐时期瓷器的发展就有了弥足珍贵的价值。其出土的白瓷可能是来自宣州窑，器形继承自唐，器壁较薄，而且主要是日用器，不同于唐宋兼有陈设品的用途。青瓷可能来自钱氏吴越国。② 由此我们可以做一些大胆的推测，这些瓷器应当是作为墓主人的日用品而存在的，有可能是生前使用过的，也有可能是供墓主人死后用的日用品。从制作工艺的不发达，瓷器种类的单一，甚至在陪葬品中数量的稀少，可以看出南唐的瓷器制造业并不发达，也没有受到重视。陶瓷作为手工业中最为重要的一门都如此不受重视，可见手工业技术在南唐的式微。这无疑与当时的社会环境甚至人们的审美需求都是有极大的联系的，社会动荡，人们忙着避世和生存，会更加注重金钱的积累而疏忽对日常生活审美的需求，何况是实用性一样但较陶器昂贵的瓷器，需求自然会随之减少。南唐二陵出土的陶俑中许多陶俑有残肢现象，据推测也是由于所持的物品有较高的价值，盗墓者为求轻便直接砍断陶俑持物的手而造成。③ 对于日常生活的享乐集中于贵族阶层，瓷器的需求减少，甚至从事瓷器生产的手工业者数量都会减少，瓷器生产自然会衰落甚至出现断层，这些变化都与当时人们的审美自觉有着十分密切的联系。

出土的随葬品中还有玉哀册、骨、铜器等文物。玉哀册残缺严重，无法对所载内容进行讨论；玉、骨、铜器等文物多是装饰品或者小零件，体积小、样式普通，也没有很明显的美学内涵，故此不做分析探讨。

---

① 南京博物院：《南唐二陵发掘报告》，南京出版社1957年版，第81页。
② 同上书，第56—58页。
③ 同上书，第80页。

随葬品作为连接俗世与亡界的桥梁,是生者为亡者准备的包含了生者对死者美好寄托的载体。这个载体为我们了解当时人们的死亡观、审美意识和审美自觉打开了一扇窗,让我们能在其中穿越千年的时光感受到时人对于美的理解。文物是死的,但它身上蕴含和代表的一切思想和文化内涵却是活的,并且在不同的时代经由不同的审美自觉加工,得到不同的理解和诠释,历久弥新。

三 南唐二陵中的美学追求及其对隋唐美学的继承和对宋元美学的影响

通过对南唐二陵地上建筑与地下墓葬的各方面分析,我们对于南唐美学观已经有了一个大致的了解。从大的时期划分来看,南唐美学属于隋唐五代美学中的中唐到五代时期。这是唐由盛转衰到分裂的过程,处于历史的转折点。但美学作为形而上的思想理论方面的内容,其改变应该是慢慢渗透入生活中,受多方面因素影响的。因此,在美学上,并不会存在十分明显的某个短时期的骤变。很显然,南唐所存续的时间不长,其美学观的基本特征与中唐五代美学观,甚至中国古典美学观的基本特征都是一致的,都以天人合一思想为核心,来进行对日常生活方方面面的思考。天人合一思想与当时的经济环境、人们对于大自然的敬畏和对宇宙的思考有关,是一种带有神秘主义色彩的朴素唯物主义美学观。而南唐国祚虽短,但其统治覆盖领域广,各方面制度承继自唐又有创新性,下启宋元,具有独特性和衔接性,值得做更多深入的探讨。

(一)南唐美学对隋唐美学的继承

南唐美学是作为中唐五代这一个转折阶段的美学的一部分而存在的。由于其地处南京,而且统治领域广泛,又处于特定的历史转折点,与隋唐、宋元美学有一定的联系,有其独特性。但这不意味着南唐美学可以脱离时代而存在,相反,南唐美学所具有的所有本质特性,都是与时代相关联的,是整个大环境中不可分割的一部分。因此,在从南唐二陵中分析总结南唐美学观的时候,应当把它放到时代大背景和地理区域中分析。

南唐美学从属于隋唐五代美学这一分期。因此依照隋唐五代美学研究方法,从南唐二陵这一实证出发分析论述南唐美学的话,应该涉及三个领域:一是南唐哲学美学领域,二是南唐艺术美学领域,三是南唐休闲文化美学领域。[①] 而休闲文化这一美学领域,由于南唐二陵中陪葬品十不存一,无法管窥当时的生活,因此不做详细论述。

南唐哲学美学领域,从隋唐五代的大时代背景出发,应该包括道教、禅宗、华严宗哲学的美学蕴含。儒学虽然一直占据主要地位,并且一直在发展,但儒学既然始终贯穿于其中,也就不必单独在这个历史时期进行论述了。最重要的是,这一历史时期,

---

① 汤凌云:《中国美学通史·隋唐五代卷》,江苏人民出版社2014年版,第5—8页。

儒学的发展远不如汉以及宋,且对美学影响最为明显的是宗教哲学思想,因此儒学将不再单独进行论述。

道教、禅宗、华严宗这三种宗教,在隋唐五代得到了空前的发展,达到鼎盛,其宗教哲学思想在当时影响深远。道教被尊奉为有唐一代的国教,影响力达到了顶峰,理论体系也得到了不断的补充;佛教的禅宗与华严宗哲学思想也在当时的社会背景下得到了长足的发展。及至南唐,美学观受到时局的动荡和国力情况变化的影响,平民百姓对于生活的美好愿望集中于对来生的期盼,于是道教佛教等宗教思想盛行,具有了一定的中国本土特色和三教融合交织的趋势。宗教受到了上至统治阶层下至平民百姓的欢迎,道观佛寺遍地开花,统治阶层也顺应民意佛道并重,鼓励佛教道教的发展,甚至南唐二陵的选址也毗邻佛寺。

道教作为唐时的国教,在南唐也颇受尊崇。"道性遍在"这样的道教哲学思想核心应运而生,修炼方法也变成了看重内丹修炼,以修心为修道之本。这种修心,本质上来讲是接近于审美心境的,提高人的精神境界,开启人的审美之心,这也是当时哲学审美之本。修心即要追求质朴的本心,是为"尚清",因而南唐二陵选址布局亦处处透着回归大自然的本真之意。此外,南唐时期道教美学观承自中唐五代道教思想,有着极强烈的以生为美的生命态度,这一点从墓葬中仿自宫廷的"装堂花"就能看出对于享受生命,享受生活之美的乐观享乐主义态度,具有闲适的审美情调。南唐二陵选址时考虑的风水因素,也与道教有一定的联系,风水讲究聚气藏风,这一点亦与当时道教流行的"养气颐性"思想有殊途同归之意。生人"养气颐性",死后没办法继续这个过程了,便寄望于墓葬选址,以帮助灵魂"聚气藏风",既能修己之道,也能利及后人。

禅宗哲学思想重视"觉悟",以此摆脱生存烦恼,并开启生命智慧的法门。这种觉悟的过程,是一个从稚儿无所知到观遍世间灿烂,最后阅尽千帆主动回归质朴的循环。其对于本心的追求,是一种归于虚无、超越生死的追求,有别于道教重生的态度,却同归于对厚葬之风的隐隐批判。在这两种生死观念的碰撞下,南唐对于逝者虽然依然保持了"事死如事生"的态度,墓葬营造依然是力求与逝者生前居室一致,但终归没有到达如秦汉以倾国之力来追求极致死亡体验的程度,这既与国力有关,也在一定程度反映了当时对于死亡态度的细微改变。

华严宗讲求"圆融",追求无尽之世界。圆融是一个极广大的概念范畴,从外在世界到内心世界,无所不包,处处皆圆融。南唐二陵选址布局的意境,就蕴含了华严宗哲学美学"卷舒自在"这一标准,是一种对于含蓄艺术特征的追求。其追求的无尽之世界,即空间上无边无际,事理上无穷无尽,事物之间相容互摄。[①] 在南唐二陵的墓葬内部布局中,上具天文下具地理与宫殿房屋并存、星象图与人俑共存,这些即是其追

---

① 汤凌云:《中国美学通识·隋唐五代卷》,江苏人民出版社2014年版,第177页。

求空间上无边无际、事物之间相容互摄的表现,足见南唐时期美学同样受华严宗美学影响极深。

南唐艺术美学与宗教也有着密不可分的联系。当平民百姓受苦难生活状况影响而且信奉来世、轮回等思想的时候,就会自觉屈服于现状,将自我生存需求降到最低,使自我审美需求和审美满足趋向于生存满足。但与之相反的是,社会苦难的深重,使统治阶级开始推行及时行乐的享乐主义思想,人的审美自觉性也得到了新的发展。这些形而上的新发展表现在现实生活中,即是南唐二陵中装饰纹样的"装堂花",虽然介于"似"与"真"、"真画"与"假画"之间,但从中依然能管窥南唐绘画技术的新发展和独特性之一斑;宫体词的大量盛行,使描写闺阁之事的"浓词艳曲"从原本的难登大雅之堂到登堂入室,帝王和士大夫竞相吟诵,是一种大俗即大雅的审美观,从只歌颂阳春白雪,到关注活泼的生活之美,为后来宋词的发展打下了坚实的基础。

这种审美自觉的两极化发展,加上南唐统治地区本来手工业技术的不发达,使依靠手工艺人传承的手工业渐渐衰落,陶瓷业发展在南唐也同样进入了低潮,即便是陪葬帝陵的南唐二陵中的陶瓷器也不及同时期江浙一带的陶瓷器品质高。艺术与哲学作为形而上的社会意识形态的重要组成部分,二者是相互影响的。

从美学角度来看,平民百姓受到宗教影响,表现出来的是一种"尚清"的趋势,在物质生活不稳定的情况下自觉降低了物质需求,这本身就是一种回归自然的倾向;而士大夫阶层的及时行乐,也可以理解为"尚清",所谓大俗即大雅,顺从自我的欲望,同样是回归自然的表现。"清"即自然,在大环境影响下,时人反而在动荡中主动或被迫地开始面对自我的内心,顺应心之自然,回归自然。由此可以看出,"尚清"是南唐美学的一大美学特征。

从地域性来看,南唐的统治核心在今天的南京,统治范围多在东南方,这使得南唐美学观带有了东南地区的显著地域性。南京尚处于江南地区,南唐美学观也就不可避免地带上了一丝鱼米之乡的安逸和烟雨江南的旖旎情思,这些在南唐中主和后主早期诗词中都有体现。而体现在南唐二陵中,则是仿亭台楼阁的精致浓艳的地下宫殿的建设,从仿木结构的斗拱到细腻端庄的"装堂花",无不显示着这种趋势。受这样偏安一隅的思想的影响,南唐美学虽然大部分承继自隋唐美学,却缺少了隋唐美学的"大"且"气势"的境界,多了几分小家碧玉的灵动感。由于国力衰微和时代大环境的影响,南唐美学观也没有一味地追求隋唐美学观的"大"和"气势"之境,在绘画等一些领域也学会了去繁趋简,更趋向于宋元美学观平淡之意和淡逸之思,取得了属于南唐时期自己的成就。

南唐美学的主要特征依然是天人合一的思想,而天人合一思想的主要表现,则是儒佛道三家在南唐的发展与融合。南唐二陵体现出的对于亡者死后灵魂生活和转世理解的生死观,也来自佛教与道教二者的融合,既体现出佛家的轮回转世,又融合了道家对于大自然的回归。儒家思想的发展在这一时期仍然以君权神授的思想为主流,但已趋向式微,在乱世的冲击下,并不如佛道这样出世的思想受欢迎,不过其仍然是统治者治国的根基。

由此我们可以对南唐美学做一个总结:以天人合一思想为核心,受大环境的影响,有着"尚清"这一返璞归真回归大自然的倾向性,神秘主义盛行,对于人与自然和人与宇宙关系的思考仍在继续,宗教与儒学相融合的趋势明显。文人士大夫进一步解放了思想,审美自觉具有了更多的地域特性。对于隋唐美学观的模仿也体现了南唐的审美追求和对和平统一的渴望。也正是由于这样的融合与"尚清"的审美追求和思想的解放,使南唐的绘画艺术与文学得到了新的独特的发展,体现了南唐美学观的超越性和综合性。

(二) 南唐美学对宋元美学的影响

由于南唐处于隋唐与宋元的交接点,因此南唐美学也具有了上承隋唐下启宋元的承继性。这种承继性不仅体现在时间的连贯性,还体现在思想发展的承继性上,这样的承继性,也是中国古典美学的显著特点之一。

同样是从哲学美学和艺术美学领域这两个主要的方向来分析南唐美学与宋元美学的关系。从哲学美学领域来看,与南唐哲学美学相比,宋元哲学美学的核心是"理气"。南唐时期三教合一仍然只是一个趋势,而到了宋已经初步完成了三教合流的进程,理学思想即是三教合流的产物。南唐哲学美学作为一个三教合流的时间节点,在统治者的政策促进下,对宋元哲学美学产生了一定的影响。

而在艺术美学领域,南唐艺术美学更是直接影响了宋元艺术美学观的形成。在文学创作上,宋元美学从关注外在的情景交融的美,正式转向了描写人生气象。这种回归早在南唐时期的宫体词中就已见端倪,至宋则蔚然成风、自成一派。在绘画以及一些境界的营造上,南唐的徐熙等绘画大家在日常作画中寻求的山水之间平淡淡逸之美,与宋元美学观对平淡境界的崇尚不谋而合。而南唐时期统治阶级的审美追求与平民百姓审美追求的脱节,与北宋市民阶级与士人阶级审美的差异相似,说明了审美追求在不同阶层不同主体身上的差异性。还有在北宋得到了进一步发展的风水堪舆术,也是在南唐才首先被明确应用于帝陵的。这些都是与隋唐美学观不同但在宋元美学观上得到了延续和发展的部分,体现了南唐美学观对宋元美学观的影响。

南唐美学与隋唐、宋元美学的承继性,体现了中国古典美学的延续性,也正是这种衔接性,使得南唐美学有了更深刻的意义。

四 结语

考古的研究有三个层次,第一个层次是基于出土文物本身的研究,第二个层次是从出土文物延展到研究当时的社会,第三个层次也是最困难的,就是通过出土文物去研究当时人们的思想。通过南唐二陵去研究南唐美学观，无疑是属于第三个层次的，由此也可以看到这个选题的难度所在。相隔近千年的时光，除了这些文物和遗留下来的文章，我们无从窥探当时人们的生活环境，遑论讨论他们的美学观和审美自觉。本文谨为这样的研究做一次抛砖引玉的探路，希望能借此引出更多这类的研究，为美学和考古学的结合寻找一条新的路径，去探讨还原古人的思想。

袁枚"性灵说"之"尚情"美学精神及其生成轨迹

李天道　唐君红*

（四川师范大学文学院，成都，610068）

摘　要：袁枚的"性灵说"要求诗歌审美创作必须"发抒性灵"。他所谓的"性灵"，与"性情"密切相关，"发抒性灵"也就是"抒发性情"。由此，遂使其"性灵说"突出地呈现出一种"重情"美学精神。遵循这一"重情"美学精神，则"性情"乃是诗歌审美创作的审美内核，为其审美诉求之所在，诗歌审美创作必须"抒发情性"，同时，这种"性情"必须为诗人个人所有，为其所"自得"，"性情"的抒写必须呈现得自然天然，才能纯真动人。袁枚"性灵说"这种"尚情"美学精神的生成，在中国美学"情性"论史上，具有一种值得关注的演进轨迹。经历了从"言志"到"缘情"，由"情生于性"，以"性"为本与"性""情"皆生发自"理"，到因"情"明"性"，"情"乃"性"之呈现的以"情"为本的生成过程。

关键词：袁枚"性灵说"；"重情"美学精神；生成轨迹

　　从诗歌美学情感论的建构史看，在"性情"观上提出自己的见解，其中最有代表性的就是袁枚和他的"性灵说"。袁枚既承续先前历代哲人有关"性情"的讨论，同时又一反包括王夫之等在内的有关"性情"的传统观点，坚持"重情""贵情"的美学精神，在"性"与"情"关系上，主张因"情"明"性"，认为"情"乃"性"之呈现。"性灵""性情"都以"性"为根本。"性"之澄明而为"情"，"情"发生于"性"。提倡即"情"求"性"。其"性情"观中所推崇的"情"更接近于自然情感，或者说是审美情感。在他看来，男女艳情也是"性情"，"性"是形上的、不具体、无形而浑然不可

---

* 李天道，四川师范大学教授，博士生导师。唐君红，四川师范大学文学院，博士，讲师，研究方向为文艺美学。基金项目：本文系四川省美学与美育研究中心项目"中国古代人生美学研究"（项目编号：17Z001）的阶段性成果。

见的，而"情"则是"性"的一种呈现，一种发明和显现，因此，只能经由"情"而体认"性"。不过，这个"情"主要是就自然之"情"而言。所以，袁枚强调即"情"见"性"，表现出一种对传统的叛逆倾向，并且，他直接由"四端"之"情"过渡到"七情"，认为应该由此肯定"七情"。因为在袁枚看来，"情"需要得到充分的重视和肯定，因为，"人"只有经由"情"才能感悟"性"，经由"四端"之善，而感悟到"性善"，再通过"性"之"善"，以认定、确信、肯定"四端"之"情"，进而赋予其地位的合法性。但"四端"之"情"并不等同于"七情"。袁枚认为，"四端"之"情"与"七情"都是"情"。因为，由"四端"明"性"，进而确定"四端"为"情"，实际上，也肯定了"七情"。他甚至指出，圣人也有"七情"，由此也可见"四端"之"情"与"七情"一样，都是"情"。袁枚对"情"的重视是他推崇"性灵说"，并以"尚情""贵情"为"性灵说"的美学精神的思想基础，他强调指出，"情""性情"，特别是"真性情"，乃是诗歌审美创作的核心构成，所以说，"尚情""贵情"美学精神乃是袁枚"性灵说"的核心要旨。

一

实质上，袁枚的"情"与所谓"四端"之"情"还有所不同，而这正是其"性灵说"与其他"性灵说"的不同之处。他所重所贵的"情"，只是寻常司空见惯之"情"，日常生活中的自然之"七情"。他强调"真人"与"真情"。所谓"真人"与"真情"，也就是脚踏实地的、平平常常的"人"及其所生发的"情"。他在"情"中，最为看重的是儿女之"情"，即所谓男女之"情"。人世中，最能束缚人心，最具个人色彩，让人魂牵梦萦、心神动荡、心猿意马、内心痛苦的，就是所谓男女之情。对男女之情一旦生了情、动了心，很容易丧失理智，控制不住自己的内心，所以，男女之情最具有感性特色，对人的纠缠也最深。袁枚这种对感性的张扬，实际上等于对儒家"情"要"怨而不怒""哀而不伤""发而中节"美学思想的一种颠覆。"人"之"情"多样繁复，各种各样，多种层次，多样呈现。"人"的情感世界是复杂丰富的，所谓花有万紫千红、"人"有"七情六欲"。"人"的情感生活是因"人"而异、因"时"而异、因"景"而异、因"事"而异的。当然，"人"之"情"也有相同的，如所谓"四端"之"情""七情"，这一类情感属于"人"之"纯情""常情"，这种"情"乃"人"之为"人"的本质特性，为"人"的天然、自然之"情"，即所谓"七情"。有关"七情"的记载，最早见于《礼记·礼运》。其云："何谓人情，喜怒哀惧爱恶欲七者，弗学而能。"① 所谓"弗学而能"，就是天生就有，天然纯然的。这就是说"七情"，即欢乐、愤怒、悲伤、恐惧、喜爱、厌恶、欲望等七种情愫，不学便有，来自先天，乃是"人"

---

① （唐）孔颖达正义：《礼记正义·礼运》，《十三经注疏》卷二十二，中华书局1980年版，第194页。

生来就存有的，对此，《左传·昭公二十五年》也有记载云："天有六气，在人为六情，谓喜怒哀乐好恶。"①这里所谓的"六情"，即"喜怒哀乐好恶"。孔颖达解释此句说，人"情"的根源在于天地之气。显然无论是"七情"还是"六情"，其对"人"之"情"的意指都显得笼统，不具体。

基于此，在所谓"七情""六情"的基础上，袁枚对"情"的理解则相当具体。在他看来，"人"之"情"的生动具体、多种多样，自然万物的一切，包括日星河岳、草秀珍舒、鸟啼花放，有涉及"情"，都能够拓展"人"的"性情"。所以说，诗本乎"性情"。而"性情"之至，则在"天"为"道"，在"人"为"性"，"性"动为"情"，"情"之至由于"性"之至，"至性"与"至情"，都本之自"天"，因之而动。他指出，"诗"所以"言情"，乃是因为"情"深而景寓焉。"情""景"相合而生成为格律而为诗。不过，"情"必从"性"发，冲淡"情"的决定性作用，或者否定其他的情感，显然都是有悖于人性的。

就袁枚"性情"说所论"情"与"性"的关系看，他是即"情"求"性"。也就是说，他所强调的其实是"情"，而不是"性"。因此，他的"性情"说更具美学意义。

袁枚极为反对以道德理性来认识"情""性"关系，不赞同"性"为理性、"情"为感性，尊"性"而抑"情"的儒家传统情感理论。他公开宣称："郑孔门前不掉头，程朱席上懒勾留。一帆直渡东沂水，文学班中访子游。"②明确表示自己对儒家传统"性情"观念的怀疑，他说："予于经学少信多疑。"③大胆否定"六经"，表现出一种独立不羁、个性张扬的自由美学精神，他指出："六经尽糟粕，大哉此言欤。"④不仅如此，他在诗歌审美创作实践中，更是对传统的三皇五帝都要重新评价，说："古来功名人，三皇与五帝。所以名赫赫，比我先出世。我已让一先，何劳多复事？平生行自然，无心学仁义。"⑤在对"性"与"情"的关系上，他通过对"性"的虚化与置换，认定"性"不可见，只有通过"情"以见，从而将情感从理性的束缚中解脱出来。并且，他确认"情"为一种自然而生的，"圣人"与大众一样，将自然天然之"情"转化、提升为审美情感。认为"人"是鲜活的生动的，是现实感性的，而人欲、情欲，以及人的感性物质需求，都是"人性"的基础。其"性"为"体"，"情"为"用"的观点，表

---

① （晋）杜预注，（唐）孔颖达正义：《春秋左传正义·昭公二十五年》，《十三经注疏》卷五十三，中华书局1980年版，第2105页。

② （清）袁枚：《遣兴》，《小仓山房诗集》卷三十三，王英志编纂《袁枚全集新编》，浙江古籍出版社2015年版，第870页。

③ （清）袁枚：《虞东先生文集序》，《小仓山房文集》卷十，王英志编纂《袁枚全集新编》，浙江古籍出版社2015年版，第210页。

④ （清）袁枚：《偶然作》，《小仓山房诗集》卷十三，王英志编纂《袁枚全集新编》，浙江古籍出版社2015年版，第264页。

⑤ （清）袁枚：《陶渊明有〈饮酒二十首〉，余天性不饮，故反之作不饮酒二十首》，《小仓山房诗集》卷十五，王英志编纂《袁枚全集新编》，浙江古籍出版社2015年版，第318页。

面上继承了张载、朱熹与王阳明的"性体情用"说,但实质上却与张载、朱熹和王阳明的"性体情用"说有区别。他认为,"性不可见","夫子之言性与天道,不可得而闻也",①而应该"不于空冥处治性,而于发见处求情"②。"性"是隐蔽的,而"情"却人人皆有的,因此只有通过实体的"情"方能体现虚体的"性"。在此基础上,袁枚论"性"总不离"情"与"欲",其所谓"性"已是自然人性之"性"了。通过这样的处理与置换,突出了"情"的地位。同时,为了说明他所推重的"情"与汉儒、宋儒之"情"的不同,他还对"性情"学说进行了新的诠释,从根本上否认程朱的"道统"观念,对宋儒的"存天理,灭人欲"主张,给予无情的揭露,坚决反对压抑情感、抬高理性传统的"性情"观,反对这种情感与理性关系的异化。

应该指出,袁枚反对寡情去欲的伦理主义的"理"和化情归性的先验主义的"性",注重情感的形而下意义,突出情感的普遍规则性和日常生活化特征,从情感美学角度坚持情灵发用而任运于世俗,肯定日常情感生活的合理性,即通于人之喜怒哀乐的情感意向,高扬个体主体的生命意识、生存权利和感性欲望,情欲并提,也就是发掘了情感具体化、生动化的形而下意义及其个性特色。这样,"情"既形上又形下,既普遍又特别,既雅化又俗化,既克服了先验化的虚灵,又克服了经验化的肤浅。③

的确,袁枚重"情",尤重男女之"情"。他在《答蕺园论诗书》中指出:"情所最先,莫如男女。"④将"男女之情"放在了"情"的首位,表现出他反对世俗观念而大胆肯定、推崇人欲,挑战禁欲主义的精神。他对"男女之情"的推崇是在驳斥汉儒与宋儒有关思想的过程中体现出来的。他说:"宋沈朗奏:'《关雎》,夫妇之诗,颇嫌狎亵,不可冠《国风》。'故别撰《尧》《舜》二诗以进。敢翻孔子之案,迂谬已极;而理宗嘉之,赐帛百匹。余尝笑曰:'《易》以《乾》《坤》二卦为首,亦阴阳夫妇之义。沈朗何不再别撰二卦以进乎?'且《诗经》好序妇人:咏姜嫄则忘帝喾,咏太任则忘太王。律以宋儒夫为妻纲之道,皆失体裁。"⑤又说:"夫《关雎》即艳诗也,以求淑女之故,至于展(辗)转反侧。使文王生于今,遇先生,危矣哉!《易》曰:'一阴一阳之谓道。又曰:'有夫妇然后有父子。'阴阳夫妇,艳诗之祖也。"⑥因此,他极力称颂"男女之情",标举"艳诗"。他在《北江诗话》中说:"惟吾乡邵山人长蘅,初所作诗,

---

① (魏)何晏集解,(宋)邢昺疏:《论语注疏·公冶长》,《十三经注疏》卷五,中华书局1980年版,第2473页。
② (清)袁枚:《书复性书后》,《小仓山房文集》卷二十三,王英志编纂《袁枚全集新编》,浙江古籍出版社2015年版,第447页。
③ 王建华主编:《中国越学》第2辑,中国文联出版社2010年版,第340页。
④ (清)袁枚:《答蕺园论诗书》,《小仓山房文集》卷三十,王英志编纂《袁枚全集新编》,浙江古籍出版社2015年版,第594页。
⑤ (清)袁枚:《随园诗话》卷六,王英志编纂《袁枚全集新编》,浙江古籍出版社2015年版,第180页。
⑥ (清)袁枚:《再答沈大宗伯书》,《小仓山房文集》卷十七,王英志编纂《袁枚全集新编》,浙江古籍出版社2015年版,第323页。

既描摩盛唐，苦无独到，及一入宋商邱幕府，则又亦步亦趋，不能守其故我矣。人或以其名重，尚艳而称之。吾以为其品既不及前修，则其诗亦更容论定也。'七律至唐末造，惟罗昭谏最感慨苍凉，沉郁顿挫，实可以远绍浣花，近俪玉溪。盖由其人品之高，见地之卓，迥非他人所及。'"[①] 他强调诗文创作"性情"的抒发，重视自然之"情"，重"情"而略"性"，强调"真性情"，推重诗文审美创作真情实感的抒发。在他看来，"男女之情"就是"真性情"的一种表现与呈示。"男女之情"是一种"善"的体现，"真性情"是"真"的展示。而在这"真"与"善"的相交相融中，情感的内质就得到了一种"美"的升华，达成了一个崭新的审美域，"情"已经被提升为审美情感而审美化了。

将其"尚情"美学精神运用到其诗歌美学思想中，袁枚认为"情"乃是诗歌创作的根本。他将"情"与"灵"融合构成其"性灵说"。因此，他的"性灵说"在"重情""贵情"的美学精神的基础上，尤其重视灵气与灵性。他曾经强调指出："诗不成于人，而成于其人之天。其人之天有诗，脱口能吟其人之天无诗，虽吟而不如其无吟。"[②] 这里所谓的"天"指灵心、灵性、灵想。诗之"情"乃天之所赋，故而称为"性灵"。真正的诗人当然需要诗人的才情、性情。"友朋之情"之所以从社会伦理之"情"中独立出来，呈现为个体之"情"，是因为"友朋之情"也是"一己之情"。亲朋故旧聚散离合都是足以动人心脾、令人感怀之事件。这种"情"显然与伦理教化、移风易俗无关，不属于理性范围，只是个体、一己之私"情"，并且其中有着浓厚的诗意，应该归于纯艺术之情。如果诗歌能达成"词近旨远，言简意深"的审美域，那就是"至性"之诗。是以诗者，歌其性情，阴阳为重，所以诗之为体，多序"男女之事"，通过表达"男女之情"来表现其"性灵"的洒脱风趣。在《续诗品》中，袁枚在"崇意"和"精思"中表明他的"性灵说"之内涵。袁枚尽管强调诗人的天赋，认为诗歌创作的成败"成于其人之天"，有天赋之才则"有诗"，但实际上他并不一律废学问。在他看来，"性情"与"学问""灵心灵性"与"积学储宝"显然不是并列对等的关系，以学问为灌溉，那么性情作为根本，性情依旧处在比较根本的地位，学识对于性情有培养作用。

袁枚的这种"性情"说与当时的文人都有不同。他伸张情感和欲望在诗文创作中应有的权利，"尚情""贵情"，以"情"求"性"，以"情"即"性"。在诗文创作方面，提出"性灵说"，强调诗文审美创作乃是"抒发性情"，指出遵循"人"个体的"情"之所发而创造的诗歌，特别是那些一直受到道学家的排斥、歌咏男女恋情的诗歌，即《诗经》中纯粹的情诗，都是抒发"性灵"的绝佳诗作。他强调指出，诗三百专主性情，其中所谓的艳诗仅仅抒发了男女主人公爱情生活的悲欢，此外，别无他意。

[①] （清）洪亮吉：《北江诗话》，人民文学出版社1983年版，第58页。
[②] （清）袁枚：《何南园诗序》，《小仓山房文集》下，王英志编纂《袁枚全集新编》，浙江古籍出版社2015年版，第560页。

同时,他还身体力行,通过自己的诗文审美创作实践,创造了不少以寻常生活为抒写内容的诗文作品,还"性"和"情"以真实面目。对他"尚情""贵情",推重"性灵说"的美学思想,朱自清极为赞赏,在其《诗言志辨》中强调指出:"清代袁枚也算得一个文坛革命家,论诗也以性灵为主。到了他才将'诗言志'的意义又扩展了一步,差不离和陆机的'诗缘情'并为一谈。"① 袁枚的"性灵说",从中国诗歌美学史的角度看,具有一种强烈的反传统、破偶像、反摹拟、求创新的美学精神。正如李泽厚在《美的历程》中所指出的:"袁枚倡性灵,重情欲,斥宋儒,嘲道学,反束缚,背传统,体现出、反射出封建末世的心声,映出了封建时代已经外强中干,对自由、个性、平等、民主的近代憧憬必将出现在地平线上。"②

袁枚扩展了"诗言志",认为其与"诗缘情"的美学精神是一致的。即如他在《与邵厚庵太守论杜茶村文书》中所说:"'诗言志',劳人思妇都可以言,《三百篇》不尽学者作也。"③ 在《随园诗话》中,他又强调指出:"《三百篇》半是劳人思妇率意言情之事。"④"劳人思妇"都是一般的民众,一般之人都在"言志",这里的"志"显然就是一般的、属于个体的私情。由此可见,袁枚所谓的"言志"就是"言情"。并且,在《再答李少鹤书》中,他还指出,所谓"诗言志"之"志"应该有多重、多种、多类、多层意义。说:"来札所讲'诗言志'三字,历举李、杜、放翁之志,是矣。然亦不可太拘,诗人有终身之志,有一日之志,有诗外之志,有事外之志,有偶然兴到、流连光景、即事成诗之志。'志'字不可看杀也!谢傅之游山,韩熙载之纵伎,此岂其本志哉?"⑤ 对袁枚的这段话,朱自清解释说:"他(指袁枚)所谓'缘情诗'只是男女私情之作;……似乎就是这种狭义的'缘情诗'也可算作'言志',这样的'言志'的诗倒跟我们现代译语的'抒情诗'同义了。'诗缘情'那种传统直到这时代才算真正抬起了头……这种局面不能不说是袁枚的影响,加上外来的'抒情'意念——'抒情'这词组是我们固有的,但现在的涵义却是外来的——而造成。"⑥

不难看出,袁枚以"性灵说"为内核的、强调诗歌创作后在抒发"性情"的"尚情"美学精神的形成,与历代"性情"观的影响分不开。"性"在于"心"而源于"天","心"、"性"与"天"是一贯的。"人"之"性"自然、天然、本然、纯然,可以将"性"作为"天"的一种内在化存在。"天人合一"就是"性"与"天道"的一体圆融。人的生命价值和意义就在"人"之"心性"中。可以说,"人"之生命价值原本

---

① 朱自清:《诗言志辨》,古籍出版社1956年版,第39页。
② 李泽厚:《美的历程》,天津社会科学院出版社2002年版,第267页。
③ (清)袁枚:《与邵厚庵太守论杜茶村文书》,《小仓山房文集》卷十九,王英志编纂《袁枚全集新编》,浙江古籍出版社2015年版,第358页。
④ (清)袁枚:《随园诗话》卷一,王英志编纂《袁枚全集新编》,浙江古籍出版社2015年版,第2页。
⑤ (清)袁枚:《再答李少鹤书》,《小仓山房尺牍》卷十,王英志编纂《袁枚全集新编》,浙江古籍出版社2015年版,第233页。
⑥ 朱自清:《诗言志辨》,古籍出版社1956年版,第40页。

就在"人"自身的"心性"之中。仁义本于天性,是人的良知良能;但要真正达到生其所生、如其所然、仁其所自的"仁"的生命域,需要集义养气和尽心尽性,回复原初本然之"心性",这样"才"能充实彰显"人"的生命意义,完成其人格的塑造。

二

  袁枚"性灵说"尚"情"、重"情"的美学精神,倡导诗歌审美创作必须抒发"性情",其生成轨迹可以追溯至中国文艺美学史上的"缘情"说。诗歌创作应该"缘情"的命题由陆机正式提出之后,"情"遂作为一个与"志"相互对应的诗歌美学范畴流行于诗歌美学史,在魏晋及以后都围绕其展开过热烈讨论。如南北朝时,刘勰就在其《文心雕龙》论述过"情"及其在诗文审美创作中的效用和地位,而钟嵘则在其《诗品序》中阐发了相关看法,表述了其时诗文理论家对"情"的重视,当时钟嵘已经认识到诗文家个体情感的巨大能动作用。应该说,"缘情"说的提出,无论是在美学史上还是诗学史上都具有重要意义,确定了纯粹个人情感对于诗歌审美创作的重要作用,突破了先秦两汉重"性"轻"情"的局面,使"诗缘情"说与"诗言志"相提并论,确立了诗歌审美情感论。

  具体分析起来,"缘情"说包括两个层面的诗歌美学内容,就诗歌自身的本质属性来看,"缘情"说强调诗歌审美创作作为一种艺术表现形态,应该以情感抒发为要旨,诗歌中必须蕴藉浑厚、浓郁、忧愤、悠然、深远的情感意蕴。因此,"缘情"说又可以升华为情感本体论。从诗歌审美创作的方法出发,"缘情"说又指诗歌审美创作活动中缘情写景,景随情迁,景中寓情,以景结情,进而情景交融的创作手法。所以,就诗歌审美创作的发生来看,"缘情"说突出了诗歌创作乃是诗人"遵四时以叹逝,瞻万物而思纷。悲落叶于劲秋,喜柔条于芳春。心懔懔以怀霜,志眇眇而临云"①。应物斯感,触景生情,诗人情感的生发是诗歌审美创作发生的要素。也正因为此,所以说诗歌审美创作的发生来源于情感的促成,情感是生成诗歌审美创作冲动的缘由。

  "缘情"说这种诗歌情感本体论的提出,极大地放宽了诗歌的审美创作空间。先前一些抒情类的诗歌,包括《离骚》在内,一直到汉末的《古诗十九首》,其所抒写之情,大多以悲情为主。即如司马迁所指出为"发愤之所为作",因此,其"情"多为悲伤、幽愤之情。而自从陆机提出"缘情"说,"情"的范围则得以大大扩展,从怨愤之情到喜乐之情,从国家民族社会之情到个人日常生活之情,诗歌创作者将"情"蕴藉于大到"四时""万物",小到"落叶""柔条"等种种审美对象之中,所抒发之"情"既有社会生活的、国家社稷方面的,也有所谓一己不遇之情,还有追求声色、寻欢作乐之情,也有离别之恨、思念之苦与聚合之欢的,又有将个人情怀与哀世、忧时、

---

① (晋)陆机:《陆机集·文赋篇》,金涛声点校,中华书局1982年版,第1页。

叹逝、感事相融相合的。这种"情"往往是一种生命意识,属于一种生命体验的升华。正如沈约在《宋书·谢灵运传》中所指出的:"民禀天地之灵,含五常之德,刚柔迭用,喜愠分情。夫志动于中,则歌咏外发,六义所因,四始攸系,升降讴谣,纷披风什。虽虞夏以前,遗文不睹,禀气怀灵,理或无异。然则歌咏所兴,宜自生民始也。"①这里就指出,"人"一方面禀赋自然之"灵气",一方面受"五常之德"的熏陶,因此具有各样的情感,有"刚"有"柔",有"喜"有"愠","志动于中",而向外呈现出来,则为"歌咏"。在沈约看来,诗歌所蕴藉的审美意蕴是人"禀气怀灵"、生而有之的情感基因,加上后天"五常""六义"的教化,由教化所生成的"理"是"无异"的,没有时代、个体的差异,而"情"则不一样,因个体所禀赋的"灵气"不同而各各有异。诗歌审美创作之所以自有"生民"就存有于世,并且因时、因人、因景、因事而生种种感怀,或刚或柔、或喜或愠,各各有异:"志动于中,则歌咏外发",正由于"禀气怀灵"而生成的情志、气质差异,从而形成诗歌异彩纷呈的审美风貌。可见,"缘情"说强调了"情"在诗歌审美创作中的决定性意义。

当然,在陆机"缘情"说揭示出诗歌本于情感,源于情感需要抒发的诗歌美学思想之前,中国美学已经着手从情感角度对诗歌创作生成的原因进行探索,所谓"情动于中而形于言",②就是讲诗歌创作的发生乃是诗人的内心有一种感动,其思想、感情、意念,情感受到触动,从而用语言来加以表达。诗歌创作活动的开展与"人"内在感情需要抒发密切相关。而诗歌创作过程则是诗人对内心情感的发掘和一种真实体认。当然,由于汉代经学盛行,统治者独尊儒术,文人的命运是与政治教化紧密联系的,统治者为文人提供并创造条件,文人必须依附于统治者,所以政治对文化形成一种高压,异端思想没有任何存在的空间,诗歌创作的价值取向只有言志、讽谏、教化。诗歌审美创作者个体的私情、纯艺术情感自然遭到排斥。这一状态在魏晋时期则发生了变化,在时局动荡、战乱频仍的情况下,诗歌审美创作者失去了政治的庇护。其时士族阶层的正式形成使文人的物质生活有了自己独立的来源,话语地位得以大大提升,内心的诉求、情感的抒发也自然有了一定的自由度,之前被礼义教化、社会需求所遮蔽的个体之"情"能够得以解蔽。陆机之后,更多的诗歌美学家对"情",即个体之"情"对诗歌审美创作的作用和意义进行了关注和探讨。正如钟嵘就在《诗品序》中所说:"若乃春风春鸟,秋月秋蝉,夏云暑雨,冬月祁寒,斯四候之感诸诗者也。嘉会寄诗以亲,离群托诗以怨。至于楚臣去境,汉妾辞宫,或骨横朔野,或魂逐飞蓬;或负戈外戍……凡斯种种,感荡心灵,非陈诗何以展其义,非长歌何以骋其情?"③四时景色各异、春花秋月、夏云冬雪、悲欢离合、生离死别,个体的种种一己之情都可以入

---

① (南朝梁)沈约:《宋书·谢灵运传》,中华书局1974年版。
② (唐)孔颖达正义:《毛诗正义》,《十三经注疏》,中华书局1980年版,第261页。
③ (南朝梁)钟嵘:《诗品序》,曹旭集注《诗品集注》,上海古籍出版社1994年版,第47页。

诗，情感发生和物色触动密切关联，个体之情，纯艺术情感对于诗歌创作具有极其重要的审美价值。而诗歌审美创作则是个体之情抒发的主要途径。诗歌审美创作作为情感载体以驰情展义，感荡心灵。

刘勰在其《文心雕龙》中也提倡诗歌审美创作应该注重情感的抒发，本于情感，但他主张"情"与"理"应该兼而有之，"意诚"与"情真"并重，互相需济，相得益彰。他在《文心雕龙·明诗》篇中指出："巨细或殊，情理同致"① 在《体性》篇中又指出："夫情动而言形，理发而文见。盖沿隐以至显，因内而符外者也。"② 在《熔裁》篇指出："情理设位，文采行乎其中。"③ 在《章句》篇中又指出："其控引情理，送迎际会，"④ 强调"情理"不能偏颇。在《情采》篇，他又强调指出："故情者，文之经，辞者，理之纬；经正而后纬成，理定而后辞畅，此立文之本源也。"⑤ 以情理为文辞经纬，相互周济。"性"与"情"关系紧密，互依互存，"性""情"并重。诗文审美创作应该以"情性"为本、"情志"并举。他认为，诗歌审美创作的发生乃是情感的发动。诗歌审美创作必须因持"情性"。但情感因素必须与义理规范相符合，"情"与"理"应该密切结合、相依相成，以"理"约"情"，以"理"以持守"情"，从而可以避免情欲的放纵。

这之后，唐宋元的诗文审美创作理论基本上奉行"情""理"并重，或者重"理"轻"情"的审美价值观。一直到中晚明时期，诗歌美学情感论始发生一种具有颠覆性意义的转化。其时，阳明心学认为"吾心良知"乃"圣人"与"愚夫愚妇"所共有的普遍"人性"，认为"良知良能，愚夫愚妇与圣人同"，⑥ "良知之在人心，无间于圣愚"，⑦ "满街人都是圣人"，⑧ 主张在"良知"面前人人平等，在事实上打破了"人性"的等级区别，提高了"愚夫愚妇"们的人格地位。于是，个体意识、个体人格、人的独立存在的价值和个体情感得到充分的肯定。保持"赤子之心"，任其自然，以自然之性行自然之事的"狂者"得到追捧，"狂者"蔑视权威，反叛传统，有着高远的志向和独立的人格。"狂者""不屑弥缝格套以求容于世"，⑨ 不愿墨守成规，按传统方式和权威范式亦步亦趋，"而从精神命脉寻讨根究"⑩。"狂者"真率自然，率性而行，有着强烈的人的个体意识和个性特征。"狂者""行有不掩"，真诚自然，"广节而疏曰，旨高

---

① （南朝梁）刘勰著，范文澜注：《文心雕龙注》卷二《明诗》，人民文学出版社1962年版，第68页。
② （南朝梁）刘勰著，范文澜注：《文心雕龙注》卷六《体性》，人民文学出版社1962年版，第505页。
③ （南朝梁）刘勰著，范文澜注：《文心雕龙注》卷七《熔裁》，人民文学出版社1962年版，第543页。
④ （南朝梁）刘勰著，范文澜注：《文心雕龙注》卷七《章句》，人民文学出版社1962年版，第570页。
⑤ （南朝梁）刘勰著，范文澜注：《文心雕龙注》卷七《情采》，人民文学出版社1962年版，第538页。
⑥ （明）王守仁：《王阳明全集》卷二《传习录中》，上海古籍出版社1992年版，第49页。
⑦ 同上书，第79页。
⑧ 同上。
⑨ 同上。
⑩ 同上。

而韵远",① 个性鲜明,不拘细节,"其心事光明超脱,不作些子盖藏回护",② 光明磊落,率性而行。对"狂者"的赞美,则表现出对个性解放的热情呼唤。那些主张个性解放的文人不但在理论上标榜"狂者"人格,而且在实际生活中率性而行,真实应世,以"狂者"自居,表现出一种张扬个性的"狂者"风范。无论是王畿、王艮、何心隐,还是颜山农、邓豁渠、李贽,都体现出蔑视权威、冲破世俗、张扬个性、率真任性的"狂者"风范。他们大胆正视人情物欲,主张在日常生活中"尽心至命";认为"百姓日用是道"③。"百姓日用"④,"穿衣吃饭","饥来吃饭倦来眠"⑤,这些维持"人"之生存的合理欲望因之得到充分的肯定,勇敢地肯定人欲,肯定了人欲的事实存在及其存在的合理性。从自然"人性"出发,肯定了"人欲"存在的合理性,认为"心不能以无欲也"。"无欲"的本身也就是一种"欲"。肯定了人欲的存在及其合理性,张扬人的个体精神,强调人的个体意识的主导性、能动性、自觉性。他们把这种个性解放精神引入诗文审美创作与理论建构之中,认为诗文审美创作"求以自得",应该遵循自然,反对做作。指出耕田求食、建屋求安、读书求功名、居官求尊显等种种日用,皆为自己身家计虑,其情感都是诗文审美创作应该抒发的重要元素。无论是追求任性放达、自然个性,还是抒发真情之美、自然率真之美,还是传达神韵之美、注重任心表意之美,都属于诗文审美创作的应然追求。从而将重"理"轻"情"的传统儒家情感论引向了重"情"、贵"情"的诉求。在诗文审美创作中如何真正释放"情性""情欲"的"自然"、心灵的"自然",成为当时诗文理论家所追求的审美目标和价值。

其中,表现得尤为突出的是李贽。作为张扬个性的"狂者"的典范人物,李贽反对一切教条,力求颠覆传统儒家诗歌审美创作"发乎情,止乎礼义"的"性情"观,否定一切外在的说教与规范。认为对"礼义"的体认必须来自于"人"心中的自然感悟,"人"之"性""情"都来自天然,内在与"人"之"心",处于一种本真状态。而儒家传统"礼义"则是从外部对"人"进行一种束缚,严重限制了"人"的本性。在李贽看来,这不是真正的"礼义"。他将这种思想引进了诗歌美学,提出诗歌审美创作应该不为外在的"礼义"所控制,应该解除儒家传统伦理教化诗学观对诗歌审美创作的羁绊,通过去蔽,澄明原初自然天性,也就是"赤子之心",也就是李贽所推崇的"童心"。他强调:"天下之至文,未有不出于童心焉者也。"⑥ "童心",就是"初心",原初纯然天然之"心",孩童之"心","真心",是"最初一念",即所谓"本心",是"人"生来就有、与生俱来的、未受后天教化浸染的"赤子之心"。在李贽看来,任何

---

① (明)王守仁:《王阳明全集》卷二《传习录中》,上海古籍出版社1992年版,第79页。
② 同上书,第79页。
③ (明)王艮:《心斋王先生全集·勉仁方书壁示诸生》,明万历刊本,第35页。
④ (明)王艮:《心斋王先生全集·年谱》,明万历刊本,第24页。
⑤ (宋)普济:《五灯会元》卷四,中华书局1984年版。
⑥ (明)李贽:《焚书·续焚书·童心说》,中华书局1975年版,第99页。

外在的"礼义"教化,世俗杂念、声色犬马,都会使原初天然之"情"遭到遮蔽,从而丧失其本真纯然状态。他在《读律肤说》中指出:"盖声色之来,发于情性,出乎自然,是可以牵合矫强而致乎?"① 从其"童心"说出发,他主张解除儒家诗教的束缚,强调指出发自"童心"之"情",就是"人"天性的呈现,对诗歌审美创作而言,乃是最佳审美境域。在李贽看来,诗文家只有保持"童心"的心态才能创作出至文,才能"为章于天",只有这样的诗文创作才能真正表现天性,动人心弦,逼迫人返回天性本真。"童心说"从真情实感的标准出发,贵"情"、重"情",在诗文创作理论批评上具有重要意义。这种主张既颠覆了"发乎情,止乎礼义"的儒家传统诗学观,也大力倡导了顺应人类性情的自然美,是后来"公安三袁"、袁枚等人"性灵"理论的先导。

"公安三袁"强调诗文创作应该"独抒性灵",贵"情"重"情",主张任情为文,认为"人"往往将"情"与"性"搞混,"人"的"真性情"在于内心的情欲。所谓"目极世间之色,耳极世间之声,身极世间之鲜,为人生之大快活,以之为真乐"②。"耳""目""身""声""色""鲜"等感觉以及由此所生之"大快活",感官刺激而生发之"情",才是"人"之"真性情",而"仁、义、礼、智"并非真性。感官追求、感官刺激之"乐"才是"人情","仁、义、礼、智"则属于"神性",这是"人"与"神"的区别之所在。这里,袁宏道从正面充分肯定"感官之情"与"声色之欲",并强调指出,这种欲求才是"人""真性情"的呈现。"公安三袁"的诗文创作理论批评,对于明代文坛长期占据主导地位的"复古"主义造成很大的冲击,破除了作者进行诗文创作时的有关"性情"表现的思想束缚,坚持了"诗缘情"所确立的"尚情""贵情"美学精神。"独抒性灵"之所谓"性灵"就是一种发自"天性"的任达之情。诗文创作要"独抒性灵",抒发内心的真实情感,要任情恣肆,"不拘格套"。不要拟古习旧,拘束情感。如此其诗歌创作才能有所创新,度越千古。真实生命体验只有自己真切的体会才能感受到,因而弥足珍贵。

由明入清,清代对"性情",以及"性""情"关系的讨论比较多,就诗歌美学情感理论的建构看,最为突出的就是袁枚"性灵说"的尚"情"、重"情"。袁枚所言之"性灵"就是"性情",即人的个性情感,袁枚认为只要真正包含了诗文家情感生命体验,诗文作品就能够得到传承,是诗文家的"赤子之心"造就了诗文作品的永恒。"情"是诗文作品的灵魂,与外在的"性理"无关。袁枚强调诗歌审美创作中情感抒发的自然性,甚至提出"人欲当处,即是天理"。③

所谓"人欲当处",就是"人"之生命存在的自发的自然情感,这种情感就是"人"的一种"天性"。这种自然之"情"本身就是"性"的内容,是应该得到肯定的。

---

① (明)李贽:《焚书·续焚书·读律肤说》,中华书局1975年版,第132页。
② (明)袁宏道著,钱伯城笺校:《致龚惟长先生》,《袁宏道集笺校》,上海古籍出版社1981年版,第205页。
③ 袁枚:《再答彭尺木进士书》,王英志编纂《小仓山房文集》,《袁枚全集》(二),江苏古籍出版社1993年版,第340页。

因此，袁枚的"性灵说"尚"情"、重"情"，所谓"提笔先须问性情，风裁休划宋元明"①。这里的"性情"就是"性灵"。"提笔先须问性情"重在对"情"的强调。在诗歌意蕴的营构方面，袁枚指出："诗者，人之性情也。近取诸身而足矣。其言动心，其色夺目，其味适口，其音悦耳，便是佳诗。"② 诗歌审美创作必须抒发"性情"，而这种"性情"乃是"近取诸身"而来，为"耳""目""口""心"之所感、所发之"情"，不是理性化、神圣化的。袁枚就人体、人的感官刺激来说"性情"，强调了"性情"的自然属性，"性情"来自"天性"、来自"情欲"，与"人"的感性欲求密切相关，也只有这种发自"天性"、出自天然的"性情"，才是真性情。因此，袁枚的"性灵说"主张从日常生活寻求诗意，在寻常生活中去发掘诗歌素材，去感同身受，由此所感发之"情"便是"真性情"，熔铸成诗，便是"真诗"。这也是袁枚的"性灵说"与其他"性灵说"的不同之处。这里的"情"，更多的属于个体化情感、纯自然之"情"。其中与其他"性灵说"强调的"情"最为突出的差异性，在于袁枚所贵之"情"，包含了最为浓重的那种"男女之情"。在所有的"情"之中，袁枚最为注重"男女之情"，或者说是"艳情"。他强调指出："情所最先，莫如男女。"③ 应该说，中国诗歌中，抒写"男女之情"的诗篇为数众多，不过，由于儒家传统诗学观主张"诗无邪"，指责"郑风淫"，如朱熹在《诗集传》中就明确以"淫"来给郑诗定性，还在《郑风》后序中说："郑卫之乐，皆为淫声。然以《诗》考之，卫诗三十有九，而淫奔之诗才四之一。郑诗二十有一，而淫奔之诗已不翅七之五。卫犹为男悦女之词，而郑皆为女惑男之语。卫人犹多刺讥惩创之意，而郑人几于荡然无复羞愧悔悟之意。是则郑声之淫，有甚于卫矣。"④ 不仅将"郑声"和《郑风》皆定性为"淫"，而且将"淫"之含义解读为男女之间的不正当关系，称其诗歌内容淫邪、放纵、狎昵。同时还认为，《郑风》之淫远甚于《卫风》，是淫风之最和淫风标志。这种指认"男女之情"为"淫"的理性观念，一直束缚着诗歌审美创作对"男女之情"的表现。而袁枚则一反传统儒家诗学观，不但肯定"男女之情"，而且把"男女之情"作为诗歌审美创作抒发的重要内容，丰富了"情"的内涵，也突出了"男女之情"在诗歌审美创作中的美学意义。

应该说，与袁枚充分肯定个性化、纯粹化情感的"性情"观相应，诗歌本于情感抒发也就成为其时新的审美诉求介入诗文创作，对诗歌审美创作追求情感抒发个性化起到了促进作用，使诗歌审美创作焕发出一种生机和活力。大多数诗人尊奉袁枚的"性灵说"，注重在诗歌审美创作中抒发纯"情"，强调"情"的"自得"，这种"自得"

---

① （清）袁枚：《答曾南村论诗》，《小仓山房诗集》卷四，《袁枚全集新编》第一册，浙江古籍出版社 2015 年版，第 69 页。
② （清）袁枚：《随园诗话补遗》卷一，王英志编纂《袁枚全集新编》，浙江古籍出版社 2015 年版，第 613 页。
③ （清）袁枚：《答蕺园论诗书》，《小仓山房文集》，王英志编纂《袁枚全集新编》第七册，浙江古籍出版社 2015 年版，第 595 页。
④ （宋）朱熹集注，赵长征点校：《诗集传》，中华书局 2011 年版，第 72 页。

之"情",并非为"感物心动"之"情",而是通过日常生活所致之"情",这种"情"平凡、一般、普遍,同时具有极大的个体性、能动性。诗歌审美创作追求"性灵抒发",因此,其审美旨趣突出地表现为对个人情感、日常生活情感、纯艺术情感的重视。

清代,与袁枚同时的沈德潜对诗人的"性情"在诗歌审美创作中的意义也表现出极大的关注,但两人之间不同的是,在"性"与"情"的关系上,沈德潜倾向于重"性"轻"情",排斥个人私情,主张以"性"统"情"、主导"情",而袁枚则是重"情"、轻"性",主张即"情"求"性"、因"情"明"性","心""性""情"交融于"性灵"中,浑然一体,湛然虚明,万理俱足,无一毫私欲之间。"性"无形无相,为"情"之本源,"性"通过"情"以呈现,发而为"情","情"根于"性",换言之,则"性"因"情"而得到体认、明确,而"性""情"又本于"心","性""情"一统于"心"。"性"为"未发","情"为"已发",不管是"未发"之"性",还是"已发"之"情",一律由"心"所统摄贯通,"性""情"一体交融于"心",这也就是所谓"心统性情"。也就是说,"情"即是"心",是"心"自身之发动。

沈德潜的情感论属于价值情感、社会情感,而袁枚的情感论则倾向于自然情感、天然情感与纯粹情感。从其社会价值情感论出发,沈德潜推重诗人之社会伦理之"情"。他选清诗,就以此为审美标准,认为"诗必原本性情、关乎人伦日用及古今成败兴坏之故者,方为可存"。明确表明他对"人伦日用""古今成败兴坏"之"情"的重视。他所谓的"性情",侧重在社会伦理之"情"。其突出特性在于其社会性、伦理性、群体性。他认为,"尤有甚者,动作温柔乡语,如王次回《疑雨集》之类,最足害人心术,一概不存"①。这里就直截了当地指出,"温柔乡语""男女之情""艳情",是"害人心术"的,因此,"一概不存"。在他看来,"《诗》本六籍之一,王者以之观民风,考得失,非为艳情发也"②。两相对照,则其所谓"性情",重点在"性"。又如,在沈德潜看来,诗歌创作到了宋代,"性情"渐隐,"声色"大开,乃是"诗运"的一个"转关"。他认为,"声色"等情欲应该在"七情"之中,不在"四端"之中。将"声色"与"性情"并列、对举,不难看出,这就致使"性情"进入"四端",而不在"七情"。既然"情"由"性"发,那么,"性情"一定要消解去自然属性,增强其社会属性,从而使自然情感升华为社会情感,由"七情"而提升到"四端"。这才是主流、正统、纯正之"情"。

在袁枚看来,"性"是形而上的,抽象化的、浑然不可见,而"情"则是形而下的、具象化的、形象生动,是"性"的发明与呈现,因此,只有通过"情"以体认、

---

① (清)沈德潜:《清诗别裁集·凡例》,中华书局1975年版,第3页。
② (清)沈德潜:《说诗晬语》卷下条,王夫之等辑,丁福保编:《清诗话》,上海古籍出版社1978年版,第554页。

感知"性"。不过，这个"情"主要是就自然情感，属于"七情"。所以，袁枚强调即"情"见"性"，表现出一种不同于沈德潜的情感论，而且对立于传统"发乎情止乎礼义"情感论的叛逆倾向，并且，他直接由"四端"之情过渡到"七情"，认为应该由此肯定"七情"。因为，在他看来，个体化之"情"值得肯定，是因为"情"能见"性"。"四端"之"善"见"性善"，由"性"之"善"，反过来赋予了"四端"之"情"的合法地位。但"四端"之情并不等同于"七情"。袁枚完全不顾"中和"之说，认为"四端"之情与"七情"都是"情"，"四端"明"性"，"性"肯定了"四端"之"情"，就连带肯定了"七情"之全体。他甚至以圣人也有"七情"为辩，但显然，圣人的"情"是发而中节的，是"情"之"正"，这一点，两千年儒学从无异议。而袁枚并不给"七情"任何限定，而给予一概肯定，认定圣人与普通人毫无区别。可以认为，袁枚即"情"求"性"之说的实质是有"情"无"性"的。王镇远就曾指出："袁枚对'情'的重视是他论诗的一个核心，他以为'情'是诗歌最重要的内容，所谓'诗歌以咏情也。'"① 这才是袁枚"性灵说"诗论的核心所在。需要补充的是，袁枚的"情"甚至不是"四端"之"情"，而只是日常自然的"七情"。他强调真人与真情，他在"情"中最重男女之情，等于从实际上否定了《中庸》"情"要"发而中节"的看法。人的感情是多样的、多层次的，人的精神生活也是因人而异的，单纯肯定任何一种类型的情感都是片面的，袁枚所指的情主要是指自然情感。人的自然情感或所谓"七情"也是不容回避的情，在袁枚这里对所谓"七情"进行了新的解释。纪昀的看法也与袁枚相似，他说："举日星河岳，草秀珍舒，鸟啼花放，有触乎情即可以宕其性灵，是诗本乎性情者然也。而究非性情之至也。夫在天为道，在人为性，性动为情，情之至由于性之至，至性至情，不过本天而动。……彼至性至情，充塞于两间蟠际不可澌灭者，孰有过于忠孝节义哉？"② 诗所以言情，情深而景寓焉，情景合而格律生焉。然"情"必从"性"发，冲淡否定其他的情感都是有悖"人性"的。

从这个意义上讲，袁枚对人的情欲的肯定是很有意义的。袁枚是即"情"求"性"的，也就是说，他所强调的其实是"情"而不是"性"。袁枚曾经在《书复性书后》中论"性""情"关系。他在文中指出："唐李翱，辟佛者也。其《复性书》尊性而黜情，已阴染佛氏而不觉，不可不辨。夫性，体也；情，用也。性不可见，于情而见之。见孺子入井恻然，此情也，与以见性之仁。呼尔而与，乞人不屑，此情也，于以见性之义。善复性者，不于空冥处治性，而于发见处求情。孔子之能'近取譬'，孟子之扩充'四端'，皆即情以求性也。使无恻隐羞恶之情，则性中之仁义，茫乎若迷，而何性之可复乎？孟子曰：'乃若其情，则可以为善。'《记》曰：'人情以为田。'《大学》曰：'无情者不得尽其辞。'古圣贤未有尊性而黜情者。喜、怒、哀、乐、爱、恶、欲，此

---

① 邬国平、王镇远：《中国文学批评通史·清代卷》，上海古籍出版社1996年版，第480页。
② （清）纪昀：《纪文达公遗集·冰瓯草序》，嘉庆十七年纪树署刻本，第360页。

七者，圣人之所同也。"① 这里袁枚针对唐李翱的"尊性黜情"进行论辩，认为圣人也有"七情六欲"，足以证明他以"情"见"性"的准确性，可见"情""情欲"是他"性情"的主要内容。高下的判别在于对"情"之"度"的把握，在于对"情"的体验与表达的真切动人与否，重在心灵、灵性、情绪对境遇的超越，袁枚强调的是"情"的真实性、本真性、纯粹性。由此，袁枚指出沈德潜所标举的"格调"说忽视了"真性情"的抒发，以古人格调为不可超越之"成法"，束缚了诗歌审美创作的自由性。而翁方纲的"考据"说，更是抄袭成风、糟粕堆砌，既无创新，毫无生气，更没有"性灵"。一味讲求格律，必然影响真情实意的表现，专门推崇体裁，则会置"性情"不顾。因此，诗歌审美创作应该"另具手眼，自写性情"。无论是"重格调"还是"重考据"，都会使"性情"缺失。袁枚对他们的批评，都着眼于"情"、落实于"情"，充分体现出他主张诗歌审美创作"抒发性情"、即"情"求"性"、旨在尚"情"贵"情"的审美诉求。

---

① （清）袁枚：《书复性书后》，《小仓山房文集》卷二十三，王英志编纂《袁枚全集新编》，浙江古籍出版社2015年版，第447页。

文之生成与天地三才的诗性追问
——评刘朝谦《经学与文艺理论》

李 军 郑 莉[*]

(四川师范大学,成都,610068)

  中国古代文艺理论是中国传统文化的特殊形态,有其独特的文化品性。在中国古代思想领域,经学与文艺理论是两种极为重要且关系极为微妙的话语范畴。经学既是国家制度层面的意识形态样本,同时又是中国古代文化思想的基本话语形态。经学的身份和地位注定了它与中国古代其他思想学术类别存在无法摆脱的种种牵连关系。因此讨论经学与文学、经学与文艺理论之间的关系,历来是古代思想史、古代文论史研究中的一个重要话题,对此学术界已经出现了一些讨论。尽管如此,已有研究的关注重点多是经学与文学之关联的探讨,其中虽或有涉及经学与文论的思考,但更多还是在研究经学与"文学"的命题时的附带性讨论。此外,即便是在经学研究中偶有涉及文艺问题、文论思想的探讨,所展开的经学"文论"论题也都呈现为一种局部性、个案性的具体对象及具体问题之对待,相对缺乏更为整体的历史性视域。[①] 已有研究的不足自然也就为经学与文艺理论的进一步研究带来了新的空间。事实上,经学与文艺理论的关系是深远且复杂的,其间积淀着诸多思想的、文化的、文艺审美的、哲学的乃至政治话语意识形态等方面无限丰富的内在蕴含。这也是刘朝谦教授《经学与文艺理论》一书最终成此宏论的理论基础之所在。

---

  [*] 李军,四川师范大学国际教育学院教师;郑莉,四川师范大学文艺学 2017 级在读博士。
  [①] 在这方面,学界现有针对经学与文学/文论关系的学术讨论,较有影响的论著如莫砺锋《朱熹文学研究》(南京大学出版社 2000 年版)就主要是针对宋代理学(经学)名家朱熹的文艺思想,包括其文学理论、文艺批评、诗学理论思想等方面的讨论,虽然其间所涉及的理论主旨也包含了经学与文艺理论,但显然其研究的命题对象没有明确上升到一种宏观考察的整体性高度;此外,刘毓庆《从经学到文学——明代〈诗经〉学理论》(商务印书馆 2001 年版)、刘再华《近代经学与文学》(东方出版社 2004 年版)等研究,亦主要将研究对象局限在了一定的断代范围之内,并且也不可避免地将关注点更多地放在经学与"文学"之关联而非与"文论"(文艺理论、文学理论)的关系上,于此理论语境下,学者对于"文学""文论"之概念范畴在认识论和辨别上的模糊对待,很大程度上已说明"经学"与"文艺理论"的关系思考,作为学术问题,确乎还有很大的探索空间。

商务印书馆 2016 年出版的《经学与文艺理论》是刘朝谦教授近年承担国家社科研究基金课题之最终成果。他 20 年来一直致力于中国古代文艺理论的研究，在先秦至汉代的经学、诗学、赋学研究诸方面均有建树，其班固赋论、杨雄赋学思想研究等方面有较多学术创见。刘朝谦教授已先后出版了《汉代诗学发微》（四川人民出版社 2002 年版）、《技术与诗》（华龄出版社 2004 年版）、《赋文本的艺术研究》（华龄出版社 2013 年版）等文艺理论专著，引起了很大反响。《经学与文艺理论》的问世，是作者近年来致力学术科研，不断精审追问后的成果，是对自身学术研究的一次驾轻就熟之路径转向，这种转向既展示出学者对于中国文论研究新领域、新空间展开不断探索的成功尝试和重大收获，同时也显现出其新旧论题间内在呈现出来的一种逻辑承续与理论顺延。

就《经学与文艺理论》而言，可以说是在中国古代思想领域经学霸权化、儒家话语权力化的宏观语境下，就文论——诗学及其经学关联等系统问题的深入梳理与整体把握。论者尤其将研究重心放在了秦汉经学奠基－构型时期"经学"与"文艺理论"两者间无限复杂甚至扭曲的多重关系之上。该书对中国古代文艺理论的缘起，先秦两汉经学霸权之萌芽、成长、壮大与中国古代文艺理论的碰撞，中国古代文学思想与经学话语之张力，以及在中国汉代经学话语大一统模式成形并奠定后世学术思想基本范式的境况下，中国古代文论自身本应享有的思想、学术地位和独立美学价值等系列问题，都做出了缜密思考。这一系列问题都可以看成有关中国古代文艺理论的根本性问题。作者无论是对中国古代文论核心命题的把握，还是就古代文艺理论具体形态的详细探讨，抑或就经学时代文论话语演变痕迹，以及由此展开的各方面次层级关系命题之深入挖掘等，都凝聚着思想的精粹光芒。《经学与文艺理论》体现了作者在中国古代文艺理论研究领域宏阔的学术视野，精密的思辨能力及明丽的话语效果。全书丰富全面的经学文献及文艺理论史料论据，充满思想张力的诗性化学术表达等，都给读者留下了深刻的印象和思想启悟。

提到《经学与文艺理论》，读者首先感兴趣的自然是这一论题究竟讨论的是什么？这既是读者阅读本书时都必定会首先提出的问题，同时也是作者在开篇就予以澄清的问题。绪论部分作者开门见山："经学与文艺理论"作为论题，一望而知是属于那种所要讨论之问题基本集中在"之间"地带的论题。① 由此可以见出本书的核心论题既不是惯常的经学讨论，亦非单一的中国古代文艺理论命题，而是两大形态或曰两大基础命题"之间"，着力点在于讨论经学与古代文艺理论两者的相互关联、彼此对抗：一方妄图压制对方以取得绝对话语权力，另一方又不断自发成长、茁壮强大以争取独立的二元对立关系。"这类问题之所以依然值得在学术层面重新给予深入讨论，首先是因为经学与中国古代文艺，以及文艺理论之间一直在发生着广泛而复杂的关系，这些关系所造成的现象或是经学的，或是文艺理论的，又或是摇摆于经学与文艺理论之间

---

① 刘朝谦：《经学与文艺理论》，商务印书馆 2016 年版，第 1 页。

的。……无论对于中国古代国家、社会整体的思想文化而言，还是对于中国古代的文艺理论来讲，经学与文艺理论之间的关系都是特别重要的。"①

在作者看来，要讨论经学与文艺理论的基本关系，首先需要明白在中国古代国家王权统治时代，"经学"对于历代社会思想、文化、学术、话语权力之展布推衍究竟发挥着何种基础性的塑形或铸范作用？经学在先秦时代源起，经由汉代定名化和进一步发展，经由王权一统化和国家意识形态权力话语的神圣化进程，自此便逐渐形成古代基础性国家话语体系传统和一套历史整体性的思想范式。在国家体系思想话语之大化钧陶下，各类学说、思想及文艺门类，无论从其书写方式、存现样态还是从气质品格、价值重心等方面都被锻造和构建成为一种特别的组合格局和内涵生态。经学自创立起，"即成为中国思想文化生产与再生产的最为基本的话语机制，它成为中国古代哲学、伦理、政治、社会、文艺等思想生成和发展的元话语"②。在这种基本的国家话语权力结构之下，正是经学思想、经学意识形态、经学话语模式铸造了古代文艺理论的思想内涵、观念形态以及理论品格。经学是本源，是根本；文艺理论是源流，是外用，是经学本源外在的文本显现。那么，经学对于文艺理论的根基性作用是如何体现的呢？作者从四个方面进行了阐释，第一，是经学的神学及宗教气质使其以圣经文化的名义为文艺和文学之语言文本赋予了神圣性和合法性。第二，经学用其人伦之思，为人之成其为人确立了一条正义纯善的道德生成之路，从而使得中国文艺理论充满人文关怀以及道德理性的风韵格调。第三，经学用其系统有效的经学接受、知识学习等实践法式，"如文字学、音韵学、训诂学等为中国人铺筑了一条知识之路。依这一生活之路……经学为中国古代文艺理论提供了指向文艺生活的入思方法，如诠释学、语言学、文字学等方面的方法"。第四，经学对于古代文论最重要的基础作用，在作者看来是，经学"用'游于艺'的态度，为古代中国人打开诗意地存在和栖居之门径"。可以说，经学丰富了古人的感性体验，丰富了他们生存的诗意境域与诗意内涵，为古人培养了丰满的生命感性，生命趣性以及生命悦感。"当其介入人的文学生活，并与文艺理论相遭遇时，它就为人的文学生活作为一种文饰的、感性生动的生活提供了存在的正当性与合法性，它就成了文学生活意义的制造者，并指引文学艺术介入和承担国家政治、道德之生活。对于中国古代文艺理论而言，它还成了文学理论思想及术语的一个蕴含丰富的矿藏，后世文艺理论在经学这里仰山铸铜，煮海为盐，打造起属于自己的天下。"③

经学既然为古代中国人打开了诗意的世界，那么，经学又是怎样具体展开，怎样以其"文"的方式，即是说怎样以其"文学""文本""话语"的方式拓展铺陈开来，从而为人之生存的诗意境界和诗性内涵奠定学术的、思想的、哲学的乃至宇宙天地的

---

① 刘朝谦：《经学与文艺理论》，商务印书馆 2016 年版，第 6—7 页。
② 同上书，第 5 页。
③ 同上书，第 8—9 页。

原初性根基的呢？在笔者看来，作者这方面的阐述极具启发。作者以儒家元典《易经》中关于文、言关系之原初生成模式为其理论出发点，结合刘勰《文心雕龙·原道》篇对"文""道"有关宇宙天地关系的经典论述展开阐释。作者在强调古代经学"文"论，讨论"文"之宇宙性缘起的基础上，进行了极富诗性的创见性发挥。尤其在论著第四章《经学"文"论与文艺理论》，作者从宇宙天地角度出发，讨论了在经学的宏观思想语境之下，文的概念、本质及其如何生成的具体过程。

经学"文"论之"文"体现为一种怎样的文？作者引入宇宙三才观的概念，并赋予其新的理论内涵。经学之"文"，首先涵括天、地、人三才世界，乃是无时无刻不存在的宇宙之"大文"，其义域尤为宽广深远，甚至接近于无限。"经学之'文'是文学、艺术之'文'的本源、本体，它总会从终极之处，世界最高之处向下注入到人的文艺活动之中，让文学、艺术之'文'能成其所是，也即说，经学之'文'实际上乃是文学、艺术之'文'最终的规定。甚至可以说经学之'文'直接产生了文学、艺术的文艺性，直接产生了文艺的本质。"① 这里的"文"本质上是形上之文，是文之为文的哲学命定，世间所有一切自然与人文之"文"皆由此源出。为此，作者解读经学文献与经学视域下之广义"文"论，便合乎逻辑地从宇宙天、地、人"三才"自身的无限丰富显现中，探究出世间万物无不自然蕴含的"文"性绚烂。尤其是宇宙天地之"文"，也即原初性、初始性"文"之蕴含的世界大处所，根本上决定和塑造了人文之"文"的基本形态。正是经学所强调的天地宇宙之文，"为人文的出场预先搭建一个神圣的平台"，② 天地之文也即三才之文，是向人生成的。"宇宙结构天地之文的构成性就是宇宙向人生成的先验意向和冲动。……人诗意的栖居因此不仅是居于天地之文中，而是实际地居于三才之文中。"③ 由此看来，人文作为人在世间生存的诗意呈现，作为人之为人的诗意栖居，便具备了无限崇高、无限正义的逻辑合理性，甚至于成为无限伟岸的宇宙起点。正因如此，才有了《周易·系辞》对于"古者庖牺氏之王天下也，仰则观象于天，俯则观法于地，观鸟兽之文，与地之宜，近取诸身，远取诸物，于是始作八卦"④ 的神圣言说和哲理比附，才有了《文心雕龙·原道》所言"人文之元，肇自太极，幽赞神明，《易》象惟先。庖牺画其始，仲尼翼其终。……玉版金镂之实，丹文绿牒之华，谁其尸之？亦神理而已"⑤ 的虔诚追述，才有了后世文艺的话语地位及伦理高度。这种经学思维和宇宙伦理观念，自然赋予和定位了后世文论极为重要的言说方式和思想内涵。作者特别强调：正是基于这种关乎宇宙之大的文论观念，正是古典思想就"三才"之文的辩证认识与深刻论述，才能从理论深度和思想高度上升华对"言"

---

① 刘朝谦：《经学与文艺理论》，商务印书馆 2016 年版，第 181 页。
② 同上书，第 183 页。
③ 同上。
④ （清）阮元：《十三经注疏》，上海古籍出版社 1997 年版，第 86 页。
⑤ 范文澜：《文心雕龙注释》，人民文学出版社 1962 年版，第 2 页。

"文"关系的纵深认识。无论是《周易》有关言、辞、文的奠基性论断也好，还是《文心雕龙·原道》篇关于文章道性源起之抽象阐说也罢，都真正代表了经学形而上理论对于"文"之伟大意义的最高期许和无上肯定。

依照上述逻辑演绎，作为宇宙奠基性广义之"文"既然已经确立了其自身存在的根本地位，那么，经学"文"论与一般文艺理论的关系又是怎样体现的呢？在作者看来，在广义的经学"文"论与文艺理论之间，必然存在一种复杂微妙的二元对立关系，既有相互对抗、相互冲突之常态显现，又间或有出现和谐一致、局部互动的良性格局。在第三章《经学文艺理论的生成机制》中，作者已从孔子文论创起时代以"郑声淫"等《诗经》批评为标志的话语言说中展开了较为详尽的阐释。作者认为正是从孔子开始，前经学时代的儒家文论就已经开启了针对以审美为标准的文艺态度的道德批判。在两汉时代的经学思潮中，以司马迁、班固、王逸等人对屈原《楚辞》美学的经学式解读，以及扬雄对于赋体文学创作"丽""淫"之辨的认识研究中，无不强调这种为文观念的道德化倾向。在作者看来，这些命题的核心都是经学道德人伦对于审美本位的文学理论之严酷侵入与无情遏制。文艺理论受制和屈服于经学思想的宏伟价值框架，不得不屈作经学伦理和道德教化的卑微奴婢。此一状况甚至延续到后世千年，使得整个传统时代的文论史观，都不得不受经学思想的意义限定与价值规训。这是两千年中国文艺发展的主流态势。但尽管如此，也正因为经学广义"文"论的前提性和根基性地位，以及经学认识论对于"文"之形而上地位的持续肯定，使得文学的诗意一直存在并延续下来。中国古代传统诗歌之诗意生成以及古代文人之诗意栖居，最终获得了无限荣耀。文学、语言、诗意、存在者之宇宙家园因之亦披上了绚烂的外衣。从作者关于《周易·文言》的诗性演绎，关于古代诗歌诗性生成之探讨，以及广义经学"文"论之"诗性"意义自发显现等部分文字中，读者都可以明确体会到文艺理论的审美本位是如何逐步显明，并自然形成与经学文论道德本位相抗衡、相对立的根本趋势。可以说，正是在经学对文艺理论审美本位的压制和收编中，在二者永不平宁的互相对抗和掣肘中，才产生了新的动力和源泉。经学文艺理论不断随着审美文艺历史实践的发展而出现新变，激发了更为新异、更加广阔的理论视域。也正是在与经学道德观的永不屈服中，审美文艺理论才显示了顽强的生命力，才建构了古代传统审美文论的自身维度与独立价值。

当然，除了以上对核心论题的集中探讨之外，《经学与文艺理论》还就经学与文论关系的其他衍生问题进行了探讨。以此为基点，有关古代经学语境下探讨文论所必然涉及的"文艺本体论"问题，有关经学与文艺创作的相互关系、经学与文艺抒情理论、《文心雕龙》对经学文论的突破革新以及文学自觉时代以后文论新兴思想元素的滋长等论题，都获得了一定程度的研究和思考。例如，该书第八章《经学与文艺抒情理论》就"诗言志"进行了新释。"诗言志"被朱自清先生定义为中国诗学的

"开山纲领"①。作者不仅以历史的线性观照方式探讨了在前经学时代这一言说的意义拓展,从而突出了"诗言志"具有的贵族子弟教育功效与上古时代的口头化声乐吟唱性能。自经学时代以来,"诗言志"命题在汉代经学经典文本《毛诗大序》中经由了经学化、道德化以及伦理教化意义的延伸和扭转,即便在经学化思想笼罩之下,仍旧在文学诗性的内在层面衍生出自足的情感性、心灵性、审美意义蕴含。作者对此的理论探讨,同样予人教益。

可以说,经学与文艺理论作为一个系统而又宏观的关联性论题,确乎牵涉到古代文艺理论发展演变历程中的方方面面。金无足赤,论无完论,除了以上重要启悟外,这部论著同样白璧微瑕。例如,在全书的结构安排上,《经学"文论"与文艺理论》一章既然将宇宙天地之形上文论视为经学"文论"之理论基源以及文艺理论的逻辑前提,那么这种前提性自然也就是一切问题的逻辑原点,在逻辑上至少比该书第三章《经学文艺理论的生成机制》和第二章《经学时代文艺理论的基本形态》更为靠前,而此"元论"性内容却安排为第四章,似乎有悖于全书理论的整体逻辑路径。以笔者之猜想,其原因或是在于论者更多是从刘勰《文心雕龙·原道》篇及其理论溯源的《周易》之解读中,自然推演出论者表达于书中的自我深度解读。不管如何设置其逻辑结构,不容置疑的是,毕竟在刘勰《文心雕龙》之天地文性、道性提出的六朝时代,经学与文论都业已经历了千年以上的发展历程。怎样来具体安排措置这一宇宙天地之形上"大文"在古代文论宏观体系中的地位,确实是巨大的难题。除此以外,《经学与文艺理论》将论述重点更多地放在了前述五章的内容上,这些篇目内容总量超过了全书2/3的篇幅,而对应的后五章叙述则出现较大压缩,其理论的开阔度及思想的振奋性比之前五章显得有些羸弱。当然,鉴于笔者自身能力的局限,无法对这部论著展开更为详尽的解读和批评。但至少可以肯定的是,《经学与文艺理论》这本论著的产生,无论是对初入学术之门的青年后进而言,还是对学界中的资深同行而言,甚至对于一般读者大众而言都是颇有裨益的。在作者的系统论证中,在其亦思亦理、富于诗性绽放的文字言说中,相信读者都能够自然激起满怀热情,欢欣鼓舞地阅读下去。

---

① 朱自清:《诗言志辨》序言部分,古籍出版社1957年版。

西方文论研究

布朗肖与马拉美文学语言观的异同

陈 镭[*]

(北京市社会科学院文化研究所，北京，100101)

摘 要：布朗肖的文学语言观受到诗人马拉美的重要影响，他认为文学语言既是对现实世界的否定又是对概念的否定，通过"双重否定"更趋近于语言的本质。同时，布朗肖又反思了马拉美的作品，生发出一种后结构主义的文学观念。

关键词：布朗肖；马拉美；后结构主义

莫里斯·布朗肖（Maurice Blanchot）是法国著名评论家、文学家，后结构主义的先驱人物。他对诗人马拉美（Stephane Mallarme）的文学语言观加以继承和发展，在20世纪40年代后期回应了萨特（Jean-Paul Sartre）对现代主义文学语言的批评，影响了后来的福柯、德里达等人。萨特重新研究马拉美的时候，甚至反过来参考布朗肖的解读。

一 文学语言的双重否定

现代派作家是布朗肖20世纪30年代后期退出政论界之后研究的重点，他的第一本文集有多处论及现代派作品的文学语言，1947年的长文《文学与死的权利》则集中体现了他对语言问题的看法。这篇文章是对萨特著名长文《什么是文学》（1947）的直接回应，分两次发表在乔治·巴塔耶（Georges Bataille）主编的刊物《批评》（*Critique*）上。萨特在《什么是文学》里批评了现代派、"纯文学"作家对语言的使用，他认为作品作为主体间交流的场所，承载了一场自我阐释、自我澄清的对话活动；应当把诗和散文分开，诗歌语言的含混使它难以承担对"介入"社会生活的职责，而其他文

---

[*] 陈镭，北京市社会科学院文化研究所助理研究员，博士。

类的写作语言则要避免出版家、评论家让·波朗（Jean Poulhan）所说的"文学中的恐怖主义"。在布朗肖看来，萨特对现代文学的指控误会了文学语言的特性。首先，词语不等于实在，它否定实在。在讨论了萨特提出的"作家的职责就是把猫叫作猫"①之后，他举了另一个例子：

> 我说，"这个女人"。荷尔德林、马拉美和所有其主题为诗之本质的诗人，都感受到了陈说的烦恼和不可思议。一个词可以给我意义，但首先将其压制。因为我能够说"这个女人"，某种程度上必先把有血有肉的现实从她那里带走，使她缺席，将其消灭。②

概念把万物从此时此地分离，与它们固有的"物质"相分离，凭借这种能力，人类发展出了所有的科学、技术和艺术。正如黑格尔在《精神现象学》里所说，亚当被上帝创造出来以后的第一个行动即是命名万物从而成为世界的主人，"我思"的语言网络否定了事物的实在，把它们变成古代希腊人的"百牲祭"。从现实角度来看，并没有任何生命被杀死，但是在语言里他们都归总于抽象的概念。不仅如此，说话者自己也被抽空，"我说我的名字，如同唱响自己的哀歌：我与自身分离，不再是我的存在或现实，而是客观的、非个人的存在，我的名字的存在，它超越我，它那石头一样的静止执行着与压在虚空之上的墓碑相同的功能"。这种分离或抽空之所以没有引起意义的混乱，要归因于语言本身是一套差异的系统，"只要你愿意，命名这只猫即是把它变成'非猫'，一只停止了存在的猫、不再活着的猫。但这并不意味着它变成了狗，或者'非狗'"，③ 概念产生之后被赋予新的物质支撑，比如特定的词形和声音，从而相互区别。但这种支撑是很偶然的，马拉美曾为此感到遗憾：法语中"白天"一词的音色比较黯淡，"黑夜"的音色却是明亮的。④

概念包含"总结""概括"的意思，但人类不可能通过概念把握事物的整体，他只能一点一点揭示那些构成整体的要素，通过时间的延伸修改它、补充它，从这个意义上讲才有可能接近事物的整体，这是知性力量的限度。而文学的意义在此显现出来，它试图弥补上述缺陷，"文学语言是一种对语言之前的瞬间的追寻，文学称它为存在，它想要猫如其所是地存在……"文学语言虽然具有语言的一般性质即否定实在，但它并不满足于这种结果，它想远离概念世界，重新获得某种本质的经验，马拉美就此论

---

① "猫就是猫"出自法国诗人布瓦洛（Nicolas Boileau，1636—1711）的讽刺诗，参见萨特《什么是文学》，《萨特文集》第 7 卷，施康强等译，人民文学出版社 2000 年版，第 300 页。
② Maurice Blanchot, "Literature and the Right to Death", *The Work of Fire*, Stanford University Press, 1995, pp. 322—323.
③ Ibid., p. 325.
④ ［法］布朗肖：《文学空间》，顾嘉琛译，商务印书馆 2003 年版，第 344 页。

述道:"我说,一朵花!这时我的声音赋予那湮没的记忆以所有花的形态,于是从那里生出一种不同于通常的花萼的东西,一种完全是音乐的、本质的、柔和的东西:一朵在所有花束中找不到的花。"① 诗人使用各种音形单位,以特定的节奏、序列重新组合出一套语言来,使词语固有的含义瓦解并释放出新的能量。在1943年的文章《诗与语言》中,布朗肖分析说:

> 如果诗是一种提问,我们知道它首先是一种对语言的提问。在这一点上,现代美学已经带给我们各种见解。简而言之:诗可以唤起语言之外、作为实际交换值的东西,人们可以设想另一种语言形态,不趋向于行动,不由意义决定,不是观念或对象的有用替代品,而是一种自然作用和潜在可能的集合体。②

明确了文学语言和日常语言的差别,还不足以把布朗肖的思想从形形色色的现代审美观中分辨出来。强调语言建构的丰富与不可化约是德国浪漫派形成以来的一股潮流,从哈曼、诺瓦利斯、施莱格尔兄弟到法国的波德莱尔、马拉美、瓦莱里等人,他们的创作和诗学论述都突出了这一点,但是这些见解的最终指向各不相同。

在早期浪漫派即耶拿浪漫派那里,文学语言与民族历史、宗教信仰密不可分。哈曼认为,上帝向我们传递信息从来都是用诗化语言,我们每个人都应当是上帝的副本,而非启蒙理性的产儿,"诗是人类的母语,恰如园艺先于农业,绘画先于书写;如歌唱比雄辩更古老;比喻早于推理;以物易物早于贸易。我们最远古的祖先凡睡则沉酣,动则狂舞……"③ 哈曼的文章是其诗学理念的最好例证,《袖珍美学》把民族志、圣经典故、宗教信仰、内心情感融为一体,充满了狂狷奇想和语言的诡谲多变。浪漫派的其他作品如诺瓦利斯的《夜颂》、小施莱格尔的《雅典娜神殿断片集》和《卢琴德》等也都有鲜明的个人风格。人们通常认为,浪漫派的神秘主义、临界经验使自我实现了超越,而神学家卡尔·巴特(Karl Barth)在分析诺瓦利斯时却指出,这位终究属于现代的"蓝花诗人"实际上把基督变成了酒神,把基督教义变成了某种属人的东西,《夜颂》《宗教之歌》是自我与夜的整体、死亡、基督之间"魔幻的同一之歌"④。无论浪漫派的文学语言背后是民族、宗教、文化、阶级还是历史本身,它们都归总于一个创造性的自我,是后者实现的不同方式而已。

布朗肖对早期浪漫派颇为看重,他的作品特别是20世纪60年代的创作同样打破

---

① [法]马拉美:《诗的危机》,袁可嘉等编《现代主义文学研究》(上),中国社会科学出版社1989年版,第349页,译文略有改动。
② Blanchot, *Poetry and Language*, *Faux Pas*, Stanford University Press, 2001, p.137.
③ [德]哈曼:《袖珍美学》,黄富雄译,《文化与诗学》第1辑,上海人民出版社2004年版,第37页。
④ [瑞士]卡尔·巴特:《论诺瓦利斯》,《夜颂中的基督——诺瓦利斯宗教诗文选》,林克译,香港汉语基督教文化研究所2003年版,第259页。

了文类界限,大量使用片段、对话,渗透诗的语言,但他没有民族主义和宗教狂热,语言的变化也不是为了模拟内心情感。如果说德国浪漫派试图以感性直观把握自身的话,布朗肖则把语言的否定性加诸自身,走向一种更为本质的语言:

> 诗歌语言对他(诗人)来说似乎结合了一种可能,不仅仅修正和抹去日常话语的价值,也从本质上、通过它表述事物的能力来符合语言之所是,以便深度表达我们的自然。这种本质的语言包含了整个表达的范围:从言语到沉默;它包含了说的愿望和不说的愿望;它是低语和无声的呼吸;它是纯语言,因为它可以是词语的空无。它朝向这种语言——诗歌瓦解了日常话语从而指挥我们,从此后,它有双重的野心:它试图找到话语,然而正如其极端的目标,它予之沉默。①

"本质"是一个容易引起误解的词,我们通常把它当作抽象思维的结果,与概念的规定性相连,而这里的"本质"包含了"本真""如其所是"的意思。要获得"本质的语言",必先使逻辑语言、日常语言沉默,而那种言为心声,以文学技艺表达主体情感、反映民族历史积淀的语言(主体的共同体)也一起沉默。无论是启蒙理性的工具还是浪漫派那里狂奔的野马,语言终究臣服于主体脚下,与此相反,当我们把自己交付给那个外在的、以诗为其本性的语言之时,似乎已经无人说话,只是话语在自言自语,"在这种话语中,我们不再重返世间,也不再重返作为居所的世间和作为目的的世间"②。

海德格尔从1934年开始较多地谈论语言问题,并在50年代用了相当多的篇幅解释"语言的本质"和"本质的语言",布朗肖对这个词的使用与他颇为相近,类似于存在论的语言观,但布朗肖在《文学与死的权利》和同时期的其他文章里并没有特别谈到海德格尔③,而是较多地引证了马拉美等作家以及黑格尔的《精神现象学》,对"本质语言"的思考也是对现代作家深入阅读的结果。在谈论"双重否定""本质的语言""非个人化"这些并非首创的观念之时,有必要对比一下马拉美与布朗肖的语言观,以确定后者的特殊位置。

二 马拉美对"本质语言"的追求

马拉美在布朗肖的思想发展中扮演了重要角色,直到1983年他为再版作品写后记的时候还在谈论这位诗人。马拉美吸引布朗肖的几个方面:非个人化的风格、死亡主题和"将来的书"都建立在对语言特性的认识之上。在《诗的危机》一文中,语言被

---

① Blanchot, *Poetry and Language*, *Faux Pas*, Stanford University Press, 2001, p. 138.
② [法]布朗肖:《文学空间》,顾嘉琛译,商务印书馆2003年版,第23页。
③ 布朗肖的前三部文集里只有一篇文章明确引用了海德格尔,其余时候都是不加注明地"化用",可能跟当时的政治氛围有关。从50年代开始,布朗肖对海德格尔的引述较多。

分为两类：粗糙的（parole brute）和本质的（parole essentielle）。① 前者用来叙述、教诲或描写，体现出一种新闻风格，这正是当代文体的普遍特征。马拉美意识到这种语言"使客观物体在文字的魔掌挥舞下消失"，他试图重新安排词语之间的关系以及音形、节奏的变化，在摆脱实用目的的同时消灭世界的偶然性。日内瓦学派批评家乔治·布莱（George Poulet）分析说，对于马拉美而言，人被挤压在一个真实的物质世界（偶然的）和一个虚假的理想世界（虚无的）之间，只有通过自愿的死亡（在作品中）才能同时摆脱偶然和虚无，这就是他常常以死亡为主题的原因。布朗肖十分看重布莱的解读，他把马拉美向存在论的方向进一步推进。

布朗肖说，"粗糙的语言"常常给我们一种错觉，好像它是最直接、最自然的，其实它表现的那些东西并不在场，在场的是人的理性。这种通过周而复始的循环获得支配地位的语言，掩盖了理性与实在之间遥远的距离，只有当人沉默了，语言才能从整体上还原为存在。他以马拉美的代表作《依吉蒂尔》为例分析了语言自身的存在——"正像挂钟在时间的流程中，为时间的消逝敲打着节拍那样，诗歌在《依吉蒂尔》中奇迹般地摆动在它作为语言的存在和作为世间事物的不在之间"②。布朗肖这个比喻有几个值得注意的地方：钟摆同时处于两种状态，它们此消彼长，对钟摆来说是两个并置的世界；钟摆的弧形两端有相似性，它们属于语言形态，其至高点都不能被触摸到。语言无法斩断与世间事物的全部联系，同时半圆的另一端——其自身完整的实现也是不可能的，写作只能无限接近那个点。而努力靠近那个点的写作，也就是荷尔德林、马拉美、里尔克等杰出诗人所共有的特征。

布朗肖的论述和马拉美拉开了距离。马拉美对"本质语言"的追求意在消除偶然性，他花了30年时间来构思《依吉蒂尔》并神秘地向朋友们谈起它，到了晚年他发现这种愿望难以实现，便写下了带有反思意味的最后一首诗《骰子一掷消灭不了偶然》。从《依吉蒂尔》的创作、修改、放弃过程来看，以"非个人化"风格著称的马拉美其实在"本质语言"中投入了强烈的个人意志，最终他用《骰子一掷消灭不了偶然》记录了自己的失败。

《依吉蒂尔》是马拉美去世之后，由他的女婿鲍尼奥博士抄录发表的，原稿被马拉美加了封面，装在一个木质的中国茶盒里。据鲍尼奥说，《依吉蒂尔》的几个部分写于不同时期，有的用铅笔，有的用钢笔，最长的一篇（第二节）时间最早。马拉美自己在文章里说过《依吉蒂尔》共有四节（"导言""论据"除外），那么现存的第三、四节很可能是并列的，前者是修改的结果。鲍尼奥把它放在中间位置，是想用它来说明前、后两节的意图。布朗肖看重的却是第一节《子夜》，这部分基本上用第三人称写成，主人公其实不是依吉蒂尔，而是静止的夜，"午夜以时光之旅寓的幻觉形式继留着，在这

---

① 《文学空间》中译本把前一种语言译作"未加工的"，但这里含有"工具化"的意思。
② ［法］布朗肖：《文学空间》，顾嘉琛译，商务印书馆2003年版，第27页，译文略有改动。

寓所里神秘的陈设停止了思想朦胧的颤栗……"布朗肖认为，卷首的《子夜》不是在描绘少年离开后的寂静，而是用死的提前到场（中性的、无个性的）来宣告主体的消失，唯其如此，依吉蒂尔才能断然采取致命的行动，"从一开始房间就是空的，好像一切全已完成，药水已喝，药瓶已倒空，'可怜的人物'躺在他自己的灰烬上……"

马拉美对悲剧的叙述艰难而富于启发性，要切近那个点，他只能表现夜，而不是在依吉蒂尔的意识上运笔，所有的事件都是夜经历的。然而从这部作品此后的发展来看，他的思想有其矛盾之处，首先从第二节后半部分到整个第三节，描述的对象和人称变了，整个景况因此不同。依吉蒂尔像哈姆雷特一样喃喃自语，自以为洞悉了夜的奥秘，把所有的权利都留给自我意识。此外，诗歌整体上表现出对自杀行为的刻意欣赏，体现了一种纯洁的自尊：

  这种话语保留着作决定的权力，即把不在场变成某种有影响力的东西，把死亡变成一种行为，变成自愿的行为，在这种行为中虚无完全在我们的支配之下，是一种最佳的诗歌事件，《依吉蒂尔》的尝试已对此作了说明。①

布朗肖认为奥地利诗人里尔克之所以比马拉美更深刻，在于前者从自愿的死亡中看到了强权和精神力量的象征，而诗歌的真实是无法建立在此基础上的，这里隐含了一种错误的态度：在死的本质力量之前缺乏耐心（卡夫卡说过，人类的两大原罪是缺乏耐心和漫不经心）。我们无须详细对比里尔克和马拉美的诗，看一看布朗肖自己的小说就能明了这一点，布朗肖的作品不像马拉美那样由一连串的失败、受挫、自杀组成，而是主人公从开端就已经"死去"，此后展现的都是他"死后"的生活。在布朗肖的《晦暗托马》中，主人公托马的溺水是一种有意无意的自杀，但他终于还是从深海返回，孤独地生活在世间。

马拉美的《依吉蒂尔》第三节末尾把少年的行为描述为"掷骰子"，他以自己的死来摆脱世间的荒诞与偶然，保持其"种性的纯洁"，似乎也拥有了对虚无的支配权，"这个可怜的人物在饮用了大海也不足以与之相比的虚无的涓滴之后，躺在了星体的灰烬上……纯洁性的城堡继留于世"，最末一节的旁批是"骰子，被击破的偶然"。而后，马拉美1898年发表的最后的诗篇——《骰子一掷消灭不了偶然》以"老人"取代"少年"，在一系列令人眩晕的意象中与偶然性相拥，从时间上讲老人已经完全成熟，具有高度的自控能力，他却在这种权力之外死去，"死对于他只是一种无用途的无所事事之处"。布朗肖说，由于马拉美从未写完和发表《依吉蒂尔》，这部失败之书意外地获得了另一种意义，即以创作的中止来宣告意志的失败，在这种舍弃中，我们望见了艺术品自身的临近。

---

① ［法］布朗肖：《里尔克与死亡的要求》，《文学空间》，顾嘉琛译，商务印书馆2003年版，第159页。

三 否定的文学语言观背后

文学语言所进行的对概念的否定，到底是要实现主体对世界的感性把握、走向新一轮的自我肯定，还是转而否定主体、抽空概念的根基？对这个问题的回答把早期浪漫派和马拉美分开，但是正如我们看到的，后者对这个问题的回答有某种犹豫和不确定之处，马拉美的阐释者们因此走上了不同的道路。

在法国评论家夏尔·莫隆（Charles Mauron）那里，马拉美的"非个人化"风格体现了诗人的精神苦闷，这几乎就回到浪漫派的老路上。这位以精神分析为主要武器的评论家于1938年出版《晦涩马拉美》，把马拉美的诗歌逐一化解成明朗的散文。这种解读遭到同样系统学习过神经与精神病学的布朗肖的批评："他以为这样就说出了诗歌本身，然而他向我们说出的只是他自己。他满足地向我们展示了可以被读者思考的东西，读者从自己的海岬顶端，从诗歌领域的外部，注视着这片玄武岩和火山岩的地带。"[①] 精神分析式的研究没有抵达诗人的内心，相反，它使诗歌语言坚如磐石、无法穿透。马拉美的自我否定不能归结为个人生活的挫败、失意和苦闷，而是有着本体论意义。

马拉美在诗歌上的传人瓦莱里（Paul Valery）则把各种形式、技巧推到极高的位置，他认为马拉美之所以比浪漫派及波德莱尔更优秀，在于他把先辈们凭直觉得到的东西以一种精密的方式固定下来，从此后诗人们不必直抒胸臆，代之以精美的语言织物。这种对纯粹诗艺的崇拜没有指向德里达所说的"不及物"的语言，仍然转回主体自身，"诗人与音乐家完全不同且不如音乐家幸运，他必须在每一次创造中创造诗歌的世界——换言之，即是心理与情感状态，在其中语言的作用完全不同于表达这正是、过去是或将来是什么的意义。"[②] 相应地，纯粹诗艺之外的那些东西，马拉美思想中的形而上学成分、神秘主义成分，他对所有书页背后那本"大书"的追寻，被瓦莱里认为是个不利因素："他个人的见解，总的来说是十分清晰的，但其发展被当时笼罩整个文学界的那些不确定的思想推迟、扰乱和复杂化了，这些思想不停地光顾他。"[③] 瓦莱里虽然十分尊敬马拉美，他却没有重视这不可化约的一面，也许他出于对诗人的热爱把它回避了。

布朗肖赞扬了马拉美的"非个人化"，同时他提出更苛刻的要求，"非个人化"这个行为本身不能表现为对意志的肯定。如果我们把《依吉蒂尔》和《掷骰子》连起来看，这一连串的否定行为无疑含有某种语义纬度，从而威胁到"It is"所代表的语言如

---

① Blanchot, *Is Mallarme's poetry obscure? Faux Pas*, Stanford University Press, 2001, p.111.
② ［法］瓦莱里：《美学创造》，《文艺杂谈》，段映红译，百花文艺出版社2003年版，第354页。
③ ［法］瓦莱里：《关于马拉美的信》，《文艺杂谈》，段映红译，百花文艺出版社2003年版，第199页。

其所是的存在。布朗肖想从马拉美身上彰显的、用以抵制其另一面的东西十分特殊。阿多诺后来在《否定的辩证法》（1966）里做了相似的认识论批判。黑格尔把认识过程描述为三个阶段：抽象的知性—否定的理性—否定之否定，第三阶段也就是更高程度的肯定，体现了事物的发展。阿多诺反对这种主观的不断再生，坚决把否定加诸自身。批判"肯定的辩证法"表面上是毁掉了黑格尔的哲学框架，其实是想从根本上恢复辩证法的力量，那就是对同一性思维的抵制。要使概念不落入同一性的陷阱，认识论也可以避开"否定之否定"，走向"星丛"——围绕着一个核心概念聚集起概念群，试图表达它的所指，又不把它限于特定的使用、操作功能，比如韦伯围绕资本主义这个核心概念，就启用了"利润动机"。阿多诺晚年的另一部力作《美学理论》与《否定的辩证法》相互补充，从另一个角度回答了这个问题。阿多诺从文学语言中汲取的力量与布朗肖相同：他们都强调了文学不能还原为主体或主体共同体（萨特）所赋予的意义，作品拥有超越读者和作者的优先性。

法国古典主义与德国民族文学的建立

王淑娇*

(北京市社会科学院文化研究所,北京,100101)

摘　要：17世纪的法国成为欧洲甚至全世界的思想文化中心。作为一种强势文化的法国文化在德国土地上长驱直入,造成德国社会的普遍"法国化"。尚存民族自尊心和自觉意识的思想家们在这样的"奴颜"文化氛围中感受到深深的民族耻辱,为了抵抗外来文化的入侵,德国一批思想家们在德法的文化冲突中积极彰显德国文学与文化的民族性。

关键词：古典主义；民族文学；高特舍特；博德默；布莱丁格；莱辛

直到18世纪中期,德意志尚未建立起统一的民族文学,整个德国社会以法国的模仿者而自豪,法国文化已完全渗透进德意志的民族精神和文化中。德国文坛和剧坛也呈现出一片萧条之势,首先是语言上的混乱,文人们好用雕琢堆砌的文字,大量引用外来语,严重阻碍了德语的规范化和标准化；尤其在戏剧艺术上,除少数优秀之作外,大部分都语言粗糙、情节滥造、毫无现实意义,只能算是穿着戏服的演员的戏耍。"舞台上尽是胡诌乱演,有用猥亵的丑角表演迎合'贱民'口味的国事大戏,也有下流透顶的闹剧,例如最流行的噱头之一是演员在舞台上求爱时让裤子掉落下来。"[①]这时的德国文学因缺乏自觉的民族意识而不能适应时代的需要,如何建立统一的民族文学和民族语言成为这个时代的关键任务。

---

* 王淑娇,北京市社会科学院文化研究所博士后,助理研究员。研究方向为西方文论与城市文化。

① [德]莱奥·巴莱特、埃·格哈德：《德国启蒙运动时期的文化》,王昭仁、曹其宁译,商务印书馆1990年版,第22页。

一

被称为"德国古典主义者"的高特舍特毅然以法国古典主义为武器一扫文坛的颓废之气。他以法国古典主义为依据写就诗学理论著作《写给德国人的批判诗学试论》,推崇贺拉斯、亚里士多德和布瓦洛,将古希腊罗马和法国古典主义的作品视为文学典范。高特舍特以理性为基础制定了明确细致的文学规则,在整顿17世纪初以来的混乱文坛、建立统一的德语方面取得了巨大的功绩。在德国,系统的诗学批判始于高特舍特,在此之前既没有既定的本国批判传统,也不存在固定的文学标准。在这种情况下,先驱批评家或者创造自己独特的批评体系,或者借用法国、英国和意大利等国的批评方式和标准。"前者在任何时代都是不大可能的,后者就成了事实。在一个其哲学和政治都受法国影响的国家(德国),法国的新古典主义被用于尚显稚嫩的文学批评,是再自然不过的。"① 由于高特舍特在当时文坛的领袖地位,他的这种倾向影响了整个德国文坛的审美趣味,在1730年到1760年长达30年的时间里,高特舍特的主张和观念左右着整个德国文坛,他本人也因此被称为"文学界的教皇"。高特舍特的古典主义文学理想影响之大,以至于他的"崇古""崇法"倾向遂成为建立具有民族性和独创性的德国文学的巨大障碍,因此遭到文坛进步力量的强烈批判。包括莱辛、歌德、席勒、赫尔德在内的一大批知识分子开启了对古典主义一系列死板僵硬的美学规则的批判,逐渐建立起具有德意志民族特色的文学传统。虽然高特舍特以致力于建立民族语言和民族文学的姿态登上文坛,但他思想中的保守倾向决定了他最终也没能完全完成这一宏愿。他所开启的文学改革重任只能留待之后的思想家在对古典主义否定之否定的辩证批判中逐渐实现。

以古典主义为尊,高特舍特反对天才,认为诗人不是天生的,而是在对艺术法则的学习中后天形成的,高特舍特因此崇尚艺术规则,如他对悲剧情节结构就做过如下规定:"诗人先挑选一个他要用感性形式去印刻在读者心中的道德主张。于是他拟好一个故事的轮廓,以便把这个道德主张显示出来。接着他就从历史里找出生平事迹类似故事情节的有名人物,就借用他们的名字套上剧中人物,这样就使剧中人物显得煊赫。"② 主张艺术是对自然绝对真实的模仿,排斥情感和想象力,强调戏剧中的道德作用,认为戏剧中必须同时存在善和恶的象征,恶须恶报,善必将善终,否则戏剧本身就是没有意义的。反对悲剧和喜剧的混合:"悲喜剧是一个荒谬的术语,就像我说有趣的哀歌一样,它犹如一个怪物。"③ 主张描写类型化的性格,具有内部冲突的性格是戏

---

① Alfred, R. Neumann, "Gottsched versus the Opera", *Monatshefte*, Vol. 45, No. 5 (Oct., 1953), pp. 297—307.
② 转引自〔英〕鲍桑葵《美学史》,张今译,中国人民大学出版社2010年版,第213页。
③ Johann Christoph Gottsched, *Versuch einer Kritische Dichtkunst*, Nabu Press, 2013, S. 7.

剧需要避免的："内部冲突的性格像是一种大自然中不会存在的怪物，因为吝啬的人必须吝啬，骄傲之人必须骄傲，易怒之人必须生气，抑郁的人常保持绝望。"① 悲剧主人公应是王公贵族等"高贵之人"，由此出发，高特舍特指责莎士比亚混合悲剧和喜剧、让伟大之人和普通人同时出现在舞台上、对鬼魅的描绘不符合理性法则。从以下五个方面反对歌剧：第一，歌剧是一种全新的形式，在古代诗歌作品中找不到范例；第二，歌剧不满足亚里士多德制定的悲剧或戏剧的规则；第三，歌剧抛弃了目的论原则；第四，连续的演唱是非自然的，且违背了艺术模仿自然的戒律；第五，文本和音乐混合、歌剧的表现方式有损道德，显得不端庄。

作为德国古典主义先驱的高特舍特虽然在建立统一的德语语言上具有杰出的贡献，但他在诋毁弥尔顿和莎士比亚，要求文学具有严格的真实性，对想象力的批判，否认诗人的创造性，拒绝承认歌剧的艺术地位，崇尚法国趣味、机械模仿法国古典主义等方面的缺陷也是极其明显的。于是，高特舍特在完成整顿文坛的历史重任后，就成了德国文坛进步的障碍。

二

1740年和1741年标志着德国文学批评开始进入一个全新的时代，在这两年中，两个瑞士人博德默（Johann Jakob Bodmer）和布莱丁格（Johann Jakob Breitinger）分别写成《论诗中的惊奇》《诗体画》《失乐园》（翻译序言）和《批判的诗学》《论寓言的性质、意图和应用》，首先将攻击的矛头指向高特舍特及其古典主义，对普遍的美学原则提出批评，时代风气由此转变：开始了由古典主义到浪漫主义的过渡。

双方冲突爆发的导火线是博德默和布莱丁格用韵文翻译了英国诗人弥尔顿的《失乐园》。《失乐园》翻译之初就褒贬不一，一些批评家和神学家为作品中宗教的虔诚性和基督教传统辩护；另一些人则强烈指责作品中的巴洛克风格、充沛甚至是未受控制的想象力、宗教教条上的不准确以及缺少诗性。由于教士们的反对，《失乐园》翻译七年后尚未正式出版，直到1932年才见之于世。虽然《失乐园》的德语翻译版存在诸多错误和过失，但其在50年的时间里至少被重印了四次，受到广泛好评。

作为弥尔顿的捍卫者，博德默和布莱丁格不仅阅读、翻译、研究《失乐园》，还是弥尔顿的狂热崇拜者，认为弥尔顿高于荷马，是真正的诗人，是"德意志瑞士联邦的精神转折点"（Geisteswende der deutschen Eidgenossenschaft），弥尔顿的《失乐园》更是"不同于以往的诗歌历史，不同于古典时期和文艺复兴时期史诗中对于英雄和宏

---

① Johann Christoph Gottsched, *Versuch einer Kritische Dichtkunst*, Nabu Press, 2013, S. 10.

大的描绘"①。博德默和布莱丁格将弥尔顿作为其理论的滋生点及讨论核心，以至于埃伯晓夫（C. H. Ibershoff）在《博德默与弥尔顿》一文中指出，没有《失乐园》，就没有博德默的史诗《诺亚》，甚至还可以说，没有弥尔顿，就不可能会有博德默。② 博德默和布莱丁格推崇以《失乐园》为代表的英国文学，强调想象力和直觉、情感的作用，试图将感情重新纳回被理性所统摄的文学领域，这激起了古典主义者高特舍特的强烈不满。以博德默和布莱丁格为首的一批评论家因此被以高特舍特为首的古典主义者蔑称为"弥尔顿派"。双方从弥尔顿出发，就此展开了长达十年的"诗人之战"（Dichterkrieg），这也成为促进德语文学转型的重大契机。

博德默和布莱丁格大致从以下几个方面与高特舍特针锋相对。

首先，崇尚富有想象力和激情的文学，尤其是英国文学，主张艺术作品是想象力自由创作的产物。布莱丁格认为诗人的任务不是模仿自然世界，而是创造一个想象的世界；在二人合著的《画论》中，博德默和布莱丁格主张诗必须通过"激情"才能动人。

其次，强调诗人的天才和创造力。博德默提出，杰出人物或天才，能意识到自身的自由性，能将自己从规则的束缚中解放出来。博德默认为文学作品的价值及对其的评价不应囿于艺术法则，而是由具有良好审美趣味之人的意见所决定。虽然博德默强调诗人的天才和直觉，但他认为不受限制的直觉活动只能导致艺术世界的混乱，诗人和读者都必须在理性的基础上运用直觉与想象创作或评判艺术作品。

最后，在戏剧方面，博德默提出了诸多与高特舍特相左的观点。在戏剧作用和目的上，博德默认为道德教诲不应是戏剧的主要目的，戏剧应追求逼真的场景和人物表现，如此观众才能在身临其境中感同身受；在戏剧情节上，博德默指责亚里士多德过于强调情节的重要性，认为情节应从人物之间的相遇和冲突中自然衍生；在悲剧的目的上，博德默指出，"同情"而非惊异、愤怒、赞美才是悲剧应在观众中达到的效果，为了实现这个目的，剧作家应运用一些与日常生活贴近的主题，这样才能引起观众的共鸣；在戏剧人物上，博德默主张描写普通人的悲欢离合，而不是以英雄、贵族为主角；博德默反对刻画类型化、内部没有矛盾冲突的性格，他坦言："我不能理解为什么主人公不能同时具有善良品质和幻想特征"，③ 认为戏剧应描写个性化、多层次的丰富性格："每个人其实都拥有两种性格，它们的想法和意图鲜少一致，它们彼此争吵，没有哪一方能占上风。"④

---

① Stoll, E. E., cited in Thorpe, 216; cp. the article *milton* in. *Die Religion in Geschichte und Gegenwart* IV (Tuebingen, 1960), col. 955.
② Ibershoff, C. H., "Bodmer and Milton", *The Journal of English and Germanic Philology*, Vol17, No. 4, 1918.
③ Johann Jakob Bodmer, *Kritische Briefe*, Zuerich, 1746, S. 90.
④ Johann Jakob Bodmer, "Briefwechsel von der Natur des poetischen Geschmackes", *Philosophy*, 1966, S. 57.

在这一次的历史交锋中，博德默和布莱丁格获得了更多文人的支持和同情，虽然他们在破除古典主义文学规范、促进新兴文学发展上具有促进作用，从这个意义上来说，他们的著作"和当时欧洲另外两部伟大的书籍，慕拉多利（L. A. Muratori）的《论意大利最完美的诗歌》和杜博斯的《对绘画与诗歌的反思》共同奠定了现代诗学观念的基础"[1]。但是，博德默、布莱丁格与高特舍特之间论争的核心只是应该崇尚法国还是崇尚英国之分，对于促进民族文学的发展都没有起到丝毫实质性的作用。"梅林在他的《莱辛传奇》中说，相对而言，高特舍特在当时更具有进步意义，因为高特舍特在纯洁祖国语言、改革戏剧、整顿剧坛、提高演员地位、创办道德周刊以提高市民道德、用理性启迪人们、把文学看作是教育工具等等方面无疑对德国文学的发展起了很大的推动作用。"[2] 梅林的评价不仅指向博德默和布莱丁格观点的非民族性，同时也是对其理论本身的缺陷及其对德国文坛造成的不良后果而言。

歌德就指出博德默的很多观点都是拾人牙慧，没有自己的独创性和系统性，因此存在诸多理论上的矛盾之处。比如，博德默一方面赞同艾迪生（Joseph Addison）的观点，认为想象力是储存在记忆中的各种印象的产物，强调文学中想象和天才的作用；另一方面又借来巴特（Charles Batteux）的观点，认为诗人必须模仿，不需要创造新的东西。再如，布莱丁格一方面为弥尔顿的超验世界作辩护，一方面又主张："我不希望在诗歌超验世界、非真实的梦境中滥用迷信。"[3] 他们一方面强调想象的作用，另一方面又认为由想象创造的非真实的世界只应存在于寓言故事中，且需要被赋予道德教化的目的。如二人在《画论》中所提及的："自然整体是一所学校，在其中创造者为我们创造了各种各样具有道德象征的事物，老虎也具有语言能力，它能哀叹、喜悦，能彼此安慰，彼此帮助，他们能奉承、威胁、袭击我们。"[4] 在18世纪40—60年代之间，英国文学和理论，尤其是有关想象力和情感的理论，不仅深刻影响到德语世界，甚至在整个欧洲都具有重大影响力。博德默和布莱丁格理论中的矛盾之处正是没有协调好外来理论（尤其是英语世界对非理性力量的复兴）和德语世界本土文学氛围的必然结果。

博德默和布莱丁格对"诗画不分"的主张为德国文坛带来了恶劣的影响。"当博德默和布莱丁格试图分析诗歌和绘画各自的特征时，他们都没能成功地为诗和画界定边界，且没有很好地揭示不同类型的诗歌的不同特征。"[5] 在他们看来，艺术比之自然的优势在于，艺术形象能展示被我们所忽视的细节："诗人和画家能使我们灵魂纷乱的眼

---

[1] Robertson, J. G., *Studies in the Genesis of the Romantic Theory in the Eighteenth Century*, Cambridge, 1923, p. 281.
[2] 余匡复：《德国文学史》，上海外语教育出版社2013年版，第79页。
[3] Johann Jakob Breitinger, *Kritische Dichtkunst*, Zuerich, 1946, S. 340.
[4] Johann Jakob Bodmer, *Johann Jakob Breitinger：Diskurse der Malern*, Zuerich, 1923, S. 23.
[5] Eaton, J. W., "Bodmer and Breitinger and European Literary Theory", *Monatshefte fuer Deutschen Unterricht*, Vol. 33, No. 4 (Apr., 1941) pp. 145-152.

光闲适下来，注意到每一个细微的细节。"① 因此，博德默认为画家和诗人的目标应是巨细靡遗地再现事物，给人一种逼真的幻觉。为此，博德默崇尚希腊画家宙克西斯（Zeuxis），他认为杰出的艺术家必须富有这一能力，即他们能用他们的作品"使我们迷惑、陶醉，以至于在一瞬间我们会遗忘自己，自愿跟随他们想用再现带领我们进入的境界，我们甚至不会意识到自己的审美自失过程，直到从其中返回到自己的思想。"② 由此出发，博德默提倡"描写诗"，希望诗能具有如绘画般的再现自然的功能。这使得当时的德国文坛产生了一大批"描写诗"，不仅具有辞藻堆砌、形式大于内容的弊病，更表现出一种忽略诗歌本身特征的肤浅的自然主义倾向。

博德默自己曾有所意识地拒绝超验世界在作品中的滥用，但他从宗教神学角度对《失乐园》的解读只能强化这一倾向，这使得当时的文学中混进太多宗教狂热和信仰的东西。博德默将《失乐园》归于"诗的神学"，并指出诗人有责任用艺术的方式传达和再现关于神学和宗教的真理。博德默对《失乐园》宗教维度的强调不仅为文学评论和文学创作引入了很多非文学的因素，更使得其成为文学脱离现实生活，成为无根之源的导线。对高特舍特的古典主义进行更深层次的批判只能留待莱辛来完成。

三

莱辛主要从两个理论角度对高特舍特和博德默、布莱丁格的观点进行清算：一是对古典主义戏剧公开宣战，并在《汉堡剧评》中系统地阐发了他自己认为能代表德国戏剧新方向的市民戏剧理论，企图通过民族戏剧的建立来为民族统一作准备；二是直接针对两个瑞士人"诗画不分"的观点而作《拉奥孔》，以揭示诗与画之间的界限以及它们不同的艺术特征。

莱辛在寓言《猴子和狐狸》中讽刺文坛只知模仿（不管是模仿法国还是英国）而缺乏民族意识的不良作风；并在《关于当代文学的通讯》中反对高特舍特："要是高特舍特先生从来没有干预过戏剧该多好。他所想象的改进要么是一些不需要的细微末节，要么是把它真正变坏。……他认为什么是崭新的呢？只是法国化的戏剧；也不去研究一下，这法国化的戏剧，对德国的思想方式合适呢，还是不合适？"③ 在《关于当代文学的通讯》第 17 期中莱辛完全否定了高特舍特的历史功绩，认为他不仅没有实现德国文学和戏剧的民族化，反而延缓了整个过程。面对德国文学的颓势，莱辛认为发展具有民族特色和现实倾向的文学才是重中之重，而与其模仿法国人，还不如学习英国人，因为英国人的文化发展之路至少更适合德国本民族的传统，因为从中世纪以来的德国

---

① Bodemer, *Vom Einflusse und Gebranche der Einbildungskraft*, S. 20.
② Johann Jakob Breitirger, *Kritische Dichtkunst*, Zucrich, 1946, S. 31.
③ 伍蠡甫编：《西方文论选》（上），上海译文出版社 1979 年版，第 417—418 页。

文化传统注重情感、想象与表现的自由，比起推崇理性和规则的法国文学，这与同样重视想象的英国文学更加契合。莱辛指出，归根结底，发展民族文学才是挽救德国文学颓势的对症良药。

古典主义理论主要是戏剧理论，因此针对以高特舍特为代表的古典主义戏剧规范，针对德国剧坛对法国古典戏剧模仿成风的非独创戏剧实践，莱辛在《汉堡剧评》中更为系统地提出了自己建设德国市民剧的完整主张，向古典主义公开宣战："以削弱如高乃依和伏尔泰所创造的法国戏剧的权威，为更具有现实精神的如狄德罗和其他少数当时人所创作的本国戏剧提出理论辩护。"① 在当时德国的戏剧演出中，多数是法国剧本或根据法国剧本的改编本，几乎没有代表民族精神和内容的剧本，德国没有自己的文学，"我国的美文学，且不说只是跟古人的美文学相比，就是跟当今一切文明民族的美文学相比，也显得那样年青幼稚，甚至孩子气"②。因此，在破古典悲剧权威之势的同时，莱辛认为更重要的是立本民族戏剧之本。为此，莱辛提出了自己的戏剧理论和主张。

首先是戏剧的目的，莱辛认为剧院应该成为对人民进行教育的场所，教育观众认识真正的善与恶，而如何实现戏剧的目的，莱辛认为只有依靠戏剧本身的"效应"。关于戏剧的效果，莱辛提出，所有戏剧的潜在原则是"模仿值得同情的情节"，因此戏剧要通过情节或动作的再现，促使观众将剧中人物的遭遇与自身经验联系起来，在此"同情"作用中，观众的情感才能得到净化、道德才能得到教化。为了实现悲剧的"同情"效果，莱辛对戏剧的题材和人物都做了自己不同于古典主义戏剧的规定。他在德国戏剧史上首次将普通市民的普通生活搬上舞台，用富有深刻意义的日常生活题材取代古典主义的宫廷题材和两个瑞士人的宗教题材，用满含悲欢离合、喜怒哀乐的普通人性反抗古典主义人物的类型化、贵族化："王公和英雄人物的名字可以为戏剧带来华丽和威严，却不能令人感动。我们周围人的不幸自然会深深侵入我们的灵魂；倘若我们对国王们产生同情，那是因为我们把他当作人，并非当作国王之故。"③ 莱辛指出，宫廷不是剧作家们研究人性的地方，因此在莱辛的戏剧舞台上，没有皇帝、贵族，平民之分，有的只是最自然、最平等的人性。"人"首次作为完整的人在舞台上发出自己的声音，而唯有如此才能引起观众的共鸣和"同情"。

莱辛对古典主义的"三一律"提出质疑，认为法国古典主义者对时间、地点、情节的要求是对亚里士多德《诗学》的误解和教条化的结果。希腊悲剧中情节统一是最重要的，时间和地点的统一也是由希腊悲剧自身特点（如有歌队）所决定的，而法国古典主义者却将其绝对化并强制性地框在所有戏剧形式上，任由规则所摆弄；莱辛打

---

① Bernstei, J. M., *German Aesthetics and Literary Criticism*, *Winckelmann*, *Lessing*, *Hammann*, *Herder*, *Schiller*, *Goethe*, Cambridge: Cambridge University Press, 1985, p. 9.

② ［德］莱辛：《汉堡剧评》，张黎译，上海译文出版社2002年版，第482页。

③ 同上书，第74页。

破悲剧和喜剧间的等级划分，并用自己的创作实践证明，悲剧不再是仅限于表现帝王将相、英雄贵族的"高贵"题材，喜剧也不再是只能嘲笑平民的"卑下"题材。喜剧的意义不在于嘲笑和揶揄，它的真正功效在于"笑的本身，在于训练我们的才能去发现滑稽可笑的事物；也就是说，在任何热情和风尚的掩盖之下，在任何更坏的或者更良好的品质的混杂之中，甚至在那表现严肃情感的皱纹之间都能够迅速地容易地发现滑稽可笑的事"①。莱辛提倡天才的创造性，以对抗古典主义的规则性和绝对理性："天才和渺小的艺匠的区别，正是因为天才有目的地写作，有目的地模仿，后者为写作而写作，为模仿而模仿，他们通过技巧的运用获得了一小点娱乐，也就满足于此，他们把技巧当作他们的目的，并且要求观众看了他们颇具匠心，但有目的的技巧运用而感到满足。"② 天才的独创性表现在脱离了对自然存在的绝对依赖和模仿，创造专属于戏剧世界的真实，需要表现出一个具体性格的人在一定的环境中将要做什么，这使得戏剧，尤其是悲剧，具有了高于历史的哲学性。莱辛在剧评中不仅从文学艺术方面批判德国人只知模仿的奴性，更扩展到民族意识、道德精神层面，他痛心于德国人还不成其为一个民族，"从道德性格方面说，德国人不想要自己的性格，我们仍然是一切外国东西的信守誓约的模仿者，尤其是永远崇拜不够的法国人的恭顺的崇拜者"③。

在博德默、布莱丁格的影响下，德国文坛和画坛流行用绘画的方式写诗，用写诗的方式绘画，其结果就是：出现大量描写静物、堆砌辞藻的描写诗和表现道德教诲的寓意画、注重故事情节的历史画。莱辛认为，这都是模糊了诗画界限所造成的恶果，于是他直接针对博德默、布莱丁格"诗是能言的画，画是无言的诗"的主张而著《拉奥孔：论绘画与诗的界限》。莱辛认为语言艺术和造型艺术具有专属于自己领域的表现方式和表现内容：语言艺术通过文字表现在时间中延续的动作，造型艺术通过线条、色彩等表现空间中并列的事物，以美为最高原则。造型艺术如果要表现动作，则需选择最有孕育性的时刻，而语言艺术若要表现静态事物的美，则最好通过美所产生的动态效果来描写。

但《拉奥孔》的局限也是明显的。首先，莱辛对美的定义过于狭隘，它仅代表古典的、形式的美。在古典美的概念下，莱辛对造型艺术的考察因此就排除了风俗画、静物画、风景画等非古典的艺术形式。其次，莱辛在温克尔曼的基础上更进一步，将美作为造型艺术的唯一标准。因此一概否认寓言画和历史画，认为这是造型艺术对诗歌领域的侵犯。最后，莱辛对文学的不同门类进行研究，却忽略了造型艺术中绘画和雕塑的不同特征，这只有留待赫尔德进行进一步的深化。莱辛对造型艺术的一系列规定使其只能描绘一种有限的、空洞的美。而诗歌在这方面几乎不受限制，因此不可否

---

① 伍蠡甫编：《西方文论选》（上），上海译文出版社1979年版，第426页。
② 同上书，第429页。
③ ［德］莱辛：《汉堡剧评》，张黎译，上海译文出版社2002年版，第512页。

认，相比之下莱辛将诗歌提到高于造型艺术的位置之上。

　　之后的思想家（如歌德、席勒、施勒格尔和赫尔德）无不表现出对古典主义的复杂态度。一方面，他们反对机械模仿、简单移植，反对用一成不变的规则窒息天才的创造力，如歌德曾否定过"三一律"："地点的一致对我犹同牢狱般可怕，情节的统一和时间的一致是我们想象力的沉重桎梏。"[①] 另一方面，以席勒、歌德为代表的魏玛古典主义文学在借鉴古典主义艺术形式的基础上取得了惊人的成就，在反叛法国古典主义的同时建立起了与古典主义更深层次的联系，促进了德国民族主义文学的建立。

---

① 伍蠡甫编：《西方文论选》（上），上海译文出版社1979年版，第454页。

接受美学的问答逻辑:文学研究新范式
——以尧斯的《约伯的问题及其遥远的回答》为例

陈丹丹*

(北京第二外国语学院,北京,100024)

摘　要: 尧斯(Hans Robert Jauss, 1921—1997)是接受美学的主要创立者和代表人物之一。接受美学注重作品的接受研究,把研究重点从文本分析转移到读者的接受,从而使读者的地位有了前所未有的提高。问答逻辑是接受美学的重要原则之一,将其运用于文学阐释,就形成了今昔作品的对话。后继作品不断对前一作品遗留的问题进行回答,并提出新的问题,使文学史成为文学文本的接受史,改造了传统文学史范式。尧斯运用接受美学的问答逻辑分析《圣经·约伯记》,将歌德、尼采与海德格尔连接起来,写出一部简略的文学史。

关键词: 尧斯;接受美学;问答逻辑;约伯问题

随着历史的进步,文学研究范式也在不断转换创新。而以往的文学理论与文学史分离的现象使理论永远无法解决文学的接受问题。鉴于此,尧斯企图通过建立一种新的文学研究范式,为文学接受找到它自身的栖息地,于是接受美学应运而生。接受美学的核心是从读者接受出发研究文学作品,认为接受是读者的审美经验创造作品的过程。1967年汉斯·罗伯特·尧斯发表题为《文学史对文学理论的挑战》的就职演讲,为接受美学制定了研究纲领,自此"接受美学"这一概念被正式提出。尧斯是德国文艺理论家、美学家、古典学家,接受美学"康斯坦茨接受美学学派"(Konstanzer Rezeptionaesthetik)的主要创立者和代表之一。1963年,他和布鲁门贝格(Hans Blumenberg)、赫泽尔豪斯(Clements Heselhaus)、伊瑟尔(Wolfgang Iser)一起创办了

---

* 陈丹丹,北京第二外国语学院跨文化研究院2016级比较文学与世界文学研究生。主要研究方向为古典文学及古典文化。

"诗学与解释学"（Poetics und Hermeneutics）研究会。① 著有《审美经验与文学解释学》、《问答与回答：对话理解形式》、《理解之道》以及《走向接受美学》［可以参看《接受美学与接受理论》，这本书是尧斯的《走向接受美学》和霍拉勃（Robert Charles Holub）的《接受理论》两部著作的合集］。

尧斯的《约伯的问题及其遥远的回答：歌德、尼采与海德格尔》这篇论文，正是运用了接受美学的问答逻辑分析了《圣经·约伯记》，为比较研究开辟了从影响研究到接受研究的通途。接受美学先驱尧斯，携接受之光，烛照文本。自此，读者出席文本，当下融进流年。"问""答"锁链，纠缠延伸不断。神学与神正论交火，撷"约伯"剪影，冥想再三。歌德、尼采、海德格尔问答连篇。异域文化渗透其中，文学接受异彩纷呈。文学接受，向来远近争辩。

一 接受美学的形成与发展

尧斯的接受美学是一种具有颠覆性意义的文学研究理论。传统的文学理论和研究方法带有明显的滞后性，文学理论不得不为文学研究寻找新的出路。显然传统的实证主义和形式主义已经无法解决文学接受问题，因而接受美学扬弃了实证主义和形式主义，导致了文学研究范式转型。

（一）实证主义

19世纪中叶以后文学研究走向实证主义，实证主义的核心概念是"实证"，即考证作品的现实性问题。实证主义关注作品与现实世界的联系，认为在研究一个文学作品的时候有必要对作者生平，以及其成书历史进行考证。如举世公认的中国古典小说巅峰之作——《红楼梦》的研究。在浩如烟海的红学研究者中，有一大部分人以实证主义为理论基础。其中不仅有著名文学家胡适对《红楼梦》作者、年代、版本进行的考证，还有一部分学者对小说中人物与作者的关系进行研究：认为贾宝玉是作者本人。

（二）形式主义

形式主义产生于20世纪10年代中期的俄国，否定实证主义以"实证"为核心的研究方式，抛开了文学研究与外部世界的联系，认为文学研究应从文学作品本身入手，即更加注重对文本的分析。形式主义分析文本的核心概念是"文学性"和"陌生化"，其中文学性研究背离了西方文学传统中源远流长的模仿论，认为"艺术总是独立于生活，在它的颜色里永远不会反映出飘扬在城堡上那面旗帜的颜色"，② 割裂了模仿论中现实与文学的联系，不以模仿的好坏作为评断文学性的标准，坚信只有在纯粹的文学

---

① 胡继华：《比较文学经典导读》，北京师范大学出版社2015年版，第294页。
② ［俄］维克托·什克洛夫斯基等：《俄国形式主义文论选》，方珊译，生活·读书·新知三联书店1989年版，第11页。

中才能找到文学性。"陌生化"表现在对超日常用语运用中,即把我们所熟知的东西,用陌生的方法表达出来。自此形式主义孤独地偏于一隅,远离现实性,追逐"陌生化"和"文学性"。

（三）接受美学

20世纪60年代之后接受美学崛起。接受美学不否认文本的作用,但把研究重点转移到了读者的接受,是具有颠覆性意义的文学研究新范式。它的新主要体现在三个方面。第一是文本概念的改变。接受美学的文本具有双重的含义,作者创造出来的未定性文本和读者阅读过程中的具体化文本。只有二者融合,才能产生真正的文学作品。第二是读者作用的更新。读者不再是被动的欣赏者,而是能动的创造者。读者阅读文本的过程,就是文学作品真正得以实现的过程。第三是读者地位的提高。传统的文学理论也注重读者的欣赏与批判,但是要建立在文本的基础之上,也就是说文本是第一性的。接受美学却并非如此,它认为读者是第一性的,文本是第二性的。这也正是接受美学与传统文学理论大相径庭之处。

接受美学以海德格尔和伽达默尔的解释学和罗曼·英伽登的现象学为理论基础。尧斯主要受解释学的影响,他的"期待视域"等核心概念大都来自伽达默尔,但这些理论的前提还是读者,主要是为读者的接受提供理论支持。正如"一千个人眼中有一千个哈姆雷特",因为期待视域不同,读者对文本的接受程度也不同。

二 问答逻辑与文学史

问答逻辑是接受美学的重要原则之一。将问答逻辑运用于文学阐释,就形成了今昔作品的对话。后继作品不断对前一作品遗留的问题进行回答,并提出新的问题。也就是说,一个文本在被接受的过程中,读者不再是被动的欣赏者和批评家,而是文学创作中不可或缺的一部分。接受者变成了创造性的主体,不断回答原始文本所提出的问题,使文学史成为文学文本的接受史,改造了传统文学史范式。"将'文学演化'建立在接受美学的基础上,便通过将文学史家的立场转化为这个过程的暂存环节,从而复活了已经失落的方向感,而且还凸显了文学作品的当下意义和潜在意义之间的间距变动,而强化了文学经验的基本历史维度。"①

以中国古代文学经典《诗经》为例。《诗经》是中国古代诗歌的开端,是最早的一部诗歌总集。相传春秋、战国时期流传下来的诗有3000首之多,后来只剩下311首。由于时代久远和作品的佚失,《诗经》中很多作品的阐释成了困扰至今的难题。《周南·关雎》是《诗经》中的第一首,可见其地位之重要。从古至今,人们对它的阐释更是从未中断。最早有明确记录的是在《论语》中的阐释,《论语·八佾》："子曰:

---

① 胡继华:《比较文学经典导读》,北京师范大学出版社2015年版,第296页。

'《关雎》,乐而不淫,哀而不伤'"和《论语·为政》:"诗三百,一言以蔽之,曰:'思无邪'。"然而,《论语》虽对《关雎》的内含问题进行了回答,其自身的阐释问题却又给后世留下了疑问。汉代的《毛诗序》进一步回答了这个问题,认为"《关雎》,后妃之德也。……乐得淑女,以配君子,忧在进贤,不淫其色,哀窈窕,思贤才,而无伤善之心焉。是《关雎》之义也。"其通过拆解孔子的"乐而不淫,哀而不伤",以"思无邪"为原则,解释《关雎》讲的是后妃之德。这不仅对《关雎》进行了阐释,同时也分析了《论语》的含义。后世在此基础上不断地对《关雎》和《论语》遗留下的问题进行回答。

同样,问答逻辑的应用在欧洲也是不可或缺的。"浮士德"的神话在欧洲古已有之,可谓家喻户晓。"浮士德"原初的文本是约翰·施皮斯(Johann Spies)的《历史》(Historia,1587),文本中蕴含了一个原始问题"如果人类凭借神秘巫术逾越超出自身界限的自然知识,理智好奇心为何如此罪孽,引人堕落。"① 1759年,莱辛在《戏剧残片》中刻画了一个"不带邪恶的浮士德",把浮士德追求知识塑造为一种高尚的行为。浮士德因此得到了救赎,解决了人类追求知识的合理性问题。之后歌德在《浮士德》中提出了新的问题:追求知识能否获得幸福?瓦雷里的《我的浮士德》完全颠覆了原本浮士德追求知识的形象,化身为诱惑者,追求享乐。"浮士德的幸福正在永不满足地追求和最后从'美的一瞬'中获得补偿。"② 自此,歌德的问题在瓦雷里这里得到了解答。

不论是《关雎》,还是浮士德传说的接受过程,都打破了传统意义上的文学史概念。文学史不再是作者、作品的编年史,而是文学接受史。"问答逻辑"运用到文学阐释,后继作品对前一作品遗留的问题进行回答,进而提出新的问题,在对问题不断回答的过程中,形成文学接受史。

三 约伯问题的回答及其中的联系

尧斯研究的具体文本是《圣经·约伯记》。《约伯记》开始于上帝与撒旦缔约,约伯成为这场残酷游戏的受害者,而上帝却成了旁观者。"约伯和友人的对话,通过韵文形式而升华为诗意言辞,这就构成了《约伯记》的第3—38章的内容,而嵌入到七日七夜的哀怨和调停的整体偿还之间,双倍偿还和死亡至福之间。整个对话由三个轮回的发言与反诘构成,而导向了毫无出路的绝境,不可解决的悖论。"③ 紧张激烈的对话之后,约伯超越了个人苦难,向神祈求正义,得到的却是神的无限反问。因此义人无

---

① 胡继华:《比较文学经典导读》,北京师范大学出版社2015年版,第288页。
② [德]尧斯等:《接受美学与接受理论》,金元浦等译,辽宁人民出版社1987年版,第163页。
③ [德]尧斯:《约伯的问题及其遥远的回答》,胡继华译,《上海文化》2013年第5期。

辛受难的故事，提出了一个"上帝是否正义"的神正论问题。换句话说，约伯受到的无用的苦难到底有没有价值，神到底有没有正义。要回答这个问题，我们首先应该对神学和神正论的概念进行区分。神正论表明不论受到何种苦难，还是要相信上帝是正义的。而神学则认为不可思考上帝的意志，拒绝人类向上帝称义。依据神正论和神学的区分，布鲁门贝格和陶伯斯为各自的观点进行辩驳。但是约伯的问题绝不可能得到一锤定音的回答，所以这个问题永恒地一再要求回答。后世的歌德、尼采、海德格尔都回答了这个问题，因此他们之间存在着一定的联系——他们的观点正是回答上一个人遗留的问题，并又开始新的疑问。

（一）歌德的回答

歌德的《浮士德》受到《圣经·约伯记》的启发，把《约伯记》中上帝与魔鬼缔约转化为上帝与魔鬼梅菲斯特的赌约："只要他在世间活下去，我不阻止你，听你安排，人在奋斗时，难免迷误。"[①] 这样就又触及了神正论的问题。魔鬼梅菲斯特再一次提出了"世界被创造是否为了人类的幸福"这一难题，这个问题怎样才能得到回答？浮士德只有通过无限的奋勉才能找到答案。假设歌德提出的新的"浮士德"问题："既然我们再也不能通过'认识'（Wissen）来把握宇宙和人类整体，那么，在将来能不能通过审美解悟（Geniessendes Erkennen）来接近这个整体呢？"[②] 可以解决魔鬼的质疑。在此之前，梅菲斯特有言在先："相信我们这样的人吧：整个宇宙仅仅是为一个上帝所造。"[③] 这句话就肯定了上帝的绝对权威，表明上帝的权利是不容置疑的。但在《约伯记》中上帝没有惩罚对他质问的约伯，而惩罚了约伯循规蹈矩的三个朋友。这就为约伯的质问赋予了合法性。因此歌德的回答把上帝置于了一个更大的反问之下，为约伯进行了辩驳。

（二）尼采的回答

尼采在《快乐的科学》中的"疯子"[④] 中对约伯的问题进行了回答。疯子说上帝死了，是我们把他杀死的，随后又提出"我们是如何杀死上帝的？"这个反问。紧接着反问的是对这个问题一系列的追问。这些问题与《约伯记》中的问题有惊人的相似之处。其中所包含的"海水""视界""太阳""大地"，构成了尼采的《快乐的科学》之"疯子"段和《约伯记》第38章的中心宇宙意象。[⑤] 通过对这些事物的质疑证明人们朝无限的宇宙去奋斗得到的却是悲哀，以此来表明这些反问是不可回答的。尼采的"上帝死了"一劳永逸地解决了约伯的问题，却留下了"上帝如何被杀死"的难题。

---

① ［德］歌德：《浮士德》，钱春绮译，上海译文出版社2011年版，第4页。
② ［德］尧斯：《约伯的问题及其遥远的回答》，胡继华译，《上海文化》2013年第5期。
③ 胡继华：《比较文学经典导读》，北京师范大学出版社2015年版，第288页。
④ ［德］尼采：《快乐的科学》，漓江出版社2007年版，第122—123页。
⑤ 胡继华：《比较文学经典导读》，北京师范大学出版社2015年版，第292页。

（三）海德格尔的回答

海德格尔用"遗忘存在"来阐释尼采的"上帝死了"的问题，同时回答了约伯的问题。尼采提出了关于上帝的悖论：上帝死了，但上帝不可能被杀死。海德格尔认为尼采的思想解说是西方形而上学的完成。"形而上学的上帝被规定为最高存在者。它在一切存在者当中的最具有存在性者。"① 而尼采提出"上帝死了"这一概念，否定了存在者的存在。最高价值的消失，导致最终走向了虚无，而虚无主义说的是存在本身是虚无的。为了解决尼采的这一问题，海德格尔提出假设上帝被杀死了，杀死上帝是由人类完成的一个事件。最后，海德格尔用"遗忘存在"代替了"杀死上帝"。回应了尼采"上帝死了"的直接挑衅，同时回应了《约伯记》的遥远挑衅。②

歌德、尼采和海德格尔都对约伯的问题进行了回答，他们之间有着很密切的联系。歌德与尼采的回答之间的联系在于：一方面，"浮士德的神话被歌德建构为一个关于无限奋勉与终极虚无、生命力量与文化形式，以及残缺与圆满的神话"，③ 浮士德是一个彻底的虚无主义者。在书斋中的浮士德缺乏真实的对象，他能感受到的只有自己的思维，而对象的虚无也是自身的虚无。走出书斋之后，为了实现自己的追求，无限奋勉，但都以失败告终。浮士德无法把握任何实在的东西，自身的价值得不到实现。而同样的"中心宇宙意象"也代表了无限奋斗之后得到的却尽是悲哀的虚无。更重要的是尼采的"上帝死了"本身就是一种虚无主义开端，否定了存在者的存在，揭示了存在"不存在"的事实。另一方面，歌德和尼采都用反问的方式为约伯进行了辩护。只不过尼采的回答比歌德更为彻底。虽然尼采回答了约伯的问题，但是他所遗留的"上帝如何被杀"这一吊诡的命题，仍需要被解答。海德格尔在此基础上进一步回答了约伯的问题。尧斯运用接受美学的问答逻辑分析《约伯记》的问题，将歌德、尼采与海德格尔连接起来，写出了一部简略的文学史。

四　结语

总而言之，接受美学作为一种文学理论的新范式，为文学研究开创了新的体系。但尧斯对《约伯记》的分析，是基于本土文化进行的接受分析。那么异域文化对于作家和作品的接受又何以可能？接受美学的一个重要概念就是"期待视域"，即人们的思想观念、审美经验、接受能力、知识水平等。那么只有视域融合才谈得上理解和接受，否则就会产生误读。"为最大限度地达到解释的正确性，就必须寻找两种文化架构之间重叠的部分，这种重叠的文化构架视为'共同的美学据点'（叶威廉语）"，④ 下面我们

---

① ［法］阿尔弗雷德·登克尔等主编：《海德格尔与尼采》，孙周兴等译，商务印书馆2015年版，第203页。
② 胡继华：《比较文学经典导读》，北京师范大学出版社2015年版，第294页。
③ 胡继华：《浪漫的灵知》，北京大学出版社2016年版，第450页。
④ 胡继华：《比较文学经典导读》，北京师范大学出版社2015年版，第296页。

以《赵氏孤儿》为例进行分析。

  首先是期待视域的差异带来的误读。元剧作家纪君祥根据《史记》中的故事改编的《赵氏孤儿》，经马约瑟删减、翻译之后传到欧洲。但马约瑟删减的部分却是中国戏剧中最重要的歌唱部分，他认为这些歌毫无意义，且声音刺耳，没有美感。此后，还有很多欧洲作家批判《赵氏孤儿》严重违背了"三一律"。正是因为期待视域的不同，这个风靡中国的剧本在欧洲并不被看好。

  其次是期待视野的融合。伏尔泰对马约瑟翻译的支离破碎的《中国孤儿》充满强烈的兴趣。那是因为当时的法国处在动荡时期，政治纷乱，启蒙主义思潮对社会的影响还不足以改变社会现实。伏尔泰作为启蒙主义思想的代表性人物，急需找到一种理念来支撑自己的构想，而中国的儒家思想带来的社会和谐使他的理想成为可能，有利于宣传他的启蒙思想。这种契合构成了期待视域的融合，所以伏尔泰被《赵氏孤儿》中的"忠诚"等理念吸引。

  最后是读者的文化结构对期待视域的调整。任何一个民族接受外来文化，都要按照自己的"审美规范"和"文化模式"对异域文化进行改造。伏尔泰也毫不例外地对《赵氏孤儿》进行了改造，他按照"三一律"把复仇的故事改编为"暴虐君主受到美德的感染，战胜了自身丑恶的本性"。加之当时欧洲处于"中国热"的社会环境，伏尔泰的改造既符合读者的期待视域，又有利于伏尔泰利用中国的传统道德和文化来宣扬理性主义，呼唤人性的觉醒。

荷尔德林的神学观
——以《面包与葡萄酒》为例

赵佳玲[*]

(北京第二外国语学院,北京,100024)

摘　要: 在诸神逃逸的现代,人离弃了那给人类行为以力量和高尚、给痛苦带来欢乐、以默默柔情沉醉城市和家庭、以友谊温暖同胞的神灵,离弃了充满神性的自然。18世纪的启蒙运动和工业革命以来,"消除神话,用知识来代替想象"的呼声日益高涨,理性主义涤荡了一切神秘,万物祛魅,人变成机器的零件,技术功利的扩展抽掉了人之为人的生存根基和精神依据,人从而无家可归,飘荡游离,不禁仰天问道:我亦可如是?像诗人,像众神,像上帝一样存在吗?荷尔德林(Hölderlin)的答案是:以神性尺度衡量自身。凡达此者,就不必在黑夜中流浪,可以诗意地栖居(wohnen)在大地之上。在诗的居所中,人不会失去神性。作为诗之故乡的古希腊是他心目中的人间乐园,人神圆融一体,和睦祥瑞,众神常降临人间,赋予人以生命力,而人则介入自然、神性的宇宙和谐中,"悄悄地享用神的宴席",蔑视"理性自以为是地递给他的一块干面包",与现代社会的支离破碎形成鲜明的对比。物性太重的世界需要神性的复魅返照,承担酒神祭祀职责的诗人犹怀着对整体人生的渴望,深知时光不可逆转,回归黄金时代已不可能,但尚可建立一种人的宗教,用理性神话取代暴力革命,使天地神人重归和谐太一的"神的国"。荷尔德林的哀歌(elegy)《面包与葡萄酒》无论从形式或是内容上皆完满地表达了诗人的这一夙愿——对神性的欲求,隐藏在诗歌三阕一组结构表面下的七段论模式本身就是以旧约《创世记》为蓝本的,荷尔德林在诗中感叹众神遁迹后的贫瘠,因而回望了古希腊的灿烂灵境,并最终预表了黑夜与白昼的和解,以及弥赛亚将再临人间的昭示。

关键词: 人神;亲缘;逃逸;万有归一

---

[*] 赵佳玲,北京第二外国语学院文学院(跨文化研究院)2016级研究生,主要研究方向为比较文学与世界文学。

一 导言

经过一个世纪的湮没后，19世纪德国最伟大的浪漫主义诗人荷尔德林重燃光热，在如今这个贫乏的时代吟咏隐去的神的踪迹，为在黑夜中迷惘的无家可归之人道出神圣的出路。自启蒙运动和工业革命之后，人类的理性和生产力得到了极大的提升，但诗人似乎早已先见性地预感到技术崇拜、人类中心主义可能带来的灾难性后果而启示人们回过头去聆听赫拉克利特（Heraclitus）的箴言，即一切可见之物来自不可见之物，一切可说来自不可说，应当恢复"希腊的思""希腊的看"。正如在18世纪随着温克尔曼（J. J. Winckelman）对古希腊造型艺术的重新发现与诠释之后，其"高贵的单纯与静穆的伟大"的光明、和谐的形象对荷尔德林产生了一种新的宗教般的吸引力，"幸福的希腊是众神的家园，属于人类的青春时光"。[①] 他认为，人们依然能够在古希腊文化中寻觅到一片真正美的、自由的净土，从而找回古希腊精神所彰显出来的完满与统一。"希腊是我的第一爱，而我不知道我是否应该说，它将是我最后的爱"，[②] 这是诗人的深情告白。其实，无论是"第一爱"还是"最后一爱"，希腊的文化、精神与哲学永远都是荷尔德林"最心爱的梦"。希腊哲学始于对宇宙本质的形而上学的追问，最终落脚于人生的目的地和归属为何的问题，即以神学为中心，而研究神性如何，神与人的关系为何的问题。[③]

荷尔德林的神学观直接来源于敬虔派神学（Pietas）的影响。在18世纪后期士瓦本的宗教界，有两大力量塑造了荷尔德林那一代人，其一是启蒙运动所倡导的将思想从基督教正统里解放出来，把理性运用于神学，用近代物理学或天文学等科学观点与知识和建立在其上的理性主义哲学，对《圣经》和传统基督教学说中反自然规律的迷信进行批判和剔除；其二是从宗教内部反对正统神学的敬虔派运动。该运动起源于荷尔德林的故乡，士瓦本的符滕伯格，以注重内心的敬虔和纯洁的生活方式著称，它是基督教内部针对日益强大的理性主义和理性主义对传统基督教的批判的一种回应和自我调整。其第一个代表人物腓力比·雅各·施本纳（Philipp Jabob Spener）于1675年发表了《敬虔的热望》，标志着敬虔派在符滕伯格教会中的建立，他对当时教会所面临的危机做出了回应，并试图从神的言语中找出对实际生活的帮助。后来的教父式人物约翰·阿尔布列希特·本格尔（Johann Albrecht Bengel）和弗里德里希·基里斯督夫·厄廷格尔（Friedrich Christoph Oetinger）则建立起一套神学和神知系统，为现代人联系自己的时代的环境对神的奥秘进行沉思，提供了一种可能。基督教传统上以在

---

① [德]荷尔德林：《饼与葡萄酒——致海因泽》，《荷尔德林后期诗歌》，刘皓明译，华东师范大学出版社2009年版，第57页。
② [德]荷尔德林：《荷尔德林文集》，戴晖译，商务印书馆2003年版，第3页。
③ [美]弗兰克·梯利：《希腊哲学》，商务印书馆1994年版，第9、10页。

地上千年太平王国的实现为末日期待的第一阶段，敬虔派的思辨神学则建立起走向这个千年太平王国的发展阶段论。[①] 这种学说认为历史进程的各个阶段总是汇集于属神的超验界，从而调和了神与世（Welt）之间的分裂和冲突，神界世俗化了，世界则神圣化了。厄廷格尔关注神的本质和创世的可能性等问题，即神若想从他的完满中出来，就必须创造一个不完满的世界，这与雅各·伯默（Jacob Boehme）的思想不谋而合。两者认为神是永恒的无，不可言说也不可知，但神要走向自己的对立面，令自己的意志意识到自己，并指向一个目的，创世自此开始。神生出一系列两极的力量：夜与昼、爱与怒等，而这些对立的力量最终将在创世终结之时达到最后的和谐，这一过程是通过自然与人参与其中来完成的，即天地人神重归一体。

厄廷格尔的神学思想对包括荷尔德林在内的图宾根三同学（其他两位是黑格尔和谢林）有深刻、全面的影响，甚至可以毫不夸张地说，荷尔德林的哲学、神学和诗学思想就是厄廷格尔创世说的延伸和扩展，细节之处亦可一一对应。[②] 例如，厄廷格尔关于基督降世和死亡意义的阐述对于荷尔德林 1800 年后的三大基督咏歌《太平休日》、《独一的》和《拔摩岛》以及像《面包与葡萄酒》这种包含基督形象和神学思想的诗歌来说，尤为重要。在《面包与葡萄酒》中，有众神幻化他象亲临百姓，以观察凡人的处世之态和生活方式；有如《伊利亚特》中的诸神乔装成战士的挚友，从而激其斗志。因此，人总是无法辨认出赐其恩惠者"姓甚名谁"，唯有时刻满怀虔敬，相信神的存在和神力显灵，神才会降临，[③] 深刻反映了敬虔派对神明唯敬唯诚的主张。除了酒神丢尼索（Dionusos）的神话背景外，诗人认为喜乐而非哀恸（Pietà）是基督教中核心故事的基调，神定会再临人间，这与厄廷格尔对千年王国的诠释如出一辙。在后者看来，新的基督教将不再是对十字架上受难者的同情与哀恸，而是对得胜的主基督重来的喜乐的希望。他终将到来，统治地上属神的王国直至永恒。《拔摩岛》中描述基督的死和升天时所用的"得胜"和"凯旋"则直接袭用厄廷格尔的话语。因此可以看出，以厄廷格尔为代表的士瓦本敬虔派的神学思想是荷尔德林乃至黑格尔思想和作品的源流之水，暗含着 18 世纪末德意志思想史发展的隐秘的内在脉络。

二　反思：诸神遁迹不在

在荷尔德林看来，现代世界根本上是以一种对立为特征的。一方面是"自然、机械、历史的关系"，即经验的事实和事态王国，另一方面是"理智、道德、法的关系"，

[①] 刘皓明：《荷尔德林后期诗歌》（评注 卷上），华东师范大学出版社 2009 年版，第 48 页。
[②] 同上书，第 59 页。
[③] 胡继华：《浪漫的灵知》，北京大学出版社 2016 年版，第 264 页。

即抽象性、价值和认识的王国,① 此种分裂使人与精神渐行渐远,上界的神灵与自身的永恒距离难以逾越。诚如诗歌《面包与葡萄酒》的第一阕所叹,人们陷入了"风驰电掣的时间",白天为生计奔波劳碌,晚上则为盘算日间所获忙碌,岁岁年年为"面包与葡萄酒"忙碌。人们的苦与累换取了生活的充实,却失去了生活的意义,变成了生活的奴隶,除了物质欲望的满足外别无所得,精神空白,状若行尸,拖着疲惫的身躯在黑夜中茫然前行。诗人以歌者发声,鸟瞰现实的贫瘠,演奏哀美的乐音,勾起人们对远古的美好回忆——人神和谐共舞。西方之所以陷入黑夜的虚无,乃因诸神已隐逝,荷尔德林惋叹不禁令人为之动容:"诸神已离开亵渎了的祭坛,遽然回到了奥林匹斯,把诸神引来的纯洁的精灵,也离开了人类的野蛮之墓。"②

自从启蒙运动和法国大革命以来,理性主义旗帜高扬,人的位置被抬高到无以复加之地,但社会却随之逐渐异化,原始和谐遭到破坏,人与自然分离,众神远离而去,邪恶之灵折磨世界,"世间恶"甚嚣尘上,如《唯一者》中所言:"自从那一个邪恶的精灵/侵占了幸运的古代,永无终结,/延续至今的是一个憎恶歌声,无声无息的时代,/而那种暴力的观念却违背了尺度。/然而上帝厌恶不受约束之物。"③ 敏感的诗人早已洞见理性并非万能,对抽象理念的热情随着他在图宾根学业的结束,特别是法国大革命后期恐怖专政的出现而发生变化。人的主体性过度突显必然会导致自然的对象化,处于自然中的人却把自然当作可以任意摆置的对象,内在的分裂由此产生。荷尔德林借《许佩里翁》中的人物说道:"我无法想象还有比德意志更支离破碎的民族。你看到工匠,但看不到人,看到思想家,但看不到人,看到牧师,但看不到人……他们要是不讽刺神性该有多好!……他们那里之所以毫无繁荣景象,是因为他们并不尊重繁荣之根,神性的自然。"④ 理性使社会分工越来越细化,人被异化和肢解成只适用于各种功能、高度专门化的职业人,人的内在性分裂使人难以再听到诸神的声音,"神——人"之间的联系断裂了,从而丧失了古希腊时期的人之为人的完整意义。独有理性观念难以涵盖人类的生活经验及世界的全部,尤其是情感、想象、直觉等是科学分析无法完全解释清晰的,"生命比理智要宽广得多,世界比物理学所发现的要丰富得多……经验具有无限的色彩和丰富性,无限的热情与复杂性,它比任何关于它的理智表述都要大得多"⑤。席勒早在1795年发表的《审美教育书简》就批判过启蒙运动的唯理主义,缺乏神性与和谐,对荷尔德林影响深远。在《书简》中,席勒认为现代人只是零散、机械的碎片,没有生命力,人性只是印在天性之上,仅仅作为职业和专门知

---

① [德]汉斯·昆、瓦尔特·延斯:《诗与宗教》,李永平译,生活·读书·新知三联书店2005年版,第123页。
② [德]荷尔德林:《荷尔德林诗新编》,顾正祥译,商务印书馆2012年版,第234页。
③ [德]荷尔德林:《荷尔德林诗集》,王佐良译,人民文学出版社2015年版,第468页。
④ [德]荷尔德林:《荷尔德林文集》,戴晖译,商务印书馆2003年版,第145页。
⑤ [美]詹姆斯·C.利文斯顿:《现代基督教思想》(上卷),何光沪译,四川人民出版社2003年版,第158页。

识的标志。荷尔德林则在老师的基础上更进一步,他以古希腊的神性精神道出了历史的普遍分裂,即人与自己的创造物的分裂:人靠理性知识百般努力创造出来的东西,却与人自身的神性本质相异,而内在灵性的丧失使人不再能感受到给人以慈爱的神灵。"因此啊!欢呼的癫狂乐意讥诮那讥诮,若它猝然在圣夜里抓住了歌手",① 诗人自己对命运的认识使他坚持得自酒神的癫狂,当神性的灵感在酒神肆行的圣夜里攫住歌手时,他蔑视那些冰冷的、清醒的和完全理智的讥诮,讽刺了那些以启蒙价值自居而讥诮非理性的人们。

工业革命后的技术时代使我们身处的世界变成了宇宙中的一颗行星,大地和天空丧失了存在的基础,科学要求一切皆可计算并把握,所有问题都可迎刃而解,强制设置思维的边界和范围,人与神的关系被彻底摧毁,海德格尔早已断定,技术不啻于一种赤裸裸的暴力。机械带来了人的非灵魂化,万物被当作可供利用的资源而失去了价值和意义,排除了我们和世界的审美关系,生活还有什么意义可言?在荷尔德林看来,审美意识即存在,人们操劳和追逐的东西丝毫没有触及人寓居在这个大地上的本质,人的此在的根基从根本上说是"诗意"的,但这个根基却被技术的"进步性"所蒙蔽,世界作为对象遭到任意改造,存在之质朴性被掩埋于一种独一无二的被遗忘状态之中。② 人类失去了栖息的家园,失去了神灵的眷顾,失去了与自然和谐共存的关系,"众神是活着,可是在头上高处另一个世界里",③ 因为诗意不存在了。与荷尔德林同时代的英伦三岛的三位天才诗人,雪莱、济慈和拜伦看似殒命于偶然或疾病而非自杀,但同为诗人惺惺相惜,荷尔德林深知这些高贵生灵的轻易流逝所烛照出的生存的黑暗底色与巨大的虚空——是对毫无信仰,自私冷漠的人世的无声抗议。由此成熟了的诗人总是本能地远离抽象的原则与精神,忠实于自己的内心感受与生命直觉,崇尚感性的宗教。瓦尔特·延斯(Walter Jens)在谈到荷尔德林的《面包与葡萄酒》等后期诗歌时说道:"在反复的变奏中,荷尔德林以坚定、冷峻而庄严的语调,通过运用一种将单个词语排列并置的、简洁有力的语言方式——不再是抑扬顿挫、铿锵悦耳的,召唤世界对大地的反抗,被释放的元素对束缚、尺度和理智力量的反抗。"④ 诗人渴望摆脱理性的枷锁,重获轻松的心灵,作为"酒神的神圣的祭司/在神圣的夜里走遍故土他乡"⑤。

---

① [德] 荷尔德林:《饼与葡萄酒——致海因泽》,《荷尔德林后期诗歌》,刘皓明译,华东师范大学出版社2009年版,第57页。
② [德] 海德格尔:《林中路》,孙周兴译,上海译文出版社2004年版,第395页。
③ [德] 荷尔德林:《饼与葡萄酒——致海因泽》,《荷尔德林后期诗歌》,刘皓明译,华东师范大学出版社2009年版,第61页。
④ [德] 汉斯·昆,瓦尔特·延斯:《诗与宗教》,李永平译,生活·读书·新知三联书店2005年版,第149页。
⑤ [德] 荷尔德林:《面包与葡萄酒》,《追忆》,林克译,四川文艺出版社2010年版,第63页。

三 追忆：人神亲缘一体

当下的平庸、物质、破碎与分裂使诗人不禁回溯起记忆中古希腊的辉煌、神圣、和谐与统一，从而寻找完整的人性，《面包与葡萄酒》的第二个三阕合一把我们带回到"极乐世界的希腊"。荷尔德林极富激情地描绘了"幸福的希腊""众神的家园"，① 在特殊的节日大厅里，"地板是海！而桌几是山岳，真是远古时为那特一用处而筑"，豪迈的气势使人不禁联想到品达诗歌的特征，表现了一度有过的神与人亲密无间，在同一筵席觥筹交错时的情景。诗人认为古希腊的诸神在神性中存在着人性的维度，人在人性中充盈着神性的光辉，而现代的德意志人在社会等级区分、职业分工细化与理性思辨哲学的影响下，心是冷漠的。其实这不仅是德国的问题，而且整个现代文明的痛疽。与之形成鲜明对比的是，在那个灿烂如白昼的时代，人们能感受到"远播的神谕"，体验到"伟大的命运"，天地人神优美圆舞，诗人将其视为"精神的故乡"，在心中永在，他高远的理想在其中翩然翱翔。

古希腊是审美的民族，同时也是富有神性的民族，其特有的美综合了人性和神性，是比所有理性更高的无限和睦。这个被阿波罗击中的诗人毫不掩饰他的"怀古"激情，表达了自己对雅典的自由的向往。荷尔德林抓住了希腊人对世界的见解的最深之点：对自然、人、英雄和众神的亲缘关系的意识，② 其"万有亲缘论"（All-Verwandtschaft）来源于斯多亚（Stoa）哲学流派中期的泛神论代表帕奈提乌（Panaitios）和波西多纽（Poseidonius），万物皆存在内在的相互关联的观点构成他们思想的基础。诗人称"阿希佩拉古斯"（Archipelagus）所代表的古希腊为"父亲""神"，而周边岛屿为"儿女"。他认为雅典人生活在适度的环境里，不受任何暴力的强制。"适度"在荷尔德林的作品中就是"和谐"的代名词。古雅典人经历幸福原始的自然时代和神性时代，在温和适宜的气候条件下按照自己美的法则健康成长，代表着人类的孩童时期。孩子在摇篮中不曾受到惊扰，长大后才感知到这个世界上的他者和他物，自然而然成为人。此过程一旦完成，这个人就是神。成为神，就是美。③ 雅典人的美出自自然之手，身体和心灵（灵魂）都是美的。美的第一个孩子是艺术，它是人性，同时也是神性的美。美的第二个孩子是宗教，宗教是对美的爱，对众神的爱。没有对美的爱，没有宗教，国家将失去生命和精神。④ 在荷尔德林看来，艺术和宗教是人创造出来的永恒的美。希腊人在没有发现美和宗教之前，哲学是不存在的，如同雅典娜（Athena）从宙斯

---

① ［德］荷尔德林：《饼与葡萄酒——致海因泽》，《荷尔德林后期诗歌》，刘皓明译，华东师范大学出版社2009年版，第57页。
② ［德］威廉·狄尔泰：《体验与诗》，胡其鼎译，生活·读书·新知三联书店2003年版，第297页。
③ ［德］荷尔德林：《荷尔德林文集》，戴晖译，商务印书馆2003年版，第75页。
④ 同上书，第76页。

(Zeus)的头上生长出来一样,哲学从诗学中产生,没有诗学,希腊不可能成为一个哲学的民族。柏拉图对荷马的批评,或许只是出于话语权之争。怀特海(Alfred North Whitehead)曾言西方两千多年的哲学研究只是柏拉图的注脚,纵使这样一位哲学之集大成者依然无法远离充满灵性的神话。《斐德若》作为柏拉图最重要的作品之一,历来为世人称为论证的佳典,但其实逻辑并非其论证的框架,相反,灵泉神话、听蝉神话、灵魂飞升神话、种族蝉变神话、埃及书写神话等却构成了柏拉图思考爱欲、修辞、文字、口语等哲学问题的架构。柏拉图的慧黠恰恰就在于用反神话和诗的方式征用了两者,实则是为了伸张他所热爱的哲学。诗与哲之间的鸿沟并非如现代人所强调的那样不可逾越,相反,如若没有诗学,希腊人也不可能成为一个哲学的民族,哲学对神话的传承大于分裂。同样类比当今现状,在理性霸权、技术专制和科学统治的时代,人类拒斥诗性后便自觉无根可依,心灵在神灵遁迹后四处飘荡。因此,神话与诗不仅不能隐退江湖,仍需和理性一起担负着俗世易俗、救赎灵魂的使命,以"导引灵魂"为要务。

在异化破碎、众神远去的现代,荷尔德林无法忍受人性与神性的分离:因为神性是人性的基础,是规范和衡量人性的尺度,[①] 所以他努力获取能说出神、充满生机的自然和人的神性的高尚之间的内在关系的诗的象征,[②] 试图用"天才"的诗在神与人之间架设一座可沟通的桥梁。古希腊的庆典、筵席和光耀终属于过去,许佩里翁和狄奥蒂玛走在雅典人留下的废墟上,不禁为雅典辉煌的逝去而扼腕叹息。诗人一再发问:"可哪里有、哪里绽开熟悉的、节庆之冠",[③] 在诸神离弃后,忒拜和雅典就凋零了,赛神竞技大会奥林匹亚、商业和军事的航海活动以及酒神所保护的戏剧、舞蹈亦随之衰败。但诗人并未就此绝望,而是在众神隐逸、黑夜笼罩、生活匮乏的时代肩负起救赎的使命,在大地上流徙,坚信神"曾经在此并将按正当日期回返"[④] 的期望。

四 展望:万有重归于一

在"已逃遁的诸神之不再和正在到来的诸神之尚未中",[⑤] 荷尔德林预言了新神的降临,极力促使黑夜与白昼的和解,这种万有归一集中体现在诗歌的最后一个三阕合一中。但此时的新神已不再是古希腊的诸神,因为越是把对古希腊的幻想融入一个被革新的德国,德国和希腊在精神气质上所假定的相似性就越是受到怀疑,被赞美的诸

---

① 刘小枫:《拯救与逍遥》,华东师范大学出版社2008年版,第216页。
② [德]威廉·狄尔泰:《体验与诗》,胡其鼎译,生活·读书·新知三联书店2003年版,第297页。
③ [德]荷尔德林:《饼与葡萄酒——致海因泽》,《荷尔德林后期诗歌》,刘皓明译,华东师范大学出版社2009年版,第61页。
④ 同上书,第65页。
⑤ [德]马丁·海德格尔:《荷尔德林诗的阐释》,孙周兴译,商务印书馆2000年版,第52页。

神越是没有归来，就越是追求一种新的希腊文化与基督教文化的综合，[①] 基督与诸神同属于一个秩序，"你，哦圣母，/和儿子，还有其他的人，/除了从奴仆那里，/众神不会强行夺走/你们的一切"[②]。对于包括《面包与葡萄酒》等后期诗歌来说，仅仅从希腊宗教精神切入或是单纯地肯定或否定以基督教教义学对其进行的阐释都不能达到恰准的理解。荷尔德林一直所努力的目标是实现二者的和解，即世俗性的希腊和内在性的基督教在精神上涵化彼此，从而孕育出新一代的诸神并预表人性化的圣爱时代。

(一) 神与神的和解

荷尔德林一直试图把两希的神祇都召唤到自己诗意的事业（dichterische Geschäfte）中来，哀歌《面包与葡萄酒》诠释了诗人把古希腊的神话人物狄奥尼索斯同基督教的耶稣融合的历史观，诗歌的题目便已流露出这种和解的征兆。"面包"与"葡萄酒"既象征着耶稣的身体和血，是信徒纪念耶稣受难而举行的圣餐仪式上的吃喝，又是希腊神话中神的馈赠。"面包"为谷物女神得墨忒尔（Demeter）所赠，是大地的果实，而"葡萄酒"则是酒神狄奥尼索斯的赐予，凝聚着众神狂欢之日的实质——文化共同体的体验。诗人最初意欲拟"酒神"作为标题，因为狄奥尼索斯同时是葡萄酒、疯癫、植物与戏剧之神，"那为人熟知的节日之冠"就是庆典上为酒神准备的用常青藤和葡萄藤编成的桂冠，"神圣的舞蹈"就是一个共同体、一个合唱歌舞队的形成，群体性的狂欢，而源于酒神献祭的悲剧也意味着参与者处于共同的体验之中。诚如弗兰克所言，"狄奥尼索斯是唯独各民族都崇拜的神，包括不属于希腊地区的民族。所以，对狄奥尼索斯的崇拜（仪式），让许多不同的人有融为一体的感觉……他负载着古代宗教祭祀活动所具有的那种建构共同体的力量"，[③] 也正是这种包容与和善预示了与耶稣基督和解的可能。诗歌第六阕的结尾引入耶稣的形象，"他甚至亲自来了并且化作人形/完成并以慰安结束上天的节庆"，[④] 荷尔德林视其为古希腊文化的一部分，而不是诺瓦利斯在《夜颂》中那个开启新时代的耶稣。狄奥尼索斯作为代表光明的希腊诸神之一和黑夜之神使得黑夜与白昼和解，在诸神隐逸后，唯有他留在人间，直到手持火炬者耶稣降临无神的人们身边，酒神由此完成衔接者的使命而引出希腊文化最后的神，实现古希腊文化与基督教文化的圆融一体。

对于荷尔德林来说，狄奥尼索斯与耶稣几乎是等同的"半神"，他们都来自大地，而其父又具有神性。"躺在盆中"（Liknitäs）的圣婴既可以说是雅典的伊阿克科斯，又

[①] [德] 汉斯·昆、瓦尔特·延斯：《诗与宗教》，李永平译，生活·读书·新知三联书店 2005 年版，第 129 页。

[②] 同上书，第 130 页。

[③] [德] 弗兰克：《荷尔德林与狄奥尼索斯》，《荷尔德林的新神话》，莫光华译，华夏出版社 2004 年版，第 151 页。

[④] [德] 荷尔德林：《饼与葡萄酒——致海因泽》，《荷尔德林后期诗歌》，刘皓明译，华东师范大学出版社 2009 年版，第 61 页。

可以说是复活的狄奥尼索斯,① 婴孩诞生于谷物女神用以筛选种子的农具——一种类似于"盆"的筛斗中,这种筛选的功能经过神话的转义就用以表示灵魂的净化或洗礼(Seelenreinigung)。《路加福音》中的耶稣则出生在马槽里,这马槽与"盆"的形状和功能相似,谢林也曾说:"这个'盆'就是后来——在一次更高级且神圣得多的诞生过程中——作为马槽的那样东西'。"② 两个兄弟在神圣的夜里,受到神谕的启示而降临人间,其担负的使命亦出奇相似。人们在一年中白昼最短的时间庆贺为和平牺牲的酒神的重生:

> 狄奥尼索斯的受难与复活,是一位神的受苦和复活:这位神是宙斯和佩尔瑟芬(Persephone)所生,遭到宙斯的宿敌提坦巨神(Titanen)——即克洛索斯兄弟(Kronosbrüder)袭击,被撕成碎片后吞食;但他的心脏仍在搏动,被雅典娜——或者雷娅(Rheia)救起,交给宙斯,宙斯将他重新唤醒。在古希腊的时候,这位神被人们时而与酒神时而与埃及神话中的俄西里斯(Osiris)等同。③

同样代其子民受难的耶稣在黑暗中被钉上十字架,仰天疾呼:"父啊,我将我的灵魂交在你手里"之后便死去了,于三日后的一个黎明复活。由此,两位具有同样使命的神的诞生、受难与复活在一定意义上就统一起来,为处于哀恸期的人们留下了"慰安":面包和葡萄酒,使同神相比不完美的、脆弱的、肉体的人性在黑暗的过渡期尚可倚靠,从而期待神的重来。诗歌最后的"摇曳火炬者"和"叙利亚人"正是指这将来的融和之神,他进入冥府去唤醒死人,连恶犬刻耳卜罗也在其威力下酣然入睡,放弃了警戒,在这尚未终结的黑夜里,吕内维尔和约的签订令诗人欢欣鼓舞,这个和解者的到来预示了万物重归爱的和谐。

(二)神与人的和解

在贫乏的黑夜,众神不是消失而是被庇护了起来,黑夜包蕴了白昼的可能性,众神的离去并不是真正的恐怖事件,因为他们曾在,并将重来。处于诸神与民众中间的诗人自觉担当起召唤神明的使命,吁请神性的降临,从而将万物重新置于与诸神的紧密联系中,以扭转时代之贫困。但是这个被召唤的神已不再是隐匿了的希腊诸神的回归,而是与时代和诗人相关涉的和解者。诗人作为"酒神的神圣祭祀",在"圣夜里自一地迁转到另一地",摸索着隐去的神的踪迹,他敏感的心受到"神启"后将其传达给人们,以唤回他们失去的灵性,有如柏拉图笔下的爱神厄洛斯(Eros)。沉迷于古希腊的荷尔德林无疑深受柏拉图的影响,《斐德若》(*Phaedrus*)和《会饮》(*Sumposion*)

---

① [德]弗兰克:《荷尔德林与狄奥尼索斯》,《荷尔德林的新神话》,莫光华译,华夏出版社 2004 年版,第155页。
② 同上书,第156页。
③ 同上书,第154页。

中的厄洛斯就是诗人的原型，他向众神通报凡人进行的祈祷和献身，反过来又向凡人传达众神的反应，从而在众神与凡人之间创建了世界的统一。神的旨意是通过诗歌传达的，诗歌也揭示了生活的道路，① 而人必须要有内在的变化，才能朝神的国敞开。荷尔德林的末世想象中没有最后的审判，不像《圣经》上所言，在神的国到来之前人要忏悔自己的罪孽，因而人们是真挚的而非虚构式地歌颂酒神，以期待正在到来之神的降临。

五 结语

面对分离异化、诸神逃逸的现代，荷尔德林被驱向深渊，但他从未放弃过对神灵、对这个世界中的上帝充满信任的依赖，无论是回溯古希腊时期的天地人神的圆融一体，还是期待后来的狄奥尼索斯与耶稣基督的共同来临，都体现了他力图挽回在历史变化中逐渐失去的人与神及世界间的纽带。但诗人过早的沉默表明了他的失败，正如他在政治和私人关系的失败一样，伟大的综合在宗教上也未实现，诸如《你不再被信仰的和解者……》等基督教赞美诗没有一首是写完的。荷尔德林的努力尽管失败了，却启发了现今人类对自己生存状况的思考，在一个人之为人的"境界"沉沦的无神时代，荷尔德林的诗歌似冬日暖阳，给家园荒芜者带来精神的慰藉。

---

① ［古罗马］贺拉斯：《诗艺》，杨周翰译，人民文学出版社1984年版，第158页。

文学通则：一种科学研究纲领的本质

武淑冉*

（北京第二外国语学院，北京，100024）

摘　要：霍刚将文学通则和科学研究等价齐观，借用拉卡托斯"科学研究纲领方法论"，尝试在渊源和地缘上迥然有别的文学传统中建构起一系列文学通则，并把这些通则视为"诗学研究纲领方法论"。其基本程序为：对大量文学现象进行统计，得出统计学通则，以此作为文学通则的硬核。然后通过对硬核周围保护带的增设以及借用启示法对保护带的调整，完善通则表述方式。由此限制反例、消化异常，进而将统计学通则提升为蕴含通则。在动态发展模式中，真正的文学通则被建构起来。可以说，通则扎根于深厚的古典基础，立足于科学的方法根据，并在跨文化视野中凸显出显著的普适性。

关键词：文学通则；科学研究纲领；诗学研究纲领方法论；动态模式

通则，即 common poetics，其研究史上溯至古希腊哲人亚里士多德，其悲剧诗学及"诗比历史更普遍、更真实"的洞见开其端绪，罗马人文主义和基督教普世主义承续其要旨，德国浪漫主义普遍进化诗定其范型。置身于后现代语境，志在寻求普遍文学规律、共同美学据点的通则受到了比较文学学科内部"霸权伪装"的质疑和来自"后现代思潮"的严峻挑战。尽管如此，毫无疑问的是，通则的存在是确定的。那么，在后现代语境的氛围中，寻求文学通则有无可能？如若可能，又该如何建构文学通则？霍刚（Patrick Colm Hogan）接过了这一难题，他借用科学哲学家伊姆雷·拉卡托斯（Imre Lakatos）"科学研究纲领方法论"，尝试在渊源和地缘上迥然有别的文学传统中建构起一系列文学通则，并把这些通则视为"诗学研究纲领方法论"。

---

* 武淑冉，北京第二外国语学院跨文化研究院比较文学与世界文学专业 2016 级研究生。

一 科学研究纲领方法论

拉卡托斯将科学的最基本单元定义为科学研究纲领,它是由相互关联的四个部分——基础理论构成的硬核、由围绕在硬核周围的多种辅助性假设构成的保护带、保护硬核的反面启发法以及建立保护带的正面启发法——构成的有机整体。科学研究纲领理论细致地探讨了科学理论系统的内在结构,并建构起科学发展的动态模式。

(一) 硬核

硬核指的是科学研究纲领的基础理论和核心部分。它是科学理论系统的核心和表征,对整个系统起决定作用,规定着整个研究纲领的基本性质和发展方向。如若硬核遭到反驳而被否定,整个科学研究纲领的大厦将随之倒塌。硬核不可反驳、不容改变,具有稳定性、坚韧性和不可置疑性。但需要明确的是,硬核本身并非一成不变,它所保持的状态只是一定阶段内的稳定。它的发展过程是长期的、缓慢的、渐进的,在一定条件下,它也会衰退甚至崩溃。

(二) 保护带

保护带指的是围绕在硬核周围的一系列辅助性假说,也称"辅助假说保护带"。它对硬核起保护作用,是支持硬核成立的一系列理论预设。其工作机制是,当出现反例时,保护带充分调动并调整自身内部的辅助假说和理论预设来对异常做出阐释、对反例进行吸纳。通过对反驳矛头向自身的转移,规避反例对硬核的反驳,进而保卫并硬化硬核。

(三) 反面启发法

反面启发法本质上是一种禁令,是指导保护带工作的禁止性规定。"纲领的反面启示法禁止我们把经验反驳的矛头指向'硬核',反之,大家必须发挥聪明才智,坚定不移地保卫这个硬核。"[1] 在反例出现后,通过改进、调适、发明辅助性假设的方法实现对反例的吸纳,禁止反驳传导到硬核。从而避免硬核遭遇经验的驳斥,进而增强纲领的普适性、灵活性和生命力。

(四) 正面启发法

正面启发法本质上是一种肯定,是指导保护带工作的鼓励性规定。"正面启示法是由一组提示或暗示组成。它们提示或暗示如何改进和发展科学研究纲领的'可反驳'部分,即通过如何修改、精练'可反驳'的保护带,以发展整个科学研究纲领。"[2] 在反例出现前,通过提出新的理论预设,增加研究纲领的复杂性,提升其严密性。以理

---

[1] Imre Lakatos, *The Methodology of Scientific Programmes*, London: Cambridge University Press, 1978, p. 48.

[2] Ibid.

论科学的自主性实现理论的自我完善,从而实现整个科学研究纲领的发展。

在整个科学研究纲领中,硬核是根本理论和核心主张,它作为纲领发展的基础,体现了纲领的本质。启发法属于方法论层次,正是在正面启发法和反面启发法的单独作用或联合使用下,保护带规避了反例、吸纳了异常,从而保卫了硬核,并实现了研究纲领的进化和发展。

"在拉卡托斯关于科学研究纲领理论中蕴含着一个新的科学发展的模式。这个模式大体可以公式化如下:科学研究纲领的进化阶段→科学研究纲领的退化阶段→新的进化的研究纲领证伪取代退化的研究纲领→新的研究纲领的进化阶段……"① 这一科学发展动态模型表明,任何一个科学研究纲领都有一个"进化→退化→进化"的动态演变过程。这就意味着科学研究纲领是一项需要集体合作、永无完结的开放性工程。

二 文学通则作为科学研究纲领:诗学研究纲领

霍刚将文学通则和科学研究等价齐观,借用拉卡托斯"科学研究纲领方法论",尝试在渊源和地缘上迥然有别的文学传统中建构起一系列文学通则,并把这些通则视为"诗学研究纲领方法论"。作为"诗学研究纲领方法论",文学通则指的是在渊源和地缘上迥然有别的文学中普遍存在的诸种属性和关系,是一套由硬核、保护带和启发法三个相互关联的部分组成的科学理论系统,并在退化和进化两种形式的交替中动态发展。具体而言,文学通则的建构分为两个环节:第一个环节是借助统计形成统计学通则,这构成了文学通则的硬核;第二个环节是通过反面启示法和正面启示法这两条途径对文学通则的保护带进行完善,由此消化反常、限制例外,将统计学通则提升为更具灵活性、适应性和周期性的蕴含通则。如此循环往复,文学通则获得了动力学意义。

存在于两种典型情形——"一套多样多变的普遍形式技巧以及一种可能从这些技巧中抽象出来的原则"和"一种普遍的统计学关系及其认知结构的可能派生物"中的文学通则正是依据科学研究纲领方法论建构起来的。

(一)文学通则的硬核

文学通则中的硬核即统计学通则。与拉卡托斯的科学研究纲领中硬核的性质一样,统计学通则对整个文学通则系统起决定性的作用,具有不可反驳和修改的性质。这就保证了文学通则作为一种理论在一定时期内的坚韧性、稳定性和权威性。但需要明确的是,统计学通则作为文学通则中的硬核,其本身也是一个动态发展的过程而非稳定不变的状态。

在"一套多样多变的普遍形式技巧以及一种可能从这些技巧中抽象出来的原则"情形中,文学通则的硬核可做出如此描述:在渊源和地缘上迥然有别的文学传统中,

---

① 夏基松:《现代西方哲学》,上海人民出版社 2006 年版,第 232 页。

存在着一套多变多样的普遍形式技巧（头韵、谐音、韵律等），其功能是将关联或模式最大化。在另一典型情形——"一种普遍的统计学关系及其认知结构的可能派生物"中，一条典型的文学通则是一句诗的合适长度包含5—9个词语，而这也正是这一通则的硬核。究其本质，这两个硬核是通过对大量具体的跨文化文学现象中的属性系列、关系涵项和结构模式层层归纳，逐步上升到共性层次所得出的统计学通则。这一统计学通则以其普遍性、坚韧性、稳定性获得了文学通则中的硬核地位，并凭借在更广范围内的有效性不断实现硬核的硬化过程，由此牢牢把控住文学通则的基本理论和根本主张。

（二）文学通则的保护带

作为一种研究纲领，文学通则通过提出一系列辅助性假说，为自己设置了保护带。在文学通则中，典型的辅助性假说包括人类感知系统存在差异性、认知系统中存在排练记忆结构，以及审美系统中存在审美习惯等。就其本质而言，这些辅助假设是一种理论预设。其任务在于为文学通则理论的严谨性留出空间，为其适应性做出让步，从而保护硬核不受颠覆。文学通则保护带发生作用的机制是，当面对已出现和可能出现的冲击文学硬核的反常和例外时，文学保护带主动地将反驳矛头指向自身，将承担错误的责任推给内部的辅助假设。对自身的辅助假设不断调整完善，以提升其严密性。从而规避反常文学现象对文学硬核的攻击，保证文学内核的稳定性、坚韧性和不容反驳性。

在"一套多样多变的普遍形式技巧以及一种可能从这些技巧中抽象出来的原则"情形中，其文学通则的硬核是"在渊源和地缘上迥然有别的文学传统中，存在着一套多变多样的普遍形式技巧（头韵、谐音、韵律等），其功能是将关联或模式最大化"。而环绕在这一硬核周围的保护带是由一条辅助性假设构筑起来的：人类感知系统存在差异性。在另一典型情形——"一种普遍的统计学关系及其认知结构的可能派生物"中，其文学通则的硬核是"一句诗的合适长度包含5—9个词语"。这一硬核的保护带是认知系统中存在排练记忆结构，以及审美系统中存在审美习惯两条辅助假设。这几条辅助假设充分地考虑到认知心理（及其阈限）问题和审美心理问题，为将来可能出现的文学反例预留出积极建构的空间，做出随时对自身进行修正完善的准备。

（三）文学通则中的启示法

文学通则中的启示法即对通则表述方式调整的方法。和科学研究纲领一样，文学通则调整的对象也是硬核周围的保护带。调整的方法论原则有二：正面启发法和反面启发法。正面启发法从积极鼓励的角度提示了文学通则发展的途径：在反例出现前通过修改、精练、完善文学通则的保护带，对通则中"可反驳"的部分做出主动调整和积极改进，进而完善整个文学通则理论系统。与文学通则中正面启发法相对，反面启发法是一种禁止性规定。它禁止反驳的矛头指向文学通则的硬核，而是将其引向保护带。并通过增设或修改辅助性假设的手段保护硬核，以免受其硬核遭反例的驳斥，进而增强文学通则的适应性、提升通则的灵活性、延长通则的生命周期。"反面启示法排除眼下反常的干扰，为研究纲领的长远研究造成稳定的环境，提供必要的科学资料。正面启示法则着眼长远的研究，以从根本上消除反常改变被动局面。"① 文学通则正是通过对这两种启示法的单独使用或交互利用，在动态模式中实现自身的发展和完善。

在"一套多样多变的普遍形式技巧以及一种可能从这些技巧中抽象出来的原则"情形中，文学通则正是在正面启发法的观照下获得的。其源始通则是"在渊源和地缘上迥然有别的文学传统中，存在着一套多变多样的普遍形式技巧（头韵、谐音、韵律等），其功能是将关联或模式最大化"，但可预见的是，这一通则将不可避免地受到来自由感知特征造成的反例的反驳。为完善这一通则，其内部保护带开始运转。具体而言，这一命题的辅助性假设——人类感知系统存在差异被提出来解释、吸纳、消化这些反例。通过增设"编码活动"这一限定条件，源始通则得到了精准化地表述：在渊源和地缘上迥然有别的文学传统中，存在着一套多变多样的普遍形式技巧（头韵、谐音、韵律等），其功能是通过对特征和关系编码，将关联或模式最大化。这一派生通则克服了来自由感知特征造成的反例的反驳，较源始通则获得了更大的适应性。但更大的难题——认知的阈限问题也将逐渐显现，鉴于对这一难题的预见，派生通则又须做出进一步的修改，以获得更大限度的适应性：在渊源和地缘上迥然有别的文学传统中，存在着一套多变多样的普遍形式技巧（头韵、谐音、韵律等等），其功能是通过对特征和关系编码，将关联或模式最大化，但这种最大化必须超越强制注意焦点的阈限。通则增加认知阈限的限制条件，这一通则的表述获得了更大程度的精准化和严密化，从而被证明是进步的文学通则。

在"一种普遍的统计学关系及其认知结构的可能派生物"这一情形中，文学通则是通过反面启示法构造而成的。典型的一条文学通则是一句诗的合适长度包含5—9个词语，这也是其硬核，是其源始通则。然而这一通则总是遭遇来自统计学中例外和反常的反驳，这时，新的辅助假说——符合背诵的结构、适合诗歌审美的要求、追求模型化的最大值被发明和增设出来，形成对源始通则硬核的保护带，借此规避反例将谬误传导到硬核，以阐明这一通则的合理性、正确性和普适性。

在文学通则的构建过程中，面对现实的和可能的反例，启发法提供了有效的方法论。正面启发法为通则规划出一个纲领，这一纲领同时开列出一系列正面规定。按照这一连串指示，保护带被不断修改、精练、改进，其在理论上能够做出更多的预言，更具适应性的通则被逐步建构起来。反面启发法通过"巧妙的、幸运的、增加内容的辅助假说"，②"把一连串的失败以事后之明鉴变为一个大获全胜的故事"，③ 使通则本身

---

① 舒炜光、邱仁宗主编：《当代西方科学哲学述评》，人民出版社1987年版，第145页。
② ［英］伊姆雷·拉卡托斯：《科学研究纲领方法论》，上海译文出版社2005年版，第57页。
③ 同上。

的解释在经验上得到了更多的检验，其普适性因而具有了更大的说服力。文学通则由此获得了更大程度的强化。

霍刚将文学通则和科学研究等价齐观，借用拉卡托斯科学研究纲领方法论来建构文学通则，将其视为"诗学研究纲领"。一如科学研究纲领研究，文学通则的建构是在硬核这一核心部分的基础上，通过对硬核周围保护带的设置以及借用启示法对保护带调整，完善通则表述方式。由此限制反例、消化异常，将统计学通则提升为蕴含通则。进步的通则取代了退化的通则，在动态发展模式中，真正的文学通则被建构起来。

三 文学通则理论结构

文学通则包括两个系统：一是与作者相关的技术指令系统，二是与统计学模型相关的非技术性关系。非技术性关系由一系列公理构成，这些公理并非文学创作中的技巧，而是对文学技巧的规定或限制。它指出了跨文化诗人在文学技巧使用上的界限，从而暗示某种共同的倾向。技术性关系包含了一系列与文学形式和内容相关的全部普遍性技巧，包括韵律、修辞等。这些技巧按照词典编纂原理——词条相属关系和词条互见关系，即"明确规定某些技巧，而另外一些可由参考明确的词条间接达到"[①] 的原理而被建构成或隐或显的"图式"，即通则，由此规定文学类型或亚类型。

霍刚文学通则建构的基本程序与拉卡托斯科学研究纲领方法论是同构的：通过对大量跨文化文学现象归纳，得出抽象的共有模式。按照出现频率建构通则的等级，低层通则为高层通则提供材料支持，高层通则为低层通则提供理论解释。通过引入条件关系、重述通则，将统计学通则转化为蕴含通则。在这个过程中，我们可以看到：文学通则系统中，归纳得出的抽象模式即统计学通则正是拉卡托斯科学研究纲领中的硬核，引入的条件关系对应的是保护带，对通则的重述与启示法并无二致。在这样基本程序的指导下，霍刚得出了三条文学通则。它们在大量跨文化文学现象中被广泛共享着，体现出跨文化的一致性、连贯性和普遍性。

口传艺术通则：一切民族都有口传艺术。"一切民族都有口传艺术"同时也是这一通则的硬核，通过反面启发法——阐明甚至发明辅助假设：在不同的民族文化中，一切民族都倾向依据听觉属性来赋予言语循环模拟活动以固定形式，一切民族都选择借助叙事技巧来强化有趣事件的审美效果，一切民族都渴望按照戏剧形式来拓展故事表现的维度，构筑这一硬核的保护带。由此，一切民族都有口传艺术的蕴含通则被建构起来。

形象的模型化通则：一切民族都会将形象化为模型，以固定的鸟类或植物来表现爱情主题，用季节来比拟生命的历程。这条通则与口传艺术通则的构造一样，都是凭

---

① Patrick Colm Hogan, "Literary Universals", *Poetics Today*, 1997, pp. 223—249.

借阐明辅助假设——其心理学基础是情感和物质向上运动之间存在着某些普遍的、隐喻的和非文学的联系来构筑其保护带,进而建构起更经得起经验检验的蕴含通则。

"苦难的结局"① 通则:在跨文化分布的史诗中,皆大欢喜的圆满收场少而又少,风木含悲的苦难结局屡见不鲜。昔日的欢乐皆被悲伤击败,暂时的喜剧都被绝对的悲剧终结。这一通则的得出是对大量跨文化史诗的考察归纳:在巴比伦史诗《吉尔伽美什》中,对森林怪物和天神之女的战胜换来的却是恩启都的死亡;在荷马史诗《伊利亚特》中,赫克托耳的遗体被运回特洛伊后,他的妻子安德洛马克预见儿子惨遭灭杀的结局;在印度史诗《罗摩衍那》中,罗摩复获王权、阿逾陀城太平盛世,却以妻子悉多的被遗弃为代价。经过统计学考察,可以见出:苦难的结局作为一种独特的模式,被三种跨文化史诗所共享。考虑到在其他民族史诗中可能出现的反例,这一源始通则按正面启示法的指向,被加以数量上的限定条件,经重新表述转而化为蕴含通则:在跨文化分布的史诗中,皆大欢喜的圆满收场少而又少,风木含悲的苦难结局屡见不鲜。

同时,蕴含通则生成后,具有规定文学类型与文学亚类型的能力,即可以组成文学类型学。类型学有三个特征。"第一,类型学由彼此排斥的范畴构成,其中每一范畴带有一些蕴含通则,使其构成一个同分别考虑的蕴含关系相比内容更为丰富、但更少绝对性的模式。第二,类型学中每一种类型都部分地解释了它所覆盖的蕴含关系。第三,类型学在整体上应该尽可能准确地规定一种具有绝对效用但可供选择的(分离性的)通则。"②

四 结语

通则的研究从古希腊哲人亚里士多德处发源,结出悲剧通则、诗比历史更普遍更真实的诗学之花。流经至德国浪漫主义时期,通则以普遍进化诗的范型定型。置身于后现代语境,通则受到尖锐挑战。但不容置疑的是,通则的存在是确定的,其多元取向是显著的。从中国古典传统来说,通则是"原道"与"文心",是文学自律性的根据所在。可以说,通则扎根于深厚的古典基础,立足于科学的方法根据,并在跨文化视野中凸显出显著的普适性。

霍刚将文学通则和科学纲领等价齐观,借用拉卡托斯科学研究纲领方法论来建构文学通则,尝试在渊源和地缘上迥然有别的文学传统中建构起一系列文学通则,并把这些通则视为"诗学研究纲领方法论"。一如科学研究纲领研究,文学通则研究是一项动态发展的研究,同时也"是一项只有靠大范围的专家携手合作、同时介入理论经验

---

① Patrick Colm Hogan, "The Epilogue of suffering: Heroism, Empathy, Ethics", in *Substance*, 2001, pp. 139-143.
② Patrick Colm Hogan, "Literary Universals", in *Poetics Today*, 1997, pp. 223-249.

再度评估和经验研究理论再度导向的行进过程才能展开的工程"。① 霍刚的文学通则研究不仅促成了文学通则理论的嬗变或汰变，而且增进了我们对人类心智的全面理解，同时还真实地揭示了人类社会的普遍原则和与种族无关的原则，而这一点正与种族主义和民族中心主义相抵牾。简言之，这一纲领研究具有知识上和政治上的有益价值，对于推进文学通则理论自身的进步和抵制文化霸权专制主义的统治具有重要意义。

---

① 胡继华：《比较文学经典导读》，北京师范大学出版社 2015 年版，第 250 页。

生活机器：机器盛行时代的人生意象

张公善[*]

（安徽师范大学文学院，安徽芜湖，241000）

摘　要：以工业革命为标志，人类进入机器时代。手工作坊逐渐为机器大工业所替代。随之而来的是人类控制欲与发展欲的膨胀，以及世界的机器化。机器盛行时代最为典型的人生意象有三：火车、游戏机和电脑。它们代表着三种生活方式：惯性生活、游戏生活和虚拟生活。机器盛行时代的人已经异化为生活机器，其救赎之道相应地也有三种方式：审美出游、机器人化和经验整体。

关键词：机器时代；生活机器；机器生活；人生意象

制作和利用工具使人类与动物区别开来，从此人类也开始了与自己制作的工具相依相伴的生活。现代机器是一种高效率工具，使用电力、蒸汽动力等现代能源来驱动，而不像传统的工具由人力、畜力、火力等来驱动。蒸汽机的发明开启了人类的机器时代，加快了人类进入现代社会的步伐。早在1829年，托马斯·卡莱尔就指出机器是现代生活最显著的"征兆"，并将其所处的时代命名为"机械时代"（Mechanical Age）。[①] 现如今，人类更是离不开机器。机器已经渗入人类生活的所有领域，甚至侵入人类的身体。可以毫不夸张地说，人已经由机器的主人沦为被机器紧紧束缚的"生活机器"，而其原动力不是别的，正是忙乱又富于竞争的现代生活。机器时代给人类带来了哪些变革？机器时代的人生有哪些典型意象？对于异化为"生活机器"的人类来说，可以有哪些救赎之道？这些就是我们要关注的问题。

---

[*] 张公善，2005年毕业于浙江大学，获文学博士学位。中国现代文学研究会会员，中国中外文艺理论学会会员，"中诗网"驻站诗人，现为安徽师范大学文学院副教授，硕士生导师，主要研究方向为生活诗学与现当代文艺。本文为2017年国家社科基金项目"后理论时代的文学批评新范式研究"（17BZW070）阶段性研究成果。

① ［美］利奥·马克斯：《花园里的机器》，马海良、雷月梅译，北京大学出版社2011年版，第123页。

一 机器时代引发的变革

机器时代的到来对人类的影响现在看来充满着悖论,它既给人类带来了前所未有的丰饶和进步,又给人类带来了巨大的创伤甚至是灾难。我们从下面三个方面进行论述。

(一)从手工作坊到机器大工业

前机器时代并非没有机器,只是机器还没有利用先进的动力来驱动,而是更多利用天然的现成的人力、畜力、火力、风力等,因而生产效率不高。随着瓦特在1765年改进了蒸汽机,蒸汽机便被迅速用在交通运输、采矿业、制造业等行业,进而引发了一场轰轰烈烈的工业革命。随着工业革命的深入,人类也由农业社会为主的文明进入工业文明时代。城市生活作为现代生活的表征,开始同乡村生活脱离,受到越来越多的人的青睐。大批农村人口流入城市,由此带来了农村人口在历史上第一次大幅度减少。人们经常引用蒲柏的一句诗"摧毁了空间和时间"来形容机器带来的巨大触动。[1]这种机器崇拜在19世纪末20世纪初未来主义者那里表现得最为形象生动。在《未来主义宣言》(1909)中他们饱含激情地写道:

> 我们将歌颂……那些贪婪的、吞食着吐着浓烟的蛇的火车站;歌颂那些被自身的浓烟所形成的曲线悬在云端的工厂……歌颂那些闯荡天涯海角的冒险汽艇,那些胸襟开阔、践踏在铁轨上,犹如巨大的脱缰钢马的机车;也歌颂那些飞机的滑动飞翔,它们的螺旋桨在劲风吹动下,犹如一面旗帜,哗哗直响,同时也像一群热情的人们在鼓掌欢迎。[2]

上述宣言以一种极其澎湃的激情传达出机器带给人类的前所未有的人生体验。的确,在大工业时代,机器对人类的时空意识造成了极大的冲击。时间得到了前所未有的关注,日出而作日落而息的传统生活节奏已经不能适应新的时代。"时间就是金钱"的观念逐渐深入人心。空间也因为先进的交通工具,尤其是飞机的发明而被压缩,"地球村"的观念也逐渐被人广为谈论。劳动力在机器效率的影响下变得富余起来,竞争成了人类的一大问题。人与人之间由手工作坊时代的亲密伙伴蜕变为机器生产线上的竞争关系。机器大批量生产线的运行使得产品越来越丰饶,人类逐渐过渡到一个消费社会。消费成了鸦片。[3] 产品的丰饶也带来了五花八门的产品营销策略,又更加刺激了

---

[1] 转引自[美]利奥·马克斯《花园里的机器》,马海良、雷月梅译,北京大学出版社2011年版,第140页。
[2] 转引自[意]维尔多内《理性的疯狂:未来主义》,黄文捷译,四川人民出版社2000年版,第149页。
[3] [德]伯尔著,黄凤祝等编:《伯尔文论》,袁志英等译,生活·读书·新知三联书店1996年版,第62页。

人类物欲的膨胀。思想在物欲横流中逐渐萎缩。同时，情感暖死亡，① 又更加让现代人漂泊无依，于是"无家可归状态成了世界的命运"②。不仅如此，正如本雅明所揭示的，在技术复制时代，与人类思想情感一起萎缩的还有人类艺术的光晕。③

（二）膨胀的控制欲与发展欲

随着机器在海陆空的全方位统治和运行，人类对自然的逆来顺受已经被狂妄的征服欲所代替。如今的人类已经将征服的领域拓展到外太空和地球的最深处。凭借机器，人类开始了全面的控制，对自然控制以及对人本身控制。工业革命之前，人类对机器的发明和运用虽然也从未停止，但只有到现代工业的出现，机器的巨大威力才第一次呈现在人类面前。控制自然的观念虽然在大机器出现之前就已经由培根、笛卡尔等人提出，但只有到机器大工业的出现才真正激化了这种狂妄的欲望，并被无限地诉诸实践。

众所周知，机器是科学和技术的物质化形式，即人类科学与技术的运用最终是通过机器施展出来的。现代科学努力把全部自然改造成专门为人类目的而服务的领域。"通过科学和技术征服自然的观念，17世纪以后日益成为一种不证自明的东西。"④ 舍勒也认为现代科学的目的在于"制造所有可能的机器"，因为通过这些机器，"人可以引导和驱使自然服从他所要求的任何目的，无论是有用还是无用"。⑤

人类属于大自然的一员，控制自然的观念理所当然地要延伸到对人的控制。当把人当作控制的对象时，人也成为一种工具，一种被另一些机器所控制的机器。尤其在高度管理化的现代社会，打卡器、窃听器、监控摄像头、无线跟踪等设备的发明和运用，使得处于其中的人越来越成为另一些人或机器控制的对象。而当国家也堕为统治者的机器时，国家也不再把人民的福利放在首位，只是将其国民当作被操控的机器。阿尔都塞、葛兰西所谓的"国家机器"论从理论上阐释了这种文化专制与霸权。在文学作品中，奥威尔的《1984》、赫塔·米勒的《心兽》则淋漓尽致地再现了国家堕为专制机器所造成的国民悲剧。

机器不仅促进了人类对自然以及人本身的控制，也推进了人类文明的发展。工业革命之后，人类对发展的追求逐渐演变成轰轰烈烈的城镇化运动、现代化运动以及机械化运动。然而人类的发展也付出了巨大的代价。伯曼曾经指出，歌德的《浮士德》其实象征着一种"发展欲望"的冲动，而《浮士德》表现的便是人类发展的悲剧：进入现代社会以来，"发展欲望"所导致的社会行动模型"是以受害者的鲜血和尸骨支撑

---

① ［奥］洛伦茨：《文明人类的八大罪孽》，安徽文艺出版社2000年版，第76页。
② ［德］海德格尔：《关于人道主义的书信》，《海德格尔选集》，上海三联书店1996年版，第395页。
③ ［德］本雅明：《经验与贫乏》，王炳钧、杨劲译，百花文艺出版社1999年版，第264页。
④ ［加］莱斯：《自然的控制》，岳长龄、李建华译，重庆出版社1996年版，第71页。
⑤ 同上书，第100页。

起来的"。①

美国作家弗雷泽的《十三月》可谓上述思想的最佳注脚，小说淋漓尽致地揭露了人类控制欲和发展欲，及其所导致的美国西进运动中印第安人部落的悲惨命运。一方面，小说暴露了以华盛顿为中心的现代文明人对以印第安部落为代表的前现代人的控制；另一方面，小说也揭示了资本主义势力残酷地驱赶印第安人进而毁林开矿开发原生态领地的发展欲。《十三月》无论从思想内容还是从叙述形式，都渗透着一种反省的"历史意识"，它既是印第安人自然本真生活的挽歌，也是现代人无根生活的复调展示，更是人类文明与野蛮的变奏曲。弗雷泽通过一个外来的白人印第安酋长的人生遭遇，曲折地表达了其内心对人类文明发展的隐忧和悲情。从中我们深切地感受到一个作家的良苦用心：祭奠本真，反思历史，呼唤更文明的人类发展模式！②

（三）世界的机器化倾向

"从列奥拉多到笛卡儿，机器的思想已经成为一种形而上学世界观的成形的力量。"在这一新的世界观中，"机械主义世界观图景将制造过程扩展到整个宇宙"③。如此看来，18世纪百科全书派的机械论唯物主义的出现绝非空穴来风。某种意义上，机器的观念用到形而上学领域便形成机械论。拉美特利的《人是机器》一书可谓代表。该书认为人是一架机器，人的一切活动都是由大脑推动的机械运动。在此，机械论还只是一种哲学方法论，还没有受到广泛的审视。然而，随着人类文明的发展，情况就大大改变了。

工业革命的深入进行，对机器所带来的负面影响越来越受到有识之士的关注。首先，是机器所带来的人本身的机械化。卡莱尔就曾提醒世人：不仅仅外在世界和物质世界由机器控制，内在世界和精神也莫不如此，"变得机械的不仅是人的四肢，还包括头脑和心灵"④。其次，自然也被机械化了。随着资本主义早期的发展（1500—1800），自然的概念也发生转变，原来的有机整体的含义逐渐被"事物之堆积"的含义所取代，"自然越来越被看作为一种机器性的结构体，就像其他任何一种机械一样，它是能够被拆分的，同时又能用多种方式把它重新组合起来"⑤。最后，社会也被机械化了。19世纪，人们普遍运用自然科学的方法来研究社会现象，哈耶克认为这是科学的反革命，是理性的滥用，并指出其"最大的雄心是把自己周围的世界改造成一架庞大的机器，只要一按电钮，其中每一部分便会按照他们的设计运行"⑥。一言以蔽之，工业革命之

---

① 伯曼：《一切坚固的东西都烟消云散了——现代性体验》，徐大建、张辑译，商务印书馆2003年版，第97页。
② 参见拙著《小说与生活：中外现当代小说名篇中的生活观念》，安徽师范大学出版社2012年版，第65页。
③ ［美］莱斯：《自然的控制》，岳长龄、李建华译，重庆出版社1996年版，第80—81页。
④ ［加］利奥·马克斯：《花园里的机器》，马海良、雷月梅译，北京大学出版社2011年版，第125页。
⑤ ［美］莱斯：《自然的控制》，岳长龄、李建华译，重庆出版社1996年版，第36页。
⑥ ［英］哈耶克：《科学的反革命》，冯克利译，译林出版社2004年版，第108页。

后，世界越来越被机器化了。机器化（机械化）的内在特性即是其可控制性与组装性。如今世界的机械化随着电脑的发明而登峰造极。人类的一切事务都可被数字化，都可以进行编程进入一个个人类活动的程序之中。

当今世界，如果用一个意象来概括的话，凡尔纳在《机器岛》（1895）中所描绘的标准岛（机器岛）可能最为贴切。标准岛是"美国式机械化实践"的成果，里面充斥着各种各样的现代化机器。①"标准岛是漂浮在太平洋无底深渊之上的一台机器。""标准岛可以算得上是一个小型的地球了。"② 从宇宙的角度来说，地球可谓漂浮在宇宙中的机器岛。从地球本身而言，每一个大陆如今也就像是漂浮在大洋中的机器岛。《机器岛》中两大家族不顾赖以生存的环境，互相争名夺利，最后导致机器岛在内忧外患之中沉没。作者总结教训时说："错误在于富翁们无谓的争执、愚蠢的竞争和对权力的欲望。"③ 凡尔纳不仅预测了人类的许多先进的科技产品，而且这部长期以来被忽视的《机器岛》也在另一层意义预测了人类的未来：如果地球上的各个国家之间，不顾地球自身的安危，而各自只顾自己的利益和权力，最后地球也可能像机器岛一样毁灭。

二 机器盛行时代的人生意象

人类之所以能够进入现代社会，机器功不可没。甚至可以毫不夸张地说，没有机器，就没有现代社会。或者说，机器已经与现代生活方式水乳交融，密不可分。在此意义上，机器可以成为观照现代人类生活的一大视角。在现代社会，我们既可以从人类身上发现机器性，也可以从一些机器身上找到现代生活的印记，即机器可以成为现代生活的象征。接下来，笔者选取三个最为典型的机器作为现代人生意象，具体阐释其所蕴含的现代生活方式。

（一）惯性生活：火车

1825 年，世界上第一条商业铁路开始运营，它位于北英格兰的斯托克顿和达灵顿之间。④ 火车的出现曾经给人难以言表的惊奇。艺术作品中也留下许多光辉篇章。从乔治·艾略特、伍尔夫到纳博科夫，在他们的小说中火车都是现代生活的一个象征性符号。火车进站也被法国卢米埃尔兄弟于 1895 年拍摄成电影，极大地刺激了当时观众的神经。纵横的铁轨如今成了电影中常见的镜头（如中国电影《观音山》），形象地表达了追求理想、寻求出路的迷惘与激情。火车和车站是人员际会的地方，摩肩接踵，却又毫无交流，为此引发无数关于存在之隔离的感叹，以及人生羁旅情怀的忧思。庞德

---

① ［法］凡尔纳：《机器岛》，刘常津、侯合余译，曹德明校，译林出版社 2011 年版，第 51 页。
② 同上书，第 140、94 页。
③ 同上书，第 309 页。
④ ［英］艾伦主编：《世界通史》，张旭鹏、刘章才译，中国书店 2011 年版，第 338 页。

的《在地铁站》可谓典型："人群中的面孔幽灵般时隐时现，湿漉漉的黑色枝条上片片花瓣。"两句诗曲折地表达了现代人居无定所到处奔波，以及现实带来的压抑和心灵深处的美好向往。

只要我们稍微审视一下现代人的日常生活，就会发现一个现象：人们仿佛不是在生活，而只是顺应生活的洪流。如同节假日的著名旅游景点，人在大部队之中，身不由己，随大流地走马观花。这就是惯性的力量。日常生活是惯性的一大舞台。何谓日常生活？简言之，日常生活就是我们每天都要做的事情，以及所遭遇到的人与物的总和。日常生活天天如此，不断重复，尤其现代生活节奏不断加快，致使日常生活拥有了强大的惯性，让其中的人备受其苦。

现代人就像火车，有特定的生活轨道，遵循严格的时刻表，遇到来来往往无数的人，却没有几个能搭上话。日子在千篇一律中滑过。法国作家圣埃克苏佩里在《小王子》（1943）中就曾描绘过这种生活。他借扳道工和小王子之口，指出地球人忙忙碌碌，拼命往快车里挤，却又不知道自己真正要追求的是什么。笔者称这种生活为"惯性生活"，火车便是其典型意象。

把现代人的这种心不在焉、身不由己、束缚于强大的生活惯性表现得最好的小说，笔者认为是美国作家刘易斯的《巴比特》（1922）。主人公巴比特厌倦日常生活的无聊与琐屑，对自己的妻子麻木冷淡，却在内心渴望一个理想的小仙女。为此，他也曾多次付出努力，妄图突围，但最终还是被生活惯性拉回到正常的轨道。某种意义上，《巴比特》展现的就是一个饱受生活惯性所苦的现代人士失败的突围表演。①

（二）游戏生活：游戏机

1972年，雅达利（Atari）公司发售了一种平台式大型游戏机"乒乓"（PONG），该游戏机很快风靡全美。同年，世界上第一款用"电视"玩的电子游戏诞生了。游戏机的发明可谓人类娱乐自身的一个创举。如果把游戏机与人们工作时所操作的机器相对应，那么便可以把游戏机定义为：所有在工作之余为追求娱乐而设计的大型或小巧的机器，而不仅仅是指电子游戏机或电脑、手机等电子产品携带的软件所提供的游戏。

众所周知，游戏是人类的一种本能冲动，每个人都在玩中长大。席勒甚至把游戏冲动作为拯救人类现代文明堕落的一大法宝。伽达默尔也给予游戏过多的肯定元素。他把游戏作为艺术的本质属性之一。在20世纪70年代，伽达默尔就曾指出游戏最主要的几个要素是：毫无目的的重复运动、自由运动的空间、剩余生命力的自我表现、无功利性的自律与秩序、游戏运动本身的意向性，以及邀请参与和排除距离的交际性

---

① 参见张公善《小说与生活：中外现当代小说名篇中的生活观念》，安徽师范大学出版社2012年版，第107页。

等。① 很显然，伽达默尔在此还没有意识到电子游戏机的威力和独特性，尤其是其所带来的负面影响。更有甚者，随着网络游戏和户外大型游戏娱乐设施的迅猛发展，如今游戏规模之浩大，种类之齐全，让人迅速上瘾，甚至过度疲劳衰竭而死，这在历史上可以说前所未有。

趋乐避苦乃人之本性，可是当娱乐成为生活的目的，会导致什么呢？通过对大众媒介的研究，尤其是印刷机和电视，美国著名媒体文化批评家波兹曼指出：娱乐已成为一种文化精神。政治、宗教、体育、教育和商业都成为娱乐的附庸，其结果是人类成了一个"娱乐至死"的物种。同时，儿童与成人之间的分界线也变得越来越模糊，进而导致"童年的消逝"。波兹曼的研究颇有警醒意义。他从媒介的视角批判了现代生活的娱乐化，如果从游戏的角度来看，波兹曼所述的生活娱乐化，其实是人类游戏精神堕落的表现形式之一。也就是说，在游戏机和网络游戏盛行的机器时代，游戏已经远远背离了上述伽达默尔所指出的那些游戏特征。

适当的健康游戏可以让人暂时超越日常的烦琐进而安抚人心。问题是如今的游戏，变得越来越商业化、庸俗化甚至色情化，这大大削弱了游戏者的身心健康，让人疏于打理现实生活，久而久之更对现实苦难望而却步，甚至堕入歧途。那些为迎合广告拉赞助设计的大型游戏娱乐电视节目，那些在庞大的游戏机中穿行的游戏者，有多少人是在纯粹的心态下进行游戏？如今，物质利益已经渗透进各种游戏机，致使游戏的人远离了儿童般的纯粹玩耍，进而沦为一些外在功利的奴隶。前工业时代的孩子们可以在大街上做游戏，可以自己制作游戏的器具，可以面对面交流。而随着游戏机的出现，男女老少都被吸引进来，游戏从户外走进了专门的游戏厅，金钱成了游戏的前提。游戏机也往往堕为赌博的器具。当游戏被编程进电脑网络，用以满足各种各样的人性需要，甚至迎合一些人的阴暗心理，诸如杀人游戏、性爱游戏等，使得游戏更成为一种难以抑制的冲动，点缀着疲惫的现代人的日常生活，也让无数的教育工作者头痛万分。

总之，游戏机或程序化的游戏作为现代人的又一象征性意象，表现了现代人在竞争以及紧张压抑生活之下玩世不恭，既渴望能通过娱乐疏解压抑，又能赚取金币（游戏币）或游戏威望的心理（不断提高的游戏级别会让游戏者获得现实中少有的存在感）。某种意义上，游戏已经成为某些失落的现代人的替代生活方式。游戏理应为了更好地生活，而不是把游戏本身当作生活。说到底，游戏只是生活的一个点缀，让人获得短暂的放松。当游戏走向生活的前台，进而占据生活主导地位的时候，往往悲剧就发生了。诺贝尔文学奖得主黑塞的《荒原狼》中那位自称为"荒原狼"的知识分子，对现实不满，却又无力突围，最终将现实与游戏混为一体，导致悲剧的

---

① Hans-Georg Gadamer, *The Relevance of the Beautiful and Other Essays*, Cambridge University Press, 1986, pp. 22—24.

发生。小说启示我们：在恶劣的环境中生活，虽然可以超脱的游戏精神来安抚心灵呵护纯真，但绝不能把现实生活等同于游戏。因为现实更多的是需要我们严肃地去对待。然而在现代社会越来越严峻的生存环境中，人类更多的是倾向于"游戏主义"（不择手段不顾后果地游戏），而不是遵从朱光潜曾经告诫我们的"严肃主义"①。

（三）数字化生活②：电脑

1943年，世界上第一台真正的电子计算机在英国布莱切利园诞生，人类开始进入计算机时代。但只有到20世纪80年代后期万维网的产生，才使得网络信息流动发生了革命性的变化。从此，计算机使用者只要将自己的电脑连接到因特网，就可以尽享网络上海量的网页信息资源。③

电脑的全球化，网络社区的普及，使得当代人如果没有电脑网络便是一件让人极不自在的事情。各种各样的"控"也层出不穷。数字化的网络世界可谓无底深渊，是一个黑洞，一旦沉陷进去，日夜不分，甚至导致是非难明。可以说，一台能连通万维网的电脑如今成了当代人生的又一典型意象。电影《网络社区》反映的就是"脸谱社区"的创立及其发展的故事，一定程度上可以作为当今数字化生活的一个典型个案。

现如今，几乎所有的电脑都成了一座博物馆。电脑里存储的信息多如大海，可真正让人记得的却寥寥无几。我们热衷于谈论各种各样的新闻，即便是骇人听闻的大事，却往往毫无同情之心。信息的过量刺激使得人类的神经逐渐麻木，反思能力日益衰弱。在网络的世界里，所有的事情都公开化，所有的情绪往往都有着固有的符号（脸谱）表达，所有的热点新闻都会有网友的评论。每日每夜，都有无数的人在谈论网上流传的各色新闻或小道消息，乐此不疲喋喋不休，结果往往是：思想和睿见在重复中被不断贬值，同时毫无反思的弱智式阅读甚嚣尘上。这种没有反思精神的网络生活，也可以成为阿伦特所谓"平庸之恶"的肥沃土壤。近年来的一系列网络恶性事件可以作为注脚。

数字化生活真正的问题是其与生活世界貌似亲密的疏离。所谓貌似亲密，乃是因为数字化生活其实是现实生活的一种投射，是现实生活的虚拟化、虚化或模仿。现实生活中发生的事情由实实在在的场所挪到虚拟的网络空间。这样，传统社会与生活世界的亲密接触所收获的生活经验如今严重匮乏。当今人们热衷于网上购物、学习、休闲娱乐（听音乐、看电影）、交友聊天甚至种菜、放牧等，五花八门不一而足，可以说现实生活中的任何事物都可以在网上找到。现如今，我们可能还不如躲在中世纪城堡

---

① 朱光潜在《谈美》中指出："我们主张人生的艺术化，就是主张对于人生的严肃主义……善于生活者对于世间一切，也拿艺术的口胃去评判它……他不但能认真，而且能摆脱。在认真时见出他的严肃，在摆脱时见出他的豁达。……伟大的人生和伟大的艺术都要同时并有严肃与豁达之胜。"（朱光潜：《谈美》，安徽教育出版社1997年版，第149页。）
② "数字化生活"的概念来自美国麻省理工学院教授尼葛洛庞帝在1995的著作《数字化生存》。
③ [英]艾伦主编：《世界通史》，张旭鹏、刘章才译，中国书店2011年版，第400—401页。

中的人们，与天、地、人、神都缺乏深度的情感交流。此种超现实的生活严重削弱了人在现实生活中遭遇挫折和困顿时所应具有的斗志与能力。比如，勒克莱齐奥的代表作《诉讼笔录》中的男主人公，他妄图把自己从现实生活中脱离出来，离群索居，渴望到达终极的人生境界：为存在而存在。但小说最终证明这不过是镜花水月，徒添伤悲。①

三 机器生活的救赎之道

机器盛行时代的人生意象，如果用一个总的意象来贯穿，那便是"机器人"。我们经常津津乐道于自由、民主、和谐之类让人欢欣鼓舞的文明因素。其实文明让我们付出的代价也无比惨重。如今，人已经不是前机器时代的人了，而是一台为生活操劳的"生活机器"，或者说是一个为生活奔波的"机器人"。如何超越这种机器生活的机械死板甚至无聊，是值得每一位现代人深思的问题。与上文借用火车、游戏机和电脑来作为机器时代的典型人生意象相对应，在此也提出三条超越途径供有识之士参考：审美出游、机器人化和经验整体。

（一）审美出游②

机器时代的人穿行在机器之林中，匆匆忙忙，为生活奔波，无暇欣赏生活美景。如今，没有机器，我们便无法工作，甚至无法生活。离开了仪器，医生往往无法确诊。离开了汽车飞机，商人便无所适从。离开了空调，炎炎夏日便度日如年。离开了电脑，无数人坐立不安。机械化的生活与机械化的世界，二者互为因果。何以如此？机器的使用与操作都遵循固有的程序，天长日久便会滋生单调与无聊，与机器相依为命的现代人，其生活也不可避免地具有这些机器性。可是真正的生活不能缺少情趣，生活也绝不仅仅是谋生。麻木的"机器人"如何超越日常生活的惯性与无聊？审美出游可谓一条良策。

所谓审美出游指的是从日常生活中超拔出来，畅游于一个自由的艺术世界，从而使内心得到休养和放松。审美出游可以是一次短暂的散步，如《荷塘月色》中的朱自清；可以是一段旅途，如小说《伊豆的舞女》中的那位学生哥，电影《野草莓》中的退休老人；审美出游也可以是一次艺术体验，如听音乐（想想电影《钢琴师》中那位聆听钢琴师激情演奏的德国纳粹）、看电影、阅读文学作品（想想电影《生死朗读》里那位总是让人读书的女纳粹）等，都可以短暂地让人从日常生活中脱离出来。总之，凡是能让我们从日常生活突围出来，让灵魂得到休憩的无功利性的自由活动，都可以

---

① 参见张公善《洞见与盲视：勒克莱奇奥〈诉讼笔录〉简论》，《外国文学》2009年第6期。
② 参见张公善《小说与生活：中外现当代小说名篇中的生活观念》，安徽师范大学出版社2012年版，第120页。

称为审美出游。

审美出游的最大效果,就是放慢我们夜以继日匆匆忙忙的生活节奏,把眼光聚焦到平时无暇顾及的地方。一旦我们能够将现实的功利置之一旁,开始旁观自己置身其中的生活世界,这时,那些平日司空见惯的东西便向你绽放出异样的光芒。审美出游并非让人出世,而是让人在短暂的休憩之后,更加积极地入世。因此,审美出游的本质就是:日常生活中的人们以一种超脱的眼光,开始旁观进而欣赏这个世界,体验其中芸芸众生与万事万物之中所蕴含的真善美。为此,朱光潜在《谈美》中曾经告诫现代人,要"慢慢走,欣赏啊!"

(二)机器人化

观察一下儿童与其玩具或小伙伴的游戏,很能说明问题。在小孩子眼里,玩具就是一个玩伴,就像邻居的小朋友一样。可是和游戏机玩就大大不同了,小孩子没有了主动的交流,没有了悠闲的心态,因为一旦进入游戏,大脑便会加紧运作,而操作往往也只是单调的上下左右按动一些按钮,一切都在设定好的程序之内进行。小孩与游戏机之间没有了和自己的玩具或小伙伴之间的面对面的情感交流。因此,虽然游戏机一定程度上可以培养小孩子的反应能力,但却往往无助于培育他们的情商。

儿童与游戏机之间的关系,正如成人与其身边机器的关系。前文已述,机器已经成为现代生活必不可少的部分,机器以其机器性而不知不觉影响了与其相处的人,因而也让人变得像机器一样。更有甚者,机器只是人类生活中的工具而已。我们从机器那里更多的是索取而不是给予。可是,如果我们改变一下对机器的态度,机器对人的意义就会大大不同。这一态度其实非常简单:即发展一种与机器的亲缘关系。把我们与之相遇的机器并不仅仅视作冷冰冰的器具,而应视作灌注了生气的"物化的人"。这似乎进入了童话世界。"儿童的特点就在把无生命的事物拿到手里,并和它们交谈,仿佛它们就是些有生命的人。"① 的确,孩童的眼里,一切都具有生命力,但随着年龄的增长,这种泛生命的眼光渐渐消失。在此意义上,我们说波兹曼没有看到的事实是:消逝的不是童年,而是我们的童心。

其实,中国古代就有一种与自然万物相亲缘的观念。刘勰《文心雕龙·物色》篇尾"赞曰:山沓水匝,树杂云合。目既往还,心亦吐纳。春日迟迟,秋风飒飒。情往似赠,兴来如答"。短短34个字,形象生动地表达出中国古人与山水万物之间和谐共处的亲缘关系。深受中国哲学影响的海德格尔也有一种对物的崇敬之情。② 机器作为人类各种器官的延伸或拓展,理应被视作具有人性的物。唯有如此,我们才能善待机器,不定期地给予保养和"体检",适时让其休息而不是让其过度工作,等等。此时,机器恰如一个不说话的人。而当我们对万事万物报以同情之心,那么在我们人性三要素

---

① [意]维柯:《新科学》,朱光潜译,人民文学出版社2008年版,第97页。
② 参见张公善《批判与救赎:从存在美论到生活诗学》,安徽人民出版社2006年版,第68、331页。

（即兽性—人性—神性）①中，神性就会提升。与机器的交往也就成了另一种形式的人与人的交往。同时，我们也可以从机器身上感悟到一些生活智慧。机器人化的观念还可以帮助我们形成一种"器具伦理"。因为器具不仅仅是器具，对于制作者，器具是其精心创作的结晶，因而对器具不敬意味着对制作者劳动的不尊重；对于拥有者来说，器具也分享了其私人化的生活，尤其是那些被作为礼物的器具更是一种情感符号，因而对器具不敬也意味着不尊敬。可以说，器具不仅仅是物，也凝聚着人与人或自我的关系。

可见，机器人化减少了机器本身固有的机器性，增加了其被移入的人性。如此，世界就有了童话色彩，我们也在一定程度上回归到童年。其实在儿童的动画片中我们能最真切地体验到这种人化的机器，如《变形金刚》《机器猫》等。由于成人不再葆有童心，因而也不具有把机器当作人性化物件的观念。由此看来，儿童文学作品以及动画片给成年人最大的启示便是：回归到万事万物皆有人性的童心。被誉为德国最优秀的幻想文学大师米切尔·恩德的成名作《火车头大旅行》很能说明问题。小说中的火车头不但有着人的名字——"埃玛"，而且拥有人的品性，甚至在小说结尾还生了一个小火车头。小说在叙述火车头时使用的是拟人化的手法，丝毫没有把它仅仅视作一架机器，相反，作者时时让我们意识到埃玛不仅仅是火车头，更是一架与司机和其伙伴相依为命的朋友，读来让人备感亲切与温情。

（三）经验整体

生活在机器世界，我们就像现象学所谓的被"悬置"起来，从整体的生活世界中被隔离出来。与亲戚朋友面对面的交流被短信、电话、视频所代替。我们开始越来越多地待在电脑前购买各种物品。电脑网络俨然成为一切关系的中介，越来越深刻地影响到现时代的人，使其沉陷数字化生活而忘了身外实实在在的生活世界。

胡塞尔等人所谓的日常生活世界，其实就是我们生存于世的根。它需要我们日夜不停地操劳与维护，需要我们有足够的耐心与精力。趋乐避苦的人很自然不愿沉溺其中。轻点鼠标便可万事大吉的虚拟世界，当然更让人趋之若鹜。机器从不操劳，因而为日常生活操劳是做人本色。当我们远离日常舒舒服服地用鼠标生活时，其实也就把自己变成了一些机器的远程终端之一，远离了存在之根。

日常世界是人立身处世的平台。平凡里显现伟大，世俗中蕴含神圣。可以说日常生活是一个宝藏，而不仅仅是单调、枯燥和无聊。因此，现代人在从日常生活中审美出游的同时，还应该不断地回归到日常生活世界，把自己从一个城堡中引入广阔的生活空间。这也意味着把深陷虚拟生活中的现代人引入真实的现实世界，引入与实实在

---

① 人是一个复杂的多重角色的统一体，兽性—人性—神性的统一体。纪伯伦说："人性就是降临在人间的神性。"（《纪伯伦散文诗全集》，伊宏编，浙江文艺出版社1993年版，第91页）。梭罗说："我们的整个生命是惊人地精神性的。善恶之间，从无一瞬休战"，"自知身体之内的兽性在一天天地消失，而神性一天天地生长的人是有福的。"（梭罗：《瓦尔登湖》，徐迟译，吉林人民出版社1997年版，第206—207页）。

在的人与物亲密接触的生活世界。一言以蔽之,现代人迫切需要的,或者说严重缺乏的就是:去经验那整体性的存在。

经验整体可以是投入大自然之中,与自然融为一体,如梭罗在瓦尔登湖附近所体验的那样。英国诗人布莱克在《天真的预言》开头四句写道:"To see a world in a grain of sand/And a heaven in a wild flower, /Hold infinity in the palm of your hand/And eternity in an hour.(一沙一世界,一花一天堂。无限掌中置,刹那成永恒。徐志摩译)"虽然我们常人很可能达不到上述境界,但只要我们愿意投入大自然的怀抱当中倾听、凝视、冥思,我们未尝不能从中感受生命的律动与沉寂、体验生活的艰辛与意义、感悟存在的短暂与永恒。

经验整体也可以是采取一种诗化/艺术化生存策略,因为诗意/艺术的世界就是整体体验和体验整体的世界。① 国际知名艺术家、艺术治疗师桑德拉·马格赛门(Sandra Magsamen)多年来一直倡导"艺术地生活(living artfully)"。她在日常生活细节之中具体的艺术化实践已为世人所瞩目。她对艺术做了更为宽泛的定义,强调其创意表达,指出艺术地生活就是要创造性地表达自己,用心地体会和寻找生活的意义、乐趣和目标,等等。她看到了在万事万物之中美的可能性,并指出艺术地生活"有着巩固人与人之间关系的强大力量"②。其实艺术精神中的整体化倾向,除了将人与人连成一体的"群"之外,它还能通过其悲天悯人的大情怀,让人拥有一种终极观照:对人类以及宇宙存在的审视。这也是马尔库塞在《审美之维》中所描述的艺术所表现的"整体:人类,生存的'悲怆'天地和对世俗救赎——解放承诺——历史常新之渴望的'悲怆'天地"③。

经验整体还可以采取一种"宗教式生活"。宗教精神中有着一种整体化倾向,即在日常中感悟到世界大全,在此岸世界里体悟到彼岸世界。美国美学家帕克通过将宗教与美进行对比指出了宗教独有的整体性,他说:"在美中,我们觉得自己和单一的对象合为一体,而在宗教中,我们则安息在万有之中。"④ 而威廉·詹姆士列出的"宗教生活"四大信条开头两条更可作印证:"一、有形世界是一个更具精神性的世界之一部分,前者是从后者取得它的主要意义的;二、与这个更高尚的精神世界会合或有和谐的关系,是人生的真正目的。"⑤ 然而随着宗教在全球的衰落,越来越多的有识之士开始探索一种超越传统宗教的精神生活,或许可以称之为"宗教式生活",因为其所追求的仍然是一种具有宗教色彩的神圣精神生活,而且也是在日常生活之中追求一种超越

---

① 参见张公善《批判与救赎:从存在美论到生活诗学》,安徽人民出版社 2006 年版,第 283 页。
② [美] 桑德拉·马格赛门:《艺术地生活》,崔薇、李孟苏译,重庆大学出版社 2008 年版,第 188、57 页。
③ [美] 马尔库塞:《审美之维》,李小兵译,广西师范大学出版社 2001 年版,第 148 页。
④ [美] 帕克:《美学原理》,张今译,广西师范大学出版社 2001 年版,第 285 页。
⑤ [美] 威廉·詹姆士:《宗教经验之种种》,唐钺译,商务印书馆 2002 年版,第 483 页。

的精神世界。①

总之，每个人都生活在日常的世界里，但我们不能仅仅受到日常的束缚，而应该以日常生活为基础，不断地深入存在的整体中去。唯有经验整体，我们的生活才不至于沦为碎片，才能有望实现克里希那穆提所谓的"生命的完整"，才能葆有一种海德格尔所谓的"天、地、神、人"四元共舞的浑整性。

综上所述，在机器时代人类逐渐堕为生活机器，可以从三个方面体现出来：手工作坊逐渐被机器大工业所代替，从而导致人类生活在按部就班之中，过着千篇一律的机器生活（惯性生活），火车可以作为此类生活的意象；人类膨胀的控制欲和发展欲导致现代生活的空前压抑，于是越来越多的人在娱乐中游戏生活，发泄和疏解内心的紧张与郁闷，游戏机可以作为此种生活的意象；世界的机器化在20世纪末期逐渐引发一种新的生活方式的出现——数字化生活，人在网络世界里虚拟地生活，一台连接互联网的电脑是其象征。上述生活方式可以作为现代生活的典型表征，虽然拥有文明的进步因素，但也着实让身处其中的人倍感焦虑与痛苦，我们在此提出的建议性的超越之道是审美出游、机器人化和经验整体，它们都致力于让人类在机器之林中葆有情趣与童真，拥有更为人性与人道的生活。

---

① 这种宗教式的生活实践，可以参看美国心理学会人本主义心理学分会主席大卫·艾尔金斯的《超越宗教》（上海人民出版社2007年版）一书，该书教会人们如何在教会和寺庙围墙之外寻觅真正培养灵魂的精神生活。

作品品读

《山海经》美学精神与中国当下电视剧创新

彭松乔*

（江汉大学武汉语言文化研究中心，武汉，430056）

摘 要：作为中华文化的元典之一，《山海经》中蕴含着开辟鸿蒙、创化生命的创造之美，敬畏自然、物我融通的生态之美，亦真亦幻、想象奇特的浪漫之美，张扬血性、死而不屈的悲剧之美，涵容八荒、气度恢宏的气魄之美，和谐共存、诗意栖居的筑梦之美等中华民族最原始的审美基因。这对于我们解决当下电视剧创作中存在的颠倒黑白、解构崇高，胡编滥造、糟践历史，窥私猎奇、伦理失据，血腥荒诞、宫斗毒瘤，模仿抄袭、缺乏创新等艺术痼疾，无疑是十分对症的。我们传承《山海经》的美学精神，就要淬创新之炉火，熔铸电视剧的精神之魂；汲生态之源泉，浇灌电视剧的绿色之思；以血性之情怀，重塑电视剧的悲剧之美；挟想象之奇幻，抒写电视剧的多彩之梦。诚能如此，则中国当代电视剧必将以其沉酣的生命之美走上自主创新的康庄大道。

关键词：《山海经》；中华美学精神；电视剧创新

在五千多年的华夏文明史上，中华民族创造了光辉灿烂的物质文化和浩如烟海的文化典籍，蕴含着丰富而独特的美学精神。这是最可宝贵的文化基因，她展现了中华审美风范，使中华美学自立于世界民族之林！《山海经》作为中华文化的元典之一，其光怪陆离的神话传说及所蕴含的率真浪漫的审美气象，就像女娲炼成的一块块熠熠生辉的补天宝石，在建构中华美学精神方面具有重要的开创意义。虽然在"子不语怪力乱神"等主流思想影响下，《山海经》美学精神被长期遮蔽和扭曲了，但是它内蕴的光芒

---

* 彭松乔，江汉大学人文学院教授，副院长；江汉大学语言文化研究中心副主任。课题项目：本文为国家社

科基金艺术学项目"马克思主义艺术理论关键词的中国化研究"(批准号:15BA008)的阶段性成果。

却无时不在美学的星空中闪耀。从《诗经·采薇》中"命之衰矣"的感叹到庄子的生命美学,从魏晋时期的个性美学到晚明的启蒙美学,一直到清代曹雪芹的《红楼梦》张扬的性情之美,代代相传,从未停息。① 正如德国诗人歌德曾经说过的那样:"我深信人类精神是不朽的,就像太阳,用肉眼来看,它像是落下去了,而实际上它永远不落,永远不停地在照耀着。"② 在今天这个"比历史上任何时期都更接近中华民族伟大复兴的目标"的历史时期,③ 弘扬《山海经》美学精神,并以之来烛照当下文艺创作现象可谓正当其时!正是基于此种认识,本文以"《山海经》的美学精神与中国当下电视剧创新"为题,展开初步探讨。

一

《山海经》是我国先民经行世界后留下的一部记述远古社会的百科全书,涵盖了上古地理、天文、历史、神话、气象、动物、植物、医药、矿藏、宗教等方面的诸多内容。全书共十八卷,三万一千余字,其中《山经》五卷、《海经》八卷、《大荒经》四卷、《海内经》一卷。书中记载了大量的或真实可考或怪诞不经的山川、海洋、动物和植物。《山海经》保存了大量的原始神话传说,神话学家袁珂誉之为"非特史地之权舆,亦乃神话之渊府"。从美学上来看,无论是神话传说本身,还是记述者的叙事意蕴,都孕育着中华民族最原始的审美基因。

其一,开辟鸿蒙、创化生命的创造之美。《山海经·大荒西经》中写道:"女娲,古神女而帝者,人面蛇身,一日中七十变。""有神十人,名曰女娲之肠,化为神,处栗广之野,横道而处。"晋代郭璞将"女娲之肠"解释为"或作女娲之腹",也就是说"女娲造人"作为一种神话原型在这里就已经出现(系统的女娲抟黄土造人和炼五色石补天神话记载出现在汉代以后的《淮南子》和《风俗通义》中)。不仅如此,《山海经》还用"××生××"的表达方式对华夏民族的部落如何创生、如何繁衍进行了细致全面的描述,《大荒东经》写道"帝俊生中容",《大荒南经》写道"帝舜生无淫",《大荒西经》写道黄帝之孙"始均生北狄",《大荒北经》写道"颛顼生骥头,骥头生苗民",《海内经》写道"太皞生咸鸟,咸鸟生乘厘。乘厘生后照,后照是始为巴人"……通过"××生××"的叙事语式,《山海经》在阐述中华民族从个体到部落乃至种族繁衍融合的同时,将开辟鸿蒙、创化生命的创造美基因深植于民族审美的谱系。

其二,敬畏自然、物我融通的生态之美。这首先表现在物象的神化方面。在《山

---

① 潘知常:《关于中国美学精神的思考》,《美与时代(下)》2014 年第 11 期。
② 歌德语。见爱克曼辑录《歌德谈话录》,朱光潜译,人民文学出版社 1978 年版,第 42、43 页。
③ 习近平:《在文艺工作座谈会上的讲话》,中共中央宣传部编著:《习近平总书记在文艺工作座谈会上的重要讲话学习读本》,学习出版社 2015 年版,第 2 页。

海经》里,人与自然是浑融一体的,没有现代所谓主体与客体之分。在《海外北经》中,"相柳者,九首人面,蛇身而青"。在《海外北经》中,烛阴"其为物人面蛇身,赤色,居钟山下"。在《海外东经》中,"东方句芒,鸟身人面,乘两龙"。在《西山经》中,昆仑山神"其神状虎身而九尾,人面而虎爪"。这些人兽杂合的形象在先民那里,自然天成,没有任何物我之"隔"的感觉。其次表现在祭祀与尊崇方面。或许出于人类对自然的敬畏,《山海经》中的华夏先民对自然神往往是顶礼膜拜,充满敬畏之心。"翱山,神也。祠之用烛,斋百日以百牺,瘗,汤之以酒百樽。"这里的神祇与后世的人格神显然是不同的,他们承载的是自然界中无所不在的神秘力量,而这也正是赢得人们敬畏的根源。这种敬畏自然、物我融通的生态之美正是现代人所缺乏的。

其三,亦真亦幻、想象奇特的浪漫之美。在《山海经》里,其真也真实得直逼史实。例如,《海内东经》中对蓬莱山、琅琊台、会稽山的方位描绘,与今天的实际位置相差无几;《海外北经》反映炎、黄两个部落的战争及逐渐融合为华夏族的记载,基本上可以作为信史来看待;而关于黄河、昆仑山,肃慎国、犬戎国、匈奴国等内容的记载更是真实的历史存在。其幻也幻化得荒诞不经。例如,《海外南经》关于羽民国、骥头国、厌火国、贯匈国、三首国和不死民的描述,《北山经》中的精卫填海故事,《海外北经》中的夸父逐日故事皆无凭无据,极尽虚构之能事。这种亦真亦幻、想象奇特的浪漫之美,从古至今一直在中国的艺术之河中潺潺流淌。

其四,张扬血性、死而不屈的悲剧之美。面对强敌,敢于亮剑,血战到底,这是一个民族在生死存亡关头最可宝贵的品质,也是人世间最为壮丽的美。在《山海经》中,华夏民族这一宝贵的审美品质早就留下了基因。"刑天舞干戚,猛志固常在",陶渊明赞叹的这种血性之美,在《海外西经》中有详尽的记述:"刑天与帝至此争神,帝断其首,葬之常羊之山。乃以乳为目,以脐为口,操干戚以舞。"男将如此,女杰也不例外。在《北山经》里,不幸溺死后化为小小精卫鸟的炎帝之女巾帼不让须眉:"有鸟焉,其状如乌,文首、白喙、赤足,名曰精卫,其鸣自詨。是炎帝之少女名曰女娃,女娃游于东海,溺而不返,故为精卫。常衔西山之木石,以堙于东海。"无头而继续战斗,小鸟而矢志填海,这种张扬血性、死而不屈的悲剧之美,至今仍然令人钦敬!

其五,涵容八荒、气度恢宏的气魄之美。"仰观宇宙之大,俯察品类之盛。"读王羲之的《兰亭序》时,我们一定会被文章中那恢宏的气度之美所折服。其实,这种宏大的气魄之美早在《山海经》中就已留下基因。《南山经》写道:"右南经之山志,大小凡四十山,万六千三百八十里。"《中山经》写道:"大凡天下名山五千三百七十,居地,大凡六万四千零五十六里。"《大荒东经》写道:"东海中有流波山,入海七千里。其上有兽,状如牛,苍身而无角,一足,出入水则必风雨,其光如日月,其声如雷,其名曰夔。黄帝得之,以其皮为鼓,橛以雷兽之骨,声闻五百里,以威天下。"表面上看来,这种尚大尚广的"数学崇高"只不过是古人文章的一种夸饰修辞,实则不然,正是这种涵容八荒、气度恢宏的气魄之美,才奠定了华夏民族协和万邦、一统天下的根基。

其六，和谐共存、诗意栖居的筑梦之美。冯友兰在《新原人》一书中说，"从表面上看，世界上的人是共有一个世界，但是实际上，每个人的世界并不相同，因为世界对每个人的意义并不相同。"① 在《山海经》展现的世界中，家园梦想是充满诗意的。"西南黑水之间，有都广之野，后稷葬焉。有膏菽、膏稻、膏黍、膏稷，百谷自生，冬夏播琴。鸾鸟自歌，凤凰自舞，灵寿实华，草木所聚。爰有百兽，相群爰处。"（《海内经》）"有载民之国……食谷，不绩不经，服也；不稼不穑，食也。爰有歌舞之鸟，鸾鸟自歌，凤鸟自舞。爰有百兽，相群爰处，百谷所聚。"（《大荒南经》）"此诸夭之野，鸾鸟自歌，凤鸟自舞；皇卵，民食之；甘露，民饮之；所欲自从也，百兽相与群居。"（《海外西经》）无论是《海内经》中的"都广之野"，还是《大荒南经》中的"载民之国"，抑或是《海外西经》中的"诸夭之野"，在这种类似于后人桃花源般的筑梦世界里，人们畅想的是"同与禽兽居，族与万物并"的诗意栖居境界。

二

如前所述，《山海经》的美学精神，代代相传，从未停息。但是在儒、释、道为主的后世中国主流美学传统中，《山海经》美学精神长期被遮蔽和扭曲了，很少被人们真正关注和把握。而今，我们重提《山海经》美学精神也并非闭门杜撰一个美学伪命题。因为《山海经》美学精神借助电视荧屏这一媒介在电视剧创作中又重新被激活了。近年来出现的《山海经之赤影传说》《花千骨》《青丘狐传说》等玄幻类电视剧就明显地带有《山海经》美学精神旨趣。然而，这些作品却仅得其皮毛，离真正的《山海经》美学精髓仍然相去甚远。言及于此，我们就不得不对当下电视剧存在的痼疾做些具体分析。

其一，颠倒黑白，解构崇高。"沧海横流，方显英雄本色。"崇高作为人类在改造自然和社会斗争中由主客双方矛盾对立、激荡冲突而产生的动态美，体现了人类同自然和社会中可怕的势力斗争时的豪迈气势和悲壮情怀，故而崇高总是与英雄人物联系在一起。像《山海经》中的夸父逐日、精卫填海、刑天舞干戚等就表现出一种崇高的审美格调。他们身上的刚强血性、死而不屈精神永远值得人们学习。但是，不知从何时起，中华大地上却卷起一股鄙视英雄、调侃榜样、诋毁崇高的妖风。他们扛着后现代学术的旗帜，不相信董存瑞、黄继光的英雄壮举，质疑江姐、刘胡兰的英雄行为，认为岳飞的民族英雄地位必须重估，这种不良艺术倾向在电视剧中也颇有市场。在《民兵葛二蛋》等电视剧中，一些没有远大理想，甚至痞气十足、游手好闲、满口粗话的乡间混子由于某种机缘巧合，"一不小心"就变成了抗日英雄，在他们身上完全体会

---

① 叶朗：《美学原理》，北京大学出版社 2009 年版，第 430 页。

不到任何崇高的审美感受！当然，这并不是说，普通人就不能成为电视剧主角，而是说电视剧不能为了片面追求收视率而放低审美需求，统统将英雄叙事降格为痞气"雷剧"。

其二，胡编滥造，糟践历史。在中国几千年的文明史上，上演了一幕又一幕或悲壮，或豪迈，或令人叹惋的精彩故事，这自然成为包括电视剧在内的文学艺术重要的创作素材，像取材于《山海经》的电视剧《远古的传说》《天地传奇》《精卫填海》《女娲传说之灵珠》等就是如此。但是，当人们艺术地再现历史的时候，在美学精神上必须遵循历史真实与艺术真实辩证统一的规律。吴晗说："历史剧和历史有联系，也有区别。历史剧必须有历史根据，人物、事实都要有根据……同时，历史剧不同于历史，两者是有区别的。假如历史剧和历史一样，没有加以艺术处理，有所突出、集中，那只能算历史，不能算历史剧。"[①] 就是说历史剧必须既尊重历史事实，又应该有所创造，有所虚构。但是现实情况是很多历史电视剧为了迎合庸俗低级趣味，片面追求市场效应，随意虚构故事，架空历史，已经堕落到娱乐至死的深渊了。在电视剧《王的女人》中，西楚霸王项羽爱上了刘邦的妻子吕后，美人虞姬成为插足的第三者，于是在他们之间上演了一场荒唐的三角恋闹剧。在电视剧《新洛神》中，魏武帝曹操为了美女甄妃竟然和自己的儿子曹丕、曹植上演了一场乱伦的四角恋，简直随意篡改历史到不堪入目的程度。至于那些抗日"雷剧""神剧"就更不用说了，电视剧《箭在弦上》中的"女战神"三箭就可以射杀几十个日本鬼子，电视剧《X女特工》中，女特工可以飞天遁地，随意消灭敌人。这种视历史如儿戏，糟践历史，胡编滥造行为已经严重败坏了人们的审美情趣。

其三，窥私猎奇，伦理失据。家庭是社会的细胞，表现家庭生活的伦理剧接近日常生活，人们容易从中返身观照，产生共鸣，因而非常受老百姓欢迎。改革开放以来，随着市场经济改革向纵深发展，传统家庭观念受到了前所未有的冲击，改变了传统的伦理文化和意识形态，再加上独生子女政策的滞后效应及互联网对家庭的潜在影响，使得家庭冲突的频率和程度不断加剧。这本是一块很好的电视剧天地，我国艺术家也创作出了像《贫嘴张大民的幸福生活》《中国式离婚》《家有儿女》《金婚》等优秀家庭伦理剧。但同时，我们也应看到，由于受到后现代精神和浮躁创作之风的影响，在家庭伦理电视剧领域表现出严重的背离生活实际、价值内涵缺失、窥私猎奇、伦理失据等不良倾向。例如，在《婆婆遇上妈》中，一个变态婆婆为了逼迫儿子儿媳离婚，简直到了无所不用其极的荒唐地步；在《我爱男闺蜜》中，"争产""外遇""出轨""小三"成为电视剧中津津乐道的话题；而在《人到四十》中，两女共侍一男的离奇情节，更是让人难以接受！

其四，血腥荒诞，宫斗毒瘤。"宫斗剧"本属历史剧的一个分支，但由于中国古

[①] 吴晗：《谈历史剧》，转引自《文学理论争鸣辑要》下册，上海文艺出版社1983年版，第681页。

代封建王朝的后宫中美女如云,又充满了波诡云谲的政治博弈和血腥残暴的历史掌故(如汉代吕后与戚夫人恩怨),所以它同一般的历史剧有着较大的区别。再加上反映后妃生活,必定涉及宫闱隐私、宫廷制度、文化礼仪、权力博弈等隐秘内容,给人一种美人如玉、古意盎然、可看点多的独特审美期待,这就一定程度上弥补了后现代消费社会中"毫无深度的文化"之不足。像《金枝欲孽》《步步惊心》《美人心计》《甄嬛传》《芈月传》等宫斗剧,由于富有一定的历史内涵,又有较强的艺术观赏性,取得了非常不错的收视效果。本来后宫争斗是一个可以深度挖掘的题材类型,通过嫔妃争宠、比拼心计,以及前廷后宫间的政治关联,可以发掘出隐藏在背后的特殊人物命运和人性扭曲因由,但是由于大部分宫斗剧肆意篡改历史,角色架空,权力膜拜,着眼于阴谋陷害的权谋,热衷于血腥荒诞的情节,无限放大人性中恶的一面,且带有很强的政治隐喻性,对青少年观众起了不好的示范作用,现在正成长为电视艺术的毒瘤。

其五,模仿抄袭,缺乏创新。"'诗文随世运,无日不趋新'。创新是文艺的生命。"[①] 电视剧作为读图时代最受群众青睐的一种艺术形式,原创性是其生命力所在。因为电视剧是以"内容为王"的,如果没有大量优秀的原创作品做支撑,没有具有创新精神的艺术家积极主动地进行文化创造,就等于没有灵魂,而"复制式、同质化内容的抄袭模仿,很难让人民群众喜欢"。[②] 近些年来,中国电视剧虽然也为大众提供了不少优秀的原创作品,但在急功近利的浮躁创作风气引领下,模仿抄袭之风盛行,也是人所共知的。有的抄自外国,像《爱情公寓3》就明显模仿美国电视剧《老友记》,《回家的诱惑》与韩国电视剧《妻子的诱惑》如出一辙;有的抄自港台,像《宫锁连城》就涉嫌抄袭琼瑶的《梅花烙》,《影子爱人》就涉嫌抄袭阮世生的《假凤真凰》;有的则是内部复制,像《我在北京,挺好的》就被认定剽窃自《小麦进城》,《宫锁心玉》就被认定剽窃自《步步惊心》……当然,笔者并不是说不能进行艺术借鉴,参考和借鉴是艺术创新的基础,金庸的武侠小说就大量借鉴了民国武侠小说甚至古代传奇小说的精髓,但是如果一部电视剧从创意思维到主题思想,从人物设计到故事风格,从因果逻辑到拍摄技巧全面"借鉴"的话,那无疑属于"抄袭"之列了,而目前此等风气正在撕裂电视剧创新的灵魂!

三

习近平总书记《在文艺工作座谈会上的讲话》中说:"我们要结合新的时代条件传

---

① 习近平:《在文艺工作座谈会上的讲话》,中共中央宣传部编著:《习近平总书记在文艺工作座谈会上的重要讲话学习读本》,学习出版社2015年版,第12页。

② 同上书,第44页。

承和弘扬中华优秀传统文化，传承和弘扬中华美学精神"，"我们要坚守中华文化立场、传承中华文化基因，展现中华审美风范。"这既是实现中华民族伟大复兴的时代召唤，又是激活中华传统文化生命力的良好契机，也是包括电视剧创新在内的当前中国文艺发展的迫切需要！在文艺圈普遍奉行"金钱至上，娱乐至死"荒谬信条的大环境下，发掘中华美学精神的合理内核，结合新的时代条件，传承和弘扬《山海经》的美学精神可谓是撬动电视剧审美疲劳症最为有力的杠杆之一。

然则，我们该如何传承和弘扬《山海经》的美学精神呢？在笔者看来，《山海经》的美学精神，并不在故事和形象的荒诞不经，而在于其对生命的热爱和愤恨，欢欣和恐惧，反抗和膺服，在于其丰富的艺术想象，在于其血性的悲剧情怀，在于其生态的宇宙意识。循此，中国电视剧完全不必到好莱坞去寻找艺术灵感，到韩剧、日剧中拾人牙慧，乃至跟风逐浪地拍摄一些狗尾续貂之作，而应以其沉酣的生命之美走上自主创新的康庄大道。

其一，淬创新之炉火，熔铸电视剧的精神之魂。在《山海经》里，不仅"女娲之肠"能繁衍生命个体，包括种族、民族在内的一切都是生生不息的。这种无所不包的创生万物精神，就像一颗颗孕育生命的种子，伴随着我们的祖先经行天下，所向披靡。依此创新精神来生产电视剧，何愁没有好的思维，好的题材，好的故事，好的人物，好的风格！这就需要我们的电视艺术家真正从创造精神出发，走出书斋，深入田野，从日常生活中去发掘出精彩的中国故事，并以电视剧特有的语言去讲好这些故事，发现其中独有的民族精神、深刻的时代主题和蕴蓄的人性内涵。因为在我们这个改革进入深水区的大变革时代，每时每刻都在发生精彩故事，它们有时比电视剧本身还要精彩！关键看我们是不是独具一双慧眼，去拨开遮眼的阴霾，洞悉生活的本真，发现身边无穷无尽的美。从某种意义上说，近年广受大众欢迎的电视剧《欢乐颂》就是这样一部源于生活又高于生活的创新之作。"苟日新，日日新，又日新。"在电视剧创新领域，我们尤其需要这种淬火精神。只有通过不断发掘，不断熔铸，反复淬炼，才能够贡献出无愧于伟大变革时代的电视剧精品。

其二，汲生态之源泉，浇灌电视剧的绿色之思。在《山海经》里，既有敬畏自然、物我融通的生态情怀，又有和谐共存、诗意栖居的筑梦理想。这种"同与禽兽居，族与万物并"的生态观念，正是拯救现代生态危机急需的精神源泉，同时也与我国"十三五"规划的绿色发展理念高度契合。用这样的生态精神，去寻找电视剧题材，创作中国气派的电视剧，不惟内容上具有鲜明的时代性，而且接续了中国文化数千年的历史传承，定能产生非同凡响的艺术效应！事实上，我国已有不少电视人对此进行了大胆的探索，由导演孙沙拍摄的《希望的田野》、《美丽的田野》和《永远的田野》电视剧三部曲，就以娓娓道来的中国故事较好地展现了生态救赎主题。当今世界的生态危机越来越严重，人类对自然环境的破坏已从根本上威胁到了人类的生存，"因为人类太精明于自己的利益了……如果我们能调整它与这颗行星的关系，并深怀感激之心地对待它，我们本可有更好的机会存活下去"。① 电视剧作为最受大众青睐的艺术形式，借鉴包括《山海经》在内的古代生态文化资源，自觉地拯救生态危机，是历史赋予我们的时代使命，对此我们责无旁贷！

其三，以血性之情怀，重塑电视剧的悲剧之美。在《山海经》里，中国悲剧精神得到了深刻的体现，赋予其独特的历史文化内涵。这里的矛盾冲突不是简单的正义与非正义之争，不是简单的敢于流血，敢于牺牲的英雄气概，而是在神秘的、不可抗拒的命运重压之下，依然坚持"自主""自决"乃至抗争到底的人格尊严和精神自由。② 在多民族融合过程中，强者打败弱者，并最终实现华夏民族的大统一，这是历史不可抗拒的命运，战败者被砍掉头颅本是寻常之事，但是刑天的头颅虽被砍，却非要"以乳为目，以脐为口，操干戚以舞"，用死而后已的气概抗争到底，来捍卫自己的人格尊严和精神自由！这是什么？这就是中华民族特有的血性情怀！在实现中华民族伟大复兴的征途中，我们常常会面临着强敌环伺的险境。面对强敌，如果我们没有了血战到底，敢于亮剑的精神，那是十分危险的。在这方面，电视剧《亮剑》等就进行了很有价值的探索。但是，由于我们长期处于和平环境，知识精英中鸵鸟精神盛行，这就迫切需要我们用电视剧这种大众化的艺术形式去唤醒中华民族潜在的血性情怀，重塑电视剧的悲剧之美。

其四，挟想象之奇幻，抒写电视剧的多彩之梦。《山海经》有如失落的天书，充满了如梦如幻的艺术想象力和汹涌奔腾的思想活力，为我们打开了仰观宇宙之大和俯察品类之众的无限广阔天地，是对人类现实经验世界的极大超越！在《山海经》里，不仅描绘了神秘的动物、奇异的珍宝、缥缈的山脉、无边的海洋、奇妙的湖泊，而且展现了丰富的神话、浪漫的传说，并且初步具有了一定的审美倾向性。"有鸟焉，其状如鸡，五采而文，名曰凤皇，首文曰德，翼文曰义，背文曰礼，膺文曰仁，腹文曰信。是鸟也，饮食自然，自歌自舞，见则天下安宁。"（《山海经·南山经》）这种奇幻而又初具审美追求的想象力，对于我们今天的电视剧艺术创作是弥足珍贵的。应该说，今天的电视剧品类中是不缺乏富有想象力的类型的。无论是穿越剧、玄幻剧、神话剧、盗墓剧，还是武侠剧、古装剧、破案剧、科幻剧，它们都不缺乏想象力。《还珠格格》对清代宫廷社会的想象力不可谓不丰富，却离奇得出格了！《花千骨》对人物的设计之想象奇则奇矣，但是不知它究竟是为了什么而想象！它们不仅在想象的超越性方面远不及《山海经》，而且更为致命的还在于它们的审美倾向十分可疑。这自然是值得电视剧领域高度关注的。

"文律运周，日新其业。"创新是引领民族文化发展的不竭动力，一部文艺发展史就是文艺创新的历史。中国当代电视剧要走出"克隆""山寨"的文化困境，克服同质

---

① ［美］蕾切尔·卡逊：《寂静的春天》，吉林人民出版社 1997 年版，卷首语。
② 叶朗：《美学原理》，北京大学出版社 2009 年版，第 348 页。

化的不良倾向，必须调动各种文化艺术资源，充分吸收优秀传统文化营养，找到属于自己的文化根基，才能创作出更多具有中国气派、中国风格和中国特色的优秀电视剧作品。在这方面，传承和弘扬包括《山海经》在内的中华美学精神，无疑具有十分重要的现实意义。它是我们"'以古人之规矩，开自己之生面'，实现中华文化创造性转化和创新性发展"[①] 的必由之路！

[①] 习近平：《在文艺工作座谈会上的讲话》，中共中央宣传部编著《习近平总书记在文艺工作座谈会上的重要讲话学习读本》，学习出版社2015年版，第29页。

从《离婚律师》看都市题材电视剧的叙事策略

曾耀农　张梦闪*

（湖南商学院，长沙，410205）

摘　要：都市题材电视剧经过近30年的发展已经成为电视荧屏不可或缺的一种电视剧类型。这些电视剧以爱情、家庭、奋斗等为副题，通过影像来达成受众心理的某种诉求，成为当今社会的热点，也引起业界众多讨论。这些电视剧在叙事策略上恰到好处，对典型都市人物的塑造、矛盾冲突的情节设置、具有时代特色的台词设计、时空结构的合理变换、角色多重人际关系的组合、音乐音响的恰当搭配、时尚的包装等构成了都市剧热播的叙事策略。这些叙事策略在都市题材电视剧中相辅相成，使电视剧成功地吸引了当下的受众并且不断的发展，成为当下艺术洪流中不得不研究的论题。

关键词：电视剧；都市题材；叙事策略；时代特色

电视剧具有娱乐性，它不但成为现代人们生活中必不可少的休闲方式，而且成为组织人们精神、情感内在生活的主要媒介。电视剧是一种集文学、电影、戏剧为一体并且叙事性较强的、以家庭为主要传播对象的媒介作品。而中国的电视观众大都喜欢听故事，所以电视剧的"叙事"，也就构成了电视剧艺术理论应予以特别关注的课题。近年都市题材电视剧在电视荧屏中已经成为不可或缺的一部分。从1990年的《渴望》起步，已经涌现了很多优秀的此类电视剧。近几年都市题材电视剧更是占据着荧屏的首位，比如《奋斗》《金婚》《北京青年》《心术》《浮沉》等。无论多么优秀的演员，多么精彩的布景，多么宏大的投资，都要依赖于一个完整的、符合受众心理需求又不落

---

* 曾耀农，湖南商学院文新学院教授、博士、硕士研究生导师，湖南省和平文化研究基地研究员，主要研究方向为影视美学与传播美学、文化产业；张梦闪，湖南商学院传媒产业管理研究生。课题项目：此文为国家社科基金项目"自媒体领域我国主流意识形态的话语权研究"（14CKS039）、湖南省社科基金项目"大数据时代湖南省文化产业的业态转型升级研究"（15YBA243）阶段性成果。

俗套的剧本。而这类电视剧文本创作最主要的便是叙事的策略，设计出奇制胜的叙事策略成就了电视剧的收视率。

国外对电视剧叙事策略的研究，大都认为建构电视剧的叙事理论应该是角色、事件和作为"动力"的场景。萨拉·考兹洛夫曾经试图建立起一套电视叙事理论，讨论了作为角色和场景的叙事元素，另外还包括事件。考兹洛夫坚持认为，与电影格外强调事件不同的是，电视叙事中的首要存在就是一般性的情节剧。她还强调角色的作用尤其胜过场景的作用，特别是在赢得观众兴趣的方面。而克里斯汀·汤姆森提醒我们注意电视叙事中情节的复杂性，但同时也强调角色和场景的作用。罗伯特·麦基在《故事》中指出："性格或行为中的矛盾会锁定观众的注意力。因此主人公必须是全体人物中一个最多维的人物，以将移情集中在这一明星角色上。"[①] 很显然，罗伯特·罗基肯定了戏剧中主人公的重要性，但也强调必须通过情节的矛盾来突出主人公的个性。

由于艺术背景不同，国内对都市题材电视剧叙事策略的讨论成果较多。石长顺教授在研究叙事学时说："兴盛的电视叙事方式是当前叙事学研究的重要主题。"[②]《电视剧社会学》中也通过对电视剧的叙事艺术研究来表现社会学领域的相关知识。大部分学者还强调了这类电视剧在叙事策略上的时代特征。要想创作出符合受众口味的电视剧，就一定要紧跟时代潮流，了解受众所思所想，才能"百战百胜"。"在充斥着谍战、苦情和神怪剧的当下荧屏中，这类青春题材电视剧能够把握时代的脉搏，以特有的表达方式贴合主流，从而为当下年轻人的生活带来一丝璀璨的希望。理论上来说，青春都市题材电视剧的崛起应当成为中国电视产业走向成熟的一个标志。"[③] 电视剧叙事策略掌握的恰到好处，是不能离开剧中人物形象的完美塑造的。卢蓉在《电视剧叙事艺术》中认为电视剧人物形象的塑造是离不开肖像的刻画、人物的境遇和性格的典型性、多重性与分裂性的。都市题材电视剧也正是通过这样一个个鲜明的人物形象来获得观众的青睐的。情节是电视剧叙事性的主要组成部分，童庆炳在《文学理论教程》里说："情节是按照因果逻辑组织起来的一系列事件。而且要求在事件的发展中表现出人物行为的矛盾冲突，由此揭示人物命运的变化过程"[④]。

针对都市题材电视剧叙事策略的研究，总体上国内研究成果较多，国外相对较少，尤其是对都市题材电视剧叙事艺术的研究。都市类电视剧叙事策略随着时代的进步也在不断地变化，时空的交错结构、影音的合理布局、演员的服装设计、人物的关系变化等都在逐渐建构着都市类电视剧叙事策略的体系。

都市题材电视剧的叙事策略除了时代背景、人物形象以及情节冲突这三个重要的

---

① [美]罗伯特·麦基：《故事》，中国电影出版社2001年版，第445页。
② 石长顺：《电视话语的重构》，华中科技大学出版社2010年版，第87—89页。
③ 张苑：《论"80后青春都市题材"电视剧走红原因》，《声屏世界》2013年第9期，第73页。
④ 童庆炳：《文学理论教程（修订版）》，高等教育出版社1998年版，第212—213页。

因素还有很多内容上的斟酌和结构上的设置，所以我们的研究思路将以《离婚律师》为例，从都市题材电视剧的内容与结构两大方面入手来探讨它的叙事策略。

一 都市题材电视剧发展概况

（一）都市题材电视剧的发展历程及现状

改革开放以来，我国电视剧的数量越来越多，种类题材也越来越丰富。在众多新颖的电视剧题材中，尤其属反映各年龄段各阶层的人们的现代生活为缩影的都市题材电视剧最有亲和力和表现力。近年大量以都市为大背景产生的爱情、亲情、友情、奋斗、婚姻等为副题的电视剧活跃在荧屏中，除了给当下的青年人呈现了一个自己的生活缩影，也让社会产生了各种各样的讨论话题。

电视是当今传媒领域中极其重要的传播介质，而电视剧更是现代人们生活中不可或缺的一种生活体验。由于各个年代的时代背景不同，从历史题材为主的电视剧风格到以农村生活为主的电视剧风格，直至20世纪90年代以来越来越多的以都市环境为大背景的电视剧的诞生，中国电视剧走过了50多年的风雨岁月。目前学界对都市剧并没有一个明确的界定，我们可以把都市题材电视剧简单地定义为：以都市生活为叙事背景，以都市生活中的人和事为叙事主体，以讲述都市情感为主要内容的电视剧。作为当下最具主流影响力的都市题材电视剧，它的发展也是经历了坎坷和沉淀才走向了今天的繁荣，大致分为三个阶段。

首先是"文革"结束后，我国社会体制开始逐渐改善，文化体制也随之转型，这个时期的电视剧多数是以历史题材为主，并且由于社会处在转型过程中而带有浓厚的政治色彩，当时的都市题材电视剧只能作为一个细枝末节在电视剧的洪流中艰难生存，艺术水准较低。

随着我国改革开放的不断深入，政治、经济得到了空前的解放和发展，电视剧的题材也逐渐丰富起来，拥有了战争剧、爱情剧等多种题材，都市题材电视剧从这个时期开始受到老百姓的关注。1990年上映的由鲁晓威和赵宝刚导演的都市情感剧《渴望》红遍祖国大江南北，张凯丽扮演的年轻漂亮又渴望爱情、勤劳向上的"刘慧芳"的形象深入人心，成了当时年轻人的偶像。也正是这部富有青春活力的电视剧使都市题材电视剧达到了蓬勃发展的阶段。自《渴望》之后，90年代涌现了大批优秀的热播都市剧。《北京人在纽约》《编辑部的故事》《过把瘾》等都市剧都深受当时老百姓的喜爱。但是，由于当时视听技术及设备的制约，并且受当时社会经济政治背景的影响，人物塑造单一，人物建构拘泥于传统，这些热播剧在改革开放之后特定的时代氛围中，尤其是都市剧开始走向滞停阶段。

到了20世纪90年代后期至21世纪初，因为新的社会背景，促成了《玉观音》《中国式离婚》《永不放弃》等剧的热播，都市剧也呈现了回暖状态，中国电视剧也开始走向产业化和市场化。尤其是2007年《金婚》的播出，使都市剧走向了一个新的高潮，这一时期同时热映的《奋斗》《蜗居》《裸婚时代》等主要反映21世纪新时代品质的都市剧深受都市男女的热爱，都市剧开始走向了繁荣发展阶段。这些都市题材电视剧，塑造了一个又一个典型的社会青年的形象，通过当下年轻人与父母的家庭关系的构造，将现实生活中最常见又最经典的画面搬上荧幕，把观众的理想心愿、喜怒哀乐、爱情婚姻全部刻画出来，让观众通过都市剧满足了心理诉求，释放了心灵情感。

（二）都市题材电视剧的类型特征

1. 具有时代特征的都市影像

随着政治经济和信息技术的发展，现代都市也越来越繁荣，呈现出了时尚、快捷、网络化和个性化的特点。为了能够更真实地反映当今都市的发展现状，同时也更好地抓住观众的观剧心理，都市题材电视剧能够囊括当下社会最流行、最时尚、最新颖的话题进行叙述，使每部都市剧都具有非常鲜明的时代特色。如2007年热播的《奋斗》，主要讲述几个"80后"大学毕业生是如何在大城市为梦想奋斗、面对感情如何正确抉择的青春历程。剧中除了高耸入云的办公大楼、潮流时尚的穿着打扮、伴随快节奏脚步的街道等众多都市环境意象，更包含了当时流行的"闪婚""北漂""乌托邦""富二代"等众多热门话题和要素，而这些要素是区别于其他时代所产生或者流行的，非常符合当时观众的审美倾向并且与观众产生共鸣。继《奋斗》后热映的体现"裸婚精神"的《裸婚时代》、赞扬"80后"小媳妇敢想敢干的《媳妇的美好时代》、追求个性独立的《我的青春谁做主》、崇尚夫妻AA制原则的《AA制生活》等都市题材电视剧无一不体现着浓厚的时代特色。正是这些颇具时代特色的都市景象造就了都市剧的繁荣发展，使之深受观众的青睐。

2. "小人物"偶像特征

都市剧中的"小人物"主要是与达官贵人、职场精英相对而言的，在都市中为自己的梦想而努力奋斗的普通百姓，他们穿梭在职场和家庭中，或面对感情受挫，或面对买房压力，他们无权无势，有着属于自己的酸甜苦辣。近年来都市题材电视剧正是捕捉到了这份真诚，充分关注都市"小人物"的命运，塑造了一个又一个生动活泼的小人物形象，以平民的幽默让观众真正感受到身边的真善美。而这些"小人物"有着属于自己的坚持和个性，如《裸婚时代》里的刘易阳，没钱没房没车，却因为他对爱情的浪漫和坚持感动了数万名观众，当时网友还喊出了"做人要做喜洋洋，嫁人要嫁刘易阳"的口号。还有《离婚律师》中的女主角罗鹂，出生在一个普通的戏剧表演家庭中，她通过自己的努力考上重点大学成为一名律师，在工作时不畏权贵追求真理，成为很多年轻女孩的偶像。时下热播的都市剧中，每一部都有这样一群家境一般为了自己坚持的生活而执着付出的"小人物"，这些带着时代特色的"小人物"喊出了观众们心里最渴望、最真实的情绪，成为当今时代不可或缺的偶像。

3. 叙事真实性和生活化

都市题材电视剧是我们现实生活的一面镜子，它映照出都市爱情男欢女爱的画面，刻画出婆媳关系的融洽和矛盾的交替进展，展现出上班族在写字楼里忙忙碌碌为理想奋斗的身影……这些我们在日常生活中所经历的爱情、亲情、事业、家庭等，无一不被搬到了荧幕上。通过这些画面，观众可以设身处地地根据情节的跌宕起伏或潸然泪下，或哈哈大笑，或愤怒起身，使他们看完一部都市剧就如同亲身经历了一场感情洗礼，这就是都市题材电视剧叙事真实性的作用。而真实性主要体现在"生活化"上，都市题材电视剧都是依据实际生活提炼出的当下最典型最有意义的生活景象来创造的，不能无视观众的审美倾向和生活经验而刻板照搬原句原话，所以说电视剧的创造是来源于生活、取材于生活而高于生活的一种艺术。

二 电视剧《离婚律师》叙事分析

（一）《离婚律师》主要内容

1. 故事梗概

《离婚律师》主要讲述了池海东与罗鹏两个离婚律师从针锋相对最后走向了婚姻殿堂的故事。金牌律师池海东在事业上最蒸蒸日上之时却惨遭妻子焦艳艳的背叛并且倾家荡产，然而在自己的离婚案中结识了对方律师罗鹏，他意想不到的一段爱情已经悄然开始。两位离婚律师阴差阳错地在几桩友人的离婚案中成为"敌我"双方，并且还成了生活中的邻居。他们帮助各自的委托人好聚好散，鼓励他们开始新的生活，甚至有时候也劝和了婚姻濒临破碎的家庭。通过这一桩桩离婚案，两人从针锋相对逐渐到日久生情，从竞争对手转化成了亲密爱人，虽然恋爱的过程中他们均因为感情创伤而不敢相信婚姻而争执过，但最终二人还是被对方的才华和真诚所打动，从而修成了正果。

2. 剧组阵容

由姚晨、吴秀波两大实力派演员领衔主演，热播剧《小爸爸》中饰演暖男齐大胜的刘欢担任此剧的男二号，挑战一个帅气的劈腿男形象——曹乾坤；在电视剧《神话》《宝贝》中均有出色表现的张萌，饰演美丽高傲的池海东前妻。在《心术》饰演"白富美"的韩雨芹，此次成为女主角的闺蜜汤美玉；"话剧界"的人气之星贾景晖饰演池海东的助理潘小刚；而《辣妈正传》中夏冰妈妈的扮演者朱茵饰演罗鹏的妈妈李春华。剧中还集聚了方中信、买红妹、谢园、岳红等一批优秀的实力演员。

3. 热播概况

该剧在浙江、江苏、深圳、天津、北京五大卫视首播，获得完美收视率，随后在江西、陕西、湖北、山西、广西、重庆六家卫视进行了第二轮播放。视频上线一周后，微博话题讨论阅读量从不到4780万飙升至1.5亿、微博指数增长近4倍；截至2014年

8月29日,百度指数超过100万,是《古剑奇谭》的2倍。① 10月网络视频播放量已强势破20亿。② 该剧单台收视率就达到了1.547,持续坐稳收视冠军宝座,并多日创下三台收视同时破1的奇迹。截至2014年9月1日,该剧视频网站播放量突破15亿,在开播不到一个月的时间内刷新了视频网站电视剧独播播放纪录。单日最高峰值近1亿,打破了2013年《新笑傲江湖》创下的10亿播放纪录。③ 关于"离婚律师"这一话题的新浪微博阅读量在电视剧播出前就创下了4780万的纪录,播出后更是达到2.9亿,而它的百度指数则在收官日领先排名第二的电视剧2倍。④

(二)《离婚律师》主要叙事策略

1. 剧中的人物形象的塑造

首先我们来分析一下剧中几大主角的人物性格与形象。

男主角:池海东。高级律师事务所合伙人,风流倜傥,口齿伶俐。正当事业春风得意时惨遭妻子背叛并且在离婚官司中倾家荡产。在律师界他赫赫有名、深受尊敬,但在爱情和婚姻中,他却遭遇了各种打击。池海东因离婚而倾家荡产却没有放弃他的事业理想,他仍然努力工作,为了工作他可以放弃很多,比如自尊、享受等;生活中如普通百姓一样勤俭节约,有时还有点斤斤计较。感情上,因为所遭受的创伤使他开始不相信婚姻,认为恋爱不一定就要结婚,无论别人怎么劝说他还是执拗地告诉罗鹂实话,这也体现了他固执的一面。在表达上,池海东这个人物形象是极具戏剧色彩的,他经常调侃自己说:"我现在觉得单身贵族这个词还是有道理的,单身是贵族,离异就不是了,这个离婚啊,离一次扒一层皮,不光是钱啊。""咱们是干离婚律师的,干我们这行的,看到别人结婚,劝别人小心,看见别人离婚,要对人家说恭喜。"池海东的形象代表着很多事业有成却感情不顺的人士,也代表着性格幽默且固执的"大叔"形象。

女主角:罗鹂。离婚律师。独立、自信、直率,外表理智,内心感性,学业事业顺风顺水,却遭热恋男友隐瞒家室的打击,成了"被小三"群体,从此不再相信男人和爱情。后与池海东相遇,两人在处理众多离婚案中逐渐产生情愫。罗鹂的形象是现在我们社会中典型的"都市女白领",她们靠自己的努力考上重点大学,毕业后工作一帆风顺,无论对什么领域都有自己独到的见解,追求时尚、独立和平等,富有原则性。

男二号:曹乾坤。池海东的好哥们儿,和大学女友汤美玉结婚生子,努力工作。可由于妻子的优越家庭背景和经济上的压力误入歧途,劈腿妻子好友,最终在大家的劝导和自己的反省中向美玉道歉挽回了家庭。曹乾坤这个人物特别能够反映当今

---

① 数托邦《中国大数据》,http://www.thebigdata.cn/YingYongAnLi/11599.html。
② 电视新闻《腾讯娱乐》,http://ent.qq.com/a/20141014/018634.html。
③ 电视新闻《腾讯娱乐》,http://ent.qq.com/a/20140902/026590.html。
④ 电视新闻《网易娱乐》,http://ent.163.com/14/0903/14/A57O5H0500032DGD.html。

社会人们嗤之以鼻的"劈腿男"形象，但这个人物被赋予了双重性格，作为出轨者是社会中的反面人物，但作为好哥们儿，他却和池海东情同手足，在工作上也十分出色。

女二号：焦艳艳。池海东前妻，大学校花，心高气傲。拿到离婚赡养费后和"小三"结婚，不学习不工作，每天享受荣华富贵，最后因为丈夫的家暴而选择再次离婚。这是一个带有悲剧色彩的人物，和罗鹂这样努力工作、追求独立的女性形成了鲜明的对比，也反映出现代都市中为了享乐而放弃自我的"拜金女"形象。

女三号：汤美玉。曹乾坤的妻子，罗鹂的闺蜜。结婚后为了丈夫和孩子放弃了工作，一心一意做好一个家庭主妇，却惨遭丈夫背叛。最后虽然原谅了丈夫，但同时也明白了工作对于女人的重要性。汤美玉这个形象，代表了很多为家庭牺牲自己前途和个性的家庭主妇。

以上是对剧中主要人物角色形象的分析。通过分析，我们可以看到，《离婚律师》表面上是在写两个离婚律师怎样针锋相对打官司从而产生爱情的都市剧，其实包括很多现实都市社会的热点话题，而这些热点话题都是通过一个个鲜明的人物形象进行映射的，这些人物形象的塑造使都市题材电视剧有了血肉，是都市剧不可或缺的一项重要叙事策略。如剧中池海东的"恐婚"、罗鹂的"女性独立"、曹乾坤的"出轨"、焦艳艳的"拜金"、汤美玉的隐忍，这些都是当今社会热议的话题。《离婚律师》中池海东"大叔"形象的设定，是当今社会女孩子们非常喜爱的男性形象；罗鹂追求独立的精神，是现代社会不可轻视的女性视角；曹乾坤虽出轨但又具有人情味和事业心使观众又爱又恨；焦艳艳这样的高傲拜金女得到了应有的报应，大快人心；而汤美玉这个为爱牺牲事业的女人，更是深受大众的同情。《离婚律师》通过这样的叙事策略，在人物形象上获得了不少观众的好评。

2. 情节的巧妙构置

《离婚律师》主要讲述的是金牌律师池海东与伶牙俐齿的罗鹂先敌后友并且最终修成爱情正果的故事。剧中人物关系复杂，情节演变迭起，以"相信爱情，经营婚姻"为主题，构造出了许多耐人寻味的故事情节。而在这一主要故事中，剧中有多处巧妙的情节安排，使整部剧具有矛盾统一性和煽情性。

池海东和罗鹂人物关系的情节演变：事业有成的金牌律师池海东在自己的离婚案中输给了妻子的辩护律师罗鹂，从此二人便展开了针锋相对的较量。他们多次成为同一离婚案件的双方代理律师，在法庭上唇枪舌剑；在生活中，又巧合地成为一个楼层的邻居，每天互相讽刺和打击对方。然而在一来二去的"对战"中，二人逐渐被彼此的才华和气质所吸引，由于二人都是内心火热，他们瞬间从"敌我双方"转化为情侣关系。可是不相信婚姻的两人却在这段关系中频频受挫，经常为了"该不该结婚"这个话题而吵架，进而矛盾激化分了手。不过电视剧最终安排了一个考验二人爱情的情节——池海东险些跳楼身亡，有情人终成眷属。

男女主角双方的好朋友离婚案情节：剧中曹乾坤出轨被妻子汤美玉发现后，汤美玉忍无可忍提起离婚诉讼。而作为双方的好朋友池海东和罗鹏都是有名的离婚律师，所以情节安排上二人顺理成章地成为曹汤夫妻的双方代理律师。这一情节的设定，不仅使剧情进入高潮，主角配角的关系得到进一步的演变发展，也能够抓住观众的眼球。

焦艳艳前妻变"小三"情节：池海东前妻焦艳艳因遭受家暴后悔与池海东离婚，反而追求池海东进而挑拨池罗二人的关系，最终还是悔悟祝福二人。这一情节安排在故事接近结尾处，既让观众看到了焦艳艳的改变，增加了剧情的丰富性，同时也揭露了社会上背叛感情者的悲惨下场，符合中国传统道德观，十分具有现实意义。

潘晓刚小人得志乱搅和情节：池海东助理潘晓刚趋炎附势，调到池海东情敌吴文辉事务所后，因为对曾经老板池海东的妒忌屡做损害池海东名誉的事情，危及池海东的事业和池罗二人的爱情。潘晓刚是整部剧中唯一一个"小人"形象，而这一情节的设置不仅表明每个人的生活里都有一个损人利己的人，也同时因为这一情节，使接下来本应因潘晓刚挑拨而分手的池罗二人却反而具有了爱情的默契，二人不但互相惦念，并且试图找到办法去降低对方的责罚。

罗鹏父母逼婚情节：罗鹏父母得知女儿与池海东相恋，从外地赶来进行逼婚，这一情节中池海东与罗鹏父母的"唇枪舌剑"和二老心理的变化也让观众一饱眼福。每部都市剧都不会缺少这样具有喜剧色彩的父母关系的情节，这更能显示出都市剧的真实性。对于这些"80后"的男男女女，父母在自己的婚姻大事上是不可忽略的一个存在。所以罗鹏父母逼婚的情节也道出了父母的心理期望，体现出向传统生活理念回归的倾向。

以上是《离婚律师》中比较经典的几个情节，这些情节从结构上、内容上都恰到好处地展现出了每个角色的性格，也推动了剧情的进一步发展。正是这些情节的巧妙构置，使得《离婚律师》这部都市剧在内容上更真实、更多彩。

三　都市题材电视剧叙事策略

（一）叙事内容策略

1. 情节穿插巧妙合理

《离婚律师》中，到处可见这种夺人眼球的具有矛盾冲突的情节，在第二部分已经指出。如男女主角关系演变中的阴差阳错的安排、受小人算计后爱情却反得进展的出乎意料、作为闺蜜、夫妻、对手、恋人不同关系的四人进入同一离婚案件的矛盾起伏，还有家长逼婚使计的喜剧情节等等，《离婚律师》通过这些跌宕起伏又让人猜不透结局的情节，深深感染着电视机前的观众，使观众在前一个情节中还没有回过神时又进入了新的情节设置，吊足观众的胃口。阿伯拉姆在谈到情节时指出："戏剧作品或叙事作品的情节是作品的事情发展变化的结构。对这些事情的安排或处理是为了获得某种特定的感情或艺术效果。"① 大部分都市题材类电视剧正是这样通过一系列男女交往关系的变化、跌宕起伏的奋斗过程以及家庭伦理矛盾冲突等具体的情节，令受众产生兴奋、感动、愤怒等心灵上的共鸣，从而让受众享受了一场视听盛宴，这就是都市剧在叙事策略中情节渲染的作用。

2. 都市角色的个性展示

在近年热播的都市剧中，通过典型人物形象的塑造而抓住观众心理的例子有很多。比如，《裸婚时代》中的刘易阳，浓厚的北京腔散发出的幽默大度，细心体贴的性格散发出的执着，虽然最后爱情败给了想象的落寞，由于当时的热播而在网上引起了"嫁人要嫁刘易阳"这样的热帖；如《媳妇的美好时代》里余味这个负责任、迁就老婆、孝顺亲生父母也敬爱养父母的"小男人"形象更是引起了社会风潮，同样女主角毛豆豆的善良果断也深入人心。也正是因为剧中这两位主角的人物形象，二位演员也被观众们称为"国民丈夫"和"国民媳妇"，成了当时乃至现在的典型形象。这些典型人物都有一个共同的特征，就是幽默且乐于自嘲，这种富有喜感的形象会让观众走进轻松娱乐的氛围里，"所以，大众文化诚然离不开直接的娱乐性，但仅有娱乐显然是远远不够的。娱乐只有当其与文化中某种更根本而深层的东西融合起来时，才富于价值"②。可见当下流行的都市题材电视剧中的典型人物都是具有这样的娱乐精神的，同时他们又不乏善良和"正能量"，这就是吸引受众的最重要的原因。在观赏中轻松，在轻松中感动，可见典型人物的塑造在都市剧叙事策略中的重要性。

3. 具有时代特色的台词

《离婚律师》中，作为金牌律师的两位主角，更是不乏让观众耳目一新的台词。

"男人要是敢有外遇，就算帅成周润发那样，也得死！""离婚的时候，最大的问题不是感情破裂，是抢钱。""单身的女人一定要买一张好床，两个人一起睡哪儿都行，床不要都行，一个人孤单、寂寞、冷……不买张好床来抚慰自己，日子得过得多悲凉？"这几句都是女主角罗鹂的经典台词，富有幽默感地揭示了我们现实生活中"小三""剩女"、离婚率上升等热门话题。"我们还是中国好邻居。""耶是这样的吗？太老土了，九零后的耶是这样的，呀比喵喵喵。"这两句台词不仅轻松搞笑，而且紧跟时代潮流，把"中国好……"句式和"90后"网络经典自拍表情融入其中。"法律只保护财产，不保护感情。""女人经济越独立越不需要婚姻，投资男人不如投资自己。""谈恋爱，是跟一个人的优点在谈恋爱；谈结婚，是跟一个人的缺点在过日子。""爱情里不被爱的那个人才是第三者，才是小三。""嫁个有钱人，不如自己成

---

① [美] M. H. 阿伯拉姆：《简明外国文学词典》，曾忠禄等译，湖南人民出版社 1987 年版，第 256 页。
② 王一川：《当代大众文化与中国大众文化学》，《艺术广角》2016 年第 9 期，第 65 页。

为有钱人。""忠诚是因为背叛的筹码不够大,正派是因为受到的诱惑不够多。"剧中除了幽默搞笑,更多的是通过这两位律师的嘴来表现出现实生活中的婚姻观和事业观,这些或铿锵有力或感人肺腑或看似简单实则意蕴深长的台词,已经成为当下都市男女心中的经典,并且观众由此开始反思自己,这也是都市剧希望能够通过各种都市男女的情感和事业而启迪观众的意义所在。这些具有时代特色的电视剧台词,是作为都市剧被观众欣赏而不可或缺的一个设计亮点,在网络信息发达的今天,当人们通过各种媒体渠道重新品味这些语言,除了获得了娱乐休闲的体验,也同样获得了精神上的思考。

4. 时间空间的完美组合

都市题材电视剧叙事一般是以顺叙为主的交叉式时空结构来进行的,徐岱在《小说形态学》中指出:"空间解放带来了时间解放。时间解放带来了空间解放。"[①] 就是这样时空网状的交错叙事,"故事最终要在时间与空间的共同作用下实现其意义和价值。"[②]《离婚律师》大结局中,池海东为了救受人挟持跳楼的前妻,在天台与匪徒交涉,随时会有生命危险。而另一空间里,罗鹂听说后正在急忙往事发天台赶。这两个空间场景让观众替男女主角捏一把汗。随之镜头戛然而止,由罗鹂的一段引人深思的旁白开始静止,衔接的下一镜头便是池海东躺在医院里昏迷不醒,罗鹂正在对着他说话。然后通过罗鹂的表达镜头又回到当时事发的天台,展现当时到底发生了什么事情。这样自然而然地通过空间与时间的交错,既吊足了观众的胃口,又给予剧情一个跳动的节奏,能够加深观众的印象,同时恰到好处地渲染了剧情。这样的拍摄和播放手法,在很多都市剧中都有体现。如《咱们结婚吧》中经常出现女主角杨桃回忆过去与男朋友在她此时此刻所在的地方所有的甜蜜,然后又转回镜头是现在的空旷和孤独,这样把观众的视角放大,也同时使剧情更煽情、使人物形象刻画更深入。

5. 人物关系的多重结构

现代都市题材电视剧中,已经不单单只是陈述一两对主角的感情或者事业发展。因为我们所存在的时代的发展性、开放性和科技性,也因为当今时代人们生活情感的多样性和丰富性,都市剧为了反映这些都市现实就需要不断地丰富剧本的人物及情节,才能引起观众的共鸣,踏入时代的洪流。《离婚律师》中,由男女主角各自的朋友圈而组成的多种人物关系,通过各种各样的人物关系来辅助男女主角的感情主线索的发展,既复杂又不失合理,让观众称赞。如剧中汤美玉是罗鹂的闺蜜,而池海东的前妻焦艳艳又是汤美玉的表妹,焦艳艳又时不时挑拨池海东的爱情。因为有汤美玉这一人物在三者之间的沟通,便经常会阴差阳错地让池海东与罗鹂之间的关系得到微妙的发展;

---

① 徐岱:《小说形态学》,杭州大学出版社1992年版,第209页。
② 宋家玲:《影视叙事学》,中国传媒大学出版社2007年版,第158页。

再如转投吴文辉律师事务所的池海东前助理潘晓刚这个人物,他因嫉妒而屡次陷害池海东,这中间不得不涉及吴文辉出面解决。而吴文辉又是罗鹂的前男友,在池海东与罗鹂间他是一个很大的障碍,而剧中用潘晓刚这一角色便把此三人衔接在一起,可谓顺理成章。现代都市剧中这样复杂多变的人物关系组合比比皆是,像《老妈的三国时代》《妯娌的三国时代》《媳妇的美好时代》等更是有着多重的婆媳关系组合、妯娌关系组合、亲家关系组合等与我们现实生活密不可分的人物关系网。这些人物关系网,能够清楚明白地展现出都市青年生活的丰富情感,也更加透彻地反映了现实人们生活的压力和复杂的人际关系圈。亲情、友情、爱情是每个都市人都不能离开的情感因素,也正是这些因素造就了都市剧中多重的人物关系组合。

(二)叙事包装策略

1. 形象包装的潮流体验

都市剧作为"80后""90后"的追捧对象,其中人物外表的包装都走在时尚的前沿,引领着时尚的潮流。《离婚律师》中,罗鹂身着各类西装风衣,优雅摩登,魅力无穷。池海东独特的雅痞风造型,无论是西装革履,风衣大衣毛衣,还是潮范儿的多层次搭配,加之他独特魅力的胡茬造型,都紧紧地吸引着观众的眼球。最近几年的都市剧在包装造型的设计方面可谓充满时尚和都市气息,新奇古怪的造型越来越多地展现出当下年轻人敢想敢做的思想。近些年同样热播的《奋斗》中所谓的"心碎乌托邦",也是时下特别流行的元素,拍摄于北京"798艺术中心"中的一个艺术工厂符合电视剧的审美需要。因为都市剧中这些服装配饰相对廉价,它们时尚、新颖、具有代表性的特质又符合当下大众的审美需求,所以深受大众的追捧。《离婚律师》在热播之后,演员姚晨在剧中的服装首饰就不断出现翻版,各种价位的仿品在购物网站上的销售业绩一直领先。都市题材电视剧通过触摸时尚潮流,完成了都市发展中市民文化变迁的特殊需求,迎合了广大市民阶层的审美文化需要。

2. 音乐和影像的恰当配合

麦茨从物理学的意义上将电影的表现要素概括为"影像、对白、杂音(音响)、音乐、书写材料"① 五个部分,电视剧也是如此。技术人员通过后期制作出的音乐效果为大家在荧幕前呈现出一场"视听盛宴",针对不同场景制作出的音乐语言以其特有的感染力在电视剧中表现出了极高的艺术价值和审美追求。电视剧音乐与电视剧的主题、镜头和情节等融会贯通、相互配合,造就了相当多的"影视神话"。《离婚律师》主题曲《爱的勇气》是流行音乐界"转音小天后"曲婉婷演唱的,刚发行在QQ音乐一天便破100万点击率,这与电视剧的热播是分不开的。《爱的勇气》这首歌曲风婉转深情,每次播放到主角人物感情受到波折或者突破进展时,这首音乐便流畅地进入观众们的耳中,让观众在用眼睛看剧的过程中,能够用耳朵听见,从而用心来感受。这是

---

① [美] 罗伯特·斯塔姆等:《电影符号学的新语录》,张黎美译,台湾远流出版公司1997年版,第115页。

电视剧音乐和影像配合的魔力。如都市剧《咱们结婚吧》中，女主角杨桃作为"剩女"的烦恼和期待被爱的心情，主题曲《终于等到你》与此场景相得益彰。同样地，都市剧中不乏一些喜剧的情节，《小爸爸》中于果与齐大圣兄弟情深，二人一嗨起来时便会唱起《呼儿嘿呦》，欢快的节奏让观众不禁哈哈大笑。当然，除了主题歌曲，配合电视剧的音乐还有很多如钢琴曲、二胡曲等，这些音乐随着电视剧传播出去的影像时而悠扬，时而悲伤，时而欢快，时而凝重。这些流行音乐，有的是因为音乐流行本身而造就了都市剧的流行，有的是因为都市剧的流行而使其变成当下的流行音乐，总之，当下都市题材电视剧的热播与剧中的音乐对剧情的渲染是分不开的。

论梅瑞狄斯小说《利己主义者》中的婚恋伦理观

谢小琴[*]

(四川大学文学与新闻学院,成都,610064)

摘　要：本文运用文学伦理学批评分析《利己主义者》中蕴含的婚恋伦理观,体现梅瑞狄斯对维多利亚时期功利婚恋观的否定和对传统婚恋观中理想的女性命运的思考。同时,作者也倡导一种以爱为基础、以彼此了解和互相尊重为前提的自由、平等的新婚恋伦理观。这种新婚恋伦理观形成的原因有三：一是维多利亚中后期特定的历史环境和伦理语境；二是18世纪末兴起的妇女解放运动的影响；三是作者本人具有的人文主义思想所表现出的思想倾向性。

关键词：乔治·梅瑞狄斯；《利己主义者》；婚恋伦理观

乔治·梅瑞狄斯是维多利亚中后期的一位重要作家,在英国文学史上有其独特的地位,也影响了不少作家。他的代表作《利己主义者》主要讲述了英国贵族男爵威洛比的恋爱生活。他曾两次订婚,又两次被未婚妻"抛弃",为了挽回面子,他被迫放下尊严,向曾被他抛弃两次的贫穷多病的利蒂霞求婚。然而这位曾经盲目爱慕他十余年的佃户的女儿,在看清他的本来面目后也严词拒绝了他。最后,在威洛比种种逼迫和百般保证下,她才勉强答应了他的求婚。

这部作品从发表至今,学术界已从众多角度对它进行过研究和阐释。国内外学者对《利己主义者》的研究主要集中在以下几个方面。第一,从多个角度讨论、评价梅瑞狄斯的女权主义思想及《利己主义者》中女权主义倾向。例如,阿拉贝拉·肖尔的《乔治·梅瑞狄斯的小说》,刘其刚的《顺从还是抗争——简述梅瑞狄斯〈利己主义者〉中的女权主义精神》。第二,从他对科学的态度,尤其是对达尔文进化论的理解入手,

---

[*] 谢小琴,四川大学文学与新闻学院,研究方向为比较文学。

去分析《利己主义者》。如马娅·A. 斯图尔特《梅瑞狄斯的〈利己主义者〉中的乡村别墅理想》。第三,致力于研究他作品中的措辞和现代主义表现手法。如 J. B. 林斯肯《维多利亚时代的意识流小说先驱:乔治·梅瑞狄斯》。第四,对他的艺术理念和小说创作风格进行探讨。如刘文荣的《论梅瑞狄斯的"戏剧精神"与小说风格》。第五,分析梅瑞狄斯同时具有的殖民主义和反殖民主义的思想及其在《利己主义者》中的表现。如郭哲的《〈利己主义者〉中梅瑞狄斯的殖民主义意识与反殖民主义意识》。

梅瑞狄斯擅长对英国中上层阶级中常见的人和事进行详细的描述分析,以揭示出英国社会中的种种弊端,并从伦理的角度思考一些社会问题。《利己主义者》是其代表作,有必要从文学伦理学批评的角度去探讨分析。学术界对这部小说的分析研究几乎没有从文学伦理学角度着手,鉴于此,本文将从文学伦理学的角度分析《利己主义者》中蕴含的维多利亚中后期的婚恋伦理观及其新婚恋观形成的原因。

一 对维多利亚时期传统婚恋观的反思

在维多利亚时期,传统婚恋观受到父权制和道德观念中功利主义的影响,认为在婚姻中女性处于附庸地位,是丈夫的私有财产,要对丈夫绝对忠诚,更强调女性的事业是婚姻和家庭。此外,在择偶方面,尤其重视门第观念和女性的贞洁,认为这是关系家族血统和家庭幸福的一个重要因素。这种婚恋观里包含的功利主义中强调效果的利己因子,在维多利亚中后期发展到了极端的地步,显现出很多的弊端,引起了人们的反思。聂珍钊在论及19世纪的伦理道德时总结道:"19世纪伦理思想对文学的影响广泛而深远,其主要特征是伦理道德思想同文学主题的融合。"[①] 梅瑞狄斯是19世纪中后期英国极重要的作家,其代表作《利己主义者》无论题目,还是作品中描写的当时社会中存在的一些婚恋道德问题,都反映出作者对当时道德观念中功利婚恋观的反思。这部作品对传统婚恋观的反思主要体现在两个方面:一是对功利的婚恋观的否定,二是对传统维多利亚婚恋观中女性命运的思考。

(一) 对功利婚恋观的否定

在维多利亚时期,西方伦理道德观念由于对道义原则的争论,导致了两种完全对立的伦理体系的形成,一个是以康德为代表,讲究原则和动机反对从功利和效果上去进行分析和评价的"道义论",另一个是以边沁和穆勒为代表的讲究效果和最大幸福原则的功利主义。这两种理论各有所长,但是在快乐主义原则伦理思想的影响下,重视效果的功利主义随着英国资本主义的飞速发展,使得中产阶级及新一代工人的地位和影响力逐渐上升。梁实秋在介绍维多利亚时代背景时写道:"维多利亚时代是中产阶级抬头的时代,这中产阶级的政治思想起于边沁及其功利主义一派,其基本思想是:人

---

① 聂珍钊:《文学伦理学批评导论》,北京大学出版社2014年版,第121页。

类活动的根本动机乃是为了一己的利益，人生真正的目标为尽量寻求快乐与减少痛苦。"① 因此，可以说功利主义不仅是当时的一种道德理论，更发展成为一种社会潮流。

梅瑞狄斯虽是一位思想开明的民主派，但是他的作品内容基本上局限于中上层。因此，他是那个时代功利主义潮流的记录者和思考者。功利主义讲究效果和最大快乐的原则，也让其中利己主义观念在社会各方面影响极大，尤其是在19世纪中后期婚恋伦理观中。梅瑞狄斯在《利己主义者》序言中，就揭示了"利己主义以害人开始，必以害己告终"②的危害性，表明作者对极端利己主义的批判。

文中利己主义的典型形象是威洛比·帕特恩，拥有作为爵士的特权与父权制及父权制社会所给予他的作为男性的优越感，使自己有种高人一等的自负感。他时刻幻想成为上流社会的"独裁者"、世界的"太阳"、"改造和统治他周围的生灵"③。尤其在择偶及对另一半的占有和控制上，充分暴露了他极端利己的本质。在选择婚恋对象时，他同时看上了两个姑娘：一个是美丽、健康、富有的克莱拉·弥得尔顿，一个是聪明、温顺、有才、对他绝对忠诚且与他最聊得来的利蒂霞·戴尔。当他将完全符合帕特恩府第女主人一切条件的克莱拉定为未婚妻，并及时用婚约将其"拴住"时，又利用利蒂霞对他的盲目崇拜和忠诚，逼迫她发誓永远不与别人结婚。其直接目的是既能够得到近乎完美的克莱拉，又能在精神上占有利蒂霞，使她的心永远属于他。边沁指出"功利主义原则指的就是：当我们对任何以行为予以赞同或不赞同的时候，我们是看该行为是增多还是减少当事人的幸福"④。功利主义认为行为的功利是可以计算的。威洛比选择帕特恩府第女主人时，考虑合算过争取大多数人的最大幸福原则，将负面效果降到最低。为了家族和自己的将来他表现出的利己主义，在当时功利主义思潮盛行之下是可以理解的。但当他明白"他站在威严的玫瑰与谦逊的紫罗兰中间。他向一个顶礼膜拜，而另一个则对他顶礼膜拜。他不能两者兼得。这是一条对王子和流浪汉同样有效的法律"⑤ 时，他为了使利蒂霞的心永远属于自己逼迫她发誓永远不嫁人，这在当时的伦理语境下也要受到批评，这一点从西方19世纪伦理道德观的发展和变化可以看出。穆勒在继承边沁的功利主义后，将其与利他主义结合。而黑格尔面对讲究道义论和功利派的论争，便将二者结合提出义利统一学说，把道德伦理观念向前推进了。说明人们意识到了功利主义中过分强调利己主义是不合理的。威洛比的极端利己主义行为在当时的社会环境和伦理语境也不合理。

威洛比的极端利己主义观念不仅体现在对婚恋对象的选择上，而且集中表现在对

---

① 梁实秋：《英国文学史》，新星出版社2011年版，第1102页。
② [英]乔治·梅瑞狄斯：《利己主义者》，文思译，湖南人民出版社1988年版，第6页。
③ 同上书，第7页。
④ 北京大学西语系资料组编：《从文艺复兴到十九世纪资产阶级文学家艺术家有关人道主义人性论言论选辑》，商务印书馆1971年版，第582页。
⑤ [英]乔治·梅瑞狄斯：《利己主义者》，文思译，湖南人民出版社1988年版，第24—25页。

待自己另一半的占有和控制上。他是传统婚恋观的代表,他身上集父权社会的男权制和盛行的利己主义观念于一体,认为女性是男性的附庸,并且应该对男性绝对服从。"他在同一时刻既用眼看着克莱拉,又用心想着利蒂霞",[①] 想将她们都"囚禁"在自己身边,供自己占有和摆布。他对利蒂霞的摆布和控制集中表现在,为了将维农这个得力的助手牢牢地留在自己的身边,他心想"为了安抚他的未婚妻并且把两个有用的人留在他身边供他差遣,他还是能下决心让他们结合的"[②]。当他将利蒂霞赐给维农做妻子时,还不忘逼迫利蒂霞发誓保持对他忠诚的心不要变。他利用利蒂霞对他的盲目崇拜的感情,使自己从中获利,结果耽误了利蒂霞的青春。这导致她变成了一个30岁的老处女,因贫困还不得不用写作挣钱过活。他却好像完全不知道,正是写作伤害了她的身体,使她不健康的。他这种不顾利蒂霞的身心和未来,只希望她成为他的疗伤剂和绝对的崇拜者的行为,是损人自私的利己主义。

他对待选定的未婚妻,也体现出极端利己主义。当他要求他们的爱情是双方同声共气,彼此一体,但却不承认在彼此一体的同时,要保持彼此人格上的独立。当克莱拉认清他的本质后,想解除婚约。他却想尽一切办法"拴住"她。即使克莱拉告诉他,这样是会导致"两个人的灾难,而不是四个人的幸福",[③] 他还是为了自己的府第、声誉喊出:"'我的!她是我的!'他大声说'永远是我的!完全是我的!彻底是我的!'"[④] 最后知道与克莱拉解除婚约是无可挽回时,他要求她必须答应与维农结婚,才同意解除婚约。他这样要求,是为了把这件事对他的伤害降到最小,根本不顾及维农和克莱拉是否有感情。同时,他为了挽救面子,也全然不顾利蒂霞现在的感情及意愿,就利用她以前写给他的诗和她病重父亲的心愿,逼迫她答应他的求婚。这是功利主义中讲究效果原则追求最大幸福原则的利己主义的极端表现,虽然利己在当时的伦理道德观念中是被接受的,但是从穆勒发展的功利主义可以看出,当时社会虽然承认利己主义,但也渐渐意识到应该有利他主义的意识,只有在利他中达到利己的目的才是善的表现,即坚持了最大幸福原则。

威洛比的极端利己行为,是维多利亚中后期道德观念中利己主义在婚恋中渗透并走向极端的典型。这种行为导致他不得不接受应有的惩罚,即两次被未婚妻抛弃,只能放下尊严,低声下气地恳求既贫穷又不健康的利蒂霞,结果还是遭到严词拒绝。少言的维农也叹惜他那可怜的表弟,感叹"威洛比活该。完全成熟的男人应该懂得,要一个年轻女人违背自己的意志而与他结合,这是对命运最严重的挑战"[⑤]。小说对威洛比婚恋行为的否定,表现出作者对传统的利己主义婚恋观的一种反思。

---

① [英] 乔治·梅瑞狄斯:《利己主义者》,文思译,湖南人民出版社1988年版,第561页。
② 同上书,第177页。
③ 同上书,第157页。
④ 同上书,第563页。
⑤ 同上书,第408页。

(二) 对传统维多利亚时期婚恋观中女性命运的思考

维多利亚时期理想的女性形象是忠诚、顺从、天真无邪，一心按照社会习俗和道德标准生活。因为父权制和父权制社会体系给了男性很多特权，他们在生活中拥有作为男性的优越感，而女性只能是男性的附庸。钱乘旦先生在对维多利亚时期社会、文化描写中这样写道："她们是丈夫的摆设，完全没有社会功能，也没有独立性。"①

《利己主义者》中这类理想女性形象以利蒂霞·戴尔、蒙斯图特·詹金森太太及埃利诺和伊莎贝尔小姐等一群围在威洛比周围的女性为代表。她们在生活中是一心按照社会习俗和道德标准的要求生活，而命运似乎并没有给她们眷顾。在《利己主义者》中，利蒂霞表现出传统观念中理想女性的品质。她对威洛比是绝对崇拜和顺从的，对于他的几次抛弃，她都很顺从地以伤害自己的方式接受，并将其归结于自己的出生、美貌、财产等方面与威洛比这个众人心中的骄子不配。利蒂霞身上表现出了传统婚恋观念中理想女性的品质，是威洛比很喜欢的，以至于威洛比把她叫到帕特恩府第来与大家相处，希望她能激起克莱拉的嫉妒，从而使克莱拉效仿她对自己的忠诚和顺从。这些都说明利蒂霞是传统的理想女性。但她却没有因为这些传统美德拥有一个好的归宿，反而被自己崇拜和爱慕的威洛比一次次地抛弃，不得已只能以写作挣钱维持生活，以致变成了一个不健康的老处女。威洛比还利用她对自己的盲目崇拜，将她赐给维农，以便留住维农这位得力助手，却还要求她发誓对他绝对忠诚。她对威洛比过分的要求只能是感叹"今天我是个傻瓜，明天呢"，②表现出她对威洛比的要求有种无力反抗的无助感和自己对自己习惯性顺从的无声反抗，更是对自己出身不好的命运的忧伤。与利蒂霞相比，蒙斯图特太太则是一位经济宽裕、心地善良的贵族太太。她寡居多年，却一直以自己还用第一任丈夫的姓而骄傲。这在注重贞洁的维多利亚时期，是很值得称赞和效仿的。而她却只能整天和一些太太聊些毫无意义的话题，或是举办点宴会来打发时间。虽然成为女性心目中的典范，但她自己却过着毫无意义的单调生活。此外，与利蒂霞相比，埃利洛和伊莎贝尔小姐不仅具有传统观念中理想女性的品质，还拥有高贵的出身。但这一对顺从、忠诚的姐妹，没有因自己的出身和美好品德找到好归宿，只能留在帕特恩府第里成为威洛比的影子和回音。对于威洛比这个很有影响力的府男主人，她们会极力地讨好和夸耀，她们表现出的就是典型的顺从。

简言之，无论她们怎样完美地按照传统的观念去做，都无法改变自己的地位和命运，最终都只会是传统婚恋观的牺牲品。一面成为当时道德观念普遍认同的标准和典范，另一方面却只能默默地为自己的青春惋惜，甚至在心里践踏自己真实的意愿。梅瑞狄斯作为一个人道主义者，他意识到了女性受到的不人道的待遇，对传统理想的女性的命运进行了思考。

---

① [英] 乔治·梅瑞狄斯：《利己主义者》，文思译，湖南人民出版社1988年版，第271页。
② 同上书，第36页。

二 对新婚恋伦理观的倡导

在维多利亚中后期，由于维多利亚女王的倡导，女性（特别是处于社会中上层的女性）可以获得更多的教育机会，认知和视野要比以前进步。同时，妇女解放运动作为一种社会新思潮到这时已经有了很大的发展。这些因素在一定程度上促使社会婚恋观念发生了新变化。在新婚恋观上，一些受先进思想影响的知识分子竭力倡导一种自由平等的婚恋观。他们对真正爱情、婚姻的倡导，主要表现在强调一种婚恋双方要彼此了解和互相尊重、并以爱为基础的婚恋观。同时，肯定了不受门第约束，不以财产、年龄、相貌等现实因素为标准的纯洁的爱情。

梅瑞狄斯认为婚恋应该以感情为基础，而不应该受到门第、财产、健康等现实因素的制约。他尤其强调婚恋双方要彼此了解和互相尊重，认为那是婚恋的前提。在《利己主义者》中，克莱拉在婚恋观上的成长，是由传统的、无知的、功利的婚恋态度到追求一种自由、平等的婚恋态度，这个过程中她逐渐明白了，婚恋双方需要彼此了解和相互尊重。克莱拉在一种极轻率无知的情况下和威洛比订婚。他们的订婚是出于双方各自情况的考虑，是一种典型的功利的结合。当她渐渐明白，自己和威洛比的世界观、人生观不同的时候，她困惑了。幸好善于思考的她渐渐从威洛比对小克罗杰父子和车夫弗里契等人的所作所为中，看清了他的利己主义本质。她决定，努力争取与他解除婚约，这也是小说的一条主要伦理线。在这条伦理线中，有许多小的伦理结。比如，一个是为小克罗杰的培养方向问题，她曾多次与威洛比交谈过，希望尽早送他去补习功课，不过结果都毫无进展。还有一个是在对待车夫弗里契上，与威洛比也存在很大的争议。这些小伦理结的发展，正是威洛比的利己主义充分暴露的过程。通过她一次次与他争取中，她才慢慢看清了他利己主义的本质及其危害，也慢慢地坚定了她反抗婚约的决心。在这过程中，她由最初的对毁婚表现出的害怕犹豫、愧疚自责到逐渐勇敢，坚定信心，甚至觉得除了不嫁给他，她什么都愿意。

她最初轻率地与威洛比订婚，订婚后才发现彼此不了解、三观不和，并且威洛比只是一再要求她与自己要完全融合，成为一体，却不尊重她独立思想和人格，更没有给她选择的权利。她看清了功利婚恋的危害性，也知道婚恋双方彼此不相互了解、互相尊重很难相处，两个人都会痛苦。

她不仅看到了彼此互不了解和尊重的潜在危害，也懂得了彼此了解和尊重的必要性和合理性。在她争取解除婚约的过程中，她觉得维农"好像是她在沙漠中独自行走时，遇到的同路人"[①]。在她对自己选择动摇或因失败感到绝望时，维农像一位导师一样给她支持和引导，帮助她走出消极和悲观的情绪。最后，她在维农的支持下，取得

---

① ［英］乔治·梅瑞狄斯：《利己主义者》，文思译，湖南人民出版社1988年版，第158页。

了成功。正是在她反抗婚约的过程中，克莱拉明白了真正理解她、尊重她的人是维农，这位知识渊博、富有爱心、有主见并且人格高尚的人才是她欣赏的对象。

维农在帮助克莱拉的过程中举止高尚，他没有利用她的困惑谋取私利。他给她指点，却在关键时候让克莱拉自己做决定，尊重她的思想、人格和选择。因此，在克莱拉去火车站准备逃跑时，经过无数次的思想斗争后，她还是选择回来。最后，在她返回来的过程中，"她的头脑完全被一个问题占据了，那就是，她的归来会不会使维农高兴。尽管他只做了很有限的努力促成她的归来，但他是她归来的真正原因"[①]。小说结尾，她和了解、尊重、支持她的维农走到了一起。至于利蒂霞和威洛比，她对他爱慕了十年之久，而他也很喜欢和她在一起。最后，当威洛比向利蒂霞求婚时，强调说利蒂霞是全世界唯一了解他的女人。他之前选择抛弃她只是为了府第未来和自己名声考虑，而没迁就自己的意愿。即使最后利蒂霞在看清威洛比的本质后，拒绝他的求婚，也对周围人强调"如果你们，像我想象得那样，盲目地崇拜他，我就不知道我们将怎么能生活在一起"，[②]指出威洛比的极端利己的本性。最后有情人也算是终成眷属。年轻、美貌、富有的克莱拉嫁给了寄人篱下的穷学者，高贵、富有的男神威洛比娶了出身低微、不健康的利蒂霞。他们两对的结合，都打破了传统观中要求门当户对、以财产等物质财富作为主要衡量标准的婚恋观，强调相互尊重、彼此了解、以爱为基础的结合。

最后，在解除婚约这个大的伦理结中，伦理秩序得到重置。威洛比以惩罚克莱拉来治愈自己的创伤，"让她做一个半隐士的老式人物的填房妻子，而且这个人在他的原配婚姻中丢过脸"[③]。巧合让克莱拉与品德高尚的维农结合，他们的结合是相互了解、互相尊重、彼此爱慕的结合。威洛比也因为与利蒂霞彼此间有爱，与她结合。挽回了不少损失（声誉、面子、府第、未来等）。虽然有功利目的，但他们两个人是彼此有感情的、最后也相互了解了。这两对有情人最后走到一起，充分肯定了相互了解、彼此爱慕的纯正的爱情。

三　新婚恋观形成的原因

《利己主义者》是梅瑞狄斯写于1879年的一部作品，它通过描写威洛比和克莱拉在婚恋观上的冲突和碰撞，表明一种新的婚恋伦理观在逐渐形成。从当时的社会大背景可以分析出新婚恋观形成的原因主要有三个方面：一是当时特定的社会历史环境和伦理语境，二是妇女解放运动的社会思潮影响，三是作者本人的思想倾向性。

---

① ［英］乔治·梅瑞狄斯：《利己主义者》，文思译，湖南人民出版社1988年版，第378页。
② 同上书，第684页。
③ 同上书，第526页。

(一) 特定的历史环境和伦理语境

聂珍钊在梳理西方伦理学批评的道德传统时写道:"19世纪英国的功利主义不仅是一种道德理论,而且还发展成为一种社会思潮,对社会政治、经济和文化都产生影响,尤其是19世纪后半叶的文学。"① 以边沁和穆勒为代表的功利主义认为其原则是讲求效果和功利。认为凡是增加当事人幸福感的行为都应予以赞同,否则就不赞同。维多利亚时期英国率先完成了工业革命,资本主义经济飞速发展,到维多利亚中后期经济高度繁荣。资本主义经济的快速发展并逐步繁荣,带给人们的不仅是物质生活的改善,而且随着新一代工人为代表的中产阶级的价值观不断地在社会中取胜,"政治经济学和功利主义变成了国家的正统学说",② 使人们的道德观念中渗入了功利的元素。随着利己主义在社会中的发展,有学者将其分为合理利己主义和极端利己主义。认为极端利己主义就是将自我利益的满足提高到唯一的目的和标准,甚至不惜损害他人利益。到维多利亚中后期,社会观念中的极端利己主义行为在各个方面都有所体现。

小说《利己主义者》集中表现了当时仍占主导地位的传统利己主义婚恋观的极端形式,同时社会中也存在反抗极端利己主义婚恋观的一种新的婚恋追求。这两种观念在当时的社会中是同时存在的。聂珍钊指出"客观的伦理环境和历史环境是理解、阐释、评价文学的基础",③ 所以应从特定的历史环境和伦理语境来分析威洛比的利己主义婚恋观和克莱拉在新的婚恋观形成过程中的"情感回旋"(即指小说中人物,尤其是女性人物情感状态所具有的那种不稳定性与曲折性,从情感的一端走向情感的另一端,然后又走向更强烈的阶段)。④ 由于威洛比处在利己主义社会观念高潮期,以及他作为爵士拥有的特权与父权制及父权制社会所给予他的作为男性的优越感在他心中极度膨胀,所以他表现出极端的自私、狂妄。也正由于传统婚恋观中的诸多极端不合理,所以促使人们向往并追求一种更合理的新的婚恋观。

在克莱拉争取自由,努力与威洛比解除婚约的过程中,表现出的"情感回旋"体现了她在对传统婚恋观的遵从和冲破之间摇摆不定。她不能超越她所生活的社会环境和伦理语境,所以对冲破婚约有种种顾虑。首先,在维多利亚时期,婚姻被看成上帝的恩赐的社会背景下,如果她想去冲破婚约,就必定要面对很大的社会舆论压力;其次,她把自己定义为一个已经订了婚的女人。当想解除婚约时,她曾多次请求威洛比"赦免"她,并承认威洛比对她有特权。然而从她勇敢抗争、尽力争取自由并取得成功的经历,就说明维多利亚中后期新的婚恋观在逐渐形成。

---

① 聂珍钊:《文学伦理学批评导论》,北京大学出版社2014年版,第120页。
② 钱乘旦:《英国通史》,上海社会科学院出版社2012年版,第271页。
③ 聂珍钊:《文学伦理学批评:基本理论和术语》,《外国文学研究》2010年第1期,第14页。
④ 邹建军:《"和"的正向与反向——谭恩美长篇小说中的伦理思想研究》,华中师范大学出版社2008年版,第21页。

(二) 妇女解放运动的影响

18世纪晚期开始的妇女解放运动，在19世纪取得了长足的发展，到维多利亚中后期，女性意识逐渐觉醒，追求自由、平等、独立成了时代潮流。这一社会思潮也使社会观念发生变化。在婚恋观上出现的新倾向使女性要求自由平等，争取在婚姻中有较多的主动权。出现这种新倾向的原因主要是妇女解放运动在政治、法律、婚姻、教育制度等方面争取女性平等权利，而这些在19世纪后期取得了很大成功。同时，由于维多利亚女王的倡导，女性有了更多的机会接受教育。她们能够了解到更多先进的社会文化知识，因此她们的思想不再像传统女性那样封闭。这些都为女性争取自由平等的爱情和婚姻提供了可能。

19世纪强调的自由、平等的思想观念，影响着当时众多有识之士的思想。在当时，梅瑞狄斯作为一名思想激进的知识分子，在他的代表作《利己主义者》中自然也流露出了追求婚恋自由的思想。小说通过克莱拉这位受过良好教育的社会新潮儿的婚恋经历，体现了这一思想观念。她在争取解除婚约的过程中，由最初的犹豫、徘徊，到最后坚持，并积极争取最大限度的自由，这是克莱拉的女性意识逐渐觉醒的表现。妇女解放运动使女性思想得到较大的解放，使女性地位也有所上升，因此才出现了像克莱拉这样有财富、有学识、有勇气的时代新女性，在看清真相后，会尽一切努力争取自由的现象。

(三) 作者本人的思想倾向

乔治·梅瑞狄斯在政治上属于小资产阶级知识分子，他对资本主义社会的黑暗腐败及社会存在的问题持批判态度。作为维多利亚中后期一位重要的批判现实主义作家，在他的很多作品中都涉及对社会问题的思考。他的代表作《利己主义者》，就是对当时社会中极端利己主义婚恋观的否定和对自由平等婚恋观倡导的一部力作。

在《利己主义者》中，威洛比在婚恋上表现出极端利己主义的行为，是当时资本主义高速发展和道德观念中利己主义发展到不合理状态的缩影。威洛比爵士由周围人眼中"太阳"的光辉形象，到最后不得不认为所有人都联合起来反对他。最后在面临两次被抛弃的遭遇时，为了挽回面子他只得放下自己的高傲和尊严，去向利蒂霞求婚。表现了作者对维多利亚中后期社会中普遍存在的"变质的利己主义"的否定以及对新的伦理观念的呼唤。

梅瑞狄斯不仅是一位小资产阶级知识分子，他同时也是一位人道主义者。他的人道主义萌芽于他小时候亲眼看到外祖母因为爱尔兰人的身份受到很多压迫的苦难经历。梅瑞狄斯意识到人与人之间应该是平等的，不应该因为种族、国家、性别和阶级而受到歧视对待。他的人道主义思想形成阶段是在他去德国和法国求学阶段。他受到人道主义追求自由、平等，反对暴力、侵略的影响，认为作为一名人道主义者，应该追求在经济、文化和信仰上的自由和快乐，而不应该考虑国家、种族或宗教信仰。《利己主义者》中克莱拉摆脱婚约去追求自由的婚恋，就是对当时男权制社会下男女不平等现象的一种反抗。此外,梅瑞狄斯还很支持当时的妇女解放运动,他倡导男女平等,关注女性在生活中的自主选择的权利。他在1877年发表的《论喜剧的观念以及喜剧精神的运用》中说"只要女人脸上还罩着面纱,你就不可能有什么文明社会",① 他认为"喜剧精神"的一部分就表现在女子"能达到与男子一样的知识水平",能"自由发挥她们的智慧"且能"和男子竞争"②。他的这种思想倾向在《利己主义者》中集中表现在受新思潮影响的克莱拉身上。克莱拉同时受到传统的婚恋观和妇女解放运动这种社会新思潮的影响,当她看清威洛比的本质后,凭借她的聪慧和善于思考的优势与威洛比斗智并取得最后的胜利。她追求平等、自由的思想,是作者人道主义思想中倡导女性争取自主、平等权的表现。

四 结语

维多利亚中后期传统的社会观念跟不上时代步伐,在快速发展的社会中暴露出众多弊端。梅瑞狄斯是那个时代重要的批判现实主义作家,他通过《利己主义者》体现了对传统的极端利己的婚恋观的否定和对传统观念中理想女性的命运的思考。在资本主义经济高度繁荣和功利主义成为社会潮流的大背景下,这对当时社会观念是一种具有时代性意义的反思。这种时代性的反思体现在既是对当时作为国家正统学说的功利主义做的一种反思,又是对英国社会存在的向上看的一种社会风气的反思。在反思的同时,他又倡导一种更为人道的、自由平等的新婚恋观。在面临经济飞速发展及严重的社会问题的维多利亚中期,倡导这种民主的婚恋观不仅顺应了当时频繁变革的社会潮流,还具有巨大的进步意义。对自由平等的婚恋观的倡导,既是对人道主义和当时盛行的自由主义的一种肯定,又利于维多利亚中后期建立一种更为理想的婚恋观,促进社会和谐、公平。同时,在经济高速发展的今天,这种自由平等的、非功利的婚恋观,对现代人追求幸福美满的婚姻和促进社会和谐稳定也有巨大的教诲和指引作用。

---

① 转引自刘文荣《论梅瑞狄斯的"喜剧精神"与小说风格》,《外国文学研究》2002年第4期,第84页。
② 同上书,第84—85页。

译文选刊

亚里士多德《诗学》：
关于西方戏剧理论的奠基两个讲座（上）

[美] 诺埃尔·卡罗尔/著

倪 胜/译

译按： 本文是美国著名学者、美国美学学会前会长卡罗尔教授于2015年12月在上海戏剧学院所作讲座的中译文。卡罗尔教授应邀专门为上海戏剧学院写作了本文，全部内容和观点通过本次讲座在国际上首次公开，因此，本译文是卡罗尔教授这项研究的第一次正式公开发表。

亚里士多德的《诗学》是西方戏剧哲学的奠基性文献。由于从亚里士多德的论文开始的叙事心理学的发展，至今仍然可以更深切地感受到《诗学》对好莱坞主流电影构思故事结构时影视写作指南般的影响。的确，人们可以将亚里士多德的《诗学》当作主要叙事学作品来阅读，因为它陈述了故事讲述与情感之间关系的深层结构。因此，它值得我们在这次讲座里做一精读。

在这两次讲座里，我们将讨论亚里士多德的悲剧概念、他对情节的整体结构的讨论、他对悲剧价值的解释、其成分以及作用、卡塔西斯的意义、他关于悲剧定义的关键术语等。而他自己则讽刺性地没有给悲剧下定义。

今天的讲座，我将检查亚里士多德的悲剧定义，他对悲剧基本的情节结构的分析以及他对悲剧价值和意义的辨析。

亚里士多德生活在公元前4世纪。他以做过伟大的马其顿国王亚历山大大帝的老师而知名。亚里士多德在雅典研究哲学，他本人就是柏拉图学园里产生的最知名的成果。他曾跟随柏拉图做研究是理解《诗学》的关键之一。

正如柏拉图关于艺术舞台上诗人地位——尤其是荷马——的一个持续的争论，对亚里士多德《诗学》也存在着一个持续的争论——一个跟柏拉图的持续争论，尽管柏拉图从未明显地提到这个问题。你也许知道，在柏拉图的《理想国》里，他通过苏格拉底这个人物①建立了一个理想的国家，并且，他建议应该把诗人从这个国家里驱逐出去。人们可以将亚里士多德《诗学》看作期望在苏格拉底的国家里恢复诗人地位的一个短论。你可以回想《理想国》，在苏格拉底禁止诗人进入好的城邦之后，另一些人物问——是否存在一些条件使得他重新考虑允许诗人回到城里。苏格拉底回答说：

> 我建议我们也要允许那些拥护诗歌的人们，因为他们喜欢它，尽管他们并不写诗，而是用散文的方式谈论它，并且试图证明诗歌有着比快乐更多的作用——它还有一种对社会和一般人类生活有利的影响。我们不会听从心底里敌意的情绪，因为如果诗歌转变成有利且娱乐的，我们会成为胜利者。②

于是柏拉图通过苏格拉底的话明显地引入了一个对观众的挑战——用散文为诗歌辩护（用散文也许是不想利用诗歌的诱惑力和魅力）。

一种阅读亚里士多德的方式是企图迎接挑战并且驳斥苏格拉底对诗歌的反对意见——悲剧诗歌（狭义上说是模仿）——正如一般意义上的艺术（作为模仿）。相应地，在《诗学》里我们发现一系列对柏拉图立场的驳斥，是用散文写成的。

柏拉图坚持艺术（模仿）与理性有抵触，既然亚里士多德认为模仿是学习的一种状态，因此他也相信艺术（模仿）与理性并无敌意。柏拉图说艺术是一种幻象，但亚里士多德反对这种主张。艺术不是一种幻象，而是重新结构出一个现实。对柏拉图，艺术只是自然的镜子，但对亚里士多德，艺术尤其是对自然的抽象。悲剧抽象了人类生活的一般特征并且用叙述的方式来重构和展示它们。柏拉图相信艺术与教育无关，但亚里士多德却表示，艺术的确与教育有关，比如一般人类行为和情感模式方面。柏拉图主张戏剧诗歌的知识会引起令人讨厌的情绪，错乱的心理病因此令社会变得危险。亚里士多德却表示戏剧诗歌清洗（或纯化或清理了）讨厌的情绪而引导社会进入良好的状况。柏拉图相信艺术引起哀伤情感的模仿，亚里士多德则坚持说艺术引起了卡塔西斯而不是对那种不良情感的模仿。柏拉图说戏剧诗歌或者是第二等级的手工艺，或者并非一门手艺，而亚里士多德则展示出戏剧诗歌的确是一门手艺——用模仿手段制作能获得卡塔西斯的结构的手艺。悲剧在这个意义上是一种精细校正和技艺高超的机器，一种情感机器，如果你想这么叫它。

---

① 意思是借苏格拉底之口建立起一个理想国。柏拉图的对话写作类似于古希腊戏剧，因此这里称苏格拉底是一个戏剧人物。——译注

② 要求证明诗歌是有益的并且是令人愉快的，令人想起苏格拉底在《大希庇阿斯篇》里对美（kalon）是有益且愉快的定义。事实上，苏格拉底希望诗人群体去证明诗歌是美的（kalon），我相信这是亚里士多德暗自承担的一个挑战。再者，就某物本身即是有价值的并且具有工具价值，苏格拉底相信它应归到属于最好的事物的那个类别里去（《理想国》，358a）。因此，苏格拉底希望诗人朋友显示一下诗歌就在最好的事物那个类里，亚里士多德通过论证它不仅是善的结果并且还是从其本性上令人愉快的，因为它也是一种学习，而愉快自身就具有价值。——原注

尽管亚里士多德反对柏拉图的许多结论,但,我们不应该设想亚里士多德会反对柏拉图所说的每件事。亚里士多德是柏拉图的学生并且在很多方面都接受了柏拉图框架的基本元素。柏拉图和亚里士多德都同意,艺术,从其最宽泛的意义上讲,就是模仿。此外,亚里士多德赞同柏拉图,认为戏剧诗歌在贩运情感。

亚里士多德也接受了柏拉图的要求,如果普通艺术和特殊的戏剧诗歌都会被良善之邦所赞同,他们也会显示出对社会的好处。这些好处是那些柏拉图所期望的好处——艺术将必然对知识有所贡献,将必然通过促进美德而对市民的教育有好处,美德的重要作用是将分裂情感进行社会化的规训——也就是说,给过分的情感刹车。

与其老师不同,亚里士多德至少必须向人们保证,艺术,尤其是悲剧,不会埋下或激发情感——点燃他们以至于他们拥有了对社会破坏性的反应。有趣的是,你可能会注意到亚里士多德尤其关心怜悯和恐惧的情感,也就是柏拉图最关心的真正的情感。为了回应柏拉图,亚里士多德努力展示甚至悲剧也交织着怜悯和恐惧。用这样一种方式处理它,使得它有利于社会。于是,尽管亚里士多德反对柏拉图的许多特殊结论,他还是使用了柏拉图的框架来操作——也就是说,他接受了柏拉图放置在诗歌爱好者那里的证据,他赞同柏拉图关于为了替诗歌辩护则必须证明它的要求。这是一种在真正的基础哲学水平上的协议。按这种方式,亚里士多德,尽管他与柏拉图有着许多的差异,然而在诗学上仍然属于柏拉图学派。

亚里士多德《诗学》的写作计划

介绍过《诗学》的一般情况,下面我们准备转向文本本身。亚里士多德对他要在这个文本里想做的事非常直率。一开篇他就说:

> 关于诗艺本身和诗的类型,每种类型的潜力,应如何组织情节才能写出优秀的诗作,诗的组成部分的数量和性质,这些,以及属于同一范畴的其他问题,都是我们要在此探讨的。让我们循着自然的顺序,先从本质的问题谈起。(陈中梅译本 47a)①

也就是说,亚里士多德允诺要提供一个关于诗艺的各种纷繁复杂形式的地图——讲诗艺一般是什么并且讲诗艺的每个形式(或属②,我们也会说,类型)相当于什么。

---

① 这一整章都是辨别其与《诗学》相关的归属类别的思路。——原注
② 希腊语原文为 eidos,根据亚里士多德的术语体系,它是比种(Genos)更低一级的类别,从概念的普遍程度看,由大到小排列次序是,种—属—个体。亚里士多德称个体为第一本体,种和属是第二本体。上引陈中梅译文中"类型"原文为 ton eidon,即 eidos 的复数形式。以上是国内人文学科学者一般的译法。根据国际生物学规范,分类等级应该为:门、纲、目、科、属(Geneus)、组、系、种(Species)。因此,按生物学界的译名,种应该比属低。我国人文学界和生物学界对属和种的译名是反的,而在国外学术界没有这种混乱。——译注

这些形式包括悲剧、史诗、喜剧。然而，现存的文本并不完整，只有最初关于悲剧的部分而不是全部。但由于悲剧——狭义上说是模仿的主导形式——是柏拉图认为的最危险的诗歌形式，那么现存文本就显得特别重要了。

所以亚里士多德打算告诉我们诗艺的一般问题及其属。这意味着他的任务部分上是关于定义的。他打算给我们提供一些定义来回答例如"诗艺一般是什么？"和"什么叫作悲剧诗？"而且，他告诉我们他打算提供诸定义的属——功能定义。换句话说，通过告诉我们诗艺属的相关效果是被设计来干什么的，他想告诉我们诗艺属的本性，例如悲剧。举例来说，悲剧被按照它为观众心里的怜悯和恐惧带来的净化效果来定义。即事物要按照它们推行功能的效果来定义——这就是"功能定义"。亚里士多德打算确认悲剧功能所引起的效果，正如我们今天定义诸类型，如恐怖、神秘、悬疑或赚人眼泪的作品等，就是按照它们被设计成的、从观众心里煽动出的特殊情感来定义。

但他并不打算定义这些种——或者我们说的类型。他还打算考查建立这些类型的正确道路。换句话说，他打算解释如何正确制作相关类别的作品，例如悲剧——即用这种方式他们完成所说的类型的功能。举例来说，他会解释情节和悲剧其他成分——如角色——必然要被设计成能释放出悲剧类型定义所具备的功能。另外，他要试图回答由类型所引出的其他问题——那就是，什么是我们从悲剧里获得的快感的来源。

于是在 47a，亚里士多德提醒我们说他有两个主要任务：第一，定义一般的诗艺以及诗艺的特殊类型，尤其是悲剧；第二，解释诗艺如何发挥作用——尤其是悲剧如何运作——从传递效果方面来定义类型。他还试图解释其他一些关于悲剧诗的问题和悖论，例如我们如何可能从恐惧事件的悲剧描述取得快感。

诗歌的定义，从亚里士多德的题目看，来自古希腊概念 poesis，它与制作的理念相关。由此，亚里士多德的艺术哲学就原始地与事物建构的一面相关——即与进入悲剧来保证其所需效果的东西相关。于是，人们可以说亚里士多德《诗学》原初地直接与编剧工作相关。

定义诗艺

亚里士多德的第一个任务是下定义。这是一个常识——在你去解释某些作品之前，你必须能说出来你正在谈的是什么。即你需要有个办法挑选或辨识出你想解释的那个随便什么东西。

再者，亚里士多德告诉我们这些定义会依照次序来说。他首先想定义一般的诗艺，然而定义其不同属，比如悲剧。

亚里士多德定义一般诗艺为模仿（按照比较宽泛意义上的模仿，正如柏拉图在《理想国》第 10 卷里所做的）。悲剧，喜剧，其他诗歌和音乐，都被视为模仿。他说："史诗的编制，悲剧、喜剧、狄苏朗勃斯的编写以及绝大部分供阿洛斯和竖琴演奏的音乐，这一切总的说来都是模仿。"（47a）音乐被归在模仿一词下面不仅因为它一般地与其所呈现的歌曲相伴随，而且因为像舞蹈一样，它典型地被综合进戏剧产品之中，比如悲剧。在讨论媒介的两句话之后，我们看到亚里士多德也将绘画和雕塑放到模仿概念里来了。

换句话说，亚里士多德基本上在说所有西方人所谓的艺术都是模仿。那么，亚里士多德这里所主张的就是所有诗人——所有被我们称为艺术家的人——都是模仿的制造者，这个主张对我们来说难以置信，但也许更接近于亚里士多德时代的痕迹。

于是，亚里士多德以一个普遍的总结开始：所有诗歌或艺术都是模仿。诗歌的标志不是它有格律文或戏剧化的形式。模仿这个定义确保了诗歌的存在。将数学教科书或烹饪书改写得具有节奏也不会使它们变成诗歌。模仿就是标志，诗歌的必然条件。而相关的艺术家就是模仿的制造者。

但假设这个定义告诉我们诗歌的一般定义，却没有教我们如何分辨和定义诗歌的不同类别——我们该怎么分别称呼它们？亚里士多德说至少有三种方式来区分不同的诗歌——可以找到的三个能将一种诗歌与另一种分别开来的差别条件。

它们是：

（1）媒介的不同。（47a–b）例如，绘画使用色彩和形状作为其媒介——其材质——而歌曲使用人的嗓音。绘画是模仿之一，歌曲也是模仿之一，我们可以根据其媒介将它们分成两种：绘画是用色彩和形状作为媒介的模仿而歌曲是以人的嗓音作为媒介的模仿。但不是诗歌的所有种类都可以按这种方式区分。一些诗歌的形式共享一个媒介，例如，喜剧和悲剧。那么你该怎么区分这些类别呢？

就这一情况，我们寻求第二种方式来区分模仿艺术的诸形式，即按照：

（2）不同的对象。（48a）喜剧的对象——喜剧所写的——是那些比我们低级的人。相反，悲剧所写的就是可钦佩的——却不完满的，尽管如此却能指挥百姓的人，比如俄狄浦斯王。然而这并不能区分开诗歌的每一种类，因为诗歌的特定形式会分享同样的媒介和同样的对象。例如，悲剧和史诗都使用语言为媒介并且都是关于可钦佩的或指挥百姓的人物——英雄们。那么什么东西才能区分开这些种呢？

为此，亚里士多德建议我们试试：

（3）模式的差异。（48a–b）在《理想国》中，柏拉图划分了三种不同的叙事模式：模仿、叙述，以及模仿和叙述的混合。亚里士多德在写《诗学》这一部分时心里对这些模式之间的差别是有数的。作为这个区分的基础，悲剧可以与史诗划分开来，因为悲剧通过狭义的模仿模式——通过角色诵读台词——而史诗是以模仿和叙述混合来讲述的——一种角色的声音和作者的声音的混合物。

于是，据亚里士多德，所有与诗歌——或者艺术——范畴的泛称有关的事物，就像我们会说的——都是某种模仿并且能通过仔细审查它们的媒介、对象和模式找出其类别。

明确了模仿是艺术所归属的类，亚里士多德回头试图解释艺术何以存在。他说：

从孩提时候起人就有模仿的本能。人和动物的一个区别就在于人最善模仿，并通过模仿获得了最初的知识。其次，每个人都能从模仿的成果中得到快感。可资证明的是，尽管我们生活中讨厌看到某些实物，比如最讨人嫌的动物形体和尸体，但当我们观看此类物体的极其逼真的艺术再现时，却会产生一种快感。这是因为求知不仅于哲学家，而且对一般人来说都是一件最快乐的事，尽管后者领略此类感觉的能力差一些。因此，人们乐于观看艺术形象，因为通过对作品的观察，他们可以学到东西，并可就每个具体形象进行推论，比如认出作品中的每个人物是某某人。倘若观赏者从未见过作品的原型，他就不会从作为模仿品的形象中获取快感——在此种情况下，能够引发快感的便是作品的技术处理、色彩或诸如此类的原因。

由于模仿及音调感和节奏感的产生是出于我们的天性（格律文显然是节奏的部分），所以，在诗的草创时期，那些在上述方面生性特别敏锐的人，通过点滴的积累在即兴口占的基础中促成了诗的诞生。（48b）

总结一下：艺术最初出现是因为它们与模仿相关，模仿是自然的快乐的源泉，因为它提供了知识和理解。① 这里，亚里士多德引用的例子可能有点这样的气质倾向：当我们辨识一张再现了一匹马的图片时是否是真正的学习？然而，随后，当亚里士多德将模仿产生学习的快感的原则应用到悲剧之上——据说我们也辨识并从戏剧的情节中学习了人类生存的一般样态。加之，亚里士多德在这个段落是正确的指出模仿和效法汇聚到人类学习之中——已经在孩子们身上得到证明。也就是说，亚里士多德正确地指出模仿的一方与知性、知识和教育的另一方之间存在着关联。因为，没有模仿，人类就不存在学习。亚里士多德非正式地观察到的情况已经被当代发展心理学丰富的证据所证明。

当我们回想亚里士多德与柏拉图的争论，诗歌和学习之间的关联这个见解的重要性已经很明显，因为我们现在看到，与柏拉图相反，知识并非偶然地与模仿相关。模仿与知识的获得亲密关联，因此，教育也与之有关联。

亚里士多德对作为模仿的诗歌的讨论，进一步挑战了柏拉图《理想国》第10卷中"形象不是幻觉"的见解。我们从形象所得的快感有赖于我们认识到他们是形象/表象，而不是事物自身。根据亚里士多德的注释，我们从形象/表象获得快感而对其原型却不喜欢看——例如尸体。这种快感的起源，根据亚里士多德，是出于对形象的传递的理解。我们从形象而得快感恰因为它们承载着对事物的理解（通过拉开距离、构造、重

---

① 或者说，正如我们今天所说的，进化过程自然选择了那些从模仿获得快感的人。这种模仿的快感，于是，煽动人们从模仿中学习，使得它适应于像我们这种必须获得生存的技巧和知识的生物，而不是煽动人们主要靠直觉得到它们。——原注

构以及聚焦)。如果我们仍然要从理解——以及由对形象的学习而得快感——如果我们认识到我们通常无法从事物自身(例如尸体)获取快感和理解,那么我们必须知道形象不是幻觉。由此,我们不会被它们所欺骗。于是,柏拉图对模仿和幻觉进行类比就是个错误。

悲剧的定义

第一种类型,就现存的亚里士多德《诗学》来看,唯一被多方面分析的类型——定义和解释——是悲剧。亚里士多德提供给我们的定义方式是属加种差。例如,亚里士多德著名的定义"人是理性的动物",所认识到的属就是"动物"。哪种动物是人呢?有理性的那种。这里,"理性的"就是种差(差异的类)。它告诉我们什么东西将人这种动物的属与其他属的成员区分开。

亚里士多德的"属加种差"定义悲剧如下:

x 是悲剧当且仅当 x 是一种对(3)严肃的(4)完整的和(5)有一定长度的以及(6)由令人愉快的语言修饰的(2)行动的(1)模仿;(7)这种模仿是(9)为了卡塔西斯(净化、纯化或清理)的目的(8)能引起恐惧和怜悯。(49b)[①]

广义地说,悲剧所从的属是模仿或再现。其余的先在条件是种差,它们限定着悲剧使之与其他类别的模仿区分开来。

第二个条件断言悲剧并非对任意事物的简单模仿,而是特别地对行动的模仿。因此,悲剧就与静物画的实践区分开来,因为图画模仿对象,而不是行动。再者,悲剧也与肖像不同,就像那些狄奥佛拉斯塔(Theophrastas)[②] 所画的画,尽管它们也包含着人,然而包含的是安静的人而不是行动的人。同上,雕塑模仿的也只是人的姿势。

然而,从媒介上看悲剧也与绘画和雕塑里行动着的人不同,因为悲剧是由演员的朗诵(条件7),而不是颜料或石头构成的。也许你会觉得有些奇怪,亚里士多德将悲剧和行动关联到一起,而他本不必这样做。英语词"戏剧"(drama)——即悲剧所归属的那个范畴——来源于古希腊语制作.("draō"意思是"我做")。的确,这个希腊词"戏剧"来自 dran,大致意思是"去做"。亚里士多德自己指出了这个词源的关系。当然,在"做"和行动之间也存在着直接的关系,因为离了行动,我们还有什么是所做或已做的呢?

[①] 这一段是卡罗尔教授依据分析哲学摹状词的形式改写的,据陈中梅译《诗学》原文为:"悲剧是对一个严肃、完整、有一定长度的行动的模仿;它的媒介是经过'装饰'的语言,以不同的形式分别被用于剧的不同部分,它的模仿方式是借助人物的行动,而不是叙述,通过引发怜悯和恐惧使这些情感得到疏泄。"——译注

[②] 亚里士多德的学生,西方植物学之父,著有《植物的历史》。——译注

另一个理由，我以为，亚里士多德主张从行动来定义戏剧是因为他相信悲剧的作用就是引起怜悯和恐惧——将我们扔进那种状态——并且，他推测引起一种情感状态的方式就是要通过一些变化的方法——某事不得不发生，某事不得不做使得我们进入一个情感状态。也就是说，我们只会被一个行动带入这种心灵状态——一些变化，通常由人类引起的变化。再者，对行动的模仿的概念引发了对喜剧的对比，在喜剧和悲剧的对立方面的对比，因为喜剧，尽管它也有情节，主要是人物性格（不是行动），尤其是劣等人物的性格。①

为了将悲剧与其他相邻的类别区分开来，亚里士多德继续添加其他种差条件。第三个条件要求行动限制在"重要的"。这引起了与喜剧的进一步对比，因为喜剧模仿怪异的行动。亚里士多德的第四个条件要求行动模仿是完整的。这里，亚里士多德聚焦适于悲剧的情节结构的种类。悲剧情节不应该是插入式的，由一大堆如电视系列剧《急诊室故事》一样由各种故事组成的结构。《急诊室故事》是对一系列严肃的行动的模仿，但每个行动里都有一个不同的故事，它与前面插曲没有必然的紧密联系。在古代世界，这种插入式情节结构是与史诗相关的，像荷马的《奥德赛》，独眼巨人的插曲就与喀尔刻（Circe）的插曲没有直接联系。在大多数实例里，荷马《奥德赛》的插曲都是不连续的一些故事，原则上是附加上去的多余物。同样，在赫拉克利特的冒险史诗里，连续的整体被诸故事打碎。悲剧，另外，包含着一个简单完整的故事，其中成分事件都是从头到尾因果相连。于是，对悲剧的各种要求——悲剧必须是完整的——使得它与相关的史诗类型相区分。

亚里士多德关于悲剧的第五个条件或标准就是被模仿的行动是严肃的。此处亚里士多德内心里所要说的是故事再现了这样一种规模，即能被观众所把握。② 悲剧应该在一个场景中完成。一个人将《黑道家族》的五季③全记住如果不是几乎不可能也是很难做到的。要处理的内容太多了。但一出悲剧，据亚里士多德的观点，更像一部电影。

用亚里士多德那个时代的术语来说，与一些史诗的相关对比——例如，关于大力神的英雄史诗——只是将历险的各个线索用毫无关联的重复的性格角色随便搭接起来。

---

① 通过强调悲剧的对象是一种行动，而不是性格。亚里士多德实际上也给出了一种对悲剧和现代着重角色研究的戏剧之间的划分，不用说现代戏剧，像《等待戈多》，其中没有什么事发生，也没有什么事被做。——原注
② 悲剧具有严肃性，即观众可以轻易地在心里完整把握住其行动，这一概念与戏剧应该遵守空间和时间的统一的概念相关。即戏剧，应该被约定，应该出现一个场景而在戏剧再现的行动所持续时间应该与戏剧表演所持续的时间一致。亚里士多德经常被批评设置了这些"统一律"作为规则——被莎士比亚等人藐视的规则。然而，亚里士多德这里关心的不是要遵守一套规则而是试图为了促进引发强烈的情感反应的悲剧的目的而找到理想的结构。如果亚里士多德主张为了悲剧而对时间和空间的阈限进行限制，那更多的是出自经验驱动的本性的、对结构选择的心理学假设，为了最大限度地以正确的方式聚焦于观众成员的心灵。将所谓的"三一律"变成不可变更的规则是文艺复兴理论家和法国古典主义者搞的。后者尤其有莎士比亚问题，但我怀疑亚里士多德不会赞同他们。——原注
③ 《黑道家族》是关于美国新泽西州北部意大利裔黑手党的虚构电视剧集，1999年1月10日在北美HBO首播第一季。——译注

再者，人们怀疑亚里士多德的理由，将悲剧作为一种认知规模可控的东西来与情感冲击联系起来，他相信这种冲击是由设计好的悲剧的作用所导致的。为产生一种会聚的情感反应——例如怜悯和恐惧以及卡塔西斯——有理由假设情感状态的对象自身非常清晰地会聚起来。它不应该分散或摇摆。它应当被充分压缩使得观众的心灵围绕着它将自己包裹起来。

用这种方法，令悲剧成为一种有一定长度以便在一次观剧中看完的这个期望并不与要求悲剧是完整的——也就是说，简单、统一的叙事——相关联。亚里士多德的观点是悲剧锁住了观众的注意力不让观赏者转移并且不令观赏者偏离让他们可能崩溃的类型。因为在这两种情况下，观赏者的情感反应易于被削弱，如果不是丢失的话。

悲剧也因其通过格律、节奏、韵和比喻这样的诗性设置的语言制造出快乐而被标举。悲剧的语言是修饰性的。就此而言，悲剧与苏格拉底对话的语言相对立，后者尽管是模仿性的，对作诗法并无助益。于是，悲剧因其方法和对象而与苏格拉底对话有差别（在苏格拉底对话被视为动作而不是其对象的情况下）。

另外，悲剧与很多与之相近的东西因模式而有差异。它在狭义上是模仿的，因为它通过人物对话来叙事。这一点使得悲剧与史诗相区分，史诗混杂着模仿和叙述，也与伴随着激动或赞扬的主题或无规则的形式的《酒神颂》——情诗相区别，例如萨福的"心跳在继续"。（"残篇58"）因为，《酒神颂》以诗人的立场来颂出，而不是以作者以外的角色的立场。悲剧、史诗和《酒神颂》全都有着严肃的语言技巧，但它们可以通过其动机来区分。

亚里士多德关于悲剧定义的第八个条件从分辨出那种被安排得很安全的类型开始。在第一个例子里，模仿行动有意要去激发怜悯和同情。这一点与喜剧相反，喜剧要激发大笑（其本身与怜悯和恐惧相敌对）。然而这些情感不能由它们自身的原因而被抛弃。悲剧被设想为要制造某种在心灵状态上的愉快，即悲剧是要操控这些情感导致卡塔西斯。于是，亚里士多德悲剧定义的第九个条件就是悲剧为着卡塔西斯的目的而挑起怜悯和恐惧。依次，悲剧与进行曲和赞美诗等正相反，它们试图引发和强化与诗歌本身相关的情感，而不是做一些与其相异的东西或者转换过的东西。准确地说，卡塔西斯这个东西是下一章节要讨论的话题。但是现在，我们满足于观察到这一点，悲剧操纵着它所激发出的情感，而进行曲和赞美诗只是简单地引发某种情感。

于是这个定义，明确说明了亚里士多德想要解释的东西的本性。它将悲剧放置于宽广的模仿领域，而后再将悲剧从一众相似的事物中分离出来——戏剧、史诗、酒神颂、图画、雕塑、对话、进行曲、赞美诗等。总之，悲剧与其他模仿不同：行动而不是事件的状态（静物画和肖像画）；重要的或可敬的对象而不是低级的对象（喜剧）；完整的而不是插曲式的故事（史诗和小说）；认识上规模有一定长度而不是枝蔓的（史诗）；诗句而不是普通语言（对话）；引起怜悯和恐惧而不是引起别的，像笑（喜剧）；情感的卡塔西斯而不只是强化情感（进行曲和赞美诗）。

一旦我们知道我们在谈论什么，亚里士多德就准备着手解释悲剧是如何运作的。如已指出，他的解释方法是功能式的。也就是说，他试图解释悲剧的各成分是如何为带出某种效果而作用的，尤其要挑出悲剧定义里的——激发怜悯和恐惧以引起卡塔西斯。

悲剧解释之一：探索其各成分的功能

在亚里士多德解释悲剧各成分如何一起和谐地运作之前，他必须告诉我们各成分是什么。于是在描绘悲剧的各成分起作用之先，他一开始就列出它们。（50a）亚里士多德认为，悲剧的各成分是情节、角色、措辞和台景。① 简言之，情节是对动作或事件的安排的模仿。角色当然是执行动作的人物。行动涉及作出选择，角色则负责进行这选择。为了选择，角色必须推理出他们应当做什么以及为什么要这样做。这种推理过程必须通过对话令观众明确感觉到，在角色的对话中他们要展现出为什么要选择这个而不是另一个观点以及他们如何推进自己的观点。角色对话中的推理过程给予我们以主角对他们的处境的解释，并且既然他们是在对话，措辞也会成为悲剧的一个成分。最后，悲剧有一个台景的成分。台景的重要性倒并不会很令人惊讶，因为这个英语词就是从希腊戏剧里的"观看"变化出来的。

亚里士多德将这四个成分看作联合在一起起作用的。但这些成分必须按某种方式组织起来，去完成一个理想的悲剧效果。这其中某些成分要对其他成分产生作用，如果悲剧要正常发挥效果。也就是说，如果要实现悲剧效果，悲剧的各个部分的组织安排必须服从于一个明确的各种成分或要素的层级框架。

亚里士多德正确配置悲剧诸成分的核心概念是情节成为悲剧诸成分或要素的首要成分。（50a—b）对亚里士多德来说，情节是主导元素，因为他相信定义悲剧的作用就是去引起悲悯和恐惧，他还相信情节是能确保这种效果的要素。引起悲悯和恐惧——由于人们的抉择和行动招致的结果——是关于他们所作所为和进行选择的结果。在观众中引发情感有赖于角色处境的某些变化，于是情节——对动作的模仿——就成为悲剧的核心元素。其他每个元素都需要服从于情节，于是悲剧就应该设计成这样的方式，每个成分都使得情节能确保达到其所希望的效果。

有人可能会想这种与悲悯和恐惧的关系会把亚里士多德引向角色（性格）至少与情节一样重要的争辩，但他说情节是首要的。这是因为某人遭遇到某事——某事不得不落到他们身上——会使观众产生偶然发生的情感。这里一定存在能引起我们情感变化的、处境上的一种变化。再者，降临到角色身上的事情必然是他们选择的结果。那

---

① 台景，原文是 tes opseos kosmos，卡罗尔提供的英译为 spectacle，Buthcher 的英译为 Spectacular equipment，罗念生译为形象，陈中梅译为戏景，王士仪译为观看的演出场景物。——译注

么，由于这些原因，亚里士多德就想，行动就是引出悲悯和恐惧的原因，而不是角色。

按照亚里士多德的模式，悲剧与主要在意于角色发展的正剧相对，例如契诃夫的那些剧作，它们并不希望引出强烈的情感。强烈的情感倾向于由能令我们明显地积极地做出反应的、意外的事件状态引出。而角色的研究可能需要注意力集中，但它们并不引出极端的情感反应，除非角色做了某些事导致了对情节转向的阻止或命运的转折。

角色不仅不是悲剧的核心，他们仅仅需要被勾画到可以令情节顺利进行就好。这个情况可以类比在很多经典侦探故事里的角色，例如阿加莎·克里斯蒂的那些作品。角色不需要心理上的深刻发展来承载抓住人心的情感故事。于是，在悲剧诸成分的等级上面，亚里士多德把情节发展看得比角色（性格）发展要高。

既然情节是悲剧的关键要素，亚里士多德就对它进行了大量的分析，由此引起了叙事理论的大量争议。在其关于悲剧的定义里，亚里士多德说悲剧里对行动的模仿必须是完整的。不像一些史诗和所有的肥皂歌剧，一个悲剧不能有散漫的、插入式的事件线索。那些包含在一个叙事里的诸意外必须被统一起来以至于它们相互能无缝地连接，在外观上形成一个连续的事件。悲剧情节里的每一件事必须有其理由，而正剧应该没有松散的结局。悲剧情节应该是自身完整的。对亚里士多德来说，这是一个结构上的考虑。

接着，亚里士多德描绘了结构的种类，他相信这能给我们以悲剧叙事是自身完整的印象。对情节来说什么才是完整的？亚里士多德说："完整就是有开头、中间和结尾。"(50b) 这个提议显得有点空泛，当然，每件有确定大小的事物都有着开头、中间和结尾。例如，法兰克福香肠，摆在你面前的盘子里，就有开头、中间和结尾。于是，亚里士多德不得不就悲剧情节所要谈的这个说法就显得非常惊人地不能提供任何信息。

然而，亚里士多德的观察并不是空洞的，因为他是在技术范畴上使用这些术语；他并没有在它们定量的尺度上、按其俗常意义来使用它们，每件事物都有起始点和结尾而在这两点之间就是中间。对亚里士多德来说，悲剧的开头、中间和结尾是一个被设计来起决定性作用的结构成分。

据亚里士多德的解释，结尾就是承继着其他某物的、必然的或通常的或可能的结果，然而它自己并不承继任何其他事物。如果把这个当作形而上学的陈述就显得有些荒唐；每件事物都承继着另一个。但亚里士多德在这个例子里的术语并不是形而上学的，而是文学的。他使用"结尾"这个词是按照当代文学理论的词汇"结局"（closure）来使用的。"结局"指我们当一个故事结束时，它的确是在一个适当的位置上。它似乎，没有什么必须要添加或减少。它是一种情感就像一个音乐的结尾处——其所有的主题都处理掉了；精确地结束在正确的音符上。因为悲剧引起了这种结局或终点的意思，它们就有了一个必然性的光晕（aura）。

有一个对这个结局理念的解释：它要告知观众，由一个逐渐展开的虚构叙事所提出的那些关于虚构世界的问题。姑娘会嫁给邻家男孩或者她跟着一个浅薄的摇滚明星出逃？一旦这个故事突出地展现出所有相关问题得到回答，故事也就结束了。再者，观众也希望让它如此这般地泄露出来，因为这些问题都是由叙述强烈突出地摆到他们面前来的。

例如，《俄狄浦斯王》从一场瘟疫开始。这引发了一个问题，即瘟疫是否会被终止。当我们了解到，如果莱厄斯（Laius）的刺客可以被发现并且得到惩处，它可能会终止，这个问题就部分地得到了解答。于是，这引出了谁会杀死莱厄斯的问题。顺着这个探询思路很快就引出"谁是俄狄浦斯"这个问题。当这些问题得到解答后我们发现俄狄浦斯杀死了莱厄斯，结果，俄狄浦斯因为这个行为刺瞎自己的双眼从而得到惩罚，令瘟疫消失的诸条件摆在这里，于是就回答了本剧开头提出的这个问题。

当我们研究我们想了解的——或企图了解的——所有事物时我们都会遇到像戏剧发展一样的结局。当我们所有的问题都得到回答，换句话说，就是获得了结局。戏剧结束于准确完美的时刻。在它之前没有终止，当它在一些松散的终止点上摇晃（即让我们的心里仍有问题压迫着）。它不会过多逗留在告诉我们那些故事并没有提出过的不相关的问题上——例如邻家男孩买了一个嗡鸣器而赢得了女孩的爱。也就是说，从观众的角度希望知道，戏剧的终止要很理想地与已经提出并且吸引了他们的注意的诸问题相一致。观众所关心的，从他们的角度看，戏剧的终止就是不需要有其他事情接续其后。不再有他们所渴求的相关信息。从信息角度，在终点之后的任何事都是不相干的。从认识的角度终点之后没有什么需要接续的，尽管从形而上学角度不是这样。没有什么需要知道的东西了。

类似的，当亚里士多德说开头就是"并不上承某些其他事物，但其后有事物自然地产生或出现"，（50b）他并非从形而上学角度在说这话。如果把这个读成形而上学的断言，那就太荒唐了，因为它意味着某物从无到有了。亚里士多德仍是从认识的角度、从观众知道或需要知道的角度来说的。也就是说，亚里士多德将悲剧的开头处理成一个叙事单元而不是真正的事件。每个真实的事件都是某些早于它的事件的结果。然而，对读者来说，悲剧的开头并不一定要陈述本事件的所有原因性条件才能让故事进行下去。

一个故事通常以描述行动的时间和地点并且引入核心角色开头——从而迟早会引出某些问题。《俄狄浦斯王》以告诉观众有一场瘟疫以及俄狄浦斯就是那种极端明确并且习惯于承担由他开启去完成的事务的人为开头。这个开头就建立了，如我们今天所说的并行动。换句话说，它给我们所需要知道以至于该剧会很清晰明了，如果进一步的细节开始堆上来。悲剧的开头是一个信息包，包含正好我们需要的、让我们能跟上行动发展的知识——能够产生那种问题会由故事的结局回答的信息。

为了能跟上剧情并且产生这些问题，人们并不必要知道关于俄狄浦斯或者底比斯城的一切历史。故事的开头只需要摆出或建立起使后续情节能明确接续的基本事实。于是，当亚里士多德说开头并不必须来自某些其他事物，他并不是说一个事件形而上学地从无中来；而是，他从叙事的信息控制方面在谈论开头。开头包含着恰好能使后续继续下去的充分信息。不从任何其他事物而来，就是没必要让观众知道比开头建立起来让后续能继续的更多的信息。悲剧以必须知道的某种基础为开头。从叙事角度看，一个开头 x 是一个包含诸时间和事物的状态的东西，这个东西使得没有关于事件和事物状态的知识在 x 之前是没有被提到过的——例如 x－1——而要接续着 x 或接续在 x 之后的事件——即，x＋n，那么这个条件就是必然的。

悲剧的中间当然就是落在开头和结尾之间的部分。如果开头在观众心中引出某些问题使得人们希望到结尾时得到解答，故事的中间就要去勾画这些问题并且展现它们，最终提炼并复杂化它们，也许部分地回答它们或者用其他问题替换它们。用现代的舞台语言来说，中间复杂化了行动。在《俄狄浦斯》里复杂化包括重新调焦将关于杀手的辨认的问题转换成对俄狄浦斯身份认证的问题。

对亚里士多德来说，开头，中间和结尾在叙事作用状态中相互关联。开头发出在接下来所发生的事里我们所需要的信息并通过引导我们询问关于它的各种先定的问题将我们定位到进一步的细节累积。通过给故事添加额外的事实并且特别提出新问题，中间提炼和复杂化这些问题。结尾的作用是回答所有这些由故事的发展所提出来的问题。因为这些作用是连接在一起的，开头/中间/结尾的结构，照亚里士多德的意思，给予悲剧一个非常紧密的整体意义。这不是像史诗或小说那样的漫谈，离题走岔路。每个构件都漂亮地适于悬拱结构。几乎没有无关的细节。

这个整体，另外，使观众容易把握呈现在他或她面前的故事。因此，开头/中间/结尾的结构保证了悲剧会拥有正确的长度，即它不会用过多的信息压倒观众使得观众丢失掉线索。如果她丢掉了线索，故事就不会支撑住一个聚焦的、统一的、悲剧所希望引起的情感反应。如果悲剧想要引发一个强有力的情感反应，它就必须确定全部信息都与引起观众心里的反应相关并且都要趋向于结局。开头/中间/结尾的结构通过组织相关信息使得这个——统一它们为整体——成为一个整洁的、内在相关的、已经准备好给人理解的细节套装。

稍稍离题：论悲剧的重要性

悲剧的组织结构有一个紧密交织的开头、中间和结尾服务于悲剧引发强烈、聚焦的情感的目的。当然，我们还不知道为什么情感反应会采取悲悯和恐惧而后又是卡塔西斯的方式。我们不会知道这一点，直到亚里士多德讨论到悲剧情节的其他必要特征，即突转、发现和苦难。然而，在解释这些之前亚里士多德停下他对叙事结构的讨论来确定悲剧——或一般诗歌——的地位和重要性了，在与其相邻的种类例如历史和哲学相对照下。

除了开头/中间/结尾的结构，悲剧还有意地令观众的心能接受，因为在悲剧里诗人不会说"发生了什么但……某种事情应该会发生,即依据偶然性或必然性可能发生"。(51a, 9) 就是说,有某些像规律一样的东西或者说范型,它能将悲剧里的诸事件关联起来。什么范型?范型或人类行为的规范。悲剧人物,换句话说,呈现给我们对人类事件如何发展的一种再现。如果某人将两个有强烈意志却又根本性地有着不同目标的人——例如克利翁和安提戈涅——放到一个冲突的过程里,有谁会变温和?好像不会。对亚里士多德来说,向观众展现这些人类生活的不同范型是诗人的任务——他要揭示出,当他将不同人格放进戏剧里的同一个时空场景中时,事情会倾向于如何发展。

悲剧人物是人类各种性情的化学家,通过将它们并置于不同的联合里而后放进很可能发生、很可能导致结果的剧情框架里。通过这种方式,请柏拉图原谅,诗人给予我们关于人类本性的知识,尤其是在《伊安篇》里所争论的,关于当人类生活里出现某种一般性状态时人们很可能做或说的东西,尤其是那些与人们相互反应相关的东西。同时,既然诗人与人类生活的范型——可能的范型——打交道,悲剧就按照能令观众可以在心里保留住其相关细节从而满足于将聚焦的情感反应引发出来的条件,即悲剧所想引发的目标,被组织起来。

亚里士多德说了这段话来表明这一点:

> ……诗人的职责不在于描述已经发生的事,而在于描述可能发生的事,即根据可然或必然的原则可能发生的事。历史学家和诗人的区别并不在于是否用格律文写作;希罗多德的作品可以被改写成格律文,但仍然是一种历史,区别在于前者记述已经发生的事,后者描述可能发生的事。(51a, 9)

由此理由诗就更为哲学化而比历史更严肃。诗倾向于表达普遍的东西,历史则倾向于特殊。历史,聚集了大量事实,隐藏了普遍的东西。普遍的东西是语言或行动的范型而与一个根据给予的可能性或必然性相协调的种类的人的行为一致。展现这种范型就是诗人的目标,即便他用的是个体的名字。悲剧角色是感觉上普遍的东西,如黑格尔可能会主张的——体现理想类型或理念的东西。例如,在《安提戈涅》里,克利翁代表城邦的主张,而他的侄女安提戈涅则是家庭或族群义务的符码。

亚里士多德关于诗歌和哲学的关系这一段非常重要。在一个小段落里包含了太多。首先,它回答了几个柏拉图反对诗歌的指控,尽管并没有直接点出他的名字。回想一下柏拉图对诗歌仅仅只是事物的一面镜子的指控,只抓住了特殊物的表面现象。此处亚里士多德主张诗歌的描绘比历史要好太多。诗歌更为抽象。它有着普遍性的一面。它抽象地阐明了人类事件可能的展开方式。它讲述人们如何在某种情形下所可能谈论以及可能行动的方式。

《伊安》篇说过诗人所知道的恰好是人们所说和所做的。亚里士多德明显赞同这一点。他认为,与柏拉图相反,诗人的确知道某些事情,例如,某种人在某种情境下可能会如何行动——顽固如克利翁和安提戈涅这样的人可能会做出奇怪的行动来。两个人都不会退缩,都不会眨眼睛,一旦他们死命地对抗,结果就只能是灾难。因此,与柏拉图相反,诗人知道某些事情并且可以就某些事提出教益,关于人类的生存,即关于行动和事件发展趋势的方式,一旦某些人格、力量和情感化身为行动所可能发展的方向。

这通常只是可能性的问题。诗人勾画出事件发生的自然趋向。有时在特殊情境里这些可能性不会成功。它们是有着高度可能性的抽象的情景,按照诗人的预测方式。对可能性的要求表明这些故事是可普遍化的。这里"可能性"不是关于观众可以或将会接受(按照当下对它的理解)的东西,而是就事情如何可能自行发展的方面在认识论上有其意义。

历史学家告诉我们在特殊的事项里发生了什么,它与事先预测可能发生的东西有可能和谐一致,也有可能背道而驰。诗人给予我们对事件的自然矢量或趋势以更深刻或更抽象的洞察。诗人教诲我们关于人类经验的某种规律。诗人给予我们人类行为的蓝图,而不是按照这些蓝图建筑起来的大厦,当然,这些建筑也有可能偏离蓝图。然而,蓝图仍然能给予我们一个现象结构的不是实际现象的图画。例如,台景蓝图,使得我们能由树木来讲述森林。因此,我们可以从蓝图学到一些东西。我们可以从悲剧学到东西,尽管柏拉图否定这种可能性。这也解释了为什么我们能从悲剧中获得快感,而我们不会从实际的悲剧事件中得到快感。悲剧的建构使得它们所描述的诸事件非常明了,而且我们从悲剧中获得的快乐,从大的方面讲,是学习的快乐,因此,与柏拉图所述相反,是一种对理性没有害处的快乐,而且对理性来说还不可或缺。

也许你能回想起来,亚里士多德在前面提到我们会从模仿中取得自然的快乐。悲剧就是对行动的模仿。再者,模仿所给予的快乐主要是学习的快乐。悲剧教诲人们以人类行动的知识。它教给我们怎样的人类行动知识呢?它教导我们某些人类事件会如何可能地或必然地行进,当某些种类的人和力量相互冲突时。

既然我们从悲剧中学习到了可能性和必然性,这种知识就显然是普遍的而且更接近于哲学而不是历史。因为这种模仿的快乐有助于获得类似于哲学的知识,它并不会吓坏理性,却在帮助理性。另外,这种知识同样有益于统治者和公民。因此,从共和国的观点看,它是一种有益的快乐。因此,亚里士多德对苏格拉底在《理想国》的最后向诗歌的鼓吹者所提出的问题提出了挑战。

再者,这种知识对我们把握情节——可能的行动的结果非常有意义。这就是为什么亚里士多德如此轻视悲剧里观众元素的重要性。请注意,对亚里士多德来说,悲剧和快乐因此是一种功能,使得人们从模仿中学习。于是,如果我们从悲剧/诗歌中所学习到的就是人类事务——行动和事件——所可能行进的方式,那么很简单,我们通过阅读戏剧就能学到。

我们并不需要通过台景来看到它的再现。在剧场学习的东西从书页里就能学到了。这对亚里士多德来说意味着现场台景比起情节来说不那么重要，既然要从戏剧中知晓的每件事都能从情节中获得。因此，情节要比台景更重要。

这个简短的段落也澄清了亚里士多德相信快乐是诗歌的一个主要源泉。他在前面提到快乐一般来源于学习性的模仿。他说我们从图画里获得的快乐与对图画内容的认知有关。我说过，这并不像是一个真正令人信服的描述我们从图画中得到快乐的来源的方式。然而，当我们联系到这一段论诗歌时他所说的关于学习中的快乐一般来自模仿，这个解释就很有意义了。因为我们在情节中认知到的是人类事件可能发展的趋势，某些事情对我们是没有意义的，如果没有诗人将相关的人类力量提炼出来并摆出来。

也就是说，通过对人类事务的半抽象描述使得我们能看出或认识到人类的化学作用是如何工作的，以及这些他们勾勒事件的方式如何出现。这使得我们有一个机会接近于真正的发现人类的生存状况。

另外，我们由此得到的快乐的种类是认知。它并不诉求于心灵的低级部分。诗人所使用的知识类别更接近于哲学。当然，它也仅仅是更接近于哲学。因为哲学产生关于必然的知识，而诗人通常使用的知识相较之下没有那么明确。通常它只是使用可能性，即事情怎么可能发展下去。但这并不能说诗人什么也没有教授，而只是说它没有教授最高类别的知识。

亚里士多德在《尼各马可伦理学》（1177a，15—20）里宣称最好类别的生活就是与理论沉思有关的生活，对永恒真理的沉思，比如数学真理。诗歌无法精确承担这种沉思。然而，它确实承担了一种相关类别的大概的沉思，即对人类生活的深刻规则确定性的理解的沉思。诗歌不仅仅相关于认知性的快乐，也由于它促进了对真理的沉思，而对真正的最高的生活有所促进，这种促进并不是由于它通过沉思，而是用某种比起我们日常生活所遭遇的东西更接近于那种沉思的东西，呈现给我们永恒的不变的真理。于是，再次对柏拉图说抱歉，亚里士多德似乎给诗歌在创造有道德的生活方面找到了一个位置，因为它对我们的认知力量进行了教诲，而不是简单地把诗歌推到非理性的领域里去。也就是说，亚里士多德为诗歌在良善之城、道德公民的城邦，找到了一个角色。

亚里士多德《诗学》：
关于西方戏剧理论的奠基两个讲座（下）

［美］诺埃尔·卡罗尔/著

倪　胜/译

译按：本文是美国著名学者、美国美学学会前会长卡罗尔教授于2015年12月在上海戏剧学院所作讲座的中译文。卡罗尔教授应邀专门为上海戏剧学院写作了本文，全部内容和观点通过本次讲座在国际上首次公开，因此本译文是卡罗尔教授这项研究的第一次正式公开发表。

在我上次的讲座里，我们检验了情节对实现悲剧目标——引发悲悯和恐惧以及卡塔西斯——的贡献方式。我们设想，亚里士多德之所以认为情节必须统一或完整，是为了引发一个强有力的情感反应。但为什么那种情感反应要采取悲悯和恐惧的形式？要理解这个我们需要跟着亚里士多德继续探索悲剧的诸成分。

讨论了情节对诗歌展现人类存在的普遍性东西的重要性之后，亚里士多德转向从其在观众中引发悲悯和恐惧的作用来分析情节结构。

亚里士多德告诉我们悲剧情节应该是统一的，它们应该有开头、中间和结尾，那些术语都有其特殊含义。也就是说，假使要引发读者、观众和听众强烈的、聚焦的情感反应是必要的，但为什么这些强烈的情感反应会是悲悯和恐惧？为了解释这个问题，亚里士多德给了我们一些更为详细的解释，涉及构成完整悲剧情节的诸作用成分。亚里士多德接着剥离了在观众心中导致悲悯和恐惧的诸成分。

所有的情节都有开头、中间和结尾。但亚里士多德还区分了两种悲剧情节：有着开头、中间和结尾，灾难不幸落到主角身上的简单情节，以及复杂情节。并且，复杂情节最适合引发悲悯和恐惧。

在复杂情节里，诸成分负责由反转、承认和灾难（或受难）带来的悲悯和恐惧引发。反转和承认出现在悲剧的中间并且情节比较复杂。什么是反转，什么是承认，它们对引起悲悯和恐惧是如何起作用的？

关于反转，亚里士多德说："反转就是行动的发展从一个方向转至相反的方向；我们认为，此种转变必须符合可然或必然的原则。"（52a，11）反转就是情节的转向——叫作突转（peripeteia）。尤其，突转是情节转向事情突然开始走向相反方向进入主角的困境——也就是说，行动开始变得与主角原初的目的形成有意义的对立。这种对立经常是一种主体原初意向的反转。例如，俄狄浦斯开始调查瘟疫是为了进一步建立他在底比斯的领导地位，然而他的努力却自作自受，并且导向了他自己的惩罚。简而言之，这就是那个著名的成语"命运的逆转"（a reversal of fortune）。

反转是复杂悲剧里的一个成分。但要记住亚里士多德正在从功能上分析情节结构。于是反转如何作用于悲剧效果——引起悲悯和恐惧呢？就亚里士多德的观点，反转是恐惧的原因。反转提醒观众事情可以摆脱控制。悲剧强调这个主题，坏的运气可以随时毁灭我们的生活，玛莎·纳斯鲍姆称这个主题为"善的脆弱性"。

悲剧得承认，坏事情可以突然发生到好人身上——善良并不能保证幸福。一个人可以根据他所相信的来生活，但遭到灾祸——也就是说，从幸运反转。

有着良好意愿的好人随时可以被击倒，这一事实对希腊人来说是一个可怕的前景。因此，这个特殊的情节转向——幸运的反转——能打击古代观众的心灵，使其产生恐惧，因为它体现观众他们自己的不可逃避的弱点。

《俄狄浦斯王》的最后一行是"不要说任何人是幸运的，除非他到死"。通过这个警语，古希腊人发出信号说我们不可以评价一个人的生活直到他或她已经死亡，因为只有在死亡里一个人才最终逃脱了不幸的掌握。仅仅在呼出最后一口气之后我们才能肯定地说某个人的生活是一个好的生活。甚至有美德的人的命运也是危险不安的——命运的人质——这就是悲剧的凄惨教训：它最深地洞察了人类生存的真理。悲剧图解地显示出人类生活的这种必然特征。这使得观众对悲剧的情感反应反转到恐惧——为某人恐惧，为不断冲来的、某人自己的前景恐惧。

悲剧提醒观众无论多么强有力或善良，我们最好的意愿也可能会有最坏的结果。悲剧的反转成分强调，我们打算要讲给我们自己的故事并不能保证说，当全部的事情都被讲出来并做完，就是我们想讲的那个故事。它使我们意识到人类生活的偶然性——包括我们自己的生活——这引起了我们的恐惧。

在复杂情节里，反转之后可以接续承认或发现。这个情节运动尤其与推进悲悯相关联。它对主角反转的情境撒下怜悯。承认尤其出现在当诸人物认识到，由于不是因为他们自己的过失而导致的错误，他们成了毁灭自己的主体。

亚里士多德定义承认为从不知到知的转变，比如当俄狄浦斯认识到他就是杀死拉鲁斯的凶手。我们完全悲悯他因为我们知道他承认他自己给自己带来了痛苦，一旦克利翁承认通过他自己处决安提戈涅的行动，他就导致了他的儿子海蒙（Haemon）和他妻子欧律狄刻（Eurydice）的自杀。他看到这个灾难是他自己的错，归咎于他审判的错。

为什么这种情节会导致悲悯？好吧，糟糕的事情偶然发生在某人身上已经够糟了，更糟糕的是，这是你自己带来的，并且你知道这事会发生。你的困境就是可悲悯的全部，因为，加到偶然发生的糟糕事的痛苦上面的，还有增加的、来自你认识到你是自找的心理上的痛苦。

看到一个角色展现这种自我意识的痛苦，强化了我们已经从被命运击倒的角色身上感受到的悲悯。一个自己引发的不幸包含着自责，它出自对这一点的承认，即你自己可以避开这个灾难。这里受害者承受了类似于"假如我做了否则"的经验，比如一个父亲的例子，在游泳事故之后，说"假如我让约翰尼待在家里做家庭作业就好了"。并且，再说一次，既然这些角色的悲痛提醒我们同样的事情会降临到我们头上，我们也就再度感觉到了恐惧。

在这三个因素里的最后的复杂情节运动是灾难或苦难。这个情节发展的名称是可以自我解释的。灾难"包含破坏或痛苦——全都看得到的死亡，极度的痛苦，等等"。这使得我们悲悯命运的受害者。

总之，复杂情节的成分，悲剧情节作用在于按照接下来的方式发动意向性的悲剧反应。开头/中间/结尾的结构保证了强烈的、聚焦的戏剧情感反应。反转成分主要是对那种情感反应进行精炼，使之成为一种恐惧。承认成分与反转作用相伴时就引起了悲悯。当然，灾难会为悲悯和恐惧添加燃料。

在悲剧的简单情节里，灾难做了所有的引发悲悯和恐惧的工作。复杂情节做得更好，因为它们按照某种方式使得按照预测保证悲悯和恐惧的产生更充分地表现出来。它们更为错综复杂并且经过校准后才完成这个工作。再者，这也说明很明显起作用的成分是因为悲剧的形式——情节的形式——被亚里士多德按照各部分起作用或认识到悲剧的目标而打破——产生悲悯和恐惧。

角色

对亚里士多德来说，在情节之后，人物角色的结构是最重要的悲剧元素。正如亚里士多德着眼于最有助于带来悲剧效果的方面来分析情节，于是他对人物的结构的考察就从能在观众中最有效地引起怜悯和恐惧的方面开始。

由此，最重要的明显就是主要人物的结构——悲剧落到其身上的人物。这个人物不得不这样模仿，他/她最好地服务于情节，最好地服务于促进悲剧情感。对这样的人物，亚里士多德说：

> 首先，悲剧不应表现好人由顺达之境转入败逆之境，因为这既不能引发恐惧，亦不能引发怜悯，倒是会使人产生反感。其次，不应表现坏人由败逆之境转入顺达之境，因为这与悲剧精神背道而驰，在哪一点上都不符合悲剧的要求——既不能引起同情，也不能引发怜悯或恐惧。再者，不应表现极恶的人由顺达之境转入

败逆之境。这种安排可能会引起同情，却不能引发怜悯或恐惧，因为怜悯的对象是遭受了不该遭受之不幸的人，而恐惧的产生是因为遭受不幸者是和我们一样的人。所以，此种构思不会引发怜悯或恐惧。介于上述两种人之间还有另一种人，这些人不具十分的美德，也不是十分的公正，他们之所以遭受不幸，不是因为本身的罪恶或邪恶，而是因为犯了某种错误。这些人声名显赫，生活顺达，如俄狄浦斯、苏尼斯忒斯和其他有类似家族背景的著名人物。(52.6.15)

注意这里对角色的要求是混合的。再者，要这么做的理由全都与它们可以推动我们精确地进入怜悯和恐惧状态相关。对善良的人的毁灭会令我们厌恶。对特蕾莎嬷嬷加以私刑会引起义愤，而不是怜悯和恐惧。

另外，很清楚，我们今天所说的对悲剧角色的认同，也许叫作团结一致或忠诚更好，这种认同在亚里士多德理论里非常重要。

角色的严肃和英雄气是为了提醒我们无论一个人多么伟大，他都可能成为命运的受害者。既然伟大的人物，跟我们类似，是不完美的，当他们被毁灭时我们就感觉到怜悯而不是愤怒。的确，既然他们与我们相似，他们的毁灭就是在提醒我们，自己的美好生活是偶然的。

也就是说，我们尤其被害怕所打动，因为我们可以看到与我们非常类似的人物，而相似的灾难也可能落到我们头上。我们承认主角是我们的同盟，因为他们拥有继承祖先而来的肉体的所有弱点。这意味着人物，尽管有着给人印象深刻的地位，在某些方面也不得不同大多数观众一样。人物不能太善良；但也绝不能毫无用处。为什么？因为悲惨的事情落在一个毫无用处的人身上，也许可以唤起同情，但不会引起恐惧，既然所说的恐惧被说成是对我们自己的恐惧，是对像我们一样的人，普通观众，有着普通的美德的人。可以推测，普通观众，既不是完满的善良的也不是极度无价值的人，不可能关心一个对他/她自己生活前景毫无用处的人的悲惨。

类似的，悲剧主角不应该完全是恶的，因为这时他所遭受的灾祸就会受到观众的欢迎，因为他正应该受此惩罚。也就是说，我们不建议将亨利希·希姆莱写成悲剧主角，因为他的死亡，并不能引起怜悯和恐惧却更能鼓舞我们的正义情感。

还有，与对人物的这种要求相一致的台词就是这样的概念，即人物要处于一个显著的善和堕落之间。例如，由于对人物的误解而猛烈地投给他以灾难的，应该是一种错误，而不是邪恶。在理想的情形下，亚里士多德建议应该是一个无辜的错误而不是一个邪恶的错误。因为，再说一次，主角应该像观众一样，具备普通的美德且不是一个坏人。

悲剧英雄应该与常规的观众类似，因为他/她是一个普通的善良人导致了受挫。由此，甚至人物的语言也应该服从于悲剧的这种目的。因为这个理由，亚里士多德建议使用抑扬格三音步为基础，因为这种格律比起其他（例如歌曲）来，最接近于普通对话。这使得主角声音更与我们相似，也许亚里士多德认为我们会更喜欢看到我们自己沉浸于人物中，于是更易于被恐惧所感染，例如令主角烦恼的命运的反转就可以打击到我们。

前述人物类型，隐藏在某种情节中，这种情节在不幸的顶点会引起我们的怜悯和恐惧。语言同样会在观众心中引起怜悯和恐惧，因为不幸是自己选择的、尽管是无辜的错误导致的结果，而通过图解呈现灾难的场面则激起了这些情感。假定这些因素会给我们引起如此多的怜悯和恐惧，在剧情的结尾，我们会在情感上被耗尽；我们会倒空怜悯和恐惧。张力会在我们心中被加强而后解除以至于所有的情感都被情节卷入。

因此不是激励相关的情感到一个失控点上（会损害到心灵的理性规则），悲剧，根据亚里士多德的解释，也许要压制怜悯和恐惧。按这种方法，亚里士多德也许逃脱了柏拉图对悲剧最严厉的批判。

卡塔西斯

我们已经知道，亚里士多德对悲剧诸成分的分析致力于展现悲剧的各部分如何在观众心中引发悲悯和恐惧。但悲悯和恐惧，尤其是对我们自身命运的恐惧，没法是一个真正愉快的状态。那么，为什么我们要消费悲剧？如果其结果是不愉快的或否定性的心灵状态，例如悲悯和恐惧。这可能是卡塔西斯被介绍进来的好时机。但什么是卡塔西斯？

到现在，亚里士多德对悲剧的分析是通过解释悲剧如何作用于引起悲悯和恐惧的方式来进行的。这个过程很有意义，假定亚里士多德对悲剧的定义，必须通过对行动的模仿引起这些情感，才算作悲剧。然而，悲剧也被假定是促成悲悯和恐惧的卡塔西斯。

尽管抓住亚里士多德的卡塔西斯概念会进入他的悲剧理论的整体，这是个更加要求其完整性的任务，既然亚里士德多从未真正地推进他所说的卡塔西斯。他在《诗学》里并未定义它，尽管他说他会在《政治学》里定义它。[①] 再者，他在《诗学》里只是几次使用了这个词，并没有给我们更多的语境线索来追寻。于是，亚里士多德对卡塔西斯到底是什么意思只能去推测。很多年以来许多研究者提供了各种对卡塔西斯的解释。接下来，我会评论一些主流的卡塔西斯解释的优劣。

通常对卡塔西斯的解释包括净化说、纯化说以及澄清说，但有很多问题，其中哪一个能用到亚里士多德的《诗学》里，如何挑选其中的某一个，等等。卡塔西斯属于观众的情感，还是角色的情感，或它与情节有关吗？

---

① 当然，既然我们只拥有他的《诗学》的残篇，也许他在丢失了的部分定义了卡塔西斯。——原注

为了掌握卡塔西斯，第一个要回答的问题就是关于卡塔西斯的对象。卡塔西斯似乎是一个过程——与悲悯和恐惧相关的过程。但谁、什么东西在承担卡塔西斯的过程？这里有三个选项：悲剧的角色，观众，或者叙事者本人。

歌德认为卡塔西斯的对象是角色的情感。但这看起来并不令人信服。让我们假设卡塔西斯意味着"净化"。很多主角在悲剧的结尾似乎并不是他们拥有了被净化的情感。在《俄狄浦斯王》的结尾俄狄浦斯仍然在苦恼中，而克利翁在《安提戈涅》的结尾以及阿高厄（agave）在《酒神的伴侣》的结尾也是如此。也许在《俄狄浦斯在科洛诺斯》的结尾，俄狄浦斯好像被净化和被纯化了，或者说至少是被和解了，然而这个剧是一个例外，而不是合乎规则。再说，抓住大多数悲剧观众的情感并不是悲悯和恐惧，而是苦恼或自责，或《美狄亚》里的狂怒。结果，即使相关的角色也被说成是体验到了卡塔西斯，那也不是悲悯和恐惧的卡塔西斯。因此，既然这个对卡塔西斯的解释与事实如此不相符，看起来没办法赞同它。①

第二个对卡塔西斯对象的解释是操纵卡塔西斯的对象是情节。此处与卡塔西斯相关的感觉是澄清。按照这种观点，卡塔西斯通过将情节带向解答澄清了情节的趋向。换句话说，就是情节的发展导致澄清。事件往何处发展是随着将事情运送到它们自然的结果上去而得以澄清。

这种观点的一个短处就是情节并不拥有像悲悯和恐惧这样需要澄清的情感。反而，按这种解释，情感方面发生的唯一的事情就是悲悯和恐惧被引起了。卡塔西斯/情节的澄清正好引起悲悯和恐惧。卡塔西斯只是引起悲悯和恐惧。但如果卡塔西斯恰只是引起悲悯和恐惧，那么它不会，尽管是表面上，给亚里士多德的悲剧定义添加些什么。对这个解释更为不利的是它无法提供对柏拉图反对诗歌的反驳。假使亚里士多德写他悲剧的定义而无视柏拉图的批评，看起来非常不可能。

第三个对卡塔西斯对象的解释是观众的情感，即明显的悲悯和恐惧。它投入了这些情感并且转化了它们。但怎么做到的？

亚里士多德提到卡塔西斯的地方在《政治学》第七章和第八章。他在那里说他不想过于谈论卡塔西斯，因为他说他会在《诗学》里详谈，当然，尽管我们知道我们今天所掌握的《诗学》残篇里并没有这些内容。然而，亚里士多德的确指出他可能将卡塔西斯放在心里，至少从他在《政治学》里讨论这一点的时候。

在他评论不同宗教仪式的当口，尤其是狄俄尼索斯仪式，亚里士多德按照净化或启发强烈情感，例如悲悯和恐惧使用了卡塔西斯一词。亚里士多德似乎将这些状态看成治疗的实例。那么，如果对悲剧里悲悯和恐惧的卡塔西斯可以类比于宗教庆典上的

---

① 有个假设说可能有一个政治驱动力潜藏在这个解释里，这个解释即角色的情感充作卡塔西斯的对象。尤其推测说这是一个用来逃避审查制度的交易。通过否定悲剧有能力引起观众的情感——实际上，通过重置角色的情感——喜欢悲剧的朋友可以断言"没有理由去审查悲剧，既然它不会在情感上面影响观众"。——原注

所得到的卡塔西斯,那么,可能亚里士多德相信悲剧里的卡塔西斯多少是治疗性质的。

在希腊文化里,至少存在着两种治疗性质的卡塔西斯概念。那么,如果亚里士多德,一个医生的儿子,将悲剧的卡塔西斯看作治疗,很可能他心里有这两种概念之一。与治疗相关的卡塔西斯概念是:顺势疗法和对抗疗法。

根据顺势疗法,这种治疗是顺势的,如果它与病痛斗争时加强了同一方面。例如,往人身上堆毛毯治疗发烧就是顺势的。这个观念的意思是以火攻火。

然而,这样理解亚里士多德的卡塔西斯有个问题,顺势疗法在希腊很少存在,那么它就不大可能是亚里士多德在《诗学》和《政治学》里所预设的了。卡塔西斯的对抗疗法——用相反的东西对付病痛——更为流行。

再者,有更深刻的理由假定亚里士多德并未将悲剧的卡塔西斯看作顺势疗法的形式。在《诗学》的结论里,亚里士多德努力展示悲剧并不比史诗低级——即像史诗一样,悲剧也是对着高贵的观众,而不是对着粗俗、低级或二等观众。(62a) 也就是说,亚里士多德希望证明悲剧适合由高贵的、第一等的观众消费。

然而这给顺势疗法带来一个问题。为什么?如果悲剧治疗的是人民,那么它的观众必然是某方面有缺陷的。根据顺势疗法,他们被超量的悲悯和恐惧打击,而悲悯和恐惧必定会由于过度刺激而在四处泛滥。而这也假定他们在开始就在情感方面不平衡或者有缺陷。而悲剧治好了他们。但如果他们需要治疗,那么他们是病人。于是,天生的悲剧观众,按照这种模式,就是那些在某种意义上有缺陷的人。那样就显得好像在情感上平衡的人,有美德的人——或高贵人——就不应该包括在悲剧所要求的观众里。这就是从悲剧的顺势疗法顺理成章推理的结果。这当然不会是亚里士多德的观点。因为亚里士多德断言高贵的人也是悲剧的观众。

迄今为止我们已经探索了顺势疗法。这是一个模式——通过使用更多的同类事物为人们去除有害的痛苦或者净化它们。但还有一个卡塔西斯的对抗治疗模式。对抗疗法是通过相反的方式进行治疗的模式。这种模式,悲悯和恐惧会在观众心中引发出来从而净化了相反的情感。在观众心中引起悲悯和恐惧是为了控制和净化某种其他的、不合胃口的、不想要的情感趋势。然而,明显地,为了开始去寻找这种假设的可能,我们还需要一些状态概念,在这些状态里悲悯和恐惧被驱离。

一种假设是这状态就是悲剧卡塔西斯被设计来驱散相关类别的自负或自满。悲剧里的恐惧就揭示了我们易受伤害这个情感的现实。通过悲剧,我们认识到我们的行动会带来不期望的、使得像俄狄浦斯、克利翁和彭透斯那样发号施令的显要人物遭到贬损的结果。于是我们,没有多少权力的人,由于处于悲剧之中而被告知我们能力的脆弱之处。相反,在日常的事件中,人的生存实际上有多么的危险不安,很容易被忘记。人很容易变得无礼轻率、大意并且自负。我们一头扎进我们的目标中,很少意识到命运逆转的可能。

另外,这种自负或大意可能变成公民的责任。为什么?因为草率的冒险的平民——他们忘记了最好的计划也最容易走向邪路——会准备把握机会而这机会最终导致灾难（例如陷入帝国战争）。人们希望有谨慎的公民；人们完全反对冒险。与这种鲁莽的公民相反，人们更偏爱仔细和深思的公民。悲剧，也许被说成对谨慎的鼓励，因为通过告知或提醒他们存在着所不希望的偶然、而命运的变化无常会摧毁他们最好的设计，它给观众慢慢滴灌恐惧。

通过引起悲剧的悲悯和恐惧情感，悲剧被假定能驱使我们反思类似的、因为我们的行动会带来不希望的结果的危险。悲剧开拓了心灵的清醒图谋。悲剧的成果活生生地植根于我们的记忆，就不可能支持一种对我们的弱点的自负和轻率的信赖。悲剧的悲悯和恐惧不适合带着自负和自满的心灵状态——例如相信人的弱点。

也就是说，亚里士多德所担心的一种焦虑是在和平时期，尤其是由于没有准备好恐惧，人们可能变得轻蔑和过分莽撞。某种骄傲易于出现。在这样的观众心中挑起对命运诡计的恐惧使人精神振奋。悲剧的作用就是通过抑制骄傲而解毒——一种对骄傲和自信的解毒剂。

然而，对卡塔西斯的对抗疗法观点也存在几个问题。

首先，令人惊讶的是亚里士多德会认为悲剧是解毒剂，他从来没有说这个理论有如此重要。

其次，卡塔西斯的对抗疗法面临着我们在顺势疗法那里同样的问题，即悲剧仅仅服务于不是完满的高贵的人。高贵的人，我们可以说，是已经很谨慎的。只有粗俗的人和下等人会受到某种不谨慎的折磨而能得到悲剧的对抗治疗。

但当亚里士多德似乎相信悲剧适合高贵的人，他不能认为悲剧本质上是治疗的，即便是对抗治疗。

因为如果观众需要一种解毒剂，那么他们一定出了什么问题。人们可以勉强承认亚里士多德可能会想，粗俗的人可以支持治疗。但他还认为悲剧也适合高贵的人。既然他们并未受到折磨，人们就设想他们并不需要解毒剂。然而，亚里士多德认为他们可以从悲剧中获益。于是，他必须思考悲剧的益处除了解毒剂以外还有什么。

即便假设对抗理论就是对卡塔西斯的正确解释而悲剧所说的就是通过提炼对观众自己的弱点的知晓使得轻率和鲁莽的心理趋向变得清醒；然而这仍给我们留下一个问题——什么是那个可以关联到带我们进入那种愉快状态的东西？假定卡塔西斯与快乐有关。顺势疗法通过主张悲剧移除或宣泄了例如悲悯和恐惧这样负面或痛苦的情感而进行了调节。移除痛苦是一个明显的快乐来源。但如何提供配药剂量并使得我们对任何快乐都更为机警呢？受到电击令老鼠增强了机警，但对老鼠来说快乐又在哪里？还有，任何情况下，警示自己都是一个不快乐的状态。但如果卡塔西斯的对抗疗法与快乐无关，那么，它就似乎成了一个对悲剧的卡塔西斯的不负责任的解释了。

如果卡塔西斯与快乐有关，那么，我们必须问问我们自己快乐的源泉是什么。在他的《诗学》里，亚里士多德非常明确悲剧里快乐的主要来源是什么。悲剧里快乐的源泉是学习；快乐的源泉是教育。那么，如果卡塔西斯与快乐有关，也许它锁定了对我们进行某些教育的关系链条。于是，去探询对卡塔西斯的教育解释就看起来很有道理。

卡塔西斯在对观众进行教育方面至少有两种方式。它既可以在对观众的情感教育方面，也可以在对观众的知识教育方面做出贡献。让我们先看情感教育。这是什么意思？悲剧可能教育我们的情感——训练我们的情感——就像舞者训练其肌肉以便于精准地实现某种动作。同样，假设一个人可以训练他的情感反应以它们能精确和恰当。我们的情感可以被教育——这种过程，出于明显的理由，我们可以称为情感教育。由此，在它们能令情感有一个完美的工作次序的意义上，卡塔西斯可以被看作对我们的情感进行教育的过程。

日常生活里的情感可以是有利的，也可以是阻碍。当我们用错误的强度或出于错误的理由驱动它们，在错误的环境里或在错误的时间里将它们指向错误的对象，它们就成了障碍物。例如，当我们非常愤怒或不是那么愤怒时，我们的情感被定到错误的强度——当我们用尽力气惊声尖叫要砍去服务生的头，因为他给我们拿来的是糖而不是代糖（过分愤怒的例子），或者当我们对战争囚犯的拷问陷入愤怒之中（不是足够愤怒的例子）。当我们对我们的爱人而不是老板发泄我们的愤怒，因为老板取消了我们的圣诞奖金，于是我们将我们的情感就摆到了错误的对象上。或者，我们的情感可能被错误的理由所授权，比如当我们激起我们对其他队伍的憎恨以便于使我们队赢得比赛而有充分信心。

这些都是一些情感没能点燃的方式。塑造一个有美德的角色与通过品性以至于它们不会按这些方式走向错误来进行情感教育有关。有美德的人一直会检查情感，而美德就是我们发展出来为了给过头的情感刹车的。

根据亚里士多德《尼各马可伦理学》，具有美德的人向往按照适当的方式拥有适当的情感——也就是说，人们渴望在正确的时间为着正确的理由以正确的情感用正确的强度指向正确的对象。例如，我害怕（正确的情感）蛇（正确的对象）因为它离我两英寸远（正确的时间）并且因为它是有害的（正确的理由），同时，我的恐惧是因为有红色警告（正确的强度）。对情感进行教育，于是，就是去驱动正确的情感，为着正确的理由在正确的时间带着正确的强度指向正确的对象。那么阅读亚里士多德关于悲剧定义的一个方式，就是去理解他主张悲剧通过训练观众出于正确的理由用正确的强度将悲悯和恐惧带向正确的情感对象等等，以便对情感进行教育。卡塔西斯正好就是这个过程，或调校或校准相关的情感。

另外，悲剧定义主张需要教育的可能要多过悲悯和恐惧的情感，既然定义说到"悲悯和恐惧……这些情感"，是哪些情感？也许，全部负面情感包括愤怒、轻蔑等。按情感教育的观点，悲剧纯化了情感——将观众放到承受完满聚焦的情感的位置上——所有的取消都被移除。卡塔西斯，也就是说，是这种澄清过程的名称。

对亚里士多德来说，美德能通过品性而获得。美德习惯通过经常的练习得以提炼。我们学习美德就像学习骑自行车一样——通过实践。由此，悲剧里显示出来的可能是品性的相关过程。悲剧使得我们能自动地发现从美德而来的中庸——适当的情感和情感水平。例如，观看《俄狄浦斯王》可以帮助胆小的人认识到他自己的恐惧是被夸大的，同时也帮助一个鲁莽的人看到他身上的弱点就是不顾后果，或者，至少是自满。悲剧，换句话说，能使我们重新校准我们的情感——令它们与正确的对象同步，用适当的强度水平，等等。还有，观众也从悲剧学习到对一个高贵的人使用最强烈的悲悯和恐惧的形式，这人的行动导致了不曾预料的灾难结果落到他自己和他家庭身上。

悲剧教育情感并在此过程中培育美德。鲁莽人通过观看他们自己计划的极高的偶然性以及被折磨到崩溃，从而学习控制他们的自负和不顾后果。他们学习约束他们的热情。

再者，从情感教育的角度，喜爱悲剧的朋友有一个方式回答柏拉图的质疑：悲剧，可以这样说，能服务于城邦是因为通过完美化像悲悯和恐惧这样的情感而成为一种培养美德的文明力量，使得我们能自动地选择正确的目标并且用适当的方式对它进行反应。

但怎么看待快乐？如何获得与悲剧所提供的快乐相关的可行的情感？这里，亚里士多德，如托马斯·阿奎那等人那样，认为快乐是一种他们应当有的、能操控的能力，就像一个人的肌肉经过严格的练习而燃烧的情况。类似的，快乐出自由悲剧而来的情感教育，可能使得快乐被感觉是情感按照它们应该的那样在进行作用。

关于卡塔西斯的情感教育概念的一个问题是它假设存在一些将悲剧以及日常生活引起的情感进行转换的可能。跟柏拉图一样，只有涉及正面或有道德的情感而不是负面价值的情感，情感教育假定悲剧所引起的情感会以某种规则的、可以预言的方式涌入生活中。但我们是否有理由确信对美德的正面情感练习比起对恶行的练习更能够以系统的、可预言的方式进行把握？

再说，比起观众在日常生活里偶然遇到的事情来，他们好像不会经常遇到一些机会来获得他们在悲剧里所经历的情感。有多少儿子会突然发现他们杀死了自己的父亲并且和他们的母亲结婚？可以争辩的是，悲剧很难成为戏剧之外生活情感的一个样板。

加之，情感教育模式无法避免同样的反对意见，这种反对是就卡塔西斯的治疗或治愈而言的，也就是说，亚里士多德相信悲剧适合对高贵的人讲述，而不是劣等人。但高贵的人，可以假设，都是有美德的人，而根据定义有美德的人并不需要对他们的情感进行教育。他们已经具有能对着正确的对象为着正确的理由用正确的情感等等恢复健康的品性。结果，如果悲剧不得不要提供的教育就以这种方式进行校正或再校正，那么高贵的人就会从悲剧里得不到任何东西。然而，亚里士多德坚持认为他们是悲剧观众的一部分，甚至也卷入了卡塔西斯的过程。因此，亚里士多德好像不大会接受卡塔西斯是一种情感教育。

但也许卡塔西斯提供的教育种类并不是情感教育而是知识教育。也就是说，我们不仅仅被鼓励对戏剧里的悲剧事件产生正确的情感反应，并且，因为我们并不是虚拟世界里的人物，我们并不需要采取那些反应，而是发现我们自己处在一个对它们可以仔细审查的地位。换句话说，悲剧给了我们机会去反思相关情感的合适对象的本性——去沉思，例如，恐惧的真正本性，或者至少某种我们可以称为悲剧恐惧的恐惧。这种恐惧的合适对象是四季不断的、有弱点的、命运不断荣枯变化着（尤其是坏的命运）的人类生活。悲剧展现作为这种恐惧的合适对象的生活，并且使得我们能够用清晰提炼过的和极端易懂的时尚方式认识到它，因此促进了我们对情感概念的理解。悲剧所推进的知识教育是对某种情感概念的澄清，例如悲悯、恐惧以及或许其他负面情感。

可以明显地注意到，情感有合适的对象、适度的张力水平、驱动理由等。悲剧所引入的、作为知识教育的悲剧的卡塔西斯概念，就是要澄清针对适于情感练习的诸因素的相关情感概念。

先前我们学习到，亚里士多德认为，悲剧的一个主要的快乐来源就是学习的快乐。亚里士多德认为我们可以从悲剧学习到一些普遍的东西。现在我们所考虑的不仅仅是可以从悲剧中学习到可能的行为模式，而且还在合适条件下能学习到某些特定的情感状态。也就是说，通过悲剧，我们被给予了一个有利点，从这个点可以沉思人类生活的真理——某些情感的结构。

不可否认，这是一种比起数学真理来要少些必然性的真理。然而，它值得被高贵的或有美德的人来认识，不仅仅因为它可以鼓励美德——在我们活动中作为一种不会招致灾难的谨慎的温和——也因为它显示出的几乎是人类生活中常识性的真理：命运，无论善或恶，都是生活的不可剔除的特质，而坏的命运是最深刻的各种恐惧的合适对象。

通常当我们有情感时，它们会激发行动。艺术作品，像悲剧，提供了使得我们能够拥有某种情感反应的情境，而不需要立刻对之进行行动。这个就叫作分离。因为我们按照分离的方式而拥有了这些情感，我们有机会去仔细检查和反思这些情感和引起这些情感的条件。我们有机会去检查、研究并且分析我们的情感。也许悲剧从这方面看来就是要提供给我们机会去发现正规地、正确地去控制某种像悲悯、恐惧及一些负面情感的条件，于是，从悲剧来的快乐就是教育性的——因为获得知识而得到的知识快乐。

这个对卡塔西斯的解释——作为澄清的卡塔西斯——给亚里士多德进一步提供了对柏拉图的回应。因为除了通过再现人类反应模式而获取知识之外，悲剧还提供机会去发现某些关于情感的本性以及它们合适的条件。

一般说来，与柏拉图相反，亚里士多德可以争辩说模仿不应该被看得很低级，因为它如果不是全部的学习条件，那就是最大部分的学习条件；尤其亚里士多德也可以明确地指出通过悲剧来学习的有效，例如，被提炼成悲剧情节的、人类行为模式的知识，某些作为对悲悯、恐惧的澄清的结果的、与情感状态相比较的情感知识。这种知识接近于哲学知识，而出于这个理由，它应该适合柏拉图的趣味。

另外，这个卡塔西斯的解释说明了为什么悲剧要吸引高贵的或有美德的公民。因为，即便是高贵的人，作为某种习惯，在正确的环境里能表现出合适的情感反应，他们仍然可能会从对相关的情感状态的理性澄清获益。他们会理解为什么他们已经在做的事也是该做的正确的事。①

将卡塔西斯解释为澄清，悲剧在观众心中引发悲悯和恐惧是为了教育我们情感的某些理论本性。但你可能会问，怎么引起悲悯和恐惧会导致理论的教育，并且我们可能从这样一个教育课程里获得什么教益呢？

为了回答这些问题，让我们研究一下情感。

通常当我们拥有一个情感，它会激发行动的冲动——我们看到某些危险的事，我们被恐惧所侵蚀，而我们的恐惧使我们准备战斗、愣住或逃避、立即行动，除非这种情感遭到禁止。

悲剧，通过一个我们并非必须立即做出反应的情境引起这些情感。实际上，针对戏剧做出直接反应是完全不可能的。我们不可以阻止对苔丝德蒙娜②的杀害。这是本体论上的不可能，既然我们可以形而上学地与《奥赛罗》的虚拟世界相隔离。我们不可以在那个世界里行动（既然它是不存在的）。我们可以冲上舞台拦停表演，但我们不能救回苔丝德蒙娜。那么，我们的情感——悲剧引出的情感——就与行动的可能性脱离开来。而我们却处于那种情感状态之中。

但由于这些情感隔离于或者脱离了行动，我们突然有了一个机会去检查它们。我们不能对它们做出行动；我们不参与某种会吸引我们的注意力的活动。相反我们可以指引或再次指引我们的注意力朝向情感自身。我们突然拥有了侦查、研究、反思和分析这些突如其来的心灵状态的机会。于是通过从动机的网络里去除这些情感，悲剧请求将这些情感当作诊疗室调查的样本来检查这些情感状态。通过移除针对这些情感进行行动的压力（甚至是行动的可能性的压力），悲剧使得反思它们成为一个热门的选择。

回想一下亚里士多德先前所说的，模仿在对象不能模仿它们自身——例如尸体——的方式上令我们有兴趣。③ 为什么？这里有理由假设答案是因为（1）脱离，接着允许（2）聚焦，使我们可以从模仿中进行学习——从我们所聚焦的东西上学习。脱离提供了反思的空间和自由。由于脱离将我们的注意力定位到所再现东西的本质变化上面而

---

① 于是，沉思和理解悲剧所提供的情感概念就与亚里士多德对良善生活的考虑有关。——原注
② 苔丝德蒙娜，Desdemona，奥赛罗的妻子。——译注
③ 只有人才能模仿，死的物体无法进行模仿。——译注

产生出聚焦，这种聚焦，以悲剧为例，就是从其他事物里挑出那些针对悲悯、恐惧和其他相似情感的合适的条件。

悲剧引起悲悯、恐惧和其他相似的情感，是为了理智地或理论地澄清这些情感的目的。亚里士多德为着概念澄清的目的而命名它为卡塔西斯。悲剧是要教育我们，包括我们中间高贵的人，关于这些情感的本性。之所以产生这种教育的可能，部分是由于悲剧脱离了潜在的行动的情感，于是，允许我们有一个空间去研究这些情感并且学习它们是如何起作用的。

情感是很复杂的现象。它们并非只是一种内脏感受；它们也包含标准的、受控制的、不可区别的元素。情感是有意的设计，使得我们对与我们利益相关的环境能进行迅速估价，并且让我们准备好按某种适合我们利益的方式迅速应对。当我们感知自己处于危险之中时，日常的恐惧情感就会活跃起来，这种情感让我们准备好去战斗、愣住或逃走。情感将我们对环境的理解组织起来。这就是它们的认知作用。情感扫描环境，对环境条件进行一番组织，这种组织是按照对有害程度进行评估的范畴这种方式来进行的。

由于我们情感的估价受到应用的控制，它们有一种理性——情感依据它们与它们的适应性条件相和谐或相冒犯而分为理性或非理性的。根据作为澄清的卡塔西斯的解释，其观点是：悲剧令我们理解并且领会那些控制某种类型的悲悯、恐惧和其他相似情感的普遍估价标准。按照这种意义，悲剧澄清了这样的情感。

例如，悲剧揭示出最深刻的悲悯种类的对象并不仅仅是那些灾难的受害者，还有那些认识到他们制造了错误并给他们自己带来痛苦的人。同样悲剧显示出最深刻的恐惧对象应该是善的偶然性或脆弱性——不可逃脱的可能性，无论你具有怎样的美德，也不能保证不会有命运的反转，无论多么仔细，我们也可能会因自己的行动而引起不幸的、不可预料的结果，将我们带到糟糕或歪斜的境地。善的脆弱性是生活最可怕的一面，也许，在某种程度上是这样，因为我们几乎很自然地要去忽略它、否定它、或去忘记它。

作为澄清的卡塔西斯观点的一个好处在于它可以直接与亚里士多德认为的悲剧里快乐的主要源泉相关联，也就是说，知识的学习，尤其是从对人类的普遍性的发现方面看。这种解释还可以解释为什么悲剧对高贵的人有合理的吸引力。因为，即便高贵的人已经将美德形成习惯，他们仍然可以从对相关的情感状态的概念结构方面的知识的澄清中获益。他们变得有美德是独立于他们关于美德的理论知识的。于是，悲剧可以令他们掌握对他们已经拥有的实践能力（美德）的一个理论上的理解。

另外，作为澄清的卡塔西斯解释给了亚里士多德以更多的武器来与柏拉图论战，不仅因其从内容上支持了悲剧能产生某些类似于哲学知识的、关联于不同情感的知识，并且因其对悲剧的诉求是极度理性的，而非是心灵的欲望。请柏拉图原谅，悲剧提供给观众——通过脱离和聚焦——一个机会，以成就其在知识上澄清有关情感状态的诸元素，并因此而沉思了情感的结构。

还有，一个反对作为澄清的卡塔西斯观点的说法是它太过诅咒知识分子。它并不符合我们肝肠寸断的悲剧体验。但这种卡塔西斯的解释并不会要被迫否定我们对悲剧的实际的情感反应，包含内脏反应的成分。的确，我们对悲剧的生理体验，可能有人会争辩说，对我们反思我们整个的情感反应是不可缺少的。肝肠寸断的悲剧体验挑动的是我们反对进行分析的情感的材料中的一个重要部分。

也就是说，引出一个内脏反应是澄清悲剧所煽动的东西的过程的一个部分。澄清与这种反思相关，即在作品里实际引起我们内脏反应的反思。再者，我们可以从我们对悲剧情感进行反应来着手这种反思过程，以一种我们与日常情感不同的方式，因为我们的情感系统这时脱离了要制造一种即刻反应的压力。

于是，我们就可以仔细查看我们的情感反应，仿佛它们是处于显微镜下的样本。这给我们机会去清晰辨识正常的对象、张力、偶然、理性，以及需要唤起的情感的、合适的反应种类。然而，为了展开这个分析，悲剧的内脏反应是必需的，否则显微镜下的情感就不完整。也就是说，悲剧卡塔西斯主要是一种知识的学习，然而，它有内脏的反应作为子程序，既然它与相关情感的整体结构的澄清相关。

另一个关于作为澄清的卡塔西斯理论的问题是，如果对这些情感的分析就是正在讨论中的东西，为什么我们不得不一次又一次地令自己屈服于悲剧？对这种抱怨，一个可能的答案大概是悲剧所传递的知识种类在日常生活里容易被忘记。例如，我们很少留意我们的计划出于命运—时间的念头的弱点。结果，悲剧最深刻的真理需要一次又一次地引起我们的注意。

当我们分析悲悯、恐惧以及这样似乎绵延不断的情感时，对一种在观众方面反思舞台时的"提升"的假设也许会遭到反对。戏剧所促进的这种反思是什么，什么时候我们有机会在目睹灾难和痛苦时能用到它？然而，戏剧里经常存在能促进反思的某些东西，即合唱队的警告，而没有理由假设反思必须在戏剧表演中完成。它可以在事后，通常在与其他观众对话时出现。

那么，总结一下，回到亚里士多德关于悲剧的定义，用我们对卡塔西斯作为知识教育的过程的解释，我们可以重写它为：悲剧是对一个行动的模仿，这个行动是重要的、完整的并且具有一定长度；语言上是令人愉快的，通过人物的辞藻进行表演，并且不是通过纯粹的叙述来引发悲悯和恐惧从而（概念式的）澄清那些情感。

审美与政治的伦理转向*

[法] 雅克·朗西埃/著

郝二涛/译**

（湘潭大学文学与新闻传播学院，湘潭，411105）

摘　要：伦理是人们在环境、存在方式和行为准则之间建立的一种认同感的思考。伦理转向并不意味着政治与艺术研究向伦理价值的回归，而意味着，在构成这样一个模糊的区域的因素中，具体的政治与艺术实践以及事实与法律之间的区分消解了。这既为艺术与审美反映的一种确定性存在设定边界，也通过共识与永恒正义的结合消除了政治、艺术与审美反映之间的差异。前者主要表现为审美的伦理转向，后者表现为政治的伦理转向。

关键词：伦理转向；审美；政治；不可表现的；非区分

今天，在影响审美与政治的伦理转向的因素中，为了真正地理解伦理转向中要紧的因素是什么，我们必须精确地界定"伦理"一词的含义。毫无疑问，"伦理"是一个流行的语词。但是，通常"伦理"一词被认为是对古老语词"道德"的简单的、更顺口的翻译。人们将其视为一个关于"规范性"的普遍的例证，用来判断一个人的行为和一个人在特殊的判断与行为范围中使用的话语的有效性。以这种方式来理解，伦理转向意味着，当今，有一种日益强劲的趋势：将政治与艺术归于对它们的原则的有效性和实践行为的后果的道德判断。不少人热烈欢呼这样一种回归伦理价值的趋势。

我认为我们没有充分的理由对"伦理转向"表示欢呼，因为，我认为，这不是正在发生的事实。支配伦理的不是支配艺术操作或政治行动的道德判断。相反，"伦理转向"标志着，在构成这样一个模糊的区域的因素中，不仅具体的政治与艺术实践消解

---

* 该文曾于2004年3月在巴塞罗那基金会美术馆宣读，其主题为"当代思想的地理位置"。译自雅克·朗西埃《审美与政治的伦理转向》，《政治与审美中的歧义》（第十三章），Steven Corcoran 编译，连续国际出版集团2010年版，第184—202页。

** 郝二涛，文学博士，湘潭大学文学院讲师。

了，而且形成旧道德的核心（事实与法律之间的区别，是什么和应该是什么之间的区别）也消解了。"伦理"相当于溶解于事实之中的规范。也就是说，包容所有形式的话语和实践行为隐藏在同样模糊的观点之中。在表示一种准则还是表示一种道德之前，"伦理"（ethos）一词表示两种事物：居住的处所和存在的方式，或者与居住的处所相符合的生活方式。于是，"伦理"是这样一种思考：在环境、存在方式与行为准则之间建立一种认同感。当代"伦理转向"是这两种现象的具体结合。一方面，审判的建议，也就是评估与决定的建议，发现自身在法律的强制力面前自愧不如。另一方面，这种没有留下选择余地的法律的强制性，等同于简单地限制了事情的先后次序。事实与法律之间日益增长的模糊性向一场无限的罪恶、审判和赔偿的戏剧表演妥协了。

  2002年，同时上映的两部描述地方社区中的正义的化身的电影，可以帮助我们理解这种矛盾。第一部是拉斯·冯·特里尔导演的《狗镇》。这部影片给我们讲述了格蕾斯的故事。作为陌生人，为了融入小镇的居民当中，格蕾斯将自己定位为他们服务的人员。首先，格蕾斯使自己服从于剥削；其次，当她试图逃离剥削她的人的时候，却遭到了迫害。这个故事改编自布莱希特的戏剧《屠宰场里的圣约翰娜》。在这部剧中，圣约翰娜被描述为一个想要在资本主义的丛林中逐步渗透基督教道德观念的人。① 但是，这种改编却很好地说明了这两个时代之间的差距。布莱希特的寓意产生的背景是，所有的观念都被一分为二。事实表明，在反抗经济秩序的暴力斗争中，基督教道德是无效的。但是，基督教道德必须转变为军事道德，以反抗压迫的斗争的必要性作为自身的标准。被压迫者的权利是靠反抗压迫者的权利来支撑的，是受除暴安良的警察保护的。所以，两种类型的暴力之间的对立也是两种类型的道德与权利之间的对立。

  这种对暴力、道德和权利的区分有一个名称。这个名称叫作政治。正如通常所说，政治不是道德的对立面。政治的区分才是道德的对立面。布莱希特将他的关于圣约翰娜的戏剧写成了一个关于政治的寓言。这则寓言展示了权利与暴力斗争之间的不可调和性。相比之下，《狗镇》中的格蕾斯所遭遇的罪恶与其他因素无关，而与罪恶自身有关。格蕾斯不再代表由她自己对邪恶诱因的无知所造成的神秘化的美好心灵。她只是局外人，只是想加入这个团体却被排除在外的人。这使格蕾斯在遭到驱逐之前保持克制。这个受难与幻灭的故事并不来源于任何可被理解与禁止的控制系统，而是建立在一种邪恶的基础上。这种邪恶是上面受难与幻灭的故事自身的再生产的诱因与结果。这就是为什么反抗那个群体的唯一合适的报偿只能是彻底的毁灭，只能由一个封建领主与神父——恶棍之王来实施。这个布莱希特式的教训是"以暴制暴"。符合我们的整体与人类时代的变形的法则是"恶有恶报"。让我们将之翻译成乔治·W. 布什的名言：

---

  ① Brecht's *Saint Joan of the Stockyards* (German original, 1929, p. 31), written under the impact of the Wall Street crash, the brutal repression of the workers' demonstrations and the onset of the Great Depression, is set amid the slaughterhouses, workers' quarters and stock exchange of a mythical Chicago.

"永恒的正义才是反抗邪恶之轴的唯一合适的正义。"

"永恒正义"的表达引起了许多人的批评，使"永恒正义"脱离循环却受到了人们的青睐。据说，这是被误选的。但是。这种选择可能是唯一的合适的选择。在所有的可能性中，正是由于同样的原因，《狗镇》中的道德描述引起了这样一个丑闻。戛纳电影节评审委员会批评它缺乏人道主义，这种人道主义的缺乏毫无疑问植根于这样的观念：哪里有非正义，哪里的正义就会得以实行。在这种意义上，一部人道主义的小说必须是一部通过抹除正义与非正义之间的对立来排除这种正义的小说。这种建议实际上是第二部电影——克林特·伊斯特伍德导演的《神秘河》给出的建议。在这部电影中，吉米犯了一个严重的错误：草率地处死了他儿时的伙伴戴夫，因为他认为戴夫谋杀了他的女儿；这件事情并没有受到追究就过去了。这成为吉米与愧疚的同党、同伙、警察西恩之间的秘密。为什么？因为吉米和西恩的共同罪行超出了法庭审判的范围。当他们小的时候，他们就该为将戴夫强拉进不顾后果的街头游戏之中的行为负责。正是因为他们的行为，戴夫才会被假扮警察的人拖走，锁起来并遭到强奸。后来，戴夫的创伤使他成为一个有问题的成年人。戴夫的异常行为使他成为谋杀小女孩的理想的嫌犯。

《狗镇》是一个戏剧性的寓言与政治性的寓言相转换的电影。《神秘河》是一部电影摄影寓言与道德寓言之间转换的电影。这种场景在阿尔弗雷德·希区柯克与弗里茨·朗导演的电影中有所描述：错误的指控的场景。[①] 在这部剧本中，真理是用来反抗法庭与公共观念的错误的正义，并且总是胜出，有时以遭遇另外一种形式的命运为代价。但是，今天，无辜的与有罪的人的罪恶，已经变成一种创伤。这种创伤既不是无辜的，也不是有罪的，而是处在有罪与无辜、精神错乱与社会动荡之间的一个模糊的区域中。正是在这样的惨痛的暴力斗争中，吉米杀死了戴夫。从根本上说，戴夫是由一个强奸事件引发的创伤的牺牲品。强奸罪嫌犯可能也是某种其他的创伤的牺牲品。然而，不仅一种动乱与疾病的情节被用来代替公正的意义，而且疾病本身已经改变了公正的意义。新心理分析小说与阿尔弗雷德·希区柯克与弗里茨·朗邻近的20世纪40年代的小说完全相反，在这类小说中，使一个深藏的童年记忆重新焕发生机可以发挥挽救有暴力倾向的人或病人的功效。[②] 童年创伤已经成为与生俱来的创伤，这种简单的不幸发生在每一个人身上，因为，作为一个动物，人们出生得太早。这种无任何可以幸免的不幸消解了这样一种观念："不公正可以通过执行公正来处理。"这虽然并未摒弃惩罚，但却消除了惩罚的公正性。它将惩罚归于保护社会成员的行动，通常很少出错。为了保持团体的秩序，永恒正义用正义的人文主义的形式作为阻止伤害的必要的暴力。

---

① Alfred Hitchcock, The Wrong Man (1957); Fritz Lang, Fury (1936) and You Only Live Once (1937).
② Hitchcock, The House of Dr Edwards (1945); Lang, The Street behind the Door (1948).

许多人立即批评对好莱坞电影中情节的单一的本质的心理分析。然而，事实证明，这些情节的结构与腔调已经恰当地适应了他们学习到的心理分析课程。从弗里茨·朗和阿尔弗雷德·希区柯克对克林特·伊斯特伍德隐藏的秘密之揭示和对不可调和的创伤之描述来看，我们很容易认识到，从俄狄浦斯（恋母情结）知识到另外一位伟大的文学人物——悲剧英雄安提戈涅所象征的知识与法律的不可挽回的分离的转变。在《俄狄浦斯》的寓意中，当创伤被重新激活的时候，可以被修复的创伤等同于一个被遗忘的事件。当安提戈涅代替被拉康理论化的俄狄浦斯的时候，一种新形式的默祷就形成了。这种默祷对任何灵魂得救的知识都是不可化约的。《安提戈涅》中描述的创伤既没有开始，也没有结束。悲剧作品显示了文明中的不满。在这种文明中，社会秩序的法律被支持这种法律的特别的事物破坏了，比如，父系权力，俗事与悲伤的事情。

　　拉康曾说过，安提戈涅不是从现代民主信仰中产生的人权英雄，相反，她是恐怖分子，是潜藏于社会秩序之下的秘密恐怖行为的目击者。"恐怖行为"一词恰恰是对发生在政治事件中的创伤的命名，是我们时代的流行语之一。这个词毫无疑问地描述了一种犯罪的现实与没有人可以忽视的恐惧。但是，"恐怖行为"也是一个将许多事物陷入模糊状态的语词。"恐怖行为"不仅指2001年9月11日发生在纽约的恐怖袭击事件或者2004年3月11日发生在马德里的恐怖袭击事件，而且指人们铭记这些恐怖袭击的方式。然而，渐渐地，人们不仅用"恐怖行为"一词来描述这些事件在人们心中引起的恐惧，而且描述这些相似的事件在人们心中引起的震惊感。这些事件可能进一步诱发无法预料的暴力行为，导致带有国家机关处理的恐怖事件的特点的情况出现。要谈论一场反恐战争就要将恐怖袭击的形式与同样受奴役的我们中间的每一个人心中存在的私密的焦虑感联系起来。于是，反恐战争与永恒正义就陷入了一种模糊的状态之中。这是由一种阻遏性正义引起的。阻遏性正义打击任何确定、至少可能引起恐怖袭击的行为，打击任何对团结不同团体的社会纽带构成威胁的事物。这种形式的正义的逻辑是：只有恐怖行为已经停止，形式正义才会停止，但是，从定义上看，这是一个恐怖行为。对于必须忍受出生的痛苦的人们而言，这种恐怖行为从未停止。只有在这种情况下，正义才发挥阻遏性作用。所以，这也是一种没有其他种类的正义作为参考标准的正义，即一种将自身凌驾于法律原则之上的正义。

　　格蕾斯的不幸与戴夫的死刑很好地诠释了我们的经验之解释性框架的转变，我将其称为"伦理转向"。这个过程的本质特点当然不是向道德标准的有效回归。相反，抑制区分才是这个特定的语词"伦理"在过去的含义。道德意味着法律与事实的分离。同样，道德也意味着不同形式的道德事实与不同形式的权利之间的区分，与事实恰好相对的方法和与权力恰好相对的方法之间的区分。抑制区分已获得了一个优越的名称，这个名称叫"共识"。"共识"也是我们时代的一个流行语。然而，却又有一种使"共识"的意义最小化的倾向。一些人将"共识"归纳为政府与反对方基于核心的国家利益达成的一种总体契约。另外一些人从更宽泛的意义上将"共识"视为一种新形式的政府。在解决冲突的过程中，这种政府优先考虑谈判与协商。"共识"还意味着：准确地说，"共识"定义了一种团体的象征性结构模式。这种团体规避构成它自身的政治核心，或者说规避分歧。一个政治团体实际上是一个结构上可以区分的团体。这种结构上的分离不是不同的利益集团与观点的区分，而是与自身有关的区分。政治意义的"人"与人口的总数从来不是一回事。它总是与任何可数的人口及其构成部分相关的一种补充性形式的象征。这种形式的象征总是一个可争论的象征。经典形式的政治冲突反对将一些民族归结为一个民族：镌刻在现存形式的法律与法规中的人；包含在国家中的人；被法律忽略的人；国家没有认识到其权利的人；以镌刻在事实中的另外一种权利的名义提出要求的人。共识是将这些不同的民族归纳为一个单一的民族。这个单一的民族等同于人口数量和它的构成部分，一个总体的团体和它的构成部分。

　　至于共识努力地将人归结为人口，事实上，共识努力地将权利归结为事实。通过权利与人之间的分离，共识不停地努力填充权利与事实之间的空隙。政治共同体倾向于转变为一个伦理共同体，转变为一个将单个的、可数的人集合起来的共同体。只有这个计数的程序碰到了剩余问题。它可以用"未包括"一词表示。但是，这个词本身是意义明确的。意识到这一点很重要。"未包括"可以意味着两种非常不同的事物。在政治共同体中，"未包括"的人是一个具有争议的表演者。这个表演者将自身作为一个补充性的政治主体包括其中，行使一种不被认可的权利，或在现存的国家权力中目睹不公正。但是，在伦理共同体中，这种补充不再可能发生，因为每个人都被包括其中。结果，处在共同体结构之外的人没有什么地位。另外，"未包括"的人只是偶然掉落在总体平等之外的人，比如，病人，被遗弃的人，或被抛弃的人。为了重建社会纽带，共同体必须伸出援手。"未包括"的人变成了彻底的他者，这类人包括，由于对共同体陌生而被排除在共同体之外的人，没有分享到将每个人凝聚为整体的认同感的人，在我们每个人中威胁共同体的人。然而，非政治化的国家共同体之建立，就像《狗镇》中的小社会，通过搞两面派迅速养成了共同体中的社会服务意识，并将绝对地受排斥的其他人包括在内。

　　国家共同体的这幅新画像相当于一个新的国际风景画，在这幅风景画中，伦理首先以人道主义的形式确立了主导地位，然后用永恒正义反抗邪恶之轴。通过一个增加事实与权利之间的模糊的相似过程，伦理达到了上述目标。在国家层面上，这个过程标志着组成政治主体和解除契约的权利与事实之间的差距消失了。在国际层面上，这个过程变成了权利本身消失的过程，其最明显的表达是以暗杀和参与的权利为目标。但是，通过一个曲折的、与凌驾于所有其他权利之上的一种权利宪法（完全牺牲权利）相关的方式，权利本身的消失发生了。这种权利宪法本身在一定意义上相当于翻转形而上司法的基础，或者，可以说，是权利的权利，即人权。作为已经成为持不同政见者用来比较一个民族和另外一个宣称政府的化身的民族之间的差异的武器，人权接下来成为伦理战争中牺牲者的权利，从毁坏的家园中跑出来的个体的权利，被强奸的妇女的权利,被屠杀的男人的权利。然而,对那些不能行使这些权利的人而言,人权才是明确的。结果,随之而来的选择产生了:这些人权不再等同于任何其他权利,或者说,人权是没有权利的人的绝对权利。换句话说,要求平等地、绝对响应的人的权利,一个人超越了所有合法的、司法的准则。

当然,只有另外一个当事人才可以行使那些没有权利的绝对权利。最初,这种转变作为人道主义权利或冲突闻名。然而,接下来,反抗压制人权的人道主义战争却变成了一种用永恒正义反抗不可见的与普遍存在的敌人的战争。这些敌人指,对那些在自己的领土范围内捍卫绝对、牺牲权利的人构成恐怖威胁的人。于是,绝对权力等同于保护一个事实上的共同体绝对安全的直接要求。这使人道主义战争变成了一个无休止的反抗战争:不是战争的战争,而是永恒的保护机制,是处理被提升到文明现象等级的创伤的一种方法。

我们不再处于谈论问题的方式和目的的经典框架中。这种区分坍塌为事实与权利,或原因与影响的同样的模糊状态。与恐怖行为的罪恶相对的是,更少的罪恶,简单总结什么是罪恶,或者为暴露特定的彻底化的灾难而等待着救赎。

这种政治思想的转变主要有两种形式。这两种形式将自身嵌入了哲学思想的核心之中。一方面,肯定他者的权利,为维持和平力量的权利提供一种哲学正当性;另一方面,虽然主张例外的国家所获得的政治纲领与权利是无效的,但它却开启了希望:某种弥赛亚式的救赎将会从绝望的深渊中升起。在《他者的权利》一文中,利奥塔牢牢地占据了第一的位置。[①] 这篇文章出版于1993年,为回应国际特赦组织提出的一个问题做了准备:在人道主义介入的背景下,人权发生了什么?利奥塔以这样一种方式界定了"他者的权利"。这种方式揭示了伦理学与伦理转向的意义。就如利奥塔所说,人权不是人作为人的权利,而是纯粹人类的权利。利奥塔的观点的内核并不新鲜。这种观点引起了伯克、马克思和阿伦特的一系列批判。他们都认为,纯粹的、非政治的人没有权利,因为,要拥有权利,一个人需要成为他者,而不是仅仅成为一个人。"市民"是对这种"非人"的命名。在历史上,人类和市民的二元对立曾经揭示了两点:第一,对这些无处不在而不是仅仅在他们的范围内的权利的双重性的批判;第二,在人类与市民之间的空隙中建立不同形式的分歧的政治活动。

但是,在这个共识与人道主义活跃的时代,这种"非人"发生了彻底的变化。市民不再是人类的补充,相反,非人作为人类的补充,将人类从自身中分离了出去。对利奥塔而言,宣称非人性的人权斗争实际上是对另一种"非人",我们可以说,一种积极非人的错误认识的结果。这里的"非人"是我们不能控制的我们自身的一部分,是需要一些说明与名称的部分。这部分可能是童年的附属,法律的无意识,或者服从一个绝对的他者的关系。"非人"是人类对某种不可掌控的绝对他者的彻底依赖。"他

---

① See "The Other's Rights", in *On Human Rights*.

者的权利"是证明我们从属于他者的法律的权利。根据利奥塔的说法,把握不可把握的事物的意愿正是人权斗争开始的地方。据说,这种愿望源于启蒙运动思想家,在法国大革命中变得清晰起来。这种愿望是纳粹种族灭绝所期望实现的愿望。其方式是灭绝特定的一类人。这类人的职业是,证明人权必须依赖他者法律。据说,今天,在这样一个普遍化的消费与透明的社会中,上述愿望也以温和的形式在发挥作用。

因此,伦理转向表现出两个特点。第一个特点是,时间流逝的逆转:从要完成的目的时间——进步,解放,或他者——转向我们背后的灾难的时间。但是,这也是一种对特定形式的灾难的抚平。于是,欧洲犹太人的种族灭绝,作为具有清晰形态的一种全球形势出现了,作为具有日常生存特点的我们的民主与自由生活出现了。阿甘本说,集团是现代性的潜规则,是现代性的位置与规则,一种本身是彻底的例外的规则,这就是阿甘本所明确表达的意思。阿甘本的视角当然与利奥塔的视角是不同的。阿甘本并未确立任何他者的权利。相反,他谴责例外状态的普遍化,呼吁一种弥赛亚式的救赎感。这种救赎从灾难的深处出发等待救赎的出现。然而,阿甘本的分析很好地概括了我所称的"伦理转向"的内容。例外的状态是抹除追随者与牺牲者之间的差异、包括甚至抹除纳粹国家的极端罪恶与我们民主的、普通的日常生活之间的差异的一种状态。阿甘本写道,甚至比毒气室——真正的恐怖集中营更恐怖的是,似乎什么都没有发生,当纳粹党卫军与特遣队队员在一起踢足球的时候,一切在数小时内发生了。① 并且,每次我们打开电视看一场足球比赛的时候,这种把戏就会重演。所有的差异在法律的全球化趋势中完全地消失了。结果,这种状况开始以完成一种本体的命运的形式出现了。这种本体命运抽空了政治分歧的可能性与未来救赎的希望,阻止了一场不大可能的本体论革命的出现。

在非区分的伦理中,政治与权利之间的差异消失的趋势也正为艺术与审美反映的一种确定性存在设定边界。共识与永恒正义的结合消除了政治、艺术与审美反映之间的差异,与这种方法类似的方法倾向于在视觉艺术和另一种艺术之间对自我进行再区分。视觉艺术的目的是维护社会契约。另一种艺术则无止境地成为灾难的见证。

艺术旨在证明几十年来一个充满压迫的世界的悖论,这种创造性的安排今天指向了一个普遍的伦理归属。例如,让我们比较一下运用同样的观念生产的两件相隔30年的作品的差异。20世纪70年代,越南战争结束之前,克里斯·波顿创作了一幅作品,名为《他者纪念碑》,奉献给另外一边的死者,奉献给成千上万的既没有姓名也没有纪念碑的越南战争牺牲者。在他的铜盘纪念碑上,波顿刻下了其他匿名的、听起来像是越南人的名字。这些名字是从电话本中复制过来,给这些匿名的人的名字。2002年,

---

① Giorgio Agamben, *Remnants of Auschwitz: The Witness and the Archive*, trans. D. Heller-Roazen, New York: Zone Books, 1999 (Italian Original, 1998).

克里斯蒂安·波尔坦斯基展示了装置艺术《电话预订》。① 正如上面所提到的,它由两大块来自世界各地的含有电话本的木板和两张长桌子组成。在空闲的时候,客人可以坐在两张长桌子上沉思。今天的装置艺术仍然与昔日的反纪念碑艺术建立在同样对称的观念基础上。装置艺术仍然是关于匿名者的艺术,但却有一个完全不同的物的实现模式与政治意义。不是竖立一个纪念碑来与另外一个纪念碑对称,而是我们与一个空间同在。这个空间可视为一个模仿的共同空间。尽管昨天的目标是给那些被国家权力剥夺了姓名的人命名,同时纪念那些被国家权力剥夺了姓名的人,但是,正如艺术家所说,今天的匿名的大多数人仅仅是"人性的标本",是那些和我们一起团结在一个大的共同体中的人。

因此,波尔坦斯基的装置是一种概括展览艺术精神的好方法。这种展览艺术旨在成为一个世纪的共同历史的一部百科全书。与昨天的装置艺术的分离图景形成鲜明的对照,这一个世纪的共同历史是一个聚合的记忆图景。就像这么多当代的装置艺术一样,波尔坦斯基使用了一种30年前就已经存在于批判艺术领域的方法:把客观物体与世界的意象系统地引进艺术的殿堂之中。但是,混合在一起的意义已经彻底发生了变化。早些时候,发生的异质因素之间的一次碰撞旨在强调以剥削为标记的世界的矛盾,质疑处在矛盾的世界中的艺术的地位与艺术制度。今天,宣称同样的聚集是对艺术的积极操作。这种艺术具有归档和见证共同的世界的功能。此外,这种聚集是我们对待艺术的态度的一部分,这类艺术的标志是不同种类的共识:恢复共同的世界的失去的意义或者修复社会团结的裂缝。这种宗旨可以被直接表达,就像在关系艺术的规划中一样,比如,关系艺术的本质目的是创造促进新形式的社会团结发展的共同体环境。在方法上,更加明确的是,同样的艺术程序在意义上已经发生了变化:尤其是这种方法被同样独特的艺术家应用的时候,比如,让-吕克·戈达尔在自己的作品中运用了抽象拼贴的方法。抽象拼贴法是一种结合异质因素的技术,这种技术不断地出现,贯穿让-吕克·戈达尔作为一个电影导演的职业生涯始终。然而,在20世纪60年代,抽象拼贴法就以一种对立冲突的形式这样做了,例如,高雅文化世界与商业世界之间的对立;弗里茨·朗对电影《奥德赛》的解释和电影《轻蔑》的创作者的残酷的犬儒主义之间的对立;埃利·福尔的《艺术史》和《狂人皮埃罗》中施康纳外套的广告之间的对立;《随心所欲》中妓女娜娜的无聊的心计和德雷尔的《圣女贞德》的眼泪的对立。在20世纪80年代导演的电影中,戈达尔显然对将异质的元素联系起来的拼贴原则依然充满信心。但是,拼贴的形式却发生了变化:曾经的形象的冲突成了一种融合物。形象的融合同时证明了一个自主的形象世界的存在及其共同体建构的力量。从让-吕克·戈达尔的《受难记》到《爱的挽歌》,或者从《新德意志零年》到他的《电影史》,

---

① Boltanski's *Phonebook Customers* was commissioned through the contemporary Art Society and in 2002 was loaned from the Musée d'Art Moderne, Paris, to the South London Gallery.

电影拍摄的形象与想象中的博物馆中的画像、死亡集中营中的形象和文学剧本中有悖于它们的清晰意义的形象的不可预测的遭遇渐渐地构成一个同样的王国的形象，致力于一个任务：返还给人性一个归宿。①

因此，一方面，有一些引起激烈辩论的艺术装置倾向于一种社会调解的功能，成为参与非描述的共同体的证据或标志。这种共同体可理解为社会纽带的恢复或共同世界。然而，另一方面，昔日的引起论辩的冲突倾向于呈现一种新的形象：它极端化为对不可表现的、无休止的罪恶与灾难的一个证明。

不可表现的，作为审美反映中伦理转向的核心范畴，也是一个产生权利与事实之间的不可区分性的范畴。该范畴在审美反映中所处的位置与恐怖行为在政治层面所处的位置相同。事实上，不可表现的观念合并了两种独特的观念：不可能（观念）与禁止（观念）。宣称一个特定的主体用艺术的方式是不可表现的，实际上是在说一些转瞬即逝的事物。这就意味着，具体形式的艺术，或具体形式的这样那样的一种艺术，都不足以表现一个特殊主体的独特性。在这种意义上，伯克曾经宣称：弥尔顿在《失乐园》中对"路西法"的描述在绘画中是不可表现的。原因是，其崇高的方面依赖双重运用的语词。这些语词并不真的让我们看到它们假装向我们展示的事物。然而，当这种与形象化等价的语词暴露在人们的视线之中的时候，就像绘画中的"圣安东尼的诱惑"被从波西到达利的艺术家关注一样，它就变成了一种图画般的或奇形怪状的形象。莱辛的《拉奥孔》表现了同样的观点：莱辛认为，维吉尔的《埃涅阿斯纪》中"拉奥孔"的痛苦在雕刻中是不可表现的，因为在"拉奥孔"雕刻剥夺了"拉奥孔"的尊严的限度内，"拉奥孔"雕刻的视觉现实主义剥夺了"拉奥孔"雕刻的想象的艺术。极度的痛苦属于一种现实。这种现实在原则上排除了可见物的艺术。

显然，这并不是恐怖袭击的含义，而是在不可表现之物的怂恿下，上映了美国电视连续剧《大屠杀》(1978)。这部电视连续剧通过两个家庭的故事展现了大屠杀，引发了许多争议。问题并不在于一个"浴室"的场景引起了笑声，而在于通过模仿追随者与集中营中的牺牲者来表现想象的身体，要制作这样一部关于犹太人种族灭绝的电影是不可能的。这种不可能的声明事实上隐藏了一种禁止的意义。然而，"禁止"也包括了两类：对事件有影响的禁止和对艺术有影响的禁止。一方面，种族灭绝集中营中的各种行为与痛苦的本质禁止以审美愉悦为目的的任何描述的存在。另一方面，据说，这种史无前例的种族灭绝事件需要一种新艺术，一种不可表现的艺术。于是，这种艺术的任务就变得与一种反表现的要求的理念有关，这种理念成为这样的现代艺术的标

---

① Godard was director and screenwriter for *Contempt* (1963); he based *Pierrot le fou* (1965) on a novel by Lionel White, *Obsession* (1962); *Vivre sa vie* (1962) was released in the United States as My Life to Live and as It's My Life in the United Kingdom. *Passion* (1982) was followed by *In Praise of Love* (2001), *Germany Year 90 Nine Zero* (1991) and *History (s) of the Cinema* (1988—1998).

准。① 从马列维奇的《黑方块》到克劳德·朗兹曼的电影《大屠杀》之间可以画一条直线。马列维奇的《黑方块》最早可追溯至 1915 年，标志着绘画性表现的终结。克劳德·朗兹曼的电影《大屠杀》完成于 1985 年，处理了种族灭绝的不可表现的主题。

但是，我们必须追问：这部电影在何种意义上属于不可表现的艺术？像任何其他的电影一样，这部电影描述了人物与事件。像那么多其他电影一样，这部电影将我们置于一个诗意的场景中。在这种场景中，一条小河缓缓地流过田野，河里有一只船在乡愁的歌声中轻轻地摇曳。导演自己用一种撩人的叙述引入了一首乡愁的插曲，宣布了电影的想象性本质：故事发生在我们时代的波兰的尼珥河畔。所以，所谓种族灭绝的不可表现性，并不意味着，想象不能被用来面对种族灭绝的残酷的现实。这与莱辛的《拉奥孔》中表达的观点是非常不同的。它源于真实的再现与艺术的表现之间的距离。反之，由于每件事物都是可以表现的，没有任何事物能把想象的表现与现实的再现分离，种族灭绝引发了再现问题。问题不是要了解一部电影是否能够或必须表现，而是要了解一部电影想要表现什么。什么样的表现模式适合这种表现。现在，对于拉兹曼而言，种族灭绝的本质特征在于电影组织的完全合理性与这种组织的理由的解释之不足之间的差距。在执行的过程中，种族灭绝是完全合理的，甚至计划清除自己的踪迹。但是，这种合理性本身并不依赖于原因与结果之间的任何合理联系。于是，使对大屠杀的想象性的解释不足的是，两类合理性之间的差距。这种想象显示了普通人向魔鬼的转变，受尊敬的人向人类的垃圾的转变。根据电影中人物由于人格、各自追求的目的、与情节相适应的人物转变的方式的差异而陷入了彼此之间的冲突，这种转变由此遵循了一种古典的表现的逻辑。然而，这样的逻辑却被批评为既失去了表现逻辑的合理性的独特性，又失去了其理性缺失的奇异性。相比之下，有另外一种想象，这种想象被证实完全适合拉兹曼想要讲述的故事，换句话说，想象性探究完全适合拉兹曼所讲述的电影《公民凯恩》的原型——凯恩的故事：这种形式的叙述围绕一个高深莫测的事件或人物，试图理解其秘密，但是，却冒着遭遇唯一的虚空的原因与无意义的秘密的风险。在凯恩事件中，这种想象是落在玻璃穹顶上的最小颗粒的雪花，是落在小孩子的雪橇上的一个神明。在大屠杀事件中，这种想象是超越任何可以合理地重构的理由的一个事件。

因此，电影《大屠杀》并不是为了反对电视版的《种族灭绝》。其方法如同一种不可表现的艺术不是为了反对可表现的艺术一样。与古典的表现决裂并不等于一种不可表现的艺术的出现。相反，它解放了相关的准则。这种准则阻止表现拉奥孔的痛苦与弥尔顿的"路西法"的崇高的一面。这些表现的准则界定了不可表现的准则。它们阻碍了特定场面的表现，要求特殊类型的主体应该被给予特殊的类型与形式，要求人物的行为必须从他们的心理与现实的情况中推导出来，与他们心理动机的合理性以及存

---

① Gérard Wacjman, *L' Ob jet du siècle* (Paris: Verdier, 1998).

在的原因和结果一致。这些惯例没有一个应用于电影《大屠杀》所属的那一类艺术中。不是不可表现与传统的表现逻辑形成对立，相反，正是一种边界的取消。这种边界限制了可表现的主体与对表现主体的方式的恰当的选择。一种反表现的艺术不是一种不再表现的艺术，而是一种表现的主体与表现的方式不受限制的艺术。这就是为什么电影可以表现犹太人的种族灭绝，却不必从可以归结为人物或情节逻辑的动机中推导出来，也不必展示毒气室、种族灭绝的场景、追随者或牺牲者的原因。这也是为什么一个表现没有任何种族灭绝场景的大屠杀幸存者的艺术品，与一种纯粹由线条和颜色方块构成的绘画和一种仅仅重新展示从商业世界与普通生活世界中借来的物体或形象的装置艺术处于同时代的原因。

要引起一种艺术的不可表现性，我们完全有必要把这种不可表现性从一个除了艺术领域本身之外的领域中拉出来。我们必须使"禁止"与"不可能"成为偶然，这假设了两种激烈的理论特点。第一，我们必须通过将代表犹太民族的神灵转变为代表犹太人种族灭绝的不可能性才能将宗教禁令引入艺术。第二，我们必须将内在于表现规则的破坏性的表现的残余物转变为它的反面：一种表现的缺乏或表现的不可能性。这意味着，艺术的现代性概念必须以这样的一种方式来解释：通过将作为一个整体的现代艺术转变为本质上旨在证实不可能性的一种艺术，艺术的现代性概念把一种禁止概念嵌入了不可能性之中。

一个特别的概念已经被广泛地应用于这种操作之中：崇高。我们已经看到，为了证明不可表现性，利奥塔如何重新解释了崇高。我们也看到了重构崇高所需要的条件。利奥塔不仅必须使反表现的裂缝之意义颠倒，而且必须使康德的崇高的意义颠倒。要把现代艺术放置于崇高概念之下，我们需要将可表现的无限性与表现方式的无限性颠倒为它相反的意义：感官物质性与感性思想之间的一个基本差异之经验。这首先假设了戏剧的艺术操作与剧作理论的一个不可能的要求之间的一致。但是，剧作理论的意义也被颠倒了。在康德的作品中，感官的想象力经历了与思维一样的局限。感官想象力的失败显现了感官自身的局限，接受了理性的"无限性"。因此，这也标志着审美领域向道德领域的过渡。利奥塔使艺术法则过渡到了艺术领域之外。但是，他却是以颠倒艺术的作用为代价做到这一点的。感知力再也不会不遵守理性的命令。相反，现在，正是受到人们指责的"精神"，号召追求接近物质、抓住感官的独特性的不可能的任务。但是，实际上，感官的独特性被归结为对一个同样的义务的无限重复的体验。结果，艺术先锋派的任务包含在不断重复这样一个刻画恐惧的"他异性"的特点中。这种"他异性"最初是感官的特性，但是，最终证明自身与弗洛伊德的"物"或"摩西法典"具有同样难以掌控的力量。崇高的"伦理"转变实际上是这个意思：审美自律与康德的道德自律交叉转变为一个同样的他律准则，转变为一个同样的准则，凭借这种准则，绝对的律令被吸收到彻底的实在性之中。于是，艺术的特点在于不断地证实与准则有关的无限的精神义务，就像不断地证实与无意识的事实的法则有关的摩西之神的命令一样。事物的抵抗的事实变成对他者法则的一种顺从。但是，这种他者法则，在顺序上，仅仅是我们对过早出生的条件的服从。

审美向伦理的翻转显然不能仅仅从"艺术正在成为后现代的"这一点来理解。现代与后现代的简单对立阻碍了我们理解现实条件的变化及其利害关系。这实际上忽略了现代主义本身已经完全成为两种相反的审美政治之间的一种长期对立。这两种政治虽然对立，却建立在一个共同的核心基础之上。这种共同的核心基础连接着艺术自律与即将到来的共同体的期待，由此连接着艺术自律与艺术自身的压抑的承诺。这个特别词汇"先锋"标志着两种对立形式的同样扭结。这个同样的扭结是艺术自律与它所包含的解放的承诺之间的结合。结合的方式有时是一种多多少少令人困惑的方式，其他时候，则是一种更加清晰地揭示了它们之间的对立的方式。一方面，先锋派旨在改变艺术的形式，为了使它们与建构一个新世界的形式一致。在这个新世界中，艺术将不再作为一个分离的实在存在。另一方面，先锋派保护艺术领域的自律免遭形式与实践力量、政治斗争妥协的损害，或避免形式与资本主义世界中的生活审美化形式妥协的损害。尽管先锋派运动只是一个未来主义或建构主义的梦想，在一个新的感官世界形成的过程中努力促成了艺术自制，但是，先锋派运动也与保护艺术自律免遭各种形式的权力与商业的审美化的损害有关。这虽然并不是为了保护艺术自律免遭"为艺术而艺术"的纯粹的愉悦的损害，但相反，却是为了将其纳入审美承诺与世界中的压抑的现实之间的未解决的矛盾之中。

尽管这些政治形态之一仍然以新城市的建构者、再造共同体的设计者、或相关艺术家的更加谦卑的当代乌托邦的方式存在着，但是，它们却在苏维埃的梦想中消失了。当代乌托邦主要包括新城市建构者的乌托邦，在新城市化设计的基础上再造共同体的设计者或"相关"艺术家的乌托邦。这类艺术家将一个物体，一个意象或一个不同寻常的碑文引进"难以理解的"艺术边缘的背景之中。这可以被称作"审美的伦理转向"的"软"版本。"审美的伦理转向"的第二种版本并未被任何种类的后现代革命取消。后现代的狂欢基本上仅仅是一个烟幕。其背后隐藏着第二次现代主义向"伦理"的转变。这种"伦理"不是审美解放承诺的一种软化的和社会化的版本，而是审美解放承诺的纯粹的与完全的倒转。这种倒转不再将艺术的具体性与未来的解放联系起来，相反，而是将艺术的具体性与一种古老的、永不休止的灾难联系起来。

证实这一点是流行的话语。在这种话语中，艺术被放置在这样一个服务的位置：为不可表现的事物服务，为证实昨天的屠杀，现在的永不休止的灾难或难忘的文明的创伤服务。利奥塔的崇高之美是这种倒转的最简洁的阐述。在阿多诺的惯例中，他号召先锋派不断地追寻一条恰好将艺术品与文化和媒体的不纯粹的混合物分开的界限。但是，其目的并不是保护解放的承诺不受损害。相反，正是为了无限地证实古老的陌生，才将每一个解放的承诺转变成一个谎言。这个谎言只有以无限的罪恶与艺术答案的形式才能实现。艺术的答案是为了提出一种"抵抗"。这种"抵抗"不是别的什么事物，而是无限的祈祷的工作。

然而，这两种先锋运动的形象之间的历史的张力倾向消融于一个共同体艺术与另外一种艺术的伦理耦合之中。其中，共同体艺术旨在恢复社会契约，另一种艺术旨在证实在这个社会契约的根源上形成的不可修复的灾难。权利与事实之间的政治张力消失于共识和无限正义的结合。无限正义是反抗无限邪恶的正义，根据这一点，上述转变事实上衍生了另一种转变。颇具诱惑性的说法是，当代伦理话语仅仅是新形式的共同体的"软伦理"获得支配地位的无与伦比的契机。但是，这将会忽略一个核心要素：如果共同体的"软伦理"与艺术的接近度是昔日的审美彻底性与政治彻底性已经适应当代条件所用的方式，那么，相比之下，永恒的邪恶与旨在为不可修复的灾难永无休止地祈祷的一种艺术的"硬伦理"则呈现为对审美和政治的彻底性的实实在在的翻转。使翻转成为可能的是时间观念。这种时间观念主要指，伦理彻底性源于现代主义的彻底性，一个整体时间被一个决定性事件切成两块。很长一段时间，那种决定性的事件证实即将到来的变革。这种倾向随着伦理的转向被翻转了：根据一些决定性事件在时间中留下的刻度，历史成为有序的，尽管这没有在我们出现之前发生，而是在我们出现之后发生。如果在发现集中营的40年或50年之后，纳粹的种族灭绝将自身嵌入哲学的、审美的与政治的思考之中，那么，这种理由也不足以使第一代幸存者保持沉默。1989年前后，当这场革命最后遗存的痕迹被毁灭的时候，这些事件才将政治与审美的彻底性和一个历史时间中的缺口联系起来。然而，这个缺口要求：只有以颠覆种族灭绝的意义为代价，以将种族灭绝转变成只有一位神灵才能将我们从中拯救出来的永恒的灾难为代价，政治与审美的彻底性才能被种族灭绝取代。

我并不是说，今天的政治与艺术完全屈从于这种愿景。我们会很容易地举出政治实践与艺术介入的形式的例子，它们独立于主流趋势之外，或对主流趋势有敌意。这正是我对"伦理转向"的理解：伦理转向不是一种历史的必然，原因很简单，没有这样的事物。然而，转向的动力却存在于它对昔日旨在引发一场彻底的政治或审美革命的态度和思想的形式之重新编码和翻转。伦理转向并不是对处于一个共同的规则中的政治与艺术之间的多种多样的矛盾的一种简单的缓和。它似乎是要使这种矛盾绝对化的最终形式。一种阿多诺式的现代主义严格将艺术归结为对不可表现的灾难的一种伦理的审视，想要消除艺术解放的潜力与文化商业、审美化生活之间的任何形式的妥协。冒险将政治自由与社会必要性分开的阿伦特的政治纯粹主义成为一种合法的共同规则的必要性。康德的道德律令的自律成为对他者律令的一种伦理服从。人权变成了复仇者的特权。一分为二的世界冒险故事变成了一场反恐战争。但是，这种翻转的核心要素毫无疑问是一个特定的神学时间。这种神学时间是一种注定会完成一种内在的必然性作为时间的现代性观念。这种时间观念曾经很荣耀，现在却是灾难性的。这种时间观念被一个创始事件或一个将要到来的事件一分为二。与当今的伦理结构决裂，使政治与艺术的创造回到它们的差异与继承。这种差异与继承拒绝政治与艺术的纯粹性的幻想，使政治与艺术的地位回归这些创造。这种政治与艺术的继承作为捷径总是模糊不清的、不确定的、可辩论的。这必然需要将政治与艺术从每种神学时间、从每次对原始创伤或将要到来的救赎的思考中分离出来。

布尔迪厄与"识字教育"

[加] 莫尼卡·赫勒/著
李文敏/译　李　楠/校

(山西师范大学，临汾，041000)

译按：本文标题《布尔迪厄与"识字教育"》让我们反思，布尔迪厄的一些关键概念在何种意义上可以帮助我们理解所谓的识字教育。笔者的目的是进一步运用布尔迪厄的观点去质询"识字教育"到底意味着什么。

作为场域和话语的"识字教育"

我的观点很简单，即将此概念放在布尔迪厄的场域（field）或市场（market）[①]中去理解，也就是将其看作一个话语空间（discursive space），在此空间中特定资源以一种规定的方式被生产出来，赋予价值并分门别类，并且涉及对其使用权尤其是不平等分配的竞争。

---

* 原文见 James Albright & Allan Luke 编，*Pierre Bourdieu and Literacy Education*，Taylor & Francise-Library，2007，第50—70页，第四章。本篇文章原标题为 Bourdieu and "Literacy Education"，译者将其译为《布尔迪厄与"识字教育"》。根据具体语境译者分别将"literacy"与"literacy education"译为"识字""读写能力""识字能力""扫盲""识字教育"等。本文系"山西基础教育质量提升协同创新中心"成果。

皮埃尔·布尔迪厄（1930—2002）是法国当代最具国际性影响的思想大师之一，著名的哲学家和社会学家。他的研究内容广泛，从人类学、社会学和教育学到历史学、语言学、政治科学、哲学、美学和文学研究都有所涉猎。——译注

** 莫尼卡·赫勒（1955— ），加拿大语言人类学家，多伦多大学教授，曾任美国人类学会主席。最近编有 *Bilingualism: A Social Approach* 等。

*** 李文敏，山西师范大学2016级翻译硕士研究生；李楠，文学博士，山西师范大学外国语学院副教授，硕士研究生导师。

[①] Bourdieu, P., *Ce que parler veut dire*. Paris: Fayard, 1982.

提及"话语"空间，我想强调，对资源的管理程序和赋加价值（也即作为资源的特有体制），已经融合在意义化的过程中。把它们放在由权力贯穿的概念空间中去理解才会有意义，用人们感兴趣的了解世界的方法才能讲得通，并且这可以用福柯真理政权（regimes of truth）的理念来解释，那就是用共同的参考框架和意义实践来建构和掩饰权力关系并使其合法化①术语（Foucault，1970）。"资源"在这种意义背景下既包含可互换的物质又包含象征实践事物，它们是知识—权力关系的一部分，福柯和布尔迪厄都很强调这一点（事实上，布尔迪厄一直坚持物质的可交换性和资本象征形式在社会再生产中的作用，关于这一点，布尔迪厄在其对婚姻实践的讨论中有举例说明。）②话语空间因此成了斗争之处，我们大家对此均有切身体会。在不遗余力地再生产现有差异和不平等方面，这些空间极其封闭；或者反过来说，当其旨在实现新的社会变革或新的社会行动方式时，它们却又极其开放。

可以将识字教育理解为这样的话语空间，即：在这个空间中，象征资源（symbolic resources）③和物质资源构成了有价值的资源，它监管作为生产和再生产权力关系的场所，可能涉及强制行为，更可能采取象征统治的做法（即通过误识来达成共识，或说服话语空间中所有参与者，现行的权力安排是合法的。）④⑤最后，以这种方式看待识字教育会引发一个更基本的问题：为什么它会作为这样一个话语空间运行？

我的目的并非是给这个问题提供一个确定答案，而是为了提出一些问题：作为话语空间的识字教育，其建构历史是怎样的，资源属性是如何监管的，利益、参与者的社会地位和相关的权力关系如何分配？受"新识字研究"⑥（the New Literacy Studies，以下简写为NLS）⑦启发的批评性文章，开启了对识字概念的分析，将此概念看作在具有历史和社会双重意义话语空间中的一个意识形态概念。从资源在这些空间中的循环以及与识字概念的联系来看，我的目的就是避开这一点去审视这些空间是如何使得地位不同、因而兴趣也不同的社会行动者产生联系并使其有意义。这意味着不能简单地把识字教育看作实践，而是看作嵌入社会差异和社会不平等之中的利益构建和合法实践，识字教育作为对资源使用权管理的特定场域在意识形态建构中与识字概念相联系。

---

① Foucault, M., *L'ordre du discours*, Paris: Gallimard, 1970.

② Bourdieu, P., *Esquisse d'une théorie de la pratique*. Geneva, Switzerland: Droz, 1972.

③ symbolic resources：这个术语有两种译法，分别为"符号资源"和"象征资源"，考虑到"符号资源"译法容易令人误解为符号学（Semiotics）里的符号概念，故此处译为"象征资源"。——译注

④ Bourdieu, P., *The Economics of Linguistic Exchanges*, Social Science Information, 1977, 16, 645–668.

⑤ Bourdieu, P., and Passeron, J., *Reproduction in Education, Society and Culture*. London: Sage, 1977.

⑥ "新识字研究"是一种新的研究动向，此类研究注重将识字教育看作一种社会实践，而不仅仅将其看作一种获得识字技巧的方法。详见Street, B., *Literacy in Theory and Practice*. Cambridge, UK: Cambridge University Press, 1984。——译者注

⑦ Street, B. *Literacy in Theory and Practice*, Cambridge, UK: Cambridge University Press, 1984.

这意味着在象征资源和物质资源的框架内来定位识字能力和识字教育,其中涉及许多布尔迪厄关于教育的作品以及教育在生产和再生产社会差异和社会不平等过程中所扮演的角色。[①] 这也意味着用布尔迪厄的理论来解释社会行动者是如何在不平等的资源分配系统中进行差异定位,以及他们如何从各自不同的位置形成对该系统的理解,[②] 是用一种和利益相关的方式来建构识字教育。

下面,我将要首先研究 NLS 是如何帮助解构识字教育本身的一些方法,并将其作为交际实践的一种形式重新嵌入复杂的权力、制度和技术之中。然后我将回到识字教育作为话语空间的概念,在象征统治的思想下重新思考它,并提出一些问题,即如何理解识字教育,谁来理解,以及为什么理解?随着语言意识形态和交际实践在资本主义兴起的情境中出现,以及国家在过去两个世纪中角色的转化,我们要用一种系谱学方式去给识字教育定位——在这个系谱中,对语言和识字教育的学术性研究当然有它们自己的定位。

然后我将会谈到在全球化新经济背景下出现的一些关于读写能力和识字教育的具体问题。在这个新空间中,交际实践越来越和经济活动直接连在一起。尤为特别的是,我将会参照一些在现行的政治经济语境中倾向于将交际实践理解为一种可衡量技能的方法,从而把特定话语中对识字教育的再生产看作是经济一体化中技术传播所必需的一个中立场域——布尔迪厄认为该特定话语可能在社会再生产中对识字教育场域的运作至关重要,也就是说掩盖了象征控制机制对其内部的操控。如果我们在由象征统治实践控制的特殊话语空间中将识字教育理解为交际实践,那么我们便发问:如此这般理解识字问题是依附谁的利益。最后,我们必须要问,什么是合法性和权威的基础,是谁给识字能力下定义,什么样的实践构成有读写能力者?[③] 这势必会影响到我们——不论作为话语生产者和传播者,还是利益相关者或受其影响者——皆是如此。

"新识字研究"及对识字的解构

大多数读者在本书中将会熟悉施特雷特至今都非常著名的关于"自主"识字和"意识形态"识字之间的概念区分。为了本书的需要,我仅采用一些关于这种区分方式是如何捕捉不同识字本体论立场的方法。

所谓的"自主"模式,与语言学中关于语言系统自主性的普遍观点一致,认为识字是一套为提高认知能力而客观存在的技术中介工具。而所谓的"意识形态"模式将识字重塑为一系列历史上偶然出现的社会实践,必然嵌入在允许真理政权再生产的意

---

① Bourdieu, P. and Passeron, J., Reproduction in Education, Society and Culture. London: Sage, 1977.
② Bourdieu, P., Ce que Parler Veut Dire. Paris: Fayard, 1982.
③ Bourdieu, P., The Economics of Linguistic Exchanges, Social Science Information, 1977, 16, 645–668.

识形态框架中。从意识形态角度产生的被称为"新识字研究"的一系列作品,占据了从认知角度理解识字的大部分位置,并且社会发展也有落入社会达尔文主义(social Darwinism)的风险,或者充其量来说,这种线性模式显示了自19世纪以来西方现代本体论的进步。从更为现代的后殖民观点来看,这种正在普遍化和层级化的模式在很大程度上是为了欧洲人和北美人宣示其优越性并且为其在西方霸权基础之下行使文明使命的权力而服务的。他们可以被视为建构西方象征统治的一部分,或是使西方殖民主义和新殖民主义话语合法化的一部分。它们不在以权力关系为特征的高压政治进程中扮演重要角色,而是在那些通过各种制度手段所进行的象征统治中扮演着中心角色,其中最重要的就是布尔迪厄和帕斯隆所探讨的教育。

可以通过以下方法做出相关论证,认为识字的自主模式被看作与国家内部权力关系再生产联系在一起的,即"识字能力"被认为是拥有完整公民权力的必要条件,也就是获得足够的权力进入并参与到政治公共领域之中。① 如此一来,"识字"就可以从NLS角度被理解为一种意识形态负载词,其根植于资本家和国家民族扩张主义者兴起的特殊条件中,因此是与该国缔造者的利益和该国采取何种建国模式的原因联系在一起。识字成为一种允许印刷资本家创造"想象共同体"(imagination of communities)的大众传媒技术。②

然而识字不仅如此,在NLS观点中,对识字的本质有着文化上的定义。实际上,许多NLS研究都致力于对交际实践史实的研究,那些有识字能力却没有受到主流制度尤其是教育制度关注的人,被快速划分为文盲,他们的识字实践和教育制度讨论的识字实践稍有不同。例如,M. 琼斯和K. 琼斯收集了大量多语言识字实践的研究案例,发现在由一种主要语言控制的单一语言制世界中,多语言的识字实践经常受到完全忽略。③ 如果是这样的话,便会出现这些问题:是谁给识字能力下定义,是谁决定哪些人对其具有使用权?换句话说,读写能力可以作为一个标准来衡量谁对合法语言的定义具有控制权——用布尔迪厄的术语来讲就是:这种合法语言在合法话语者的选择中是有权威的,是必须被服从的,也就是说这些人可以要求别人听他们的。④ 按照布尔迪厄的说法,识字教育变成了一个社会选择的场所。

但如果NLS已经表明识字不是一个自主系统或思想模式的基础,那么必须从历史和社会的权力关系角度去理解它。然而迄今也未能解决我们该如何分析理解识字这个问题。如果有需要的话,我们可以每天拿出数据来证明识字是发达国家公共空间话语

---

① Bauman, R. and Briggs, C., *Voices of Modernity: Language Ideologies and the Politics of Inequality*. Cambridge, UK: Cambridge University Press, 2003.
② Anderson, B., *Imagined Communities*. London: Verso, 1983.
③ Martin-Jones, M. and Jones, K. (eds), *Multilingual Literacies*. Amsterdam: John Benjamins, 2000.
④ Bourdieu, P., The Economics of Linguistic Exchanges, *Social Science Information*, 1977, 16, pp. 645—668.

中的工作要素。有许多由政府、超国家组织和非政府组织资助提升读写能力和识字教育的工程；识字在学校课程，移民方案以及为新劳动力市场培养人员的方案中都占据突出地位。不单是单语空间中，就连多语空间也将识字视为一个问题而存在。[1][2] 虽然 NLS 坚持认为识字应该被理解为一种实践，而不是一种系统或技术，但它仍然允许一定程度的自主性，认为对识字的分析应不同于其他交际实践。因此，也许 NLS 比维果斯基社会建构主义（Vygotskian social constructivism）较好的取向之处在于，识字研究倾向于关注认知的矛盾连续性而不是社会结构理论的另一方面——"文化"[3]。

我在这里提出，我们把 NLS 的立场作为其逻辑结论，将识字看作一种与各种交际实践相关的意识形态结构，因为我们凭经验可以发现，这些实践和其他形式的交际实践有所不同。如果 NLS 向我们传达了些什么，那便是它将"识字"的概念问题化。正是有了将识字作为一种意识形态建构的概念，我希望从一开始就提出一系列关于它是如何在建构象征统治中运作的问题。

识字能力、国家和公民身份

鲍曼和布里格斯指出，19 世纪语言标准化是和现代民族国家概念的构建过程联系在一起的。[4] 他们特别关注新兴政体所面对的合法性困境：一方面，资产阶级和男权利益要求控制资本和财产，另一方面，还需要被看作支持民主平等。他们指出，解决这种困境的中心方法就是将语言建构成一个纯粹和中立的领域，在其上构建最适合生产社会秩序和社会进步的思维方式，即反对现代性、理性和社会秩序以及对原始性、情感、混乱和认知困惑的清晰思考。[5] 这种合法意识形态就是布尔迪厄神秘化（mystification）和误识（misrecognition）的中心观点，是一个关于如何使参与者相信资源分配不均这个普遍模式具有自然性和正确性的例子。下一步则是通过生成语法、字典和其他权威工具来给"文明"语言的形式和实践下定义，并通过教育进行支配。然而，布尔迪厄指出，我们都知道教育的一个要点就是，在一个系统中通过推行精英教育的论证之辞来掩盖其对社会选择的操控，但如果对该系统中的工具不精通则断然不会成功。[6]

---

[1] Luke, A., Literacy and the Other: a Sociological Approach to Literacy Research and Policy in Multilingual Societies, *Reading Research Quarterly*, 2003, 38, pp. 132—141.

[2] Martin-Jones, M. and Jones, K. (eds), *Multilingual Literacies*. Amsterdam: John Benjamins, 2000.

[3] Luke, A., On the Material Consequences of Literacy, *Language and Education*, 2004, 18, pp. 331—336.

[4] Bauman, R. and Briggs, C. *Voices of Modernity: Language Ideologies and the Politics of Inequality*. Cambridge, UK: Cambridge University Press, 2003.

[5] Ibid., pp. 59—69.

[6] Bourdieu, P. and Passeron, J. *Reproduction in Education, Society and Culture*. London: Sage, 1977.

格里约和安德森也认为,随着新兴民族国家试图建立组织模式,将识字概念作为一系列不同的实践变得尤为重要,①② 而福柯进一步指出社会控制模式超越时空限制,远比其他还未实现的政治形式要宽泛得多。由此看来,识字的概念就像是一系列特权和权威模式的一部分,它们收集并分配国家运作所需信息,因为它能掌控权威和合法性所具有的舆论和信仰于一身,并且能够保护和促进作为资产阶级存在基础的资本主义利益。

因此,识字与教育之间的联系始于一种语言意识形态,它为资产阶级和民族资本主义服务;它通过一种非常特殊的方式来定义什么可以作为合法语言,从而为公共领域强势话语的合法化服务,为实施其政治配置服务;即作为一种理性语言,它脱离了杂乱的日常生活,看起来很"客观"。成功连接特定语言形式和实践,并建构一个理性、进步和权威的"纯粹"③ 专业语言领域,使得建构合法和非合法主体成为可能。④有可能,也有必要区分那些掌握"纯粹"标准语言形式和相关实践的合格公民(full citizens)和那些因为没有能力沟通所以需要保护或者淘汰的人,因此要考虑"清楚"那些与个人沟通失败有关的构成因素,即为什么他们没能从合法语言的使用中获利或者为什么凭借他们特殊的性别、种族或社会等级分类的身份未能从本质上获得相关利益。识字的概念与这种合法意识形态有关。识字能力作为一种语言实践形式,当它能够超越直观性,超越以技术为中介的交际方式因而成为远离自然的、社会性话语实践时,它得以建构出来。

通过这种方式,我们可以将识字教育作为一个在特定社会历史情景下建构起来的话语场域,用符合象征统治实践的组织方式去理解。特别是通过生产专门材料、开发专门技术、确定特定实践以及规范上述在特定地点的分配,包括选定参与者,使体制化的识字教育同时作为一种社会控制、社会选择和象征统治得以存在。这种体制化使得识字概念适用于生产合法公民并定义可接受的权威话语。其积极的一面是为那些定义者和拣选者提供深度社会化方法;消极的一面是提供了边缘化技术和控制方法,识别出那些族群和实践并制定相应政策。

我们可以清楚地看到,为读写能力和标准语言立法是如何与阶级利益联系在一起的,在这种条件下,我们相信将国家民族的崛起归因于新兴资本主义资产阶级能力的理论,利用政权及其控制力来提升其利益,通过创造条件来扩展它们的活动能力、来

---

① Grillo, R., *Dominant Languages*, Cambridge, UK: Cambridge University Press, 1989.
② Anderson, B., *Imagined Communities*, London: Verso, 1983.
③ Bauman, R. and Briggs, C., *Voices of Modernity: Language Ideologies and the Politics of Inequality*, Cambridge, UK: Cambridge University Press, 2003.
④ Bourdieu, P., The Economics of Linguistic Exchanges, *Social Science Information*, 1977, 16, pp. 645—68.

控制材料和市场。① 鲍曼和布里格斯为此耗费了极大心血，指出这种话语也渗透着意识形态、性别和种族不平等，在文学研究中也是如此。当然，国家作为一种机构从未单独运行；尤其是宗教机构在这个过程中发挥了重要作用。②

例如，乌特勒姆论证了法国大革命话语在哪些方面造成了新兴的、强有力势力和老旧的、衰微势力之间的对抗。他认为这些对立不仅非常依赖于普遍存在的性别意识形态（贴着旧体制标签的愚昧堕落女性，实际上不过是现实女性），而且依赖于话语的生产实践。③ 这些相辅相成的对立将大革命中的女性边缘化，或者用布尔迪厄的话说，她们永远不可能成为大革命话语的合法生产者。正如伊戈内指出的，这种关联在19世纪民主国家民族建构过程中，甚至使他认为大革命是由新兴资产阶级自身发动起来的——他们有共同的利益，那就是部分资产阶级男性对女性劳动力的控制，以及最小化她们对权力的使用。④ 由此我们可以看出理性、清晰度和社会秩序之间的关联不仅和资产阶级联系在一起，而且和男性联系在一起。

卡梅隆探讨了自19世纪以来这种关联在语言领域以何种方式持续作用，将女性与无能和危险联系起来，而这恰是实行象征统治实践过程的两个方面，所有那些与其不符者通过舆论或信仰被压制了。⑤ 她的作品也阐释出，通过这些深刻的方法，社会秩序在再生产不平等中产生不同作用是和一种道德秩序密切相关的；同时也论证了可以通过语法、语言风格，及其他语言形式和语言实践，从道德恐慌中读出对社会秩序威胁的恐慌。一而再、再而三地，我们将"纯粹的"语言放在社会控制和象征统治的领域之中。

最后，种族毫无疑问是建构民族国家合法性的中心理念。由于掩盖民主国家观念背后的特定阶级利益是至关重要的，因此，作为合法意识形态出现的国家概念是建构在共同价值观和实践基础之上的，无论是法国大革命模式还是德国浪漫主义模式都是这样。事实上，伊戈内认为，大革命话语中所盛行的法国单语主义，就是资

---

① Grillo, R., *Dominant Languages*, Cambridge, UK: Cambridge University Press, 1989; Higonnet, P., The Politics of Linguistic Terrorism and Grammatical Hegemony During the French Revolution, *Social Theory*, 1980, 5, pp. 41—69; Hobsbawm, E., *Nations and Nationalism Since 1760*. Cambridge, UK: Cambridge University Press, 1990; Ives, P., *Gramsci's Politics of Language: Engaging theBakhtin Circle and the Frankfurt School*. Canada: University of Toronto Press, 2003; Wolf, E., *Europe and the People without History*. Cambridge, UK: Cambridge University Press, 1982.

② Fabian, J., *Language and Colonial Power*. Cambridge, UK: Cambridge University Press, 1986; Kapitzke, C., *Literacy and Religion*. Amsterdam: John Benjamins, 1993; Meeuwis, M., Flemish Nationalism in the Belgian Congo versus Zairean anti-imperialism: continuity and discontinuity in language ideological debates, J. Blommaert (ed.), *Language Ideological Debates*, Berlin, Germany: Mouton de Gruyter, 1999, pp. 381—424.

③ Outram, D., Le langage mâle de la vertu: women and the discourse of the French Revolution, P. Burke and R. Porter (eds), *The Social History of Language*. Cambridge, UK: Cambridge University Press, 1987, pp. 120—35.

④ Higonnet, P., The Politics of Linguistic Terrorism and Grammatical Hegemony During the French Revolution, *Social Theory*, 1980, 5, pp. 41—69.

⑤ Cameron, D., *Verbal Hygiene*, London: Routledge, 1995.

产阶级对农民和工人声称占有的贵族和资产阶级财产反应的直接产物。从宏观来看，他认为革命的合法性比其伪装性更准确；但从逻辑结论角度来看，其声明被认为对革命资产阶级的财产利益构成很大威胁。围绕这一点，伊戈内称大革命领导人开始专注于更具象征性质的共享性而非其他形式的共享性，这种共享性在语言和文化实践中用更具民主和中立的形式来定义法国公民，同时又从出现于革命时期基于阶级形式不平等的批判关注中转移出来，并且认为这是其精髓所在（一个经典的布尔迪厄神秘化举措）。①

当然，一旦国籍概念成为可能，它就可以被用作合法建构民族国家的手段，而且这种手段不像大革命那么暴力。霍布斯鲍姆认为，这一举措作为一个如何给建构国家下定义的领域，以及如何合法宣称一个国家的建立具有开辟性意义。许多团体至今仍声称自己拥有这样的地位，正如我们在加泰罗尼亚、布列塔尼、威尔士、科西嘉或魁北克等地关于民族语言的少数民族持续的政治运动中所看到的。霍布斯鲍姆认为这些讨论可以追溯至19世纪，它们从根本上被看作是经济的基本标准：表面是讨论真实性，实际是讨论经济的可行性。② 公认的民族国家必须代表一个适于资产阶级资本主义利益的生产和消费市场。与此同时，它不得不提出控制这种政治和经济空间合法性和权威性的条件，因此特别注意语言的标准化。问题很简单，那就是上述所讨论的"民族"是否能够宣称拥有具有共同的语言形式及实践。一方面，可以证明它们具有历史深度（因此，作为真实性的标记起到关键的权威作用），但另一方面，也可以证明它们是符合纯粹的、技术性（这一点有关键性的权威作用）语言标准的现代主义理性理想。符合这些条件的团体才能拥有建立国家的地位，从基要主义的种族观来说，这些条件有助于我们理解语言学的子领域，例如语言规划的出现。

因此，需要一套标准来确定哪些团体可以，哪些不可以拥有此种地位，并详细阐释拥有选择权和排除权的合法理论。在此基础上，我们就可以理解以发展名义对各国排名进行客观评价手段的热情，甚至这些排名的结果是以牺牲他人利益为代价的合法扩张；即各种形式的内部和外部殖民主义，或是后殖民主义或新殖民主义话语中的"发展"③。特别有趣的是，于我们的目的而言，作为一个学科的语言和语言学，在确定标准和评价尺度中发挥了作用（这与1977年布尔迪厄愤怒抨击那些坚持认为语言学是一个精确的体系，而不是嵌入权力关系建构的社会实践的那些论调有些类似）。

---

① Higonnet, P., The Politics of Linguistic Terrorism and Grammatical Hegemony During the French Revolution, *Social Theory*, 1980, 5, pp. 41-69.

② Hobsbawm, E., *Nations and Nationalism Since 1760*, Cambridge, UK: Cambridge University Press, 1990.

③ Luke, A., On the Material Consequences of Literacy, *Language and Education*, 2004, 18, pp. 331-336.

从历史和政治经济学的角度来看，识字的概念与地域的、约定俗成的和"技术化的"语言概念联系在一起，它作为发展资产阶级、资本主义、均质化民族国家意识形态和实践的中央话语空间，不仅有助于使阶级、种族和性别不平等合法化，而且在许多方面对它们的建构起到积极作用。这些思想现在仍然流行，并且在关于识字与移民和识字与学校教育以政策讨论形式存在的主动流通中更为常见。这些讨论的一个方面涉及移民作为被普遍认可的公民参与国家公共领域的能力，这是以他们对识字技能的掌握为基础的，在国家的主导语言中或多或少被自动定义为技能。同时也有人质疑这些技能能否作为标准对移民身份进行评估，或者在移民完成时是否要对其进行教育，以及是否可以进行跨语言转让，在所有情况中都存在一种假设，那就是概念本身与我们对公民身份的理解有关。

尽管NLS表明，这种识字概念的移植（其他通过学术作品）服务于这些特殊的利益，并把从其他角度看可能很好的实践边缘化，这些实践同样追求识字实践的地位，但它在处理识字概念的历史和政治经济基础方面并不成功。假若没有这样的分析，就很难理解为什么识字能力被有效地构建为一个话语空间，也无法理解它是如何运作来再现特定差异和不平等关系的；当然，在这里，布尔迪厄帮助我们进行思考。

之后我会继续讨论这个问题。现在我想要首先研究一下在与全球新经济有关的当代条件下，界定读写能力或扫盲所采用的一些方法；我将要谈论以下方法，这些方法与作为特权的识字概念或至少是特殊的交际实践相一致，将识字放在更为直接的经济领域中。在这里，问题的关键不是将识字能力作为个体以合格公民身份参与到公共空间或者作为集体参与到民族国家社会，而是个体和集体经济融入高度现代化的资本主义活动中。这可以看作布尔迪厄对现代国家和国家机构以及与其密切相关的私有机构的兴趣延伸。

扫盲、"技能"和全球化新经济

虽然现代化的前提之一是政治平等（前文中已经讨论过了），但另一前提不是经济平等，而是平等竞争经济资源和享受经济进步的机会。高度现代化的标志之一[①]是对国家和私营部门之间在经济管理之中的重新组合，[②] 其全球化特征从理论上来说不是新的，而是关系的重塑。或许更重要的是，高度现代化的特征是经济活动发生转变，随之而来的是第三产业急剧扩张，[③] 并且与工业生产模式潜在的资产阶级民族国

---

① Giddens, A., *The Consequences of Modernity*. Berkeley, C. A.: University of California Press, 1990.
② Castells, M., *The Information Age: Economy, Society and Culture* (Vols 1—3). Oxford, UK: Blackwel, 2000.
③ Ibid.

家危机紧密联系。这导致了现代语言观在新生产模式中使相关差异和不平等关系合法化。

吉和他的同事们已经表明,工业资本主义危机的结果,不仅是新商品生产(更多的服务和信息,更少工业制品),还有生产方式重组。这种重组需要新的合法化形式、新社会操控模式。目前出现的新形式与语言角色密切相关,或者用话语分析术语说,与识字能力概念所扮演的角色密切相关。[1] 他们认为,各种形式的技术交流越来越多地进入工作中,从而兴起了各种语言实践,其中包括技术为中介的读写实践,这些语言实践作为评价工作能力的标准被提出来。

他们继续谈到,这种获利方式转变是全球性不平等背景下更激烈竞争的结果;新经济雇佣廉价劳动力,并使用廉价生产设备来生产各种产品,这在之前是不可能实现的。这使得发达国家工作场所的层次结构逐渐扁平化,并且注重灵活性。首先表现为民主化;吉和同事们认为,提高竞争力的一种手段是民主化,替代了辞退成本额高的经理的办法。其次表现为给工人提供更多的自由和自主权,并使他们有更多机会用他们的劳动投资(取其字面意义和意识形态意义)并从中获益;他们还认为,此方法不必消除工会获利,也不必损害一揽子失业保险。[2] 然而,在我看来最重要的是,这一转变需要工人积极参与到生产和社会控制的话语层面。

法国社会语言学家和其他作者[3]跟踪调查20世纪90年代工作场所的变化后,[4] 得出了类似的结论:这种转变在工作场所权威的树立中多用说服手段少用强制手段。用布尔迪厄的术语来说,高度现代化的工作场所更加强调象征统治模式而非现代工业模式。这些作者还指出,以语言为中心的产品、生产模式以及社会控制模式融合在一起,并产生一种交际能力的概念,特别是产生出一种可测量和商品化的技能——识字能力(因此,他们更倾向于否定布尔迪厄关于语言作为社会实践的观点,尽管他的资本概念很容易被挪用和重新解释)。Boutet 断言:

> 在泰勒主义(Taylorism)中,说话和工作被认为是敌对的。说话会花费你的时间,分散你的注意力,阻碍你专注于将要实施的(身体)行为……对新生产模式的引入,特别是自动化、机器化和计算机化活动,以及员工管理方式(参与式管理、责任制、半自主团队、自我导向……)的引入,结束了语言在工作中有两

---

[1] Gee, J., Hull, G. and Lankshear, C., *The New Work Order: Behind the Language of the New Capitalism*. Boulder, C.O.: Westview Press, 1996.

[2] Ibid.

[3] Cameron, D., *Good to Talk?* London: Sage, 2001. Heller, M. Globalization, the new economy and the commodification of language and identity. *Journal of Sociolinguistics*, 2003, 7, pp. 473—492.

[4] Boutet, J., *Le travail devient-il intellectuel? Travailler. Revue Internationale de Psycho-pathologie et de Psychodynamique du Travail*, 2001, 6, pp. 55—70. Kergoat, J., Boutet, J. and Linhart, D. (eds), *Le monde du travail*, Paris: La Découverte, 1999.

个主要结果的局面。第一是在所有活动和行业中，包括不需要技巧的行业内，普遍流行的对书面用语的约定……第二是出现与工作相关的交际能力。[1]

举一个例子，在我们最近进行研究的呼叫中心[2]中，工作人员主要为客户实际（交际）服务工作。有些人被选为"同行教练"，他们有责任通过在线监听电话或查看电话录音来检查其他下属代表的工作。他们和有关代表人员之间是这样做的：分配时间给代表和教练之间定期开会，会议采用自我批评的方式而不是处罚方式。在被视为"同伴"的社会管理的话语行动者之间会产生一个副产品（事实上，教练们从他们所扮演的角色得到的好处很少；也许是优先获得轮班的选择权、更自由的时间分配或偶尔多赚一点钱）。同时，这种产品是一种语言产品（其质量有待检测）——一部分是口头的（代表和客户之间的交流），一部分是显示在屏幕上的书面文字（实际产品的形式是由代表填写的，以计算机化形式出现，偶尔以电子邮件的形式出现）——虽然该产品也可以通过屏幕阅读或纸张文本以及计算机衬垫旁边经常出现的手写笔记等方式得以实现。因此，这项工作是多种模式共同运行的（见新伦敦集团1996年对"多元化"概念的呼吁）。然而，它需要透明的评价标准，以确保新的管理形式保持合法性和权威性。沟通成了一种技能，并得到了与其他技能同等的对待。

这种对识字能力的看法在当前大量的政策中也有所体现。[3]除了上面讨论的识字和政治公民问题，目前的条件允许将识字能力或"交际能力"明确商品化，正如Boutet经常提到的，是和就业市场的整合联系在一起的。[4] 如今政策所关注的识字能力更多涉及在就业市场对读写能力的掌握，因为这关系到读写能力在公共辩论中的

---

[1] Boutet, 2001: 56, Dans le taylorisme, parler et travailler sont considérés comme des activités antagonistes. Parler fait perdre du temps, distrait, empêche de se concentrer sur les gestes à accomplir…La mise en place de nouveaux modes de production et en particulier l'automation, la robotisation et l'informatisation des activités, comme la mise en place de nouveaux modes de gestion des salariés (management participatif, responsabilisation, équipes semi—autonomes, auto—contrôle…) auront deux conséquences majeures en ce qui concerne le statut du langage au travail. L'une c'est la généralisation du recours à l'écrit (lecture et écriture) dans tous les métiers et activités y compris déqualifiées…L'autre c'est l'émergence d'une compétence de communication. ——原注。此引文原文为法文，原作者将其译为英文，译者结合两种语言将其译为上文。——译者注。

[2] 这项研究由加拿大社会科学和人文研究理事会资助（1997—2000，2001—2004）。团队成员主要来自多伦多大学、蒙克顿大学、蒙特利尔大学、卡尔加里大学、阿维尼翁大学、歌德大学和法兰克福大学。——原注。Boudreau, A., *Le vernaculaire comme phénomène de résistance. L'exemple d'un centre d'appel*. Paper presented at the *Contacts de langue et minorisation* conference, Sion, Switzerland, 2003; Roy, S., *Bilingualism and standardization in a Canadian call center: challenges for a linguistic minority community*. In R. Bayley and S. Schecter (eds), *Language Socialization in Multilingual Societies*. Clevedon, UK: Multilingual Matters, 2003, pp. 269—287.

[3] Street, B., Literacy events and literacy practices: theory and practice in the New Literacy Studies, M. Martin—Jones and K. Jones (eds), *Multilingual Literacies*. Amsterdam: John Benjamins, 2000, pp. 17—29.

[4] Boutet, J., *Le travail devient—il intellectuel? Travailler. Revue Internationale de Psycho— pathologie et de Psychodynamique du Travail*, 2001, 6, pp. 55—70.

参与度。① 事实上,这两者是联系在一起的;也就是说,通过示范来融入就业市场,从而表明自己是一个合格公民。虽然"沟通能力"被放在第一位,但是在被理解为场域或民族国家的话语空间中,合法性仍然是非常重要的。

然而,事实证明,民族国家定义交际能力的机制,包括语法、字典以及学校的规范语言课程,是不容易转到新的环境中去的。我们的研究表明,这种转移看起来难,实现起来更难。呼叫中心的管理人员和同伴教练非常清楚地知道他们在内容方面和输出方式中该寻找什么(是否出售? 在给定时间内是否进行了特定数量的呼叫? 格式填写正确了吗?),但是却发现他们很难找到"优质服务"的方式。我们一直调查的其他新经济工作场所也出现了相同情况。同行教练用老式语法和词汇知识评价代表们的语言,却不知道这些方式是否真的让顾客满意,以及哪些方面让顾客满意(或不满)。

他们解决这个问题的方法之一是实行标准化,即说一些服务套话,其内容旨在传达管理观。这个做法有历史记载和一些方法优势,可以随着目标而变化。然而,该策略从一开始就注定与优质服务的一项主要标准起了冲突,即缺乏真实性和个性化。② 这一方法也使工人感觉像机器人,因而削弱了让工人们在意识形态上投身于团队工作的管理效果,并且在神秘化建构的过程中也存在缺口。

另一种方法是外包语言工作。至少在加拿大存在着大量的自由职业顾问,他们有时独立工作,有时在小公司工作,从文案到翻译,他们通常以这些形式生产语言产品。有时,一些内部人员要求接受这样的培训,即使这样的任务事实上与他(她)的职位性质不相符。这些"识字工作者"熟谙民族国家语言识字标准。此方法可行,因为其语言产品既准确又很好理解。

另外两个相互关联的策略恰恰相对立:它们最小化这些技能的专业性,将它们视为天然固有的,或者说,事实上并不太看重这些技能。它们将语言的可变性制度化,并将语言质量重新定义为"能有效沟通即可"。这时语言产品通常以欠常规化,更深地融入社会的语言形式或语言产品方式呈现。第一点很明显的是涉及多语言技能,而不是使用标准测试或固定标准列表,任何自称掌握该门语言的员工,都会被管理人员要求来担任以下工作,无论是翻译电子邮件还是面试求职者,而不管其结果如何(对他们来说这可能就是工作)。第二点很简单,即忽略该问题。除非产生实际问题,否则便将其忽略。在这种情况下,管理者除了使用直观标准之外,很难找

---

① Budach, G., *Diskursund praxis der alphabetisierungvon erwachsenen imfrankophonen*, Kanada, New York: Peter Lang, 2003; Lamoureux, S., Lozon, R. and Roy, S., *Bilinguisme et accès des jeunes au marché du travail*. In N. Labrie and S. Lamoureux (eds), *L'éducation de langue française en Ontario: enjeux et processus sociaux*. Sudbury, Canada: Prise de Parole, 2003, pp. 187—202.

② Cameron, D., *Good to Talk*? London: Sage, 2001. Roy, S., Bilingualism and Standardization in a Canadian call center: challenges for a linguistic minority community, R. Bayley and S. Schecter (eds), *Language Socialization in Multilingual Societies*, Clevedon, UK: Multilingual Matters, 2003, pp. 269—287.

到其他解决方案。

我们可以在制度层面看到类似的不稳定迹象。最近对安大略省法语识字中心的研究表明，这些问题交叉出现，有时和民族话语与技能话语相矛盾。[①] 在过去 40 年，加拿大的法语民族主义活动已经或多或少成功地确立了一个原则：说法语者需要被视为同类民族，享有在国家现代主义体系中的政治权利，或者至少他们在同类体系中享有分配国家资源的权利（例如学校）。[②] 这一论点的初始合法性在加拿大财富和权力资源中法语使用者被明显边缘化中得以论证。导致专门设立学校教育、幼儿和成人教育计划，目的提供通向成功的主要路径。在安大略省，根据 20 世纪 70 年代的标准，法语成年人口的文盲率高得不像话；国家对此采取的措施是建立一个与主流成人扫盲计划平行却又不同的法语识字中心网络。

到 20 世纪 90 年代末，国家在制度层面区分了针对母语是英语、法语的人士以及聋人和土著居民实行的帮扶计划——每一类人都被概念化为内部均质、与众不同的类别。但所有的这些计划都殊途同归，那就是先倾向于发展大多数，然后再改动或简单地应用于少数。国家层面关于成人识字的话语也从把识字能力看作天赋和身份的象征，转向把其当作就业市场的准备，当然这需要有新的资源分配评价标准。

与此同时，法语识字中心所假定的人口基数似乎已经发生变化。为受教育不足的单语种人群提供基本的读写技巧，法语识字中心接收的学生似乎越来越不符合这个条件。大部分（至少是假定的）客户是受过英语教育并懂得英文的，他们为找新工作而学习法语读写。其中一些人无论从任何分类标准来看，都被划分为法语第二语言学习者。另一些人是说法语的难民和移民，他们经常用法语接受教育，且没有接触过英语，他们学习的目的是获得技能方法，从而进入双语就业市场。对于想要获得读写能力的工人来说，这些中心作为民族性赋权场所有其合法意识形态，而国家作为化约的、却易于认可的独特共同体有特殊体制结构。这些工人依靠由国家为获取资源和维持现有结构而定的绩效评估措施，这两者之间的差距，及其与众人寻求的多样性之间的差距难以掌控。双语客户为中心带来种类繁多的语言资源，而他们对自己实际上需要何种语言资源才有助于实现就业目标缺乏清晰认知，加之国家对这些中心提供语言资源的限制，这些因素使得这些中心也难以管理。

新形势显然挑战了（尽管它们还没有完全取代）为定义和规范什么被视为合法语言和谁算作合法讲话者的既定标准。语言使用者成倍增加的模式与更多同一意识形态中的人联系在一起，这些人在财富差异的再生产中越来越支持民主和自治。然而，他

[①] Budach, G., *Diskurs und praxis der alphabetisierung von erwachsenen im frankophonen*. Kanada. New York: Peter Lang, 2003; Lamoureux, S., Lozon, R. and Roy, S., Bilinguisme et accès des jeunes au marché du travail, N. Labrie and S. Lamoureux (eds), *L'éducation de langue française en Ontario: enjeux et processus sociaux*. Sudbury, Canada: Prise de Parole, 2003, pp. 187−202.

[②] Heller, M., *Éléments d'une sociolinguistique critique*, Paris: Didier, 2002a.

们又不能颠覆普遍概念,因为人们对普遍概念的掌握是证明其完全有能力成为社会一员的标志,并且更重要的是成为一个可信求职者的标志。

识字的概念已经得以传播并变得更加广为流传。在学术界,正如我们所见,多元读写能力概念已经被引入,用来描述象征越来越多经验的各种复杂多样的实践。施特雷特已经表明了他的担心,认为这种方法可能导致出现千篇一律的产物,即出现一种刻板的或盲目的识字意识。① 在公开辩论中,识字的概念也已经被普遍接受,认为识字是一种关于专业化的,并且有调节作用的知识;例如,我们当地报纸最近刊登了一篇小文章,将"认字认得好"标榜为一种获得健康的能力,具有这种能力不但能够阅读药品包装说明,以及公共健康当局公布的营养指南,而且能够明白医生什么时候让你去他(她)的办公室。②

我认为这不是一个意外,甚至不一定是件坏事。相反它是一种迹象,表明我们生活的社会、政治和经济环境仍然饱和,这源于特定知识和特定形式语言实践的现代主义概念,其权威性来自这样的事实:它们的技术中介允许对这些实践使用权的控制行为,允许有能力赋予它们意义的控制行为,并使用它们来发展现代主义和资本主义权力形式的合法话语。权力形式确实已经在过去的二三十年里发生了变化,但其方式比现代性更切合(这正是吉登斯在1990年提到"高度现代化"而不是"后现代化"的原因)。它们可能很好,但是会变得松散;从稍微不同的领域举一个例子,许多跨国公司都面临的困惑,那就是他们不得不发明一些评估其语言工作者多语言"技能"的方法,特别是在客户服务领域。③

民主、差异和不平等之间的矛盾,以及相对成功的资产阶级资本主义引起的关于这些矛盾更加突显的示威运动,使得自主识字模式发挥重要作用的主导话语变得不稳定。但它们只是动摇了其地位而不是完全取而代之。在这种情况下,尽管我们可以用各种学术话语,例如多元识字、多样性和识字实践(这些可以被认为是文化和社会过程以及社会行动形式)来试着解决这些矛盾,但识字的概念仍然是一个强有力的概念。④ 在高度现代化的条件下完全维持自主模式是不可能的,完全颠覆识字概念同样也是不可能的。

本章最后一节,我将讨论布尔迪厄的概念如何引导我们不要完全解构识字概念,

---

① Street, B., Literacy events and literacy practices: theory and practice in the New Literacy Studies, M. Martin-Jones and K. Jones (eds), *Multilingual Literacies*, Amsterdam: John Benjamins, 2000, pp. 17—29.
② Kesterton, M., Social studies: a daily miscellany of information, *The Globe and Mail*, 2004, April 14, A16.
③ Heller, M., Globalization and the commodification of bilingualism in Canada, D. Block and D. Cameron (eds), *Globalization and Language Teaching*. London: Routledge, 2002b, pp. 47—64.
④ Ahearn, L., Language and Agency, *Annual Review of Anthropology*, 2001, 30, pp. 109—137; Street, B., Literacy events and literacy practices: theory and practice in the New Literacy Studies, M. Martin-Jones and K. Jones (eds), *Multilingual Literacies*, Amsterdam: John Benjamins, 2000, pp. 17—29.

应将其作为话语分析对象而不是客观存在的现象。布尔迪厄采用 NLS 的分析数据完成其研究,将识字问题化为象征统治过程的一个元素,而不是作为一种特殊的沟通形式或社会互动形式。

"识字"的困境

本文过于简化甚至有点不合理的解释,试图通过扩展识字教育,将识字放在历史话语的背景中去,关注技术化、标准化和专门化的语言归化思想,从而服务于政治经济意识形态,特别是将民族国家的政治结构与资本主义经济结构联系起来的意识形态。我的论点很简单,即语境产生识字概念并使其有意义。通过这种方式,我们可以窥探出建构布尔迪厄场域的一些方法,而且这些方法是受到制度实践尤其是教育实践支持的。

这样的话,我认为通常归入"新识字研究"名下的当代流行识字讨论,实际上并不涉及该概念本身的政治经济基础。我想说的是,布尔迪厄促使我们面对在非常特殊的、历史的资源分配系统中形成的任何话语。除非我们可以分析为什么我们会受识字概念的干扰,以及为什么某些特定的社会行动者主张从识字概念的立场去实践,否则我们不能完全理解 NLS 研究中对识字概念如何与权力关系建构联系在一起的解释。

关于什么才能算作识文断字已经有了一个清晰的定义,那便是存在于当代权力关系之下的资源争夺领域。我们所面临的问题在于是否接受他们所设立的游戏规则,至少默认"识字"概念是专门领域的相关方面;或者是对其进行质疑,将识字能力的概念扩展为更为广泛的交际实践,有些人(例如 Boutet)认为这可能与当前对相关多样性实践的认知有关,并且对现存识字话语的相关风险持批判性分析态度。

我自己的观点是,我们最好提出这样的问题,如:谁有兴趣维持一套独特的概念以及与之相伴的制度?通过识字教育,资源生产和分配是什么,是由谁以及为谁生产和分配的?什么样的实践可以被定义为"合法识字实践",是由谁定义以及为什么要这样定义?什么样的象征统治过程贯穿了识字领域?在这种观点之下,识字教育变成了一种话语空间,在这个空间之中资源被生产和分配,尽管将其价值归因于资源的空间角色还不太清楚。布尔迪厄和帕斯隆清楚地表明了教育是如何使政权合法化,而不是构成合法化政权,参与者在其中被合法化或边缘化,受到尊敬或遭到诽谤,这是涉及多种形式的物质和象征资本之间相互交换的复杂社会选择过程。

作为分析者,从当前或构想的识字教育安排中提前预知其得失是不可能的。我想说的是,布尔迪厄恰巧引导我们在表明立场之前,首先要考虑这样的安排究竟会产生什么影响,以及会对谁产生影响。而我还要再加一点,就是为什么会产生影响。尽管布尔迪厄经常因为忽视媒介而饱受批评,但我认为他的理论实际上帮助我们定义什么是识字教育。我认为在此类政治经济分析中，他的框架引导我们密切关注语言实践是如何与特定领域的博弈相联系的。我们也是这些空间的参与者，对用特定的方法理解识字和教育感兴趣，并且有能力使用我们的工具来分析为什么识字教育在特定的历史和社会形态中有意义、如何有意义以及对谁有意义。最重要的是，布尔迪厄引导我们探寻话语空间中对政治基础的具体筹划，以及这些筹划结果是如何将象征资源和物质资源生产出来，赋予价值并分门别类的，而这就是我们理解识字教育并在此领域有所作为的第一步。

附 录

附录一　中国中外文艺理论学会历届会议

时间	会议主题	主办单位	地点
1994 年 6 月	钱中文宣读民政部批准文件，宣布中国中外文艺理论学会正式成立	中国社会科学院文学研究所和外国文学研究所联合开会	
1995 年 8 月	"走向 21 世纪：中外文化与中外文论国际学术研讨会暨中国中外文艺理论学会成立大会"，第一届年会	学会和山东师范大学联合主办	山东济南
1996 年 10 月	"中国古代文论的现代转换"学术研讨会	学会与陕西师范大学中文系联合举办	陕西西安
1998 年 5 月	巴赫金学术思想国际学术研讨会	学会与北京外语学院俄语系（现北京外国语大学）、河北教育出版社联合举办	北京
1998 年 10 月	"西方文论与中国文论建设"全国学术研讨会	学会联合四川大学中文系举办	四川成都
1999 年 5 月	1999 年世纪之交：文论、文化与社会暨中国中外文艺理论学会第二届年会	学会联合南京师范大学中文系举办	江苏南京
1999 年 10 月	"新中国文学理论 50 年"学术研讨会	学会与安徽大学中文系联合举办	安徽合肥
2000 年 8 月	与法国、英国、德国、澳大利亚等多国学者合作，成立"国际文学理论学会"，并召开"21 世纪中国文论建设国际学术讨论会"	学会与清华大学、北京师范大学大等联合举办	北京
2001 年 4 月	全球化语境中的文学理论研究与教学研讨会	学会与扬州大学文学院联合举办	江苏扬州
2001 年 7 月	创造的多样性：21 世纪中国文论建设国际学术讨论会	学会与辽宁大学文学院联合召开	辽宁沈阳

续表

时间	会议主题	主办单位	地点
2001年10月	新理性精神与文学研究方法论研讨会	学会与厦门大学文学院联合举办	福建厦门
2002年5月	"文艺学与文化研究"学术研讨会	学会与云南大学文学院联合举办	云南昆明
2003年12月	全国美学、文学理论前沿问题学术研讨会	学会、中华美学学会与台州学院联合举办	浙江台州
2004年5月	"中国文学理论的边界"研讨会	学会与北京师范大学文艺学研究中心联合举办	北京
2004年6月	全国第二次巴赫金国际学术研讨会	学会与湘潭大学文学院联合召开	湖南湘潭
2004年6月	多元对话语境中的文学理论建构国际研讨会暨中国中外文艺理论学会第3届年会	学会与人民大学、北京师范大学文学院等联合举办	北京
2005年10月	2005:新时期文学理论的回顾与展望全国学术研讨会	学会与湖南师范大学文学院、北京师范大学文艺学研究中心联合召开	湖南长沙
2006年9月	"当前文艺学热点与教育改革"学术研讨会	学会与北京师范大学文艺学研究中心联合召开	河北北戴河
2007年6月	文学理论30年——从新时期到新世纪国际学术研讨会暨中国中外文艺理论学会第4届年会	学会与北京师范大学、华中师范大学文学院联合召开	湖北武昌
2007年10月	"跨文化视界中的巴赫金"国际学术研讨会	学会与北京师范大学外语学院联合召开	北京
2008年4月	中国现代美学、文论与梁启超全国学术研讨会	学会与中华美学学会、杭州师范大学中文系联合召开	浙江杭州
从2008年开始,学会每年主办的学术会议称为"年会",并定期出版学会"年刊"			
2008年7月	理论创新时代:中国当代文论改革与审美文化转型研讨会暨中国中外文艺理论学会第5届年会	学会与北北京师范大学、陕西师范大学、兰州大学、西北大学、青海民族学院中文系联合召开	青海西宁
2009年7月	"新中国文论60年国际学术研讨会暨中国中外文艺理论学会第6届年会"(换届)在贵阳召开	学会与贵州大学、贵州师范大学、贵州民族学院联合召开	贵州贵阳

续表

时间	会议主题	主办单位	地点
2010年4月	文学理论前沿问题研究学术研讨会暨中国中外文艺理论学会第7届年会	学会与扬州大学文学院联合召开	江苏扬州
2011年6月	国外马克思主义文论与中国当代文论建构国际会议暨中国中外文艺理论学会第8届年会	学会与四川大学文学院联合主办	四川成都
2012年8月	"21世纪的文艺理论：国际视域与中国问题"国际学术研讨会暨中国中外文艺理论学会第九届年会	学会与山东师范大学联合举办	山东济南
2013年8月	中国中外文艺理论学会第十届年会暨"文学理论研究与中国文化发展"学术研讨会	学会与湖南师范大学联合主办	湖南长沙
2014年8月	中国中外文艺理论学会第十一届年会暨"面向时代的文学理论与批评"国际学术研讨会	学会与河南大学联合主办	河南开封
2015年10月	中国中外文艺理论学会第十二届年会暨"当代中国文论的话语体系建构"学术研讨会	学会与湖北大学联合主办	湖北武汉
2016年8月	中国中外文艺理论学会第十三届年会暨"文艺理论：传统与现代"学术研讨会	学会与江苏师范大学联合主办	江苏徐州
2017年8月	中国中外文艺理论学会第十四届年会暨"新时期以来我国文论发展的理论成就"学术研讨会	学会与辽宁大学联合主办	辽宁沈阳

附录二 《中外文论》来稿须知及稿件体例

一 来稿须知

1. 《中外文论》主要收录学会年会参会学者所提交的会议交流论文，也接受会员及从事文艺理论研究的国内外学者的平时投稿，学术论文、译文、评述、书评及有价值的研究资料等均可。

2. 本刊已被"中国学术期刊网络出版总库"及CNKI系列数据库收录。与会学者或会员投稿必须是首发论文；论文要求完整，不能是提要、提纲。

3. 来稿字数一般不要超过1万字，特殊稿件可略长一些，但最好控制在1.5万字以内。凡不同意编辑修改稿件者，请在来稿中注明。

4. 由于编校人员有限，所提交论文务请符合年刊稿件体例格式。稿件请在文末注明作者详细联系地址、电话号码、电子邮箱等，以便联系。

5. 《中外文论》辑刊出版时间为6月下旬出版第1期，12月下旬出版第2期。全年征稿，来稿请发至本刊专用邮箱：zgwenyililun@126.com。稿件入选后，将以邮件方式通知论文作者。

6. 本刊出版后，我们将免费为作者提供样书一本；凡按时交纳学会会费的学会会员，可在学会年会召开期间免费领取样书一本。

7. 《中外文论》期待专家学者惠赐稿件，也欢迎对本刊工作提出宝贵意见。

二 稿件体例

1. 论文请用A4纸版式，文章标题为三号黑体，二级标题为小四号宋体加粗，正文一律用五号宋体，正文中以段落形式出现的引文内容为五号字仿宋体，并整体内缩2字符。注释一律采用自动脚注形式，每页重新编号。

2. 论文请以标题名、作者名（标题下空一行，多位作者请用空格隔开）、作者单位

（包括单位名称、所在省市名、邮政编码，各项内容用空格隔开，内容置于圆括号内，位于作者名下一行）、摘要内容（约 200 字，位置在作者单位下空一行）、关键词、正文（关键词下空两行）、参考文献（正文下空一行）顺序编排。

3. 文章请附作者简介与课题项目（若为课题项目成果），作者简介一般应包括姓名（含出生年份，出生年份请置于小括号内，后用连接号并后空一格，如：1970—　）、籍贯、工作单位、职称、学位等内容；课题项目请标明项目名称与编号。作者简介与课题项目两项内容，请以自动脚注形式，脚注序号位于作者名右上角。

4. 标题文字应简明扼要，文中二级标题序号一般用"一、二、三……"形式标出，文中出现数字顺序符号，要以"一""（一）""1.""（1）"级别顺序排列。阿拉伯数字表示序号时，数字后使用下圆点。

5. 数字用法请严格执行《出版物上数字用法的规定》这一国家标准。数字作为名词、形容词或成语的组成部分时，一律用汉字，不用阿拉伯数字。整数一至十，如果不是出现在具体统计意义的一组数字中，可以用汉字，但要照顾到上下文，以保持局部体例上的一致。

6. 标点符号一律按国家公布的《标点符号使用方法》的规定准确地使用，外文字母符号应采用国际通用标准，必须用印刷体，分清正斜体、大小写和上下角码。连接线一般使用"—"字线，占一个汉字的位置。

7. 稿件所引资料、数据应准确、权威，应以原始文献和第一手资料为原则。凡引用他人观点、数据、资料、数据等，无论是否发表，无论纸质、电子版、网络资源或转引文献，均应详细注释。对已有学术成果的介绍、评论、引用，应力求客观、公允、准确。

8. 注释格式要求。

（1）所有经典著作引文必须使用最新版本。一般中文著作的标示次序是：著者姓名（多名著者间用顿号隔开，编者姓名应附"编"字）、篇名、出版物名、卷册序号（放入圆括号内）、出版单位、出版年、页码，顺序标出。

例如：孙中山：《三民主义》，《孙中山选集》（下卷），人民出版社 1956 年版，第597、599 页。

（2）古籍的标示方式：可以先出书名、卷次，后出篇名；常用古籍可不注编撰者和版本，其他应标明编撰者和版本；卷次和页码应使用阿拉伯数字。

例如：《史记》卷 25《李斯列传》。

《后汉书·董仲舒传》。

《温国文正司马公文集》卷 32，四部丛刊本。

（3）期刊报纸的标示方式如下：

例如：朱光潜：《研究美学史的观点和方法》，《文学评论》1978 年第 4 期。

周扬：《三次伟大的思想解放运动》，《人民日报》1979 年 5 月 7 日。

（4）译著的标示方式：应在著者前用方括弧标明原著者国别，在著者后标明译者姓名。

例如：[匈]卢卡奇：《历史与阶级意识》，杜章智、任立、燕宏远译，商务印书馆1992年版，第100—102页。

（5）外文书刊的标示方式，请遵循国际通行标注格式。

编辑部地址：北京市建国门内大街5号中国社会科学院文学所732室
邮政编码：100732
电话：010－85195467（仅限周二拨打）
E-mail：zgwenyililun@126.com

本刊声明

为适应我国信息化建设，扩大本刊及作者知识信息交流渠道，本刊已被"中国学术期刊网络出版总库"及CNKI系列数据库收录，如作者不同意文章被收录，请在来稿时向本刊声明，本刊将做适当处理。